Boswell · Journal

James Boswell

Journal

Ausgewählt,
übersetzt und herausgegeben
von Helmut Winter

Philipp Reclam jun.
Stuttgart

Satz und Druck: Reclam, Ditzingen
Buchbinderische Verarbeitung: Wilhelm Röck, Weinsberg
Printed in Germany 1996

ISBN 3-15-059429-4

I
Das Londoner Tagebuch

1762

Der antike Philosoph gab uns einen weisen Rat mit dem Satz »Erkenne dich selbst«, denn diese Art von Kenntnis ist unter allen die wichtigste. Ich könnte darüber noch mehr sagen, aber ein gewichtiger und ernster Vortrag ist jetzt nicht meine Absicht. Man kann sich nicht besser erkennen, als wenn man die Regungen des eigenen Herzens beobachtet und die äußeren Handlungen, aus denen sich mit einiger Sicherheit schließen läßt, »wie man gestaltet ist«.[1] Ich habe daher beschlossen, ein Tagebuch zu führen, in dem ich meine unterschiedlichen Empfindungen und Verhaltensweisen beschreiben will, was nicht nur hilfreich, sondern auch überaus angenehm sein kann. Es wird mir eine nützliche Gewohnheit werden und meinen Stil verbessern; wenn ich weiß, daß ich meine Angelegenheiten schriftlich festhalte, werde ich vorsichtiger und sorgfältiger vorgehen. Oder wenn ich etwas falsch mache, wird mir das Tagebuch dabei helfen, mich eines Besseren zu besinnen. Ich werde darin meine Gedanken über verschiedene Themen zu verschiedenen Zeiten niederschreiben – die Launen, die mich packen, und die Höhenflüge meiner ausschweifenden Phantasie. Ich werde die Anekdoten und Geschichten, die mir zu Ohren kommen, aufzeichnen, die lehrreichen oder amüsanten Unterhaltungen, an denen ich teilnahm, sowie die verschiedensten Abenteuer, die ich erlebt habe.

Ich erwähnte meinem Freund Erskine[2] gegenüber, daß ein solcher Plan gefährlich sei, weil jemand, der die Dinge offen und unverblümt ausspricht, sich großen Schaden zufügen kann, wenn ein solches Journal seinen Feinden in die Hände fällt. Dagegen ist jedoch niemand gefeit. »In der Tat«, sagte er, »ich hoffe, daß du dich nicht in Gefahr bringst – du wirst darin doch wohl nicht die Raubüberfälle registrieren oder die Morde, die du begehst; alles andere ist harmlos.« Ich lachte herzlich über diese Bemerkung meines Freundes, die im Kern richtig ist. Ich werde mich hüten, hier etwas zu erwähnen, das mir schaden kann. Die Wahrheit werde ich dabei trotzdem immer im Auge behalten; alles, was möglicherweise den Mantel der Unwahrheit braucht, werde ich jedoch mit Schweigen übergehen. Gleichzeitig werde ich aber gewisse Dinge unter falschem Namen anführen und damit eine Schutzvorkehrung schaffen, ohne die ich manches Unheil anrichten würde.

Auf diese Weise werde ich vieles für die Nachwelt aufbewahren, was sonst in Vergessenheit geriete. Ich werde eine tägliche Beschäftigung haben, die mich vor Trägheit bewahrt und die Melancholie vertreibt, und ich werde mir für mein späteres Leben einen Vorrat an Unterhaltung anlegen. Oft empfinden wir größeres Vergnügen, wenn wir an angenehme Szenen denken, die wir erlebt haben, als wir es in den Augenblicken selber empfanden. Ich werde regelmäßig die Geschäfte oder vielmehr die angenehmen Seiten jedes Tages aufzeichnen. Ich werde keinen Wert auf übergroße Genauigkeit legen, damit mich solche Mühe nicht ganz vom Tagebuchschreiben abhält. Ich hoffe, dies wird meinem wackeren Freund Johnston[3] von Nutzen sein; wenn er meine Abwesenheit beklagt, möge ihm dieses Journal in gewissem Maß als Ersatz dienen und ihn glücklich machen.

15. 11.

Beflügelt von dem Gedanken an meine Reise nach London stand ich auf. Ich sprach bei meinem Freund Johnston vor, stellte aber fest, daß er noch nicht von seinem Landaufenthalt zurückgekommen war, was mich ärgerte, da ich mich ausdrücklich von ihm verabschieden wollte. Ich verzieh ihm aber seine Abwesenheit, und da Cairnie[4] mir erklärte, in Frankreich sage man niemandem Lebewohl, nahm ich das ganze nicht so tragisch. Ich hatte ein langes, ernstes Gespräch mit meinem Vater[5] und meiner Mutter. Sie waren herzlich und wohlwollend zu mir. Ich spürte, wie sehr sie mich als Eltern liebten, und umgekehrt empfand ich eine starke Kindesliebe zu ihnen. Die Rolle des Sohnes zu spielen, der von zu Hause in die große Welt aufbricht, sowie die Vorstellung, fortan mein eigener Herr zu sein, gefiel mir sehr. Ich verabschiedete mich von meinem Bruder Davy[6] und hinterließ ihm allerlei gute Ratschläge, wie er in seinem Bankberuf erfolgreich sein könne, und gute Wünsche, daß er reich und glücklich werden möge.

Um zehn stieg ich in meine Kutsche und fuhr los. Als ich am Cross[7] vorbeikam, verbeugten sich die Kutscher und Träger und schienen zu sagen: »Gott schütze unseren edlen Boswell!« Ich rasselte die High Street hinunter, in allerbester Stimmung, verbeugte mich, lächelte

Bekannten zu und ließ in Boyd's Close meinen Reisegefährten[8] zusteigen.

Die Fahrt verlief glatt, bis wir nach Old Camus kamen, wo eines unserer Wagenräder brach. Der Kutscher schlug vor, wir sollten die Pferde besteigen und nach Berwick reiten. Aber darauf wollte ich mich unter keinen Umständen einlassen, und da mein Gefährte mir ganz die Planung und Ausführung unserer Reise überließ, gab ich Anweisung, den Wagen nach Ayton schleppen zu lassen, wo wir warteten, bis der Kutscher nach Berwick geritten war, von wo man uns eine neue Kutsche brachte. Nie habe ich drei elendere Stunden verbracht. Man empfahl uns ein kaltes Bierlokal in einem schmutzigen kleinen Dorf. Wir aßen dort ein miserables Beefsteak; zu trinken gab es nichts als dickes, trübes Bier. Wir waren beide schlechter Stimmung und sprachen kaum miteinander. Schlafen war kaum möglich; vom Bier bekamen wir Kopfschmerzen. Wir wurden auf der einen Seite vom Kaminfeuer geröstet, und auf der anderen zitterten wir vor Kälte. Endlich erschien unsere Kutsche, und gegen Mitternacht kamen wir in Berwick an. Man setzte uns eine Scheibe harten, trockenen Toast und eine Kanne Glühwein vor; zufrieden gingen wir ins Bett.

18. 11.

Wir plauderten ausgiebig. Stewart erzählte mir, daß in Indien einige Schwarze sein Boot angegriffen hätten, um es zu kapern, und daß er zwei von ihnen eigenhändig erschossen habe. Am Nachmittag, zwischen Stamford und Stilton, ging ein junges, wildes Pferd aus unserem Gespann dem Kutscher durch, immer mehr auf die eine Seite der Straße, bis die Kutsche umkippte. Es gab einen mächtigen Stoß – Stewarts Kopf und mein Arm waren leicht verletzt. Trotzdem richteten wir die Kutsche wieder auf und setzten die Reise fort. Während der letzten beiden Nächte, als wir im Dunkeln unterwegs waren, hatte ich große Angst vor Räubern. Die schrecklichsten Vorstellungen gingen mir durch den Kopf. Keine Gefühlsregung ist so beunruhigend wie die Angst – sie verursacht heftige Schmerzen und zugleich Schamgefühle. Ich riß mich jedoch zusammen, und da jeder von uns eine geladene Pistole in der Hand hatte, fühlten wir uns einigermaßen sicher. Spät abends kamen wir nach Biggleswade.

19. 11.

Sehr kalt. Stewart ist genauso verweichlicht wie ich. Ich fragte ihn, wie er, der schon zitterte, wenn eine Fensterscheibe in der Postkutsche zerbrochen war, das rauhe Leben auf See aushalten könne. Er gab mir zu verstehen, daß man in der Not alles ertragen könne. In der Tat ist das sehr richtig. Denn sobald unser Verstand begriffen hat, daß er auch durch die heftigste Gegenwehr nichts an einer bestimmten Lage ändern kann, nimmt er geduldig alle Zumutungen auf sich. Als wir nach Highgate Hill kamen und London uns zu Füßen lag, schäumte ich über vor Lebensfreude. Ich rezitierte Catos Monolog auf die Unsterblichkeit der Seele,[9] und meine Seele erhob sich in der Gewißheit einer glücklichen Zukunft. Ich sang alle möglichen Lieder und verfaßte sogar ein eigenes über ein Rendezvous mit einem hübschen Mädchen, dessen

Refrain wie folgt lautete: »Sie gab mir dies, ich gab ihr das – sagt: War das nicht ein Heidenspaß?« Ich rief dreimal »Hurra!«, und beschwingt fuhren wir in die Stadt hinein.

Digges[10] hatte mir eine Liste der besten Gasthäuser auf unserer Strecke gegeben und auch einen guten Gasthof in London empfohlen. Ich wies deshalb den Jungen an, mich zu Mr. Hayward im »Black Lion« zu fahren, in der Water Lane, Fleet Street. Der Lärm, die Menge, die Lichter der Läden und Schilder verwirrten mich auf angenehme Weise. Ich war diesmal noch stärker von London beeindruckt als beim ersten Mal. Mein Reisegefährte konnte meine Gefühle nicht nachempfinden. Für ihn war London lediglich ein Ort, an dem er Anweisungen der East India Company entgegennahm. Wir verabschiedeten uns unter gegenseitigen Beteuerungen, daß wir uns gut verstanden hatten und daß wir den Kontakt aufrechterhalten wollten. Danach aß ich etwas zu Abend, wusch und rasierte mich und forderte meinen Wirt, einen braven, munteren Kerl, auf, ein Glas Wein mit mir zu trinken. Ich war aufgekratzt und freute mich, endlich wieder in der Stadt zu sein, die ich über alle Maßen schätze und in die zurückzukehren ich trotz aller Hindernisse so wild entschlossen war. Ich besann mich auf die Philosophie und kam auf diese Weise allmählich zur Ruhe.

Ich begab mich sogleich zu meinem Freund Douglas[11], der Arzt in Pall Mall ist – ein gutmütiger, schlichter, vernünftiger Mann, der mich sehr herzlich empfing. Seine Frau ist eine warmherzige Person, einer jener Menschen, die man oft in England trifft: lebhaft, aber einfältig. Ihr Fehler ist, daß sie zu viel redet – was die Menschen meist ermüdet. Er war mein Ratgeber in allen Lebenslagen; er schlug mir jetzt vor, daß ich so lange bei ihm wohnen solle, bis ich eine passende Unterkunft gefunden habe. Ich sagte, daß ich am nächsten Tag zu ihm ziehen wolle und ging dann nach Covent Garden, wo man »Every Man in His Humour«[12] spielte. Woodward gab den Bobadil glänzend. Ich amüsierte mich prächtig. Nach den Strapazen der Reise tat es gut, warm und gemütlich in einem Theater zu sitzen und sich auf elegante Weise unterhalten zu lassen. Ich kehrte dann in meinen Gasthof zurück, trank etwas Punsch und ging mit angenehmen Gefühlen ins Bett.

20. 11.

Ich stieg mit meinem Gepäck in eine Mietkutsche und ließ mich zu den Douglasens fahren. Wir überschlugen meine finanziellen Möglichkeiten, wobei sich herausstellte, daß ich mich, wenn ich einigermaßen anständig leben will, ziemlich einschränken muß. Ich war jedoch trotzdem entschlossen, aus allem das Beste zu machen. Der ganze Vormittag ging damit drauf, bei verschiedenen Leuten vorzusprechen, aber niemand schien zu Hause zu sein. Ich sah mir auch eine Tierschau[13] an; ich fühlte mich stark, frei und glücklich. Trotzdem kam es mir merkwürdig vor, daß ich kaum einen Unterschied feststellen konnte zwischen meinem Leben hier und in Edinburgh. Mittags aß ich bei den Douglasens; den ganzen Nachmittag schrieb ich Briefe.

21. 11.

Stand guter Dinge auf, war mit meiner Situation überaus zufrieden. Ich habe ein hübsches Wohnzimmer und eine Schlafkammer, mitten in Pall Mall, dem vornehmsten Stadtteil, erledige meine Aufträge, auf die ich sehr stolz bin, und besitze genug Geld, um wie ein Gentleman zu leben.

Ging in die Mayfair Chapel, wo ich eine hervorragende Predigt über die Tröstungen der Frömmigkeit hörte, auf einen Text aus dem Buch Hiob. Ich war in glänzender Stimmung; mir kam der Gedanke, daß Gott uns wirklich dazu geschaffen hat, glücklich zu sein. Im Alter werde ich bestimmt sehr fromm sein, ähnlich wie in meiner Jugend. Ich habe hin und wieder Anwandlungen religiöser Inbrunst; eines Tages wird dieses Gefühl wie eine starke, ständige Flamme in mir brennen.

Ich machte Mr. George Lewis Scott[14] meine Aufwartung; er war sehr höflich und zuvorkommend. Danach beim Laird von Macfarlane[15], mit dem ich mich sehr angeregt unterhielt. Er zeigte lebhaftes Interesse an dem derzeitigen Wettstreit zwischen Schotten und Engländern und sprach sich entschieden gegen die Union aus. Er meinte, wir Schotten seien die perfekten Untertanen; unsere Reichtümer würden außer Landes geschafft, woraus außer Glasgow keine Stadt einen Vorteil ziehe – im Gegenteil, viele Städte litten unter diesem Zustand.

Dann fuhr ich zu Douglasens und trank Tee mit ihnen. Danach in die Southampton Street, Strand; erkundigte mich nach Miss Sally Forrester, meiner ersten Liebe, die damals in der »Blauen Perücke« wohnte. Ich erfuhr, daß der Besitzer des Hauses Pleite gemacht habe und gestorben sei; von ihr selbst wußte niemand etwas. Ich suchte auch nach Miss Jeany Wells in der Barrack Street in Soho und stellte fest, daß sie weggezogen ist, niemand wußte, wohin; sie hat sich mit ihrer Extravaganz ruiniert.

Mein Gott!, dachte ich, welche Veränderungen in zwei Jahren! 1760 hatte ich diese jungen Damen in ihrer schönsten Blüte erlebt, alle Welt bewunderte sie; jetzt sind sie zu nichts zerronnen, oder zu noch Schlimmerem. Ich ging dann noch zu Love[16]; er war zu Hause, seine Frau und Billy ebenfalls. Ich aß mit ihnen eine Torte. Er zeigte mir »Die Hexen«, eine seiner Pantomimen.

Seit ich in London bin, habe ich damit angefangen, mir ein gesetztes, vornehmes Benehmen zuzulegen – ein Verhalten, das sich erheblich unterscheidet von dem rüpelhaften, unzivilisierten Gehabe, das mir früher so viel Spaß machte. Ich habe festgestellt, daß wir bis zu einem gewissen Grad genau der Charaktertyp sein können, den wir nach außen zeigen wollen. Außerdem: mit einiger Übung bringt man fast alles zuwege. Ich bin sehr zufrieden, daß ich mich zurückhaltend, umgänglich und heiter geben kann.

22. 11.

War den ganzen Tag auf Wohnungssuche. Abends im Drury-Lane-Theater. Garrick[17] spielte den Scrub, Love den Boniface,[18] was mich an das Edinburgher Theater in der Canongate erinnerte. Amüsierte mich prächtig.

23. 11.

Ging in die City und sprach bei George Home, dem Sohn von Lord Kames[19], vor. Lord Eglington[20] hat sich als unzuverlässig erwiesen – er läßt mich links liegen, ich habe von ihm auch als Mäzen nichts zu erwarten, werde mich aber hüten, auf seine Gesellschaft ganz zu verzichten. Wenn er mir irgendwelche gutgemeinten Dienste anbieten sollte, würde ich sie annehmen. Ich versuchte es dreimal, aber er war nie zu Hause. Heute erhielt ich eine förmliche Einladung zum Dinner. Ich ging hin und wurde freundlich empfangen. Mit ihm in dem gleichen Raum zu sein, in dem ich in meiner Jugend so glücklich war, rührte und bewegte mich. Der Architekt Mylne[21] speiste mit uns. Wir sprachen von der Gesellschaft – im rohen und im zivilisierten Zustand. Ich bewahrte eine gewisse Zurückhaltung und sagte nur etwas, wenn ich überzeugt war, daß ich recht hatte. Trank Tee. Verabschiedete mich von ihm im besten Einvernehmen.

24. 11.

Besuchte Dodsley und stellte fest, daß sich mein Reimgedicht »The Cub at Newmarket«[22] gut verkauft, obwohl er zuerst das Risiko nicht eingehen wollte. Ich habe sogar einen Gewinn von dreizehn Schilling gemacht, den ich mir auszahlen ließ. Nie zuvor ist mir ein Geldbetrag so wertvoll vorgekommen. Ich war in bester Stimmung und setzte meine Wohnungssuche fort, fand aber nichts Passendes. Abends besuchte ich Pringle[23]. Er hatte schlechte Laune; die hat er meistens, obwohl er ein so vernünftiger und kluger Mann ist, ein tüchtiger Philosoph und ein ausgezeichneter Arzt. Durch mein munteres Auftreten und Reden brachte ich ihn zum Lachen, und er war dann sehr nett zu mir. Ich fragte ihn in all meinen Angelegenheiten um Rat – mir war nämlich klar geworden, daß zweihundert Pfund im Jahr nicht sehr viel sind. Ich verabschiedete mich vor Mitternacht. Mrs. Douglas geht mir allmählich auf die Nerven, sie redet so viel. Meine Stimmung war nicht mehr so gut.

25. 11.

Nachts in schlimmer Verfassung: träumte, daß sich Johnston[24] nichts aus mir macht, daß er zu mir kam, kurz bevor er zu einer langen Reise aufbrach, zerstreut und müde war und mich verließ, bevor ich selbst abreiste. Lag in düsterer Stimmung im Bett und hatte das Gefühl, London sei nichts für mich. Mir mißfiel die Stadt ziemlich, und ich überlegte, ob ich nicht sofort nach Edinburgh zurückkehren sollte – kurz, mir war elend zumute.

Stand auf und frühstückte. Bekam eine Karte von Lord Eglinton mit einer Einladung ins House of Lords.[25] Ging hin und hörte, wie der König seine Rede hielt. Eine stattliche Szene: ich sah den König von Großbritannien auf seinem Thron mit der Krone auf dem Kopf, wie er sowohl zum Oberhaus als auch zum Unterhaus sprach. Seine Majestät ist der beste Redner, den ich je gehört habe; er sprach mit Würde, Feingefühl und Gewandtheit. Ich bewunderte ihn und hätte gerne seine Bekanntschaft gemacht.

Ging zu Love und trank bei ihm Tee. Ich war jetzt schon einige Zeit in London ganz ohne weibliche Partner. Mit Dirnen wollte ich nichts zu tun haben, da mir meine Gesundheit sehr am Herzen liegt. Ich ging zu einem Mädchen, mit dem ich in Edinburgh eine Affäre gehabt und dann, da sich meine Neigung abkühlte, Schluß gemacht hatte. Ich wußte, daß sie jetzt in London war. Ich sprach bei ihr vor und versuchte, ihre früheren Gunstbeweise wieder zu erlangen, jedoch vergeblich. Sie wollte nichts mehr von mir wissen. Ich war sehr unglücklich, weil mir die Frauen fehlten. Ich fand es sehr schwer, in einer Stadt wie London ohne Frauen auszukommen. Ich las im Strand[26] ein Mädchen auf und ging mit ihr in einen Hof, in der Absicht, es mit ihr unter gewissen Vorsichtsmaßregeln zu treiben, aber sie hatte nichts dabei. Ich spielte mit ihr; sie staunte über mein Format und meinte, wenn ich je ein Mädchen damit entjungferte, würde es bestimmt loskreischen. Ich gab ihr einen Schilling und konnte mich soweit beherrschen, daß ich sie nicht berührte. Noch eine Weile danach zitterte ich bei dem Gedanken an die Gefahr, der ich entronnen war. Ich beschloß, gelassen so lange zu warten, bis ich ein Mädchen ohne Risiko finde oder von einer vornehmen Dame erhört werde.

26. 11.

Ich war jetzt in den größten Schwierigkeiten wegen einer Unterkunft. Ich hatte mir sehr viele Häuser angesehen, etwa fünfzig, und sogar Spaß dabei gehabt. Schließlich nahm ich eine Wohnung in der Downing Street[27] in Westminster. Sie lag zwei Treppen hoch, ich durfte einen schönen Salon den ganzen Vormittag benutzen, für vierzig Guineen im Jahr. Ich nahm sie zunächst nur für vierzehn Tage, auf Probe. Ich vereinbarte auch, daß ich bei meinen Wirtsleuten zu Abend essen kann, wann immer ich Lust habe, für einen Schilling pro Mahlzeit. Die Straße ist vornehm, ein paar Schritte von der Parade[28], ganz in der Nähe des Unterhauses, eine gesunde Gegend. Ging zu Mr. Cochrane, meinem Bankier, und ließ mir fünfundzwanzig Pfund auszahlen – mein Unterhaltsgeld für jeweils sechs Wochen.

27. 11.

Schon am letzten Sonntag hatte ich vergeblich versucht, meinen alten Freund Temple[29] aufzutreiben. Heute machte ich einen neuen Anlauf. Er ist verreist. Ich vermisse ihn sehr.

28. 11.

Ging in die St.-James-Kirche zum Gottesdienst und hörte eine gute Predigt über das Thema »Wie soll ein junger Mann lernen, seinen Weg zu gehen?«,[30] in der die Vorzüge früher Frömmigkeit überzeugend dargelegt wurden. Wie unbeständig ist doch die Seele des Menschen! Mitten in der erbaulichen Predigt überlegte ich mir, wie ich am besten an Frauen herankomme, und hatte gleichzeitig die aufrichtigsten religiösen Empfindungen. Ich glaube, dies hat mit meiner mangelnden Glaubensfestigkeit zu tun – deshalb empfinde ich alle Gefühle auf einmal. Ich würde gerne mehr Beständigkeit besitzen. Ich habe ein warmes Herz und eine sehr lebhafte Phantasie. Deshalb bin ich anfällig für die Liebe, aber auch für Frömmigkeit und Dankbarkeit gegenüber

Gott; ich habe eine Schwäche für prunkvolle öffentliche Gottesdienste.

Um sechs ging ich zu Mr. Sheridan. Ich fragte nach Mr. Samuel Johnson.[31] Sheridan sagte, er könne ihn nicht ausstehen, weil er eine Pension von dreihundert Pfund im Jahr vom Hof angenommen habe; seine bärbeißige Art sei nur erträglich, weil man wisse, daß dahinter eine gute Seele stecke.

30. 11.

Meine Wohnungssuche ist wie die Suche nach einer Frau. Manchmal wollte ich eine für zwei Guineen in der Woche haben, wie eine vornehme Dame. Dann wieder eine für eine Guinee – schließlich landete ich bei einer für zweiundzwanzig Pfund im Jahr, vergleichbar der Tochter eines Bürgers mit mäßigem Vermögen. Jetzt, wo ich eine Wohnung gefunden habe, fühle ich mich sehr wohl; das Leben des wohnungssuchenden, streunenden Junggesellen ist nun vorbei. Ich hoffe, daß meine Suche nach einer Ehefrau zivilisiertere Formen annimmt, will dabei aber auch nichts übereilen. Als ich gehobener Stimmung durch London schlenderte, wurde mir bewußt, wieviel glücklicher ich jetzt bin, als wenn ich im vergangenen Jahr Miss Colquhoun oder Miss Bruce geheiratet hätte.[32]

1. 12.

Jetzt, wo mir mein Vater endlich die Unabhängigkeit ermöglicht hat, spüre ich, wie mein Geist allmählich seine alte Würde wiedergewinnt. Ich möchte gerne wie Mr. Addison[33] sein. Ich hatte mich so daran gewöhnt, mich über alles und jedes lustig zu machen, daß ich einige Zeit brauchte, um wieder ernsthaft zu werden und realistische Vorstellungen vom Leben und von der Religion zu entwickeln. Ich hoffe jetzt, mir Schritt für Schritt ein gewisses Maß an Anstand zuzulegen. Die vornehme Gesinnung eines Addison, durchsetzt mit der Heiterkeit von Sir Richard Steele[34] und den Umgangsformen von Mr. Digges – das sind die Idealbilder, die mir vorschweben. Die große Kunst, angenehm und glücklich in der Gesellschaft zu leben, besteht darin, das jeweils passende Benehmen genau einzustudieren. Selbst mit den engsten Freunden gilt es, immer höflich zu bleiben.

3. 12.

Ich habe bis jetzt die Vergangenheitsform benutzt, als ob ich die Geschichte irgendeines vergangenen Zeitalters aufschreibe. Ich werde von nun ab das Präsens verwenden, es ist für meine Zwecke angemessener. Ich will mich aber nicht festlegen, sondern von Fall zu Fall entscheiden. Ich besorge mir Tee und Zucker selber auf Vorrat, lasse mir aber Brot, Butter und Milch je nach Bedarf ins Haus kommen.

14. 12.

Ich finde, es kann für einen Mann kein größeres Glück auf Erden geben als eine echte, wechselseitige Liebesbeziehung mit einer liebenswerten Frau. Sie gewährt ihm alle zarten Empfindungen und Vergnügungen von Leib und Seele, während er gleichzeitig in dieser bezaubernden Verbindung das Bewußtsein genießt, der überlegene

Partner zu sein. So bleibt die Würde des eigenen Geschlechts gewahrt. Ich gehe deshalb durch die Welt mit einem gesunden, kräftigen Körper und in heiterer Gemütsverfassung, auf der Suche nach einer Frau, die meiner Liebe würdig ist und die mich der ihren für wert hält, ohne irgendwelche anderen Absichten zu hegen; dies ist für mich die einzige sichere Art herauszufinden, ob eine Frau einen Mann wirklich liebt. Ich habe jetzt schon mehrmals einer hübschen Schauspielerin vom Covent-Garden-Theater meine Aufwartung gemacht – ich werde ihr in diesem Tagebuch den Namen Louisa geben.[35] Heute wurde ich zu ihr vorgelassen. Sie war auf reizvolle Weise noch nicht ganz angezogen und sah sehr hübsch aus. Sie empfing mich mit der größten Höflichkeit. Wir plauderten über alltägliche Themen, fühlten uns aber nicht wohl dabei, saßen nicht richtig auf unseren Stühlen und vermieden den Blickkontakt.

1763

2. 1.

Ich näherte mich Louisa mit einer Art unsicherem Zittern. Ich setzte mich und tändelte mit ihr. Aber Venus rührte sich nicht. Was ich spürte, war eher ein sanftes Gefühl der Zuneigung als heftige Liebesbegierde. Ich kam mir erbärmlich vor. Louisa kannte meine Kraft noch nicht. Sie hätte mich für impotent halten können. Vor Unbehagen schwitzte ich, was die Sache noch schlimmer machte. Aber dann begann ich zu spüren, daß ich doch ein Mann war. Ich schürte das Feuer, indem ich ihre Alabasterbrüste drückte und ihre köstlichen Lippen küßte. Dann schloß ich die Zimmertüre ab, führte die Zitternde in ihr Schlafgemach und war gerade dabei, triumphierend Einzug zu halten, als wir die Wirtin die Treppe heraufkommen hörten. »O Schicksal!« hätte ein römischer Dichter in dieser Situation ausgerufen, »warum geschieht mir dies?« Unvermittelt und auf grausame Art und Weise wurden wir daran gehindert, die Früchte unserer leidenschaftlichen Zuneigung zu genießen.

4. 1.

Louisa sagte mir, sie wolle eine Nacht mit mir verbringen, sobald sie sicher sei, daß sie am nächsten Tag nicht im Theater auftreten müsse. »Aber, Sir«, sagte sie, »wird das nicht mit Unkosten verbunden sein? Sie werden mir diese Frage verzeihen.« In ihrem Hinweis lag etwas so Zartes und Liebenswertes, daß ich entzückt war. »Nein, Madam, es wird nicht teuer. Ich kann an anderer Stelle sparen, dann habe ich Geld für diese Dinge.«

12. 1.

Leise trat ich in ihr Zimmer und schlüpfte in süßem Taumel ins Bett, wo mich sogleich ihre schneeweißen Arme umfingen und an ihren milchweißen Busen preßten. Himmel, wie wild war unser Liebesspiel! Der freundliche Vorhang der Dunkelheit verbarg unser Erröten. In kürzester Zeit fühlte ich mich beseelt von den stärksten Liebeskräften, und wir genossen ein wahrhaft üppiges Fest. Stolz auf meine göttliche Kraft nahm ich das edle

Spiel alsbald wieder auf. Ich strotzte nur so von Kraft und Gesundheit. Enthaltsamkeit hatte mich vor Verweichlichung und Schwäche bewahrt, und mein pochendes Blut pulsierte leidenschaftlich erregt. Fünfmal erreichte ich den Gipfel der Seligkeit. Louisa war ganz von Sinnen nach mir; sie sagte, ich sei ein Wunderkind, und fragte mich, ob dies nicht die Möglichkeiten der menschlichen Natur übersteige. Ich erklärte, das doppelte Maß vielleicht, aber dieses noch nicht, obwohl ich heimlich nicht wenig stolz auf meine Leistung war.

18. 1.

Wir sprachen über Gedichte. Sheridan meinte, nur ein überragender Mensch dürfe ein Dichter sein – durchschnittliche Verseschmiede seien erbärmlich. Ich war anderer Meinung. Da die meisten Gedichtleser nur einen mittelmäßigen Geschmack haben, kann man mit dem Dichten vielen Menschen eine Freude bereiten; außerdem ist das Gedichteschreiben eine angenehme Beschäftigung, und es gibt immer genug Leute, die einen loben.

19. 1.

Dempster, Erskine und ich hatten diesen Tag ungeduldig erwartet; wir wollten zu dritt von einem Ende Londons zum anderen wandern. Heute morgen spürte ich besonders starke Symptome meiner bedenklichen Erkrankung, aber die zu erwartenden Strapazen des Tages, dazu reichlich Essen und Trinken, würden, so glaubte ich, meine Befürchtungen entweder bestätigen oder zerstreuen.

Wir gingen zur Hyde Park Corner, von wo wir um zehn Uhr aufbrachen. Unsere Stimmung war gehoben, voller Vorfreude auf das Abenteuer. Die Vielfalt, der wir bei unserer Wanderung begegneten, ist in der Tat erstaunlich. Wie der »Spectator« schreibt: ein Ende von London unterscheidet sich im Aussehen und in den Gewohnheiten der Menschen vom anderen wie ein fremdes Land. Wir nahmen im Somerset-Kaffeehaus ein vorzügliches Frühstück zu uns, gingen dann in Richtung Gracechurch Street und auf die London Bridge, wo wir mit wohligem Schauer den rauhen und schrecklichen Anblick des Flusses genossen, der teilweise zugefroren, teilweise mit riesigen Eisschollen bedeckt war, die ständig gegeneinanderkrachten.[36] Während wir weitergingen, spürte ich, wie die Symptome stärker wurden, was mich sehr beunruhigte. Ich dachte, das beste wäre, kein Geheimnis daraus zu machen (was schwierig und mühsam sein würde), sondern frei damit herauszukommen und um Rat und Anteilnahme zu bitten.

Dempster und Erskine zeigten Verständnis, mußten aber doch ein bißchen darüber lächeln, daß ich etwas eingefangen hatte, vor dem ich mich so sicher wähnte – ich, der ich so stolz auf mein Glück war, eine Frau zu besitzen, der ich so viele glänzende Eigenschaften zuschrieb, daß sie schon an ihrer Existenz zu zweifeln begonnen hatten.

20. 1.

Besuchte Mr. Garrick im Drury-Lane-Theater. Er war überschwenglich freundlich zu mir. »Sir«, sagte er, »eines Tages werden Sie ein großer Mann sein. Und wenn es so weit ist, denken Sie an das Jahr 1763. Ich möchte meinen Teil zu Ihrem Ruhm beitragen.«

Was er damit meinte, als er sagte, ich würde eines Tages ein großer Mann sein, kann ich mir gut denken. Ich glaube, ehrlich gesagt, in mir blüht etwas, das mich über den Durchschnitt hinaushebt.

Mein Verhältnis mit der schönen Louisa ist zu Ende; ich hatte mir viel darauf zugute gehalten und gehofft, wenigstens einen Winter lang ohne Bedenken kopulieren zu können.

24. 1.

Es wäre kümmerlich und langweilig, wenn ich Tag für Tag bloß darüber berichtete, wie ich morgens aufstand, Wasser ließ, Medizin einnahm, still saß, ein Buch las und den einen oder anderen Freund empfing. Mein Tagebuch muß sich, genau wie die Zeitung, am Tagesgeschehen orientieren. Ich werde jedenfalls bald wieder losziehen und mich auf die Suche nach amüsanten Abenteuern begeben.

6. 2.

Wir sprachen mit Behagen über das Veröffentlichen und über den Profit, den man mit Büchern und Streitschriften machen kann; wir waren uns darin einig, daß wir nichts dagegen hätten, mit unseren Werken gut zu verdienen. Es ist ein angenehmes Gefühl, sich vorzustellen, daß man wahrscheinlich viel schreibt und damit Ruhm und Reichtum erntet.

7. 2.

Ohne Frage: ich bin ein Mann von Geist. Ich verdiene, daß man mich beachtet. Ich wünschte mir, daß meine Enkel dereinst einen Nachruf auf mich lesen, in dem es heißt: James Boswell, ein überaus liebenswürdiger Mensch, verbesserte und verschönerte Auchinleck, sein väterliches Stammgut, spielte eine bedeutende Rolle im Unterhaus, hatte die Ehre, ein Garderegiment zu kommandieren – einer der brillantesten Köpfe am Hof Georgs III.

9. 2.

Ich erhob mich mit dem größten Wohlbehagen vom Bett. Mein gegenwärtiges Leben ist überaus interessant und glücklicherweise auch sehr angenehm geworden. Ich erledige meine Geschäfte mit peinlicher Regelmäßigkeit und Präzision. Ich funktioniere wie ein Uhrwerk. Um acht Uhr morgens entzündet Molly das Kaminfeuer und richtet mein Wohnzimmer her. Dann weckt sie mich und sagt mir, wie spät es ist. Ich lege mich wieder eine Weile ins Bett und genieße die Untätigkeit, die, wenn der Geist noch leicht und heiter ist, besonders wohltut. Dann schlüpfe ich locker und hurtig in meine Kleider und betrete das Eßzimmer. Ich läute sodann die Glocke. Das Mädchen breitet ein blütenweißes Tuch auf dem Tisch aus und deckt das Frühstück. Ich greife dann zu einem leichten, unterhaltsamen Buch, frühstücke und lese etwa eine Stunde, Geist und Gaumen gleichermaßen befriedigend. Nach beendetem Frühstück fühle ich mich heiter und beschwingt. Ich trete ans Fenster und betrachte das muntere Treiben der vorüberhastenden Menschen, die alle ihren unterschiedlichen Geschäften nachgehen. Den ganzen Tag systematisch zu beschreiben wäre zu förmlich für dieses mein Tagebuch; außerdem kann man nicht jeden Tag in allen Einzelheiten gleich verbringen. Mein Tageslauf ist vor allem mit unterschiedlicher Lektüre angefüllt, mit Geigenspiel, Schreiben, Geplauder mit Freunden. Selbst das Einnehmen von Medikamenten führt dazu, daß die Zeit weniger träge verrinnt. Ich habe ein besonderes Interesse an Abführmitteln, und es hat mir immer großen Spaß gemacht, die Veränderungen des menschlichen Körpers zu beobachten sowie die Auswirkungen von Diät, Arbeit, Ruhe und ärztlichen Eingriffen. Mein Wirt ist sehr besorgt, daß ich auch die Nachrichten verfolge; er glaubt, das bringt mich auf andere Gedanken, und so hat er mich gebeten, eine Zeitung zu abonnieren. Ich scheute aber die Ausgaben und lehnte ab. Nun bringt er jeden Tag den »Public Ledger«[37] mit.

Da ich mich derzeit leidlicher Gesundheit erfreue, ist mein Appetit sehr gut, und ich verzehre mein bescheidenes Abendessen mit Wohlbehagen. Ich trinke große Mengen Tee. Zwischen elf und zwölf Uhr wird mein Bett vorgewärmt, und ich ziehe mich zufrieden zur Nachtruhe zurück – mir gefällt dieses Leben über die Maßen. Die mir zugemessene Zeit verbringe ich auf angenehme Weise und stelle über den Alltag keine großen philosophischen Überlegungen an – ich selbst bin mir im Augenblick das wichtigste Thema. Obwohl mir viele Vergnügungen entgehen, die nur im Ausland zu haben sind, vermeide ich doch auch mancherlei Ärger: mit dreckigen Straßen und streitenden Kutschern brauche ich mich nicht herumzuplagen.

Ich schreibe mein Tagebuch jetzt in einem korrekteren Stil. Stil ist für die Empfindung, was Kleidung für den Menschen ist. Wie locker und leicht mir das Schreiben jetzt von der Hand geht! Ich bin sehr zufrieden mit mir. Die Wörter hüpfen mir entgegen wie die Lämmer, und meine Sätze drechsle ich wie der Meister an der Drehbank.

27. 2.

Ich wünschte, mein Journal wäre das Spiegelbild eines jungen Mannes, der sich unverzagt durchs Leben schlägt. Aber es dient jetzt vor allem dazu, mich zu demütigen, und es enthält seltsame Ansichten über die unberechenbare Natur des menschlichen Geistes. Ich bin im Augenblick vergnügt und guter Dinge, sollte aber bedenken, daß der Held einer Romanze oder eines Romans nicht immer nur glückliche Phasen erlebt – die Geschichte muß auch mit unglücklichen Begebenheiten durchsetzt sein. Äneas widerfuhr Schlimmes auf seiner Reise nach Italien; sollte nicht auch ein Boswell vom Schicksal gebeutelt werden?

11. 3.

Dempster nahm mich mit ins Unterhaus. Das Gefühl, im hohen Gericht des Parlaments zu sein, gefiel mir außerordentlich. Mein Respekt schrumpfte jedoch erheblich, als ich mitanhören mußte, was für ein Lärm dort herrscht. Und doch spürte ich den Ehrgeiz, eines Tages an diesem Ort eine Rede zu halten – möge es irgendwann dazu kommen! Es muß erhebliche Genugtuung bereiten, als Redner vor einer derart einflußreichen Versammlung eine gute Figur zu machen.

12. 3.

Einer der schwärzesten Tage, die ich je erlebt habe. Ich war auf die jämmerlichste Weise von Melancholie erfüllt. Ich war überzeugt, nie eine Offiziersstelle zu bekommen und hielt das für eine Katastrophe, glaubte auch, daß ich im Leben zu nichts nutze sei. Ich grübelte darüber nach, wie ich mich vor der Welt verstecken könne. Ich dachte daran, nach Spanien zu gehen und dort als griesgrämiger, kränkelnder Don zu leben. Oder mich in das mildere Klima von Frankreich oder Italien zurückzuziehen. Aber dann wurde mir klar, daß ich dazu Geld brauchte. Danach überlegte ich, ob ich mich nicht in ein obskures Versteck zurückziehen sollte und suchte tatsächlich die letzten Gegenden von Holborn in Richtung Fleet Ditch nach einem abgelegenen Unterschlupf ab. Wie gänzlich absurd solche Einbildungen sind! Und doch hat man sie sehr häufig. Wenn der Mensch in trüber Stimmung ist, glaubt er, er könne die Welt damit ärgern, daß er sich vor ihr versteckt und daß man deshalb großes Mitleid mit ihm habe, wo doch in Wahrheit die Welt so sehr mit sich selbst zu tun hat, daß sie überhaupt nicht an ihn denkt – »aus den Augen, aus dem Sinn«.

Nach dem Abendessen sprachen wir über den Tod, über Diebstahl, Raubüberfälle, Mord, und über Gespenster. Lady Betty und Lady Anne erklärten in vollem Ernst, daß sie in Allembank zwei Nächte lang von einem Geräusch des Umhergehens und Stöhnens in ihrem Zimmer geängstigt waren; später erfuhren sie, daß es in diesem Raum spukt. Das war zuviel für mich. Statt eingebildeter hatte ich nun richtige Angst und zitterte vor Aufregung. Ich traute mich nicht, allein nach Hause zu gehen. Der gute Erskine nahm mich zu sich mit und überließ mir freundlicherweise die Hälfte seines Bettes, in dem wir, obwohl es ein sehr kleines Bett war, ängstlich lauschend die Nacht verbrachten.[38]

13. 3.

Ich stand in einiger Verwirrung auf. Ich bin sehr leicht aus dem Gleichgewicht zu bringen. Weil mir mein eigenes Bett und die eigene Nachtmütze fehlten und ich mich auf dem engen Raum nicht ausstrecken konnte, gerieten meine Gedanken durcheinander.

13. 4.

»Macbeth« wurde von Holland gespielt – kümmerlich und ohne große Wirkung auf uns. Ich ging mit Temple nach Hause und saß noch bis gegen zwölf mit ihm zusammen, sehr guter Laune. Ich vergaß zu erwähnen, daß ich gestern abend im Strand an eine monströse, gewaltige Hure geriet, die gut einzufetten ich nicht übel Lust hatte, wie man so sagt. Ich ging mit ihr in eine Kneipe, wo sie mir sämtliche Teile ihres riesigen Körpers entblößte; ich fand jedoch bald heraus, daß ihre Habgier mindestens so groß wie ihr Hintern war: sie wollte sich partout nicht mit dem zufrieden geben, was ich ihr anbot. Deshalb läutete ich kühl und reserviert die Glocke und beglich die Rechnung, zu ihrem nicht geringen Staunen und Entsetzen – eigentlich hatte sie mich dazu provozieren wollen, grob zu ihr zu werden, damit sie um Hilfe rufen könne. Aber ich schritt einfach davon, würdevoll wie der Bischof von Barcelona. Heute abend hatte ich Gelegenheit, die Schurkereien der Kellner in diesen üblen Spelunken zu beobachten. Sie stecken mit den Huren unter einer Decke und bemühen sich nach Kräften, die Freier auszunehmen. Ich war jedoch auf der Hut und kam einigermaßen glimpflich davon. War aber in einer so lüsternen Stimmung und derart unruhig, daß ich mir in einem Hinterhof ein kleines Mädchen nahm, hatte jedoch keine Kraft mehr. Ging nach Hause, entschlossen, mit dieser primitiven Straßenhurerei aufzuhören.

3. 5.

Ich ging zum Tower, um zuzuschauen, wie Mr. Wilkes[39] aus dem Gefängnis kam. Aber er war schon weg. Da dachte ich, ich sollte mir vielleicht ein paar Gefangene ansehen und ging deshalb nach Newgate. Man tritt dort in eine Art Hof vor den Zellen, die in der Tat überaus erbärmlich aussehen. Es gibt drei Reihen mit Zellen, vier in einer Reihe, alle übereinander. Durch die mit starken Eisengittern geschützten Fenster dringt kaum Licht; in diesen finsteren Kammern hausen die unseligen Verbrecher. Ich ging nicht hinein, sondern blieb im Hof stehen, wo sich seltsame, schwarz gekleidete Figuren aufhielten, die meisten offenbar Freunde und Bekannte der zum Tode Verurteilten. Mr. Rice, der Makler, saß in einem anderen Teil des Gebäudes. In den Zellen sah man Paul Lewis, den Räuber, und Hannah Diego, die Diebin.[40] Ich sah, wie sie in die Kapelle geführt wurden. Die Frau war ein großes, apathisches Geschöpf. Paul, der bei der Handelsmarine gedient hat und Captain genannt wurde, war ein weicher, lebhafter junger Mann – ein Macheath[41], in weißem Mantel, blauer Seidenweste, mit adrett geflochtenem Haar und einem Hut mit Silberborte, den er keck in die Stirn geschoben hatte. Ein Bekannter fragte ihn, wie es ihm gehe. »Sehr gut«, sagte er, schickalergeben. Der arme Kerl! Er tat mir sehr leid, und ich hätte gerne etwas für ihn getan.

4. 5.

Meine Neugier auf das trübselige Schauspiel der Hinrichtungen war unwiderstehlich, obwohl mir klar war, daß die Szene mich sehr mitnehmen würde. In meiner Jugend hatte ich so viel von Tyburn[42] gelesen, daß mich ein makabres Verlangen erfüllte, eine Exekution mitzuerleben. Ich wollte auch in den letzten Augenblicken von Paul Lewis mit dabeisein, dem hübschen Burschen, den ich gestern gesehen hatte. Ich nahm deshalb Captain Temple[43] mit, und gemeinsam stiegen wir auf ein Gerüst ganz in der Nähe des fatalen Baumes, von wo wir einen prächtigen Blick auf die grausame Szenerie hatten. Eine große Zuschauermenge hatte sich versammelt. Mir fuhr der Schreck gewaltig in die Glieder,[44] und meine Stimmung verfinsterte sich.

Danach ging ich zu Lord Eglington und bat ihn, mich auf andere Gedanken zu bringen. Er schlug mir vor, mich umzuziehen und mit ihm zu Abend zu essen; danach wollte er mich nach Ranelagh[45] mitnehmen und mich ein paar hübschen Frauen vorstellen. Die neuen Kleider und das Essen ließen meine Stimmung wieder steigen.

16. 5.

Temple und sein Bruder frühstückten bei mir. Ich ging zu Love, um etwas von dem Geld zurückzufordern, das er mir schuldet, aber eine einzige Guinee war alles, was ich aus ihm herausholen konnte. Er war gerade dabei, zu Abend zu essen, deshalb blieb ich eine Weile und aß mit ihm, was mich hinterher ärgerte. Bei Davies[46] in der Russell Street trank ich Tee, und ungefähr um sieben Uhr kam der große Mr. Samuel Johnson herein, den ich schon so lange kennenlernen wollte. Mr. Davies stellte mich ihm vor. Da ich seine unausrottbare Abneigung gegen alles Schottische kannte, sagte ich zu Davies: »Sagen Sie ihm nicht, woher ich komme!« Aber schon sagte er: »Aus Schottland.« »Mr. Johnson«, sagte ich darauf, »ich komme tatsächlich aus Schottland, kann aber nichts dafür.« »Sir«, antwortete er, »ich stelle immer wieder fest, daß eine große Anzahl Ihrer Landsleute auch nichts dafür kann.«

Mr. Johnson ist ein Mensch von äußerst unangenehmer Erscheinung. Er ist sehr groß, hat blutunterlaufene Augen, zuckt mit allen Gliedern und ist von Pockennarben übersät. Er ist schlampig gekleidet und spricht mit mißtönender Stimme. Und doch verlangen sein überragendes Wissen und die Kraft seiner Sprache Respekt und machen ihn zu einem begehrten Gesellschafter. Er hat viel Humor und ist ein ehrenwerter Mann. Seine dogmatische Haltung macht ihn jedoch unsympathisch. Ich werde in Zukunft aufschreiben, was ich von seiner Unterhaltung behalten habe. Er sagte zum Beispiel, manche Leute glaubten, ein Schriftsteller sei auch in seinem Privatleben bedeutender als andere Menschen. »Ungewöhnliche Anlagen bedürfen ungewöhnlicher Gelegenheiten zur Entfaltung. In einer barbarischen Gesellschaft ist es sehr wichtig, an Kraft und Weisheit überlegen zu sein; in zivilisierten Kreisen hat man es mit Leuten zu tun, die einem gegen Bezahlung alles abnehmen. Aber es gibt auch noch andere Formen der Überlegenheit wie zum Beispiel die der Geburt, des Besitzstandes und des Ranges, die in der Regel die Menschen so ablenken, daß sie auf individuelles Können gar nicht mehr achten – eine weise Vorsehung hat auf diese Weise für die Erhaltung des Mittelmaßes gesorgt. Der Begriff der Freiheit belustigt die Engländer und hilft ihnen, sich das *taedium vitae*[47] vom Leibe zu halten. Wenn ein Metzger behauptet, er mache sich Sorgen um sein Vaterland, dann ist er in Wirklichkeit nicht besonders beunruhigt.«

Ich bedauerte sehr, ihn um zehn Uhr verlassen zu müssen, weil ich mit Dr. Pringle[48] verabredet war, mit dem ich ein ernstes Gespräch führte – ganz nach meinem Geschmack.

4. 6.

Heute war der Geburtstag des Königs, und ich beschloß, mich als Ganove zu verkleiden, um alles miterleben zu können, was es an diesem Abend zu sehen gab. Ich zog mir meinen zweiten Traueranzug[49] an, in dem ich mich schon seit Monaten pudern lasse, dazu schmutzige Lederhosen und schwarze Strümpfe, ein Hemd von Lord Eglington, das ich schon zwei Tage getragen hatte, und einen kleinen runden Hut mit angelaufenen Silbertressen, der einem ehemaligen Offizier des königlichen Freikorps gehörte; in der Hand trug ich einen alten, abgewetzten Eichenstock. Wenn das nicht das Bild eines ausgemachten Spitzbuben war! Ich ging in den Park, sammelte ein primitives Weibsstück auf, gab mich als Friseur aus und wurde mit ihr für Sixpence handelseinig, ging Arm in Arm mit ihr bis ans Ende des Parks, versenkte meine Maschine in ihre Fahrrinne und benahm mich überaus mannhaft. Dann ging ich zum Friedhof von St. Paul's und in Ashley's Punschhaus, wo ich drei Glas zu drei Pence trank. Im Strand las ich ein kleines Flittchen auf und gab ihr Sixpence. Sie gewährte mir zwar Zutritt, aber das kleine Biest verweigerte den Vollzug. Ich war jedoch stärker als sie und drückte sie gegen die Mauer. Plötzlich entwischte sie mir, schrie laut los, und ein ganzes Rudel von Huren und Soldaten kam ihr zu Hilfe. »Kameraden«, sprach ich zu den Soldaten, »sollte ein Offizier mit halbem Deputat nicht für Sixpence sein Vergnügen haben dürfen?« Die Soldaten ergriffen für mich Partei, ich beschimpfte das Weibsbild wie ein echter Ganove und trollte mich von dannen. In Whitehall gabelte ich eine andere Hure auf, bei der ich mich als Straßenräuber ausgab und beteuerte, ich habe kein Geld – sie möge mir vertrauen. Das tat sie aber nicht. In gewisser Weise schmeichelte es meiner Eitelkeit, daß ich trotz meiner Verkleidung immer noch für einen Gentleman gehalten wurde. Etwa um zwei Uhr kam ich nach Hause, ziemlich erschöpft.

5.6.

Die Strapazen von gestern nacht machten mich träge und ruhebedürftig. Ich ließ mir von meinem Dienstmädchen Tee machen und frühstückte im Bett, was ich für den Gipfel des Luxus halte. Faul und versonnen rekelte ich mich bis gegen drei im Bett, dann kamen Temple und sein Bruder, die sich über meine Unlust amüsierten. Dann stand ich auf, zog mich an und ging zu Miss Temple[50], die ich allein vorfand. Sie war in munterer Stimmung, setzte mir Erdbeeren mit Schlagsahne vor und machte mir deutliche Avancen. Aber leider, nach den Ausschweifungen der letzten Nacht und dem verbummelten Vormittag, sowie angesichts der Tatsache, daß ich ernsthaft in sie verliebt bin, rührte sich absolut nichts bei mir. Ich bat sie um Nachsicht, sie zeigte Verständnis und meinte, derartiges passiere häufiger nach reichlichem Alkoholgenuß. Ich war trotzdem einigermaßen verwirrt.

6. 6.

An diesem Tag ereignete sich nichts Bemerkenswertes. Von heute an bin ich entschlossen, dieses mein Tagebuch sehr viel ernster zu nehmen. Ich werde nie wieder alberne Banalitäten registrieren, sondern nur das wirklich Berichtenswerte festhalten.

8. 6.

Abends erhielt ich einen sehr freundlichen Brief von meinem Vater, in dem er erklärt, ich könne seinetwegen jeden Beruf ergreifen, der mir zusage, doch halte er wenig von der militärischen Laufbahn; wenn ich mich auch nur ein wenig der Juristerei widmen wolle, wie es sich für seinen ältesten Sohn schließlich gehöre, würde er mich auf jede Weise unterstützen. Es war ein verständnisvoller und nachsichtiger Brief, der mir zu denken gab.

Ich sagte mir, daß ich inzwischen weiß, wie wenig man sich auf die Gunst der Großen dieser Welt verlassen kann, wenn sie nur auf persönliches Wohlwollen gegründet ist. Auch wurde mir klar, daß ich beim Militär nicht die geringste Aussicht auf eine Karriere haben würde, zumal ich gegen den Widerstand meiner Eltern anzugehen hätte und wahrscheinlich bald die Lust verlieren würde. Ich sagte mir, daß mir im Zivilleben alles viel leichter fallen würde, daß ich in meiner Heimat dauerhaftes Ansehen erwerben und obendrein meinem wackeren Vater eine Freude machen würde – einem Mann, der zwar engstirnig, aber einer der besten Menschen der Welt ist.[51]

14.6.

Ich hätte gestern noch erwähnen sollen, daß ich Mr. Johnson meine Aufwartung gemacht habe, der sehr liebenswürdig zu mir war. Er sagte, jemand wie der Kunstreiter Johnson verdiene höchste Anerkennung, weil er demonstriere, wozu der Mensch fähig sei und dadurch unsere Achtung vor der Spezies Mensch erhöhe; außerdem zeige er uns, wie weit man es mit Ausdauer und Fleiß bringen könne. »Jedermann darf hoffen, in dem von ihm gewählten Betätigungsfeld durch Fleiß und Hingabe voranzukommen, selbst wenn es ihm nie gelingen wird, gleichzeitig auf drei Pferden zu reiten oder auf dem Drahtseil zu tanzen.« Derartig Gescheites äußert Mr. Johnson selbst über die trivialsten Alltagsdinge. Ich halte mich nie in der Nähe dieses großen Mannes auf, ohne mir wie ein besserer und glücklicherer Mensch vorzukommen. Beim Abschied gab er mir die Hand und fragte, warum ich ihn nicht öfter besuche. Ich sagte, ich fürchte, ihm lästig zu werden. Er meinte, das sei nicht der Fall – im Gegenteil, er freue sich, mich zu sehen. Kann ich darauf etwa nicht stolz sein? Heute ist nichts passiert.

25. 6.

Mr. Johnson speiste bei Cliftons[52] im gleichen Raum wie ich. Er geriet mit einem Iren in einen Streit über die Frage, warum ein Teil der Menschheit dunkelhäutig ist. Er sagte: »Es gibt drei Erklärungen dafür. Entweder sind die Menschen die Nachfahren des Ham[53], auf dem ein Fluch lastete, oder Gott hat von Anfang an zwei Menschensorten geschaffen, schwarze und weiße – oder aber die menschliche Haut wird von der Sonne versengt und kommt so zu der schwarzen Färbung. Dieses Problem ist von Naturforschern mehrfach erörtert, aber nie eindeutig geklärt worden.« Der Ire erregte sich darüber sehr, woraufhin Johnson ruhig aufstand und von dannen schritt. Der Ire meinte später, Johnson habe eine abstoßende Wirkung, er sei affektiert und pomadig, was einem so genialen Mann schlecht anstehe.

Abends um neun Uhr gingen Mr. Johnson und ich in die »Mitra«[54] in der Fleet Street. Es war sehr entgegenkommend von ihm, mich seiner Gesellschaft zu würdigen. Ich war sehr stolz, wenn ich mir klarmachte, mit wem ich da zusammen war. Johnson meinte, Colley Cibber[55] sei alles andere als ein Dummkopf, habe sich aber übernommen und laufe nun Gefahr, seinen Ruhm zu verspielen. Seine Freunde hätten das Gerücht verbreitet, Cibbers Geburtstagsoden seien vorsätzlich schlecht geschrieben – das stimme aber nicht. Ich werde Johnsons Aussprüche ohne irgendeine Ordnung aufschreiben und auch meine Fragen weglassen; nur ganz selten werde ich die Dialogform benutzen.

Ich erzählte ihm dann meine Lebensgeschichte, der er aufmerksam zuhörte. Ich berichtete ihm, daß ich ein strenggläubiger Christ gewesen, mir dann aber der Glaube abhanden gekommen sei. Jetzt sei ich jedoch zu einer vernünftigen Haltung zurückgekehrt: ich glaube an die Lehren der christlichen Religion, obwohl mir nicht alle ihre Einzelheiten klar sind. Johnson war von meiner offenen, ehrlichen Art sehr angetan und rief aus: »Geben Sie mir Ihre Hand, ich habe Gefallen an Ihnen gefunden!« Dann bestärkte er mich in meinem christlichen Glauben, indem er mir die Kraft der Gottesbeweise aufzeigte und mir erklärte, wie wenig wir von den letzten Dingen wissen können – Einwände und Fragen nach dem Warum oder Warum nicht können da nicht viel ausrichten; er für sein Teil glaube, daß alle Christen, ob Katholiken oder Protestanten, in den wichtigsten Glaubenssätzen übereinstimmen und daß ihre Meinungsverschiedenheiten unerheblich oder vielmehr politischer, nicht religiöser Natur seien.

Er sprach auch vom Gespensterglauben und erklärte, er unterscheide zwischen dem, was man mit Hilfe der Einbildungskraft herausfinden könne und was nicht.

Ich erzählte ihm mein ganzes Leben. »Sir«, sagte er, »Ihr Vater wollte mit zwanzig Jahren aus Ihnen machen, was Sie erst mit dreißig sein werden. Glauben Sie mir, das Leben eines schottischen Gutsherren, der für das Wohl vieler Familien die Verantwortung trägt, gehört zum Höchsten, was der Mensch erreichen kann; ein Börsenmakler mit 100 000 Pfund ist nichts dagegen. So ist zum Beispiel der Herzog von Bedford trotz seines gewaltigen Reichtums im Grunde ein Winzling: er hat keine Pächter, die sich als Nutznießer seiner patriarchalischen Fürsorge empfinden können.

Sir, Vater und Sohn sollten sich von einem gewissen Zeitpunkt an trennen. Ich habe nie daran geglaubt, was mir mein Vater gesagt hat; ich fand immer, daß er nur im offiziellen Ton mit mir spricht, genau wie ein Priester.

Ich bin ein Freund gesellschaftlicher Rangunterschiede; sie tragen wesentlich zum Glück einer Gesellschaft bei, denn es gibt ein wechselseitiges Wohlgefühl beim Regieren und beim Regiertwerden.

Sir, es ist wichtig für Sie, daß Sie unangenehme Kontakte dadurch abbrechen, daß Sie ins Ausland gehen. Ich würde immer dorthin reisen, wo es einen Hof gibt und Gelehrte.«

Ich klagte ihm dann, wie wenig ich wisse, und sprach vom Studium. »Sir«, sagte er, »reden wir jetzt nicht vom Studium. Ich werde für Sie einen Plan entwerfen, das braucht aber seine Zeit.« Ich bot ihm die Hand. »Wollen Sie sich wirklich meiner annehmen? Es ist sehr gütig von Ihnen, Mr. Johnson, daß Sie mich in Ihrer Nähe dulden. Vor ein paar Jahren noch hätte ich mir nicht träumen lassen, daß ich einen Abend mit dem Autor des ›Rambler‹[56] verbringe.« Das kam mir vom Herzen, was er durchaus spürte; er war sehr zufrieden und sagte: »Sir, es freut mich, daß wir uns begegnet sind – ich hoffe, daß wir noch manchen Abend und manchen schönen Tag miteinander verbringen.« Später sagte er: »Sir, es gibt große Teile von Spanien, in die noch kein Mensch seinen Fuß gesetzt hat; selbst jemand, der weniger begabt ist als

Sie, könnte in diesem Land nützliche Beobachtungen anstellen.« Das gefiel mir sehr. Wir blieben bis gegen zwei Uhr zusammen und tranken einige Flaschen Port. Ich ging in überaus gehobener Stimmung nach Hause.

1.7.

Mr. Johnson, Dr. Goldsmith[57] und ich speisten zusammen in der »Mitra«. Die Vorstellung, daß ich in London mit Berufsschriftstellern zusammensaß, berührte mich eigenartig. Goldsmith versuchte zu stark, sich in den Vordergrund zu drängen. Er stellte die Behauptung auf, daß Wissen um seiner selbst willen nicht immer wünschenswert sei, da es oft mit Unzuträglichkeiten verbunden sei. Johnson räumte ein, daß es Nachteile mit sich bringen könne, bekräftigte aber, daß »Wissen an sich« etwas sei, das schließlich jedermann anstrebe, selbst wenn der Wissenserwerb gelegentlich mit Mühsal verbunden sei, die nicht jeder auf sich zu nehmen bereit sei.

Bevor Johnson zu uns stieß, trug mir Goldsmith einige seiner neuen Gedichte vor, die mir gefielen – ich riet ihm, einen Band davon zu veröffentlichen. Er sagte, ich verstünde es, die Leute zum Reden zu bringen. »Sir«, sagte ich, »das ist fast so gut wie selber sprechen.« »In der Tat«, meinte er, »Sie können wirklich beides.« Ich muß tatsächlich sagen: Wenn ich auf irgendeinem Gebiet besonders begabt bin, dann darin, mit Menschen geschickt umzugehen und mich ihnen gefällig zu erweisen. Der Abend verging auf überaus wohltuende Weise; ich war sehr still und aufmerksam.

5. 7.

Ich machte Mr. Johnson meine Aufwartung. Er sagte, er habe sich Ogilvies[58] Gedichte angesehen, könne aber nicht viel Gescheites in ihnen entdecken. »Und was man darin Phantasie nennen könnte, war vielleicht früher einmal Phantasie, aber bei ihm ist es das ebenso wenig, wie das Echo eine Stimme ist. Auch im Ausdruck hat er nicht viel Eigenes.« Kurz, ich stellte fest, daß Mr. Johnson nicht viel von meinem Dichterfreund aus Aberdeenshire hielt. Ich kann mich jedoch des Eindrucks nicht erwehren, daß mehr in ihm steckt, als dieser große Kritiker zugeben will. Ogilvies Gedichte formulieren so manchen hübschen Gedanken durchaus mit Phantasie. Und was den Mangel an Originalität betrifft – die ist ohnehin, fürchte ich, schwer zu erreichen. Johnson könnte darauf antworten: Wahres Genie ist eben selten.

6. 7.

Wir kamen auf Schottland zu sprechen. Ogilvie meinte, die Landschaft dort biete den Anblick erhabener Wildheit. »Sir«, sagte Johnson darauf, »ich glaube Ihnen ja, daß Sie mit erhabener Wildheit gesegnet sind. Aber in Norwegen gibt es auch erhabene Wildheit, und Lappland ist bekannt dafür, daß es davon im Übermaß besitzt. Ich bin überzeugt, mein Herr, der erhabenste Anblick, den es für einen Schotten geben kann, ist die Landstraße, die ihn nach England führt!« Wir brüllten vor Begeisterung über dieses neue Beispiel von Johnsons urwüchsigem Humor.

14. 7.

Mr. Johnson und ich trafen uns in der »Mitra«. Er war in prächtiger Stimmung, obwohl es heftig regnete. Ich bemerkte, der Regen sei gut für die Pflanzen. »Ja, Sir«, sagte er, »und für die Tiere, die diese Pflanzen fressen, und für die Tiere, die diese Tiere fressen.« Das Abendessen war vorzüglich, was uns in die angenehmste Stimmung versetzte. Ich sagte zu ihm: »Sir, wir beide verstehen uns sehr gut, aber mit meinem Vater verstehe ich mich überhaupt nicht. Woran kann das liegen? Sie sind genauso alt wie mein Vater und mindestens ebenso gelehrt und erfahren.« »Sir«, sagte er, »ich bin ein Mann von Welt. Ich lebe mitten in der Welt und nehme so viel wie möglich von ihr in mich auf. Ihr Vater ist ein Richter in einer abgelegenen Gegend, und seine Weltanschauung stammt noch aus der alten Welt. Außerdem – es muß immer einen Kampf zwischen Vater und Sohn geben, weil der eine Macht will und der andere Unabhängigkeit.« Ich sagte ihm, daß ich befürchte, mein Vater werde mich dazu zwingen, Rechtsanwalt zu werden. »Sir«, sagte er, »davor brauchen Sie keine Angst zu haben. Er kann Sie nicht dazu zwingen, Anwalt zu werden. Das Sprichwort sagt: ›Es kann einer ein Pferd zur Tränke führen, aber selbst zwanzig Männer können es nicht zum Trinken zwingen.‹ Ihrem Vater mag das nicht gefallen, aber im Grunde kann er nicht viel ausrichten.«

Er sagte, er würde mir von einem festen Arbeitsplan abraten, er selber habe sich nie länger als einen Tag an einen solchen Plan halten können. »Die Menschen sollten nur das lesen, was ihnen Spaß macht; was sie aus Pflichtgefühl lesen, wird ihnen wenig nützen. Müßiggang ist ein Laster, das man bekämpfen sollte. Wenn ein junger Mensch täglich fünf Stunden liest, wird er sich eine Menge Wissen aneignen.«

Er empfahl mir, im Ausland so häufig wie möglich mit Gelehrten zusammenzukommen, besonders mit Universitätsprofessoren und Geistlichen. Ich glaube selber auch, daß Geistliche, besonders Jesuiten, die lehrreichste Gesellschaft für mich sein werden. Ich hoffe, daß ich von ihnen lernen kann und nach und nach ein gesetzter und gescheiter Mann werde.

Mr. Johnson hält die freiwillige Lektüre für vergleichbar mit der Neigung, immer nur das zu essen, worauf man Appetit hat. Ich fürchte nur, ein Magen, der allzu lange gefastet hat, wird sich am Ende nichts mehr aus dem Essen machen. Je länger er ohne Nahrung auskommen muß, desto schlimmer ist es. Deshalb dürfen wir nicht warten, bis der Appetit wiederkommt, sondern müssen sofort für kräftige Kost sorgen; dann kann der Magen sich daran gewöhnen, seinen natürlichen Appetit wiedergewinnen und ihm frönen. So ist es auch mit geistiger Nahrung, wenn nach vielfältigen Ablenkungen kaum noch Appetit vorhanden ist. Wir müssen ihn uns nach und nach wieder angewöhnen – und dann erst können wir beurteilen, welches Studium für uns geeignet ist. Das muß jetzt mein oberstes Ziel sein. Wenn ich nach Utrecht gehe, hoffe ich, wenigstens nützliche Literaturkenntnisse zu erwerben.

Als wir heute abend in die »Mitra« gingen, sagte Mr. Johnson: »Heute trinken wir aber nicht zwei Flaschen Port!« Als wir die erste ausgetrunken hatten, verlangte er noch ein großes Glas Port, und als das leer war (und ich den Rest gerecht verteilte), sagte er: »So genau brauchen Sie nun auch nicht abzuzirkeln.« »Sir«, sagte ich, »schon geschehen.« »Nun«, sagte er, »sind Sie zufrieden, oder wollen Sie noch mehr?« »Wie steht es mit Ihnen?« fragte ich. »Ja«, sagte er, »ich glaube ja. Zwei Flaschen sind wohl doch für uns das richtige Maß.« Und so bestellten wir noch eine Flasche.

Bei einem so bedeutenden Mann wie Johnson registriere ich selbst die geringste Einzelheit, um später diese kleinen Geschichten in Literatenkreisen kolportieren zu können. Johnson nahm mich in einer herzlichen Geste bei der Hand und sagte: »Mein lieber Boswell, ich schätze Sie über alle Maßen!« Wer würde sich darauf nicht etwas einbilden!

15. 7.

Eine Flasche schweren englischen Portweins ist eine erhebliche und benebelnde Dosis. Ich spürte die Nachwirkungen mehrere Tage lang; heute morgen brannten mir alle Adern. Dempster[59] kam mich besuchen und sagte: »Besser mit achtzehn das Zipperlein als die Gelegenheit versäumen, mit einem Mann wie Johnson zusammen zu sein.«

16. 7.

Seit mir die Ehre zuteil wurde, der Freundschaft von Mr. Johnson teilhaftig zu werden, habe ich ernsthaft über die Pflichten nachgedacht, die uns Moral und Religion auferlegen, sowie über die Würde der menschlichen Natur. Ich bin zu der Einsicht gelangt, daß das wahllose Zusammensein mit Frauen verwerflich ist; damit trägt man seinen Teil dazu bei, Verwirrung und Elend unter die Menschen zu bringen. Außerdem bedeutet es eine Mißachtung der Gesetze des allmächtigen Schöpfers, der die Ehe zum gegenseitigen Wohlbefinden der Geschlechter bestimmt hat, zur Fortpflanzung und zur angemessenen Erziehung der Kinder. Es ist unbezweifelbar: wenn alle Frauen und Männer in England nur auf die tierische Befriedigung ihrer Triebe erpicht wären, böte die Gesellschaft in der Tat ein schlimmes Bild, ja, sie würde wahrscheinlich nach einiger Zeit zu bestehen aufhören. Unabhängig von diesen Überlegungen habe ich mich erst gestern wieder den wildesten Ausschweifungen hingegeben. Ich bin jetzt jedoch entschlossen, gegen derartige Anwandlungen auf der Hut zu sein.

Bei unserem letzten Treffen erzählte mir Johnson, daß er, als er zum erstenmal nach London kam und sich mühsam durchschlagen mußte, sich von einem, der sich auskannte, habe sagen lassen müssen, daß man mit dreißig Pfund im Jahr durchaus auskommen könne, ohne in schlechten Ruf zu geraten, das heißt, man könne sich zumindest immer sauberhalten, denn für Kleidung und Wäsche seien etwa zehn Pfund anzusetzen. Man solle ruhig in einer Dachkammer wohnen, habe er ihm gesagt, da nur die wenigsten Leute sich nach der Adresse erkundigten, und denen könne man leicht irgendeinen Ort angeben, wo man zu treffen sei. Für drei Pennies könne man sich in einem Kaffeehaus stundenlang in guter Gesellschaft aufhalten. Für eine Mahlzeit brauche man nicht mehr als Sixpence auszugeben; Brot und Milch reiche fürs Frühstück, und auf ein Abendessen könne man verzichten.

Johnson empfahl mir, ein Tagebuch zu führen, ehrlich und ungeschminkt. Er meint, das sei eine sehr gute

Übung, die mir unendlich viel Befriedigung verschaffen werde, wenn später die Einzelheiten meinem Gedächtnis entfallen sein würden. Ich sagte ihm, daß ich das bereits täglich tue, seit ich Schottland verlassen habe; er meinte, es mache ihn glücklich, daß ich einen so lobenswerten Vorsatz verfolge. Und du, mein Tagebuch, bist du dadurch nicht aufs höchste geadelt? Wirst du nun nicht doppelt und dreifach aufblühen? Nie haben Ermahnungen und Mißbilligungen mich dazu bringen können, dich beiseite zu legen; gibt es jetzt irgendeinen Grund, der die Segnung durch Mr. Johnson außer Kraft setzen könnte? Er sagte tatsächlich, ich solle es geheimhalten und mich eines Freundes versichern, der es nach meinem Tode verbrennt. Ich bin aber im Augenblick derart in dieses mein Tagebuch vernarrt, daß mir der Gedanke, es könne verbrannt werden, einen Schock versetzt. Im Gegenteil – der Gedanke wäre mir nicht unangenehm, es dem Archiv von Auchinleck einzuverleiben. Ich bin derzeit zu keiner objektiven Beurteilung seiner Qualitäten in der Lage – vielleicht in ein paar Jahren. Ich sagte Mr. Johnson, daß ich darin allerlei kleine Begebenheiten festhalte. »Sir«, sagte er, »nichts ist zu klein für eine so winzige Kreatur wie den Menschen. Nur durch das Studium der kleinen Dinge bringen wir es zu der großen Kunst, dem Elend aus dem Wege zu gehen und ein Höchstmaß an Glück zu erreichen.«

19. 7.

Ich besuchte Mr. Johnson. Sir Thomas Robinson war bei ihm; er bemerkte, der König von Preußen[60] halte sich auf drei Dinge etwas zugute: ein Kriegsheld, ein Musiker und ein Schriftsteller zu sein. »Nicht übel für einen Mann«, sagte Mr. Johnson. »Was seinen Rang als Schriftsteller angeht: seine Gedichte kenne ich nicht, aber seine Prosa ist ungehobelt. Er schreibt so, wie man es von Voltaires Diener erwarten würde. Er ist etwa so begabt wie ein Kammerherr, der davon profitiert hat, daß er die Werke seines Herrn ins reine schreiben durfte.« Ich konnte mir die Bemerkung nicht versagen: »Wieviel weniger braucht man doch zu einem König als zu einem Schriftsteller! Der König von Preußen ist unbestreitbar der größte aller Könige auf Erden, und doch macht er eine jämmerliche Figur als Autor.«

22. 7.

Mr. Johnson sagte, er schätze die Gesellschaft junger Leute – »weil ich mich gegen das Altern sträube. Außerdem halten solche Bekanntschaften besonders lange (*wenn* sie halten!), und schließlich haben junge Leute interessantere Eigenschaften als alte. Sie sind in jeder Hinsicht großzügiger. Ich habe etwas übrig für junge Stifte – sie haben mehr Witz, Humor und Pfiff, als wir damals hatten. Aber junge Leute sind eben keine guten Wissenschaftler. Sir, ich habe in jungen Jahren sehr viel gelesen. Es ist traurig, aber wahr: mit achtzehn wußte ich genauso viel wie heute. Mein Urteil war damals zwar nicht so sicher, aber die Fakten standen mir alle zur Verfügung. Ich weiß noch genau – als ich fünfundzwanzig war, sagte einmal ein alter Mann in Oxford zu mir: ›Junge, klemm dich fleißig hinter die Bücher und schaffe dir einen Wissensvorrat an, denn wenn du in die Jahre kommst, wird das Studieren eine mühsame Angelegenheit.‹«

Ich klagte Mr. Johnson mein Leid mit der Melancholie, die in unserer Familie erblich ist. Er sagte, ihm gehe es ähnlich, er habe deshalb das Studium aufgegeben und statt dessen Zerstreuung gesucht. Er riet mir zu regelmäßiger geistiger Beschäftigung, Gymnastik und mäßigem Lebenswandel, vor allem solle ich abends nichts mehr trinken. »Melancholische Menschen neigen dazu«, sagte er, »sich der Unmäßigkeit hinzugeben, was ihnen zwar vorübergehend Erleichterung verschafft, sie aber danach um so tiefer ins Elend stürzt.«

Es tat mir gut, mit Mr. Johnson über meine Probleme sprechen zu können, und als sich herausstellte, daß er selber unter ähnlichen Stimmungen leidet, empfand ich die eigenartige Genugtuung, die einen bei dem Gedanken erfüllt, daß man in seiner Not nicht allein ist; je bedeutender die Person des Mit-Leidenden, desto größer die Befriedigung.

Er sagte, er habe den Wunsch, die westlichen Inseln Schottlands kennenzulernen und würde das gern zusammen mit mir tun, wenn ich aus dem Ausland zurück sei, sofern sich in der Zwischenzeit nicht ein anderer Reisegefährte finde, was er für wenig wahrscheinlich halte. Er sagte: »Es gibt nur wenige Menschen, die mir so ans Herz gewachsen sind wie Sie«, und als ich von meiner bevorstehenden Abreise sprach, sagte er mit so viel Gefühl, daß ich fast weinen mußte: »Mein lieber Boswell, ich wäre untröstlich über unsere Trennung, wenn ich nicht wüßte, daß wir uns wiedersehen werden.« Er behauptete, Schuljungen seien die glücklichsten Menschen der Welt. Ich hielt dagegen, ein erwachsener Mann sei noch glücklicher. Er meinte, wenn ein Junge eine Tracht Prügel bezieht, sei das nicht so schlimm, wie wenn ein erwachsener Mann den ganzen Unmut der Welt zu spüren bekomme. Er sprach dann davon, wie sehr die Menschen nach Ruhm gieren; je größer ihr Ruhm sei, desto mehr Angst haben sie, ihn einzubüßen. Ich fand es bemerkenswert, daß selbst der große Johnson nicht gefeit gegen diese Anwandlung ist.

28. 7.

Wir sprachen von mir. Er meinte, für mein Alter wisse ich schon sehr viel. Niemand könne sich beklagen, der halbwegs gebildet sei und viele Menschen unter sich sehe; ich hätte wahrscheinlich kaum mehr als sechs über mir. (Vielleicht auch gar keinen – ich jedenfalls kenne keinen.) Das war ein großes Lob.

Als wir spät am Abend Arm in Arm über den Strand[61] gingen, sprach uns eine Dirne an. »Nein«, sagte Mr. Johnson, »nein, daraus wird nichts.« Wir sprachen dann von der unglücklichen Lage dieser armen Kreaturen, und wieviel mehr Unglück als Glück durch unregelmäßige Liebschaften entsteht.

2. 8.

Johnson sagte, er empfände ständig die Neigung, nichts zu tun. Ich sagte, es sei seltsam, daß der faulste Mann in ganz England die denkbar mühsamste Arbeit vollendet habe: »Das englische Wörterbuch«. Er sagte, diese Arbeit habe ihn zehn Jahre gekostet; hätte er regelmäßig daran gearbeitet, wäre er in drei Jahren fertig gewesen.

4. 8.

Dies ist nun mein letzter Tag in London, bevor ich meine Reise antrete, und somit ein wichtiger Einschnitt in meinem Tagebuch. Anlaß für mich, mein Leben seit Beginn des Tagebuchs zu überdenken. Ist es nicht wie ein Traum vergangen? Gewiß, aber ich habe auch an Weltkenntnis hinzugewonnen. Ich kam hierher, um in die Garde einzutreten. Wie anders sieht jetzt alles aus! Meine unmittelbaren Pläne sind zwar für mich nicht sehr reizvoll, aber sie sind vernünftig und auf lange Sicht wohl auch sinnvoll. Ich brauche das Ziel nur im Auge zu behalten: vielleicht bringe ich es doch noch zu Würde und Ansehen. Innerlich bin ich unruhig. Die Vorstellung, auf Reisen zu gehen, andere Länder und Menschen kennenzulernen, gefällt mir sehr, und doch ist mir nicht ganz wohl bei dem Gedanken, bald die Britischen Inseln verlassen zu müssen. In einem fremden Land werde ich mich nicht wohlfühlen. Ich bin auch traurig, daß ich London verlassen muß, wo ich mich wohlfühle und meine glücklichste Zeit verlebt habe. Immerhin – im Ausland gelebt zu haben wird mich später mit Stolz erfüllen. Ich werde gefaßt sein wie ein Mann und mich der Obhut meines barmherzigen Schöpfers anvertrauen.

II
Boswell in Holland

1763

1. 8. (London)

Beschließe, jetzt ernsthaft zu studieren.[1] Bedenke, daß du weniger Reisender als Student bist. Sei ein liberaler Student. Lerne Zurückhaltung. Behalte deine Melancholie für dich, dann kannst du auch deine Freunde behalten.

Du hast einen würdigen Vater, dessen Wohlbefinden davon abhängt, daß du dich anständig benimmst und kein Aufsehen erregst. Sei reserviert und ruhig und zeige Beständigkeit des Charakters.

2. 8.

Bringe das Tagebuch auf den letzten Stand. Sei um zwei Uhr bei Johnson, mache dich um drei reisefertig, packe deine Sachen, sei gefaßt und bringe dich in eine würdige Stimmung für die Reise, schreibe Anweisungen usw.

(Undatiertes Memorandum)

Reise nach Harwich wie weiland dein Vater, ernst und doch komfortabel. Paß auf, was um dich herum geschieht, aber sei gesammelt. Sprich wenig, mache keine vorschnellen Bekanntschaften. Versuche ernsthaft, ein besserer

Mensch zu werden. Es geht nicht nur um dich, sondern auch um deinen wackeren Vater. Sei zurückhaltend im Kummer, dann kannst du es auch in der Freude sein. Reise ins Ausland mit dem mannhaften Vorsatz, zu lernen und mit Johnson zu korrespondieren. Sei ihm dankbar. Versuche, charakterfest und beständig zu werden, Würde zu erlangen. Verzweifle nie. Denke an Johnsons Ausspruch über die Erfahrungen der Menschheit. Bedenke, daß es eine Wahrheit gibt. Bedenke auch, daß du das Leben genießen kannst, wenn du in gefestigter Gemütsverfassung heimkommst; du brauchst dich nicht zu verausgaben oder dich als Stutzer oder junger Dackel auszugeben. Bemühe dich, wie Lord Chesterfield[2] zu sein: ein Mann.

23. 9. (Utrecht, Brief an Johnston)

Ich bin in düsterer Stimmung auf die Reise gegangen. Meine Begeisterung für London war der Grund, warum ich diese Stadt so schweren Herzens verließ. Das wäre nicht der Fall gewesen, hätte ich eine Tour durch die heiteren Gegenden von Italien und Frankreich in Aussicht gehabt. Aber um den Wünschen meines Vaters entgegenzukommen, hatte ich in seinen Plan eingewilligt, den Winter in Utrecht zu verbringen, einer holländischen Universitätsstadt, von der ich allerlei Unangenehmes gehört hatte.[3] Mr. Samuel Johnson gab mir die Ehre seiner Begleitung bis nach Harwich, wo er zuschaute, wie ich mich einschiffte ... Am 7. August landeten wir um zwölf Uhr mittags in Holland. An einem Samstagabend kam ich in Utrecht an, wo mich tiefe Melancholie ergriff. Ich stöhnte bei dem Gedanken, den ganzen Winter in einem so widerwärtigen Ort verbringen zu müssen; ich kam mir alt, elend und verloren vor. Am nächsten Tag ging es mir noch viel schlimmer. Ich hatte nichts zu tun und niemanden, mit dem ich sprechen konnte; ich versank in Verzweiflung und glaubte, die Zeit sei gekommen, wo ich irrsinnig werde. Ich ging auf die Straße und konnte mich selbst in der Öffentlichkeit nicht beherrschen: ich stöhnte laut und weinte bitterlich. Ich sprach zu mir: »Armer Boswell, wie weit ist es mit dir gekommen! Ich armer, elender Wurm, was soll ich nur tun!«[4]

Bitte kümmere Dich um Charles[5]. Temple wird Dir demnächst Geld schicken.

16. 9.

Latein bis zum Frühstück, danach andere Dinge bis elf, dann Ankleiden, um zwölf Französisch, danach Spazierengehen und Mittagessen. Nachmittags Tagebuch usw. Nächste Woche besuchst du Vorlesungen, zwei Stunden,[6] danach eine Stunde Notizen, bei denen du nicht sehr genau zu sein brauchst. Denke an deinen ehrwürdigen Vater. Hüte dich, am Billard zu viel Gefallen zu finden. Nur dann wirst du als Mann von edlem Charakter gelten, wenn du *nicht* Billard spielst. Gib dich locker und natürlich, sei aber auch ein wenig stolz. Schreibe ein Memorandum, in dem du festhältst, daß dies der Winter ist, in dem du deine Marotten los und endlich ein Mann wirst.

(Französischer Aufsatz)

Beim Erlernen einer Fremdsprache ist es nützlich, viel zu schreiben, weil man dadurch die Orthographie lernt, ohne die eine Beherrschung der Sprache immer unvollkommen bleiben muß. Wenn man schreibt, muß man auch die Grammatik beherrschen, sonst macht man absurde Fehler. Aus diesem Grunde habe ich beschlossen, jeden Tag etwas zu schreiben.

18. 9.

Gib Temple[7] einen vollständigen Bericht von deiner Heilung. Beschreibe ihm, wie du deinen Geist mit frivolen Dingen abgelenkt hast, daß du dich der Schwermut hingabst und deine moralischen Pflichten vernachlässigtest, aber auch, daß du dich wieder aufgerafft hast und zurückfandest zu edlem, angemessenem Handeln, das dir selbst in den dunkelsten Stunden Befriedigung verschaffte. Dieser Zustand wird sich verfestigen, je länger du so reagierst. Bitte Temple, sich ständig um dich zu kümmern.

Denke an das Moralgebot des Evangeliums: weil dort das ungesetzliche Konkubinat verboten ist, handle auch danach, halte dich fern von losen Frauen und bewahre deine Kräfte für die Ehe.

19. 9.

Schreibe deine Memoranden immer in Englisch. Französisch kannst du dir für Übersetzungsübungen aufheben. Dein Plan gilt für jede Art von Wetter und in allen Lebenslagen. Du *mußt* Erfolg haben und ein guter, würdevoller, angesehener Mensch werden. Du stehst im Begriff, ein Mann von Charakter zu werden. Lerne, nicht dauernd von dir zu sprechen und maßvoll, zurückhaltend und nur gedämpft lustig zu sein.

20. 9.

Lies viel und bleibe bei deinen Vorsätzen. Schwöre, nicht mehr Billard zu spielen. Sei sparsam, ruhig und glücklich, und sieh zu, daß du bald Wein bekommst.

23. 9. (Boswell an Temple)

Ich habe ein stattliches Haus für mich allein und einen sehr guten Diener[8]. Ich stehe jeden Morgen um sieben auf. Bis neun lese ich Ovid, danach frühstücke ich. Von zehn bis elf lese ich Tacitus. Zwischen elf und zwölf lasse ich mich rasieren und kleide mich dann an. Von zwölf bis eins höre ich eine Vorlesung über bürgerliches Recht. Zwischen eins und drei esse ich zu Mittag und gehe danach spazieren. Von drei bis vier kommt mein Französischlehrer zu mir. Den Rest des Tages verbringe ich mit Lesen und Schreiben.

Ich muß zugeben, daß ich eine Neigung zur Melancholie habe. Ich werde sie wie ein Mann ertragen, die Anfälle dauern nie lange. Ich habe festgestellt, daß ich meine Anwandlungen von Trübsal überwinden kann, wenn auch nicht ganz.

Sei vorsichtig und öffne diesen Brief behutsam, sonst zerreißt Du das Geschriebene.

25. 9. (Boswell an Temple)

Wer wie ich das Leben eines Privatgelehrten führt, ist zwangsläufig ein Egoist, denn die Einsamkeit führt dazu, daß man sich nur um sich selbst kümmert. Wenn wir am geselligen Leben teilnehmen, ergeben sich ständig Gelegenheiten, unseren Mitmenschen behilflich zu sein. Es kommt darauf an, die richtige Mischung aus Aktivität und Muße zu finden.

27. 9.

Verbummele nicht so viel Zeit. Sieh zu, daß du immer etwas zu tun hast, und laß dich nicht ablenken – denke an die Zukunft und dein Leben als Baron und Laird[9] von Auchinleck. Giere niemals nach dem Essen, du ruinierst dir damit die Gesundheit. Laß es dir meinetwegen ins Haus kommen. Denke immer an Tacitus. Gib nie Augenblicksgelüsten nach, laß dich nicht vom Flötenlehrer in deinen Studien unterbrechen.

4. 10.

Du machst leidliche Fortschritte. Mache Auszüge aus Tacitus, Ovid, Xenophon, Voltaire, und stelle dir einen Zitatenschatz zusammen. Du mußt drei Stunden jeden Abend für das Vergnügen ansetzen. Sechs Stunden Arbeit am Tag sind genug.

7.–9. 10. (Französischer Aufsatz)

Gestern abend hatte ich die Ehre, den berühmten Professor Trotz bei mir zu haben. Ich bot ihm ein Glas Wein an, aber er erklärte mir, er leide an einer schlimmen Erkältung und habe Schmerzen in der Brust – der Wein bekomme ihm nicht. Professor Trotz ist ein sehr gelehrter Mann, er war vorher Professor in Friesland, zog aber Utrecht vor, weil die Familie seiner Frau von dort kommt und weil er Utrecht für eine sehr elegante Stadt hält. Da das Leben kurz ist, möchte er es so angenehm wie möglich verbringen. Ich muß immer herzhaft lachen, wenn ich so schlagende Beispiele für die Tatsache erlebe, daß alle unsere Freuden relativ sind. Eben jenes Utrecht, das einem, der aus London kommt, so finster erscheint, wirkt auf einen Menschen aus Franeker in Friesland wie ein paradiesischer Ort der Glückseligkeit.

9. 10.

Gib dich nicht Launen hin – werde ein Mann.

11. 10.

Folge ab heute den Anweisungen von Mr. Locke und verrichte deinen Stuhlgang jeden Tag regelmäßig nach dem Frühstück.[10] Das wird deiner Gesundheit guttun; es ist dringend nötig, daß du auf dein Wohlbefinden achtest. Übe Mäßigung und stehe jeden Morgen um sieben auf. Trinke abends etwas Punsch, um Erkältungen in der ewigen Nässe vorzubeugen, das ist sehr wichtig. Sorge für regelmäßige Bewegung.

12.–14. 10. (Französischer Aufsatz)

Ich genieße es immer mehr, mir die Füße in warmem Wasser zu waschen. Das gibt Ruhe und Gelassenheit; ich scherze nicht, sondern spreche aus Erfahrung. Oft wasche ich mir die Füße jetzt nur zum Vergnügen. Das Füßewaschen verschafft mir großen Genuß – wie groß muß erst der Luxus der Römer gewesen sein, die ihren ganzen Körper mit Waschungen verwöhnten! Spaß beiseite: man kann sich nichts Tröstlicheres vorstellen, als sich nach einem anstrengenden Tag voller Ärger auszuziehen und sich in ganzer Länge in warmem Wasser auszustrecken, die Nerven angenehm zu entspannen, sich träge der Muße hinzugeben und alle Sorgen zu vergessen. Ein warmes Bad ist ein überaus wohltuender Luxus, aber Luxus ist auch sehr gefährlich – ein junger Mann wie ich sollte sich vor Verweichlichung hüten. Ich würde anderen von warmen Bädern abraten und kaltes Baden empfehlen: das gibt Kraft und Lebendigkeit.

14. 10.

Dies ist der große Tag des Abendessens bei Graf Nassau[11]. Kleide dich in Scharlach und Gold, mit feinen Schweizer Seidenstrümpfen, hübschen leichten Schuhen, silbernem Seidenbommel für das Schwert, Barcelona-Taschentuch und dem eleganten Zahnstocherkästchen, das du als Geschenk von einer Dame bekommen hast. Sei ein Mann von Welt und bewahre Würde.

15. 10.

Bringe dein Tagebuch auf den letzten Stand. Sorge dafür, daß dir Graf Nassaus Abendessen als Beispiel dient: du warst zu angeheitert. Versuche, immer die Ruhe zu bewahren.

16. 10.

Du hast deinen Plan aufgestellt und das Tagebuch für eine ganze Woche nachgetragen.[12]

17.–18. 10. (Französischer Aufsatz)

Holland hat ein rauhes Klima, das gefährlich ist für Fremde, die in gemäßigten Breiten aufgewachsen sind. Es gibt hier viel Nebel, extreme Kälte und eine beständige Feuchtigkeit – außer in den Sommermonaten. So etwa könnte ein Nörgler die Vereinigten Holländischen Provinzen beschreiben – wie ich zugeben muß, mit einiger Berechtigung. Wer wirklich in diesem Land gelebt hat, weiß, daß der Unterschied zwischen Holland und anderen Ländern nicht sehr groß ist, wenn man gesund lebt, gut ißt und trinkt, sich sorgfältig kleidet und für ausreichende Bewegung sorgt, was in Holland unbedingt nötig ist für den Blutkreislauf und deshalb auch für die geistige Beweglichkeit. Wenn man sich daran hält und eine geeignete Beschäftigung hat, kann man hier durchaus zufrieden sein.

20. 10. (Französischer Aufsatz)

Die Nachtmütze ist eine ausgezeichnete Erfindung, denn nichts ist wichtiger für die Gesundheit als der Schutz des Kopfes vor feuchter Nachtluft, besonders wenn die Poren offen sind und der Körper sich im Schlaf entspannt. Das ist besonders wichtig für die Zähne, die für den Menschen eine große Rolle spielen. Ohne diese nützlichen Instrumente kann er nicht anständig sprechen, sondern pfeift wie eine Frau von achtzig Jahren. Außerdem kann man ohne Zähne kein Fleisch essen. Monsieur Castillon[13], ein sehr gelehrter Mann, ist ein trauriges Beispiel: seine Zähne sind so schlecht, daß er schon seit Jahren nur noch Kartoffelpüree essen kann. Der kreatürliche Genuß eines herzhaften Bisses in ein großes Stück Rind- oder Hammelfleisch ist ihm versagt, dem armen Kerl. Jetzt geht er nach Berlin.

23. 10.

Gestern warst du zu ausgelassen, redetest zu viel von dir selbst, besonders von deiner Hurerei. Eine Schande. Wenn es dir gelingt, den Mund zu halten, ordentlich zu studieren, kraftvoll zu denken und zu handeln, dann wirst du deinen Weg machen und eine Frau aus den besten englischen Kreisen heiraten.

24. 10.

Mein Freund Mr. Sheridan[14] pflegte zu bedauern, daß Händel[15] ein Ausländer ist und des Englischen nicht hinreichend mächtig. Eine Folge davon ist, daß seine Musik oft nicht richtig zu den Wörtern paßt. Im »Messias« wird immer gesungen: Who *is* the King of glory? und: Ich *bin* der König der Ehren; so geht der vornehme Sinn der Wörter verloren, wenn der Akzent auf *is* und *bin* liegt anstatt auf *wer* und *ich*.

26. 10. (Französischer Aufsatz)

Es heißt, daß David Rizzio[16], Musiker am Hof der Königin Maria von Schottland, ein Komponist besonders hübscher schottischer Melodien ist: sie klingen süß, melancholisch und ganz natürlich. Vielleicht hat dieser geniale Italiener die Lieder seines eigenen Landes mit den schottischen kombiniert, ich meine: er hat den rauhen schottischen Melodien etwas von der Zartheit Italiens gegeben. Im schottischen Hochland gibt es sehr originelle Musik. Die langsamen Melodien sind getragen, die schnellen von verblüffender Lebhaftigkeit: die beste Tanzmusik der Welt.

2.–3. 11. (Französischer Aufsatz)

Ich trage jetzt Hosen aus schwarzem Stoff, der, glaube ich, in Utrecht hergestellt wird. Er besteht aus Leinen und Seide, ist aber sehr dünn und nicht sehr haltbar. Die Hosen aus diesem Stoff trage ich jetzt drei Wochen – sie sind schon ziemlich zerschlissen. Ich schäme mich darin. Wenn ich mit meiner jungen Dame[17] Federball spiele, gerate ich ins Schwitzen, aus Furcht, sie könnte etwas sehr Peinliches entdecken, nämlich daß meine Hosen vorne zwischen den Beinen aufgeplatzt sind; im Eifer des Spiels werde ich manchmal stark wie ein Koloß.[18] Aber sie ist ein sittsames Mädchen und will solche beschämenden Dinge nicht sehen; falls sie doch etwas gesehen hat, würde sie es nicht zugeben. (Mit dem Wort »Hosen« würde sie ihre Lippen nie besudeln, sondern immer nur den ersten Buchstaben hauchen.)

8. 11. (Französischer Aufsatz)

Ich habe mir eine Erkältung geholt, mit schlimmen Auswirkungen. Meine Nase ist verstopft, und ich kann nur mit Mühe atmen, dazu habe ich heftige Kopfschmerzen und Schüttelfrost. Eine Erkältung ist in Wirklichkeit ein Fieber, und oft fängt so eine schwere Erkrankung an. Ich muß mich jetzt sehr vorsehen, denn ich möchte nicht in diesem Land der Nebel sterben. Simonides[19] behauptet zwar, es sei gleichgültig, wo man sterbe, denn es gebe überall »einen Weg ins Jenseits«, aber obwohl ich großen Respekt vor diesem hervorragenden Philosophen habe, teile ich seine Ansichten in dieser Frage nicht. Ich für mein Teil möchte in Auchinleck, London oder Edinburgh sterben und in meinen letzten Augenblicken einen anglikanischen Geistlichen zur Seite haben, der mir aus der Bibel vorliest.

14. 11. (Französischer Aufsatz)

In England herrscht Aufruhr, weil die Tories am Hof in Gunst stehen. »Tory« war ursprünglich ein Spitzname für ungehobelte Iren;[20] die Republikaner übertrugen diese Bezeichnung auf die Loyalisten in England. Mr. Johnson definiert einen Tory in seinem »Wörterbuch« folgendermaßen: »Ein Mann, der der alten Verfassung des Staates die Treue hält sowie der apostolischen Hierarchie der Church of England.« Das ist eine sehr gute Definition. Der Hof ist sicher gut beraten, einer so respektablen Partei seine Gunst zu erweisen, die aus den treuesten Verfassungsfreunden besteht. – Es ist vielleicht ein Vorurteil, aber obwohl die Braunschweiger oder Hannoveraner überaus vornehm sind, ist mir doch der

Gedanke unangenehm, daß der König unseres ruhmreichen Landes ein deutscher Prinz ist und einen barbarischen Namen trägt – Guelfen, glaube ich.[21] Georg III. ist gebürtiger Engländer und hat das Herz eines Engländers. Er ist ein überaus liebenswerter Mensch – vielleicht sind seine Vorzüge eher beachtlich als wirklich groß. Ich habe bisher noch keine Gelegenheit gehabt, mir über seinen Charakter ein Bild zu machen.

24.–26. 11. (Französischer Aufsatz)

In diesen Aufsätzen kann ich der Versuchung zur Komik nicht widerstehen. Ich folge darin dem Beispiel von Rabelais, Tristram Shandy[22] und all den Autoren von ungezügelter Einbildungskraft, die ihre Bücher so geschrieben haben, wie ich meine Aufsätze schreibe: willkürlich, ohne jede Ordnung oder Methode. Gerade deshalb stehen sie in hohem Ansehen bei Lesern von ungezügeltem Temperament, d. h. bei allen, die sich beim Vergnügen nicht mit Nachdenken belasten wollen.

1. 12.

Denke an Johnson! Das Vergnügen ruiniert den Geist. Alles ist verloren, wenn du die Zügel schleifen läßt. Lerne, deine Gefühle nicht offen zu zeigen. Halte dich an deinen Plan, und alles wird gut enden.

6. 12. (Boswell an Temple)

Die Leute mögen von David Hume sagen, was sie wollen: ich bestehe darauf – sein Stil ist alles andere als gut.

Er kokettiert wie ein französischer Marquis. Lies dagegen Mr. Johnson: da hast Du wahren Stil, da hast Du die ganze Würde des englischen Satzbaus. Ich gebe zu, es gibt in Frankreich mehr gute Schriftsteller als in England, aber ich glaube auch, wir haben Autoren, die ein halbes Dutzend Franzosen aufwiegen.

9. 12.

Deine Gesundheit ist in keinem guten Zustand. Die Magenverstimmung breitet sich über den ganzen Körper aus. Gehe in Zukunft regelmäßig und immer zur gleichen Zeit ins Bett. Nimm nur ein leichtes Abendessen zu dir, trinke weniger Wein und mehr Wasser, damit du anständig verdaust.

11. 12.

Gestern hast du dich vorbildlich verhalten. Du hast viel Griechisch gelesen und warst bei Tisch heiter, aber doch zurückhaltend. Es war ein trüber Tag, und du hast zuviel Wildente gegessen – daher die trübe Stimmung. Mache heute einen ausgedehnten Spaziergang, damit du dich wieder frisch fühlst; tue das künftig jeden Tag. Iß nicht so viel.

12. 12.

Bleib bei der Stange. Gib dich nicht mit Kleinigkeiten ab wie eine alte Frau. Gehe pünktlich um Mitternacht ins Bett. Säubere dir die Zähne mit hölzernen Zahnstochern.

19. 12.

Du hast jetzt ein praktisches System. Früher mußten sich deine Pläne dem Augenblick anpassen – jetzt verlangst du vom Augenblick, daß er sich deinen Plänen anpaßt. Versuche nie, zu geistreich zu erscheinen, sei ein liebenswerter, stattlicher Mann. Ziere dich nicht und bekämpfe die Eitelkeit. Sei mäßig und beherrsche dich, auch im Vergnügen. Würden Epiktet[23] oder Johnson sich von anderen Menschen überrumpeln lassen, von albernen, gedankenlosen, verdorbenen Geschöpfen? Nein, sie würden das Beste aus der Situation machen und allen überlegen sein.

28. 12. (Lord Auchinleck an Boswell)

Auchinleck, 28. Dezember 1763

Mein lieber Sohn, – wenn Du alte Bücher aus der Zeit vor 1500 siehst, und sie sind billig, lohnt es sich immer, sie zu kaufen. Da sie direkt nach den Handschriften gedruckt wurden, kann man häufig Entdeckungen in ihnen machen.

Über abstruse Fragen in Juristerei, Philosophie oder Theologie sich den Kopf zu zerbrechen ist sinnlos. Wichtig allein ist, daß Du Deine Pflicht tust, und zwar mit der gebotenen Sorgfalt. Wir können nicht alles wissen, deshalb sollten wir uns vor allem an die nützlichen Dinge halten.

Es freut mich, daß Du die holländische Sprache nicht verunglimpfst, wie das unsere Landsleute in der Regel tun. Gewiß, es ist keine sehr elegante Sprache, es sei denn, man hört sie aus dem Mund einer schönen Frau.

Es ist nicht zu leugnen, daß das Englische viel aus dem Holländischen entlehnt hat.

1764

7. 1.

Du mußt auf deinen Magen achten. Iß abends nur etwas Toast und trinke ein wenig Schokolade; stopfe dich nicht mit einer großen Mahlzeit voll.

8. 1.

Abends beim Prinzen Strelitz[24]. Ich war glücklich und in allem maßvoll, ging in bester Stimmung nach Hause und dachte zufrieden darüber nach, daß ich jetzt vier Monate auf überaus angenehme Weise verbracht habe.

9. 1.

Sah mir Leiden an, Vaters alte Stadt. Du hast inzwischen Gefallen an Holland gefunden. Spielte abends und verlor – das gehört zu den Reiseunkosten. Man sieht dafür die Welt.

12. 1.

Gestern bist du kläglich vom Wege abgekommen. Du verbrachtest den Vormittag mit Stewart, schriebst ein wenig und redetest kraft- und geistlos. Beim Mittagessen sprachst du leidlich Holländisch. Abends wolltest du das Tagebuch vervollständigen. Statt dessen saßest du sieben Stunden beim Kartenspiel mit dem Sekretär und seiner Frau und der Dienerin. Das war schlecht.

18. 1.

Gestern Mademoiselle de Zuylen[25]. Du machtest Besuche und last am Vormittag ein wenig Voltaire. Erhieltest einen langen Brief deines lieben Freundes Johnston. Besorge dir einen Bogen guten Papiers und antworte sogleich.

20. 1.

Du beschäftigst dich mit dem Plan eines schottischen Wörterbuchs[26]. Fange damit an, noch während du hier bist. Brown[27] wird dir dabei helfen. Es ist keine Kleinigkeit und verspricht, ein großes Werk zu werden. Gehe umsichtig vor. Komponiere ein holländisches Lied. Fasse Mut, sorge für körperliche Bewegung und sieh zu, daß du zu Kräften kommst – nur so kannst du deine Nervosität bekämpfen.

20. 1. (Boswell an Johnston)

Ich hatte Dir bereits davon berichtet, daß mein ehrwürdiger Freund Mr. Samuel Johnson mich mit dem Handwerkszeug der Philosophie ausgerüstet hat. In seinem »Rambler« fand ich die Ursachen meines Leidens beschrieben und Wege der Heilung aufgezeigt. Du solltest Dir das Buch beschaffen: es kostet zwölf

Schilling, ist aber sehr viel mehr wert. Lies es gründlich und bemühe Dich, Dir die vornehmen Empfindungen zu erhalten, die es in Dir wecken wird. Es ist das beste Buch, das England für Menschen wie Dich und mich jemals hervorgebracht hat. Die Hauptthese lautet: Die Welt, in der wir leben, ist ein Jammertal. Das Buch kräftigt den Geist, so daß er Widrigkeiten besser widerstehen kann.

Utrecht ist ein ganz vorzüglicher Ort für mich. Ich habe hier glänzende Möglichkeiten, zu studieren und gehobene gesellschaftliche Kreise kennenzulernen. In den Weihnachtsferien war ich in Den Haag; der Lebensstil dort erinnert sehr an Paris. Ich habe dort eine Reihe erstrangiger Leute kennengelernt und bin von ihnen mit vollendeter Höflichkeit behandelt worden. Ich wurde dem Prinzen von Oranien vorgestellt sowie sämtlichen ausländischen Botschaftern – kurzum, jedem.

Ich habe in den letzten sechs Jahren keinen so *vernünftigen* Winter verbracht. Ich bin aber nicht restlos zufrieden, denn das Vergnügen kommt doch etwas zu kurz.

22. 1.

Die Faulheit ist mein Erzfeind – der Feind aller Tugenden, die den Menschen veredeln. Man könnte ebensogut aufhören zu leben, wenn man so faul ist wie ich. Ich möchte noch weiter gehen: noch besser ist es, gar nicht zu leben, als faul zu sein, denn wenn man gar nicht lebt und deshalb nichts Gutes tut, kann man auch nichts Böses tun. Der Mensch ist geschaffen, um geschäftig zu sein; all seine Fähigkeiten, die geistigen wie die körperlichen, liegen brach und verderben im Müßiggang. Ich habe eine natürliche Veranlagung zur Faulheit. Ich bin beleibt, und mein Temperament ist von der Art, die beides, Trägheit und Lebhaftigkeit, in sich vereint.

29.–30. 1.

Um die Wahrheit zu sagen: ich hatte keine gute Erziehung. Man brachte mir Latein und Griechisch bei, aber keine praktischen Fächer. Ich habe ein hervorragendes Gedächtnis, aber was mußte ich auswendig lernen? Redewendungen, Grammatikregeln, ein paar Geschichten. Niemand brachte mir bei, darüber nachzudenken, was ich gelesen hatte – im Gegenteil: ich gewöhnte mir an, ein Buch zu überfliegen, ohne irgendwelche Gedanken daraus zu entnehmen.

1. 2.

In der »Assembly« erschienst du in Seegrün und Silber und warst ausgesprochen brillant – es fiel allgemein auf; du wirktest wie ein Botschafter. Du fühlst dich jetzt sicherer, die Auslandserfahrung macht sich bemerkbar. Du spielst gut Whist. Zum erstenmal spürtest du in Holland die köstlichsten Regungen der Liebe. O la belle Veuve! Sie sprach leise und ganz nahe zu dir, vielleicht, um deinen Atem zu prüfen. Alle Männer waren grün vor Neid. Du führtest sie bei der Hand zu ihrer Kutsche, und du zittertest.

2. 2.

Ich rechne es mir hoch an, daß ich mit meinem Diener so maßvoll umgegangen bin, in einer Situation, in der andere

Leute ihn verprügelt hätten. Du sagst nicht: »Warum sollte man denn nicht ab und zu seinen Diener verprügeln, wenn einem danach zumute ist?«, sondern verschaffst dir dadurch Erleichterung, daß du die Ursache deiner schlechten Laune bestrafst. Das Bedürfnis, sich an denen zu rächen, die einen beleidigt haben, ist allgemein – die Natur selbst zeigt uns, daß es damit seine Richtigkeit hat.

14. 2.

Gestern bist du früh aufgestanden und fühltest dich frisch und gesund. Du hast nichts gegessen und bist von eins bis fünf zu Hause geblieben. Du last Voltaire. Du schriebst dein Tagebuch. Du sprachst deine Gebete. Du erneuertest deine Tugend- und Frömmigkeitsgelübde.

Abends speistest du erlesen bei Mademoiselle de Zuylen. Sie sagte: »Sie schreiben alles auf?« Sei auf der Hut! Sprich nie über dieses Thema.

15. 2. (Brief von Temple an Boswell)

Du scheinst darüber zu lachen, daß eine Frau versucht, eine Geschichte Englands zu schreiben. In der Tat erscheint ein solches Vorhaben absurd, denn man würde von einer Historikerin erwarten, daß sie das Königshaus panegyrisch besingt und die Freuden des Hoflebens preist, anstatt den Tyrannenhaß zu schüren; sie würde vermutlich ein Loblied auf Tugend, Enthaltsamkeit und staatsbürgerliche Gesinnung anstimmen. Ich habe aber Mrs. Macaulays Werk gelesen und war sehr angenehm überrascht – ich fand bei ihr das Gegenteil von dem, was ich erwartet hatte.

18. 2.

In der »Assembly« warst du ungewöhnlich verlegen. Dein vornehmer Anzug war dir peinlich. Einige Damen machten Anspielungen auf deinen Schwertbommel und ähnliche Lappalien, genauso wie damals die Mädchen in Edinburgh. Sie sind hier genauso gemein.

Für eine Ehe sollte die Liebe sanft, ruhig und beständig sein, nicht leidenschaftlich und melancholisch. Du tätest gut daran, deine Liebe auf eine philosophische Temperatur zu bringen – dann wärst du ein Kerl, der die Holländer auf Distanz halten kann. Verwirre sie einstweilen mit Lockerheit und Fröhlichkeit!

21. 2.

Gestern bist du nach einer elenden Nacht und mit einer schlimmen Magenverstimmung vor sieben Uhr aus dem Bett gekrochen, hast Medizin geschluckt und bist ans Katharinentor gegangen, wo du dich mit einem vernünftigen deutschen Wachtposten gut stelltest, in sein Schilderhäuschen durftest – und Madame vorübergehen sahst. Sie sah wie ein Engel aus, der Anblick war entzückend. Dann botest du dem Wachtposten Gin an, stiegst auf die Befestigungswälle und sahst sie entschwinden. Du warst von Liebe überwältigt. Dann gingst du fechten. Den ganzen Tag ging es dir schlecht. Du schwiegst die meiste Zeit.

(Holländischer Aufsatz)

Ich gehe jeden Morgen zu meinem Fechtlehrer. Er ist vierundneunzig Jahre alt. Sein Vater hat Wilhelm von

Oranien das Fechten beigebracht. Es ist erstaunlich, diesen alten Kerl zu beobachten. Er ist kerngesund, wie ein Dreißigjähriger, und hat kräftigere Hände als ich.

(Französischer Aufsatz)

Ich liege gerne mit dem Kopf hoch, ich halte das für gesund. Zu Hause benutze ich immer mehrere Kissen. Wenn ich in einem fremden Haus bin, ist das erste, wonach ich frage, ob ich ein paar zusätzliche Kissen haben kann. Ich würde mir eher einen Stein unter den Kopf legen als ganz flach schlafen. Man sagt, wer den Kopf hoch trägt, ist stolz; vielleicht beschuldigt man mich der Hochnäsigkeit noch im Schlaf.

24. 2. (Französischer Aufsatz)

Es gibt mehrere englische Wörterbücher, vor allem natürlich das hervorragende Werk von Mr. Johnson. Es ist ohne Frage sehr wichtig, ein so bedeutendes Werk zu besitzen, denn Englisch wird im Lauf der Zeit die Universalsprache unserer Insel werden. Es gibt dagegen kein einziges schottisches Wörterbuch – das ist in der Tat merkwürdig.[28] Ich glaube, es gibt keine andere Sprache in Europa, für die man nicht irgendwann irgendein Wörterbuch zusammengestellt hat. Allan Ramsay, ein schottischer Dichter, der einige sehr hübsche Sachen in seiner Muttersprache geschrieben hat, hinterließ uns ein kleines Glossar, in dem er ein paar Wörter erklärt, aber nicht sehr viele.[29] Ich werde kein einziges Wort aufnehmen, das als englisches Wort bekannt ist, und um das festzulegen, werde ich kein Wort als Englisch anerkennen, das nicht durch die Autorität von Mr. Johnson bestätigt worden ist. Um mich für die Ableitung der Etymologien zu rüsten, werde ich mich dem Studium der europäischen Sprachen widmen; ich hoffe, allmählich hinlängliche Kenntnisse zu erwerben. Aber dabei werde ich nicht stehenbleiben. Ich werde mit Gelehrten aus verschiedenen Ländern korrespondieren und ihnen von Zeit zu Zeit Wortlisten zusenden. Außerdem habe ich noch eine Idee, die vielleicht etwas überspannt klingt, die aber trotzdem ihre praktischen Seiten hat. Ich denke daran, in einer schottischen Zeitung Wortlisten zu veröffentlichen, und alle Leser, die ihre Herkunft erklären können, zu bitten, sich an meinen Verlag zu wenden. Auf diese Weise bekäme ich zahlreiche Vorschläge, aus denen ich die mir am genialsten und plausibelsten erscheinenden auswählen könnte. Mein Wörterbuch wird mich nur in meinen Mußestunden beschäftigen; da ich gründliche Arbeit leisten will, werde ich nichts überstürzen.[30]

28. 2.

Die Erkältung klingt ab. Laß dich nicht gehen, sonst leiden deine Nerven, und du fängst an zu jammern wie ein altes Weib. Halte dich streng an einen Zeitplan und arbeite härter. Vor allem: *denke*! Denke männliche Gedanken, dann wirst du ein Gentleman.

(Holländischer Aufsatz)

Dies ist der schlimmste Winter, den Holland seit langem erlebt hat. Es gab bisher kaum Frost, was für dieses

Land immer das beste Wetter ist. Wenn es so stark friert, daß die Kanäle zugefroren sind, frohlocken die Holländer; alles zieht aufs Eis und läuft Schlittschuh. In diesem Winter gab es nur Wind und Regen und Nebel – das Wetter ist so ungesund, daß Ausländer es hier kaum aushalten können. Ich war zehn Tage lang erkältet, mit starken Kopfschmerzen, aber ich bin so pflichtbewußt, daß ich nicht einen Tag meine Unterrichtsstunden versäumt habe.

29. 2.

Gestern hast du bis zehn im Bett gefaulenzt und hattest von deiner Erkältung wirre Träume. Du warst träge und zu nichts aufgelegt. Abends hast du zu viel gegessen und warst anschließend verstopft. Dieser Zustand ist allgemein bekannt, deshalb mäßige dich und übernimm dich nicht.

3. 3.

Gestern hast du zu lange im Bett gelegen. Die Erkältung dient dir als Ausrede für deine Faulheit. Denke daran: Jetzt ist der Zeitpunkt gekommen, wo du dir etwas angewöhnst, was du dein ganzes Leben nicht mehr los wirst.

13. 3.

Gestern warst du auf dem Pferdemarkt, einem der größten der Welt. Der Tag war sanft und mild, es war ein Vergnügen, spazierenzugehen. Beim Essen hast du dich zurückgehalten. Danach studiertest du Holländisch. Du last im Hume, bis dir schlecht wurde.

16. 3.

Brown argumentierte gegen Humes These, daß alle glücklichen Menschen gleich glücklich sind – das kleine Mädchen im neuen Kleid auf dem Tanzstundenball ebenso wie der General an der Spitze einer siegreichen Armee. Brown meint, beide seien gleich zufrieden. Aber man kann die Menschen glücklicher als bloß zufrieden machen. Die Flasche und das Glas sind beide voll, aber die Flasche enthält mehr Flüssigkeit. Disputiere nie mit Brown über Religion![31]

20. 3. (Französischer Aufsatz)

Ich bin nicht sicher, welches das beste Frühstück ist. Manche Leute essen Suppe, andere Fleisch. In Europa ist es am gebräuchlichsten, Tee oder Kaffee zu trinken. Aber dann gibt es immer noch Probleme. Was ißt man am besten zu Tee und Kaffee? In der Schweiz verzehrt man heißen Kuchen dazu, mit Butter bestrichen. In London ißt man flache Semmeln, die so ähnlich aussehen, manchmal auch Toast mit Butter, d. h. Brot und Butter zusammen getoastet. Gelegentlich bekommt man nur Brot und muß sich dann die Butter selber draufstreichen; in vornehmen Familien gibt es auch Honig und Marmelade. Beim Frühstück sollte jeder seinem eigenen Geschmack folgen. Es gibt kein wahreres Sprichwort als »Des einen Fleisch ist des anderen Gift«. Ich selber bin kein Freund von gemischtem Fleisch; ich schätze eine gute Suppe, eine Scheibe Rind- oder Hammelfleisch und etwas Gemüse – das ist schon alles.

Es gibt auch unterschiedliche Gewohnheiten, was die Abendmahlzeit betrifft. In Frankreich und in verschiedenen anderen Ländern nimmt man abends eine üppige Mahlzeit zu sich. In England ißt man abends fast nichts. Ich halte es für gesund, abends gar nichts oder nur Leichtes zu essen. Es gibt aber Leute, denen kräftiges Essen abends gut bekommt.

22. 3.

Zeige, daß du ein Boswell bist – ein echter Kämpfer. Beziehe Stellung. Wirf Trägheit und Einbildung ab und sieh zu, daß du vorwärtskommst. Niemand weiß von deinen Konflikten. Sei fest im christlichen Glauben und geh dem Laster aus dem Wege. Gehe nicht ins Bordell von Amsterdam.[32] Lies mehr Juristisches. Schreibe an den Vater, einen klaren, kurzen Brief. Keine Metaphysik. Einfache Dinge. Sei schweigsam und immer höflich.

23. 3.

Irgendwann wird ein Mann aus dir werden. Bete zu Gott und freue dich über deine Tugendhaftigkeit. Bewahre deine Gesundheit für eine Ehefrau; es sei denn, du findest eine Mätresse, die allerhöchsten Ansprüchen genügt. Sei ein wahrer Soldat. Lies mehr Französisch. Schreibe samstags Tagebuch. Rasiere dich sorgfältig, das stärkt die Nerven. Sei guter Dinge.

27. 3. (Französischer Aufsatz)

Die Faulheit greift mich besonders frühmorgens an. Abends gehe ich zu Bett, fest entschlossen, früh aufzustehen. François, mein treuer Diener, weckt mich um halb sieben. Schon wenn ich die Augen aufschlage und das Tageslicht spüre, überkommen mich unerquickliche Gedanken. In düsterer Stimmung denke ich über die Eitelkeit und das Elend des menschlichen Lebens nach. Ich glaube, es lohnt sich nicht, irgend etwas zu tun. Alles ist eitel, alles liegt im dunkeln. Glücklich, wer vergessen kann, daß er existiert. Das ist die Lehre von Monsieur Maupertuis[33], der – um seine These zu untermauern, daß die Menschen verzweifelt und unglücklich sind – feststellt, daß sie mit allen Mitteln versuchen, sich selbst zu entrinnen: im Schlaf, im Vergnügen, sogar in der Arbeit. Aber dieser oberflächliche Philosoph hat die Natur des Menschen ganz falsch beschrieben. Die Wahrheit ist, daß der Mensch zum Handeln geboren ist. Wenn er beschäftigt ist, erfüllt er die Erwartungen seines Schöpfers, und er ist glücklich. Schlaf und Vergnügen dienen dazu, den Körper zu erfrischen, ebenso den Geist; sie versetzen den Menschen in die Lage, bestimmte Handlungen auszuführen. Wie aber kommt es, daß ich mich jeden Morgen so bedrückt fühle und daß diese überzeugenden Argumente nicht den geringsten Einfluß auf mein Verhalten haben? Ich glaube, die Erklärung liegt in einer Art Krankheitszustand. Meine Nerven sind um diese Tageszeit entspannt, die Dämpfe sind in meinen Kopf gestiegen. Wenn ich aufstehe und mich ein wenig bewege, bin ich zufrieden und heiter. Aber ich kann mich nur mit den größten Schwierigkeiten aus dem Bett aufraffen. Ich habe schon daran gedacht, mein Bett in einer besonderen Weise zu konstruieren. Ich würde es mir so bauen lassen, daß, wenn ich an einer Schnur ziehe, das Mittelteil des Bettes angehoben wird, mit mir darin, und dann langsam auf den Erdboden gesenkt wird. Auf diese Weise würde ich sanft dazu gezwungen, zu tun, was gut für mich ist.[34]

29. 3.

Du kannst Frauen haben – und gleichzeitig ein ausgefülltes Leben führen. (Aber nur gute Frauen.)

31. 3.

Du hast dir Blut abzapfen lassen und warst tapfer dabei; dein Blut war dick und schwarz.

9. 4. (Boswell an Johnston)

Am 8. März erhielt ich Deinen letzten Brief mit der betrüblichen Nachricht vom Tode meines armen Jungen. Sie hat mich mehr betroffen, als Du Dir je vorstellen kannst. Ich hatte mir die schönsten Vorstellungen gemacht, und mein Herz war von väterlichen Gefühlen erfüllt. Ich hatte für den kleinen Charles alles mögliche geplant. Nun ist alles in Finsternis gehüllt. Alles ist dahin.[35]

17. 4. (Boswell an Temple)

Mitte Juni werde ich Utrecht verlassen und eine Rundreise durch Holland machen. Danach werde ich nach

Deutschland weiterreisen, die Höfe von Braunschweig und Lüneburg besuchen und Ende August in Berlin eintreffen, wo ich mich etwa einen Monat aufhalten werde. Ende September werde ich den Hof von Baden-Durlach besuchen und von dort durch die Schweiz nach Genf reisen. Ich werde Rousseau und Voltaire aufsuchen, Mitte November die Alpen überqueren und nach Italien gehen, wo ich einen köstlichen Winter verbringen werde.

Es gibt hier zwei Damen: eine junge, hübsche, liebenswerte Witwe mit viertausend Pfund im Jahr, und Mademoiselle de Zuylen, die nur zweitausend Pfund hat. Aber sie ist charmant, eine *savante* und ein *bel esprit*, sie hat schon einiges veröffentlicht. Sie ist mir weit überlegen; so etwas hat man nicht gern. Und Witwen schätzt man in der Regel auch nicht besonders. Du würdest es nicht zulassen, daß ich mich hier ins Ehejoch begebe!

20. 4. (Französischer Aufsatz)

Mademoiselle ist sehr geistreich, wirkt aber oft zu angestrengt dabei. Sie ist in Genf erzogen worden, wo die Damen von unglaublicher Brillanz sind, es aber an Grundsätzen fehlen lassen.

23. 4.

Denke an Johnson. Denke nach! Bewahre den Charakterzug, den du dir in Utrecht erworben hast. Denke auch an deinen Vater. Wenn du herumhurst, gehen alle deine guten Vorsätze flöten.

24. 4.

Heirate nicht, bevor du eine geeignete Engländerin gefunden hast. Hure nicht aus Furcht vor dem Wechsel.

3. 5.

Du bist zum Ehegatten einer englischen Lady bestimmt, deshalb erhalte dir deine Gesundheit. Das Konkubinat ist keine Todsünde, aber lasse dich nur darauf ein, wenn sich eine jener seltenen Gelegenheiten mit einem unberührten Mädchen bietet, das dir keinen Schaden zufügen kann.

8. 5.

Du trafst Chais[36], der erzählte, wie er vor zwanzig Jahren Gaubius[37] wegen seiner Melancholie konsultiert hatte: er riet ihm, er solle sich ruhig amüsieren und sein eigener Arzt sein, weder zu viel noch zu wenig studieren, manchmal fasten und manchmal Rhabarber essen. Er sagte: »Vielleicht verkürze ich mein Leben um ein paar Jahre, aber in der Zeit, die mir noch bleibt, bin ich lieber gesund und munter.« Er meinte, die Jahre zwischen vierzig und sechzig seien die besten.

16. 5.

Es ist eine unumstößliche Wahrheit, daß ich um so glücklicher bin, je mehr ich arbeite. Wenn ich viel zu tun habe, hat die Melancholie keine Chance bei mir.

22. 5. (Brief an Temple)

Professor Gaubius in Leyden versicherte mir, daß meine Stimmungen von schlechten Nerven herrühren; er riet mir, maßvoll zu leben, mich viel zu bewegen und niemals müßig zu sein. Er sagte, er könne mir kein Wundermittel verschreiben, sei aber überzeugt, daß ich in ein paar Jahren geheilt und zufrieden sein werde. Meine pessimistischen Phantasien erlauben mir nicht, daß ich mir ein solches Glück ausmale. Wie viele Arten des Schmerzes habe ich nicht schon erlitten! Vor allem – welche schrecklichen religiösen Vorstellungen habe ich nicht schon gehabt! Ich brauche Dich nicht daran zu erinnern, welche Wandlungen ich in dieser Hinsicht durchgemacht habe. Vor Dir brauche ich auch meine Gefühlsschwankungen nicht zu verbergen, und Dir gegenüber gebe ich selbst meine extremsten Unbeständigkeiten freimütig zu. Ich habe mich immer für einen glaubensfesten Christen gehalten – ich dachte, meine religiösen Überzeugungen würden ein Leben lang fest bleiben. Und doch, mein Freund, was soll ich sagen? Ich bin von Zweifeln geplagt. Rousseaus Pfarrer hat mir Ideen vorgegaukelt,[38] die ich nicht mehr loswerde. Ich schreibe meine skeptische Grundhaltung manchmal vor allem meiner übersteigerten Phantasie zu. Mein Unglück ist, daß ich, ebenso wie mein Freund Dempster, jeweils von dem letzten Buch überzeugt bin, das ich gerade gelesen habe.

25. 5.

Gestern erklärte dir Brown, daß du gegen die Wahrscheinlichkeit argumentierst, denn obwohl es dir jeden

Tag bis zum Abend gutgeht, bildest du dir jeden Morgen ein, es könne dir nie gutgehen. Hahn[39] kam um sechs Uhr. Er erklärte feierlich: schlechte Nerven, bittere Säfte, keine Metaphysik. Schlichter Common sense. Keine Geschlechtskrankheiten. Frauen sind nur nötig, wenn man sich an sie gewöhnt hat; Entwöhnung könnte zu Gehirnschäden führen.

Heute früh um sechs war Dr. Tissot[40] bei mir, ein kluger, lebhafter Mann von sechzig Jahren, ein Original. Er sagte, einen Hypochonder könne man nicht mit Medizin heilen, sondern nur durch regelmäßige Beschäftigung über vierundzwanzig Stunden hinweg.

26. 5.

Um fünf ging ich in ein Freudenhaus. Ich wurde nach oben geführt und trank eine Flasche Rotwein. Das Mädchen war eher dazu geeignet, in Schutz genommen als zwischen den Laken der Liebe liebkost zu werden. Ich hatte keine Rüstung dabei, deshalb kämpften wir auch nicht. Es kam mir albern vor, mit einer Hure holländisch zu reden; das ist wie Birnen im Februar.

29. 5.

Um drei Uhr führte mich Tissot in die Irrenanstalt von Utrecht. Die armen Kreaturen konnten fast alle frei herumlaufen. Sie nannten mich König von England – die Szene amüsierte mich. Tissot meinte, im Grunde sei die ganze Menschheit verrückt, es gebe lediglich Gradunterschiede.

4. 6.

Machte heute morgen dem englischen Botschafter meine Aufwartung, in einem vornehmen Anzug aus geblümter Seide. Es hatte sich eine große Menge versammelt, weil heute der Geburtstag von König Georg ist. Das war ein Tag der Freude für mich. Ich bekam mehrere Briefe, darunter einen von meinem Lord Marischal[41], der mich darüber informiert, daß ich ihn nach Berlin begleiten soll, dazu einen Brief von meinem Vater mit dem gleichen Inhalt sowie Briefe von meiner schottischen und Londoner Bank mit Kreditzusagen für Berlin in Höhe von 30 Pfund monatlich.

25. 5. (Lord Marischal an Boswell)

Sir, ich schmeichle mir mit der Hoffnung auf Ihre Gesellschaft bei meiner Reise nach Lüneburg, vielleicht auch weiter nach Berlin, wie Sie wohl von Mylord, Ihrem Herrn Vater, gehört haben.

Wenn Sie, wie ich hoffe, mich begleiten, werden wir eine Kutsche für drei Personen brauchen, sonst eine nur für zwei.

Ich vermute, daß Ihre Garderobe nach dem anstrengenden Leben in Leiden einiger Ergänzungen bedarf, wenn Sie sich nun an die europäischen Höfe begeben. Sie brauchen einen Sommeranzug aus feinem Kammgarn mit Goldknöpfen (aber keinem Spitzenbesatz), für den Winter eine komplette Garnitur aus geblümtem Samt, dazu vier Paar Spitzenschuhe. Das wird fürs erste reichen, denke ich. Stoff gibt es überall, und Samt ist nirgends so billig wie in Holland.

Aus dem Briefwechsel zwischen Boswell, Belle de Zuylen und M. de Zuylen[42]

18. 6. 1764 (Boswell an Belle de Zuylen)

Sie mögen sehr wohl glauben, meine liebe Zélide, daß mir Ihr interessanter Brief schmeichelt. Ich muß jedoch gestehen, daß Sie mir eher Besorgnis einflößen. Sie schreiben, ich mache auf Sie den Eindruck eines aufgeregten Liebhabers. Das tut mir außerordentlich leid. Ich habe Ihnen mehrfach erklärt, welche Empfindungen ich Ihnen gegenüber hege. Ich bewundere Ihren Verstand. Ich liebe Ihre Güte. Aber ich bin nicht in Sie verliebt – ich schwöre, ich bin es nicht. Ich bin Ihr treuer Freund und werde es immer bleiben, wenn Sie erlauben.

18. 6. 1764 (Zélide an Boswell)

Um so besser, mein Freund – um so besser, wenn ich mich geirrt habe! Ich schäme mich nicht, drei Tage lang einem Irrtum aufgesessen zu sein. Ihre Freundschaft ist mir mehr wert als Ihre Liebe. Ich schätze sie um so mehr, weil Sie offensichtlich der Empfindungen fähig sind, die Sie beschreiben. Was Ihren Seelenfrieden angeht (und den meinen), so war er offenbar nie ernstlich in Gefahr. Was ich am Donnerstagabend schrieb, erschien mir die reine Wahrheit – in dem Augenblick, als ich es niederschrieb. Am Freitag kam es mir schon etwas weniger wahr vor. Ich hatte gut geschlafen und war mir nicht mehr sicher, ob ich mir nur eingebildet habe, daß Sie in mich verliebt seien und ob ich selber gewillt sei, Sie ein wenig zu lieben – alles dies kam mir jetzt wie ein Traum vor. Meine Freundschaft gehört Ihnen für immer – zählen Sie darauf, wie wankelmütig auch immer Sie mich finden mögen.

1. 7. 1764 (Boswell an Zélide)

Bedenken Sie, meine liebe Zélide, Ihre zahlreichen echten Vorzüge. Sie sind die Tochter einer der ersten Familien in den sieben Provinzen, und Sie haben eine Reihe bedeutender Verwandter. Sie besitzen ein ansehnliches Vermögen, und ich kann nicht leugnen, daß auch Zélide selber sehr ansehnlich ist. Sie haben einen Anspruch auf eine standesgemäße Ehe. Ihre Begabung und Ihre vielen bemerkenswerten Leistungen werden Ihnen große Ehren einbringen. Sie sollten auf Ihre Gesundheit achten, regelmäßig leben und Ihren Geist schonen, indem Sie ihn nur mit Maßen einsetzen. Wenn Sie diese Regeln befolgen, haben Sie gute Aussichten, glücklich zu werden.

25. 5. 1765 (Zélide an Boswell)

Soll ich Ihnen alles sagen? Aber Sie dürfen zu niemandem davon sprechen – noch ist nichts sicher. Ich werde wahrscheinlich Anfang nächsten Winter den Marquis de Bellegarde[43] heiraten, einen Obristen in unserer Armee, der Ländereien in Savoyen besitzt und ein Haus in Chambéry, einen Katholiken, dessen Kinder ebenfalls katholisch sein müssen, einen Mann von vierzig Jahren, mit viel Verstand, gutherzig und wohlmeinend. Bisher habe ich nicht viel von ihm gesehen, aber das wird sich ändern.

16. 1. 1766 (Boswell an Monsieur de Zuylen)

Was mich angeht, so bin ich der älteste Sohn einer sehr guten Familie, die zwar nicht unbedingt zu den reichsten gehört, sich aber dennoch wohlhabend nennen kann – mit einem Pachteinkommen von eintausend Pfund im Jahr. Mein Vater ist einer der höchsten schottischen Richter, und sein Beruf bringt ihm noch einmal die gleiche Summe ein; er ist deshalb in der Lage, mir sehr günstige finanzielle Bedingungen zu verschaffen für den Fall, daß ich heirate. Ich habe Jura studiert und beabsichtige, als Rechtsanwalt in Schottland zu praktizieren; nach einiger Zeit hoffe ich, eine ähnliche Position wie mein Vater einnehmen zu können. Es ist nicht ausgeschlossen, daß ich Parlamentsabgeordneter werde; aber in einer Zeit grassierender politischer Korruption bin ich nicht versessen darauf. Ich brauche Ihnen nicht zu sagen, daß der Beruf des Advokaten in Schottland keineswegs so gering angesehen ist wie in einigen anderen europäischen Ländern – in Holland, glaube ich, wird er ähnlich hochgeschätzt wie bei uns. Jedenfalls weiß ich, daß die Advokaten, die dem Hof von Brabant zugeordnet sind, aus den vornehmsten Familien stammen. Wenn ich mir eine kleine Galanterie erlauben darf: wäre es nicht reizvoll für Sie, Ihre *beiden* Töchter an Juristen zu verheiraten? In Edinburgh gibt es vorzügliche gesellschaftliche Kreise, das heißt, es gibt dort eine große Zahl von Menschen mit Verstand und Bildung. Wir Schotten legen keinen großen Wert auf Brillanz, guten »Ton« usw. Ich würde mit meiner Frau die Hälfte des Jahres auf dem Lande verbringen, wo es genug Ablenkung gibt; ich stelle mir vor, daß man auf diese Weise sehr glücklich leben kann; sobald Zélide und ich uns aneinander gewöhnt haben, werden wir sehr, sehr glücklich sein. Ich bin ein ungewöhnlicher, romantischer Mensch; ein Charakter wie der meine ist dazu geschaffen, Zélide unendliches Vergnügen zu bereiten. Ich habe allen Anlaß, auf eine distinguierte Karriere zu hoffen, und ich bin es durchaus wert, eine der besten Partien in ganz England zu machen. Ich möchte nicht unerwähnt lassen, daß ich ein Hypochonder bin, genau wie Zélide, und vielleicht wäre es in der Tat ein verhängnisvoller Fehler, zwei Opfer dieser Krankheit zu vereinen. Ich muß Ihnen in allem Ernst gestehen, daß diese Anfälle von Melancholie manchmal so heftig sind, daß ich mich ihrer nicht erwehren kann – in solchen Augenblicken bin ich nicht mehr zurechnungsfähig. Ich habe tatsächlich viele Fehler, das ist die reine Wahrheit, ich gebe Ihnen mein Ehrenwort darauf. Meine Kenntnisse sind beschränkt, mein Selbstbewußtsein dagegen überdurchschnittlich. Das regelmäßige Studieren fällt mir schwer, aber was mich interessiert, das betreibe ich mit Energie. Meinen Geiz zu bekämpfen bereitet mir große Schwierigkeiten. Was ich brauche, ist eine kluge Frau, eine gute Haushälterin, die sich um alles kümmert und mich in Ruhe läßt. Urteilen Sie selbst, ehrenwerter Herr: Wäre Zélide imstande, eine solche Frau zu werden?

16. 2. 1768 (Zélide an Boswell)

Was soll ich sagen, mein Freund? Sie sind kein Freund von Ergebnissen, sondern beschäftigen sich lieber mit Problemen, für die es keine Lösung gibt. Die Diskussionen, die Sie darüber führen, wie es uns ergehen würde, wenn wir verheiratet wären, sind ein Beweis für diese Ihre Veranlagung. Ich kenne Ihr Schottland nicht. Auf der Landkarte kommt es mir ziemlich abgelegen vor. Sie nennen es ein »nüchternes Land«. Ich habe die Erfahrung gemacht, daß es despotische Ehemänner hervorbringt, und dumpfe, einfältige Ehefrauen, die erröten und ihre Ehegatten anstarren, bevor sie den Mund aufmachen ... Sie nehmen sich für alles sehr viel Zeit. Sie verliebten sich in mich erst richtig, bevor Sie nach Korsika abreisten, und sprachen zu mir erst davon, als Sie sich schon in eine andere Frau verliebt und ihr gegenüber von der Ehe gesprochen hatten. Das heißt in der Tat, sich *sehr* viel Zeit nehmen!

III
Deutschland und die Schweiz

1764

19. 6.

Wir aßen in Kleve[1] zu Mittag. Anschließend machte ich Monsieur und Madame Spaen[2] in ihrem Haus »Bellevue« meine Aufwartung, von wo man in der Tat einen schönen Blick hat. Es war interessant, das Schloß des deutschen Barons zu besichtigen, mit einem Saal voller Jagdwaffen und einer englischen Spieluhr, die zehn verschiedene Melodien spielen kann und tausend Pfund gekostet hat. Abends kamen wir nach Wesel, wo wir einen lustigen, gesprächigen Gastwirt erlebten.

23. 6.

Abends dann in Herford. Ich fühlte mich wie neugeboren und bin jetzt nicht mehr bedrückt und verängstigt. Unterhielt mich mit Madame de Froment[3], die islamisch erzogen worden ist und immer noch glaubt, daß der große Prophet von Gott gesandt worden ist, was ich sehr aufschlußreich finde.

24. 6.

Wir übernachteten in einem Gasthof im Hannoverschen.[4] Ich war wie folgt gebettet: Mitten in einem großen deutschen Stall lag ich auf Stroh, das auf dem Boden ausgebreitet war, mit einem Leintuch darüber – »hier schlief der große Boswell!«[5] Ich hatte ein Laken und eine Bettdecke. Auf der einen Seite acht oder zehn Pferde, auf der anderen vier oder fünf Kühe. Ein bißchen weiter entfernt saß auf einer Stange ein Hahn mit mehreren Hennen. Ich konnte nicht einschlafen, weil dieser Hahn einen Mordsspektakel machte – ich bewunderte die Weisheit der Sybariten[6], die laute Vögel aus Prinzip umbrachten. Große Angst hatte ich vor einer gewaltigen Bulldogge, die nicht weit vom Kopfende meines Lagers angekettet war. Das Tier knurrte schauerlich und rasselte mit der Kette. Ich ließ mir ein Stück Brot geben und freundete mich so mit dem Hund an.

26. 6.

Vor dem Mittagessen erreichten wir Braunschweig. Mylord warf sich in Schale, dinierte und begab sich zum Hof. Ich sah mich ein bißchen in der Stadt um, einem großen, stattlichen Ort mit vielen alten Häusern. Abends speiste ich mit Madame de Froment tête-à-tête; sie erzählte mir von der Hypochondrie, unter der sie sehr gelitten hat und über die sie jetzt genau Bescheid weiß.

3. 7.

Madame de Froment erklärte mir, daß düstere Stimmungen mit dem Blutkreislauf zusammenhängen. Mir kam die romantische Idee, mit dieser Türkin anzubändeln; ich besann mich dann aber auf meine moralischen Grundsätze und benahm mich wie ein Johnson.

5.7.

Ich mietete Postpferde für Mylords Kutsche und begleitete dann Madame de Froment heiter und zufrieden bis nach Berlin. Die Fahrt verlief überaus angenehm; etwa um zwei kamen wir im Wirtshaus Rufin in der Poststraße an, wo Monsieur de Froment[7], ein lebhafter Franzose, schon auf uns wartete.

Ich war von der Schönheit Berlins beeindruckt. Die Häuser sind ansehnlich, die Straßen breit, lang und schnurgerade. Das Schloß ist großartig, auch die anderen Paläste der Königsfamilie sind überaus nobel. Die Oper ist ein elegantes Gebäude. Abends schlenderten wir durch einen Kastanienhain am Ufer eines schönen Kanals, wo auch viele Fremde unterwegs waren.[8]

6.7.

Die deftige Lebenslust der Deutschen hat etwas Ansteckendes. Das Essen dauerte drei Stunden, und danach wurde gekegelt.

9.7.

Wer wagt jetzt noch zu behaupten, ich wüßte nicht, was Pflichterfüllung ist, wo ich doch mein Journal mit der Gewissenhaftigkeit eines deutschen Professors führe, der jedes Jahr einen dicken Wälzer schreibt!

13.7.

Ich ging zur Parade. Ich sah den König. Es war ein prächtiger Anblick. Er trug einen einfachen blauen Rock mit einem Ordenstern und einen schlichten Dreispitz mit einer weißen Feder; er hielt einen Stock in der Hand. Er stand in strahlendem Sonnenschein vor seinem Schloß, in einer Haltung eherner Festigkeit, die keinen Widerspruch duldet. Wie ein Magnet, der Kompaßnadeln bewegt, wie ein Sturm, der hohe Eichen beugt – so stand Friedrich der Große vor den preußischen Offizieren, die sich vor ihm beugten, als er majestätisch in ihre Mitte trat. Ich sah den König, der Europa mit seinen Kriegstaten in Erstaunen versetzt hat, ich sah den großen Verteidiger des protestantischen Glaubens, für den in allen schottischen Kirchen gebetet wird, ich sah den Philosophen von Sanssouci.

19. 7.

Unter Lord Marischals Büchern fand ich eine »Untersuchung über den menschlichen Geist auf der Grundlage des Common Sense«, von Professor Reid aus Aberdeen.[9] Eine echte Entdeckung. Reid beharrt auf den Grundsätzen des Geistes, an denen kein Zweifel möglich sei, die aber auch nicht bewiesen werden können, weil es Axiome seien. Ich fühlte mich gestärkt und glücklich nach dieser Lektüre.

20. 7.

Ich bin wirklich ein sehr origineller Charakter. Man lasse mich meine Originalität zugleich mäßigen und kultivieren. Gott hätte gewiß nicht so viele unterschiedliche Menschen geschaffen, wenn er gewollt hätte, daß sie alle einem einheitlichen Standard entsprechen. Laßt mich Boswell sein und aus ihm einen anständigen Kerl machen![10]

21. 7.

Beim Essen sprach Madame de Froment von Schottland und der erbärmlichen Langweiligkeit der Schottinnen, die den ganzen Tag nur herumstehen und gähnen. Die Männer haben plump-vertrauliche Umgangsformen, reden einen mit Vornamen an und treten einem dabei womöglich noch in den Hintern.

23. 7. (Boswell an Temple)

Ich bin jetzt schon einige Wochen in Berlin und fest entschlossen, mich dem König vorzustellen, bevor ich die Stadt verlasse. Ich werde ihn schon zum Sprechen bringen und ihm deutlich machen, daß er in mir jemanden vor sich hat, der nicht aus gewöhnlichem Holz geschnitzt ist! Lache nicht, Temple!

25. 7.

Mit meinem Diener Jakob[11] bin ich sehr zufrieden. Er kommt aus Bern und ist ein manierlicher, munterer Bursche. Auf der Reise von Utrecht nach Potsdam erwies er sich als besonders geschickt. Als unsere Kutscher kein Wasser für das Kühlen der Räder auftreiben konnten, lief er an einen Bach, riß einen jungen Baum aus und schlug die Wurzeln mit der nassen Erde gegen die Räder, genau wie eine Londoner Dienstmagd ihren feuchten Mop auf die Treppenstufen klatscht. Das war pfiffig und praktisch zugleich.

4. 8.

Auf dem Weg nach Potsdam kamen wir durch einen Wald, wo mir ein Zweig gegen die Augen schlug, was sehr weh tat; ich kam ins Grübeln darüber, in welcher Gefahr ich geschwebt hatte, die Hälfte eines meiner Sinne zu verlieren, und beschäftigte mich mit dem Problem der Vorsehung. Sollte ich glauben, daß eine göttliche Vorsehung mir das Augenlicht gerettet hat? Warum hat dann aber die Vorsehung zugelassen, daß mich der Zweig verletzt hat?

In Potsdam hielten wir uns zwei Stunden auf; ich legte mich auf eine Treppenstufe aus Holz und sank in tiefen Schlaf.

9. 8.

In Braunschweig in lustiger Stimmung bei einer hübschen *opérette*. Saß in der Loge des Herzogs und amüsierte mich mit den Hofdamen. Könnte es mir irgendwo bessergehen? Mein Kopf ist klar und voller Ideen, d. h. er enthält männliche und weibliche Anlagen: er erzeugt und gebiert die glänzendsten Vorstellungen. Ich erkenne jetzt meinen Irrtum – ich habe mich zu sehr in die Gedanken anderer Menschen vertieft und dabei sehr gelitten. Da ich doch nicht in ihre Haut schlüpfen kann, brauche ich auch nicht ihre Vorstellungen zu übernehmen; es ist ebenso sinnlos, elegante und glückliche Menschen zu beneiden, wie es töricht ist, sich vor den elenden und den ekelerregenden zu erschrecken. Ich muß Mr. Boswell aus Auchinleck sein und niemand anderes. Den will ich zu größtmöglicher Vollkommenheit entwickeln.

In dieser glanzvollen Umgebung mußte ich an Mr. Samuel Johnson in seiner Wohnung in London denken. Gefühle der Bewunderung und Zuneigung erfaßten mich, und ich verfiel auf einen romantischen Gedanken. Um mich für alle Zeiten seines Schutzes und Beistands zu versichern, beschloß ich, dem großen Mann zu schreiben und ihn um eine »feierliche Bekräftigung unserer ewigen Freundschaft« zu bitten, damit ich, solange er lebt, unter seinem Schutz wandle und mir nach seinem Tode vorstellen kann, daß er mir den Weg ins Jenseits weist. Ein erhabener, begeisternder Gedanke![12]

10. 8.

Das Braunschweiger Opernhaus ist sehr vornehm – groß, und innen prunkvoller als die Londoner Oper. Die Darsteller waren hervorragend. Es gab »Enea in Lazona« – Äneas in Latium.[13]

11. 8.

Abends überlegte ich in meiner Trägheit, warum ich mir eigentlich so viel Mühe mit dem Schreiben dieses Tagebuchs mache, in dem in der Tat nicht allzu viel Brauchbares steht. Aber ist es nicht doch zumindest ein treues Spiegelbild meiner Gemütsschwankungen? Enthält es nicht doch zahlreiche gescheite Beobachtungen und muntere Einfälle, die sich später leicht ausbauen lassen? Natürlich kann ich darüber sterben – aber vielleicht bleibe ich ja auch am Leben, und welche Schatzkammer wäre dann dieses mein Tagebuch für meine alten Tage!

13.8.

Heute abend zum Hofball. Ich tanzte mit der Erbprinzessin, einer vorzüglichen Tänzerin. Mir war deutlich bewußt, daß ich hier mit einer Prinzessin tanzte, der Enkelin von König Georg, dessen Geburtstag ich so oft in Edinburgh gefeiert hatte, mit der Tochter des Prinzen von Wales, der ein Mäzen von Thomson[14] und anderen Künstlern und Forschern war, mit der Schwester von Georg III., meinem König. Ich halte diese Beobachtungen hier fest, um zu zeigen, wie lebhaft meine Einbildungskraft einen Gegenstand ausschmücken kann, so daß sich mein Vergnügen geradezu verdoppelt. Ich sprach zur Prinzessin: »Madam, ich danke Euer Hoheit tausendmal für die Ehre, die Sie mir erwiesen haben. Solange ich lebe, werde ich meinen Pächtern in Schottland von diesem Erlebnis erzählen!«

14.8.

In Wolfenbüttel, einem angenehmen Ort, besichtigten wir das Schloß und die vornehme Bibliothek. Sie wurde von Herzog Anton Ulrich eingerichtet. Er hat die Handschriften und viele Bücher eigenhändig beschriftet; er war ein gelehrter Mann, im Geschmack der Zeit, und hat eine Abhandlung über das Schachspiel verfaßt.[15]

16.8.

Verbrachte den Vormittag mit Briefeschreiben. Ich habe jetzt jeden Tag einen Brief an Mr. Johnson entworfen, seit ich den Entschluß gefaßt habe, von ihm eine feierliche Bekundung unserer Freundschaft zu erbitten, war aber noch mit keinem einzigen Entwurf zufrieden.

21. 8.

Dies ist mein letzter Tag in Braunschweig. Ich sprach bei Hof davon, daß ich in fünfundzwanzig Jahren wiederkommen wolle, um zu sehen, wer dann noch am Leben ist. Ich dinierte in elegischer Abschiedsstimmung; ich sollte vielleicht auch erwähnen, daß ich mich in die schöne Prinzessin Elisabeth verliebt habe und davon sprach, sie dem Prinzen von Preußen zu entführen und auf diese Weise einen zweiten Trojanischen Krieg auszulösen.

Als ich mich vom Herzog verabschiedete, sagte ich zu ihm: »Sir, Sie haben an Ihrem Hof sicher schon brillantere Männer als mich gehabt, aber niemanden, der die Höflichkeit, die Sie ihm erwiesen haben, so zu schätzen weiß wie ich.« Der Herzog erwiderte bloß: »Es freut mich, daß es Ihnen bei Ihrem Besuch hier gefallen hat.« Ich neige eben dazu, alle Erlebnisse aus meiner Perspektive aufzubauschen und sie aus unsäglicher Eitelkeit ins Überdimensionale zu steigern.

2. 9.

Bekam einen Brief von meinem Bruder John mit der Nachricht, daß er den Militärdienst quittiert hat und nach England geht, um dort eine Stelle in der Landwirtschaft zu suchen. Das verwirrte und ärgerte mich, aber dann fiel mir ein, daß er ja gemütskrank ist – ich nahm mir vor, das Beste aus der neuen Lage zu machen und so freundlich wie möglich zu ihm zu sein.[16]

3. 9.

Von Stoltz[17] in eine primitive Kneipe zum Abendessen eingeladen. Gefiel mir nicht. Danach mit Hübner[18] und einigen anderen in ein Berliner Freudenhaus, auf das ich neugierig gemacht worden war. Es war ein kümmerliches kleines Haus mit einer alten Puffmutter und einer einzigen Hure. Mir reichte, was ich sah.

4. 9.

Mit Hübner im Tiergarten, wo wir einem preußischen Regiment beim Exerzieren zusahen. Die Soldaten vor Furcht gelähmt; beim geringsten Versehen werden sie wie Hunde verprügelt. Ich bin nicht sicher, ob aus diesen armen Kerlen wirklich die besten Soldaten werden. Maschinen sind zuverlässiger als Menschen.

6. 9.

Ich verhehlte Lord Marischal gegenüber nicht, daß ich als schottischer Rechtsanwalt wahrscheinlich nicht viel taugen würde und daß mir eine andere Beschäftigung im Grunde lieber sei. »Für eine militärische Karriere ist es jetzt zu spät«, meinte er. »Könnte ich nicht in den diplomatischen Dienst eintreten?« »Da müßten Sie als einfacher Sekretär anfangen.« »Dann will ich ins Unterhaus.« »Das geht auch nicht. Da müßten Sie immer nur zu einer Partei halten.«

10. 9.

Zum Abschied bekam ich ein *album amicorum* – in Holland, Deutschland und in den skandinavischen Ländern ist das eine beliebte Sitte. Man geht mit diesem Buch zu einem Freund, der etwas Selbsterfundenes hineinschreibt, oder einen Ausspruch irgendeines Autors, und seinen Namen daruntersetzt; wenn er kann, zeichnet er noch etwas hinzu. So hat man etwas, mit dessen Hilfe man sich an seine Freunde erinnern kann. Keine schlechte Idee, aber auch ein bißchen skurril.

11. 9.

Morgens um acht kam eine Frau mit einem Korb Süßigkeiten in mein Zimmer. Ich tändelte mit ihr und stellte fest, daß sie schwanger war. Oho!, dachte ich. Eine sichere Sache! Zog sie in meine Kammer. »Habs er ein Mann?« »Ja, in den Gards bei Potsdam.« Stracks ins Bett. In einer Minute war alles vorbei, ich stand auf und schickte sie fort. Madame Guyon[19] vertritt die Ansicht, man solle eine Sünde so schnell wie möglich vergessen – der Gedanke sei zu grobschlächtig für die Seele eines frommen Menschen und der religiösen Inbrunst abträglich. Die Idee ist genial. Mir tut der Zwischenfall leid, ich weiß auch nicht, wie es dazu kam, und will jetzt nicht mehr daran denken.

14. 9.

Um vier besuchten Castillon und ich den alten Marggraf, den Chemieprofessor,[20] einen fleißigen und begabten Mann. Aber auch ein merkwürdiger Kauz. Während eines Gewitters rief er aus: »Jetzt sehe ich meinen Gott in Flammen!« und lachte dabei irre. So ist der Mensch – schwach und unvollkommen.

22. 9.

Der Erbprinz von Braunschweig hält sich in Potsdam auf. Ich machte ihm im Schloß meine Aufwartung und sprach eine Weile mit ihm. Wylich[21] hatte mir versprochen, mich dem König vorzustellen, aber es ergab sich einfach keine Gelegenheit.[22] Alle fürchten diesen König wie ein wildes Tier. Die Monarchie kann mir erst einmal gestohlen bleiben.

24. 9.

Traf gegen Mittag in Koswig ein, der Residenz des Fürsten von Zerbst. Das ist ein seltsamer, verschrobener Mann.[23] Seine Armee besteht aus einhundertfünfzig Infanteristen und dreißig Kavalleristen. Seine kleine, schmutzige Stadt, sein Schloß und seine Wachsoldaten in buntgestreiften Schilderhäuschen amüsierten mich. Um mein Deutsch ein bißchen zu üben, fragte ich die Wachsoldaten: »Vie veel troepen hebt der Furst?« Woraufhin einer von ihnen Verdacht schöpfte und mich auf der Stelle verhaftete. Da ich mich auf Deutsch nicht richtig verständlich machen konnte, erklärte ich in lateinischer Sprache, daß ich Ausländer sei, ein Gentleman aus Schottland, der mit seiner Frage nach der Truppenstärke des Fürsten nichts Böses gemeint habe. Man führte mich vor den Bürgermeister, der über die Anklage lächelte und mich sofort freiließ.

28. 9.

Die Bauern in dieser Gegend haben in ihren Gärten Pflaumenbäume mit jenen blauroten Zwetschgen, die wir in Auchinleck »burnets« nennen. Sie werden geschält, entkernt, in einen großen Kessel geworfen und mit etwas Wasser über einem Holzfeuer unter ständigem Umrühren längere Zeit gekocht; weil ihr Saft sie hinreichend süßt, wird kein Zucker hinzugegeben, und weil sie so lange gekocht werden, halten sie sich lange. Die grobe Masse wird in Zuber gefüllt – das Ganze nennt man dann Pflaumenmus. Wenn die Butter teuer wird, streichen sich die Bauern dieses Mus dick auf ihr Schwarzbrot. Ich ließ mir eine Kostprobe geben, biß herzhaft hinein und zahlte für das Ganze einen Groschen.

30. 9.

Sah in Wittenberg das Kloster, in dem Luther gelebt hat, und ging in die alte Kirche, in der er zum erstenmal die Reformation verkündet hat. Sie ist von der Bombardierung[24] übel zugerichtet. Aber Luthers Grabstein ist unversehrt, ebenso wie der von Melanchthon, ihm gegenüber. Ich war in gehobener Stimmung, und mir kam der Gedanke, auf dem Grabstein Melanchthons einen Brief an Samuel Johnson mit dem Gelübde ewiger Freundschaft zu schreiben. Die Frau, die uns die Kirche zeigte, war eine gute Seele und besorgte mir Feder und Tinte. Damit mein Papier den Grabstein dieses großen und guten Mannes als Unterlage hatte, legte ich mich der Länge nach auf den Kirchenboden und schrieb auf dem Bauch. Die treuherzige Frau und ein paar andere Einfaltspinsel sahen mir verdutzt zu; wahrscheinlich hielten sie mich für verrückt.

1. 10.

Herr von Guericke[25], ehemaliger Prinzenerzieher in Dessau, schickte mir sein *album amicorum*, in das ich folgendes hineinschrieb: »Noch nie hat ein Ausländer dem Reisen so viel abgewonnen wie ich, der ich als Philosoph unterwegs bin. Weniger grobschlächtig als Diogenes, bin ich doch ebenfalls auf der Suche nach Menschen, d. h. nach Wesen, die die Würde des Menschen zu wahren wissen. Zu diesen Wesen erlaube ich mir, Monsieur de Guericke zu zählen. Gedenken Sie, Sir, eines wackeren Schotten, der die Ehre hat, mit der größten Hochachtung zu verbleiben als Ihr untertänigster und gehorsamster Diener

BOSWELL VON AUCHINLECK«

4. 10.

In Leipzig machte ich Professor Gottsched meine Aufwartung, einem der bedeutendsten Literaten dieses Landes.[26] Er war es, der die deutsche Sprache gereinigt und kultiviert sowie eine vorzügliche deutsche Grammatik verfaßt hat. Außerdem hat er verschiedene Stücke, in Prosa und in Versform, geschrieben. Er ist eine große, stattliche Erscheinung und hat die eleganten Umgangsformen eines Weltmannes. Obwohl ich kein Empfehlungsschreiben für ihn besaß, empfing er mich mit vollendeter Höflichkeit. Wir sprachen über Schottland und die Unterschiede zwischen der englischen und der schottischen Sprache. Ich erwähnte meinen Plan, ein schottisches Wörterbuch zu verfassen, und versprach, ihm Kostproben davon zu schicken. Er sagte, die Vorrede zu Johnsons »Dictionary« sei eine der besten Sachen, die er je gelesen habe.

5. 10.

Um drei zu Gellert. Man nennt ihn den deutschen John Gay, weil er Fabeln und Schäferspiele geschrieben hat. Er kam mir gebrechlich und kränkelnd vor. Er sagte mir, er sei schon seit zwanzig Jahren ein Hypochonder;[27] jede Nacht glaube er zu sterben – und schreibe dann am nächsten Morgen eine Fabel. Er erklärte: »Mit meiner Lyrik bin ich am Ende. Ich habe nicht mehr die Kraft zu schreiben.« Er sprach ein miserables Latein und ein noch elenderes Französisch; am besten ging es noch auf Deutsch. Gellert scheint mir ein unbedeutender Kopf zu sein, er hat von nichts eine Ahnung. Seine Unterhaltung wirkte auf mich altjüngferlich. Mit ein bißchen Phantasie und Geschick im Verseschmieden hat er bei den deutschen Leserinnen Eindruck gemacht und sich eine gewisse Reputation verschafft. Er übersetzte mir eine seiner Fabeln ins Lateinische; ich versprach ihm, Deutsch zu lernen, um seine Werke besser zu verstehen. Aber ach, wie wenig konsequent bin ich in meinen Vorsätzen! Wo ist mein Griechisch? Wo meine Übersetzung der schottischen Gesetze? Irgendwann wird noch etwas daraus werden.

6. 10.

Wir trafen uns mit Herrn Rogler[28], dessen Englisch erstaunlich gut ist. Er hat ein Deutsch-Englisches Wörterbuch geschrieben, das eigentlich, wie er auf dem Titelblatt erklärt, eine Übersetzung des »Dictionary« von Samuel Johnson ist. Aber in dieser unseligen Neigung zur Weitschweifigkeit, die so typisch für die Deutschen ist, hat er noch dreitausend Wörter aus anderen Wörterbüchern hinzugefügt, so daß bei ihm jetzt wieder der ganze Abfall versammelt ist, von dem Johnson sein Wörterbuch mit so viel Mühe freigehalten hat.

7. 10.

Meines Vaters Freunde sind immer bereit, ihm zu helfen. Ich habe aber mehr Freunde als er, die jederzeit bereit wären, mir beizustehen. Das kommt, weil es bei meinem Vater sehr lange dauert, bis er mit jemandem Freundschaft schließt. Bei mir dagegen geht alles sehr schnell. Kann ich etwas dafür, daß die Menschen spontan Zuneigung zu mir empfinden? Mein Vater wählt seine Freunde nach Vernunftgründen aus – bei mir entscheiden Liebe und Begeisterung, wie ich sie z. B. für Temple und Johnston empfinde.

8. 10.

Die Strecke zwischen Meißen und Dresden, die Elbe entlang, ist sehr schön. Auf beiden Seiten des Flusses steigen Weinberge an. Könnten wir so etwas in Schottland nicht auch haben? Unser Klima ist doch so ähnlich wie das sächsische. Hier und da sah ich alte Schlösser, Heerschaften's houses: Herrensitze. Mir gefiel das sehr – es wirkte schottisch. In Brandenburg gab es nichts Vergleichbares.

Ich kam rechtzeitig in der schönen Stadt Dresden an, stieg im Hotel de Pologne ab, einem hervorragenden Etablissement, warf mich in Schale (scharlach und gold) und sprach sogleich bei Mr. Stanhope, dem britischen Gesandten, vor.[29]

9. 10.

Ich bummelte durch Dresden und sah mir die Stadt an. Sie wirkt mit ihren Steinhäusern sehr stattlich. Es war schmerzlich zu sehen, welche Verwüstungen die Bombardierung durch die Preußen angerichtet hat.[30] Ich bewunderte die neue katholische Hofkirche, ein prächtiges Bauwerk mit hervorragenden Standbildern, ebenso die vornehme Elbbrücke.

11. 10.

Ich stelle fest, daß man den Fremden in Dresden das Geld aus der Tasche zieht, wenn sie die Sehenswürdigkeiten der Stadt besichtigen wollen – ein Skandal, weil das meiste doch Eigentum des Fürsten ist. Mein Lohndiener sagte mir, daß ich dem Bibliotheksaufseher einen Dukaten zahlen müsse (und seinem Diener einen Schilling); im Museum bekommt der Kustos einen Louisdor, der Aufseher einen Gulden. Das Museum besitzt tatsächlich zahlreiche bedeutende Kostbarkeiten, aber einige der besten Stücke sind verkauft worden, um mit dem Erlös die Kriegsschäden zu reparieren. Ich ging durch den Hofgarten, in dem eine Reihe von antiken Bronzeskulpturen stehen. Dann in die französische Komödie, die hier sehr elegant ist; sah den Kurfürsten, Prinz Xavier[31], und andere Mitglieder des Hofes. Danach zu den lockeren Straßenmädchen – aus Gesundheitsgründen habe ich mich auf das Wesentliche beschränkt und sie nicht umarmt. Zweimal nacheinander ist mir dabei das Taschentuch gestohlen worden. Ich ärgerte mich über mich, denn ich mußte meinem Diener gegenüber zugeben, daß ich »avec les filles« gewesen war. Der Mensch kann manchmal tief sinken.[32]

19. 10.

Besichtigte die Herzogliche Bibliothek in Gotha; sie ist sehr groß, in vorzüglicher Ordnung und enthält einige Merkwürdigkeiten. Es gibt dort eine deutsche Bibel, die früher dem Kurfürsten von Bayern gehört hat – ein Manuskript, das lange vor der Reformation entstanden ist und einige kuriose Abbildungen enthält: als z. B. Adam und Eva merken, daß sie nackt sind, kommt Gottvater als alter Mann zu ihnen und überreicht Adam ein Paar Hosen und Eva einen Unterrock.

Ich verbringe meine Zeit auf überaus angenehme Weise. Vor dem Abendessen las ich die »Nouvelle Héloise«; ich schreibe; ich denke.[33]

20. 10.

Ich bin eine Art *virtuoso* – ein Kunstliebhaber und Sammler. Überall, wo ich hinkomme, besorge ich mir einen Satz Silbermünzen mit der Jahreszahl meines Aufenthaltes in dem betreffenden Land. In Gotha besuchte ich den örtlichen Münzmeister, der schon in England gewesen war und leidlich Englisch sprach; er holte mir die Münzen und bot mir Rheinwein an – er war einer von diesen typischen vierschrötigen Deutschen.[34] Es ist ein seltsamer Gedanke, daß jeder Mensch sich unendlich wichtig nimmt und daß andererseits doch ganze Gruppen von Menschen für mich nur Material für amüsante Beobachtungen sind.

21. 10.

Stand um sechs auf, hörte Orgelmusik und betrat die große Kirche, in der eine stattliche Gemeinde versammelt war. Der Frühgottesdienst hatte eine wunderbare Wirkung auf mich. Fuhr anschließend drei Meilen nach Langensalza. Die dreckigste Stadt, die ich je gesehen habe. Durch die Straßen wälzt sich flüssiger Schlamm – man kann sich nur mühsam auf einem schmalen Steg an den Seiten vorwärtsbewegen.

Um sechs fuhren wir weiter. Ich war nicht in bester Stimmung und machte mir Vorwürfe wegen meines Lebenswandels; ich schwor feierlich, bis zu meinem Besuch bei Rousseau keine gottlosen Reden mehr zu führen und mich mit keiner Frau mehr einzulassen.

24. 10.

Der Wasserfall in Kassel muß unglaublich kostspielig gewesen sein. Das Wasser kommt aus einem Hügel und strömt eine Freitreppe hinunter in ein Becken, aus dem es in eine andere Treppe geleitet wird – so geht es über eine lange Strecke. Oben auf dem Hügel steht eine große Herkules-Statue, in deren Innerem sich eine Treppe befindet. Die Statue ist so groß, daß in ihrem Kopf ein Mann aufrecht stehen kann.

25. 10.

Schrieb den ganzen Vormittag. Ich verfasse jetzt jeden Abend eine Art Memorandum über die Erlebnisse des Tages; auf diese Weise halte ich die Fakten fest. Manchmal bin ich drei, vier oder sogar fünf Tage mit dem Tagebuchschreiben im Rückstand. Wenn ich die Zeit dazu habe und in der richtigen Stimmung bin, bringe ich dieses mein Tagebuch auf den neuesten Stand – so gut es in der Eile geht. In ein paar Jahren werde ich es wahrscheinlich in einem eleganteren Stil zusammenfassen.[35]

27. 10.

In der Kutsche saß ein französischer Diener bei uns, ein schamloser Bursche. Abends aß ich zusammen mit ihm und mit meinem Diener; auf der Reise durch Deutschland geht das nicht anders. Ich teilte mit den beiden auch das Strohlager. Es war entsetzlich. Ein heißer Kanonenofen machte das Stroh stickig und die Luft warm, dazu die Ausdünstungen vieler Menschen, die durchaus nicht alle zu den saubersten gehörten – gräßlich. Ich konnte nicht schlafen. Das Ärgerliche an den deutschen Wirtshäusern ist, daß man beim Licht einer Talgkerze oder einer Lampe schlafen muß. Ich verhandelte mit dem Stallknecht, der mir eine Schlafstelle auf dem Heuboden verschaffte, wo es zwar kalt war, ich aber leidlich schlief.

30. 10.

Schlenderte in angenehmer *étourderie*[36] durch die Straßen von Frankfurt.

5. 11.

Am Hof von Mannheim herrschte reges Treiben. Es hieß, daß ich erst morgen vorgestellt werden könne. Nachdem ich schon zwei Tage gewartet hatte, war ich ziemlich verärgert, und wenn ich heute nicht vorgestellt worden wäre, hätte ich mich am nächsten Tage französisch empfohlen.

16. 11.

Hier möchte ich einmal etwas über meine Begabung als Höfling sagen. Schon in meiner Jugend habe ich immer Respekt vor den großen Aristokraten empfunden; in den Wäldern von Auchinleck schmiedete ich ehrgeizige Pläne und hegte kühne Hoffnungen auf eine Karriere in der vornehmen Gesellschaft. Seit ich mich in Deutschland aufhalte, ist es mein glühender Wunsch, einen Fürsten zu finden, der Zuneigung zu mir faßt und mit seiner noblen Freundschaft mein Leben veredelt. Ich gab mich der Hoffnung hin, daß unter den vielen Herrschern, die ich besuchen wollte, ein solcher Mensch zu finden sein müsse. Nachdem ich an einer ganzen Reihe von Höfen gewesen bin, hatte ich den Plan fast aufgegeben. Hier, an meinem vorletzten Hof, in Baden-Durlach, habe ich nun endlich einen ernsthaften, gebildeten und würdevollen Fürsten gefunden, der einen Blick für meine eigenen Verdienste hat. Er hat sich viel Zeit für ausführliche Gespräche mit mir genommen. Vor einigen Tagen sagte ich zu ihm: »Wäre es möglich, Sir, daß ich Ihnen nach meiner Abreise ein Zeichen meiner Dankbarkeit gebe?« Er sprach: »Vielleicht schreibe ich Ihnen; über Briefe von Ihnen würde ich mich freuen.«[37] Da faßte ich mir ein Herz und sagte: »Durchlaucht, ich möchte Sie um eine große Gunst bitten. Darf ich mich erkühnen, Sie um die Verleihung Ihres Hausordens zu bitten?« »Legen Sie mir erst einmal einen beglaubigten Stammbaum vor«, sagte der Markgraf. »Wenn Sie wiederkommen, sehen wir weiter.«

3. 12.

Ein großes Ziel, das ich seit meiner Abreise aus England nie aus den Augen verloren habe, war es, die Bekanntschaft Rousseaus zu machen und vielleicht sogar seine Wertschätzung zu gewinnen. Ich hörte, daß er in einem wilden Tal lebt, etwa zwanzig Kilometer von Neuchâtel entfernt. Ich belud heute am frühen Morgen ein Pony mit meinem Reisesack, in den ich ein paar Hemden gestopft hatte, und brach dorthin auf. Abraham François, ein Kaufmann aus der hiesigen Gegend, schloß sich mir an. Mein Pferd war träge; er lieh mir Sporen und Peitsche, und so trabten wir munter durch die Gegend. Er brachte mir auch ein französisches Lied bei: »Sous le nom de l'amitié, Phillism je vous adore«, die Melodie eines Menuetts.[38] Ich amüsierte mich in seiner Gesellschaft – ein nützlicher Kontrast zu dem großen Thema, das mich innerlich beschäftigte. Die Straße zwischen schneebedeckten Bergen war gut und fest. Im Gasthaus von Brot, auf halber Strecke, machten wir eine Pause. Der Wirt, Monsieur Sandoz, hatte eine hübsche Tochter, sehr munter und gesprächig, fast konnte man die junge Dame geschwätzig nennen. »Monsieur Rousseau kommt oft hierher«, erzählte sie uns, »und bleibt dann mehrere Tage, mit seiner Haushälterin Mademoiselle Le Vasseur.[39] Er ist ein liebenswürdiger Mann mit einem guten Gesicht, aber er mag es nicht, wenn die Leute ihn anstarren, als hätte er zwei Köpfe.«

Himmel, die Neugier der Menschen ist unglaublich! Viele Leute wollen ihn besuchen, aber meistens empfängt er niemanden. Er ist krank und will nicht gestört werden. Dort drüben ist ein Weg, auf dem ich mit ihm und Mademoiselle Le Vasseur schon gegangen bin. Wir haben dort auch gegessen. In einer solchen wilden Gegend kann er den ganzen Tag wandern. Die Herren, die hierher kommen, fragen mich tausend Fragen: »Was ist mit seiner Haushälterin? Ist sie jung? Ist sie hübsch?« Dieses ganze Geschwätz über Mademoiselle war mir unangenehm.

Es gab hier auch einen Steinmetz, der für Voltaire gearbeitet hat. Selbst der letzte Esel kann noch die eine oder andere Anekdote über einen berühmten Mann erzählen, mit dem er irgendwann zu tun gehabt hat. Dieser Steinmetz sagte zum Beispiel zu mir: »Sir, in Ferney hatten sie ein Kutschpferd, und Monsieur Voltaire sagte immer: ›Armer Gaul, du bist so klapprig wie ich.‹ Jede Banalität, die von einem Genie stammt, hat ihren besonderen Wert.«

Abraham François[40] und ich tranken ein Glas guten Wein und setzten dann unsere Reise fort. Wir kamen an einem Ort vorbei, der genauso aussah wie Killiecrankie[41]; an einer anderen Stelle schienen ein paar Felsbrokken jeden Augenblick auf uns herabstürzen zu können – früher oder später wird es soweit sein. Monsieur Rousseau lebt in dem Dorf Môtiers. Ein paar Kilometer vor diesem Ort trennte sich Abraham von mir, nachdem ich ihm seine Peitsche und seine Sporen zurückgegeben hatte. Ich ritt mit einem angenehmen Gefühl der Spannung weiter. Ich wünschte mir, daß ich erst dann Rousseau zu Gesicht bekomme, wenn er wirklich mit meinem Besuch einverstanden ist. Ich sah dann ein weißes Haus mit grünen Fensterläden – genau so ein Haus erwähnt Rousseau in »Émile«.[42] Ich dachte, das könnte es vielleicht sein, und wandte meinen Blick ab. Ich ritt langsam die Dorfstraße entlang und stieg im Gasthaus ab. Es wird von Madame Grandpierre geführt, einer Witwe, die zwei Töchter hat – dicke, behäbige Jungfern. Die älteste empfing mich. Ich erklärte ihr: »Ich habe meinen Diener fortgeschickt, damit er seine Freunde und Verwandten besuchen kann, deshalb komme ich hier allein an. Sie müssen gut für mich sorgen.« Woraufhin sie sagte: »Wir werden unser Bestes tun.«

Ich fragte nach Monsieur Rousseau. Offenbar verhält er sich sehr ruhig, denn meine Wirtin wußte wenig oder gar keinen Klatsch über ihn zu berichten. Mir hatte man überall von seiner Unzugänglichkeit erzählt. Mylord Lord Marischal hatte mir ein Empfehlungsschreiben an ihn mitgegeben – ich war überzeugt, daß es mir den gewünschten Zutritt zu ihm verschaffen würde.[43] Oberst Chaillet hatte mir einen Brief an den Burgherren Monsieur Martinet gegeben,[44] den Richter, der mich wahrscheinlich ohne Schwierigkeiten vorstellen könnte. Aber meine unverbesserliche romantische Veranlagung trieb mich dazu, meine eigenen Fähigkeiten zu testen. Ich hatte deshalb selber einen Brief an Monsieur Rousseau aufgesetzt, in dem ich ihn darüber informierte, daß ein vierundzwanzigjähriger schottischer Edelmann aus altem Geschlecht nach Môtiers gekommen sei in der Hoffnung, ihn kennenzulernen. Ich versicherte ihm, daß ich seiner Aufmerksamkeit durchaus würdig sei und daß ich mich einer strengen Prüfung durch ihn zu unterziehen bereit sei. Gegen Ende des Briefes ließ ich durchblicken, daß ich auch Herz und Seele habe. Ich kann hier keine richtige Vorstellung von diesem Brief vermitteln, der sich weder kürzen noch umschreiben läßt – er war wirklich ein Meisterwerk. Ich werde ihn immer als Beweis dafür aufbewahren, daß sich meine Seele in die erhabensten Höhen aufschwingen kann. Ich zog mich um, dinierte und ließ meinen Brief bei Monsieur Rousseau abgeben, wobei ich der Magd auftrug, sie solle sagen, daß sie die Antwort abholen werde – auf diese Weise hat er Zeit zum Überlegen, denn vielleicht ist er ja krank und kann mich deshalb nicht empfangen. Ich wartete voller Unruhe. Ist dies nicht ein Beispiel für romantische Verstiegenheit? Konnte ich mich nicht bei ihm anmelden wie jeder andere Gentleman auch? Nein. Ich rage über die vulgäre Masse weit hinaus. Ich wollte es diesem großen Menschenkenner überlassen, meinen wahren Wert auf die Probe zu stellen. Ich muß immer nach meiner Veranlagung handeln. Wenn mein kühner Plan gelingt, wird mich die Erinnerung daran bis an mein Lebensende begleiten. Aber vielleicht wirke ich auf ihn als eitel, oder als so ungewöhnlich, daß er von meinem Charakter entsetzt ist und mich nicht zu sehen wünscht. Das wäre eine ziemliche Blamage, denn ich würde mich danach schämen, meine Empfehlungsbriefe aus der Tasche zu ziehen. Aber warum bin ich so unruhig und voller Zweifel? Es ist meine alte Melancholie und Ängstlichkeit. Nein! Kann der Autor der »Héloise« Anstoß nehmen an der Begeisterung eines unschuldigen Gemüts? Wenn er mich tatsächlich empfängt, muß ich die freiwillig übernommene Rolle gut spielen; ich habe ihm nämlich in ungewöhnlich hochtrabendem Ton geschrieben und ein Bild von mir entworfen, dem ich wohl kaum werde entsprechen können.[45]

3. 12. (Boswell an Rousseau; Original Französisch)[46]

Môtiers, Val de Travers, 3. Dezember 1764

Sir: ich bin ein Schotte aus altem Geschlecht. Nun kennen Sie meinen Rang. Ich bin vierundzwanzig Jahre alt. Jetzt kennen Sie mein Alter. Vor sechzehn Monaten verließ ich England, als typischer Inselbewohner, der kaum ein Wort Französisch verstand. Ich war in Holland und Deutschland, aber noch nicht in Frankreich; Sie werden mir hoffentlich meinen Umgang mit Ihrer Sprache nachsehen. Ich reise mit dem aufrichtigen Wunsch, Neues hinzuzulernen. Ich bin hierher gekommen in der Hoffnung, Ihre Bekanntschaft zu machen.

Sir, ich habe gehört, daß Sie sehr schwierig im Umgang sind und es abgelehnt haben, selbst Leute von Rang und Namen zu empfangen. Ich habe deshalb um so größeren Respekt vor Ihnen. Denn wenn Sie alle jene empfingen, die nur aus Eitelkeit von sich sagen wollen: »Ich kenne ihn persönlich«, dann wäre Ihr Haus nicht länger Wohnstatt eines erlesenen Geistes und tiefer Frömmigkeit, und ich würde wenig darum geben, von Ihnen empfangen zu werden.

Sehen Sie bitte, Sir, in mir einen Mann von einzigartigem Verdienst, einen Menschen von starken Empfindungen, aber auch von melancholischem Gemüt. Ach, wenn all das, was ich erlitten habe, mir nicht in den Augen von Monsieur Rousseau einen unvergleichlichen Vorzug gibt – warum wurde ich dann so geschaffen, wie ich bin? Warum schrieb er so, wie er es getan hat?

Sie fragen, ob ich Empfehlungsschreiben besitze. Bedürfen Sie wirklich derartiger Ausweispapiere? Im geschäftigen Treiben der Welt ist eine Empfehlung nötig als eine Schutzmaßnahme gegen Hochstapler. Aber Sie, Sir, der Sie die menschliche Natur so gründlich erforscht haben, können Sie sich denn noch in einem Menschen täuschen? Ich habe von Ihnen dieses Bild: Mit Ausnahme der unergründlichsten Tiefen der Seele sind Ihnen die Eigenarten von Leib und Seele gründlich vertraut, in allen ihren Regungen und Empfindungen, in allem, was sie registrieren und was den Menschen zum Menschen macht. Und dennoch, Sir, wage ich es, unter Ihre Augen zu treten. Ich wage es, mich dieser Prüfung zu unterziehen. In den Städten und an Fürstenhöfen kann man sich in der Menge verstecken, und man kann dort selbst die größten Menschenkenner täuschen. Aber jetzt will ich mich der strengsten Prüfung stellen. In der Stille und Abgeschiedenheit Ihres geheiligten Refugiums sollen Sie Ihr Urteil über mich fällen; können Sie sich vorstellen, daß ich mich in einer solchen Situation verstellen würde?

Ihre Schriften, Sir, haben mein Herz dahinschmelzen lassen, meine Seele erhoben, meine Phantasie beflügelt. Glauben Sie mir, Sie werden froh darüber sein, mich kennengelernt zu haben. Sie wissen, was schottischer Stolz bedeutet. Sir, ich komme zu Ihnen, um mich einer Nation noch würdiger zu erweisen, die einen Fletcher of Saltoun[47] und einen Lord Marischal hervorgebracht hat. Verzeihen Sie, Sir, mich überwältigt die Rührung. Kaum kann ich an mich halten. O geliebter Saint-Preux[48]! Erleuchteter Mentor! Beredter und liebenswürdiger Rousseau! Ich spüre, daß heute eine wahrhaft edle Freundschaft geboren wird.

Ich höre mit tiefem Bedauern, daß Sie häufig indisponiert sind. Vielleicht sind Sie es gerade jetzt. Aber ich bitte Sie inständig: Lassen Sie sich davon nicht abbringen, mich zu empfangen. Sie werden in mir einen schlichten Menschen kennenlernen, der Ihnen keinerlei Umstände bereitet und eine Herzlichkeit ausstrahlt, die Ihnen vielleicht Ihre Schmerzen vergessen hilft.

Ich habe Ihnen viel zu berichten. Obwohl noch jung an Jahren, besitze ich doch eine Fülle von Erfahrungen, über die Sie staunen werden. Ich befinde mich im Augenblick in einer ernsten und heiklen Situation, in der ich dringend den Rat des Autors der »Neuen Héloise« brauche. Wenn Sie der barmherzige Mensch sind, für den ich Sie halte, werden Sie nicht zögern, mir Ihren Rat zu leihen. Öffnen Sie Ihre Tür, Sir, einem Mann, der es wagt, Ihnen zu sagen, daß er es wert ist, von Ihnen empfangen zu werden. Schenken Sie einem Fremden Vertrauen, der nicht so ist wie die anderen. Sie werden es nicht bereuen. Aber ich bitte Sie, empfangen Sie mich allein. Trotz meiner Begeisterung und nachdem ich Ihnen dies alles so offen geschrieben habe, würde ich Sie wahrscheinlich lieber gar nicht sehen als in Gesellschaft anderer. Ich erwarte Ihre Antwort mit Ungeduld.

Boswell

3. 12.

Um mich auf die große Begegnung vorzubereiten, ging ich allein spazieren. Nachdenklich schlenderte ich am Ufer der Areuse entlang, in einem wildromantischen Tal, das von gewaltigen Bergen umgeben war, die mit finsteren Felskuppen, hohen Tannen oder glitzerndem Schnee bedeckt waren. Die frische, gesunde Luft und die romantische Umgebung versetzten mich in eine kraftvolle und feierliche Stimmung. Ich rief mir alle meine früheren Vorstellungen von J.-J. Rousseau in Erinnerung, die Bewunderung, die man überall in Europa für ihn empfindet, seine »Héloise«, seinen »Émile« – kurz, ich hatte eine Fülle erhebender Gedanken. Diese halbe Stunde war eine der außerordentlichsten, die ich je erlebt habe. Ich ging in mein Gasthaus zurück, wo mir die Magd eine Karte mit der folgenden Nachricht von Monsieur Rousseau gab: »Ich bin krank, habe Schmerzen und kann deshalb keine Besucher empfangen. Und doch kann ich mir unmöglich Mr. Boswells Bekanntschaft versagen – vorausgesetzt, daß sein Besuch, aus Rücksicht auf meinen Gesundheitszustand, kurz ist.«

Das Wort »kurz« gab mir einen Stich. Aber ich faßte Mut und machte mich augenblicklich auf den Weg. An der Haustür stand schon Mademoiselle Le Vasseur und wartete auf mich. Sie ist ein kleines, munteres, adrettes französisches Frauenzimmer, vor dem ich keine Angst zu haben brauchte.[49] Sie führte mich eine dunkle Treppe hinauf und öffnete eine Tür. Ich dachte: »Jetzt sehe ich ihn« – aber das war eine Täuschung. Ich betrat einen Raum, der als Diele und Küche zugleich dient. Meine Phantasie gaukelte mir viele verschiedene Bilder des wilden Philosophen vor. Endlich öffnete sich die Tür, und ich sah ihn: einen sanften, schwarzgekleideten Mann, in der Tracht eines Armeniers. Ich ging auf ihn zu und sagte: »Vielen, vielen Dank!« Nach den ersten prüfenden Blicken und Verbeugungen sagte er: »Wollen Sie sich setzen oder lieber im Zimmer mit mir auf und ab gehen?« Ich entschied mich für das letztere; ich war froh, nicht steif und förmlich auf einem Stuhl sitzen zu müssen. Ich fragte ihn, wie es ihm gehe. »Sehr schlecht. Und von den Ärzten habe ich allmählich genug.« »Ja, Sie halten nicht viel von ihnen.« Da es unmöglich ist, unsere Unterhaltung im einzelnen wiederzugeben, werde ich mich gar nicht erst um die genaue Reihenfolge des Gesagten bemühen, sondern nur festhalten, woran ich mich erinnere.[50]

BOSWELL: »Wenn Sie an Ihre Werke denken, Sir, ist das ein erhebendes Gefühl für Sie?« ROUSSEAU: »Ich habe Gefallen an ihnen, aber wenn ich an meine Bücher denke, erinnere ich mich auch gleich an die vielen Schwierigkeiten, die sie mir bereitet haben, so daß ich Ihre Frage eigentlich nicht beantworten kann. Und doch haben mir meine Bücher das Leben gerettet.« Er sprach vom Parlament in Paris: »Wenn irgend eine Körperschaft in Schande versinken sollte, dann wären es diese Leute. Um ihre Schändlichkeit zu demonstrieren, brauchte ich weiter nichts zu tun, als ihren Erlaß gegen mich zusammen mit der Erklärung der Menschenrechte abzudrucken. Aber dagegen sprechen im Augenblick gewichtige Gründe.« BOSWELL: »Eines Tages werden wir dieses Dokument aber besitzen?« ROUSSEAU: »Vielleicht.«[51]

Ich trug einen scharlachroten Rock mit Goldborte, dazu eine Weste und Hosen aus Buckskin und Stiefel. Dazu einen Überrock aus grünem Kamlot, mit Fuchspelz gefüttert, Kragen und Ärmelaufschläge ebenfalls aus Pelzbesatz.[52] Unter dem Arm hielt ich einen Hut mit massiver Goldtresse – zumindest wirkte sie sehr gediegen (den Hut hatte ich mir schon letzten Winter in Den Haag gekauft). Ich war überhaupt nicht verkrampft und sprach sehr flüssig; wenn Monsieur Rousseau etwas sehr Treffendes sagte, das mir naheging, ergriff ich seine Hand und klopfte ihm sogar auf die Schulter. Ich legte mir keinerlei Zurückhaltung auf. Als ich spürte, daß er Gefallen an mir fand, sagte ich: »Wissen Sie eigentlich, Sir, daß mich Ihnen ein Mann empfohlen hat, den Sie sehr schätzen?« ROUSSEAU: »Ah, Mylord Marischal?« BOSWELL: »Ja, Sir, Mylord hat mir ein Empfehlungsschreiben für Sie gegeben.« ROUSSEAU: »Und Sie wollten davon keinen Gebrauch machen?« BOSWELL: »Nein, Sir, ich wollte mich auf meine eigenen Verdienste verlassen.« ROUSSEAU: »Es wäre in der Tat wenig verdienstvoll gewesen, sich mit einem Schreiben von Lord Marischal bei mir Zutritt zu verschaffen. Was immer er schickt, wird mir willkommen sein. Er ist mein Beschützer, mein Vater, ja ich wage zu sagen, mein Freund.«[53] Ein Umstand beunruhigte mich ein wenig: ich hatte vergessen, den Brief von Lord Marischal mitzubringen. Aber das Gefühl der Unschuld und Ehrlichkeit führt zu einem freien Benehmen, das sich nicht künstlich erzeugen läßt. Ich sagte zu Monsieur Rousseau: »Um ehrlich zu sein – ich habe den Brief vergessen, aber Sie glauben mir doch trotzdem, nicht?« ROUSSEAU: »Aber natürlich. Alle möglichen Leute haben sich bereit erklärt, mir auf ihre Art dienlich zu sein – Lord Marischal war es auf die meine. Er ist der einzige Mensch auf der Welt, dem ich Dankbarkeit schulde.« Er fuhr fort: »Wenn ich von Königen spreche, klammere ich den König von Preußen aus. Er ist ein ganz besonderer König, ein Sonderfall. Diese Kraft! Ja, darauf kommt es an, Kraft zu haben, auf Rache sinnen zu können. Man findet immer einen Stoff, aus dem sich etwas formen läßt. Aber wenn die Kraft fehlt, wenn alles klein und zersplittert ist, gibt es nur wenig Hoffnung. Die Franzosen zum Beispiel sind eine ganz und gar verächtliche Nation.« BOSWELL: »Aber die Spanier, Sir?« ROUSSEAU: »Ja, in Spanien gibt es noch große Seelen.« BOSWELL: »Und in den schottischen Bergen! Aber seit der verfluchten Vereinigung – ach –« ROUSSEAU: »Ist alles vorbei!« BOSWELL: »Ja, das stimmt. Aber ich muß Ihnen von einer großen Freude erzählen, die mir Mylord Marischal gemacht hat. Er nennt Sie aus Zuneigung Jean-Jacques. Eines Tages sagte er zu mir: ›Jean-Jacques ist der dankbarste Mensch auf der Welt. Er wollte die Biographie meines Bruders schreiben, aber ich bat ihn, statt dessen lieber das Leben von Mr. Fletcher of Saltoun zu beschreiben – er versprach mir spontan, das zu tun.‹«[54] ROUSSEAU: »Ja, Sir, ich werde das mit der größten Sorgfalt und dem größten Vergnügen tun. Dabei werde ich die Engländer vor den Kopf stoßen, ich weiß. Aber das ist nicht zu ändern. Könnten Sie mir vielleicht mit einigen Anekdoten aushelfen über den Charakter der Leute, die diese Vereinigung zustande brachten, oder mit Einzelheiten, die man bei den Historikern nicht findet?« BOSWELL: »Ja, Sir, aber natürlich ist alles, was ich sage, gefärbt von der Voreingenommenheit eines waschechten Schotten.« ROUSSEAU: »Sei's drum.«

Von den kirchlichen Würdenträgern sagte er: »Wenn einer dieser Herren eine neue Erklärung für etwas Unbegreifliches anbietet, dabei aber an der Unbegreiflichkeit nicht das geringste ändert, schreien alle: ›Seht diesen großen Geist!‹ Aber im gleichen Atemzug, Sir, werden sie[55] Ihnen erklären, daß keine einzige theologische Frage außer acht gelassen werden darf – jeder Stein in Gottes Gebäude, dem mystischen Jerusalem, hat als heilig zu gelten. ›Es sind aber neue Steine hinzugekommen. – Tragt sofort das da ab, und das auch! Jetzt könnt Ihr sehen, daß an dem Gebäude nichts fehlt, und es gibt keinen Grund dafür, daß Ihr hier herumsteht, um es vor dem Einsturz zu bewahren.‹ Pah! Diese Leute sehen nicht den Bären vor sich, von dem sie so viel gehört haben. Ich mache mir nichts aus der Welt dieser Leute, denn ich lebe in der Welt meiner eigenen Hirngespinste – die Außenwelt kann mir gestohlen bleiben.« BOSWELL: »Aber wenn Sie versponnenen Menschen begegnen – machen Sie sich aus denen auch nichts?« ROUSSEAU: »Diese Leute haben meistens andere Hirngespinste als ich. – Ihr Land ist für die Freiheit geschaffen. Mir gefallen Ihre Lebensgewohnheiten. Wir beide können hier als freie Menschen gemeinsam auf und ab gehen, ohne viel zu reden. Zwei Franzosen könnten das nie. Mir sind die Menschen zuwider. Meine Wirtschafterin sagt mir, daß ich immer sehr viel besserer Stimmung bin, wenn ich einen Tag allein war und keine Gesellschaft gehabt habe.« Boswell: »Man hat schon sehr viel gegen Sie geschrieben.« Rousseau: »Niemand hat mich verstanden. Was diesen Herrn Vernet in Genf angeht, so ist das ein eingefleischter Jesuit. Mehr brauche ich über ihn nicht zu sagen.«[56] Boswell: »Finden Sie eigentlich, daß ich der Beschreibung entspreche, die ich Ihnen von mir gegeben habe?« Rousseau: »Es ist noch zu früh, um mir darüber ein Urteil zu bilden. Der äußere Anschein spricht bisher durchaus zu Ihren Gunsten.« Boswell: »Ich fürchte, ich bin schon zu lange geblieben. Es wird mir eine Ehre sein, morgen noch einmal vorzusprechen.« Rousseau: »Ich will mich nicht festlegen.« Boswell: »Sir, ich werde mich ganz ruhig im Dorf aufhalten. Wenn Sie glauben, mich empfangen zu können, werde ich entzückt sein; wenn nicht, will ich mich nicht beklagen.« Rousseau: »Mylord Marischal weiß sehr wohl, wie sich die Menschen fühlen, wenn sie allein sind oder unter anderen Menschen. Ich werde überlaufen von Leuten, die nichts zu tun haben.« Boswell: »Und womit verbringen diese Leute ihre Zeit?« Rousseau: »Mit Schmeicheleien. Ich werde auch mit Briefen überhäuft. Jeder Briefschreiber glaubt, er sei der einzige.« Boswell: »Sie wundern sich gewiß darüber, Sir, daß jemand, der noch nicht die Ehre Ihrer Bekanntschaft gemacht hat, sich herausnimmt, Ihnen zu schreiben.« Rousseau: »Nein, das wundert mich gar nicht, denn gerade gestern erhielt ich solch einen Brief, und auch vorgestern, und viele Male davor.« Boswell: »Gehorsamer Diener. – Wie, Sie kommen mit?« Rousseau: »Nein, ich komme nicht mit, ich gehe nur auf den Gang hinaus. Auf Wiedersehen!«

Es bereitete mir eine gewisse Genugtuung festzustellen, daß ich dem Bild, das ich ihm von mir gegeben hatte, nichts schuldig geblieben war und daß ich auf den berühmten Rousseau offenbar Eindruck gemacht hatte. Es war ein seltsames Gefühl, daß ich den Autor, an den ich so oft gedacht hatte, nun endlich kennengelernt hatte. Ich setzte mich sofort hin und schrieb einen Brief an Dempster. Es wurde sehr spät.

3. 12. (Boswell an Dempster[57])

Môtiers, Val de Travers, 3. Dezember 1764

Mein lieber Dempster, was glaubst Du wohl, wo ich gerade bin? In dem Dorf, in dem Rousseau wohnt. Ich bin heute mittag aus Neuchâtel hier angekommen, um dem »wilden Philosophen« meine Aufwartung zu machen. Ich hatte von allen Seiten gehört, daß es sehr schwierig sei, bis zu ihm vorzudringen, ließ mich aber nicht entmutigen. Ich schrieb ihm einen Brief, von dem ich sicher war, daß er auf ihn Eindruck machen würde, denn ich skizzierte ihm darin meinen Charakter und tat so, als habe ich einen Anspruch darauf, von ihm empfangen zu werden. Der Brief strotzte vor Selbstvertrauen – ich schrieb ihm, ich hätte keine Angst, mich der strengsten Prüfung durch ihn zu unterziehen.

Dempster – ich bin bei ihm gewesen. Er hat mich überaus höflich empfangen. Wenn Du ungezwungene Eleganz erleben willst, besuche den Autor der »Héloise«. Ich kann Dir unmöglich in einem eilig hingeworfenen Brief einen Eindruck von unserem Gespräch vermitteln. Laß mich nur eine Tatsache erwähnen. Die Korsen haben tatsächlich Monsieur Rousseau gebeten, ihnen eine Verfassung zu schreiben.[58] Er hat ihnen geantwortet: »Ich hätte nicht übel Lust dazu, aber das überstiege wirklich meine Kräfte.« Die französische Invasion wird ihm wahrscheinlich das Herz brechen.[59] Oh, Dempster, wie schmerzlich war es für mich, Rousseau krank zu erleben – und doch habe ich eineinhalb Stunden bei ihm verbracht, bevor ich ans Gehen dachte. Wir haben ein Abkommen getroffen. Ich werde mich einige Tage ganz ruhig in diesem Dorf aufhalten, und er wird mich so oft empfangen, wie es sein Gesundheitszustand erlaubt. Ich bin hier in einem schönen, wilden Tal, das von gewaltigen Bergen umgeben ist. Ich bin überglücklich. Ich schreibe dies teils aus verzeihlicher Eitelkeit und teils aus dem Bedürfnis, Dir eine Freude zu machen. Adieu, Dempster, viel Erfolg im Parlament!

Boswell

4. 12.

Um fünf begab ich mich zu Monsieur Rousseau, den ich bei besserer Laune vorfand als gestern. Wir machten unsere Späße über Mademoiselle Le Vasseur, die ihn hinter Schloß und Riegel verwahrt. Zu ihrer Verteidigung sagte sie, daß er ja noch eine andere Tür habe, durch die er entweichen könne. Woraufhin er meinte: »Mademoiselle, Sie können aber auch nichts für sich behalten!«

Er gab mir eine Beschreibung des Abbé de Saint-Pierre[60] – »ein Mann, der Gutes tat, weil er aus Prinzip Gutes tun mußte und nicht aus Schwärmerei. Man könnte sagen, er sei leidenschaftlich vernünftig gewesen. Zu einer Besprechung pflegte er mit einem Haufen Notizzettel zu kommen und dann zu sagen: ›Hierfür werde ich Hohn, und dafür Spott ernten.‹ Es war ihm im Grunde gleichgültig. Alles mußte bei ihm durchdacht sein, bis hin zur kleinsten Kleinigkeit. So trug er zum Beispiel seine Uhr an einem Rockknopf aufgehängt, weil er das bequemer fand. Da er als Priester nicht heiraten konnte, hielt er sich Mätressen und machte daraus keinen Hehl. Er hatte mehrere Söhne, die grundsätzlich nur praktische und nützliche Berufe ergreifen durften – er erlaubte zum Beispiel keinem von ihnen, Perückenmacher zu werden. ›Solange uns die Natur mit Haaren versorgt‹, meinte er, ›bleibt die Perückenmacherei ein unsicheres Geschäft.‹ Er gab keinen Pfifferling auf die Meinungen anderer Leute und sagte, für ihn seien sie alle nur große Kinder. Nachdem er einer gewissen Dame einen längeren Besuch abgestattet hatte, sagte er zu ihr: ›Gnädige Frau, ich merke, daß ich Sie ermüde, aber das macht mir nichts aus. Ich finde Sie unterhaltsam.‹ Eine der Kreaturen von Ludwig XIV. sorgte dafür, daß er aus der Akademie ausgeschlossen wurde, wegen einer Rede, die er dort gehalten hatte. Trotzdem ließ er seinen Kontakt zu diesem Mann nie abreißen. ›Er handelte in seinem eigenen Interesse‹, sagte er, ›das kann ich ihm nicht verübeln. Er amüsiert mich. Er hat keinen Grund, meinetwegen beleidigt zu sein. Ich hätte ihm gegenüber allen Grund, beleidigt zu sein, aber ich bin es nicht.‹ Kurz, er fuhr fort, den Akademiker zu besuchen, bis es diesem schließlich zu viel wurde – es war ihm peinlich, mit einem Mann gesehen zu werden, den er verletzt hatte. Er war ein kluger Kopf, aber ein schlechter Stilist: er schrieb umständlich und verworren, konnte seine Behauptungen aber immer gut verteidigen. Die Frauen mochten ihn; er war ganz und gar unabhängig und verschaffte sich damit Respekt. Wenn Sie je Parlamentsabgeordneter werden, sollten Sie dem Abbé de Saint-Pierre nacheifern. Man muß an seinen Grundsätzen festhalten.« BOSWELL: »Aber dazu muß man sehr gebildet sein.« ROUSSEAU: »Natürlich. Man muß ein gut möbliertes Dachstübchen haben.« BOSWELL: »Aber Sir, ein Parlamentsabgeordneter, der sich wie ein Ehrenmann verhält, macht sich zum Narren.« ROUSSEAU: »Nun, dann müssen Sie eben ein närrischer Abgeordneter sein – glauben Sie mir, man wird Sie dafür respektieren, d. h. wenn Sie sich konsequent an Ihre Grundsätze halten. Jemand, der sein Mäntelchen nach dem Wind hängt – das ist ein anderer Fall.«

Er sprach von seinem »Plan zum Ewigen Frieden, nach dem Abbé de Saint-Pierre«.[61] Ich mußte zugeben, daß ich diese Schrift nicht gelesen hatte. »So?« sagte er, nahm sie aus seinem Bücherregal und gab sie mir. Ich fragte ihn lächelnd, ob er sie nicht für mich signieren wolle, aber er lachte mich bloß aus. Ich erzählte ihm von dem deutschen Album, das man mir aufgedrängt hatte, in das aber, außer der Person, die es mir geschenkt hatte, noch niemand etwas geschrieben hat. Daraufhin sagte er: »So ist also Ihr Album *album*[62].« Das war ein Witzwort! Eine Perle, ein Bonmot von Rousseau! Er sagte weiterhin: »Ich habe in Frankreich Schotten aus den Highlands gesehen. Ich liebe die Schotten – nicht, weil Mylord Marischal einer ist, sondern weil er sie lobt. *Sie* aber sind mir lästig. Das liegt in meiner Natur. Ich kann es nicht ändern.« BOSWELL: »Meinetwegen brauchen Sie sich keinen Zwang anzutun.«

Mademoiselle begleitete mich immer zur Tür. Sie sagte: »Ich bin jetzt zweiundzwanzig Jahre bei Monsieur

Rousseau. Ich würde nicht mit der Königin von Frankreich tauschen. Ich versuche, die guten Ratschläge, die er mir gibt, zu befolgen. Wenn er stirbt, muß ich ins Kloster gehen.« Sie ist eine gute Seele, und die Treue, die sie einem so bedeutenden Menschen hält, ist ihr hoch anzurechnen. Seine Schlichtheit ist sehr eindrucksvoll. Er hat Mademoiselle und ihre Mutter, als er die »Héloise« und den »Émile« schrieb, um Rat gefragt.[63]

Ich dinierte mit Martinet, dem Kastellan. Er sagte: »Wir sind allein und können jetzt also gründlich und ungehemmt über Mylord Marischal sprechen.« Wir waren guter Stimmung.

5. 12.

Mittwoch, 5. Dezember

Als ich Rousseau heute vormittag aufsuchte, sagte er: »Sir, es tut mir leid, daß ich mich heute nicht so mit Ihnen unterhalten kann, wie ich es gerne möchte.« Ich ließ solche Ausflüchte nicht gelten und brachte das Gespräch sofort in Gang. Ich erzählte ihm, wie ich zum Katholizismus übergetreten bin und mich zunächst in einem Kloster in Frankreich verstecken wollte. Er sagte: »Was für eine Torheit! Ich war in meiner Jugend auch katholisch.[64] Dann aber wechselte ich den Glauben, und dann später noch einmal. Ich kehrte nach Genf und in den Schoß der Protestanten zurück. Wenn ich mit Katholiken zusammentraf, sagte ich zu ihnen: ›Ich gehöre nicht mehr zu Euch‹; ich kam prächtig mit ihnen aus.«

Ich hielt ihn in der Mitte des Raumes an und fragte ihn: »Sagen Sie mir ehrlich: Sind Sie ein Christ?« Ich blickte ihm fest in die Augen. Seine Miene war angespannt. Wir standen beide da und musterten einander. Er schlug sich an die Brust und erwiderte: »Ja. Ich bilde mir ein, ein Christ zu sein.« BOSWELL: »Sir, die Seele kann nur durch das Evangelium gerettet werden.« ROUSSEAU: »Das spüre ich auch. Alle Einwände können mir nichts anhaben. Ich bin schwach; es mag Dinge geben, die ich nicht verstehe – vielleicht hat aber auch derjenige, der sie aufgezeichnet hat, einen Fehler gemacht. Ich sage, Gott Vater, Sohn und Heiliger Geist.«[65]

BOSWELL: »Sagen Sie mir bitte, leiden Sie manchmal unter der Melancholie?« ROUSSEAU: »Von Natur aus nicht; ich habe keine Anlage zur Schwermut. Erst durch mein vielfältiges Mißgeschick habe ich sie kennengelernt.« BOSWELL: »Ich leide sehr darunter. Wie kann ich überhaupt glücklich sein, ich, der ich soviel auf dem Gewissen habe?« ROUSSEAU: »Fangen Sie ein neues Leben an. Gott ist gut, denn er ist gerecht. Tun Sie Gutes. Damit werden Sie all Ihre Missetaten sühnen. Sagen Sie sich jeden Morgen: ›Heute werde ich meine Verfehlungen wiedergutmachen‹. Wenn Sie das drei Jahre lang tun, haben Sie alle Missetaten, die Sie je begangen haben, abgebüßt.« BOSWELL: »Was halten Sie von Klöstern, Kasteiungen und ähnlichen Dingen?« ROUSSEAU: »Mummenschanz, durch die Bank, von Menschen ausgedacht. Lassen Sie sich nie von den Meinungen der Menschen leiten, sonst werden Sie dauernd hin und her gerissen. Richten Sie Ihr Leben nie nach dem Urteil anderer Menschen ein, denn erstens sind sie genauso anfällig für Irrtümer wie Sie selbst, und zweitens wissen Sie nie, ob man Ihnen wirklich die Wahrheit sagt – Eigeninteresse oder Gewohnheit können sie dazu veranlassen, Ihnen etwas zu sagen, woran sie nicht glauben.« BOSWELL: »Sir, würden Sie es übernehmen, mir entsprechende Anweisungen zu geben?« ROUSSEAU: »Das kann ich nicht. Ich kann nur für mich selbst die Verantwortung übernehmen.« BOSWELL: »Ich werde aber wiederkommen.« ROUSSEAU: »Ich kann nicht versprechen, daß ich Sie wieder empfange. Ich bin krank. Ich brauche jede Minute einen Nachttopf.« BOSWELL: »Doch, Sie werden mich empfangen.« ROUSSEAU: »Machen Sie, daß Sie fortkommen – gute Reise!« Etwa um sechs verließ ich ihn.

Memorandum der Themen,
die ich mit Rousseau besprechen will

Selbstmord. Hypochondrie. Eine richtige Krankheit: erbliche Belastung. Selbstzerstörung: deine Argumente, nicht widerlegt. War Lyriker, lobende Besprechungen in Zeitschriften. Wohl kein Sklave der Triebe, nicht mehr als in der Ehe, will aber ein Schweizer Mädchen haben, liebenswert usw. Richtiges Abenteuer. (Würde meine natürlichen Söhne taufen lassen auf die Namen Marischal Boswell, Rousseau Boswell.) Würde gerne abwarten, ob Kinder gesund, bevor ich heirate. Schadet niemandem. Kann enthaltsam sein, kann wie ein Malteserritter leben. Würde niemanden betrügen, alles offenlegen. Schottische Vertraulichkeit und Spottsucht: früher durch Zurückhaltung und Schweigen unterdrückt, was aber zur Schwermut führt. Kann ich nicht lustig sein und den ersten besten, der mir in die Quere kommt, herausfordern? Feigling von klein auf – was sonst! Jetzt standhaft. Seine Meinung über Duelle. Der Londoner Hof? Nein. Botschafter? Nein. Unterhaus oder nach Hause und Rechtsanwalt. Alte Ländereien, gutes Prinzip. Familie fortpflanzen Hauptsache. Depressionen, um Sünden abzubüßen? Und Du, großer Philosoph, wirst Du mein Freund sein? Bin ich Deiner nicht wert? Sag es mir. Du hast keine Bindungen, kein *ménagement*. Nimm Dich meiner an. Ich sage Dir – der bloße Gedanke, auch nur durch den dünnsten Faden mit dem aufgeklärtesten aller Philosophen, der erhabensten aller Seelen verbunden zu sein, wird mir immer Halt geben, mein Leben lang. Laß uns deshalb einen Pakt schließen: Wir werden uns im Himmel wiedertreffen. Sag mir das, und es wird mir für mein ganzes Leben reichen.

14. 12.

Freitag, 14. Dezember

Um acht bestieg ich mein Pferd; als Führer hatte ich einen Schmied namens Dupuis. Ich sagte zu ihm: »Seit wann (depuis quand) haben Sie diesen Namen?« Wir kamen am Lapidosa[66] vorbei, einem ungeheuer steilen Berg, der fast ganz mit Schnee bedeckt ist. Ich aber war auf dem Wege zu Rousseau – dieser Gedanke ließ mir die wildesten Berge klein erscheinen. Ich kam noch vor Mittag in Môtiers an.

Vor Rousseaus Haus stieg ich vom Pferd, suchte und fand Mademoiselle Le Vasseur, die mir erklärte: »Er ist sehr krank.« »Kann ich ihn nur ganz kurz sprechen?« »Ich werde ihn fragen. Kommen Sie herein.« Er empfing mich sitzend, offenbar in großen Schmerzen.

Rousseau: »Ich bin geplagt mit Krankheiten, Enttäuschungen und Sorgen. Ich habe gerade eine Sonde in der Harnröhre. Jeder glaubt, ich sei verpflichtet, mich seiner anzunehmen.« Boswell: »Das ist doch ganz natürlich.

Tut es Ihnen nicht gut, zu wissen, daß Sie anderen Menschen helfen können?« ROUSSEAU: »Warum – ?«

Als ich das letzte Mal hier war, hatte ich ihm einen »Abriß meines Lebens« hinterlassen, in dem ich die wichtigen Ereignisse meines Lebens und meine depressiven Zustände beschrieb und ihn um Rat und freundschaftliche Anteilnahme bat. Es ist ein bemerkenswertes Schriftstück. Er sagte: »Ich habe Ihren Lebenslauf gelesen. Sie haben sich hereinlegen lassen. Sie hätten nie zu einem Priester gehen sollen.« BOSWELL: »Haben Sie noch Hoffnung, daß irgend etwas aus mir wird?« ROUSSEAU: »Ja. Ihr großes Problem ist, daß Sie alles komplizieren. Kommen Sie heute nachmittag wieder. Aber legen Sie Ihre Uhr auf den Tisch.« BOSWELL: »Wie lange darf ich bleiben?« ROUSSEAU: »Eine Viertelstunde – keine Minute länger.« BOSWELL: »Zwanzig Minuten.« ROUSSEAU: »Verschwinden Sie! – Ha, ha!« Trotz der Schmerzen, die er offenbar hatte, nahm er mein Feilschen mit Humor auf und lachte laut. Er sah verwandelt und heiter aus.

Ich speiste in meinem alten Zimmer mit den beiden Hotelgästen. Nach dem Essen ging ich spazieren. Es hatte stark geregnet, und das Tal war überschwemmt. Die Landschaft sah ganz anders aus als beim ersten Mal. Es betrübte mich, daß sich eine solche Szenerie überhaupt ändern kann.

Um vier ging ich zu Monsieur Rousseau. »Sie haben mir nur eine kurze Zeit eingeräumt – ich muß sie gut nutzen. Ist es möglich, unter Menschen zu leben und doch seine Eigenheit zu bewahren?« ROUSSEAU: »Ja. Mir ist es gelungen.« BOSWELL: »Aber kann man dann auch noch mit den anderen gut auskommen?« ROUS-

SEAU: »Wenn Sie ein Wolf sein wollen, müssen Sie mit den Wölfen heulen. – Ich gebe nicht viel auf Bücher.« BOSWELL: »Auch nicht auf Ihre eigenen?« ROUSSEAU: »Nein – alles bloß Geschwätz.« BOSWELL: »Jetzt heulen Sie aber mit den Wölfen.« ROUSSEAU: »Als ich noch an die Nützlichkeit von Büchern glaubte, fiel ich genau wie Sie von einem Extrem ins andere – obwohl Sie wohl eher vom Gerede der Leute durcheinandergebracht wurden. Hier oben war nichts Festes« (er schlug sich an den Kopf), »bevor ich ernsthaft nachzudenken begann.« BOSWELL: »Sie hätten aber sicher nicht so erfolgreich nachgedacht, wenn Sie nicht vorher viel gelesen hätten.« ROUSSEAU: »Das stimmt. Aber es wäre noch mehr dabei herausgekommen, wenn ich mit dem Nachdenken früher begonnen hätte.« BOSWELL: »Ich wäre aber zum Beispiel nie zu einer so wohlwollenden Einstellung zum Christentum gekommen, wenn ich nicht ›Das Glaubensbekenntnis eines savoyischen Vikars‹ gelesen hätte. Um die Wahrheit zu sagen – einen ganz sicheren Glauben kann ich nirgends finden. Die Morallehre scheint mir ziemlich fragwürdig zu sein. Ich würde zum Beispiel gerne dreißig Frauen haben. Warum darf ich diesen Wunsch nicht befriedigen?« ROUSSEAU: »Das geht nicht!« BOSWELL: »Warum nicht?« ROUSSEAU: »Ha, ha – wenn Mademoiselle nicht hier wäre, könnte ich Ihnen genauer erklären, warum das nicht geht.« BOSWELL: »Aber bedenken Sie doch: wenn ich reich bin, kann ich mir so viele Mädchen leisten, wie ich will. Wenn ich sie schwängere, sorge ich für Bevölkerungszuwachs. Ich gebe ihnen eine Mitgift und verheirate sie an tüchtige Bauern, die froh sind, solche Frauen zu bekommen. So werden sie Ehefrauen in einem Alter, in dem sie sonst keusch bleiben müßten, und ich habe obendrein noch den Vorteil, daß ich mich mit einer großen Zahl von Frauen vergnügen kann.« ROUSSEAU: »Sie werden sich dabei nur Eifersucht, Betrug und Verrat einhandeln.« BOSWELL: »Könnte ich nicht die orientalischen Bräuche übernehmen?« ROUSSEAU: »Im Orient hält man die Frauen hinter Schloß und Riegel, man behandelt sie wie Sklavinnen. Bedenken Sie, daß solche Frauen nur Unheil anrichten – im Gegensatz zu unseren, die sehr nützlich sind, weil sie viel arbeiten.« BOSWELL: »Trotzdem möchte ich dem Beispiel der alten Patriarchen nacheifern – würdigen Männern, vor denen ich Hochachtung habe.« ROUSSEAU: »Sie sind aber auch ein Staatsbürger. Sie können sich nicht einfach mal hier und mal da irgendein Gesetz aussuchen, sondern Sie müssen die Regeln der Gesellschaft, in der Sie leben, respektieren. Tun Sie Ihre Bürgerpflicht, und wenn Sie darin nicht wankelmütig werden, ist Ihnen ein hohes Ansehen gewiß. Ich würde nicht viel davon sprechen – ich würde einfach in diesem Sinne handeln. Und was Ihre Freundin angeht: wenn Sie nach Schottland zurückkommen, sollten Sie zu ihr sagen: ›Madam, unser Verhältnis verstößt gegen mein Gewissen, wir sollten deshalb Schluß machen.‹ Sie wird Ihnen zustimmen; wenn sie es nicht tut, taugt sie nichts.« BOSWELL: »Und wenn ihre Leidenschaft ungebrochen ist und sie damit droht, daß sie ihrem Ehemann alles erzählt, wenn ich mich weigere, das Verhältnis fortzusetzen?« ROUSSEAU: »Erstens wird sie sich hüten, das zu tun, und zweitens haben Sie kein Recht, um des Guten willen etwas Böses zu tun.« BOSWELL: »Ja. Aber trotzdem kann ich mir sehr peinliche Situationen vorstellen. Und sagen Sie mir doch bitte: Wie kann ich für das Böse, das ich getan habe, Buße tun?« ROUSSEAU: »Oh, Sir, das Böse läßt sich nur durch das Gute abbüßen.«

Das ist ein schöner Gedanke. Dennoch beharrte ich auf meinem Prinzip der Wiedergutmachung durch Bestrafung. Ja, ich bin wirklich überzeugt: eine unwandelbare Gerechtigkeit verlangt von uns, daß Vergehen gesühnt werden und daß diese Art von Buße ein gewisses Maß an Leiden einschließen muß. Dieses Prinzip gilt in allen Ländern der Welt, und es scheint auch eine der Grundlagen des Christentums zu sein. Ich brachte danach noch alles mögliche zur Sprache, denn seit meiner Abreise von England war ich niemandem begegnet, dem ich so ohne jeden Vorbehalt alles erzählen konnte wie Monsieur Rousseau.

Ich fragte ihn: »Wenn ich nach Frankreich und Italien komme, darf ich mich dann an das lockere Leben dieser Länder anpassen, wo die Männer offenbar nichts dagegen haben, daß man mit ihren Frauen schläft? Wäre ich nicht überhaupt glücklicher als ein Bürger dieser Länder?« ROUSSEAU: »Das sind alles Leichen. Wollen Sie eine Leiche sein?« Er hatte recht. BOSWELL: »Sagen Sie mir bitte, worin liegt der Vorteil der Tugendhaftigkeit? Ist es nicht besser, sich ganz den Sinnen hinzugeben?« ROUSSEAU: »Es gibt keinen Zweifel: wir sind geistige Wesen, und wenn die Seele aus ihrem Gefängnis erlöst wird, wird der Tugendhafte glücklich sein. Er wird die Betrachtung glücklicher Seelen bei würdiger Beschäftigung genießen, er wird sich sagen: Ein solches Leben habe ich schon immer geführt. Während diejenigen, die nur die niederen Leidenschaften kennen, die ihren Ursprung im Körper haben, keine Befriedigung empfinden beim Anblick von Vergnügungen, an denen sie nicht teilhaben können.«

Boswell: »Weiß der Himmel, ich weiß wirklich nicht, wie ich mich erhalten soll – ich kann mich nicht entscheiden, ob ich einen Beruf ergreifen soll oder nicht.« Rousseau: »Man muß immer einen genauen Plan haben.« Boswell: »Wie steht es mit dem Studium, auf das immer so großen Wert gelegt wird? Geschichte zum Beispiel?« Rousseau: »Alles nur Zeitvertreib.« Boswell: »Mein Vater will, daß ich Rechtsanwalt in Schottland werde. Wenn ich ihm diesen Gefallen tue, handle ich bestimmt richtig; wenn ich mich aber nur meinen Neigungen hingebe, habe ich diese Gewißheit nicht. Ich muß mich deshalb mit dem schottischen Rechtswesen befassen.« Rousseau: »Sicher, das gehört zu Ihrem Handwerkszeug: wer Tischler werden will, braucht einen Hobel.« Boswell: »Ich komme mit meinem Vater nicht gut aus, es gibt Spannungen zwischen uns.« Rousseau: »Das wäre nicht so, wenn Sie und Ihr Vater gemeinsame Interessen hätten.« Boswell: »Wir kümmern uns beide um den Garten.« Rousseau: »Das ist keine sehr anspruchsvolle Beschäftigung. Sie sollten etwas auf gleicher Ebene miteinander tun – Schießen zum Beispiel. Ein Schuß geht daneben und bietet Anlaß zum Gelächter, ohne daß der Respekt darunter leidet. Sie erfreuen sich einer Freiheit, die für Sie selbstverständlich ist. Sobald Sie aber einen festen Beruf haben, müssen Sie dabei bleiben, auch wenn Ihnen ein anderer, scheinbar besserer Posten angeboten wird. Wenn Sie ständig etwas anderes tun, werden Sie es zu nichts bringen.«

(Ich hätte erwähnen sollen, daß Mademoiselle das Zimmer verließ, als ich das Gespräch auf die Vielweiberei brachte – Rousseau meinte: »Sehen Sie, jetzt haben Sie Mademoiselle vertrieben.« Inzwischen war sie wieder zurückgekommen.) Rousseau brach ab und blickte mich vielsagend an: »Sind Sie ein starker Esser?« BOSWELL: »Ja.« ROUSSEAU: »Schade.« BOSWELL: »Ha, ha, ha! Das war nur Spaß! Ich weiß, daß Sie in Ihren Büchern die Gefräßigkeit verteidigen. Ich weiß auch, was Sie jetzt sagen wollen – nämlich genau das, was ich hören will. Ich habe Sie dazu gebracht, mich zum Essen einzuladen. Es ist mein sehnlicher Wunsch, mit Ihnen zusammen eine Mahlzeit einzunehmen.« ROUSSEAU: »Nun, wenn Sie wirklich kein Vielfraß sind – wollen Sie morgen mit mir speisen? Aber ich warne Sie: Sie werden kaum auf Ihre Kosten kommen.« BOSWELL: »Dafür werde ich schon sorgen; ich bin über solche Dinge erhaben.« ROUSSEAU: »Dann kommen Sie also um zwölf – wir haben dann ausreichend Zeit, uns zu unterhalten.« BOSWELL: »Recht herzlichen Dank!« ROUSSEAU: »Guten Abend!«

Mademoiselle führte mich zum Haus einer armen, kinderreichen Frau, die von Rousseau finanziell unterstützt wird. Ich gab ihr eine Spende. Es war nicht sehr angenehm zu hören, wie Mademoiselle die arme Frau mit ein paar banalen Floskeln abspeiste; sie hätte statt dessen lieber etwas Persönliches zu ihr sagen sollen.

Memorandum über Themen,
die ich mit Rousseau besprechen muß

Er soll mir in bestimmten Abständen einen Brief schreiben, um mich anzustacheln. – Ich bin ein Prachtkerl, ehrlich. – Über Spott einfach hinweggehen? – Sagen Sie mir, wie ich mit Frauen umgehen soll. Seien Sie ehrlich, und ich werde mich an Ihren Rat halten. – Was Gebete angeht – wie soll ich mich verhalten? Wie soll ich mit meinen Nachbarn umgehen? Ist der »Émile« jetzt noch zu verwirklichen? Könnte er sich in dieser Welt behaupten? – Der junge Mann beim savoyischen Vikar, sind Sie das oder nicht? – Voltaire ein Spitzbube. – Tagebuch siebenhundert Seiten. – Muß ich auf Biegen und Brechen studieren? Ich wirke doch *instruit*. Zélide: wie beurteilen Sie spontan ihren Charakter? – Mein ehrenwerter Vater: darf ich reisen, obwohl er dagegen ist? – Mohammed, was? Gibt es eine Erlösung durch Christus oder nicht? Kann ich mich in Schottland nicht einfach still verhalten, um die Pächter nicht vor den Kopf zu stoßen? Lohnt sich die Sache überhaupt, nur für mich, ein Einzelwesen?

15. 12.

Samstag, 15. Dezember

Um sieben Uhr morgens bestieg ich mein Pferd und ritt etwa drei Meilen nach St. Sulpice, wo ich die Quelle der Areuse sah, die durch das Val de Travers fließt. Es ist ein wildromantischer Ort. Ich konnte nicht feststellen, ob das Wasser unmittelbar aus dem Felsen austritt oder ob es hier bloß wieder zum Vorschein kommt, nachdem es den Berg durchdrungen hat, auf dem sich ein See befindet. Das Wasser bricht mit großer Gewalt hervor. Ringsum sah ich Berge und Felsen wie in Hartfell in Annandale. Einige Felsen ragen wie riesige Steinwände auf, an deren Fuß hohe Fichten stehen, die viel schöner sind als die schottischen Tannen.

Ich war in gehobener Stimmung. Großer Gott – bin ich jetzt wirklich der Freund von Rousseau? Welche Fülle von Gedanken! Ich kann mein Glück erst in einer solchen Umgebung richtig auskosten. Werde ich das auch in Auchinleck können? Ich war überaus munter, meine Phantasie war jung und frisch, und sie tobte sich in spielerischen Einfällen aus. Ich sah mich in die rauhe Wirklichkeit zurückversetzt und stellte mir vor, wie ein paar junge Burschen sagten: »He, Boswell, du ißt doch heute mit uns?« »Nein, meine Herren, es tut mir leid, ich bin schon verabredet. Ich diniere heute mit Rousseau.« Der Ton, in dem ich das sagte, mein Gesicht, mein Stolz! Temple, du hättest etwas darum gegeben, mich in diesem Augenblick zu sehen!

Ich kehrte in meinen Gasthof zurück, wo sich gerade das Gericht des *vallon* versammelte. Ich setzte mich dazu und amüsierte mich darüber, wie ein Friedensrichter, ein paar wackere Bauern und ein Landgeistlicher[67] französisch redeten.

Dann ging ich zu Monsieur Rousseau. »Hoffentlich geht es Ihnen heute besser.« ROUSSEAU: »Sprechen wir nicht davon.« Er schien ungewohnt munter – so munter, wie wir alle vor einer Mahlzeit sind, die nicht allzu lange auf sich warten läßt. Ein lebhafter Appetit wirkt ungemein belebend.

Ich sagte: »Sie äußern sich nirgends über die Pflichten eines Kindes gegenüber seinen Eltern; wir erfahren nichts über Émiles Vater.« ROUSSEAU: »Er hatte gar keinen. Den Vater gab es nicht.« Es ist tatsächlich sehr bedauerlich, daß Monsieur Rousseau die Pflichten der Eltern gegenüber den Kindern und nicht umgekehrt behandelt hat. Dies ist ein wichtiges und heikles Thema, das es verdient, von einem so klaren Kopf und einer so schönen Seele erörtert zu werden.

Er lobte den »Spectator«[68]. Er sagte: »Manchmal findet man darin Allegorien. Ich mache mir meistens nichts aus solchen Bilderrätseln, obwohl Ihre Landsleute sich sehr gut darauf verstehen.«

Ich gab ihm eine ausführliche Beschreibung von Mr. Johnsons Charakter, woraufhin er mit Nachdruck sagte: »Das wäre ein Mann nach meinem Geschmack, vor dem ich Respekt hätte. Ich würde seine Überzeugungen nicht anfechten. Ich würde ihn gerne aus der Ferne betrachten, weil ich Angst hätte, er könnte mir übel mitspielen.« Ich erzählte ihm, wie ungern Mr. Johnson schreibt und wie viele Menschen er vormittags empfängt. »Ah«, sagte er, »ich verstehe: er ist jemand, der gerne Hof hält.« Ich erzählte ihm von Johnsons Bemerkung über die Neuerer: daß die Wahrheit eine Kuh sei, die ihnen keine Milch mehr gebe, weshalb sie eben zum Ochsen gingen, um den zu melken. Er sagte: »Mich würde er wahrscheinlich nicht ausstehen können. Er würde sagen: Das ist ein Volksverderber – einer, der daherkommt, um den Stier zu melken.«[69]

Ich hatte zum Spaß so getan, als wolle ich Mademoiselle Le Vasseur beim Vorbereiten der Suppe helfen. Wir aßen in der Küche, die sauber und hell war. Die ganze Szene hatte etwas überaus Angenehmes. Hier war Rousseau in seiner ganzen Schlichtheit, mit seinem armenischen Gewand, das ich wahrscheinlich schon erwähnt habe; der Kaftan und die Schlafmütze gaben ihm etwas Gemütliches – er fühlte sich offenbar wohl darin.

Das Essen bestand aus folgenden Gängen: 1. Ein Teller ausgezeichneter Suppe. 2. Gekochtes Rind- und

Kalbfleisch. 3. Kohl, Rüben und Möhren. 4. Kalter Schweinebraten. 5. Eingelegte Forelle (er nannte sie aus Spaß »Zunge«). 6. Ein Zwischengang, an den ich mich nicht mehr erinnere. Als Nachtisch gab es entkernte Birnen und Kastanien. Dazu tranken wir weißen und roten Wein. Es war ein einfaches, kräftiges Mahl, bei dem es völlig zwanglos zuging. Nur manchmal vergaß ich mich und wurde förmlich: »Darf ich Ihnen etwas von dieser Platte vorlegen?« Rousseau: »Nein, mein Herr, das kann ich selbst.« Oder: »Dürfte ich mir wohl noch etwas hiervon nehmen?« Rousseau: »Ist Ihr Arm lang genug? Ein Gastgeber ist immer ein selbstgefälliger Mensch. Er möchte nicht, daß man vergißt, wer der Herr des Hauses ist. Ich finde, es ist besser, wenn jeder sein eigener Herr ist und niemand den Gastgeber spielt. Jeder soll sagen, was er möchte; wenn es da ist, soll er es bekommen, wenn nicht, muß er eben verzichten. Das ist für mich die wahre Gastfreundschaft.« Boswell: »In England ist das ganz anders. Man will dort nicht, daß sich die Gäste wohlfühlen – man verhält sich steif und stumm, um sich Respekt zu verschaffen.« Rousseau: »In Frankreich gibt es in den besseren Kreisen so etwas nicht. Lieber tut man so, als sei alles ganz zwanglos, als habe man keine Angst, einen Zacken aus der Krone zu verlieren. Das ist eine noch raffiniertere Form der Selbstgefälligkeit.«

Boswell: »Verhalten Sie sich nicht ähnlich?« Rousseau: »Ja, ich gebe zu, daß mir daran liegt, respektiert zu werden – aber nur in den wirklich wichtigen Dingen.« Boswell: »Sie geben sich so einfach – ich hatte mir Sie ganz anders vorgestellt, mehr wie ›der große Rousseau‹. Aber Sie sehen sich eben nicht in dem Licht, in dem andere Sie sehen. Ich dachte, Sie würden auf einem Katheder sitzen und mit würdevoller Autorität dozieren.« Rousseau: »Und Orakelsprüche von mir geben? Ha ha ha!« Boswell: »Ja. Ich dachte, ich würde vor Ehrfurcht im Boden versinken. Ihre Schlichtheit bietet aber durchaus auch Angriffsflächen – man könnte sagen, Sie legen nicht genug Wert darauf, sich Respekt zu verschaffen. In Schottland, das kann ich Ihnen versichern, muß man einen ganz anderen Ton anschlagen, wenn man sich Leute, die sich nur anbiedern wollen (das ist dort gang und gäbe), vom Leibe halten will. Ich würde mir so etwas nicht gefallen lassen. Sollte man nicht den ersten, der einem auf diese Art kommt, gleich zum Duell fordern und sich damit solche Leute ein für allemal vom Halse schaffen?« Rousseau: »Nein, das geht nicht. Man darf sein Leben nicht wegen solcher Kleinigkeiten aufs Spiel setzen. Unser Leben ist dazu da, daß wir nach edlen Zielen streben. Achten Sie nicht darauf, was die Leute sagen. Allmählich werden sie keine Lust mehr dazu haben, mit jemandem zu sprechen, der sie keiner Antwort würdigt.« Boswell: »Wenn Sie in Schottland lebten, würde man Sie ohne Umstände einfach ›Rousseau‹ nennen, und kurze Zeit später hieße es schon: ›Wie geht's denn, Jean-Jacques?‹ – in plumpester Vertraulichkeit.« Rousseau: »Vielleicht wäre das gar nicht so schlecht!« Boswell: »Bald würde es dann aber heißen: ›He, was sind denn das für abwegige Gedanken? Wie kann man bloß so etwas behaupten! Bist du denn etwas Besseres als wir?‹ Und das in einem hämischen Ton, den ich gar nicht nachmachen kann.« Rousseau: »Das wäre nicht so gut.«

Boswell: »Gestern wollte ich Sie schon um einen Gefallen bitten. Könnten Sie mir vielleicht einen Brief aufsetzen, aus dem hervorgeht, daß ich als Ihr Gesandter nach Korsika reise? Wollen Sie nicht eine Exzellenz aus mir machen? Brauchen Sie nicht vielleicht doch einen Gesandten? Ich biete Ihnen hiermit meine Dienste an: James Boswell, Gesandter Erster Klasse des Herrn Rousseau auf der Insel Korsika.« ROUSSEAU: »Soll ich Sie nicht gleich zum König von Korsika ernennen?« BOSWELL: »Lieber nicht, ha ha ha! Das ginge wohl doch zu weit« (mit tiefer Verbeugung). »Immerhin, jetzt kann ich von mir sagen, ich habe eine Krone ausgeschlagen!«

ROUSSEAU: »Mögen Sie Katzen?« BOSWELL: »Nein.«[70] ROUSSEAU: »Das habe ich mir gedacht. Es ist meine Charakterprobe. Die Menschen verraten bei dieser Frage meistens ihre despotischen Züge. Sie mögen Katzen nicht, weil Katzen freie Geschöpfe sind und sich nicht versklaven lassen. Einer Katze kann man nicht Befehle geben wie anderen Tieren.« BOSWELL: »Einem Huhn auch nicht.« ROUSSEAU: »Ein Huhn würde gehorchen, wenn man sich ihm verständlich machen könnte. Eine Katze versteht die Menschen ganz genau, gehorcht ihnen aber trotzdem nicht.« BOSWELL: »Katzen sind aber undankbar und falsch.« ROUSSEAU: »Nein, das stimmt nicht. Eine Katze kann sehr anhänglich sein; sie tut alles, was man will – aus Freundschaft. Ich habe hier einen Kater; er ist zusammen mit meinem Hund aufgewachsen, sie spielen miteinander. Der Kater verpaßt dem Hund einen Hieb mit dem Schwanz, und der Hund gibt ihm Pfötchen.« Er beschrieb das Spiel von Katz und Hund sehr lebendig, so wie ein Maler eine Miniatur malt. Dann legte er ein paar Bissen auf einen Teller und ließ seinen Hund darum herumtanzen, wobei er ihm sanft ein munteres Liedchen mit weicher Stimme vorsang. »Hier haben Sie unser Ballett. Nicht gerade eine

Galavorstellung, aber trotzdem sehr hübsch.« Ich glaube, der Hund hieß Sultan. Er streichelte und fütterte ihn und sagte dann verschmitzt: »Er ist hier nicht sehr angesehen, aber es wird gut für ihn gesorgt.«[71]

BOSWELL: »Wenn Sie bei einem Trinkgelage junger Leute verspottet und lächerlich gemacht werden – würden Sie einfach darüber hinweggehen?« ROUSSEAU: »Das würde mich ziemlich aus der Fassung bringen. Ich bin von Natur aus schüchtern. Ich habe mich schon oft durch die Sticheleien von Frauen aus der Fassung bringen lassen. Ein solches Trinkgelage, wie Sie es beschreiben, wäre mir zuwider. Ich würde weggehen.« Es war tröstlich für mich zu hören, daß meine Empfindlichkeit keine verachtenswerte Schwäche ist.

Mademoiselle Le Vasseur fragte mich: »Werden Sie auch Monsieur de Voltaire besuchen?« BOSWELL: »Gewiß doch.« (Zu Rousseau.) »Monsieur de Voltaire schätzt Sie nicht – begreiflicherweise.« ROUSSEAU: »Nein. Meistens schätzt man diejenigen nicht, die man sehr verletzt hat. Sein Konversationstalent ist sehr beachtlich – er spricht besser, als er schreibt.« BOSWELL: »Kennen Sie sein ›Philosophisches Wörterbuch‹?« ROUSSEAU: »Ja.« BOSWELL: »Was halten Sie davon?« ROUSSEAU: »Wenig. Ich bin nicht intolerant, aber er verdient« (ich weiß nicht mehr, was[72]). »Ich habe nichts dagegen, wenn man Andersdenkende zu bekehren versucht, aber sie zu verachten und ihnen zu sagen: ›Sie sind ein Idiot, wenn Sie das glauben‹ halte ich für beleidigend. Und nun gehen Sie!« BOSWELL: »Noch nicht. Ich gehe erst um drei Uhr. Bis dahin sind es noch fünfundzwanzig Minuten.« ROUSSEAU: »Ich kann Ihnen aber keine fünfundzwanzig Minuten mehr geben.« Bos-

WELL: »Ich werde Ihnen noch viel mehr geben.« ROUSSEAU: »Wie – von meiner eigenen Zeit? Alle Könige der Welt können mir nicht meine eigene Zeit geben.« BOSWELL: »Wenn ich bis morgen bliebe, hätte ich noch fünfundzwanzig Minuten, und am nächsten Tag noch einmal fünfundzwanzig Minuten. Ich nehme Ihnen diese Minuten nicht weg – ich schenke sie Ihnen.« ROUSSEAU: »Ah, Sie stehlen nicht mein Geld – also schenken Sie es mir.« Dann zitierte er einige Zeilen aus einer französischen Satire, wo es am Schluß heißt: »Und was sie dir übriglassen – nimm es als Geschenk.«[73] BOSWELL: »Bitte, legen Sie ein Wort für mich ein, Mademoiselle.« (Zu Rousseau.) »In ihr habe ich eine gute Freundin.« ROUSSEAU: »Das ist ja die reinste Verschwörung.« BOSWELL: »Nein, durchaus nicht.« Mademoiselle sagte: »Meine Herren, ich sage Ihnen Bescheid, wenn es drei schlägt.« ROUSSEAU: »Kommen Sie – nach dem Essen muß ich an die frische Luft.«

Wir traten auf einen überdachten Gang hinaus, der an der Rückseite des Hauses entlangführte. BOSWELL: »Früher war ich ein großer Schauspieler. Ich konnte jeden nachahmen, den ich einmal gesehen hatte. Ich tue das aber jetzt nicht mehr.« ROUSSEAU: »Das ist eine gefährliche Gabe – sie führt dazu, daß man an einem Menschen nur die negativen kleinen Eigenheiten bemerkt.« BOSWELL: »Ja, aber ich kann Ihnen versichern, daß ich als Imitator so perfekt war, daß meine Kunst eine gewisse Größe annahm – ich war ein Virtuose. Ich wurde zu einem Sammler auf dem Gebiet der Imitation; wenn ich irgendeinen komischen Kauz traf, sagte ich mir: Der gehört in meine Raupensammlung.« Rousseau lachte laut: »Sie sind schon ein komischer Vogel!« BOSWELL: »Ich bin Physiognomiker. Ich habe dieses Fach gründlich studiert, ich weiß, wovon ich rede.« Er schien mir zuzustimmen. ROUSSEAU: »Und doch sind, wie ich glaube, die Gesichtszüge der Menschen von Volk zu Volk verschieden, genauso wie Akzent und Tonlage; diese Abweichungen lassen auf Unterschiede im Gefühlsleben der Völker schließen.« Diese Bemerkung erschien mir ungewöhnlich und sehr originell. BOSWELL: »Aber mit der Zeit lernt man sie begreifen.«

ROUSSEAU: »Die Straßen sind schlecht. Sie werden sich verspäten.« BOSWELL: »Die schlechte Wegstrecke gehe ich zu Fuß; das letzte Stück ist gut. – Glauben Sie, daß ich ein guter Rechtsanwalt werde und vor Gericht auftreten kann?« ROUSSEAU: »Ja. Schade, daß Sie sogar die Begabung dafür haben, eine schlechte Sache gut zu vertreten.« BOSWELL: »Haben Sie Aufträge für mich, die ich in Italien erledigen könnte?« ROUSSEAU: »Ich werde Ihnen einen Brief nach Genf schicken, den Sie dann nach Parma mitnehmen können.« BOSWELL: »Kann ich Ihnen irgend etwas aus Italien mitbringen?« ROUSSEAU: »Ja, ein paar hübsche Opernmelodien.« BOSWELL: »Wird gemacht. Oh, ich habe so viel geredet, daß ich gar nicht dazu gekommen bin, Sie zu bitten, mir etwas vorzuspielen.« ROUSSEAU: »Zu spät.«[74]

MADEMOISELLE: »Sir, Ihr Diener wartet draußen auf Sie.« Monsieur Rousseau umarmte mich, ganz der gefühlvolle Saint-Preux[75]. Er küßte mich mehrmals und hielt mich mit eleganter Herzlichkeit umschlungen. Nie werde ich vergessen, daß ich das erleben durfte. ROUSSEAU: »Sie sind ein prächtiger Kerl.« BOSWELL: »Sie sind sehr liebenswürdig zu mir gewesen, aber das habe ich auch verdient.« ROUSSEAU: »Ja. Sie sind zwar boshaft, aber auf eine angenehme Art und Weise, die mir gefällt. Schreiben Sie mir, wie es Ihnen ergangen ist.« BOSWELL: »Werden Sie mir auch schreiben?« ROUSSEAU: »Ich wüßte nicht, wohin.« BOSWELL: »Schreiben Sie mir an meine schottische Adresse.« ROUSSEAU: »Natürlich. Gleich nach Paris.« BOSWELL: »Bravo. Wenn ich noch zwanzig Jahre lebe – würden Sie mir dann zwanzig Jahre lang schreiben?« ROUSSEAU: »Ja.« BOSWELL: »Leben Sie wohl. Wenn Sie in sieben Jahren noch leben, werde ich von Schottland in die Schweiz reisen, um Sie zu besuchen.« ROUSSEAU: »Tun Sie das. Wir sind dann alte Bekannte.« BOSWELL: »Noch eins. Kann ich ganz sicher sein, daß ich mit Ihnen verbunden bin, und sei es auch nur durch den allerdünnsten Faden? Durch ein Haar?« (Ich faßte nach einem Haar auf meinem Kopf.) ROUSSEAU: »Ja. Denken Sie immer daran, daß es Punkte gibt, an denen sich unsere Seelen berühren.« BOSWELL: »Das zu wissen genügt mir. Bei meinem Hang zur Schwermut denke ich oft sehr gering von mir und halte mich für einen Nichtsnutz, der sich besser aus dem Staube machen sollte – aber jetzt werde ich mich immer an dem Gedanken aufrichten, daß ein geistiges Band zwischen mir und Monsieur Rousseau besteht. Auf Wiedersehen! Bravo! Ich werde bis ans Ende meiner Tage leben!« ROUSSEAU: »Das werden Sie nicht verhindern können.[76] Auf Wiedersehen.«

Mademoiselle begleitete mich bis zur Haustür. Vor dem Essen hatte sie schon zu mir gesagt: »Monsieur Rousseau hält sehr viel von Ihnen. Als Sie das erste Mal hier waren, sagte ich zu ihm: ›Dieser Herr hat ein ehrliches Gesicht; ich bin sicher, er gefällt Ihnen.‹« Ich sagte zu ihr: »Mademoiselle ist eine gute Menschenkennerin.«

»Ja«, sagte sie, »ich habe in den zweiundzwanzig Jahren, die ich nun schon bei Monsieur Rousseau bin, genug Fremde gesehen, und Sie können mir glauben, daß ich viele von ihnen wieder weggeschickt habe, weil mir ihre Art zu reden nicht gefiel.« Ich sagte zu ihr: »Sie haben mir versprochen, von Zeit zu Zeit darüber zu berichten, wie es hier geht.« »Ja, mein Herr.« »Und sagen Sie mir bitte, was ich Ihnen aus Genf schicken kann, zieren Sie sich nicht.« »Wenn Sie darauf bestehen – eine Halskette aus Granat.«[77]

Wir schüttelten einander herzlich die Hand, und ich ging in meinen Gasthof zurück. Die älteste meiner Wirtinnen warf einen Blick auf mich und sagte: »Sir, Sie weinen ja!« Ich halte diesen Ausspruch hier fest, weil er ein aufrichtiges Lob meiner menschlichen Empfindungen enthält. Ich antwortete: »Nein, aber ich bin traurig darüber, daß ich von Monsieur Rousseau Abschied nehmen mußte. Ich werde in sieben Jahren wiederkommen.« Ich bestieg mein Pferd und ritt an Monsieur Rousseaus Haus vorbei. Mademoiselle Le Vasseur wartete auf mich am Tor und rief: »Gute Reise, und schreiben Sie uns!« Die gute Seele! In ernster Stimmung ritt ich nach Yverdon und machte mir Gedanken darüber, wie mir wohl dieser Tag in ein paar Jahren in der Erinnerung vorkommen wird.

24. 12.

Montag, 24. Dezember

Ich nahm eine Kutsche und fuhr nach Ferney hinaus, wo Voltaire wohnt.[78]

Ich war in bester Stimmung, ließ den Blick über die verschneite Landschaft schweifen und überlegte, was mir der Name Voltaire bisher bedeutet hatte. Das erste, was mir auffiel, war seine Kirche, mit der Inschrift »Deo erexit Voltaire MDCCLXI[79]«. Sein Schloß sieht überaus stattlich aus.

Ich wurde von zwei oder drei Dienern empfangen, die mich in ein hochelegantes Zimmer führten. Ich gab einem von ihnen den Brief, den mir in Den Haag Oberst Constant[80] an Voltaire mitgegeben hatte. Der Diener kam mit den Worten zurück: »Monsieur de Voltaire ist sehr verärgert über die Störung. Er liegt im Bett.« Ich mußte nun fürchten, ihn nicht zu Gesicht zu bekommen. Es erschienen einige Damen und Herren, mit denen ich mich eine Weile unterhielt. Schließlich öffnete sich die Tür zu Voltaires Zimmer, und er trat herein. Ich warf einen prüfenden Blick auf ihn und stellte fest, daß er genauso aussah wie auf den Bildern, die ich von ihm kannte. Er begrüßte mich würdevoll und gewandt, wie das nur ein Franzose kann. Er trug einen blaugrauen, legeren Schlafrock und eine dreifache Knotenperücke. Er setzte sich kerzengerade auf einen Stuhl und lächelte jedesmal geziert, wenn er etwas sagte. Er schien keine besonders gute Laune zu haben – ich übrigens auch nicht. Ich muß ihm wie ein ziemlich unbedarfter Bewunderer vorgekommen sein.

Das Gespräch drehte sich um Schottland. Er meinte, die Glasgower Klassiker-Ausgaben seien »tres belles«.[81] »In Glasgow wurde auch eine Kunstakademie eingerichtet«, sagte ich, »aber sie ist wieder eingegangen. Dafür haben wir bei uns nicht das richtige Klima.« Woraufhin er schmunzelnd bemerkte: »In der Tat, zum Malen braucht man warme Füße – mit kalten Füßen ist es schwer.« Ein anderer hätte sich umständlich über das schottische Klima ausgelassen; Voltaire traf mit ein paar bissigen Worten den Kern der Sache. Ich erwähnte, wie streng die »Gazette Littéraire« mit Lord Kames' »Elements« umgesprungen war. Wahrscheinlich stammte die Rezension von Voltaire, ich wollte ihn aber nicht direkt fragen. Er zitierte einige Bonmots aus dieser Besprechung und bestärkte dadurch meinen Verdacht, daß er der Autor war. Er nannte Lord Kames »ce Monsieur Kames«.[82]

Als ich ihm erzählte, Mr. Johnson und ich hätten vor, eine Reise nach den Hebriden zu unternehmen, den nördlichen Inseln Schottlands, sagte er lächelnd: »Wunderbar, aber ich glaube, ich bleibe lieber hier. Sie haben doch nichts dagegen, daß ich hierbleibe?« »Natürlich nicht.« »Dann reisen Sie von mir aus – ich habe nichts dagegen.« Ich fragte ihn danach, ob er noch Englisch spreche. »Nein«, sagte er, »wenn man Englisch sprechen will, muß man die Zunge zwischen die Zähne schieben, und ich habe keine Zähne mehr.«

Er war sehr interessiert an Nachrichten aus Berlin und fragte mich, wer dort im Augenblick englischer Gesandter sei. Als ich ihm sagte, wir hätten dort derzeit nur einen Geschäftsträger, meinte er: »Ach, so ein Geschäftsträger hat ja auch nicht viel zu tragen.«[83] Über David Hume sagte er, das sei ein wahrer Philosoph.

Inzwischen war der französische Jesuitenpater Adam dazugekommen, der bei Voltaire Obdach gefunden hatte – in der Tat eine ungewöhnliche Vorstellung.[84] Adam ist ein munterer, weißhaariger Greis. Voltaire rief auf Englisch: »Da kommt ein junger Mann, der gerade Ihre Sprache lernt – ein abgedankter Soldat der Kompanie Jesu!« »Ja«, meinte der Jesuitenpater, »ein junger Mann von sechzig Jahren!«

Voltaire dinierte nicht mit uns. Madame Denis, seine Nichte, vertrat ihn in der Gastgeberrolle. Sie kann gut Englisch und war sehr freundlich zu mir. Bei Tisch saß sie neben mir; ich unterhielt mich ausführlich mit ihr und gewann allmählich meine Heiterkeit zurück. Wir waren im ganzen zwölf Personen; sieben gehören zu Voltaires Haushalt. Die Nichte des großen Corneille wohnt ebenfalls hier; sie ist mit einem Monsieur Dupuits verheiratet.[85] Da die Tore in Genf um fünf geschlossen werden, mußte ich gleich nach dem Essen aufbrechen, um rechtzeitig in die Stadt zurückzukommen – deshalb habe ich Voltaire nicht noch einmal gesehen.

28. 12. (Boswell an Temple)

Château de Ferney, 28. Dezember 1764

Mein lieber Temple, glaube nicht, daß ich Dich herabsetzen will, wenn ich Dir hier vom ganzen Ausmaß meines Glücks berichte. Nachdem ich Dir für Deine beiden Briefe vom Oktober gedankt habe, muß ich Dir unbedingt mein Herz ausschütten, das vor Freude überströmt. Nenne mich einen Schwärmer, was immer Du willst – aber höre mich an: ich will Dir alles erzählen. Niemand anderes könnte meinen Empfindungen den gleichen Ausdruck geben wie ich. Wenn Dir das lächerlich vorkommt, so liegt das allein an den unzulänglichen Ausdrucksmöglichkeiten unserer Sprache.

Ich bin jetzt am Ende meiner Reise durch die deutschen Fürstenhöfe angelangt. Überall stieß ich auf Gediegenheit und höfliche Umgangsformen. In Baden-Durlach fand ich in dem regierenden Markgrafen die glückliche Verbindung von Würde, Gelehrsamkeit und

Philosophie. Er ist ein Fürst, dessen Wesen in ganz Europa bekannt gemacht zu werden verdient – der beste Landesherr, der beste Vater, der liebenswürdigste Mensch, den Du Dir vorstellen kannst. Er ist weit gereist. Er war in England und spricht ein nahezu makelloses Englisch. Während ich mich an seinem Hof aufhielt, hatte ich häufig Gelegenheit, mich ausführlich mit ihm zu unterhalten. Er zeichnete mich auf jede erdenkliche Weise aus. Der Direktor seiner Sammlungen, sein Bibliothekar und seine Hofbediensteten hatten Anweisungen, mir den Aufenthalt an seinem Hof so angenehm wie möglich zu machen. Die Markgräfin, eine vorzügliche Malerin und den schönen Künsten sehr zugetan, behandelte mich überaus zuvorkommend. Der Markgraf sagte mir, wie glücklich er sich schätze, mich bei sich zu wissen. Ich fragte ihn, ob ich ihm auf irgendeine Weise meine Dankbarkeit zeigen könne. Darauf erwiderte er: »Ich werde Ihnen hin und wieder schreiben; es wäre mir eine große Freude, wenn Sie mir auch schrieben.« Er meinte das ernst und hat mich bereits mit einem Brief beehrt. Ich habe ihm versprochen wiederzukommen und einige Wochen an seinem Hof zu verbringen; er liegt nicht weit von Frankreich.

Ich war bei Rousseau. Er wohnt in dem Dorf Môtiers-Travers in einem schönen, von riesigen Bergen umgebenen Tal. Ich habe ihn von Neuchâtel aus besucht, entschlossen, mich dadurch einer strengen Prüfung zu unterziehen, daß ich mich ganz ohne Empfehlungsschreiben bei ihm meldete – bei ihm, dem berühmten, wilden Philosophen. Ich schrieb ihm einen Brief, in dem ich ihm alle meine Vorzüge schilderte und den Anspruch anmeldete, von ihm geprüft zu werden. »Gewähren Sie einem Menschen Zutritt, der zu behaupten wagt, er verdiene es, über Ihre Schwelle zu treten.« In einem solchen kühnen und männlichen Stil war der ganze Brief abgefaßt. Er empfing mich tatsächlich, obwohl er sehr krank war.

Und von wo schreibe ich Dir jetzt, mein Freund? Aus dem Schloß von Monsieur Voltaire. Ich hatte einen Brief an ihn von einem Schweizer Obersten in Den Haag. Ich bin am Montag hier angekommen und wurde ihm vorgestellt. Er empfing mich würdevoll und mit der weltläufigen Art, wie sie nur die Franzosen so vollendet beherrschen. Er widmete sich mir etwa eine halbe Stunde, vor dem Essen. Er war in keiner guten Stimmung, aber er machte doch einige überaus geistreiche Bemerkungen. Er dinierte nicht mit uns, und ich mußte sofort nach dem Essen aufbrechen, weil die Tore von Genf um fünf geschlossen werden und Ferney etwa eine Stunde von Genf entfernt liegt. Ich war einigermaßen enttäuscht, daß ich mit dem bedeutendsten Autor der französischen Literatur nur so kurze Zeit zusammen sein konnte. Aber da kam mir ein kühner Gedanke. Madame Denis, Monsieur de Voltaires Nichte, war sehr liebenswürdig zu mir gewesen. Sie hat eine Schwäche für die englische Sprache. Ich schrieb ihr auf Englisch einen Brief mit der Bitte, sie möge sich doch für mich verwenden, damit ich eine Nacht unter Voltaires Dach verbringen kann, bei einem Mann, der – im Gegensatz zu unserer Sonne – erst am Abend richtig aufgeht. Ich war in bester Stimmung, und der Brief fiel sehr geistreich aus. Ich schrieb ihr: »Ich bin ein robuster, energischer Schotte. Sie können mich in der obersten und kältesten Dachkammer unterbringen. Ich würde es nicht einmal unter meiner Würde finden, auf zwei Stühlen in der Kammer Ihrer Zofe zu schlafen; ich sah sie durch das Zimmer gehen, in dem wir uns vor dem Essen aufhielten.« Ich schickte den Brief am Dienstag durch einen Eilboten. Er wurde offenbar gleich an Monsieur Voltaire weitergeleitet, der mir im Namen seiner Nichte eigenhändig antwortete: »Sie werden uns Ehre und Vergnügen machen. Wir haben hier nur wenige Betten, aber auf zwei Stühlen brauchen Sie nicht zu schlafen. Obwohl mein Onkel sehr krank ist, hat er doch Ihre Bedeutung erkannt. Ich bin mir dieser Bedeutung noch sicherer, denn ich habe mehr Zeit mit Ihnen verbracht.« Temple, was sagst Du dazu? Hast Du so etwas schon erlebt? Hast Du wirklich einen alten Freund auf dieser Welt? Findest Du ihn schätzenswert oder nicht?

Gestern kehrte ich in das herrliche Schloß zurück. Der Zauberer betrat kurz vor dem Essen die Szene. Als er am späteren Abend dann ins Wohnzimmer kam, war er in prächtiger Stimmung. Ich begab mich sogleich in seine unmittelbare Nähe und schlug im Gespräch Töne an, auf die sein Geist sofort ansprach – ich wünschte, Du hättest diese Musik hören können. Er sprühte nur so vor Geist und brannte ein wahres Feuerwerk ab. Ich brachte ihn dazu, Englisch zu sprechen; er beherrscht diese Sprache in einem Maße, das mir immer wieder Rufe des Erstaunens entlockte. Wenn er unsere Sprache spricht, wirkt er ganz wie ein Engländer. Er hatte kühne Gedankenflüge, entwickelte Humor, sagte extravagante Dinge und hatte eine so amüsante Ausdrucksweise, wie man sie selbst in unseren besten Lustspielen nicht findet. Er fluchte kräftig – diese Ausdrücke muß er während seines England-Aufenthalts gelernt haben. Er summte einen Gassenhauer und sagte Unsinns-Poesie auf. Er sprach mit edler Begeisterung von unserer Verfassung; es machte mich stolz, derartiges aus dem Mund eines berühmten Franzosen zu hören. Schließlich kam das Gespräch auf die Religion, und da redete er sich vollends in Rage. Man ging zu Tisch. Monsieur Voltaire und ich blieben im Wohnzimmer zurück, vor einer großen Bibel postiert. Wenn es je ein gewaltiges Streitgespräch zwischen zwei Menschen gegeben hat, dann war es das, was nun folgte. In der Tat, bei diesem Streit war er ein Menschenwesen und ich ein zweites. Eine Zeitlang standen sich Voltaire und Boswell auf gleicher Ebene gegenüber. Der Spott, mit dem er mich überschüttete, verwirrte mich ziemlich. Er stand da wie ein antiker Rhetor – Cicero kann nicht feuriger gesprochen haben als er. Er schoß weit übers Ziel hinaus, und ein Zittern überfiel den altersschwachen Körper. Er rief: »Mir ist schlecht, mir dreht sich alles im Kopf!«, und dann ließ er sich vorsichtig in einen Lehnstuhl sinken, wo er sich allmählich erholte. Nach einer Weile nahm ich den Gesprächsfaden wieder auf, änderte aber meinen Tonfall. Ich redete ernst und eindringlich auf ihn ein. Ich bat ihn, mir ehrlich zu sagen, was er empfinde. Und genau das tat er dann mit großer Aufrichtigkeit und einer sanften Beredsamkeit, die mir ans Herz griff. Ich hatte es nicht für möglich gehalten, daß er, wie er sich ausdrückte, aus der Tiefe seiner Seele denken könne. Er brachte seine Verehrung, ja seine Liebe zum Allerhöchsten zum Ausdruck und erklärte, daß er sich dem Willen des Allwissenden jederzeit unterwerfen wolle. Er drückte den Wunsch aus, dem Urheber des Guten dadurch zu gleichen, daß er selber gut sei. Weiter wolle er nicht denken. Er bringt seine Seele nicht in Wallung mit übertriebenen Hoffnungen auf ihre Unsterblichkeit. Er sagt, vielleicht gebe es sie ja, aber er wisse nichts Näheres darüber. Sein Geist ist in vollendetem Gleichgewicht. Ich war sehr bewegt. Ich bedauerte ihn. Ich zweifelte an seiner Aufrichtigkeit, und ich rief ihm voller Erregung zu: »Meinen Sie das wirklich? Sind Sie ehrlich zu mir?« Er antwortete: »Bei Gott, ich bin es.« Dann sagte er, mit der Leidenschaft des Tragödiendichters, der so oft die Pariser hingerissen hat: »Ich leide viel. Aber ich leide mit Geduld und Ergebung; nicht wie ein Christ, sondern wie ein Mann.«

Temple – war das nicht ein denkwürdiges Erlebnis? Hätte sich die Reise von Schottland nach Ferney nicht schon wegen dieses ungewöhnlichen Gesprächs gelohnt? Ich habe Dir nur die groben Umrisse geschildert. Ich habe die ganze Unterredung in allen Einzelheiten niedergeschrieben – für mich ein unschätzbar wertvoller Besitz. Eines Tages werde ich damit an die Öffentlichkeit treten; ich mache ihr damit ein Geschenk, das sie mit großer Aufmerksamkeit betrachten sollte. Ich habe Monsieur de Voltaire gesagt, daß ich acht Seiten von dem, was er zu mir gesprochen hat, zu Papier gebracht habe. Er lächelte und schien erfreut darüber. Unsere wichtige Begegnung darf aber erst nach seinem Tode bekannt werden.[86] Ich hätte allerdings nicht übel Lust, schon jetzt einen kleinen Bericht über meinen Empfang in Ferney nach London zu schicken, mit genauen Beschreibungen seiner glanzvollen Lebensumstände und Eindrücken von der brillanten Konversation dieses berühmten zweiundsiebzigjährigen Autors.[87] Dieser Bericht könnte die Form eines Briefes an Dich annehmen, voller Heiterkeit und Freundschaft. Ich würde ihn an eine der besten Zeitungen oder Zeitschriften schicken.

Aber wahrscheinlich ist dieser Plan nur eine verrückte Idee meines überhitzten Kopfes. Ich werde den Artikel jedenfalls nicht ohne Deine ausdrückliche Zustimmung abschicken.

27. 12. (Notizen über Voltaires englisches Gespräch)

VOLTAIRE: »Shakespeare oft zwei gute Zeilen, niemals sechs. Ein Wahnsinniger, bei Gott, ein Jahrmarktsclown. Kein eigenes Stück, alles alte Geschichten.«[88] Schach. »Ich werde verlieren, bei Gott, bei allen Heiligen im Paradies. Ah, hier komme ich geritten, auf einem schwarzen Bock, wie die Hure, die ich bin.[89] Falstaff von den Spaniern.« BOSWELL: »Ich will Ihnen sagen, warum wir Shakespeare bewundern.« VOLTAIRE: »Weil ihr keinen Geschmack habt.« BOSWELL: »Aber Sir –« VOLTAIRE: »›Et penitus toto divisos orbe Britannos‹ –[90] ganz Europa ist gegen euch. Ihr habt deshalb unrecht.« BOSWELL: »Weil wir eine großartige Phantasie haben.« VOLTAIRE: »Eine überbordende. – Pope fährt einen netten, adretten Zweispänner, Dryden dagegen eine Kutsche mit sechs Pferden, Postillion und allem Zubehör.« Er rezitierte eindrucksvoll einige Passagen aus Drydens Werk. BOSWELL: »Was ist das Gedächtnis? Wo wohnen alle unsere Gedanken?« VOLTAIRE: »Wie Thomson sagt – ›wo schläft der Wind, wenn alles ruhig ist?‹[91] Thomson war ein großer Maler. Milton – viele Schönheiten, aber auch viele Fehler; auf dieser verfluchten Welt ist nichts vollkommen. Seine Nachahmer sind unverständlich. Aber wenn er gut schreibt, ist er ganz klar.« BOSWELL: »Was halten Sie von den englischen Komödien?« VOLTAIRE: »Viel Geist, viel Handlung, viele Freudenhäuser.«

BOSWELL: »Und was halten Sie vom ›Fingal‹[92]?« VOLTAIRE: »Das ist wie ein Psalm Davids, mit einigen edlen Stellen. Der Homer von Schottland.« BOSWELL: »Sie sprechen ein sehr gutes Englisch.« VOLTAIRE: »Nun ja, ich kann ein paar Brocken Latein, für meinen Pfarrer. – Addison ist ein überragendes Genie. Sein Charakter leuchtet durch seine Schriften hindurch. – Dr. Clarke[93] war ein metaphysisches Uhrwerk. Ein stolzer Priester. Er glaubte, er könne alles beweisen; wer so denkt, ist geisteskrank.« BOSWELL: »Johnson ist ein strenggläubiger Mann, aber auch sehr gelehrt; er ist genial und ein überaus wertvoller Mensch.« VOLTAIRE: »Dann ist er ein Hund. Ein abergläubischer Hund. Kein gescheiter Mann war jemals abergläubisch.« BOSWELL: »Er hat gesagt, der König von Preußen schreibt wie Ihr Lakai usw.« VOLTAIRE: »Dann ist er doch ein vernünftiger Mann.[94] – Werden Sie in Rom den Prätendenten aufsuchen?« BOSWELL: »Nein, das gilt als Hochverrat.« VOLTAIRE: »Ich verspreche Ihnen, es Ihrem König nicht zu sagen. Ich werde Sie nicht verraten. Sie würden einen Frömmler sehen, eine traurige Figur.« BOSWELL[95]: »Sein Sohn ist noch schlimmer. Der ist jeden Tag betrunken. Er schlägt die Frauen – dabei müßte er selber verprügelt werden.« VOLTAIRE: »Homer war der einzige Mensch, dem es je einfiel, zwölftausend Verse zu schreiben über zwei oder drei Schlachten. – Es ist lustig, von ›Alt-England‹ zu hören.« BOSWELL: »Sir, Alt-England, Alt-Schottland und Alt-Frankreich sind jeweils ganz verschiedene –«

27. 12. (Notizen über das Gespräch mit Voltaire)

Donnerstag, 27. Dezember

Voltaire: »Ihr habt die bessere Regierung. Wenn sie nichts mehr taugt, werft sie ins Meer – dafür habt Ihr ja den Ozean rings um Euch. Ihr seid Sklaven des Gesetzes. Die Franzosen sind Sklaven der Menschen. In Frankreich ist jeder Mensch entweder Hammer oder Amboß; entweder er schlägt, oder er wird geschlagen.« Boswell: »Es ist aber ein leichter, zierlicher Hammer.« Voltaire: »Ja, ein Taschenhammer. Wir sind zu unbedeutend, als daß es sich für die Obrigkeit lohnte, uns den Kopf abzuschlagen. Wir liegen am Boden, man trampelt auf uns herum.«

29. 12. (Notizen über das englische Gespräch mit Voltaire)[96]

Samstag, 29. Dezember

Boswell: »Als ich zu Ihnen kam, erwartete ich, einen sehr großen, aber auch sehr bösen Mann anzutreffen.« Voltaire: »Sie sind ein ehrlicher Mensch.« Boswell: »Ja, aber mit der gleichen Ehrlichkeit muß ich auch sagen, daß ich das genaue Gegenteil vorfand. Nur Ihr ›Philosophisches Wörterbuch‹ macht mir Schwierigkeiten. Zum Beispiel, *âme*, die Seele –.« Voltaire: »Das ist ein guter Artikel.« Boswell: »Nein. Entschuldigen Sie, aber ist die Unsterblichkeit nicht eine erfreuliche Vorstellung? Ein erhabener Gedanke?« Voltaire: »Natürlich. König von Europa sein zu wollen ist auch eine erhabene Vorstellung. Sie sagen, ich wünsche es so, und ich bitte Sie, mich darin zu bestärken. Wahrscheinlich wird aber nichts daraus.« Boswell: »Nein, man kann nicht zugleich das eine und das andere sein. Genau wie Cato sagen wir alle: ›Es muß so sein‹,[97] bis wir die Unsterblichkeit erlangt haben.« VOLTAIRE: »Bevor wir aber sagen, daß es die Seele gibt, sollten wir wissen, *was* sie ist. Ich weiß darüber nichts. Ich kann deshalb kein Urteil abgeben, ich kann kein Richter sein. Bei Cicero heißt es: ›Potius optandum quam probandum‹.[98] Wir sind unwissende Wesen, die Marionetten der Vorsehung. Ich bin ein armseliger Hanswurst.« BOSWELL: »Sind Sie gegen öffentliche Gottesdienste?« VOLTAIRE: »Nein, durchaus nicht. Wir sollten viermal im Jahr in einem großen Tempel zusammenkommen, mit viel Musik, und Gott für all seine Gaben danken. Es gibt nur eine Sonne. Es gibt nur einen Gott. Wir sollten auch nur eine Religion haben; dann wird die ganze Menschheit sich verbrüdern.« BOSWELL: »Darf ich Ihnen auf Englisch schreiben, und werden Sie mir antworten?« VOLTAIRE: »Ja. Leben Sie wohl!«

29. 12.

Samstag, 29. Dezember

Ich muß hier eine Pause einlegen und als unparteiischer Philosoph über mich ins reine kommen. Ich bin in der Tat ein einzigartiges Wesen. Möge es diesem meinem Tagebuch gelingen, deutlich zu machen, wie vielseitig ich bin! Werde ich nicht überall gut aufgenommen? Schenken mir nicht die bedeutendsten Köpfe ganz besondere Beachtung? Warum wohl? Ich besitze weder profundes Wissen, sicheres Urteil noch gleichbleibende Heiterkeit. Aber ich habe eine edle Seele, die immer wieder zum Vorschein kommt, ein gewisses Maß an Kenntnissen, alle möglichen Einfälle, einen originellen Humor und eine ebensolche Ausdrucksweise; dazu, so glaube ich, eine bemerkenswerte Menschenkenntnis. Überdies verfüge ich über gewandte Umgangsformen, und ich kann mich auf jeden einigermaßen erträglichen Menschen so einstellen, daß er sich so ungezwungen gibt wie seinem zweiten Ich gegenüber. Wenn ich nicht so oft der Melancholie zum Opfer fiele, wäre ich ein ausgemachter Lebenskünstler.

Ich verließ das Schloß in merkwürdiger Stimmung und überlegte, ob ich in Schottland wohl wieder in meine kindischen Vorurteile verfallen würde.

IV
Italien und Korsika

1765

1. 1. (Genf)

Brach um elf Uhr in einer Kutsche auf, die so vollgepackt war, daß ich darin wie ein Bischof in seinem Studiersessel saß. Alle Kutschen werden für die Alpenüberquerung so beladen.

7. 1.

Abends kam ich in Turin an und stieg in der »Bonne Femme« ab, einer großartigen Herberge.[1] Ungewaschen ging ich in die Oper. Das prächtige Theater gefiel mir über die Maßen: die Logen voller Damen, die sich mit ihren Galanen unterhielten – echt italienisch. Ich war so müde, daß ich einschlief. In meinem Gasthof taumelte ich in ein herrliches Bett – das war ein Gefühl von Luxus.

8. 1.

Die Comtesse de St. Gilles[2] empfing mich um vier Uhr. Es waren viele schöne Frauen anwesend. Die Grafen und andere ansehnliche Herren sagten mir jedesmal, wenn ich eine Dame bewunderte: »Die können Sie haben, Sir. Es wäre ein leichtes!« Ich dachte zuerst, sie scherzen und treiben ihren Spaß mit einem Fremden. Aber allmählich begriff ich, daß sie es ernst meinten und daß die Sitten hier sehr locker sind: Ehebruch scheint etwas völlig Normales.

10.1.

Ich ging zu Madame St. Gilles. Ich hatte nicht übel Lust, eine Affäre mit einer italienischen Gräfin anzufangen, und da ich beschlossen hatte, nicht sehr lange in Turin zu bleiben, dachte ich, eine ältere Dame sei vielleicht das Richtige, da sie keinen nennenswerten Widerstand leisten würde. Ich begann damit, in der Oper Andeutungen zu machen. Ich saß ihr gegenüber und drückte mein Bein gegen ihres, was sie mit Anstand hinnahm. Langsam begann ich jedoch, die Kontrolle über mich zu verlieren und wurde immer kühner ... Billon[3] führte mich in die Loge der Gräfin Burgaretta[4] und stellte mich ihr vor. Eine sehr schöne Frau. Billon sagte mir, sie sei zu haben. Ich war inzwischen ziemlich in Wallung geraten; noch war ich aber ein Skeptiker, und noch siegten Prinzipientreue und Anstand. Es war meine Begierde, die Welt kennenzulernen, die in mir den Entschluß reifen ließ, in Italien ein paar Affären anzufangen – in einem Land, wo die Frauen so verdorben sind, daß man sie kaum noch als moralisch verantwortliche Wesen bezeichnen kann – fast schon als minderwertige Geschöpfe. Ich werde im folgenden nur kurze Skizzen meiner diesbezüglichen Unternehmungen geben. An diesem Abend, dem dritten unserer Bekanntschaft, machte ich Madame St. Gilles unzweideutige Angebote, die sie wie eine Frau zurückwies, die mich zwar gerne hätte, mir aber nicht über den Weg traut – sie hält mich offenbar für einfältiger, als ich bin.

11. 1.

Wenn sich ein Mann den gröberen Verlustigungen hingibt, verliert er zwangsläufig manches von der Feinheit seiner Grundsätze. Billon sagte zu mir mit großer Einfachheit: »Dies ist ein niedriges Spiel.« Ich werde von meinen Turiner Ausschweifungen nur sehr allgemein berichten.

18. 1.

Ging zu Billon, bei dem ich mir ein hübsches Mädchen nahm. Gleichzeitig war ich angeekelt von dieser Art niedrigem Vergnügen. Billon redete in überaus obszöner Weise über Frauen. Danach ging ich zu Madame Burgaretta, wo ich bereits zwei andere Liebhaber der Dame vorfand. Sie jammerte und klagte über Kopfschmerzen, zog sich vor uns aus und wechselte sogar ihr Hemd dabei. Wir fanden an allem nichts Besonderes, aber diese Szene kurierte mich doch endgültig von meiner Leidenschaft für sie.

22. 1.

Um elf Uhr brach ich auf. Als ich am Hafen vorbeikam, sah ich, wie eine Menschenmenge zur Hinrichtung eines Diebes strömte. Ich sprang aus meiner Kutsche und ging näher an den Galgen heran. Der Verbrecher stand auf einer Leiter, und ein Priester hielt ihm ein Kruzifix unter die Nase. Dann wurde er von der Leiter gestoßen und lag mit unbedecktem Gesicht da – ein scheußlicher Anblick. Ich war gebannt von diesem Schauspiel und erwartete, daß der Schrecken über das Gefühl der Peinlichkeit siegen würde. Der Henker setzte dann dem Verbrecher den Fuß auf den Kopf und erwürgte ihn auf diese Weise innerhalb einer Minute. Danach ging ich in eine Kirche und kniete voller Reue vor einem prächtig erleuchteten Altar.

25. 1.

Heute vormittag traf ich in Mailand ein. Ich trank Kakao, und meine Stimmung stieg. Dies ist die erste Stadt, die ich kennenlerne, die schon von einem antiken Autor erwähnt worden ist. Mehrmals wiederholte ich die Zeilen »et Mediolani mira omnia copia rerum«.[5] Ich besorgte mir einen Kofferträger und begab mich zu der berühmten Kathedrale. Sie ist, genau wie das Straßburger Münster, verschandelt durch viele kleine Läden ringsum. Ich sah eine Unmenge Leute damit beschäftigt, Marmor-Ornamente herzustellen. Es ist nicht deutlich zu erkennen, ob die Verantwortlichen den Fortgang der Arbeit aufhalten wollen, um länger über das Geld zu verfügen, oder ob die Arbeit deshalb so langsam vorankommt, weil sie so gewaltig ist.

26. 1.

Ging in die Oper. Das Gebäude ist riesig, das Publikum mäßig. Ungehobelte Kerle schrien mehrmals: »Brava!« Die Sänger kamen mir träge vor.

28. 1.

Mittags kam ich in Placentia[6] an. Bei der Flußdurchquerung waren meine Gepäckstücke naß geworden; ich mußte eine Weile warten, bis sie wieder trocken waren. Auf dem Marktplatz sah ich zwei Reiterstandbilder der Herzöge von Parma; auf dem einen, dem feurigsten, saßen ein paar Spatzen und tschilpten – ein einzigartiger Effekt.

29. 1.

Gegen Abend kam ich nach Parma. Ich sandte einen Brief an M. Deleyre[7], den Bibliothekar des Prinzen; Monsieur Rousseau hatte mir das Schreiben mitgegeben. Der weltberühmte Philosoph lobt mich darin, und gleichzeitig schildert er meinen Hang zur Melancholie.[8]

30. 1.

Monsieur Deleyre trank Kaffee bei mir. Ich überreichte ihm ein Manuskript mit englischen Versen von mir, die ihm sehr gefielen.[9] Er führte mich zum Abbé de Condillac[10], dem Erzieher des jungen Prinzen. Das ist ein ernster, vernünftiger Franzose – der Typ, der mir noch am angenehmsten ist, denn die Lebhaftigkeit dieser Nation wirkt sich meist negativ auf ihren Charakter aus. Ein Franzose kann ernst sein, ist aber niemals wehleidig. Condillac ist ein zweiter Locke. Seine Bücher über die Empfindungen und den Ursprung des menschlichen Wissens werden allgemein geschätzt.[11] Nachdem ich ein bißchen Metaphysik mit ihm getrieben hatte, sagte ich im Scherz: »Wenn ich mich abends ins Bett lege, glaube ich manchmal, daß ich als Locke aufwache. Sie können mir nicht das Gegenteil beweisen.«[12]

16. 2.

Gestern munter aufgestanden, aber bald in Trübsinn verfallen. Die Campagna ist reizend. Wir näherten uns Rom – es ist nicht das gleiche Gefühl, als wenn man sich London nähert. Bei der Einfahrt eine gewisse Empfindung der Erhebung, aber nicht so wie in London. Traf Wilkes, schüttelte und umarmte ihn; er sagte zu mir: »Du erinnerst mich an Johnson – versprich, daß du ihm nachfolgst! Lies den ›Rambler‹!«[13]

17. 2.

Nach dem Frühstück zum Petersdom. Beim Näherkommen war ich nicht gerade übermäßig beeindruckt von der weitläufigen Anlage, der Piazza usw. Die Kirche innen warm, nobel, riesig – hinreißend. Umhergegangen, hingekniet, gebetet. Italienisch zu lernen beschlossen. Will fortan keinen einzigen Tag in Italien vergeuden.

18. 2.

In schlechter Verfassung aufgewacht. Gab mich der Hypochondrie hin, blieb bis elf Uhr im Bett. Aufgestanden, angekleidet, spazierengegangen. Mit Dance[14] diniert. Gute Unterhaltung. Dann erschien Mademoiselle Kauffmann, Malerin und Sängerin; bescheiden, liebenswürdig. Habe mich sehr in sie verliebt.[15]

25. 3.[16]

Mr. Morrison, ein schottischer Altertumsforscher,[17] begann damit, mir die Sehenswürdigkeiten von Rom zu zeigen. Wir brachen frühmorgens auf, was wir jetzt jeden Tag tun wollen. Wir sahen, wie der Papst in einer Prozession durch eine der Hauptstraßen zur Minerva-Kirche[18] zog. So sah ich zum erstenmal einen Würdenträger, der einstmals bedeutend war und noch immer eine außerordentliche Macht besitzt. Wir erlebten die Zeremonie in der Minerva-Kirche, in die Seine Heiligkeit in einem prächtigen Sessel getragen wurde, der mit einer Figur des Heiligen Geistes geschmückt war. Er machte dann in der Kirche die Runde und segnete die versammelte Gemeinde, die vor ihm kniete. Dann nahm er auf einer Art Thron Platz, wo, nachdem er eine Reihe von heiligen Ritualen vollführt hatte, die mir nichts sagten, die Menge seine Pantoffeln küßte. Danach kam eine Prozession römischer Mädchen, die von einer öffentlichen Stiftung unterstützt werden – einige für den Ehestand, andere als künftige Nonnen. Sie marschierten in getrennten Gruppen, die Nonnen als letzte, sie trugen Kronen auf dem Kopf. Nur ganz wenige waren hübsch, die schönsten sah man unter den angehenden Nonnen. Eine sehr merkwürdige Szene. Dann gingen wir auf den Kapitolshügel. Wir stiegen auf das Dach des modernen Senatsgebäudes, von wo mir Mr. Morrison das antike Rom auf seinen sieben Hügeln zeigte. Er gab mir auch einen kleinen Stadtplan, dazu eine übersichtliche Zusammenfassung der Geschichte dieser berühmten Stadt bis zum gegenwärtigen Zeitpunkt.

26. 3.

Wir besichtigten das berühmte Forum. Ich hatte erhabene und melancholische Empfindungen, als ich an die bedeutenden Ereignisse dachte, die dort stattgefunden haben; jetzt ist der Ort eine Ruine, mit kümmerlichen Handwerkerhütten an jener Stelle, wo Cicero einst seine großartige Eloquenz entfaltete. Ich sah die Überreste des herrlichen Portikus, der ehedem das Forum schmückte; die drei übriggebliebenen Säulen lassen ahnen, wie es hier früher ausgesehen hat. Wir gingen auch ins berühmte Kolosseum, das eine erhabene Vorstellung von der Prachtentfaltung der alten Römer vermittelt; es ist schwer zu sagen, ob die erstaunliche Wucht oder der exquisite Geschmack dieses glanzvollen Gebäudes mehr zu bewundern sind. Im Inneren des Gebäudes hat sich ein Einsiedler eine kleine Wohnung eingerichtet. Es war schockierend zu sehen, daß überall im Theater Dung liegt; es wird offenbar an Leute vermietet, die es zur Viehhaltung benutzen.

27. 3.

Wir gingen an die Stelle, wo Ciceros Haus gestanden hat. Eine Statue erinnert an ihn. Bewegt von dem Augenblick und der bedeutenden Stätte packte mich die Begeisterung, und ich begann, Latein zu sprechen. Mr. Morrison antwortete mir, nachdem er zuerst ein bißchen gelacht hatte, ebenfalls in Latein. Wir nahmen uns vor, während unserer Ausflüge nur noch lateinisch zu sprechen. Wir hielten uns daran und sprachen jeden Tag flüssiger – so unterhielten wir uns über die römischen Altertümer in der Sprache der Römer.

28. 3.

Wir stiegen wieder zum Kaiserpalast empor, wo die Zypressen den Ruin des römischen Reiches zu betrauern scheinen. Der Blick von hier ist großartig.

30. 3.

Ich sollte vielleicht erwähnen, daß wir einen merkwürdigen Burschen in der Sonne sitzen sahen, der anderen ebenfalls zerlumpten Gestalten aus dem »Tasso« vorlas.

3. 4.

Gestern sah ich den Moses von Michelangelo. Bart zu lang; Hörner, obzwar heilig, lächerlich wie bei einem Satyr – der Rest großartig.

5. 4.

Erlebte eine Zeremonie, in der zwölf Priestern aus verschiedenen Ländern die Füße gewaschen wurden, in großer Vornehmheit. Der Papst sprach ein Gebet, kniete und reichte jedem Priester eine Oblate, in einer Mischung aus Grandezza und Bescheidenheit.

12. 4.

Abends ein neues Mädchen. Ich schwöre: ab jetzt eine Woche keine Frau. Muß mich sehr anstrengen.

13. 4.

Bestelle doppelt so viel Milch wie sonst.

22. 4.

Betete im Petersdom zum ewigen Vater, daß er meine Melancholie vertreiben möge; versprach, mich sanft und anständig zu benehmen und am Ende meiner Tage wie ein würdiger schottischer Laird zu sterben, voll Glaubenszuversicht. Dies ist ein sehr ernster Lebensabschnitt für mich.

2. 5.

Gestern ging es mir schon besser. Entdeckte Filzläuse an mir und rasierte mich sofort; eine lächerliche Bescherung.

17. 6.

Wir kamen noch vor Mittag in Loretto an. Nach dem Essen besichtigten wir die Sehenswürdigkeiten, begleitet von einem Arzt aus Ravenna und seiner wohlgeformten Frau, die sehr schöne schwarze Haare hatte. Es war noch ein anderer Geistlicher aus Ravenna dabei, ein großer, kräftiger Mann, und ich glaube, es verstößt nicht gegen die christliche Nächstenliebe, wenn ich behaupte, daß dieser Geistliche bei der Frau des Arztes einen Stein im Brett hatte.

19. 7. (Boswell an Johnston)

Mein lieber Johnston, ich wollte Rom schon Mitte Mai verlassen, habe mich aber inzwischen sehr mit Lord Mountstuart[19] angefreundet, der mich gebeten hat, ihn auf seiner Italienreise zu begleiten. Wir sind jetzt gerade auf seinem Landsitz, wo gute Luft, ein geregeltes Leben und maßvolle Vergnügungen für ein sehr angenehmes Befinden sorgen. Dies ist ein neuer, überzeugender Beweis für mich, daß man niemals verzweifeln sollte. Und doch, Johnston, habe ich allen Grund, unglücklich zu sein, denn mein Verhalten in letzter Zeit war nicht gerade das eines Weisen. In Rom habe ich mich bei den Prostituierten derart ausgetobt, daß ich mir jene Unpäßlichkeit einhandelte, die wir die Geißel des Lasters nennen. Als ich nach Venedig kam, trug ich immer noch die Spuren der Krankheit. Es ist seltsam: die erregenden Vorstellungen, die ich mir von den venezianischen Kurtisanen gemacht hatte, haben mir völlig den Kopf verwirrt. Ich ging zu einer Ballettänzerin und nahm Lord Mountstuart mit. Wir trieben es nacheinander mit ihr – und wurden prompt mit der gleichen Strafe belohnt, die mich in Rom ereilt hatte. Eine schöne Bescherung! Unser beklagenswerter Zustand hat sich inzwischen leidlich gebessert, aber selbst wenn es uns noch schlimmer ergangen wäre: wir tragen die Schuld an allem. Ich habe mir große Vorwürfe gemacht und meine Verfehlungen so aufrichtig bereut, daß ich mich jetzt schon sehr viel besser fühle. Außerdem muß ich sagen, daß mich das Klima in Italien sehr beeinflußt. Es stachelt mich zu heißer Leidenschaft an und macht mein Blut so warm, daß ich den ganzen Tag das Gefühl habe, ein aufputschendes Getränk getrunken zu haben.

24. 7.

Gestern ausgespannt. Pißte wohltuend in der Kutsche. Wir unterhielten uns über einige Engländer – ich fand das Gespräch banal. Wir kamen nach Verona. Eine sehr hübsche Stadt.

26. 7.

Abends nach Mailand – merkwürdiges Gefühl. Heute früh rasch aufgestanden, Füße und Hände mit warmem Wasser und Seife gewaschen, die intimeren Teile mit Milch und Wasser. Dann zu einem berühmten Friseur. Langes Gespräch mit meinem Lord. Ich gebe zu, daß ich im Unrecht bin – nicht weil ich verstockt bin, sondern wegen meines lockeren Umgangs.

1. 8.

Etwa um eins kam ich in Parma an. Merkwürdige Vorstellung, daß ich vor einem halben Jahr von dort weggefahren bin. In einem Streitgespräch argumentierte ich gegen Rousseaus Behauptung, das Leben eines Wilden sei noch am wenigsten unglücklich, denn der Wilde kenne nicht die eleganten Vergnügungen der kultivierten Gesellschaft als Ausgleich für sein Geschick – die Möglichkeiten an Unterhaltung in einem Indianerstamm sind wohl kaum der Rede wert. Außerdem werden die Wilden von wüsten Leidenschaften heimgesucht, und sie leiden sogar an Langeweile. Wir wissen von Reisenden, daß die Wilden, wenn sie ihre Beute getötet haben, sie braten und auffressen. Danach sitzen sie nachdenklich und traurig am Strand und blicken düster auf die heranrollenden Wellen.

11. 8. (Rousseau an Boswell; empfangen am 11. 8.)[20]

Môtiers, 30. Mai 1765

Die stürmische Krise, die mich seit Ihrer Abreise von hier geschüttelt hat, ist schuld daran, daß ich auf Ihren ersten Brief noch nicht geantwortet habe und gibt mir keine Muße für die ausführliche Beantwortung Ihres zweiten.[21] Ich beschränke mich daher auf das Dringendste: die Empfehlungen für Korsika, die Sie von mir wünschen. Da Sie offenbar tatsächlich das Bedürfnis haben, die wackeren Inselbewohner zu besuchen, sollten Sie sich in Bastia nach M. Buttafoco[22] erkundigen, dem Kapitän des königlich italienischen Regiments. Er ist ein ehrenwerter Mann, kenntnis- und einfallsreich. Es wird genügen, wenn Sie ihm diesen Brief zeigen. Ich bin sicher, er wird Sie freundlich aufnehmen und dafür sorgen, daß Sie die Insel und ihre Bewohner gründlich kennenlernen. Wenn Sie M. Buttafoco nicht antreffen sollten und sich direkt an M. Pascal Paoli[23], den »General der Nation«, wenden wollen, können Sie ihm ebenfalls diesen Brief zeigen; da ich die Vornehmheit seines Charakters kenne, bin ich überzeugt, daß Sie keinen Grund haben werden, sich über den Empfang durch ihn zu beklagen. Sie können ihm auch sagen, daß Sie ein Günstling von Lord Marischal aus Schottland[24] sind und daß Lord Marischal einer der leidenschaftlichsten Anhänger der korsischen Nation ist. Sie brauchen bei diesen Männern keine andere Empfehlung als Ihre eigenen Verdienste. Die Korsen sind von Natur aus so höflich und gastfreundlich, daß alle Fremden, die zu ihnen kommen, überaus liebevoll behandelt werden.

Ich habe Ihnen Mlle. Le Vasseurs Dank zu übermitteln, sowie meine eigenen Vorwürfe,[25] werde aber Ihre Rückkehr aus Italien abwarten, um beides persönlich auszurichten. Bitte seien Sie so liebenswürdig und überreichen Sie diesen Brief des Grafen Zinzendorf[26] dem französischen Gesandten, dessen Name mir entfallen ist; ich bin sicher, er wird dafür sorgen, daß der Graf ihn erhält. Ich wünsche Ihnen eine gute und angenehme Reise; Gesundheit, Frohsinn und eine baldige Rückkehr. Ich umarme Sie, mein Herr, von ganzem Herzen.

J.-J. Rousseau

6. 9.

Es stimmt: Siena ist nicht besonders reizvoll; der Ort kann einem lebhaften Geist wie dem meinen leicht ein wenig lahm vorkommen. Der Adel hier ist sehr ungebildet – jedenfalls machen sie von ihrem Wissen (wenn sie denn welches haben) im Gespräch nur wenig Gebrauch. Ich habe mich oft gefragt, wie es möglich ist, daß Menschen von einem Tag zum anderen leben können, ohne ihren Geist zu kultivieren, ihre Kenntnisse zu vermehren – ohne irgendeinen Zuwachs an intellektuellem Vergnügen. All jene philosophischen Lehren, die den Menschen als eine Kreatur definieren, die sich beständig vervollkommnet, werden von dieser Stadt widerlegt.

Der Tod des Kaisers[27] ist für unsere Damen und Herren ein unerschöpfliches Gesprächsthema. Die Trauerkleidung, die man zu tragen hat, schlägt sich in tausend verschiedenen Moderichtungen nieder, und die lebhafte, überschäumende Phantasie der Italiener entfaltet sich in ihrer ganzen Üppigkeit.

Ich bin von Natur aus ein ängstliches Gemüt, und meine Erziehung hat diese Anlagen noch verstärkt. Die Philosophie hat meine Schwächen bis zu einem gewissen Grad geheilt, aber hin und wieder falle ich in die alten Angewohnheiten zurück und fühle mich dann so elend wie eh und je. Der Blutkreislauf ist entscheidend dafür, ob ein Mensch lebhaft oder träge ist – gestern war meine Blutzirkulation jedenfalls überaus langsam. Ich saß bei Signora Girolana und betrachtete einige Damen, die ich zum erstenmal sah, und mich befiel eine absurde, aber sehr reale Ängstlichkeit, gegen die ich wehrlos war; ich litt wie jemand, der sich zum allererstenmal in Gesellschaft befindet.

Ich bin jetzt in einer sehr schönen Stadt in der Toskana. Der hiesige Adel hält große Stücke auf mich, und ich genieße die Freundschaft einiger sehr reizvoller Damen. Ich studiere die interessante italienische Sprache und mache gute Fortschritte dabei. Außerdem beschäftige ich mich mit Musik; ich habe einen glänzenden Lehrer, spiele Flöte und singe mit großem Vergnügen. Meine Gesundheit ist vorzüglich. Das Wetter ist klar und angenehm. Ich kann tun und lassen, was ich will. Meine Lage ist so, wie ich sie mir in meinen kühnsten Träumen nicht hätte vorstellen können – und doch kann ich nicht sagen, daß ich glücklich bin. Das verwirrt mich, ich weiß nicht, was ich davon halten soll. Gewiß: in dieser Welt kann niemand restlos glücklich sein, das ist ein betrüblicher Gedanke. Abbé Crocchi[28], mein geschätzter geistlicher Beistand, rät mir, den Mangel an Glück als Beweis für die Unsterblichkeit der Seele anzusehen sowie für ein besseres Leben in einer anderen Welt.

15.9.

Reflexionen in Siena.

Ich muß zugeben, ich bin heute sehr glücklich. Meine Seele ist heiter, mein Herz erfüllt von sanfter Süße, mein Geist kühn, meine Phantasie lebhaft. Aber was mir fehlt, ist die heimische Scholle, nach der man, wie Vergil sagt, ewig Sehnsucht hat. Wenn ich jetzt die romantische Welt von Auchinleck um mich hätte, wäre mein Glück vollkommen. Ich wäre dort, wo nach der Vorsehung mein wahrer Platz ist, wo ich meinen noblen Vorfahren Ehre erweisen kann, zufrieden mein eigenes Land bebauen, meinen Tagelöhnern Gutes tun und mit den Nachbarn freundschaftlichen Umgang pflegen kann. So möchte ich leben, wenn ich meine Reisen hinter mir habe. Im Winter würde ich nach Edinburgh oder London fahren, im Sommer bliebe ich in meinem Landhaus und dächte an das schöne Italien ...

Ich bin hier in einem Raum, der mit vielen Bildern aller Art geschmückt ist: Landschaften, Früchte-Stilleben, Meeresszenen, Darstellungen von Gebäuden, Schlachten, Liebesszenen. Das Porträt einer Dame, das über meiner Schlafzimmertür hängt, sieht aus wie meine Zofe – sie steht da mit majestätischer Geste, als wolle sie sagen: »Seht, dort schläft mein Herr!« Es sind auch ein paar biblische Szenen darunter, billige Radierungen in scheußlichen Farben ...

Ich frage mich, wie ich einen Teil meines Lebens verstreichen lassen konnte, ohne mich je dem Studium der schönen Künste zu widmen. Aber alles hat seine Zeit. Wir sollen unseren Neigungen folgen, so lange sie frisch sind, weil nämlich die Jugend rasch dahingeht. Ich merke, daß ich jetzt die abgedroschenen Gedanken von hunderttausend Menschen wiedergebe, die vor mir gelebt haben. Ich möchte nicht gerne ein sklavischer Imitator sein, und ich würde mir gerne schmeicheln, ein origineller Kopf zu sein, aber das ist leider nur wenigen gegeben. Viele Menschen geben vor, originell zu sein, womit sie aber nur ihrer Selbsteinschätzung schmeicheln. Es scheint, als ob ein origineller Mensch ein besseres Geschöpf ist – fast wirkt es, als ob sich Gott bei der Erschaffung eines solchen Menschen besondere Mühe gegeben habe ...

Die Liebe scheint mir das Bemerkenswerteste überhaupt auf der Welt zu sein, in ihrer Verkettung von Ursachen und Wirkungen. Ich spreche nicht von jener angenehmen kreatürlichen Vereinigung der beiden Geschlechter, sondern von jener Liebe, die man auch Leidenschaft nennt, die eine völlige Verklärung bewirkt, auch Angst und eine köstliche Steigerung der Empfindlichkeit, dazu Eifersucht – kurz, all jene Gefühle, die uns arme Menschen seit je gequält haben. Ich weiß nicht, ob Tiere irgendwie zwischen verschiedenen Weibchen unterscheiden können, auch weiß ich nicht, ob unter Kühen, Hühnern und Hunden so etwas wie Schönheitsbegriffe existieren. Ich glaube eher, daß die wilden Tiere nur das Eine kennen, ohne sich viel um die Beschaffenheit des Objekts ihrer Begierde zu kümmern. Ich habe männliche Tiere um ein Weibchen kämpfen sehen: es kam mir vor, als kämpften sie bloß ums Fressen.

11. 10. (Boswell an Rousseau)

Livorno, 11. Oktober 1765

Illustrer Philosoph, ich habe Ihren Brief erhalten und entnehme ihm, daß Sie mich nicht vergessen haben. Vor längerer Zeit begann ich damit, einen ausführlichen Brief an Sie zu schreiben, der sich ausschließlich mit mir befassen sollte. Im Augenblick halte ich mich, meine kleinen Vergnügungen und meine kleinen Unpäßlichkeiten, für nebensächlich. In einer halben Stunde schiffe ich mich nach Korsika ein. Ich werde mich direkt in das Territorium von Paoli begeben. Der ehrenwerte Graf Rivarola[29] hat mir Empfehlungsschreiben in großer Zahl mitgegeben. Ich fühle mich voll Kraft und Edelmut. Sollte ich diese Expedition nicht überleben, gedenken Sie bitte Ihres spanischen Schotten mit Zuneigung: wir werden uns gewiß im Paradies der Phantasiebegabten wiedersehen. Wenn ich unversehrt zurückkehre, werde ich Ihnen einen nützlichen Bericht geben können. Ich kann nicht schreiben, aber dafür werde ich sprechen. Der Tod bedeutet mir nichts.

11. 10.

Nach nur wenigen Stunden Schlaf weckten mich um sechs Uhr Signor Giuliano und ein anderer Korse, der an meine Tür klopfte. Ich war zunächst etwas verwirrt, erinnerte mich aber dann an die große Expedition und gewann meine Fassung wieder. Ich schrieb an Rousseau und Dempster und hinterließ auch Briefe für Mme. de Spaen[30] und meine liebe Italienerin in Siena. Um acht Uhr brachte mich ein kleines Boot in das Segelschiff, und wir stachen in See. Die guten Leute hatten die ganze Nacht auf mich gewartet; der Wind war so günstig, daß wir schon vor Morgengrauen in Korsika hätten sein können. Jetzt hatte der Wind sich gelegt. Ich wurde seekrank und mußte mich übergeben, aber es erging mir nicht so übel wie bei der Überfahrt nach Holland. Ein Korse spielte auf einer Gitarre oder Laute; Jakob[31] und ich spielten Flöte. Das Schiff gehörte einem Korsen aus Pino, er betreibt Weinhandel mit Livorno und sprach ein wenig Englisch. Als Vorsichtsmaßnahme hatte er die toskanische Flagge gehißt (d. h. die kaiserliche) und einen Bootsmann aus Livorno angeheuert, Ignazio Gentili. Ich legte mich auf mein Kajütenbett, wurde aber von Moskitos und anderem Gewürm fast aufgefressen. Ich aß kalte Zunge mit Brot und etwas vom Mannschaftsreis; danach versuchte ich, mich ein wenig in den Konflikt um Korsika einzulesen, konnte mich aber nicht konzentrieren. Ich konnte an nichts Vernünftiges denken und gab mich schließlich zufrieden damit. Jakob hielt sich tapfer, spürte nichts von der Seekrankheit und wünschte sich sogar eine besonders lange Seereise; in der Nacht war er glücklich, daß er nur den Himmel und das Meer sah. Man legte eine Matratze auf die Proviantkiste, hing ein Segel über die Außenwand des Schiffes und über vier Stühle, und unter diesem Zelt schliefen wir. Zum Abendgebet knieten alle und sprachen mit großer Inbrunst ihr Ave Maria für die Himmelskönigin – ich war beeindruckt.

Aus dem »Bericht von Korsika, samt Memoiren des Pascal Paoli«, von James Boswell[32]

Im Zusammenhang mit meinem Vorsatz, zum Zwecke der Erbauung und Unterhaltung einige Jahre im Ausland zu verweilen, faßte ich auch den Plan, die Insel Korsika zu besuchen. Ich wollte nämlich mehr als nur die gewöhnliche Tour durch die Länder Europas absolvieren, und Korsika schien mir ein Gebiet zu sein, das nur die wenigsten aufsuchen und wo ich finden würde, was es sonst nirgends gibt: ein Volk, das mitten in seinem Freiheitskampf steht und sich aus einer armen, unerheblichen, unterdrückten Nation zu einem blühenden, unabhängigen Staat zu entwickeln im Begriff ist.

Ich wußte, daß Monsieur Rousseau in Briefwechsel mit einigen Korsen stand und daß er von ihnen um Unterstützung bei der Abfassung ihrer Gesetze gebeten worden war. Als ich ihm von meinem Plan erzählte, Korsika zu besuchen, erklärte er sich spontan bereit, mir ein Empfehlungsschreiben mitzugeben. Ich hatte mich immerhin schon in einigen Ländern aufgehalten und festgestellt, daß ich mit Menschen, die eine andere Sprache sprechen und anders empfinden, gut auskommen kann, und deshalb glaubte ich, es würde mir leichtfallen, zu den schlichten und großzügigen Korsen Kontakt zu finden. Bevor ich Livorno in Richtung Korsika verließ, hatte ich bei den Italienern den Eindruck erweckt, ich sei der Beauftragte der englischen Regierung, der mit den Korsen einen Vertrag aushandeln solle; je mehr ich diese Geschichte bestritt, desto nachdrücklicher bestanden die italienischen Politiker auf ihrer Richtigkeit.

Obwohl man für die Strecke von Livorno nach Korsika mit dem Schiff gewöhnlich nur einen Tag braucht, dauerte es wegen einer Flaute diesmal volle zwei Tage. Bei Sonnenuntergang sang die Schiffsbesatzung mit Inbrunst das Ave Maria; es war eindrucksvoll, den Geist ihrer tiefen Frömmigkeit zu spüren.

Ich hatte mir vorgestellt, in Korsika würde alles ganz anders sein und war deshalb überrascht, daß Signor Antonettis[33] Haus, in dem ich zunächst wohnen sollte, ganz und gar italienisch wirkte: es war ausgezeichnet möbliert, und in den Räumen hingen Drucke und Kopien einiger berühmter Gemälde.

Ich beschloß, in der Hauptstadt Corte[34] Aufenthalt zu machen, um mich von den Strapazen der Überfahrt zu erholen und alles über die größte Stadt von Korsika in Erfahrung zu bringen.

Ich ging hinauf zum Schloß von Corte. Der Kommandant zeigte mir sehr zuvorkommend die ganze Anlage. Da ich in Korsika alles besichtigen wollte, äußerte ich den Wunsch, auch die unglücklichen Verbrecher zu sehen. Es waren zur Zeit drei im Schloß: ein Mann, der seine Frau ermordet hatte, eine verheiratete Dame, die einen ihrer Diener dazu angestiftet hatte, eine Frau, auf die sie eifersüchtig war, zu erdrosseln, sowie der Diener, der dieses gräßliche Verbrechen begangen hatte. Sie wurden aus ihren Zellen geholt, damit ich mich mit ihnen unterhalten konnte. Der Gattenmörder machte einen stumpfen, abgehärteten Eindruck und erzählte mir, der Teufel habe ihn zu dieser Tat angestiftet. Der Diener war ein armer, elender Wurm. Er hatte zunächst seine Herrin beschuldigt, wurde dann aber bewogen, seine Anklage zurückzunehmen, woraufhin er gefoltert wurde, indem man brennende Streichhölzer zwischen seine Finger hielt. Dies führte dazu, daß er seine frühere Anklage wiederholte, womit gegen seine Herrin starkes Beweismaterial vorlag. Seine Hände waren so jämmerlich verbrannt, daß er einen erbärmlichen Anblick bot. Ich fragte ihn, warum er ein solches Verbrechen begangen habe; er sagte: »Weil ich nichts verstanden habe.« Die Dame schien mir von kühner, resoluter Wesensart zu sein. Sie sprach zu mir mit großer Festigkeit und bestritt jegliche Schuld; mit einem verächtlichen Seitenblick auf ihren Sklaven meinte sie: »Sie können diese Kreatur dazu zwingen, alles zu sagen, was Sie hören wollen.«

Der Henker von Korsika erwies sich als eine Sehenswürdigkeit ersten Ranges. Von allen zutiefst verachtet, war es ihm nicht erlaubt, wie die anderen Bewohner des Landes zu leben. Er mußte im Schloß Zuflucht suchen. Dort sperrte man ihn in einen kleinen Eckturm ein, wo nur Platz für ein kümmerliches Bett und eine kleine Feuerstelle war, an der er sich die zum Leben notwendige Nahrung bereiten konnte. Niemand wollte etwas mit ihm zu tun haben, alle drehten ihm den Rücken zu. Ich habe noch nie ein armseligeres, kläglicheres Bild gesehen. Er schien sich seiner Lage durchaus bewußt zu sein und hielt den Kopf gesenkt wie ein von allen Menschen verachteter Aussätziger.

Als ich endlich in die Nähe von Sollacaro kam, wo sich Paoli aufhielt, fühlte ich starke Beklommenheit. Meine Vorstellung von diesem Mann war durch die vielen Gespräche, die ich mit allen möglichen Inselbewohnern geführt hatte, ins Unermeßliche gestiegen – man hatte ihn mir übereinstimmend als jemanden geschildert, der alles Menschenmaß übersteigt. Ich hatte das lebhafte

Bedürfnis, einen so hervorragenden Menschen kennenzulernen, fürchtete aber gleichzeitig, nicht in der Lage zu sein, ihm einen hinreichenden Grund für meinen Besuch zu nennen, und vor ihm zu einem Nichts zusammenzuschrumpfen. Ich wünschte fast, ich könnte die Rückreise antreten, ohne ihn gesehen zu haben.

Diese Empfindungen beschäftigten mich, bis ich das Dorf und das Haus erreichte, in dem er wohnte. Ich ließ meinen Diener bei meinen Führern, wurde von den Wachen zu anderen Personen aus der Umgebung des Generals und schließlich in ein Vorzimmer geführt, in dem sich schon einige andere Wartende aufhielten. Signor Boccheciampe[35] hatte meine Ankunft gemeldet, und dann wurde ich in Paolis Raum geführt. Ich fand ihn allein und war überaus beeindruckt von seiner Erscheinung. Er ist groß, kräftig gebaut und stattlich, hat ein frisches, offenes, klares Gesicht und ein männliches Auftreten. Er war damals vierzig. Gekleidet war er in Grün und Gold. Normalerweise trug er korsische Tracht, aber als die Franzosen erschienen, hielt er es für angezeigt, durch verringerte äußerliche Eleganz seine Regierung in günstigerem Licht erscheinen zu lassen.

Er fragte, womit er mir dienen könne. Ich zeigte ihm einen Brief von Graf Rivarola, und, als er ihn gelesen hatte, den Brief von Rousseau. Er war höflich, aber sehr zurückhaltend. Ich habe schon so manchen Fürsten persönlich kennengelernt, aber mich noch nie so unwohl gefühlt wie in der Gegenwart von General Paoli. Ich sagte bereits, daß er ein großer Physiognomiker ist. Als Folge seiner ständigen Bedrohung durch Verräter und Mörder hat er es sich zur Gewohnheit gemacht, jedes neue Gesicht gründlich zu studieren. Etwa zehn Minuten lang gingen wir in seinem Zimmer auf und ab und sprachen dabei kaum ein Wort, während er mich mit festem, durchdringendem Blick unentwegt anstarrte, als ob er mir auf den Grund der Seele blicken wolle.

Diese Art von Erkundung machte mir zunächst sehr zu schaffen. Wie erleichtert war ich, als er allmählich seine Reserve aufgab und zu sprechen begann! Erst dann wagte ich es, das folgende Kompliment über die Korsen auszusprechen: »Sir«, sagte ich, »ich befinde mich auf Reisen und habe vor kurzem Rom besucht. Ich komme von der Besichtigung der Ruinen eines tapferen und freien Volkes – hier sehe ich nun den Aufstieg eines tapferen und freien Volkes.« Er nahm dieses Kompliment sehr wohlgefällig auf, bemerkte aber dazu, daß die Korsen wohl nie die Gelegenheit haben werden, es den Römern gleichzutun – einem großen Eroberervolk, das sein Reich über den halben Erdball ausgedehnt hat. Die besondere Lage der Korsen und die modernen politischen Systeme machen das unmöglich. »Aber«, fügte er hinzu, »Korsika könnte dereinst ein sehr glückliches Land sein.«

Er äußerte seine große Bewunderung für Monsieur Rousseau, den Signor Buttafoco nach Korsika eingeladen hat, um der Nation dabei zu helfen, sich eine Verfassung zu geben. Es scheint, daß M. de Voltaire sich dazu in seiner typischen Art geäußert hat: dies sei lediglich ein geschicktes Täuschungsmanöver gewesen. Paoli sagte mir jedoch, daß er, als er davon erfahren habe, persönlich an Rousseau geschrieben und die Einladung bekräftigt habe. Ich werde von dieser Geschichte in einem späteren Teil meines Journals einen genauen Bericht geben.

Einige der Edelleute aus seiner Entourage kamen jetzt in das Zimmer, und nach einer Weile wurde gemeldet, das Essen sei angerichtet. Der General erwies mir die Ehre, mich direkt neben sich zu plazieren. Es waren etwa fünfzehn oder sechzehn Gedecke aufgelegt – er liebt es, sich mit den wichtigsten Leuten der Insel zu umgeben. Er hat einen Italiener als Koch, der lange in Frankreich gelebt hat, aber sich für diese Gelegenheit zu einigen wenigen einfachen Gerichten entschlossen hatte – der Eindruck von Luxus sollte unbedingt vermieden werden, und es wurde auch kein ausländischer Wein gereicht.

Ich fühlte mich in einer solchen erlauchten Gesellschaft ziemlich verlegen. Der General sprach viel von Geschichte und Literatur. Ich merkte bald, daß er ein vorzüglicher klassischer Philologe ist, der ein großes Wissen besitzt; seine Konversation bei Tisch erwies sich als überaus lehrreich und unterhaltsam. Vor Tisch hatte er Französisch gesprochen; jetzt sprach er Italienisch, mit großer Gewandtheit. Nach dem Essen zogen wir uns in einen anderen Raum zum Kaffee zurück. Allmählich wich meine Verlegenheit, und ich war nicht mehr ganz so unsicher. Meine ganze Aufmerksamkeit wurde jetzt von den Ausführungen dieses brillanten Volkshelden in Anspruch genommen. Er empfahl mich der Obhut des Abbé Rostini[36], der viele Jahre in Frankreich gelebt hatte, und er wies mir das Haus von Signor Colonna[37], der gerade abwesend war, als Residenz zu. Bis zum Abendessen war ich mir selbst überlassen; ich kehrte zur verabredeten Zeit zum General zurück, dessen Konversation mir jetzt noch eindrucksvoller erschien, ebenso wie seine Umgebung, mit der ich mich allmählich vertraut machte.

Ich fühlte mich von Tag zu Tag glücklicher. Besondere Aufmerksamkeit wurde mir als englischem Staatsbürger erwiesen; man hatte bereits aus Italien von mir gehört, und ich wurde wie ein Gesandter behandelt. Am frühen Morgen wurde mir bereits Schokolade serviert, und zwar auf einem silbernen Tablett, das mit dem korsischen Wappen geschmückt war. Ich speiste und dinierte jetzt regelmäßig mit dem General. Die gesamte Aristokratie der Insel machte mir ihre Aufwartung, und wann immer ich die Lust zu einem kleinen Ausflug verspürte, wurde ich von mehreren Leibwächtern begleitet. Ich bat den General, mich nicht derart zeremoniell zu behandeln, aber er bestand darauf.

Als ich eines Tages ausritt, gab man mir Paolis Privatpferd, das reich mit rotem Zaumzeug geschmückt war, mit breitem goldenen Spitzenbesatz, und auch jetzt ritten Leibwächter neben mir. Ich gestattete mir ein Gefühl des Stolzes angesichts dieses Aufwandes – ich wollte herausfinden, worin eigentlich das Vergnügen an Pomp und Ruhm besteht, auf das die Menschen so merkwürdig versessen sind. (Als ich nach all diesen großartigen Erlebnissen auf den Kontinent zurückkehrte, scherzte ich darüber mit meinen Freunden – ich sagte, ich könne nicht mehr mit ihnen zusammen sein, denn sie behandelten mich nicht mit dem gebührenden Respekt.)

Meine Zeit hier verging auf überaus angenehme Weise. Ich genoß den Luxus nobler Empfindungen, und Paoli wurde immer liebenswürdiger zu mir. Auch ich vertraute ihm immer mehr von mir an. Ich vergaß ganz den großen Abstand zwischen uns; wir unterhielten uns täglich mehrere Stunden ganz privat.

Vom Beginn meiner Exkursion an habe ich jeden Abend alles Bemerkenswerte des jeweiligen Tages aufgeschrieben; aus dem umfangreichen Material kann ich später nach Belieben eine Auswahl treffen.

Ich fragte ihn, ob er Englisch verstehe. Er begann sofort, Englisch zu sprechen – es ging leidlich. Er hatte in Neapel einige irische Offiziere kennengelernt, und da er eine natürliche Sprachbegabung besitzt, lernte er rasch von ihnen. In den letzten zehn Jahren hatte er jedoch kaum Englisch gesprochen, und deshalb artikulierte er sehr langsam. Man spürt, daß er einen großen Wortschatz besitzt, aber da er keine Praxis hat, macht ihm die Aussprache Schwierigkeiten. Ich fand reichlichen Lesestoff in seiner englischen Bibliothek; sie bestand aus einigen unvollständigen Bänden des »Tatler« und des »Spectator«, Popes »Essay on Man«, »Gulliver's Travels«, einer Geschichte Frankreichs und Barclays »Apology for the Quakers«. Ich versprach, ihm einige englische Bücher zu schicken.[38]

Wie gut er unsere Sprache verstand, demonstrierte er mir, als ich mir erlaubte, ihm meine Abhandlung zu zeigen, die ich über das Thema »Die Vorteile, die Großbritannien aus einem Bündnis mit Korsika erwachsen« verfaßt hatte; er übersetzte diesen Traktat ohne die geringsten Schwierigkeiten ins Italienische. Seither hat er mir eine Reihe weiterer Beweise seiner Kenntnis unserer Sprache geliefert, in Gestalt der Reaktionen, die er mir auf meine Englisch geschriebenen Briefe zukommen ließ, besonders aber in seiner überaus fairen und intelligenten Kritik einiger Schriften von Swift.

Er sagte, sein großes Ziel sei es, die Korsen so zu erziehen, daß sie sich eine Verfassung geben und dann ohne ihn auskommen können. »Unser Staat ist jung«, sagte er, »und braucht noch eine straffe Führung. Ich möchte, daß die Korsen sich bald selbständig bewegen können.« Er lächelte, als ich ihm sagte, ich sei sehr überrascht darüber, daß er so liebenswürdig, gebildet und höflich ist – obwohl ich wußte, daß ich einem großen Mann begegnen würde, war ich doch darauf vorbereitet, einen ungehobelten Charakter anzutreffen, einen Gotenkönig Attila oder König Luitprand der Lombarden.

Ich stellte fest, daß er, obwohl oft ein sanftes Lächeln auf seinem Gesicht lag, kaum jemals lachte. Ob lautes Lachen im geselligen Leben ein Zeichen von Schwäche oder von Ungeschliffenheit ist, vermag ich nicht zu sagen; ich habe jedoch festgestellt, daß wirklich große Männer und solche mit vollendeten Umgangsformen selten oder nie laut lachen.

Eines Tages sagte er zu mir, als wir allein waren: »Ich werde nie heiraten – mir fehlt alles, was zu einem Ehemann gehört. Nichts könnte mich zum Heiraten verleiten – höchstens eine Frau mit einer großen Mitgift, die ich zum Nutzen meines Landes einsetzen könnte.« Dennoch äußerte er sich sehr positiv über die Institution der Ehe, die sich im Laufe der Jahrhunderte als die bestmögliche Einrichtung erwiesen habe, das Glück des einzelnen und das Wohl der Gemeinschaft zu fördern. Als Privatmann hätte er wahrscheinlich längst geheiratet und einen ebenso guten Ehemann wie Regierungschef oder General abgegeben. Aber er ist mit seinem Volk verheiratet, und die Korsen sind seine Kinder. Er sprach zu mir oft von der Ehe, meinte, daß exzessive Sinnenfreuden trügerisch und vergänglich seien und daß ich erst dann glücklich sein werde, wenn ich heirate; er hoffe, bald nach meiner Rückkehr einen Brief zu erhalten mit der Nachricht, daß ich seinem Rat gefolgt sei und selber die Erfahrung gemacht habe, daß er recht hatte. So besorgt war dieser große Mann um mich! Wenn ich doch nur seine Art besser beschreiben könnte – meine Leser wären bezaubert von ihm!

Sein Kopf ist sowohl für philosophische Spekulationen als auch für Staatsgeschäfte wie geschaffen. Während eines Abendessens unterhielt er uns längere Zeit mit amüsanten Phantasien über die Intelligenz der Tiere, über die wir Menschen noch sehr wenig wissen, wie er meinte. Er schien sich besonders für die Sprache der wilden Tiere zu interessieren und stellte fest, daß sich Tiere untereinander sehr gut verständigen können und daß einige von ihnen, Hunde zum Beispiel, eine Vielfalt von Lauten hervorbringen können. Es hat zu allen Zeiten Menschen gegeben, die behaupteten, die Sprache von Vögeln und wilden Tieren zu verstehen. »Vielleicht«, sagte Paoli, »wissen wir in tausend Jahren mehr darüber, ebenso über Dinge, die uns noch viel komplizierter erscheinen.« Seit dieser Unterhaltung habe ich mich selber mehrfach mit derartigen Überlegungen beschäftigt. Wenn es nicht lächerlich klänge, würde ich behaupten, daß das Erlernen der Tiersprache für den Menschen sehr nützlich sein könnte, denn auf diese Weise könnte er den Umkreis seiner gesellschaftlichen Beziehungen erheblich erweitern.

Paoli schien viel daran zu liegen, daß ich den Charakter der Korsen erforsche. »Mischen Sie sich unter die Leute«, sagte er, »je mehr Sie mit ihnen sprechen, desto besser. Vergessen Sie das unansehnliche äußere Erscheinungsbild. Achten Sie auf ihre Gefühlsregungen – Sie werden unter diesen armen Leuten Ehrgefühl und vielfältige Begabungen entdecken.« Sein Herz ging auf, wenn er von seinen Landsleuten sprach. Seine eigenen ungewöhnlichen Eigenschaften traten besonders vorteilhaft hervor, wenn er von den Vorzügen derer sprach, die glücklich zu machen er sich zum Ziel gesetzt hatte. »Wenn ich«, sprach er, »ein Heer von Korsen gegen eine zweifache Übermacht ins Feld zu führen hätte, spräche ich zu ihnen von der Ehre ihres Vaterlandes und ihrer Vorfahren; ich will nicht behaupten, daß ich sie damit zum Siege führen könnte, aber desertieren würde kein einziger von ihnen!« »Die Korsen«, sagte er, »sind von erstaunlicher Zähigkeit. Ich wünschte, Sie könnten einen von ihnen sterben sehen. Bei den Genuesen sagt man: ›Korsen gehören an den Galgen – leider haben sie nicht die geringste Angst davor.‹ Diese Redensart enthält ein großes Kompliment für uns.«

Er erzählte mir, daß man in Korsika zum Tode verurteilte Verbrecher vierundzwanzig Stunden nach dem Urteilsspruch hinrichtet. »Das mag nicht besonders katholisch sein«, sagte er zu mir, »aber es ist menschlich.«

Danach gab er mir weitere Beispiele für den Geist der Korsen. »Ein Unteroffizier«, erzählte er, »der bei einer unserer verzweifelten kriegerischen Unternehmungen tödlich verletzt worden war, schrieb mir mit letzter Kraft: ›Ich grüße Sie. Bitte nehmen Sie sich meines alten Vaters an. In zwei Stunden werde ich bei all denen sein, die tapfer für ihr Vaterland gestorben sind.‹«

Nachdem er dermaßen das Loblied der Korsen gesungen hatte, sprach er zu mir: »Kommen Sie, jetzt sollen Sie den Beweis für das erleben, was ich Ihnen erzählt habe. Im Nebenraum warten viele Menschen darauf, zu mir vorgelassen zu werden. Ich werde den ersten besten hereinrufen, und Sie sollen mit anhören, was er auf dem Herzen hat.« Dieser erste Vorgelassene war ein ehrwürdiger alter Mann. Der General schüttelte ihm die Hand und begrüßte ihn mit einer natürlichen Herzlichkeit, die dem alten Bauern jede Furcht nahm. Paoli forderte ihn auf, sich nicht um meine Anwesenheit zu kümmern und frei von seinen Sorgen zu sprechen. Der Alte erzählte ihm daraufhin, daß es in seinem Dorf einen Tumult gegeben habe, in dessen Verlauf zwei seiner Söhne getötet worden seien. Er selber sei bereit, dies als ein Mißgeschick anzusehen und auf eine offizielle Untersuchung zu verzichten. Seine rachsüchtige Frau bestehe aber auf Verhaftung und Bestrafung der Schuldigen. Er bitte nun Seine Exzellenz, dafür zu sorgen, daß in der Hitze der Feindseligkeiten kein Unschuldiger für das Blut seiner Söhne büßen müsse. Diese Haltung erschien mir so großherzig, und gleichzeitig war der alte Mann so verzweifelt über den Tod seiner Söhne, daß ich von seiner Rede tief bewegt war. Paoli sah mich bedeutungsvoll und mit einer Art liebenswertem Triumphgefühl an, denn dieser Alte hatte wirklich etwas von jener Beredsamkeit und Gestik, die Petrus Cyrenaeus den Korsen zugeschrieben hat: »Diceres omnes esse bonos causidicos«.[39]

Ich stellte fest, daß Paoli gute Gründe dafür hatte, warum ich mich so ausgiebig mit seinen Landsleuten unterhalten sollte: auf diese Weise würde ich eine bessere Meinung sowohl von ihm als auch von den Korsen bekommen. Thuanus hat zutreffend beobachtet: »Sunt mobilia Corsorum ingenia«,[40] und doch ist ihre Loyalität gegenüber Paoli nach zehn Jahren unverändert – sie bewundern ihn geradezu überschwenglich. »Dieser große Mann, den Gott uns gesandt hat, damit er unser Land befreit« – das war stets der Tenor, in dem sie zu mir über ihn sprachen.

Die Bauern und Soldaten waren allesamt frei, offen, lebhaft und stolz, mit einer gewissen Rauheit des Gebarens, die gut zu ihrem Wesen paßt und keineswegs unangenehm ist. Der General gab mir ein glänzendes Beispiel für ihren gesunden Menschenverstand. Ein junger französischer Marquis, sehr reich und sehr eitel, besuchte einst die Insel Korsika. Er trug eine überlegene Verachtung ihrer barbarischen Einwohner zur Schau und stolzierte blasiert und dünkelhaft umher. Die Korsen betrachteten ihn lächelnd und sagten untereinander: »Wir wollen ihn in Ruhe lassen – er ist noch sehr jung.«

Das Hauptvergnügen der Inselbewohner, wenn sie nicht gerade Krieg führen oder auf der Jagd sind, scheint das Herumliegen im Freien zu sein – sie erzählen sich dabei Geschichten von den Wundertaten ihrer Landsleute, singen Loblieder auf die Korsen und Spottverse gegen die Genuesen. Sie setzen dieses Treiben bis weit in die Nacht fort, und nur wenn es regnet, ziehen sie sich in ihre Häuser zurück. Der *ambasciatore inglese*, wie die guten Bauern und Soldaten mich zu nennen pflegten, entwickelte sich bald zu ihrem Liebling. Man schneiderte für mich ein korsisches Kostüm, in dem ich mich überaus wohlfühlte und in dem ich selbstgefällig umherstolzierte. Der General erwies mir die Ehre, mir seine eigenen Pistolen zum Geschenk zu machen; sie waren auf der Insel von vorzüglichen Handwerkern aus Holz und Eisen hergestellt worden. Auch alle möglichen anderen Gegenstände wurden mir überreicht, darunter die

Muscheln, mit denen der Freiheitsalarm gegeben wurde. Ich bewahre sie noch heute sorgfältig auf.

Die korsischen Bauern und Soldaten gingen ganz ungezwungen mit mir um. Viele erschienen schon am frühen Morgen bei mir, andere kamen und gingen, wie es ihnen paßte. Ich tat, was ich konnte, um ihnen ein günstiges Bild von England zu vermitteln und eine Allianz mit uns vorteilhaft erscheinen zu lassen. Sie fragten mich tausend Dinge über mein Land, die ich alle freundlich, geduldig und so gut ich konnte beantwortete.

Eines Tages wollten sie mich unbedingt auf meiner deutschen Flöte spielen hören. Meinen liebenswerten Besuchern zu sagen: »Wirklich, meine Herren, ich spiele miserabel!« und mich zu zieren, wie das in unseren zivilisierteren Kreisen üblich ist, wäre hier ganz und gar lächerlich gewesen. Deshalb kam ich ohne Umschweife ihrem Wunsch nach. Ich spielte ein oder zwei italienische Volkslieder, und danach ein paar unserer schönen schottischen Weisen: »Gilderoy«, »The Lass of Patie's Mill«, »Corn Rigs are Bonny«. Die rührende Einfachheit und ländliche Heiterkeit der schottischen Musik kann ihre Wirkung auf niemanden verfehlen, der sich ein elementares Naturgefühl bewahrt hat. Die Korsen waren entzückt von meinen Kostproben, obwohl ich heute sagen muß, daß ich sie mehr schlecht als recht spielte.

Meine Freunde bestanden nun auch auf einem englischen Lied. Ich bemühte mich, ihnen auch diesen Gefallen zu tun. Glücklicherweise fiel mir ein geeignetes Stück ein: »Hearts of oak are our men.«[41] Ich übersetzte die Verse ins Italienische – noch nie in meinem Leben habe ich so glückliche Zuhörer gehabt wie diese Korsen bei den »Hearts of Oak«. »Cuore di quercia«, riefen sie.

»Bravo, Inglese!« Es herrschte eine vergnügte Aufgeregtheit – ich kam mir vor wie ein Werbeoffizier für die Marine und stellte mir schon meine korsischen Fans an Bord der britischen Flotte vor.

Paoli sprach sehr engagiert von der Notwendigkeit, die Unabhängigkeit Korsikas zu erhalten. »Wir haben zwar viele Freunde im Ausland«, sagte er, »aber wir müssen sie auch auf Distanz halten. Wir werden zwar Bündnisse eingehen, aber uns nicht der Beherrschung durch die größte europäische Nation aussetzen. Unser Volk, das so viel für die Freiheit getan hat, ließe sich eher in Stücke hauen, als daß es Korsika einem anderen Land überließe. Als vor einigen Jahren das Gerücht die Runde machte, ich hätte vor, Korsika dem Kaiser auszuliefern, kam ein Korse zu mir und sagte in großer Erregung: ›Soll das Blut so vieler Helden, die ihr Leben für die Freiheit Korsikas geopfert haben, nur dazu dienen, den Mantel eines fremden Prinzen purpur zu färben?‹«

Ich erwähnte die Möglichkeit einer Allianz zwischen Großbritannien und Korsika. Paoli erledigte dieses Thema mit Würde und Höflichkeit, indem er sagte: »Je weniger Hilfe wir von Verbündeten erhalten, desto besser – desto größer unser Ansehen.« Er schien verletzt durch die englische Haltung gegenüber Korsika und erwähnte die Formulierung im letzten Friedensvertrag, wo die tapferen Inselbewohner als die »Rebellen von Korsika« bezeichnet werden. Mit Stolz und angemessener Entschiedenheit sagte er: »Rebellen! Ich hätte ein solches Wort von Großbritannien nicht erwartet.«

Er bekundete jedoch seinen großen Respekt vor der britischen Nation, und ich spürte, daß ihm an unserer Freundschaft gelegen ist. Als ich ihn fragte, was ich tun könne, um einen Teil seiner Güte mir gegenüber zu erwidern, antwortete er: »Seien Sie ehrlich gegenüber Ihrem Hof. Berichten Sie, was Sie hier gesehen haben. Man wird Ihnen Fragen stellen. Jemand, der aus Korsika kommt, wird den Engländern vorkommen wie jemand, der von den Antipoden zurückkehrt.«

Ich gab einer Reihe von Hoffnungen Ausdruck, wie sie ein Mann mit Realitätssinn in meiner Situation empfinden würde. Paoli mußte in mir einen Engländer sehen, der von der Sache der Korsen überzeugt war. Ich entwickelte zahlreiche schmeichelhafte Vorstellungen von künftigen politischen Entwicklungen, stellte mir vor, wie Briten und Korsen in Krieg und Kommerz eng vereint sind, und schilderte die treuherzige Liebenswürdigkeit und gegenseitige Bewunderung, mit der die aufrechten, großzügigen Engländer die tapferen Korsen behandeln würden.

Der letzte Tag, den ich mit Paoli verbrachte, ist mir unendlich wertvoll. Am Vorabend meiner Abreise erschien er mir besonders großherzig und liebenswert, was sich in einem kleinen Vorfall zeigte. Als die Diener nach dem Abendessen den Nachtisch hereintrugen, ließ einer von ihnen aus Versehen einen Teller mit Walnüssen fallen. Anstatt sich über etwas zu erregen, wofür der Mann ohnehin nichts konnte, sagte Paoli lächelnd: »Das macht nichts«, und, zu mir gewendet, sprach er: »Sir, das ist ein gutes Omen für Sie. *Tempus est spargere nuces.*[42] Es ist ein Heiratsomen: Sie müssen in Ihr Land zurückkehren und eine schöne Frau heiraten, die Sie wirklich mögen. Diese Nachricht würde mir eine große Freude bereiten.«

Ich verließ Korsika nur widerstrebend, weil ich ganz in den Bann des illustren Pasquale Paoli geraten war.

3. 10. (Boswell an Rousseau)[43]

Lucca, 3. Oktober 1765

Wäre es möglich, erlauchter Philosoph, Ihnen ohne jenen Respekt zu schreiben, der die Einbildungskraft zügelt, weil er mit Furcht gemischt ist – ich könnte mir schmeicheln, Sie mit einem Bericht über meine italienische Reise aufs angenehmste zu unterhalten. Ich will es nach besten Kräften versuchen; wenn der Versuch mißlingt, werden Sie wissen, warum.

Sie taten recht daran, mich zu beglückwünschen, als mein Vater mir die Erlaubnis für die Italienreise gab. Neun Monate in diesem herrlichen Land haben mehr bewirkt, als alle klugen Bücher (oder Menschen, die von Büchern geprägt sind) je hätten bewirken können. Meine Vorstellungen bedurften dringend einer Korrektur, und zu diesem Zweck kann man nichts Besseres tun als reisen.

Ich überquerte die Alpen, noch im Besitz der strengsten Moralvorstellungen. Ich sah mich in der Rolle des Sünders, der für seine Vergehen (von denen ich Ihnen in Ihrem heiligen Refugium einiges angedeutet hatte) Buße tun muß. Ich empfand mich als heldenhaften Asketen in zügelloser Zeit. Aber die Damen in Turin erwiesen sich als zu verlockend, und ich meinte, mir wenigstens eine Affäre in Italien erlauben zu dürfen, um meine Welterfahrung zu erweitern – und um danach eine um so tiefere Verachtung für alle schamlosen Frauenzimmer empfinden zu können. Ich verwandelte mich in einen Gecken, aber offenbar in einen allzu bescheidenen Gecken – ich hatte ausgerechnet bei jenen Damen keinen Erfolg, die auf den Umweg der Höflichkeit nur mit Verachtung blicken und jeden für einen Bauern oder Tölpel halten, der nicht geradewegs auf die Hauptsache zusteuert. Ich habe ein Herz. Die Leidenschaft ergriff mich – ich konnte keinen Hehl daraus machen, und dieser Zustand ließ sich auf die Dauer nicht vereinbaren mit dem öffentlichen Anstand. Mit einem Wort: ich hatte nicht die geringsten Chancen bei den Damen von Piemont. Ein französischer Offizier, der mich in die Feinheiten der Umgangsformen einführte, war entsetzt, daß ich so jung war; er tröstete mich und beschaffte mir willfährige Mädchen.

So hielt ich mich, Sir, an die guten Vorsätze, die ich in Môtiers gefaßt hatte. Ich schrieb auf ein Blatt Papier: »O Rousseau! Wie tief bin ich gesunken, seit ich Dich traf!« Und doch blieb ich meinen Grundsätzen treu. Ich gestand mir ein, daß ich gefehlt hatte, und befahl meine Triebe zurück auf den Pfad der Tugend, und in Parma bestärkte mich M. Deleyre[44] in meinen Vorsätzen. Ich war bezaubert vom subtilen Verstand und dem noch feinsinnigeren Gemüt dieses liebenswürdigen Franzosen, und die aufrichtige Zuneigung, die er für mich zeigte, bestärkte mich in der alten Überzeugung, daß ich den Durchschnitt der Menschheit eben doch um einiges überrage.

Sie sagten mir beim Abschied: »Sir, was Ihnen fehlt, ist das Bewußtsein Ihres eigenen Wertes.« Glauben Sie mir, erlauchter Philosoph, diese Ihre Bemerkung ist außerordentlich bedeutsam für mich gewesen. Es gibt nämlich Zeiten, in denen ich meinen Wert durchaus kenne und in denen ich vornehm denke und handle. Aber dann überkommt mich regelmäßig die Melancholie, ich verachte mich, und es kommt mir wie Zeitvergeudung vor, ein so armseliges Geschöpf wie mich verbessern zu wollen.

Ich setzte dann meine Reise von Turin nach Rom fort, unterbrach sie aber mehrfach an Orten, wo es etwas zu sehen gab. Ich war voller Wißbegier, und weil ich mich rasch von einem Schauplatz zum anderen fortbewegte, gab ich der Melancholie keine Gelegenheit, sich meiner zu bemächtigen. Ich war von allem sehr beeindruckt und hatte jene angenehmen Empfindungen, die typisch für Halbgebildete sind: sie fühlen sich wohler im Ungefähren als im Besitz zuverlässigen Wissens.

Ich hatte einige Empfehlungsschreiben für die Dominikanermönche, und mit ihrer Hilfe habe ich tatsächlich ganz Italien kennengelernt. Ich besuchte viele Klöster, darunter einige der strengsten Observanz. Nie werde ich das einstündige Gespräch vergessen, das ich mit dem Abt und einigen Priestern in einem Karthäuserkloster in der Nähe von Bologna geführt habe – es bestärkte mich in meinem ehrfürchtigen, aber skeptischen Aberglauben, der in einer merkwürdigen Gefühlsregung meinen unruhigen Geist besänftigte.

Ich erreichte Rom, erfüllt von Begeisterung für die Antike. Aber als ich in meinem Gasthof ankam und mich umringt fand von einem Wirt und von Dienern, die allesamt Spitzbuben waren, war meine gemütvolle Empfänglichkeit doch tief verletzt, und für eine Weile ergriff eine düstere Stimmung von mir Besitz. Ich hatte einen eigenartigen Gedanken, über den ich jetzt nur lachen kann. Als ich durch die Straßen von Rom schlenderte (die sich von denen anderer Städte nur wenig unterscheiden), fragte ich mich: »War der Brief des Apostels Paulus an die Römer wirklich an die Einwohner dieser Stadt gerichtet? Wie hat dieser Brief mich einst in Furcht und Schrecken versetzen können?« Jetzt erschien mir der Römerbrief nur wie das Schriftstück eines kirchlichen Eiferers aus vergangenen Zeiten; das Wort Gottes war darin nicht mehr zu erkennen. Großer Alchimist der menschlichen Natur – wie sehr sich doch die Seele des Menschen verändern kann! Wir sollten diesen Veränderungen mit der größten Sorgfalt nachspüren.

Nach ein paar Tagen brach ich nach Neapel auf, wo mich die Fülle der dortigen Sehenswürdigkeiten angenehm beschäftigte, namentlich in der Umgebung der Stadt. Ich traf dort auch den berühmten Mr. Wilkes[45] in seinem Exil; trotz seiner bösen Ausfälle gegen die Schotten kamen wir prächtig miteinander aus. Sämtliche Theorien über die menschliche Natur werden durch den sperrigen Geist dieses prachtvollen Individualisten auf den Kopf gestellt; er hat die Höhen und Tiefen von Lust und Leidenschaft im öffentlichen und privaten Leben durchmessen, ohne sich einen Augenblick dabei unwohl zu fühlen. Er ist ein Mann von tiefen Gedanken, der nie dem Trübsinn verfällt – ein Mann, der so manches auf dem Kerbholz hat und doch kein Schurke ist. Seine originellen Kommentare zu moralischen Fragen belebten mich und erweiterten meinen Horizont: er überzeugte mich davon, daß Gott uns eine zufriedene und heitere Seele geben kann, was mit der beunruhigenden Vorstellung nichts zu tun hat, daß wir alle sterben müssen. Wilkes tat so, als ob er Ihnen böse sei, weil Sie ihn in einer Anmerkung zu Ihren »Lettres écrites de la montagne« sehr direkt erwähnt haben; er behauptete sogar, er wolle Ihnen in dieser Angelegenheit einen offenen Brief schreiben mit der Überschrift »Ein Brief von dem anderen Bergmenschen.«[46]

In Neapel habe ich mich kaum in Gesellschaft bewegt und erinnere mich nur, daß mir die neapolitanischen Damen wie bäurische Dienstmägde vorkamen. Ich war während der Passionszeit in Neapel, in der keine öffentlichen Vergnügungen stattfinden. Ich verhielt mich in dieser Zeit wie ein wahrer Libertin und lief den Mädchen geradezu hemmungslos hinterher. Mein Blut war von dem heißen Klima in Wallung geraten, und meine Triebe waren drängend. Ich gab mich ihnen willenlos hin – mein Verstand hatte keinen Einfluß mehr auf meine Handlungen. Es gelang mir, einige sehr hübsche Mädchen aufzutreiben und allen einschlägigen Gefahren zu entrinnen. Ich habe über diese Zeit nichts zu berichten und beschreibe Ihnen alles genau so, wie es sich zugetragen hat.

In der Karwoche kehrte ich nach Rom zurück und beruhigte mich allmählich. Die feierlichen Gottesdienste der katholischen Kirche machten einen tiefen Eindruck auf mich. Ich wurde ein wenig melancholisch, und mit frommem Bedauern erinnerte ich mich daran, wie ich früher war: genau wie Sie, in der Gemeinschaft der Gläubigen. Aber Ihre savoyischen Lehren waren mir eine Hilfe und ließen mich eine Kirche sehen, die noch katholischer war als die, der ich mich so andächtig hingab: das Universum und alle Seelen darin als Emanationen des ewigen Wesens. Am Ostertag war ich im Petersdom, und in diesem prächtigen Tempel erlebte ich, wie dem Allerhöchsten edle und mystische Opfer dargebracht wurden. Ich war durchdrungen von religiöser Inbrunst, überzeugt davon, daß Jesu Offenbarungen wahr sind, und als ich sah, wie der christliche Hohepriester vor dem ewigen Richter mit großartiger Gebärde ein Sühneopfer für die ganze Welt zelebrierte, sank ich in der Menge meiner Mitmenschen auf die Knie; wir alle verharrten in ehrerbietigem Schweigen. Ich schlug mir an die Brust, und mit aller mir zur Verfügung stehenden Leidenschaft warf ich mich meinem himmlischen Vater zu Füßen – überzeugt davon, daß er eines Tages alle seine Geschöpfe glücklich machen wird, auf eine Weise, die wir jetzt nur ahnen können. Kühle Köpfe mögen darüber lächeln – ich war nie auf erhabenere Weise glücklicher als an diesem Tag.

Das Studium der Altertümer und Gemälde, der Architektur und all der anderen Künste, die so überreichlich in Rom vertreten sind (und in so erstaunlicher Vollendung), beschäftigte mich auf anregende und unterhaltsame Weise. Sie müssen wissen: ich besitze eine große Vorliebe für *virtú*. Sie kann mich über viele Stunden hinweg beschäftigen, und ohne sie würde mein Geist leicht ein Opfer der Langeweile. Ich werde dazu jetzt nichts mehr sagen, weil ich nicht weiß, ob Sie die *virtú* schätzen oder nicht. Überdies haben Sie einen viel subtileren Geschmack als ich, und es ist gewiß vernünftiger, Sie mit den Einzelheiten eines Charakters vertraut zu machen, die Ihnen Stoff für philosophische Überlegungen geben können, die dann wiederum dem Urheber dieser Einzelheiten, und auch anderen, nützlich sein können.

Ich muß nun auch zugeben, daß ich mich sogar während meiner römischen Studien sinnlichen Genüssen hingegeben habe. An manchen Abenden bin ich wie ein hungriger Löwe auf Raubzug gegangen; ich hatte einen kleinen französischen Maler in meiner Begleitung, einen jungen Akademiker, eitel, alert und lustig, der mir die Beute zuführte. Ich erinnerte mich an die Ausschweifungen des Horaz und anderer römischer Dichter und glaubte, mir vergleichbare Annehmlichkeiten leisten zu dürfen in einer Stadt, in der die Dirnen eine Lizenz vom päpstlichen Generalvikar besitzen. So klaubt sich ein ungeordneter Kopf die unterschiedlichsten Gedanken zusammen und konstruiert sich daraus Handlungsgrundsätze. Jedoch gebot ein unerfreuliches Ereignis meinem Treiben bald Einhalt – eine Behinderung jener Art, auf die alle ausschweifenden Männer gefaßt sein müssen. Als wir damals in Ihrem Zimmer auf und ab spazierten und über den Verkehr der Geschlechter miteinander sprachen, sagten Sie lächelnd zu mir: »Nehmen Sie sich in acht vor den italienischen Mädchen, aus den verschiedensten Gründen!« In Rom mußte ich feststellen, daß Ihr Ratschlag wohlbegründet war.

In allen heiklen Situationen, die ich erlebt habe (und die Sie sich, nach dem, was ich bisher geschrieben habe, gut vorstellen können), habe ich bisher immer einen gewissen äußeren Anstand bewahrt. Schlimm habe ich nur unter eingebildeten Krankheiten gelitten, deren Qualen sich niemand vorstellen kann, der sie nicht selber kennt. Es ist wirklich und wahrhaftig wahr, Sir, daß ich von einer Krankheit befallen bin, die mich dazu bringt, alles schal und traurig zu finden, die mir jede Freude raubt, sogar das Vergnügen an *virtú*; was aber am unerklärlichsten und geheimnisvollsten ist: Es ist dies eine Krankheit, die meinen Geist so zersetzen kann, daß ich nicht einmal mehr den Wunsch nach Heilung verspüre. Das Leiden kann unendlich verschiedene Formen annehmen.

Jetzt, wo ich Ihnen schreibe, bin ich völlig gesund, klaren Verstandes und glücklich. Ich bin überzeugt, daß das Gefühl, nach dem Tode weiterzuleben, nicht stärker sein kann als das, was ich im Augenblick empfinde – wiedererstanden von Niedergeschlagenheit und Verzweiflung. Können Sie sich vorstellen, daß es in meinem Leben Augenblicke gibt, in denen mir Monsieur Rousseau vorkommt wie ein armer Kerl, der versucht, sich unter seinen unglücklichen Mitmenschen ein wenig hervorzutun, der aber bald, wie alle anderen, in der Finsternis des Grabes verschwunden sein wird? In derartigen Augenblicken ist es ganz unmöglich, die Empfindung der Bewunderung für Ihr Genie aufzubringen und für Ihren Charakter – Empfindungen, die mich mit so großer Freude erfüllen, wenn ich bei Gesundheit bin. Aber was kann ich tun? Mein Verstand versucht vergeblich, mich vom Würgegriff einer kranken Einbildungskraft zu befreien. Es ist schwer, so viel leiden zu müssen. Liebenswerter Philosoph! Behalten Sie mich in Ihren Gedanken! Rettung gibt es für mich nur im Gottvertrauen.

Bis zur Karwoche hatte ich nur wenige Landsleute in Italien getroffen. Ich galt als seltsamer Kauz, der sich hingebungsvoll mit eigenen Studien beschäftigt, dazu stolz und spröde ist. Ich bin sogar dem Papst vorgestellt worden. In den Palästen der römischen Adligen habe ich *conversazioni* beigewohnt, in einer Atmosphäre von Förmlichkeit, Reichtum und Grandezza. In Rom ist alles äußerlich, es gibt kaum eine echte Gesellschaft. Ein Prinz legt zum Beispiel Wert darauf, sich sein Essen bringen zu lassen; oft weiß er nicht einmal, wie viele Kutschen oder Diener er hat. Die Geselligkeiten sind sehr steif, weil in der Regel zwei oder drei Kardinäle den Ton angeben. Ich ging zum Empfang beim Kardinal Orsini, dem derzeitigen Protektor Frankreichs.[47] Ich hatte mehrere Empfehlungsschreiben für ihn, bin aber nicht ein einziges Mal zum Essen eingeladen worden. Ich hatte reichlich Gelegenheit, die schamlosen Schmeicheleien, das Intrigenspiel, die Häme und den penetranten Ehrgeiz der Kirchenpolitiker aus nächster Nähe zu beobachten.

Ich weiß nicht, ob es überhaupt klug war, meinen Landsleuten so systematisch aus dem Wege zu gehen. Ich hatte meine Gründe, denn ich wollte mich ganz dem Studium der Landessprache hingeben und Wesen und Gedankenwelt des italienischen Volkes gründlich kennenlernen. Aber mit diesem Vorsatz isolierte ich mich zugleich. Ich machte mir übertriebene Vorstellungen von mir selbst, und wenn ich tatsächlich auf Engländer traf, war ich zu ihnen grob und gereizt; mit meiner Überempfindlichkeit war ich selbst mittelmäßigen jungen Leuten gesellschaftlich unterlegen, die an diese Art von Leben längst gewöhnt schienen.

Ich brachte es nicht über mich, so rasch dem Vorbild eines Philosophen nachzueifern, der entschlossen ist, sich von der Welt zurückzuziehen. Ich empfand die Notwendigkeit, mich an die Welt meiner Altersgenossen zu gewöhnen, und außerdem mußte ich allmählich daran denken, politische Beziehungen anzuknüpfen.

Beides ließ sich glücklicherweise verbinden. Ich nahm enge Beziehungen zu Lord Mountstuart auf, dem ältesten Sohn des ehrenwerten Lord Bute, dem Intimfreund unseres Königs. Lord Mountstuart ist ein junger Adliger, dem es wohl ansteht, ein Blutsverwandter der alten schottischen Könige zu sein. Er verdient es, daß ich für

Sie sein Porträt zeichne. Er sieht gut aus, hat elegante Manieren und eine überraschend vornehme Seele. Er hat sich niemals mit irgendeinem Gegenstand ernsthaft beschäftigt, ist aber dennoch durchaus beschlagen und mit einem scharfen Verstand gesegnet. In gewissem Maße leidet er an der gleichen Krankheit wie ich: seine Nerven sind schwach, aber ihm macht das wenig aus. Obwohl kein Metaphysiker, ist er doch ein praktischer Philosoph, der einen gehobenen gesellschaftlichen Rang einnimmt. Er genießt alle damit verbundenen Vorteile, ohne sich über eingebildete Probleme unnötig Gedanken zu machen. Geld bedeutet für ihn in zivilisierter Umgebung das gleiche wie Muskelkraft für den Wilden. Seine Diener sind seine Arme, seine Pferde seine Beine, und er kann sich auf beide so sicher verlassen, wie sich der Wilde auf seinen Körper verläßt – sogar noch mehr, denn er kann sie auswechseln, wenn sie versagen, was die Wilden nicht können. Er gibt sich unaufgeregt seinen Neigungen hin: wenn er studieren möchte, liest er; wenn er träge ist, legt er sich aufs Sofa. In Gesellschaft redet er manchmal viel, manchmal überhaupt nicht. Seine Leidenschaft für Frauen ist stark, er steigt ihnen mit der größten Lebhaftigkeit nach. Er hat zahlreiche Affären hinter sich, die jedoch mehr mit seiner Eitelkeit als mit echten Gefühlen zu tun hatten. Meist macht er sich nicht das geringste aus der Liebe: es macht ihm dann Spaß, über seine Abenteuer zu sprechen, und er wundert sich selbst, wie er sich von seinen Neigungen so mitreißen lassen konnte. Er ist mit sich im reinen, weil er sich nie in Frage stellt. Mich hat er zu einem geselligeren Menschen gemacht. Oft sagte er zu mir: »Boswell, ich werde dir schon die rechte Lebensart beibringen!« – und er hat es wirklich getan. Jedesmal, wenn ich mit meinen Landsleuten zusammentraf, war ich gefaßt, und ich kehrte meine guten Eigenschaften hervor. Ich konnte meine gesellschaftlichen Talente entfalten, und ich machte mir keine großen Gedanken über mich, wenn ich mit anderen Menschen beschäftigt war. Ich kann von jedem einzelnen Charaktertyp unseres Volkes lernen, denn es besteht aus lauter Originalen, die sich für mich verwerten lassen. Ich habe in dieser Zeit Freundschaften geschlossen, die bis an das Ende meines Lebens halten werden.

Lord Mountstuart bestand darauf, daß ich ihn für den Rest seiner Italienreise begleite, und ich willigte ein. Er wurde bereits von einem schottischen Obristen[48] begleitet, einem würdigen Mann, und von Monsieur Mallet[49], einem emeritierten Professor aus Genf, der als Gegenleistung für die Geschichtslektionen, die er Mylord erteilte, eine stattliche Pension erhielt. Man kann sich kaum ein gescheiteres oder angenehmeres Vorhaben vorstellen als das unsere. Mylord und ich waren überzeugt, daß wir von den Unterweisungen Monsieur Mallets sehr profitieren würden. Der Oberst war ein diskreter Reisemarschall, und ich hatte die Ehre, von Mylord als nützlicher Freund betrachtet zu werden, der ihn davon abhalten sollte, den Versuchungen schlechter Gesellschaft zu widerstehen und sich der Zerstreuung hinzugeben. Aber es kam alles ganz anders ... Ich spürte das Unangenehme dieser Konstellation sehr bald und litt darunter. Boswell, der Mann mit den außerordentlichen Qualitäten! Der Freund eines Rousseau! Ist dieser Boswell so tief gesunken, daß er sich von den Launen eines jungen Lord abhängig macht? Wir begannen damit, unsere Charaktere zu analysieren: jeder legte schonungslos die Fehler des anderen bloß und rückte die eigenen Vorzüge ins rechte Licht. Wahrscheinlich können Sie sich die Gespräche zwischen zwei jungen Männern vorstellen, die beide überaus temperamentvoll sind; es war klar, daß aus solchen Disputen nur Unerfreuliches hervorgehen konnte. Am Ende erlahmte unser Kampfgeist; übrig blieb eine unreife Kumpanei, manchmal aber auch nur schlechte Laune, die sich bis zur Kommunikationsverweigerung steigern konnte. Ich war letztlich immer im Vorteil, denn ich war vier Jahre älter als Mylord und im Besitz eines gewissen philosophischen Elementarwissens. Der Oberst und Monsieur Mallet litten sehr unter den Strapazen der Reise und erst recht darunter, unsere Streitigkeiten miterleben zu müssen. Der ehrenwerte Oberst bewahrte uns mit seiner Grobheit vor weiterem Ungemach. Mallet, der uns seit der Abreise aus Rom kaum noch Lektionen erteilt hatte, entwickelte eine Abneigung gegen mich, weil ich es nicht lassen konnte, ihm zu widersprechen und seine Tricks bloßzulegen. Um Ihnen die ganze Wahrheit zu sagen: es hat wohl noch nie vier Männer gegeben, die auf so unerquickliche Weise zusammen eine Reise gemacht haben. Oft war es wirklich zum Lachen, und an guten Tagen konnten Mylord und ich uns manchmal in unserem Übermut kaum beherrschen.

So kamen wir nach Venedig. Eine Woche lang war ich bezaubert vom Reiz und von der Schönheit dieser einzigartigen Stadt, aber dann war ich es allmählich leid, mich immer nur auf dem Wasser fortbewegen zu müssen, eingesperrt in diese unheimlichen Gondeln. Fast der ganze venezianische Adel befand sich gerade in Padua, wo wir ihn einige Tage auf der Durchreise erlebt hatten; es gab aber Bilder und Gebäude genug zu sehen in Venedig.

Ich machte einer vornehmen Dame meine Aufwartung, die schon reiferen Alters war. Sie erzählte mir, daß sie keinen Koch anstellen würde, der nur zwei Wochen bei ihr bleiben wolle – aus Furcht, zu sehr zu leiden, wenn er ginge. Es war die blanke Eitelkeit, die aus ihr sprach, und ich maß der Geschichte keine besondere Bedeutung bei. Erheblich stärker wurde meine Phantasie angeregt von Geschichten über die venezianischen Kurtisanen. Ich ging zu ihnen, *et militavi non sive gloria.*[50] Meine römischen Wunden waren noch nicht verheilt, als ich mir schon neue, venezianische zuzog. Was die Sache noch schlimmer machte: Lord Mountstuart erlitt das gleiche Mißgeschick. Er spürte, daß ich unruhig war, und wollte unbedingt wissen, was ich vorhabe. Ich erklärte ihm, daß ich mir Mädchen suchen, die Wonnen von Venedig auskosten und die ortsüblichen Bräuche kennenlernen wolle. Ich flehte ihn an, mich dabei allein zu lassen, aber Sie können sich denken, daß wir am Ende doch zusammen loszogen. Eine hübsche Tänzerin war unsere gemeinsame Flamme: Mylord war ebenso hingerissen wie ich – ein Musterbeispiel für Torheit. Monsieur Mallet verspottete mich, und der Oberst las mir ernsthaft die Leviten. Wenn ein Mensch das Opfer unglücklicher Umstände wird, hält man ihn in der Regel trotzdem für schuldig. So erging es mir bei dieser Gelegenheit, und ich litt unaussprechlich. Das war also der Philosoph, der charakterfeste junge Mann, der Lord Mountstuart helfen sollte, sich zu bessern!

Wir logierten in Venedig bei General Graeme[51], dem Oberkommandierenden der republikanischen Streitkräfte, einem wackeren Schotten und alten Freund von Lord Bute. Manchmal ärgerte er sich über unsere Streitereien, manchmal amüsierte er sich. Wir begaben uns auf sein Landgut, um ein wenig auszuspannen. Aber Monsieur Mallet und ich stritten uns mehr denn je. Er hatte inzwischen gemerkt, wie kümmerlich meine Kenntnisse in den Naturwissenschaften oder in Geschichte waren und sagte zu mir: »Wenn ich ein solcher Ignorant wie Sie wäre, würde ich mich schämen, mein Gesicht in der Öffentlichkeit zu zeigen.« Die Wahrheit ist, daß mein Kopf wegen der Hypochondrie, von der ich Ihnen berichtet habe und die ich von meiner Mutter geerbt habe, so unruhig und nervös ist, daß ich mich keinem Thema gründlich und ausdauernd widmen kann. Ich habe Sprachen und schöne Literatur studiert, und weil mein Verstand in lichten Momenten durchaus kraftvoll und lebhaft sein kann, habe ich mir hinreichend Philosophie beigebracht, um wohlinformiert zu scheinen, was ich in Wirklichkeit gar nicht bin. So habe ich zum Beispiel gegenüber Monsieur Mallet behauptet, daß ich mindestens so viele Ideen im Kopf habe wie er, und ich gebe Ihnen mein Wort: während der meisten Zeit, die wir zusammen verbrachten, fühlte ich mich ihm überlegen. Es ist die Seele, Sir, das himmlische Feuer, das einem Menschen seinen Wert gibt. Eine einzige meiner Ideen ist mehr wert als alle Gedanken einer großen Menschenmasse. Und doch ist Monsieur Mallet durchaus intelligent, aber auch er leidet unter Hypochondrie.

In jener Zeit fühlte ich mich so unzufrieden wie noch nie seit dem Beginn meiner Reise. Wenn ich mich in düsteren Augenblicken fragte, was wohl die anderen von mir denken, war die Antwort immer: Libertin, Ignorant.

Ich war verstört und bezweifelte, daß ich in meinem Vaterland jemals Karriere machen würde. Ich sah zwischen mir und meinem Vater Meinungsverschiedenheiten voraus, fühlte mich hilflos und verhielt mich gegenüber Lord Mountstuart entweder unterwürfig oder arrogant. Ich durchlebte ein Wechselbad der Gefühle und Verhaltensweisen, das für einen Menschen, der an die unveränderliche Würde des Charakters glaubt, qualvoll ist. Mein Charakter, Sir, befand sich in bedenklichem Ungleichgewicht.

Während meines Aufenthaltes bei General Graeme wurde Mylord Mountstuart nach England zurückgerufen. Wir nahmen uns jedoch noch die Zeit, die venezianischen Staaten zu besuchen. Auf dieser unserer letzten Tour kamen Mylord und ich besser miteinander aus. Wir hielten uns jeweils an die Vorzüge des anderen. So sagte Mylord zu mir: »Ich schätze Sie sehr. Ich werde in London immer Ihr Freund sein. Aber Sie haben eine schreckliche Gemütsverfassung.« Ich begleitete ihn bis nach Mailand. Dort tranken der Oberst, Monsieur Mallet und ich einige Flaschen guten Burgunder und beschlossen, unsere Zwistigkeiten zu begraben. Mylord und ich wurden fast sentimental, als die Stunde des Abschieds schlug. Ich spürte eine lebhafte Zuneigung für seine traditionsreiche Familie, liebte ihn aus ganzem Herzen und sprach zu ihm, als wir uns umarmten: »Mylord, wenn Sie für mich keine dauerhafte Zuneigung empfinden, werden Sie für niemanden jemals Zuneigung empfinden.« Es tat mir weh, ihn zu verlieren. Unsere Neigungen hatten sich oft getroffen, und er hat mir sehr dabei geholfen, die Menschen zu verstehen, denen wir auf unseren Reisen begegneten, denn er besitzt eine wahrhaft einzigartige Menschenkenntnis – bis zu einem gewissen Grad.

So fand ich mich wieder zurückgeworfen auf meine alte Einsamkeit. Ich grübelte über mein Verhalten, und obwohl ich nicht glaubte, krasse Fehler begangen zu haben, sah ich doch deutlich, daß ich fast brutale Züge entwickelt hatte, und war sehr entmutigt deswegen. Ich wagte kaum noch, an ein tugendhaftes Leben zu glauben. Monsieur Deleyre hatte ich geschrieben, daß ich nach Parma zurückkehren würde. Ich kam auch dorthin zurück, wie in ein Refugium. Unser Freund empfing mich mit der gleichen Wärme wie bei meinem ersten Besuch. Er freute sich, daß mich die Reise offensichtlich gestärkt hatte. Er erklärte mir ohne Umschweife seine philosophische Position, die mich jedoch verwirrte. Dennoch war es überaus angenehm, mit einem so liebenswerten Menschen zusammen zu sein, der keinen Hehl aus seinem Atheismus macht. Ich versuchte, seine philosophischen Ideen zu begreifen: sie erschienen mir realistisch und versetzten mich in ein erstaunliches Delirium, das mir sogar Vergnügen bereitete. Aber bald kehrte ich reuig zum Quell aller spirituellen Erleuchtung zurück und verteidigte meinen Glauben mit Nachdruck, während ich gleichzeitig meine Verirrungen im praktischen Leben einräumte. Monsieur Deleyre sagte zu mir in seiner sanften, ernsthaften Art: »Es wäre gut, wenn Sie meine Gewohnheiten und Ihre Grundsätze hätten, und ich Ihre Grundsätze und meine Gewohnheiten.« Ich blieb eine Woche in Parma. Monsieur Deleyre bestand darauf, daß ich in seinem Haus wohnte. Wir sprachen häufiger von Ihnen, als Sie sich vorstellen können; diese Woche hat mir ungewöhnlich gutgetan.

Von Parma reiste ich nach Florenz, wo ich mich eine Woche aufhielt, um mir die Sehenswürdigkeiten anzuschauen und etwas von der Gesellschaft zu erleben, die mir jedoch wenig zusagte. Die Florentiner, besonders die Florentinerinnen, sind sehr stolz und mächtig hinter dem Geld her.

Ich werde Ihnen im folgenden nicht von jeder Stadt, in der ich mich aufhielt und in der ich den Adel erlebte, ausführliche Schilderungen geben. Ich traf in Florenz einen der besten europäischen Flötenlehrer – Dothel, einen Lothringer. Er gab mir mehrere Stunden und entwarf mir einen ausgezeichneten Übungsplan.

Von Florenz reiste ich nach Siena, wo ich mich sehr wohl fühlte. Der dortige Adel ist sehr liebenswürdig und von einer Einfachheit, Offenheit und Fröhlichkeit, die man sich kaum vorstellen kann, wenn man sie nicht erlebt hat. Es gibt dort keine steifen Umgangsformen und keinerlei Geziertheit, die dem philosophischen Betrachter Künstlichkeit suggerieren könnte. Sie würden, Sir, mit all Ihrer Empfindlichkeit, in Siena gut leben können. Da es dort keinen Hof gibt und die Adligen mit ihrem bescheidenen Einkommen auskommen müssen, gibt es in Siena auch nicht jene übereifrigen Herren, die jede Gesellschaft dadurch verderben, daß sie den ehrgeizigen Höfling spielen zu müssen glauben. Die Sieneser sind unabhängig, schätzen die Gleichberechtigung – und sind mit ihren Verhältnissen durchaus zufrieden. Wenn sie ein großer Fürst besucht, wird er höflich empfangen, aber man macht keine besonderen Umstände. Während ich in Siena war, verbrachte der Hauptmann Colonna[12] mehrere Tage dort, und in meinem monarchistischen Herzen empfand ich es als skandalös, daß er so großzügig behandelt wurde. »Ich bitte Sie, il Constabile Colonna!« erwiderte man mir lachend, »was ist schon ein Hauptmann Colonna für uns!« Nie habe ich soviel echte Menschlichkeit erlebt wie in Siena. Die Menschen dort bringen andere nicht dadurch in Verlegenheit, daß sie sie mit großer Förmlichkeit empfangen. In der Regel genügt irgendeine Art von Empfehlung, wie ich sie von Lord Mountstuart hatte. Man wird ungezwungen begrüßt, und sogleich entspinnt sich eine lockere Unterhaltung – man vergißt, daß man ein Fremder ist, was man dann sehr bald auch nicht mehr ist.

Ich hatte ein vorzügliches Quartier in Siena und speiste hervorragend. Der Wein in dieser Gegend ist ausgezeichnet, und während meiner Freizeit gönnte ich mir reichlich vom köstlichen Montepulciano. Die Luft ist frisch, das Wetter immer heiter. Meine Gesundheit war rasch wiederhergestellt. Ein begabter und zuvorkommender Abt[53] dinierte jeden Abend mit mir und paßte sich geschickt meinen Stimmungsschwankungen an. Er war mir auch als Italienischlehrer behilflich. Jeden Morgen las ich zwei Stunden im göttlichen Ariost – Sie können sich leicht die Wirkung dieser Lektüre auf meine romantische Seele vorstellen. Ich schrieb auch regelmäßig italienisch, und da ich diese Sprache in der Konversation ausschließlich benutzte, machte ich rasche Fortschritte. Der Sieneser Dialekt ist der angenehmste von ganz Italien; für mich war er die reinste Musik. Ich hatte schon die wohltuendsten Empfindungen, wenn ich den Leuten nur bei Unterhaltungen über das Wetter zuhörte. Ein Musikprofessor von erlesenem Geschmack kam jeden Nachmittag zu mir, wir sangen nach Herzenslust und spielten Flöte. Allmählich habe ich mir auch einige musikalische Grundkenntnisse angeeignet. Ich kann mich inzwischen mit Musik selbst unterhalten. Nur fehlt mir die Ausdauer, aber das kommt noch. Ich habe Sie nicht vergessen – in diesem Land, in dem ich schon sechs verschiedene Opern gesehen habe.[54] Ich habe sehr bedauert, daß ich keines Ihrer musikalischen Werke bei mir hatte. Ich kann mich nur an »Quand on sait aimer et plaire«[55] erinnern und an ein kleines Lied, mit dem Sie eine Dame in Neuchâtel erheiterten:

Nous habitons une maison,
Ou les biens pleuvent a foison ...[56]

Ariost, Musik und angenehme Gesellschaft füllten meine Tage in Siena aus. Meine Phantasie blühte in dieser Umgebung auf – in einer Provinzstadt im Herzen der Toskana, einer ganz und gar friedfertigen Ortschaft, in der kein einziger Soldat zu sehen war, nicht einmal ein pensionierter. Ich war der einzige Fremde in der Stadt. Ich kam mir vor wie in einem fernen Land, im abgelegensten aller Verstecke. Ich fühlte mich frisch, beweglich und munter. Ich dachte weder an die Vergangenheit noch an die Zukunft. Ich dankte Gott für den Augenblick. Nur ein außerordentlicher Geist ist dazu in der Lage.

Aber, Sir, ich muß Ihnen von interessanteren Dingen berichten. Ihr Schotte war zu den Damen von Siena von der allergrößten Liebenswürdigkeit. Ich stellte fest, daß die Menschen dort auf eine ganz natürliche Weise leben und sich je nach Stimmung der Liebe hingeben – so war es jedenfalls Sitte in der Gesellschaft, in der ich mich aufhielt, und so übernahm ich diesen Brauch und erlaubte mir, ganz in meinen Gefühlen und spontanen Empfindungen aufzugehen. Ich wollte mich gar nicht erst umständlichen Nützlichkeitserwägungen hingeben und versuchte auch nicht, tiefsinniger als die anderen zu sein – worauf es allein ankam, war der Genuß des Augenblicks. Angesteckt von diesem süßen Wahn, gab ich mich ohne Selbstvorwürfe und in größter Heiterkeit den Verlockungen der freien Liebe hin.

Ich machte einer Dame den Hof, die lange in Florenz gelebt hatte und deren vornehme Manieren meine Eifersucht erregten. Diese Eifersucht erhitzte meine Phantasie derart mit dem Wunsch, die Dame zu besitzen, daß ich mich wahnsinnig in sie verliebt wähnte – um der Wahrheit die Ehre zu geben: ich litt unter ihrer Strenge. Sie empfing mich häufig, erwies mir allerlei Artigkeiten, nannte mich ihren Freund, schrieb mir zärtliche Briefe, versicherte mir dann aber, daß sie in Wirklichkeit Lord Mountstuart liebe und daß er auch ihr letzter Liebhaber bleiben werde. Ich schrieb ihr die sonderbarsten Briefe zu diesem Thema, denn es war eine heikle Frage, ob ich wirklich die Standhaftigkeit der Mätresse eines Freundes auf die Probe stellen sollte; da aber Mylord mir die Erlaubnis gegeben hatte, eine Göttin zu verehren, auf die er kaum noch einen Gedanken verschwendete, und da ich ziemlich sicher war, daß Signora –[57] keineswegs abgeneigt war, sich umstimmen zu lassen, setzte ich mit großem Eifer meine Bemühungen fort.

Ich war töricht genug, gleichzeitig einer überaus liebenswürdigen kleinen Dame[58] den Hof zu machen, der ich die Aufrichtigkeit meiner Leidenschaft mehrfach versicherte – wie es leicht geschieht, wenn man auch nur den Beginn einer Zuneigung verspürt. Ich glaubte, sie habe kein Herz, und da ich in der Liebe den Einsatz aller Mittel für erlaubt halte, belog ich sie mindestens hundertmal am Tag. Sie können sich vorstellen, wie ausgefüllt ich war mit zwei Affären, die ich gleichzeitig unterhielt. Beispiellose Geschicklichkeit war dazu nötig, und ich besaß sie. Damals war mir nichts unmöglich. Ich tändelte galant zwischen meinen beiden Liebschaften hin und her, und mein Diener, ein Klotz, der weder lesen noch schreiben konnte, wurde auf den Weg geschickt – in der rechten Tasche einen Brief an Signora A, in der linken einen an Signora B.

Innerhalb von zwei Wochen machte Signora B, eine überaus vertrauensselige Person, bei der ich meine ganze Überzeugungskraft eingesetzt hatte, um ihr zu beweisen, daß ich der treueste aller Liebhaber sei, daß aber mein Leid ins Unerträgliche wüchse, so daß, wenn sie mich nicht bald ihrer Zuneigung versichere, ich um die schlimmen Auswirkungen einer starken Leidenschaft auf mein melancholisches Gemüt fürchten müsse und ich mich unverzüglich aufzubrechen gezwungen sähe –, und wie bedauerlich es sei, in diesem kurzen Leben eine so glänzende Gelegenheit, miteinander glücklich zu sein, auszulassen. Die liebenswerte Person, deren Herz bereits angesteckt war, hörte mich freundlich an und gewährte mir alles, mit den Worten: »Ebbenem mi fido a voi com'a un galantuomo.«[59] Mein Gewissen gab mir keine Ruhe. Es fügte sich, daß mir Signora A ihr Inneres enthüllte. Ich begriff, daß sie streng nach den Regeln intrigierte, ohne im geringsten von der Liebe berührt zu sein. Daraufhin änderte ich meine Taktik in Hinblick auf sie. Ich widmete mich fortan völlig meiner kleinen Mätresse, ganz aus dem Gefühl aufrichtiger Dankbarkeit.

Ich studierte ihren Charakter. Ich entdeckte viele gute Eigenschaften an ihr. Ich fand sogar Reize, die ich in meiner Verwirrung bisher übersehen hatte, und mit der größten Freude stellte ich fest, daß ich wirklich in sie verliebt war. Ich öffnete ihr mein Herz, gestand ihr meine ursprünglichen betrügerischen Absichten und versicherte sie meiner Liebe. Ich genoß mit ihr die Freuden italienischer Galanterie, von deren Vorzügen ich so viel gehört hatte, und ich schwöre Ihnen: meine Erwartungen wurden nicht enttäuscht. Sie war beeindruckt von dem, was ich ihr vorwies. Sie schalt mich sanft wegen meines Verrats. Aber von diesem Zeitpunkt an hatte sie Vertrauen in mich. Ich war restlos glücklich, und ich riskierte nichts.

Die Zeiten haben sich in Italien inzwischen geändert, Sir. Man braucht heute nicht mehr das Stiletto eines eifersüchtigen Ehemannes zu fürchten. Aber da die Grundanlagen eines Volkes in der einen oder anderen Form doch immer gleich bleiben, und genauso wie sich der muntere Witz der lockeren Römer immer wieder in Sonetten, Liedern und klerikalen Intrigen manifestiert, so überlebt die italienische Eifersucht auch unmerklich in den Herzen der *cavalieri serventi*[60], von denen jede Dame einen oder zwei besitzt. Ein *cavaliere servente* ist ein Wesen, das für mich die letzte Stufe menschlicher Erniedrigung darstellt. Ein Liebhaber ohne Liebe, ein Soldat ohne Sold, ein Wesen, das niedriger steht als ein Kammerbursche, sich beständig im Dienst befindet und sich mit äußeren Auftritten zufriedengeben muß. Da Signora B einige dieser Herren in ihrem Gefolge zu halten sich genötigt sah, mußten wir auf sie Rücksicht nehmen und gerieten dabei manchmal in überaus peinliche Situationen.

Ich liebte sie immer heftiger. Sie hatte eine natürliche Lebhaftigkeit, die immer gleich blieb und meinen finsteren Humor so aufmunterte, daß ich meine Melancholie fast vergaß. Sie war eine Frau, geschaffen für ein Leben der Tugend. Als ich ihr die süßen und dauerhaften Bande der ehelichen Vereinigung erläuterte, war sie entzückt und bedauerte unendlich, daß es ihr nicht vergönnt war, diese Erfahrung zu machen und unterstrich lebhaft die Vorteile, die die tugendhafte Mutter einer Familie im Alter genießt. Aber sie sagte auch: »Man hat mich mit sechzehn aus dem Kloster geholt und verheiratet – in einem Alter, als ich noch keine Vorstellung davon haben konnte, was die Ehe bedeutet. Ich war ganz und gar unschuldig. Als ich zu meinem Mann ins Bett gelegt wurde, fand ich ein Ding in meiner Nähe, das mir bestialisch vorkam.« Die Naivität, mit der sie diese Bemerkung machte, erheiterte mich über die Maßen. »Ich bin mit einem Mann verheiratet«, fuhr sie fort, »der erheblich älter als ich ist, den ich nicht nur nicht lieben, sondern den ich auch nicht respektieren kann, denn, um die Wahrheit zu sagen: er ist von trägem Verstand und überaus grobschlächtig.«

Hört mich an, erlauchter Philosoph! Ich bitte um eine ehrliche, vorurteilsfreie Antwort auf die Frage: War diese Frau wirklich verheiratet, war sie einen gültigen Vertrag eingegangen, mußte sie einem Manne treu bleiben, an den ihre Eltern sie gefesselt hatten? War es ihre Pflicht, ihre edelsten Neigungen den bitteren Umständen zu opfern, in denen sie sich befand? Ich konnte auf ihre Argumente nichts erwidern, aber immer wenn ich von Empfindungen der Tugend und Frömmigkeit beseelt war, wiederholte ich ihr die bekannten Gründe gegen den Ehebruch. Sie war von Ihren Werken sehr angetan. Ich las ihr mit Ernst und Würde die schönen und anrührenden Worte vor, die Julie[61] zu diesem schrecklichen Laster spricht. Ich war selber davon so bewegt, daß auch sie nicht unberührt bleiben konnte. Aber dann überkam mich die plötzlich auflodernde Leidenschaft. Ich umarmte sie in wildem Wahn, und wir wiederholten unsere verruchten Ekstasen. Sie sagte: »Sie sind selber dieser Rousseau! Genau wie er! Sie reden unentwegt über die Tugend, und dann tun Sie das Böse.« Ich war sehr betroffen. Sie gestand mir alle ihre Liebesaffären, nannte mir die Namen ihrer Liebhaber – einer darunter war immer bei unseren *conversazioni* dabei. Ich wünschte ihm tausend Tode. Meine schlimmste Eifersucht erregte sich über etwas, das nicht mehr existierte.

Meine Signora bedauerte diese Reaktion und versicherte mir, ich sei der erste, für den sie wahre Leidenschaft empfinde, denn bei mir spüre sie zum erstenmal, wie sehr die Liebe sie verunsichert habe. Ich versuchte ihr klarzumachen, daß intriganten Frauen so etwas immer wieder passiere, konnte es aber gleichzeitig nicht ertragen, daß sie die Geliebte anderer Männer gewesen war – mein Herz stöhnte auf bei dem Gedanken. Darüber wiederum machte Signora B eine feinsinnige Bemerkung: sie erklärte mir, die Männer täten unrecht daran, sich der Zuneigung eines Mädchens zu rühmen, denn diese armen, unschuldigen Wesen könnten nicht unterscheiden – aus Mangel an Gelegenheit, verschiedene Liebhaber kennenzulernen. Wenn jedoch eine Frau ein gewisses Maß an Erfahrung hat und sich mit Männern auskennt, ist ihre Zuneigung um so höher einzuschätzen. Das leuchtete mir unmittelbar ein. Aber halten Sie mich nicht für einen Tölpel und sagen Sie nicht, ich sei in allzu gute Hände gefallen. Mißtrauen Sie der Aufrichtigkeit meiner reizenden Signora nicht! Wenn sie auch nicht aus einer reichen Familie stammte, war sie doch sehr großzügig und ganz uneigennützig. Obwohl sie keinen Zweifel daran hegen konnte, daß ich ihr jeden Wunsch von den Lippen ablesen würde, ließ sie mich beim Kartenspiel nie verlieren und äußerte nie auch nur den geringsten Wunsch, und – glauben Sie mir! – diese Eigenschaft ist unter den Damen des Landes sehr selten, besonders unter den Damen aus der Toskana, wo es zu einem blühenden Geschäft geworden ist, englische »Milords« (so nennt man uns englische Gentlemen dort) nach allen Regeln auszunehmen. Sie war eine vorsichtige Geschäftsfrau und beriet mich klug in allen praktischen Dingen, so daß ich mein Geld nicht leichtfertig ausgab. Ich fühlte mich wie ihr Ehemann – so gut spielte sie die Rolle der Ehefrau. Nie ist ein Laster so veredelt worden durch die Tugend! Sie nahm mich mit zur Messe, und ich kann sagen, in der Kirche waren wir so fromm, als sei unser Verhältnis das unschuldigste von der Welt.

So floß mein Leben dahin wie ein köstlicher Traum, und alle meine Grundsätze und moralischen Prinzipien zerschmolzen im Feuer meiner glutheißen Einbildungskraft. Die Zeit raste. Mein Vater erwartete ungeduldig die Nachricht von meiner Rückkehr nach Frankreich, aber ich hatte mir insgeheim vorgenommen, vor dieser Rückkehr noch einen Abstecher nach Korsika zu machen. Wie sollte ich mich entscheiden? Meine Neigung – und nach den Maßstäben wahrer Galanterie auch meine Pflicht (das Laster hat, wenn es um die Gesellschaft geht, auch seine Grundsätze) – gebot mir, bei der Frau zu bleiben, die mich glücklich gemacht hatte und der ich so viel verdankte. Ich überlegte mir auch, daß jemand, der eine so traurige Existenz führte, wie ich es tat, schlecht beraten wäre, wenn er das Glück, das er endlich gefunden hat, nicht bis zur Neige auskostet, nicht aus dem Brunnen der Freude trinkt, solange der Himmel ihn strömen läßt. Ich war unendlich glücklich. Alles erschien mir in der freundlichsten Beleuchtung. Selbst Gott nahm für mich eine angenehme Gestalt an – so wie er uns am Ende unserer Tage erscheinen wird, wenn unsere Seelen geläutert und zu göttlicher Vollkommenheit erhoben werden. O heiliger Saint-Preux![62] Ja, meine Seele ist an die Deine gekettet. Ich habe geliebt wie Du, ich bin fromm wie Du. Wenn wir gesündigt haben, so haben wir unsere Sünden gesühnt.

Ich beschloß, Siena zu verlassen, und teilte der Signora diesen Entschluß mit – eine Woche im voraus. Ich war entschlossen, aber dennoch traurig. Sie war so vernünftig, daß sie die Unwiderlegbarkeit meiner Gründe einsah. Aber sie beklagte ihr Los, das darin bestand, vom wahren Glück kosten zu müssen, nur um es zu verlieren. Als wir jene köstlichen Momente genossen, die ihre göttliche Delikatesse sogar den Augenblicken der Ekstase vorzieht, sagte sie zu mir: »Ah, io piangerò questi momenti.«[63] Ihre Seufzer durchdrangen mein Herz. In den Momenten der . . .[64]

O Liebe, leidenschaftliches Seelenfieber, Meteor der Freude, dessen Essenz die Kürze ist, wie teuer bezahlen wir deine Verzückungen! Ich versuchte, uns beide zu trösten, indem ich den Abschiedsschmerz in die Aussicht auf eine ewige Freundschaft zu verwandeln versuchte, aber die Signora bestand unnachsichtig darauf, daß sie mich wiedersehen müsse. . . .

V
Auf der Suche nach einer Gattin

1765

30. 11.

Kräftiger Wind. Wir ließen die Insel hinter uns. Seekrank. Vier Stunden an Deck. Dann kam Genua in Sicht, prächtiger Anblick. Land, überglücklich. Sogleich in den Gasthof. Briefe von Vater, der krank ist und meine Rückkehr verlangt. Eine Fülle von Neuigkeiten! Dinierte mit dem größten Wohlbehagen.[1]

4. 12.

Als ich nach San Remo kam, hatte sich das Klima völlig verändert. In Genua hatten wir uns noch frierend um große Kaminfeuer gedrängt, und hier in San Remo nahm ich bei offenen Fenstern ein Sonnenbad. Dieser Ort ist bemerkenswert wegen der vielen Apfelsinen und Zitronen, die hier überall wachsen.

18. 12.

Abends leidliches Gasthaus in Le Luc. Die weichen französischen Federbetten sind mein Ruin. Die Wirtshäuser in diesem leichtlebigen Land sind selten gut; die Zimmer meistens kalt, schäbig und schmutzig, das Bettzeug feucht. Da lobe ich mir das alte England: seine Gasthäuser sind besser als so mancher Palast in einem anderen Land.

20. 12.

Jachone, das wilde Vieh, hat einen ganzen Hasen gefressen, der vor einem Fenster hing. Es hat keinen Zweck, das Biest zu verprügeln, weil es doch nicht begreift, was ich will – ein ungewöhnlich dämlicher Hund.[2]

30. 12.

In Montpellier fand ich nichts von der milden Luft und den Annehmlichkeiten, die sich in meiner Vorstellung mit dieser Stadt verbanden. Der Frost war so scharf, daß ich mich in Rußland wähnte. Es machte mir Spaß, zu behaupten, in Südfrankreich sei es erheblich kälter, als es in Schottland jemals werden könne.

1766

12. 1.

Gestern in der alten Kutsche gut vorangekommen. Fuhren an Fontainebleau vorbei; riesige Mengen von Kaninchen und Rebhühnern. Schlechtes Wetter, nichts zu sehen. Bei der Einfahrt nach Paris wirkt der Invalidendom wie die St.-Paul's-Kathedrale. Machte wenig Eindruck auf mich. Rousseau schon nach England abgereist.

27. 1.

Zur Messe in die Theatinerkirche. Die Predigt stimmte mich trübsinnig und müde. Bei Wilkes[3] las ich in »St. James's Chronicle« von Mutters Tod.[4] Wie vor den Kopf geschlagen; versuchte, mich zu zerstreuen. Dinierte beim holländischen Botschafter, erzählte viel von Korsika.

28. 1.

Brief von Vater. Nur allzu wahr: Mutter ist tot. Völlig überwältigt. Den ganzen Vormittag. Weinte in heftigen Ausbrüchen, betete zu ihr wie ein guter Katholik zu einer Heiligen. Versuchte es mit Philosophie, sang leise italienische Lieder, um mich zu beruhigen, hätte das aber nie vor anderen tun können. Besuchte Rektor Gordon[5] und überbrachte ihm die traurige Nachricht. Merkwürdige Empfindungen. Du warst klug und beherrschtest in wahrer philosophischer Haltung deinen Kummer; du warst gefaßt. Empfandest ein starkes Bedürfnis, deinen Vater sein Leben lang zu pflegen.

29. 1.

Spürte gestern die traurige Nachricht noch stärker. Erinnerte mich an Mutters Liebe und Warmherzigkeit. Zutiefst gerührt; die Vorstellung, daß sie jetzt im Himmel ist, war ganz natürlich. Ich hatte fromme Empfindungen und das Gefühl männlicher Hoffnung. Ich erfuhr, daß Mlle. Le Vasseur in Paris eingetroffen ist, und besuchte sie im Hôtel de Luxembourg. Sie war genau wie in Môtiers. Erzählte ihr von dem traurigen Ereignis. Sie äußerte ihr Mitgefühl und sagte: »Mon Dieu, Monsieur, wenn wir doch nur zusammen reisen könnten!« Du sagtest, du seist gerade im Begriff gewesen, ihr diesen Vorschlag zu machen. Sie zeigte dir Rousseaus Brief aus Paris, in dem er sich mit ihren Reiseplänen einverstanden erklärt und ihr Anweisungen gibt, wie sie seine neuen Hemden waschen soll usw. und hinzufügt: »Übereile nichts!« Und noch einen anderen aus London, in dem er schreibt: »Mach dich darauf gefaßt, daß du einiges auszuhalten haben wirst.« Ich mußte mich lang und breit darüber auslassen. Alles Unsinn.[6]

12. 2. (Dover)

12. Februar

Gestern früh ins Bett, habe es einmal mit ihr gemacht – im ganzen dreizehnmal. War überaus leidenschaftlich. Um zwei Uhr brachen wir auf, Mademoiselle sehr erschöpft. Um sechs kamen wir in London an, im »Schwan« an der Westminster Bridge. London machte keinen besonderen Eindruck auf mich. Ich war betont liebenswürdig zu ihr. Brachte sie zu David Hume.

13. 2.

13. Februar

Ging zu Mlle. Le Vasseur, die sich bei Hume aufhielt. Nach dem Frühstück fuhr ich mit ihr nach Chiswick. Sie erzählte, Hume habe ihr gesagt, ich sei »mélancholique«, das läge in meiner Familie. Du warst sehr erregt und bereit, jeden Widersacher zu töten. Du gabst ihr dein Ehrenwort, die »affaire« erst nach ihrem Tod oder dem des Philosophen zu erwähnen. Wir gingen zu Rousseau, und ich übergab sie ihm. *Quanta oscula* etc.![7] Er wirkte so ältlich und schwach, daß du keinen rechten Enthusiasmus mehr für ihn aufbringen konntest. Ich berichtete ihm alles über Korsika, und er rief aus: »Ein Jammer, daß ich nicht selbst dorthin gereist bin!« Was ich ihm erzählte, hatte ihn sehr erregt. Er war im Begriff, nach Wales zu reisen. Du fragtest, ob Schottland nicht auch ein Recht auf ihn habe. Daraufhin sagte er: »Ich werde es halten wie die Könige: ich werde meinen Körper auf die eine Stelle legen und mein Herz auf eine andere.«

Zurück nach London. Sofort zu Johnson; er empfing dich mit offenen Armen. Du knietest und erbatest seinen Segen. Miss Williams[8] freute sich auch über deine Rückkehr. Als sie aus dem Zimmer ging, drückte er dich an sich wie einen Sack und grunzte: »Ich hoffe, daß wir noch viele Jahre miteinander in Freundschaft verbringen«. Für ein paar Minuten erschien er dir nicht so gewaltig wie früher, aber dieses Gefühl kam bald wieder.

Abends um acht mit Johnson im »Mitre«. Er erklärte, kein ehrlicher Mensch könne ein Deist sein, denn nach objektiver Prüfung der Beweislage sei dies unmöglich. BOSWELL: »Hume?«[9] JOHNSON: »Nein, Sir. Hume hat einem Geistlichen im Bistum Durham anvertraut, daß er das Neue Testament nie mit besonderer Sorgfalt gelesen hat.«

Er sagte: »Jetzt sind Sie fünfundzwanzig, und Sie haben Ihre Jahre gut genutzt.« BOSWELL: »O nein! Weiß ich denn etwas von Geschichte, Mathematik, Juristerei usw.? Nichts weiß ich!« JOHNSON: »Nun, Sir, Sie mögen zwar keine Wissenschaft so gründlich kennen, daß Sie sie unterrichten könnten, und in keinem Beruf so erfahren sein, daß Sie ihn ausüben könnten, und doch versetzen Ihr Allgemeinwissen und Ihre Menschenkenntnis Sie in die Lage, jede Wissenschaft zu studieren und jeden Beruf zu ergreifen.« (Das war genug für mich.) Du sprachst vom Aufenthalt in der Nähe großer Männer. »Sir, würden Sie etwas Derartiges tun?« JOHNSON: »Sir, ich bin nie nahe genug an die Großen herangekommen, um ihnen den Hof machen zu können, aber ich hätte es getan.«

16. 2.

JOHNSON: »Es scheint, Sie haben sich im Ausland in sauberer Gesellschaft bewegt – Wilkes und Rousseau!« BOSWELL: »Sir, Sie wollen doch nicht sagen, daß Rousseau eine schlechte Gesellschaft für mich war?« JOHNSON: »Im Ernst, ich halte ihn für einen der schlimmsten Menschen – er ist ein Schurke, den man aus der menschlichen Gesellschaft verjagen sollte! Drei oder vier Länder haben ihn bereits verbannt – es ist eine Schande, daß er hier bei uns unter dem Schutz des Staates steht!« BOSWELL: »Halten Sie ihn für einen ähnlich schlechten Menschen wie Voltaire?« JOHNSON: »Die beiden nehmen sich kaum etwas in ihrer Verwerflichkeit.«

20. 2.

Suchte Wilkie in St. Paul's Churchyard auf; er will die Nachricht über meine Ankunft in London gratis in sein Blatt einrücken.[10]

23. 2.

Sprach morgens um neun bei Mr. Pitt[11] in der Bond Street vor. Er war noch nicht auf. Kam um elf wieder, wurde nach oben geführt. Mr. Pitt, ein großer Mann, war ganz in Schwarz gekleidet und trug eine weiße Nachtmütze; sein Fuß war verbunden und lag auf einem Hocker. Er sagte, er schäme sich, nichts von Rousseau gelesen zu haben, woraufhin du ihm von Rousseaus Bewunderung für ihn erzähltest. PITT: »Sir, ich habe aus den Zeitungen erfahren, daß Sie sich in Korsika aufgehalten haben. Sie müssen wissen, Sir, daß ich offiziell keine Mitteilungen von General Paoli entgegennehmen kann – als Privy Councillor habe ich geschworen, keinerlei Informationen über ausländische Staaten entgegenzunehmen, ohne dem König und dem Privy Council sogleich davon Mitteilung zu machen. Ich würde mich jedoch sehr freuen, wenn Sie mir über Ihre Eindrücke als Reisender von dieser Insel berichteten.«

Du trafst im »Mitre« Dr. Goldsmith[12], den du gerade zu besuchen versucht hattest. Ihr gingt beide zu Mr. Johnson, dem es noch immer schlecht ging und der sein Haus nicht verlassen wollte. »Dann gehen wir also heute abend nicht ins ›Mitre‹«, sagte Goldie, »weil wir den großen Mann nicht mitnehmen können.« Goldsmith sagte dann weiter: »Ich glaube, Mr. Johnson, um die Theater machen Sie wohl einen großen Bogen? Ein neues Stück scheint Sie völlig kaltzulassen – Sie tun gerade so, als ob Sie nie etwas mit dem Theater zu tun gehabt hätten.« JOHNSON: »Nun, Sir, unser Geschmack ändert sich. Ein junger Mann macht sich nichts mehr aus der Babyrassel, und den alten Mann läßt die Hure des jungen gleichgültig.« GOLDSMITH: »Aber Sir, Ihre Muse war doch keine Hure!« JOHNSON: »Das meine ich auch nicht. Aber je weiter wir auf unserem Lebensweg vorankommen, desto mehr Dinge lassen wir am Wege liegen, die uns früher gefallen haben; entweder wir sind müde und mögen nicht mehr so viel mitschleppen, oder wir finden andere Sachen, die uns besser gefallen.« BOSWELL: »Sir, warum geben Sie uns dann nicht diese anderen Sachen?« GOLDSMITH: »Ja, Sir, wir haben einen Anspruch darauf!« JOHNSON: »Nein, Sir, ich bin Ihnen zu nichts mehr verpflichtet. Niemand ist verpflichtet, so viel zu leisten, wie er kann. Der Mensch muß einen Teil seines Lebens für sich selbst behalten können. Wenn ein Soldat in vielen Feldzügen gekämpft hat, darf man ihm nicht verübeln, wenn er sich zurückzieht und es sich bequem macht. Sir, einem Arzt, der lange in einer großen Stadt gearbeitet hat, sollte man nicht vorwerfen, daß er sich in eine Kleinstadt zurückzieht und dort weniger Patienten versorgt. Sir, das Gute, das ich mit meiner Konversation bewirken kann, steht im gleichen Verhältnis zu dem Guten, das ich mit meinen Schriften bewirken kann – wenn ich meine Verhältnisse auf die des Stadtarztes und des Landarztes übertrage.«

Mit Goldsmith über Franzosen und Engländer gesprochen. Du sagtest, die Engländer seien wie normale, vornehme Eichen, die gut allein wachsen können. Die Franzosen sind dagegen wie magere Büsche, die nur in Hecken gedeihen. Goldsmith meinte: »Ich habe den Sommer in der Gesellschaft großer Männer verbracht«, und tat so, als sei das nichts Besonderes. Du brachtest ihn mit Johnsonschen Grundsätzen und mit Johnsonscher Energie zurück auf den Boden der Tatsachen.

28. 4. (Boswell an Temple)

Auchinleck House, 28. April 1766[13]

Mein lieber Temple[14] – Du hast von mir schon aus den unterschiedlichsten Anlässen die merkwürdigsten Briefe bekommen, aber noch keinen so sonderbaren wie diesen! Ich schreibe Dir in einem akuten Delirium.

Um es kurz zu machen, mein Lieber – die Gärtnerstochter, die nach meiner Mutter genannt wurde[15] und die seit einiger Zeit als Kammerzofe in unserer Familie Dienst tut, ist so über alle Maßen hübsch, daß ich ihr völlig verfallen bin. Mein Grundsatz, niemals ein unschuldiges Mädchen unzüchtig zu behandeln, sowie mein Respekt vor ihrem Vater (einem ehrenwerten Mann von ungewöhnlichen Gaben) hindern mich daran, auch nur den leisesten lustvollen Gedanken an sie aufkommen zu lassen. Deshalb, um es einfach zu sagen, bin ich so verrückt, mir vorzustellen, daß ich sie heiraten könnte. Stelle Dir Deinen stolzen Boswell vor, so wie Du ihn kennst, als glühenden Bewunderer einer dreiundzwanzigjährigen Landpomeranze! Ich bin wahnsinnig in sie verliebt. Noch nie war ich so hingerissen wie jetzt. Meine Phantasie kennt keine Grenzen – ich stelle mir die ungewöhnlichsten Situationen vor. Ich kann mich gut erinnern, daß ich schon oft von ähnlichen Leidenschaften heimgesucht worden bin – sie ließen alle nach kurzer Zeit nach, und doch, Temple: ich träume von einer himmlischen Hochzeit! Sie und ich sind zusammen aufgewachsen. Ich kann mich gut erinnern, daß wir gemeinsam als Kinder Häuser gebaut und Gärten angelegt haben, im Fluß wateten und an den sonnigen Flußufern gespielt haben. Ich kann sie nicht in einer sozial niedrigeren Stellung sehen. In den letzten sechs oder sieben Jahren habe ich sie natürlich nicht oft gesehen. Bevor ich ins Ausland ging, war sie scheu und zurückhaltend geworden, denn Lord Eglington[16] bewunderte sie sehr und wollte sie verführen. Er sah in ihr zu dieser Zeit wenig mehr als eine von vielen gutaussehenden Mädchen aus der Nachbarschaft. Aber seit ich von meinen Reisen zurückgekehrt bin, hat sie mir ganz den Kopf verdreht. Ihr Gesicht ist überaus reizend, und sie hat die hübschesten Füßchen und Gelenke. Sie ist perfekt gebaut und hat eine lebhafte, sanfte Art, die ich unwiderstehlich finde.

Ich benutze jede Gelegenheit, mit ihr zusammen zu sein, zum Beispiel, wenn sie Feuer macht oder die Zimmer herrichtet. Sie versteht mit ihrem Besen geschickter umzugehen als je ein Schäfer mit seinem Krummstab. Ich bestehe in großer Ernsthaftigkeit darauf, daß die Bibliothek aufgeräumt werden müsse, und helfe ihr beim Abstauben der Bücher. Ich reiße Löcher in meine Handschuhe, damit sie sie stopfen kann. Ich küsse ihre Hand. Ich sage ihr, daß ich sie sehr schön finde. Sie vertraut mir ganz und gar und käme nie auf den Gedanken, daß ich Schlechtes im Sinn habe; sie hat aber auch genug gesunden Menschenverstand, um den Gedanken an eine Heirat abwegig zu finden. Im Gegenteil – sie erzählt mir, daß sie ein gutes Angebot durchaus nicht ablehnen würde. Bezauberndes Wesen! Soll sie denn wirklich einem Bauern oder Schulmeister als Lustobjekt dienen? Auf meine Ehre – der Gedanke bricht mir das Herz. Wenn sie keinen anderen heiratet, würde ich sie wahrscheinlich in Ruhe lassen. Damit man uns nicht zu oft zusammen sieht, schreiben wir uns gegenseitig kleine Zettel, die wir unter mein Tischtuch legen. Diese kleine amüsante Korrespondenz, die für sie ein ganz und gar unschuldiges Vergnügen darstellt, verursacht mir ständiges Herzklopfen. Sie hat ein sehr ausgeglichenes Temperament. Sie ist sehr belesen, denn ich habe sie immer mit Büchern versorgt. Kurz, sie ist jeder Dame der Gesellschaft überlegen.

Was soll ich tun, Temple? Soll ich die Karten auf den Tisch legen und offiziell um ihre Hand anhalten? Wäre es nicht an der Zeit, daß ich ein Leben des natürlichsten Glückes mit einer Frau führe, die ich liebe, und daß ich eine Schar gesunder und schöner Kinder in die Welt setze? Großer Gott, was tue ich? Mein Vater würde auf der Stelle tot umfallen. Bin ich unversehrt aus London, Italien und Frankreich zurückgekommen, um mich an ein Dienstmädchen wegzuwerfen?

Ich habe eine Locke von ihr, die ich immer mit mir herumtrage. Sie hat mir erlaubt, sie abzuschneiden. Wenn ich sie heirate, dürfte sie sich nicht besser kleiden als jetzt. Ich glaube, ich könnte mein Leben überaus angenehm mit ihr verbringen. Ich bin für eine standesgemäße Ehe nicht geschaffen. Eine Dame der Gesellschaft würde mich nur zwingen, die Anstandsformen in endloser zeremonieller Wiederholung einzuhalten.

Mein Freund, leihe mir Deinen Rat. Führe mich weg von dieser Sinnestäuschung, damit ich nicht ganz der Welt entsage und auf die Stufe eines Tieres herabsinke. Ich gehe für einen Monat nach Moffat[17]. Die Trennung wird den Zauber brechen. Schreib mir, wie dieser Brief auf Dich wirkt.

Immer der Deine,

Boswell.

17. 5. (Boswell an Temple)

Moffat, 17. Mai 1766

Liebster Freund, ich bin jetzt eine Woche hier, und um jene Aufschneiderei gar nicht erst aufkommen zu lassen, deren Du mich schon so oft beschuldigt hast, will ich vorweg sagen, daß meine Liebe zu dem schönen Stubenmädchen mir schon jetzt wie ein Traum aus der Vergangenheit vorkommt. Ich habe den exaltierten Brief, der Dich von dieser Entwicklung unterrichten sollte, so lange nicht abgeschickt, bis ich sicher war, daß die Entfernung mich nicht von der Verzückung befreien würde. Ich kann Dir jetzt guten Gewissens schreiben, was Dich sicher überrascht hätte, nun aber eher amüsant wirken muß. Obwohl ich ein romantischer Mensch bin, war dies doch eine so seltsame Episode im Drama meines Lebens, daß ich noch immer erstaunt darüber bin. Ich gebe Dir mein Ehrenwort, daß alles, was ich Dir berichtet habe, die reine Wahrheit ist. Das Ganze war die Wirkung einer merkwürdigen Kraft auf mich und zugleich einer großen Schwäche. Denke an meinen Brief aus Rotterdam, und vergleiche ihn mit diesem. Beide sind ganz und gar echt, beide geben ein wirklichkeitsgetreues Bild des gleichen Menschen zu unterschiedlichen Zeiten.[18]

Was Zélide[19] angeht, so fühle ich mich sehr erleichtert. Ich erhielt einen Brief von ihrem Vater, in dem er mir schreibt, daß er meinen Antrag sehr wohlwollend aufgenommen habe; gleichzeitig teilt er mir mit, daß das Verhältnis zwischen seiner Tochter und Monsieur le Marquis[20] schon so weit fortgeschritten ist, daß der Marquis bereits beim Papst und beim König von Sardinien ein Gesuch um Erlaubnis eingereicht hat, eine Protestantin zu heiraten, und daß er deshalb, ebenso wie seine Tochter, im Wort stehe, die gegebenen Versprechen zu halten. Da jedoch der Ausgang des Plans völlig ungewiß sei, würde er, wenn ich bei meinem Ansinnen bliebe und er den Marquis losgeworden sei, meinen Heiratsantrag der Mademoiselle vorlegen und die Ehre haben, den Vermittler zwischen uns zu spielen. Man kann sich keinen kultivierteren und freundlicheren Brief vorstellen. Ich bin aber doch froh, daß ich von Zélide losgekommen bin. Ein Schöngeist wie sie würde nicht nach Auchinleck passen. Ich habe mit meinem Vater ausführlich über sie gesprochen – er hätte sie nicht ertragen.

Jetzt, lieber Temple, laß mich Dir noch erklären, warum ich mich so schnell von dem reizenden Stubenmädchen habe befreien können. Die Entfernung allein hat nicht den Ausschlag gegeben. Ich habe in Moffat eine Frau gefunden, die genauso ist wie die, mit der Du damals in Northumberland Deine Späße getrieben hast. Ich bin sehr angetan von ihr, wage aber jetzt noch nicht, mehr zu schreiben – wenn wir uns treffen, werde ich Dir aus dem Elysium berichten. Die Liebe läßt mich sogar ihren schottischen Akzent ertragen – aus dem Mund einer hübschen Frau klingt er wirklich bezaubernd. Mir geht es prächtig, ich bin ganz Leidenschaft und Dankbarkeit; dabei so glücklich, wie ein unverheirateter Mann es nur sein kann. Dies ist mein letztes irreguläres Verhältnis. Ich werde dieser großzügigen Frau für immer verbunden bleiben. Ich belästige Dich mit meinen romantischen Geschichten, mein lieber Temple – vergib mir!

21. 8. (Dr. Johnson an Boswell)

Ihre Prüfungsarbeit, die Sie mir zugeschickt haben, erinnert mich an meine Schuld Ihnen gegenüber. Warum haben Sie dieses Werk einem Manne gewidmet, dem Sie nicht zugetan sind?[21] Ich zeige Ihnen meine Mißbilligung dieser Handlungsweise, indem ich Sie auf Ihr mangelhaftes Latein aufmerksam mache. Ich hoffe, daß Sie ein energischer und beharrlicher Rechtsanwalt werden. Das Leben ist kurz, und man sollte nicht zuviel Zeit mit der Überlegung verwenden, wie man es am besten lebt; alles Nachdenken muß nach einer gewissen Zeit durch Handlungen beendet werden. Die Gabe, eine mögliche künftige Lebensform mit guten Gründen einer anderen vorziehen zu können, hat uns der Schöpfer versagt. Was Ihre »Geschichte Korsikas« angeht, so besitzen Sie keine Informationen, über die andere nicht auch verfügen. Kümmern Sie sich lieber um Ihre eigenen Angelegenheiten und überlassen Sie Korsika den Korsen.

Ihr ergebener Diener

Sam. Johnson.

1767

4. 3. (Boswell an Temple)

Unmöglich, Dir eine Vorstellung von meinem Leben hier zu geben. Ich schicke Dir eines meiner Gutachten und eine Abschrift meiner Zulassungsarbeit.[22] Die neue Tätigkeit geht mir glänzend von der Hand, obwohl ich wenig Zeit zum Einarbeiten habe. Du hast recht – das gesellige Leben ist der Zurückgezogenheit allemal vorzuziehen; keine Philosophie kann sich gegen praktisches Handeln behaupten.

8. 3. (Boswell an Temple)

Mir geht es miserabel, weil ich zu viel trinke. Seit ich wieder in Schottland bin, habe ich mich dieser Neigung willig hingegeben, die in Schottland nach wie vor verbreitet ist – vielleicht hängt das mit der Kälte hier zusammen. Mein feuriges Blut gerät beim Trinken außer Kontrolle. Mein Zustand soll mir eine Warnung sein.

? März

Memorabilia[23]

Ich bin ein einzigartiger Mensch. Ich habe das Temperament eines Engländers, handle und denke dementsprechend extravagant – und doch besitze ich das kühle Blut und den gesunden Menschenverstand eines Schotten, der sich dieser Konstellation durchaus bewußt ist.

Ich habe häufig festgestellt, daß ich zu übermäßigem Lob neige. Der Grund hierfür ist, daß man beim Loben einen Stolz empfindet, der ähnlich dem ist, den man beim Geldgeben spürt. Wenn ich lobende Beiwörter verwende, komme ich mir vor wie ein großer Mann, der seine Großmut unter Beweis stellt. Unsere Neigung zu strenger Kritik hat mit der gleichen eingebildeten Würde zu tun. Wir halten uns für Menschen von Macht und Einfluß, die Sanktionen erlassen – solche Menschen sind in der Regel nicht sehr bedeutend. Lord Auchinleck pflegte seine Zeit auf dem Lande zu verbringen, mit der unablässigen Sorge um die Verbesserung seines Anwesens beschäftigt – wozu oft sehr banale Dinge gehörten. Zum Beispiel sammelte er manchmal stundenlang Steine auf, die er dann in seine Taschen stopfte, um damit an anderer Stelle eine schadhafte Mauer auszubessern. Obwohl seine Söhne großen Respekt vor ihm hatten, konnten sie ihr Vergnügen über solche Schrullen eines großen Charakters nicht verbergen.

Ich verfalle manchmal in seltsame, wilde Träumereien – die Menschheit kommt mir dann so vor, als sei ihre Existenz im Grunde sinnlos, da sie nach kurzer Zeit doch von der Natur zerstört wird, so daß sich alle Charaktervielfalt und aller Begabungsreichtum als folgenlos erweisen.

Einen schwächeren Menschen als mich kann sich niemand vorstellen. Meine glänzenden Eigenschaften sind wie die Stickerei auf einem durchsichtigen Tuch.

8. 11. (Boswell an Temple)

Auchinleck, 8. November 1767

Mein lieber Freund,

ich habe Dir aus Adamton[24] geschrieben und berichtet, wie es mit der Prinzessin[25] und mir steht. Am nächsten Morgen erzählte ich ihr, wie ich mich Dir gegenüber beklagt habe, daß sie nach unserem letzten Streit so unversöhnlich war. Sie schien jedoch nicht im geringsten bereit zuzugeben, daß sie im Unrecht war. Ich muß zugeben, daß ich in einer Mischung aus Stolz und Liebe nicht in der Lage war, mit ihr zu sprechen, außer in einer sehr gekünstelten Art und Weise. Ich sandte ihr einen Brief – hier ist eine Kopie davon für Dich. Konnte der stolze Boswell mehr sagen, als in diesem Schreiben ausgedrückt ist? Am Abend erhielt ich ihre Antwort. Sie war in einer Mischung aus Kunstfertigkeit und Gleichgültigkeit abgefaßt, die für eine so junge Dame erstaunlich ist. Temple, sie ist listig, und sie erkennt meine Schwächen. Aber ich habe sie auch durchschaut, und obwohl ich sehr darunter leide, habe ich doch beschlossen, von diesem Augenblick an nicht mehr an sie zu denken. Gratuliere mir, mein guter Freund, daß ich die Schlange entdeckt habe, bevor es zu spät war. Es wäre mein Ruin gewesen, eine solche Frau zu meiner Ehegattin zu machen. Dennoch – da immer noch die Möglichkeit besteht, daß all dies ein böser Irrtum ist, werde ich mich ihr gegenüber äußerst respektvoll verhalten und nie ein böses Wort zu ihr sagen (außer Dir gegenüber). Von jetzt ab werde ich auf der Hut sein, mich jemals auch nur im geringsten mit einem schottischen Mädchen einzulassen. Ich bin eben ein Mensch von südlicherer Geistesart. Vielleicht habe ich das Glück, eine Engländerin zu finden, die meine Vorzüge zu schätzen weiß und sich Mühe gibt, meinen einzigartigen Humor zu würdigen. – Die Liebe ist ein schlimmes Seelenfieber; ich bezweifle, daß je ein Mann ärger davon befallen war als ich. Selbst in dem Augenblick, wo ich dies schreibe, ist mein Herz zerrissen von quälenden Gedanken an unsere prächtige Prinzessin. Aber ich tröste mich damit, daß ich mich von dieser Krankheit schon so oft erholt habe – denke nur an die Gärtnerstochter!

24. 12. (Boswell an Temple)

Mein teuerster Freund, in meinem letzten Brief schrieb ich Dir, daß ich, nachdem ich beschlossen hatte, mit der Prinzessin endgültig Schluß zu machen, gleichzeitig beschloß, sie noch einmal zu sehen; als wir uns dann trafen, kam es zu einem sehr angenehmen Gespräch, und ich war überzeugt, daß sie an allem keine Schuld trifft.

Dies war an einem Donnerstag. An diesem Abend kam ihre Cousine und Intimfreundin, die Herzogin von Gordon,[26] nach Edinburgh. Am nächsten Abend traf ich die beiden im Theater. Es gab »Othello«. Ich saß dicht hinter der Prinzessin, und bei den aufwühlendsten Stellen drückte ich meine Hand in ihre Taille. Sie war in Tränen aufgelöst und lehnte sich ziemlich an mich. Der eifersüchtige Mohr beschrieb genau meinen Gemütszustand. Ich sprach zu ihr von den Qualen, die ihr bevorstünden; sie blieb aber distanziert, und ich fühlte mich unbehaglich.

1768

8. 2. (Boswell an Temple)

Edinburgh, 8. Februar 1768

Mein lieber Freund, alles ist aus zwischen Miss Blair und mir. Ich habe mit dieser Nachricht gewartet, bis ich Dir einen abschließenden Bericht geben konnte. Zwei Wochen nachdem sie sich aufs Land zurückgezogen hatte, erreichte mich die Nachricht, daß sie Sir Alexander Gilmour heiraten werde, den Parlamentsabgeordneten für die Grafschaft Midlothian, einen etwa dreißigjährigen jungen Mann, der jährlich 1600 Pfund aus seinen Ländereien bezieht, ehemaliger Gardeoffizier ist und jetzt einer der Clerks of the Board of Green Cloth,[27] mit einem Gehalt von jährlich eintausend Pfund – kurz, eine glänzende Partie, obwohl er zu einem teuren Lebensstil gezwungen ist und in der Londoner Gesellschaft repräsentieren muß. Nach der fairen Absprache zwischen ihr und mir, von der ich Dir ausführlich berichtet habe, hatte ich einen Anspruch darauf, die Wahrheit zu erfahren. Ich schrieb ihr in großem Ernst und legte ihr dar, daß ich im Falle ihres Schweigens die Nachricht für wahr halten müsse. Nach drei Tagen schloß ich aus ihrem Schweigen, daß sie in der Tat verlobt sei. Ich bemühte mich, meine Leidenschaft für sie so schnell wie möglich zu vergessen und ließ ihr durch Sir Alexander Gilmour einen Brief zukommen, der in einem verbindlichen Ton abgefaßt war. Ich war aber immer noch nicht ganz sicher, denn ihr Verhalten war die ganze Zeit über sehr beherrscht gewesen.

11. 2.

Ich habe diesen Brief bis heute liegen lassen. Die Prinzessin ist ein anständiges schottisches Mädchen. Aber ich muß eine Engländerin haben. Mein Horizont ist jetzt doppelt so weit wie vor einigen Monaten. Man kann noch nicht wissen, wie vornehm die Dame sein wird, die ich vielleicht heiraten werde – vielleicht eine Howard oder eine andere aus den vornehmsten Familien des Landes.

15. 2.

Hörte heute von Mr. Dilly[28], daß mein Buch über Korsika gedruckt ist und ausgeliefert werden kann; wies Mr. Neill[29] an, Exemplare für Schottland vorzubereiten.

18. 2.

Mein Buch ist heute erschienen – ich spüre meine eigene Bedeutung, weiß aber auch, daß meine eigene Meinung über mich nicht so hoch ist wie die anderer Leute.

19. 3.[30]

Wir kamen abends nach York und stiegen in Bluitt's Inn ab. Wir waren staubige, unruhige Reisende, und kaum hatten wir unser Gepäck untergebracht, machten wir uns auch schon auf ins Theater. Wir besorgten uns Plätze in der letzten Reihe einer Loge, in der sich eine lustige Gesellschaft versammelt hatte. Mir gefiel es, so viele angenehme Menschen in ihrer eigenen Kleinstadt versammelt zu sehen – welch ein Kontrast zu den Menschenmassen in London! Man gab das Stück »Falsche Scham« und die Farce »Ein Blick hinter den Vorhang«. Der bekannte Schauspieler Tate Wilkinson spielte die Hauptrolle, aber auch die anderen Darsteller waren sehr gut. Wir gingen in unseren Gasthof zurück und speisten vorzüglich zu Abend; der Wirt ermunterte seine Gäste, kräftig zuzulangen.

Ich bin noch nie in einem so hervorragenden Gasthof gewesen. Die Kellner hatten alle das gleiche Kostüm: braune Schürzen und rote Hemden. Wir waren bislang immer sehr zeitig aufgestanden, beschlossen nun aber, erst einmal ordentlich auszuschlafen. Es ist wahr: Essen, Trinken und Schlafen gehören zu den wichtigsten Dingen!

20. 3.

Nach ausgiebiger Nachtruhe und einem üppigen Frühstück besichtigten wir die Kathedrale, ein sehr stattliches gotisches Gebäude. Small und Robertson[31] blieben während des ganzen Gottesdienstes in der Kirche. Ich entwich in ein Kaffeehaus, wo ich mit einem Sir George (ich glaube, Armytage) in ein Gespräch über Korsika geriet. Er sprach in warmen Worten von den Korsen und schien sehr gut unterrichtet über sie zu sein. Ich vermutete daher, daß er seine Informationen aus meinem Buch haben müsse und fragte ihn, ob es in Korsika überhaupt Häfen gäbe. »O ja, Sir«, sagte er, »sogar sehr gute. Boswell geht in seinem ›Bericht über Korsika‹ ausführlich darauf ein.« »Sir«, sagte ich, »was für ein Buch ist das?« »Es ist gerade erschienen.« »Ist der Verfasser ein Beamter?« »Nein«, sagte er, »ich habe zwar nicht das Vergnügen, den Autor persönlich zu kennen, aber Mr. Boswell ist ein Gentleman, der sich längere Zeit im Ausland aufgehalten hat und in diesem Zusammenhang eine Reise nach Korsika machte, wo er zahlreiche Gespräche mit Paoli führte« (er sprach den Namen »Pioli« aus); »in seinem Bericht stellt er ausführlich die korsische Geschichte dar und berichtet überhaupt alles Wissenswerte über diese Insel, und er legt überzeugend dar, daß England ein Bündnis mit Korsika schließen muß.« »Aber, Sir«, sagte ich, »können wir ihm denn glauben, was er sagt?« »Ja, Sir«, sagte Sir George, »das Buch klingt authentisch und ist sehr präzise.« Das zu hören tat mir sehr gut.

22. 3.

Ich dachte über das Heiraten nach und faßte den Entschluß, unbedingt eine gute Partie zu machen, da ich jetzt ein ansehnlicher und zufriedener Mann bin, aber ich konnte mich zu keinen festen Vorstellungen durchringen.

Etwa um zwei kamen wir in London an und stiegen im »Star und Garter« in der Bond Street ab.[32] Die Straßen und Plätze der Metropole mit ihrem bunten Treiben machten auf mich zwar Eindruck, aber keinen so starken wie früher, und ich fühlte mich behaglich bei der Vorstellung, daß ich jetzt als Advokat aus Edinburgh hierbin. Unser Lord President, der uns während der Reise zu Sparsamkeit angehalten hatte, stellte fest, daß von den 29 Guineen, die für Spesen vorgesehen waren, nur noch zwei übrig sind, und beschloß daraufhin, die Sitzung mit einem gemütlichen Imbiß zu beenden. Wir bestellten Kabeljau mit Austern und Garnelensauce, aßen einige andere Gerichte und tranken drei Flaschen von dem besten Rotwein, den ich je getrunken habe. Im ganzen war dies eine der besten Reisen, die ich je unternommen habe, und wie bei vielen anderen Gelegenheiten zeigt sich, daß Worte meine Gedanken nur unvollständig wiedergeben können; trotzdem reichen diese Notizen dafür aus, mich an die Eindrücke zu erinnern und viele zusätzliche Assoziationen heraufzubeschwören.

Ich warf mich in eine Mietkutsche und ließ mich zum

Polsterer Mr. Russell fahren, in der Half Moon Street, Piccadilly, wo ich ein wunderbares Quartier im voraus bestellt hatte. Nachdem ich meinen Reisekoffer ausgepackt hatte, zog ich los wie ein brünstiger Hirsch und ging auf die Jagd nach Frauen – Philosophie und Hurerei wüst miteinander vermengend. Ich hatte ein adrettes kleines Ding *in armour*, in einer Kneipe im Strand. Danach ging ich zum Konsul[33], dinierte bei ihm und war bester Stimmung.

23. 3.

Ich war heute morgen in Tyburn, um mir die Hinrichtung von Mr. Gibson anzuschauen – er war Rechtsanwalt und wurde wegen Betrugs hingerichtet, dazu noch Benjamin Payne, wegen Straßenraubs. Es ist merkwürdig, aber ich kann solchen Hinrichtungen nicht widerstehen. Der Abbé du Bos[34] hat scharfsinnig nachgewiesen, daß wir alle das starke Bedürfnis nach Gefühlskitzel haben, und so verfehlt der interessante Anblick eines Menschen, der den Tod vor Augen hat, auch nie seine Wirkung auf uns. Jemand mit schwachen Nerven wird von einem solchen Spektakel unweigerlich überwältigt. Da ich mich aber seit langem an derartige Szenen gewöhnt und auch viel darüber nachgedacht habe, kann ich ziemlich ungerührt zuschauen, obwohl ich starkes Mitleid mit den Opfern empfinde. Ich stand auf einer Zuschauertribüne ganz in der Nähe. Payne war ein armer, junger, neunzehnjähriger Bursche. Er war leichenblaß und sah schon wie eine Leiche aus, bevor noch das Seil um seinen Hals geschlungen war. Mr. Gibson kam mit einigen seiner Freunde in einer Kutsche vorgefahren, und ich kann mir keine größere Gelassenheit und männliche Beherrschtheit vorstellen als sein Verhalten in dieser Situation. Er trug einen schwarzen Anzug, kurzgeschnittenes Haar unter einem Hut, wirkte wie ein Mann um die fünfzig, und als er so an uns vorbeifuhr, sah man nicht das geringste Zeichen von Verzweiflung oder Dumpfheit an ihm. Man half ihm auf den Hinrichtungskarren. Das Seil wurde ihm um den Hals gelegt, und er stand in beherrschter Haltung da, verzehrte eine Orange und machte einen gottergebenen Eindruck während der Gebete, die Mr. Moore sprach, der Pfarrer von Newgate, ein guter Mensch, der seine traurigen Pflichten sehr ernst nimmt – ich halte sein Amt für sehr wichtig. (Stephen Roe, sein Vorgänger, war ein ungehobelter Klotz dagegen.) Mr. Gibson war der erste, bei dem ich das Sterben als etwas keineswegs Schreckliches empfand. Es schien sogar eine ganz leichte Angelegenheit für ihn zu sein. Ich vergleiche immer das Verhalten der Missetäter damit, wie ich mich an ihrer Stelle verhalten würde. Ich glaube, ich habe die Leute, die in meiner Nähe standen, mit meinen umständlichen Überlegungen ziemlich irritiert. Ich tat so, als sei ich schockiert darüber, daß sie von diesem Schauspiel beeindruckt sein könnten, wo ich doch gänzlich unberührt davon blieb. Bei allen bisherigen Hinrichtungen hatte ich immer geglaubt, ich hätte mich als Verurteilter besser verhalten – bei Mr. Gibson nicht; er übertraf alles, was ich mir an Standfestigkeit vorstellen kann.

24. 3.

Ich streifte den ganzen Vormittag durch die große Metropole. Ich dinierte bei dem wackeren Konsul, eine

Dame und ein Herr waren ebenfalls anwesend. Die Stimmung war locker. Abends setzte ich meine Streifzüge fort – ich kann nicht sagen, wo. Aber etwa um zehn Uhr ging ich zu Sir John Pringle[35]. Er empfing mich mit seiner üblichen würdevollen, ausgeglichenen Freundlichkeit. General Robert Clerk war bei ihm. Das Gespräch wandte sich der Verhütung von Geschlechtskrankheiten zu. Der General versicherte mir, daß Öl eine unfehlbare Schutzschicht sei. Sir John nickte zustimmend; ich beschloß, diesen Rat auszuprobieren. Nachdem der General gegangen war, sprach ich mit Sir John über Mademoiselle de Zuylen. Ich hatte gerade einen Brief von Mr. Brown[36] aus Utrecht bekommen, in dem sie mir ausrichten ließ, daß ich zu ihr kommen solle, wenn ich noch irgendwelche Absichten hätte – wir könnten dann entscheiden, ob wir glücklich zusammenleben können oder nicht. Ich schrieb meinem Vater und bat ihn um Erlaubnis, nach Utrecht reisen zu dürfen.

25. 3.

Ich ging nach Covent Garden und fragte in einem der Höfe nach einer jungen Dame, die ich noch von früher kannte. Ich fand sie zwar nicht, dafür aber Kitty Brookes, ein hübsches junges Ding. Das Öl wurde ausprobiert, und ich spielte meine Rolle glänzend. Ich habe noch nie ein so erfahrenes Mädchen gehabt. Ich gab ihr nur vier Schillinge – ich wollte ihre Großmut auf die Probe stellen. Sie zeigte nicht die geringste Unzufriedenheit, sondern war im Gegenteil munter und entgegenkommend; als ich aufhören wollte, drehte ich mich noch einmal um, und wir liebten uns noch einmal. Danach hätte sie mich gut nach neuer Entlohnung fragen können, aber sie machte keinerlei Anstalten. Da sank ich auf die Knie und küßte ihre Hand: »Meine liebe Kitty«, sagte ich, »du bist in der Tat ein tugendhaftes Mädchen. Ich könnte dich auf der Stelle heiraten.«

26. 3.

Sobald ich in London angekommen war, hatte ich versucht, Mr. Samuel Johnson zu besuchen, mußte aber feststellen, daß er nach Oxford gereist war und dort in New Inn Hall lebte. Mir lag sehr viel daran, meinen verehrten Freund wiederzusehen. Ich hatte ihm viele Briefe geschrieben, von ihm aber über einen langen Zeitraum keine Mitteilungen mehr erhalten. Ich hatte inzwischen meinen »Bericht über Korsika« veröffentlicht, in dem ich mich sehr positiv über ihn geäußert hatte – er hatte davon keine Notiz genommen. Mir war zu Ohren gekommen, daß ihm mißfallen hatte, wie ich einen Auszug aus einem seiner Briefe an mich in diesem Buch verwendet hatte; kurz, ich tappte im dunkeln, was unser Verhältnis anging. Ich war jedoch entschlossen, ihn um jeden Preis aufzustöbern und, wenn irgend möglich, unseren alten Umgang wieder aufzunehmen. Deshalb machte ich mich heute in aller Herrgottsfrühe in der Eilkutsche auf den Weg nach Oxford. Dort trank ich Kaffee und ließ mir dann den Weg nach New Inn Hall zeigen. Mr. Johnson wohnte im Haus von Mr. Chambers, einem Jura-Professor. Ich mußte eine Weile warten, aber dann erschien der große Mann, nahm mich in den Arm und küßte mich auf beide Wangen; er war so herzlich wie immer. Ich berichtete ihm von meiner Verwirrung, und wie ich entschlossen war, mit ihm zu ringen – jedenfalls alles zu tun, um sein Wohlwollen wiederzugewinnen. »Sind Sie etwa meinetwegen hierhergekommen?« »Ja, in der Tat«, sagte ich. Darüber zeigte er sich hoch erfreut. Ich erzählte ihm, daß ich mich als Rechtsanwalt niedergelassen habe und mit dieser Tätigkeit in diesem Jahr schon zweihundert Pfund verdient habe. Er brummte und lachte und war sehr zufrieden. »Was? Bozzy? Zweihundert Pfund? Eine stolze Summe!«

Ich hatte das starke Bedürfnis gehabt, ihn zu sehen, denn er war mein großes Vorbild und mein Ratgeber – ich wollte mit ihm einige der moralischen Schwierigkeiten besprechen, in die ich mit meiner Rechtsanwaltstätigkeit geraten war: mir schien, daß ich in einigen Fällen mit dem Grundsatz der Ehrlichkeit in Konflikt geriet, und ich stellte ihm einige Fragen in dieser Richtung. »Gewiß nicht, Sir«, sagte er, »wenn Sie sich korrekt verhalten. Sie dürfen Ihre Klienten nicht mit falschen Darstellungen Ihrer wahren Ansichten täuschen. Und Sie dürfen einen Richter niemals belügen.« »Aber«, sagte ich, »was halten Sie davon, wenn ich einen Fall vertrete, dem ich von vornherein keine Chancen gebe?« »Sir, Sie wissen erst dann, daß er aussichtslos ist, wenn der Richter sein Urteil gesprochen hat. Ich habe gesagt, daß Sie die Tatsachen ehrlich schildern müssen, so daß Ihre Meinung über einen aussichtslosen Fall aus Ihren Argumenten hervorgeht, aus der Einschätzung Ihrer Argumente als schwach und nicht schlüssig. Aber selbst das reicht noch nicht, Sir. Ein Argument, das zwar Sie selbst nicht überzeugt, mag sehr wohl den Richter überzeugen, dem Sie es vortragen. Und wenn es ihn überzeugt – nun, dann haben Sie unrecht, und er hat recht. Seine Sache ist das Urteilen; Sie dürfen sich Ihrer Meinung nicht zu sicher sein, sondern müssen alles, was für Ihren Klienten spricht, darlegen und dann das Urteil des Richters abwarten.«

Wir sprachen dann noch über unsere Reise nach Harwich[37] und erinnerten uns an viele Einzelheiten. Er erneuerte auch sein Versprechen, nach Schottland zu kommen und mit mir die Hebriden zu besuchen. Wir sprachen auch über Ehebruch. JOHNSON: »Das eherne Gesetz, unter dem jede Frau steht, verlangt von ihr, daß sie ihre Beine zusammen hält. Wenn sie gegen dieses Gesetz verstößt, verzichtet sie auf jene weibliche Ehre und Tugend, die in der Keuschheit besteht.« Der Abend verlief angenehm und war sehr anregend für mich. Wie sehr hatte ich mich verändert seit jener Zeit in London, als ich noch ein schwankender Wirrkopf war!

24. 8. (Boswell an Temple)[38]

Du hast allen Grund, mir wegen meines langen Schweigens Vorwürfe zu machen. Mein lieber Temple, ich preise mich glücklich, daß ich sowohl der gefühllosen Miss Blair als auch der rasenden Zélide entronnen bin, denn ich habe nunmehr die Krone der Schöpfung kennengelernt: la belle Irlandaise. Versuche, sie Dir vorzustellen, Temple, eine junge Dame, gerade sechzehn Jahre alt, geformt wie eine griechische Nymphe, mit den süßesten Manieren, der größten Empfindsamkeit, hochgebildet, von feinster Dubliner Erziehung, verbringt sie das halbe Jahr in Nordirland, ihr Vater ist ein hoher Beamter und bezieht von seinen Gütern eintausend Pfund im Jahr, dazu zehntausend an Gehalt. Ihre Mutter ist eine tüchtige Frau aus guter Familie. Sie selbst ist der Augapfel ihrer Eltern, sie hat nur noch eine Schwester. Sie ist mit irgendwelchen Vettern von mir hier in der Gegend verwandt. Ich hielt mich gerade bei diesen Vettern auf, als sie mit ihren Eltern und einer Tante dort einen Besuch machte. Ihr Vater ist einer der würdevollsten Männer, die ich je erlebt habe. Ich machte offenbar auf alle einen glänzenden Eindruck. Ich bewunderte die charmante Mary Ann von morgens bis abends; auf meine Ehre: noch nie in meinem Leben war ich so verliebt. Bisher habe ich mich immer in Situationen manövriert, in denen es irgendwelche Widerstände gegen meine Pläne gab. Aber hier »vereinigen sich alle Blüten«,[39] und es gibt keinen einzigen Dorn. Aber wie soll ich damit fertig werden? Sie waren in Eile und sind jetzt wieder in Irland. Es tat ihnen leid, daß sie nicht nach Auchinleck kommen konnten, sie hatten angeblich schon viel davon gehört. Mary Ann hätte sich so gerne die Grotte angeschaut! Schade, daß sie nicht kommen konnten; dieser fürstliche Landsitz hätte bestimmt Eindruck auf sie gemacht. Sie luden mich überaus liebenswürdig ein, sie in Irland zu besuchen, und ich versprach ihnen, im März dorthin aufzubrechen. Inzwischen schreiben sowohl der Vater als auch die Tante Briefe an mich. Was für ein Glückspilz ich doch bin! Welch eine Vielfalt von Abenteuern in allen Ländern der Welt!

Ich hatte oft das Vergnügen, mit Miss ganz allein zu lustwandeln. Immer wieder drückte ich meine leidenschaftliche Zuneigung in feurigen Worten aus. Das tat ihr sehr gut, und ich hätte schwören können, daß ihr kleines Herz stark klopfte. Ich ritzte den ersten Buchstaben ihres Namens in die Rinde eines Baumes, ich schnitt ihr eine Haarlocke ab, *male pertinaci.*[40] Sie versprach, mich nicht zu vergessen und bis zum März keinen Lord zu heiraten. Meine schottischen Vettern halten mich schon für den Erwählten. Ah, mein Freund, jetzt bin ich endlich der, der ich schon immer hätte sein sollen! Ich habe nicht mehr dieses reservierte, abwägende, vorsichtige Benehmen wie bei Miss Blair – nein: jetzt bin ich durch und durch jugendlich, warm und natürlich, kurz, ein echter Verliebter. Bitte schreib mir, was Du davon hältst. Ich setze große Stücke auf Dein Urteil. Ich will Dich gar nicht erst fragen, was du von meinem engelhaften Mädchen hältst – was sie angeht, habe ich mich nämlich schon unwiderruflich festgelegt. Glaube mir, sie ist bereits ein Teil meiner eigenen Seele. Aber vielleicht bestehen die stolzen Eltern auf einem Mann von besonderen Qualitäten für ihre Tochter, die schließlich ein beträchtliches Vermögen erben wird. Meinst Du, daß ihnen ein Baron Auchinleck reichen wird?

Dies ist jedenfalls die angenehmste Leidenschaft, die ich je empfunden habe. Bevor ich London verließ, legte ich in der St. Paul's-Kirche ein Gelübde ab, daß ich ein halbes Jahr auf alle erotischen Ausschweifungen verzichten werde. Bis heute habe ich dieses Gelübde gehalten und fühle mich bereits wie ein überlegener Mensch. Ich habe den kriminellen Verkehr mit Mrs. X aufgegeben – kurzum, Maria[41] bekommt mich ganz ohne jede Rivalin.

25. 4.

Miss Montgomerie und ich brachen heute von Auchinleck nach Irland auf. Mein Vater ist sehr gegen diese irische Expedition; er verließ das Zimmer, und ich verabschiedete mich nicht von ihm. Es war ein köstlicher Tag.

28. 4.

Wachte mit Kopfschmerzen auf. Obwohl ich mich mit Margaret überworfen habe, mußten wir doch in der Kutsche zusammen fahren, auf unserer Lustreise nach Dublin. Streitigkeiten unter Freunden sind nur von kurzer Dauer.

3. 5. (Boswell an Temple)

Donaghadee, 3. Mai 1769

Mein lieber Temple, ich bin gut im Königreich Irland gelandet, und morgen werde ich nach Dublin weiterreisen, um meine süße Mary Ann zu sehen. Aber, mein werter Freund (dem ich mein Herz jederzeit öffne und den ich immer um Rat fragen werde), ich muß Dir berichten, daß meine Cousine Miss Montgomerie mich begleitet, die Du, glaube ich, in Edinburgh kennengelernt hast – vielleicht kann sie (und vielleicht sollte sie!) meine irischen Heiratspläne vereiteln. Du mußt wissen, daß sie und ich schon seit langem in größter Intimität miteinander umgehen. Ich habe sie bei unzähligen Anlässen auf die Probe gestellt, wobei sie sich stets als vernünftig, angenehm und großherzig erwiesen hat. Wenn ich nicht gerade in die eine oder andere meiner zahllosen Flammen verschossen war, habe ich sie stets geliebt, und in den Ruhepausen zwischen meinen vielen Leidenschaften war Margaret regelmäßig sowohl meine Geliebte wie auch meine Freundin. Ich darf hinzufügen, daß sie für mich die begehrenswerteste Person darstellt, die ich kenne. Ich habe oft überlegt, ob ich sie heiraten soll, und habe auch schon oft mit ihr darüber gesprochen. Aber dann kam immer rasch die Rede auf meine herrliche Unbeständigkeit, über die wir uns gemeinsam lustig machten, und oft kam ich in der Tat zwei Tage nach den leidenschaftlichsten Liebeserklärungen zu ihr und erzählte ihr, daß ich rettungslos in eine andere Frau verliebt sei. Sie lächelte dann, ich vertraute ihr alle meine Geheimnisse an, und nach einer Weile kehrte ich wieder zu ihr zurück. Alles in allem ist sie – ich schwöre es Dir, Temple – die ehrlichste und geradlinigste Frau, die es je gab.

Auf dieser irischen Reise war sie mir sowohl zu Lande wie auch zu Wasser die beste Gefährtin, die man sich denken kann. Ich bin über alle Maßen in sie verliebt und schätze sie sehr hoch ein. Der Haken ist nur, daß sie zwei Jahre älter ist als ich. Sie besitzt auch nur tausend Pfund. Mein Vater würde eine Heirat mit ihr strikt ablehnen, weil sie weder Geld noch Grundbesitz mitbringt. Und wenn ich den sozialen Status meiner Familie verbessern will, muß ich diesen Überlegungen beipflichten – alle meine großartigen Pläne, eine blühende junge Dame heimzuführen und mit ihrem gewaltigen Vermögen Eindruck zu machen, würden zu nichts, wenn ich sie heiratete. Auf der anderen Seite hat meine Cousine ein robustes, lebhaftes Temperament und wird so schnell nicht altern. Sie würde mir so viele Kinder schenken, wie ich will, und aus der Art, wie sie sich als Tante verhält, kann ich schließen, daß sie eine sehr gute Mutter wäre.

Mein Vater sollte eigentlich nichts gegen seine Nichte als Schwiegertochter einzuwenden haben. Sie würde bei meinem Tode die Familie reicher machen, als wenn ich eine vermögende Frau geheiratet hätte. So manch einer sucht die Freundschaft der Großen, der Reichen, der Männer mit klangvollen Titeln, aber – könnte jemand glücklicher sein als ich, der ich mich der Freundschaft eines Temple rühmen kann? Ich fürchte, wenn ich eine andere Frau heirate, wird mich die Liebe zu meiner Cousine oft in Verlegenheit bringen. Und was besonders schwer wiegt, Temple, ich bin mir bei all diesen Plänen und Erwägungen ganz sicher, daß sie mich wirklich liebt – weil ich schon so oft um sie geworben habe, hat sie sich so an mich gewöhnt, daß sie sehr darunter leiden würde, wenn ich mich fest an jemand anderes bände. Vergib mir meine Eitelkeit, Temple, aber Frauen aller Temperamente und Altersklassen haben sich in mich verliebt. Temple, Du hast mich nie im Stich gelassen – was soll ich jetzt tun? Dies ist der delikateste aller Fälle, die ich Dir bisher unterbreitet habe. Du mußt wissen, daß mein Vater gegen die Verbindung mit Marianne ist und seine Einwilligung verweigern wird. Aber wenn ihr Vater mir eine runde Summe gibt, fürchte ich den meinen nicht mehr. Ich flehe Dich an, Temple, schreibe mir postwendend; als Adresse genügt: Dublin, an den »korsischen Boswell«. Ist Deine Frau nicht genauso alt wie Du? Bis Dein Brief ankommt, werde ich mir in Dublin auf angenehme Weise die Zeit vertreiben. Ich bleibe Dein unverbesserlich leidenschaftlicher Freund

James Boswell.

21.6. (Boswell an Dempster)

Ich wurde in Dublin mit offenen Armen empfangen, von einer großen Zahl würdiger Verwandter. Aber ich gebe Dir mein Ehrenwort: ich habe mich zu keinen Versprechungen hinreißen lassen. Die junge Dame erschien mir das süßeste, lieblichste Geschöpf der Welt. Aber so jung, so kindlich, und so sehr ja, ja und nein, nein, daß ich mich – unter uns gesagt – schämte, so maßlos von ihr geschwärmt zu haben. Ich habe ihr reinen Wein eingeschenkt: daß ich gegen den Willen meines Vaters nach Dublin gereist sei. Das reichte fürs erste, und eine dezente Distanz war die Folge. Man versicherte mir, daß sie fünfhundert Pfund im Jahr bekommen werde. Aber meine Cousine zerrte an meinem Herzen. Ihre höchst begehrenswerte Person forderte, wie eine heidnische Al-fresco-Göttin auf dem Deckengemälde eines römischen Palazzo, den Vergleich mit der zierlichen kleinen Miss geradezu heraus. Ihr bewundernswert gesunder Menschenverstand stand gegen die scheue Grazie der Prinzessin. Ich war wie von Wellen geschüttelt und von Pferden zerrissen und beschloß, alles in der Schwebe zu lassen – diesen Rat gab mir sogar meine Cousine selber. Die Rückreise nach Schottland, auf der ich ein wenig indisponiert war (und neue Beweise ihrer Fürsorge erhielt), hat mich ihr wieder näher gebracht.

Hier bin ich nun, mein Freund, und weiß sehr wohl, welche von allen Frauen ich am meisten liebe und schätze, bin aber ganz und gar ratlos, wen ich nun heiraten soll. Niemand kennt das menschliche Leben besser als Du. Wenigstens kann es mir niemand besser darlegen. Deshalb bitte ich Dich inständig um Deinen Rat. Ich bin in Deiner Hand, Dempster, als Dein engster Freund

J. B.

4. 7. (Boswell an Margaret Montgomerie)

Du hast sehr treffend bemerkt, daß Du nicht so schreiben kannst, wie Du sprechen würdest. Mir geht es genauso. Es ist mir ganz unmöglich, die Empfindungen zu Papier zu bringen, die ich hatte, seit wir uns trennten; wären wir jetzt zusammen, könnte ich sie Dir aber sicher begreiflich machen. Ich lese Deine Briefe mit Gefühlen, wie ich sie noch nie gehabt habe. Ich kann mir nicht vorstellen, daß jemals ein Mann eine Frau höher geschätzt und heftiger geliebt hat als ich Dich, Mylady. Weißt Du noch, wie Du in Donaghadee gesagt hast, es wäre wunderbar, wenn ich Dublin heil überstehen könnte? Du weißt, was geschehen ist, und ich glaube, wir beide, Du und ich, haben jetzt eine höhere Meinung von meinem Herzen als vorher. Manchmal hast Du sogar gesagt, ich hätte überhaupt kein Herz. Glaubtest Du das wirklich? Und willst Du mir jetzt zugestehen, was ich angeblich nicht hatte? Habe ich mich etwa immer so verstellt, daß mein Herz unsichtbar blieb? Ich glaube sogar, ich kann mein Herz mit einem Felsen in der Brandung vergleichen. Während der Sturm der Leidenschaften wütete und die Wogen der Wahnvorstellungen über mir zusammenschlugen, war mein Herz in der

Tat kaum wahrnehmbar. Aber jetzt, wo sich die Unwetter legen, kommt es wieder zum Vorschein – ein unberührter, starker Fels. Jetzt habe ich Dir alles gesagt über mein Verhältnis zu Dir während all dieser Jahre, und nun wird Dir meine gegenwärtige Situation endgültig klar sein.

Wenn Du nach Edinburgh kommst, werden wir uns über alles lange und gründlich unterhalten. Bis dahin brauchst Du Dir keine Gedanken mehr zu machen über my lady.

J. B.

20. 7. (Boswell an Margaret Montgomerie)

Meine liebe Cousine, ich schreibe Dir hier einen ruhigen und gefaßten Brief, der nur wenige Worte enthält, aber von unendlicher Bedeutung für uns beide ist.

Bis zu unserer Reise nach Irland wußtest Du noch nicht, daß ich in meinem bisherigen Leben schon mehrmals tief in Dich verliebt gewesen bin. Das ist eine Tatsache, und wäre ich nicht von meiner Eitelkeit hin und wieder in andere Richtungen getrieben worden, hätte meine liebe Peggie Montgomerie längst von dieser festen Zuneigung gewußt. So hast Du nur gespürt, daß ich Dich sehr gern mag und daß ich zu Dir gelegentlich von meiner aufrichtigen Liebe gesprochen habe. Während ich selber noch unschlüssig war, stand mein Entschluß bereits fest, meine beste Freundin glücklich zu machen, wenn ihr Glück wirklich von mir abhängen sollte. Deshalb habe ich Dich auch neulich in einem Brief gebeten, mir zu sagen, ob das der Fall ist.

Gestern abend war ich in der Assembly Hall und sah

viele schöne Frauen. Aber nicht ein einziges Mal war ich Dir auch nur einen Augenblick in Gedanken untreu. Nach dem, was wir in Irland erlebt haben, brauchen wir nichts mehr zu fürchten. Jeder andere Mensch würde mir in dieser Situation kaum glauben, was ich sage, aber ich bin sicher, daß ich auf die Großmut einer »edelmütigen Frau« vertrauen kann, wie Dempster Dich nennt. Ich mache Dir deshalb den folgenden Vorschlag. Du kennst mein schlimmes Temperament. Du kennst all meine Fehler. Es ist für mich qualvoll, sie hier alle aufzuzählen. Wärest Du also bereit, in vollem Wissen um meine Schwächen, mich, so wie ich bin, als Ehemann zu nehmen – nicht als den Erben von Auchinleck, wohl aber als jemanden, der die Welt gesehen hat und künftig nicht mehr erwarten kann als einhundert Pfund im Jahr? Damit und mit den Zinsen von Deinen 1060 Pfund können wir in behaglicher Zurückgezogenheit in irgendeinem Teil von Europa leben, der Dir am besten gefällt. Aber wir müßten diesem Land hier auf ewig Lebewohl sagen. Unser Glück wird allein darin bestehen, daß wir uns und die Hoffnung auf eine bessere Welt haben. Ich gebe zu: dieser Plan ist so romantisch, daß nur eine Liebe, wie Du sie mir in Donaghadee gestanden hast, ihn begreifen kann. Ich dürfte eigentlich nicht überrascht sein, wenn eine bewundernswert vernünftige und charakterfeste Frau wie Du sich weigert, alle ihre klugen Erwägungen mir zuliebe in den Hintergrund zu stellen. Aber da ich Dich stärker liebe, als ich es je in Worten ausdrücken könnte, wirst Du mir hoffentlich nachsehen, daß ich Dir diesen Antrag mache. Ich bin unter den genannten Bedingungen bereit, Dich ohne Umschweife zu heiraten. Und, auf mein Ehrenwort, ich würde diesen Heiratsantrag jetzt nicht machen, wäre ich nicht fest davon überzeugt, daß ich mit Dir ein Königreich teilen würde, wenn ich es nur hätte. Ich verspreche hiermit feierlich, daß ich alles in meiner Macht Stehende tun werde, Dir meine Dankbarkeit zu erweisen und Dich glücklich zu machen. Überlege Dir alles sehr gründlich, und, wenn Du kannst, gib mir eine positive Antwort. Ich will keine Mittelmäßigkeiten, kein Vernünfteln, kein Zaudern. Überleg es Dir gut und teile mir das Resultat mit – so oder so. Ich bin der Deine – James Boswell.

22. 7.

Am 25. Juli erhalten: Margaret Montgomerie an Boswell – der kostbarste Brief meiner kostbaren Freundin, der sowohl ihr als auch mir zur Ehre gereicht.

Vraye Foi.[42]

Lainshaw[43], Samstag, den 22. Juli 1769

Ich habe, wie gewünscht, alles gründlich bedacht; in Erwiderung auf Deinen Brief teile ich Dir mit, daß ich Deine Bedingungen akzeptiere und alles in meiner Kraft Stehende tun werde, mich Deiner würdig zu erweisen. J. B. mit einhundert Pfund im Jahr ist für mich genauso wertvoll, als gehörte ihm ganz Auchinleck. Der fehlende Reichtum tut mir nur für Dich leid – ich bin nicht sicher, ob Du wirklich glücklich sein kannst ohne Deinen Dir zustehenden Anteil. Da ich frei von jedem Ehrgeiz bin, ziehe ich ohnehin echtes Glück dem glänzenden Schein vor. Es wäre schön, wenn wir uns am Samstag in Glasgow treffen könnten. Könntest Du nicht schon früher kommen und bis Montag bleiben? Laß es mich wissen, ich komme, wann immer Du es wünschst.

Es ist allein mein Herz, das meine Wahl bestimmt. Möge der Allmächtige uns seinen Segen und Schutz geben – dann brauchen wir keine Furcht zu haben; sein göttlicher Wille herrscht überall auf der Erde, so daß, wohin Du auch gehst, ich Dir willig folgen werde und überzeugt bin, dabei glücklich zu sein. Hättest Du noch, wie Du erwähnst, alle Deine früheren Besitztümer, wäre ich vielleicht versucht gewesen, weibliche Klugheit walten zu lassen, aber ich glaube, dies ist jetzt nicht die Zeit für Verstellungen. Ich bin deshalb bereit, Dich zu treffen, wann immer es Dir recht ist und mein Schicksal mit dem Deinen zu vereinen. Kannst Du Dir eine klarere Antwort wünschen? Sage nur Deinem Vater nichts von dieser Angelegenheit, da Du offenbar überzeugt bist, daß er niemals seine Zustimmung geben wird; ihm nicht zu gehorchen, nachdem wir seinen Rat erbeten haben, wäre schlimmer, als unseren Plan zu verwirklichen, ohne ihn ins Bild zu setzen.[44]

Mein Herz ist so leicht wie lange nicht, obwohl ich mir Sorgen mache über das, was Du zu erleiden hast. Du kannst ganz sicher sein, lieber Jamie, daß Du in mir eine Freundin hast, die alles für Dich opfern wird, die noch nie nach Reichtum gestrebt hat und die dem Mann ihres Herzens alles zu geben bereit ist.

Ich habe zwei Briefe geschrieben, einen am Freitag und einen am Dienstag. Ich hoffe, daß Dich der Inhalt dieser Briefe nicht beleidigt hat. Meine Sorge um Dein Glück ließ mich jedes nur denkbare Argument verwenden, um Dich von der Notwendigkeit zu überzeugen, zu

Hause zu bleiben. In der Hoffnung, Dich bald zu sehen, will ich nur noch hinzufügen, daß ich ganz aufrichtig, mein lieber Jamie, Deine treue und ergebene M. M. bin.

Ehekontrakt zwischen James Boswell, Esq.
und Miss Peggie Montgomerie, 1769.[45]

Dies ist der Heiratsvertrag zwischen James Boswell, Esquire, dem ältesten Sohn des Right Honourable Alexander Boswell, Esquire, zu Auchinleck, einem der Lords of Session und Justitiar in Schottland, und Miss Peggie Montgomerie, Tochter des verstorbenen David Montgomerie zu Lainshaw, Esquire.

Beide Parteien kommen hiermit überein, daß sie, in Anbetracht ihrer aufrichtigen gegenseitigen Liebe und Wertschätzung, zum bevorstehenden Weihnachtsfest die Ehe eingehen werden.

Sie versprechen einander feierlich, treue Ehegatten zu sein, die Fehler des anderen willig zu ertragen und nach besten Kräften zum Glück des Partners in dieser Welt beizutragen – in der Hoffnung auf ewiges Glück in der zukünftigen Welt durch die Gnade ihres Herrn und Heilandes Jesus Christus.

In Bekräftigung dieser Vorsätze ist dieses Dokument, das aufgesetzt wurde von dem obengenannten James Boswell, unterschrieben worden von ihm zu London am 31. Oktober 1769 vor den folgenden Trauzeugen: Pascal Paoli, General der Korsen, sowie Samuel Johnson, Doktor der Rechte, Autor des »Rambler« und anderer Werke.

James Boswell

Io sottoscritto ho veduto, e sono stato presente quando il Signore Giacomo Boswell ha sottoscritto questo foglio.[46]

Pasquale de Paoli

Sam. Johnson, Witness.

VI

Mit Dr. Johnson auf den Hebriden

1773[1]

Dr. Johnson hatte mir viele Jahre hindurch Hoffnungen gemacht, daß wir zusammen die Hebriden besuchen würden.[2] Er hatte meine Erwartungen so lange enttäuscht, daß ich zu verzweifeln begann. Aber im Frühjahr 1773 sprach er mit solcher Entschiedenheit davon, daß er nach Schottland kommen wolle, daß ich hoffte, er meine es nun doch ernst. –

Dr. Johnsons Persönlichkeit ist bekannter als jede andere, und dennoch mag es nicht überflüssig sein, hier eine knappe Skizze von ihm zu geben. Ein aufrichtiger und eifriger Christ, ist er korrekt, ja streng in seinem Geschmack; schwer zufriedenzustellen, leicht gekränkt, herrisch und reizbar, aber gütig und wohlwollend; sein Kopf ist ein riesiges Vorratslager von Wissen und Gelehrsamkeit, über das er souverän und in klarer Sprache verfügt; er verbindet logische Präzision mit überschäumender Phantasie, was ihm beim Argumentieren große Vorteile verschafft; er ist sich seiner Überlegenheit immer bewußt; er schätzt das Lob, ist aber zu stolz, darum zu buhlen; gegen Schmeicheleien ist er nicht abgeneigt; sein Geist ist so angefüllt mit Bildern, daß er auch ein Dichter hätte werden können; er leidet unter einer angeborenen Melancholie, hat eine laute Stimme und eine langsame, überdeutliche Aussprache; sein Körper ist plump, unförmig, sein Gesicht das einer antiken Statue, aber pockennarbig; sein Leib wird oft von konvulsivischen Zuckungen geschüttelt, als ob er den Veitstanz habe. Auf unserer Reise trug er Stiefel und einen weiten braunen Mantel mit Taschen, die so riesig waren, daß er darin die beiden Bände seines Wörterbuchs hätte unterbringen können; in den Händen hielt er einen großen englischen Eichenstock.

Am Samstag, dem 14. August 1773, erhielt ich am späten Abend einen Brief von ihm, daß er in Boyd's Gasthaus[3] in Canongate angekommen sei. Ich ging sofort zu ihm. Er umarmte mich herzlich, und ich frohlockte bei dem Gedanken, daß ich ihn nun tatsächlich in Kaledonien[4] hatte. Er erzählte mir, bevor ich gekommen sei, habe er ein abschreckendes Beispiel schottischer Reinlichkeit erlebt. Er trank damals keinen Sprudel und bat in einem Gasthaus, man möge seine Limonade doch etwas nachsüßen, woraufhin der Kellner mit fettigen Fingern ein Stück Zucker nahm und es in die Limonade fallen ließ. Er habe daraufhin das Glas entsetzt aus dem Fenster geworfen. Mr. Johnson erzählte mir auch, daß ihm ähnliches im Haus einer Dame in Paris widerfahren sei.[5] Ich sagte, er möge mir die Ehre erweisen, unter meinem Dach zu wohnen. Wir gingen Arm in Arm die High Street hinauf zu meinem Haus in James' Court.[6] Es war eine dunkle Nacht, und ich konnte nicht verhindern, daß ihm die Ausdünstungen Edinburghs in die Nase stiegen. Dabei ist es in letzter Zeit besser geworden, weil die Behörden jetzt streng durchgreifen: es ist verboten, schmutziges Wasser aus den Fenstern zu schütten. Aber wegen der Bauweise der Häuser in der

Altstadt – sie bestehen aus vielen Stockwerken, und jedes ist von einer andcren Familie bewohnt – und wegen der offenen Abwasserkanäle stinkt es nach wie vor. Während wir langsam voranschritten, knurrte er mir ins Ohr: »Ich kann Sie im Dunkeln riechen.« Aber er gab auch zu, daß die Breite der Straße und die Höhe der Gebäude auf beiden Seiten einen vornehmen Eindruck machen.

Meine Frau wartete schon mit Tee auf ihn, den er, wie man weiß, zu allen Zeiten mit Genuß trinkt. Er zeigte sich sehr angenehm berührt davon, daß die Herrin des Hauses so auf seine Gewohnheiten einging; da niemand höflicher sein konnte als er, wenn er dazu aufgelegt war, benahm er sich ihr gegenüber mit der größten Liebenswürdigkeit, und sie war ihrerseits von seiner Unterhaltung so bezaubert, daß sie seine äußere Erscheinung ganz vergaß.

Wir saßen fast bis zwei Uhr früh auf, denn wir schwatzten noch lange, nachdem meine Frau schon zu Bett gegangen war. Um dem großen Weisen ihre Hochachtung zu zeigen, hatte sie darauf bestanden, ihm ihr eigenes Schlafzimmer zu geben und in ein schlechteres umzuziehen.

18. 8.

An diesem Tag brachen wir von Edinburgh auf. Weil Dr. Johnson sparen wollte, hatte er seinen schwarzen Diener Francis Barber zu Hause gelassen.[7] So hatten wir nur meinen Diener bei uns, Joseph Ritter aus Böhmen; er ist ein anständiger, großgewachsener Kerl, der die Welt gesehen hat und mehrere Sprachen spricht.

Aus einer irrationalen Furcht vor Gewalttätigkeiten hatte sich Dr. Johnson ein Paar Pistolen besorgt, dazu etwas Pulver und eine Anzahl Kugeln. Da uns aber mehrfach versichert wurde, wir würden bestimmt keinen Räubern begegnen, ließ er seine Pistolen und die Munition in einer offenen Schublade im Gewahrsam meiner Frau. In dieser Schublade deponierte er auch einen Band seines ausführlichen und bemerkenswerten Tagebuches, von dem ich ein paar Fragmente besitze – das Tagebuch selbst ist vernichtet worden. (Ich wünschte, die weibliche Neugier meiner Frau wäre groß genug gewesen, das Tagebuch abschreiben zu lassen – es wäre leicht möglich gewesen, und der geistige Diebstahl, da *pro bono publico*,[8] wäre verzeihlich gewesen.)

Als wir nach Leith kamen, sagte ich großspurig, der Blick auf den Firth of Forth vom Edinburgher Schloß aus sei nach dem Blick auf Konstantinopel (von dem man mir erzählt hat) und dem auf Neapel (den ich kenne) der herrlichste Anblick in Europa. »Ja«, meinte Dr. Johnson, »so ist es in der Welt. Wasser sieht überall gleich aus. ›Una est injusti caerula forma maris.‹«[9]

Spät abends kamen wir in St. Andrews an. Das Essen im Gasthaus von Glass[10] war sehr gut, und Dr. Johnsons Stimmung stieg.

19. 8.

Wir standen gut erholt auf. Ich hatte eine Karte von Schottland mitgebracht, eine Bibel, die mir Lord Mountstuart geschenkt hatte, und Ogdens[11] »Predigten über das Gebet«. Wir sprachen vom Wandel der Lebensweise. Dr. Johnson bemerkte, die Tatsache, daß wir weniger tränken als unsere Vorfahren, liege am Übergang von Bier zu Wein. »Ich erinnere mich«, sagte er, »wie sich alle anständigen Leute in Lichfield[12] jede Nacht betranken – und darum nicht weniger angesehen waren. Das Bier war billig, und jedermann trank es. Wer heute eine Flasche Wein kauft, hat es nicht so eilig. Das Rauchen ist ganz aus der Mode gekommen. Es ist ja auch sehr unangenehm, wenn wir aus unseren Mündern Rauch in anderer Leute Münder, Augen und Nasen blasen und uns das gleiche widerfährt. Dennoch kann ich nicht begründen, warum etwas, das so wenig Anstrengung erfordert und doch den Geist vor völliger Leere bewahrt, aus der Mode gekommen ist. Jeder hat schließlich etwas, womit er sich beruhigt – er wippt mit den Füßen oder macht etwas anderes.«[13]

Dr. Johnson hat bereits alles über St. Andrews gesagt, die Stadt, die er schon so lange hatte sehen wollen als den Sitz unserer ältesten Universität und unseres Erzbischofs, so daß ich nichts mehr zu ergänzen brauche.

20. 8.

Wir verließen St. Andrews um die Mittagszeit, hielten in Leuchars und besichtigten eine Kirche mit einem alten Turm; weiterhin sahen wir Dundee und Arbroath.

21. 8.

Ich fragte mich, ob es besser wäre, an der Küste entlangzufahren oder über Laurencekirk und Monboddo. Ich wußte, daß Lord Monboddo[14] und Dr. Johnson sich nicht besonders schätzten; dennoch wollte ich sie gerne zusammen erleben.

Monboddo ist ein elendes Kaff, wild und kahl, mit einem einzigen kümmerlichen Haus. Lord Monboddo empfing uns höflich an der Tür. Wir sprachen über den Niedergang der Gelehrsamkeit in Schottland. JOHNSON: »Soweit ich weiß, hat die Gelehrsamkeit vor allem in England sehr abgenommen.« MONBODDO: »Sir, Sie haben ihren Niedergang in England erlebt, und ich ihre Auslöschung in Schottland.« Johnson war sehr angetan von Monboddos Paradoxa; er examinierte dann noch den jungen Arthur, Lord Monboddos Sohn, in Latein. Nachts um halb zwölf kamen wir in Aberdeen an.

23. 8.

Mittags um eins gingen wir ins Rathaus – die Ratsherren hatten Dr. Johnson dorthin eingeladen, um ihm das Ehrenbürgerrecht der Stadt zu verleihen, was sie in einer feierlichen Zeremonie auch taten; Dr. Johnson war von dieser Ehrung sehr angetan.

Später sprachen wir von »Fingal«[15]. Dr. Johnson sagte mit der größten Seelenruhe: »Wenn diese Gedichte wirklich übersetzt wären, hätte sie jemand bestimmt zuerst niedergeschrieben. Wenn Mr. Macpherson das Manuskript in einem der Colleges von Aberdeen vorlegt und wenn dort Professoren als Fachleute die Echtheit bestätigen, dann ist der Streit rasch beigelegt. Wenn er das nicht tut, besteht weiterhin Anlaß zu Zweifeln.«

24. 8.

Wir brachen gegen acht Uhr morgens auf und frühstückten in Ellon. Mittags erreichten wir Schloß Slains, wo uns Lady Errol zum Essen empfing. Nach Tisch gewährte sie uns einen Blick auf ihre Kinderschar, die sie in einer Reihe aufstellte: es waren sechs Mädchen und zwei Jungen – ein sehr erfreulicher Anblick.

26. 8.

Wir aßen in Elgin zu Mittag und besichtigten die ehrwürdigen Ruinen der Kathedrale;[16] selbst von strömendem Regen ließ Dr. Johnson sich nicht abhalten.

Nachmittags fuhren wir über die Heide, an jener Stelle vorbei, an der Macbeth angeblich die Hexen getroffen hat. Dr. Johnson rezitierte feierlich längere Passagen aus »Macbeth«, mit genau dem richtigen Maß an Pathos.[17]

27. 8.

Mr. Kenneth Macaulay, der Pfarrer von Calder, versprach, uns einen Weg über die westlichen Inseln zu beschreiben, und deshalb erklärten wir uns einverstanden, die Nacht bei ihm zu verbringen. Auf einer Karte von Schottland zeigte er uns einen Weg von Inverness über Fort Augustus nach Glenelg, Skye, Mull, Icolmkill, Lorne und Inverary, den ich mir aufschrieb.

28. 8.

Abends kamen wir wohlbehalten nach Inverness und stiegen in Mackenzies Gasthaus ab; es war schmutzig und schlecht möbliert.

29. 8.

Wir besichtigten Macbeths Schloß. Gerade als wir wieder ins Freie kamen, ließ sich ein Rabe auf einen der Schornsteine nieder und krächzte. Da rezitierte ich: »Selbst der Rab' ist heiser, der Duncans schicksalsvollen Eingang kränzet unter meinem Dach ...«[18]

30. 8.

Kurz hinter Inverness (ich schätze etwa drei Meilen) sahen wir dicht an der Straße einen nahezu vollkommen erhaltenen Druidentempel, jedenfalls sah er so aus.[19] Er bestand aus einem doppelten Steinring, aus großen und kleinen Steinen. Mr. Johnson sagte mit Recht, einen einzelnen Stein zu betrachten lohne sich nicht, denn er beweise nichts, weil weder Kunst noch Macht aus ihm sprächen – der Anblick aus der Ferne genüge.

Es war ein herrlicher Tag. Loch Ness und die Uferstraße, zwischen Buchen und mit den Bergen darüber, gefielen uns über die Maßen. Die Szenerie war so abgelegen und so wild, wie man sie sich nur wünschen konnte; sie beschäftigte unser Gemüt für eine Weile.

Mr. Johnson in einer neuen Situation zu beobachten ist für mich jedesmal lohnend. Während ich ihm jetzt zum erstenmal zuschaute, wie er so dahinritt, mußte ich an »London, ein Gedicht« denken und an den »Rambler«,[20] und ich kann die vielen Gedanken nicht in Worte fassen, die mir durch den Kopf gingen.

Ein gutes Stück am Loch entlang sah ich eine kleine Hütte, in deren Tür eine alte Frau stand. Ich wußte, daß dies eine Szene für Mr. Johnson werden würde, deshalb machte ich ihn auf die Hütte aufmerksam. »Laßt uns hineingehen«, sagte er. Wir stiegen also ab und traten mit unseren Bergführern in die Hütte. Es war eine elende kleine Behausung, ich glaube, nur eine Erdhütte; das Fenster war ein Loch, das mit einem Torfstück verschlossen werden konnte – oder geöffnet, um Licht hereinzulassen. In der Mitte des Raumes (oder der Fläche, die wir betraten) brannte ein Torffeuer; der Rauch zog durch ein Loch in der Decke ab. Die Frau hatte einen Topf auf dem Feuer, in dem Ziegenfleisch kochte. An einem Ende der Hütte, unter dem gleichen Dach, aber durch eine Art Trennwand abgesondert, befand sich ein Verschlag, in dem man eine ganze Reihe von Kindern erkennen konnte.

Mr. Johnson fragte mich, wo sie schlafe. Ich wandte mich an einen unserer Führer, der sie auf Gälisch anredete. Sie antwortete mit einer sehr hohen Stimme. Er erklärte uns, sie habe Angst, wir wollten mit ihr schlafen. Diese Koketterie (oder wie immer man es nennen will) bei einer so jämmerlichen Kreatur hatte etwas äußerst Lächerliches. Mr. Johnson und ich machten uns hinterher darüber lustig. Ich sagte, er habe wahrscheinlich auf die um ihre Tugend besorgte Frau bedrohlich gewirkt. »Nein, Sir«, sagte er, »sie wird wohl später sagen: Da kam ein schlimmer junger Kerl daher, ein wilder junger Hund, der mich sicher vergewaltigt hätte, wäre in seiner

Begleitung nicht dieser würdige ältere Herr gewesen, der ihn zurückhielt. Wenn dieser junge Kerl jemals dem Gewahrsam seines Tutors entwischt, dann gnade uns Gott – er wird keine Frau verschonen, weder junge noch alte!« »Nein«, sagte ich, »sie wird sagen: Da kam doch dieser schreckliche alte Bock an, der mir Gewalt angetan hätte, wäre in seiner Begleitung nicht dieser sanfte, weich aussehende junge Mann gewesen, der wahrscheinlich ein Engel war.«

Mr. Johnson wollte ihre Empfindungen nicht durch die Bitte verletzen, einen Blick in ihre Schlafkammer werfen zu dürfen, aber ich konnte meine Neugier nicht bezähmen; ich entzündete ein Stück Papier und ging an die Stelle, wo ihr Bett war. Es war durch ein kleines Gestell aus Weidenrohr abgetrennt, das ordentlicher aussah als der Verschlag für die Kinder; in der Nähe der Wand stand eine Art hölzernes, mit Heu bedecktes Bettgestell, an dessen Fußende zusammengerollte Decken lagen. Die Frau hieß Fraser; ihr Mann hieß ebenfalls Fraser. Er war etwa achtzig Jahre alt. Mr. Fraser aus Balnain erlaubt ihm, in dieser Hütte zu leben und sechzig Ziegen zu halten – als Gegenleistung dafür, daß er seinen Wald in Ordnung hält. Fraser war gerade im Wald. Sie haben fünf Kinder, das älteste ist dreizehn. Zwei waren nach Inverness gegangen, um Lebensmittel einzukaufen; die übrigen kümmerten sich um die Ziegen. Die Frau hatte vier Hocken Gerste, jede mit vierundzwanzig Garben. Sie hatten auch ein paar Hühner. Sie leben das ganze Frühjahr hindurch ohne richtiges Essen, nur von Milch und Quark. Was sie für ihre Ziegen, Zicklein und Küken bekommen, davon leben sie. Ich habe mir nicht genau angesehen, wie die Kinder untergebracht sind.

Sie bat uns, Platz zu nehmen und einen Schluck zu trinken. Ich sah nur einen Stuhl. Sie sagte, sie sei die glücklichste Frau in ganz Schottland. Sie konnte kaum Englisch sprechen, nur ein paar Wörter. Mr. Johnson sah mit Interesse zum erstenmal solche menschlichen Lebensformen. Sie bat um etwas Schnupftabak. Das sei ihr einziger Luxus. Sie braucht eine Menge davon. Wir hatten keinen, gaben ihr aber jeder Sixpence. Dann holte sie die Whiskyflasche hervor. Ich probierte davon, und auch Joseph und unsere Führer nahmen einen Schluck. Dafür gab ich ihr noch einmal Sixpence. Sie verabschiedete uns mit Gebeten in Gälisch.

Wir aßen in einer kleinen Schenke zu Mittag, die »Generalshütte« heißt, nach General Wade, der hier untergebracht war, als er im Norden Befehlshaber war.[21]

Ganz in der Nähe steht die jämmerlichste Gemeindekirche, die ich je gesehen habe. Es ist eine Schande, daß sie so dicht an einer Landstraße steht.[22] Nach dem Essen ging es eine lange Strecke bergauf. Ich hatte Mr. Trapaud, den stellvertretenden Gouverneur von Fort Augustus, vor zwölf Jahren bei einer Rundreise in Inverness kennengelernt, wo mein Vater Richter war. Ich schickte jetzt Joseph und einen unserer Führer mit einer Karte an ihn voraus, um ihm Dr. Johnsons und meine Ankunft anzukündigen, und überließ es ihm, ob er uns einladen wolle oder nicht. Es war dunkel, als wir ankamen. Das Gasthaus war miserabel. Die Regierung müßte ein neues bauen oder dem hiesigen Gouverneur ein zusätzliches Gehalt geben; so wie die Dinge jetzt liegen, wird er zu großen Ausgaben gezwungen durch die Bewirtung von Reisenden. Als wir ausstiegen, kündigte Joseph uns an, der Gouverneur erwarte uns am Tor des Forts. Wir begaben uns dorthin. Er empfing uns und führte uns mit großer Höflichkeit in sein Haus. Es war wohltuend, sich auf einem wohlgebauten kleinen Karree und in einem geschmackvoll eingerichteten Haus aufzuhalten, in guter Gesellschaft und mit der Aussicht auf ein gutes Abendessen, kurz: versehen mit allen Annehmlichkeiten des zivilisierten Lebens inmitten einer rauhen Berglandschaft. Der Gouverneur, obwohl fast siebzig, ist überaus lebhaft; er wirkt im Gespräch wie ein Soldat und ein bißchen auch wie ein Franzose, was wohl mit seiner Herkunft zusammenhängt.

31. 8.

Nachmittags tranken wir Tee, den uns die Tochter unseres Wirtes bereitet hatte – ein bescheidenes, höfliches Mädchen in adretter Kleidung. Sie erzählte uns, daß sie ein Jahr in Inverness gelebt und dort Lesen und Schreiben gelernt habe, dazu Nähen, Häkeln, Spitzenklöppeln und Pastetenbacken. Dr. Johnson schenkte ihr ein Rechenbuch, das er in Inverness gekauft hatte.

Das Zimmer, in dem wir übernachten sollten, hatte über Balken gelegte Bretter als Decke. Es gab zwei Betten; ein Frauenkleid war über eine Leine gehängt worden, als Trennwand. Joseph hatte die Laken über die Decken gelegt, die meine Frau uns mitgegeben hatte. Wir überlegten, ob wir uns ausziehen oder angekleidet ins Bett legen sollten. Ich sagte schließlich: »Ich wage es. Wenn ich mich ausziehe, findet das Ungeziefer keinen Unterschlupf bei mir.«

Dr. Johnson meinte, er fühle sich wie jemand, der zögert, ob er ins kalte Wasser gehen soll. Aber dann entschloß er sich auch zum Ausziehen. Ich sagte, er sei durchaus militärtauglich. Er meinte: »Ich könnte alles tun, wofür man Ausdauer braucht; ob ich aber als Soldat Kraft genug hätte, weiß ich nicht.« Er war in bester Stimmung. Nachdem wir leise unsere Gebete gesprochen und noch ein wenig geschwätzt hatten, sagte Dr. Johnson: »Gott segne uns beide, um Jesu Christi willen. Gute Nacht!« Ich sagte: »Amen«. Er schlief sofort ein. Ich bin lange nicht so glücklich gewesen. Ich bildete mir ein, ich würde von Wanzen unter den Bettüchern gestochen, und ich hatte das Gefühl, als seile sich eine Spinne von der Täfelung zu meinem Mund ab. Schließlich schwanden auch mir die Sinne.

1. 9.

Wir kamen durch Glen Shiel – gewaltige Berge zu beiden Seiten; wir sahen die Stelle, wo 1719 die Schlacht stattfand.[23]

Wir ritten rüstig voran, bis wir zu einem hohen Berg namens Rattachan kamen. Dr. Johnson und die Pferde waren schon ziemlich müde. Da Dr. Johnson ein ziemliches Gewicht hat, einigten sich die beiden Führer darauf, daß er die Pferde abwechselnd reiten sollte; der Doktor wollte aber nur auf einem Pferd reiten. Als es bergab ging, kam er in Schwierigkeiten und begann zu murren. Ich ritt ein Stück voraus und amüsierte mich über die Versuche, ihn bei guter Laune zu halten.

Hay[24] führte das Pferd und sprach mit Dr. Johnson, so gut er konnte. Da der Bursche am Sonntag gehört hatte, wie der Doktor seiner romantischen Freude über den Anblick grasender Ziegen Ausdruck gab, rief er, genau in dem Augenblick, als der Doktor sein Mißbehagen äußerte, mit unverfälschtem Hochlandakzent: »Sehen Sie nur, so schöne Ziegen!« Der Arme hatte keine Ahnung, wer Dr. Johnson war – er, der ordinäre, ungebildete Hochlandtölpel bildete sich ein, er könne einen Dr. Samuel Johnson ablenken wie ein Kind! Die ganze Lächerlichkeit und Abwegigkeit sowie der außerordentliche Kontrast zwischen dem, was der Bursche glaubte, und der Wirklichkeit waren wirklich komisch.

Es wurde dämmrig, und wir hatten noch einen anstrengenden Ritt, angeblich von fünf Meilen, vor uns; ich bin sicher, es waren zehn. Wir unterhielten uns nicht. Ich ritt voraus zum Gasthaus von Glenelg, an dem der Insel Skye gegenüber liegenden Ufer, um alle Vorbereitungen zu treffen, bevor Dr. Johnson ankam, der nun in düsterem Schweigen weiterritt, wobei Hay sein Pferd führte. Vass[25] ging neben seinem Pferd, und Joseph folgte dahinter. Weil er so gut umsorgt und überdies tief in Gedanken schien, dachte ich mir nichts dabei, ihn für eine Weile allein zu lassen. Aber er rief mich mit fürchterlicher Stimme zurück – er war wütend, daß ich ihn verlassen hatte. Ich erklärte ihm, was ich vorgehabt hatte, aber er gab sich nicht damit zufrieden und sagte: »Ich hätte ebensogut an einen Taschendieb denken können als daran, daß Sie mich so versetzen!« BOSWELL: »Sie spaßen mit mir, Sir.« JOHNSON: »Sir, ich könnte niemals an Unhöflichkeiten Spaß finden. Durch so etwas verliert man das Vertrauen zu dem, der es einem antut, da man nicht weiß, was er als nächstes tun wird.« Seine ungewöhnliche Heftigkeit bestürzte mich so, daß ich mich nur unzureichend rechtfertigte; meine Absichten waren wirklich nicht ungeziemend gewesen. Ich wollte nur deshalb vorausreiten, um mich um unser Quartier zu kümmern und ob wir ein Boot bekämen – alles das glaubte ich am besten allein erledigen zu können, weil ich ihm keine Umstände machen wollte.

Das Gasthaus in Glenelg war miserabel; es gab dort kein Brot, keine Eier, keinen weißen Zucker, keinen Wein, nur Whisky.

3. 9.

Man empfahl uns, auf dem Weg nach Dunvegan, dem Stammsitz der Lairds von Macleod, die Insel Raasay zu besuchen.

7. 9.

Ein regnerischer, stürmischer Tag; es war unmöglich, nach Raasay überzusetzen.

Ich verbrachte einen Teil des Vormittags mit dem Schreiben dieses Tagebuchs. Die übrige Zeit war ziemlich öde, wegen des trüben Wetters und der Ungewißheit, in der wir uns befanden, weil wir nicht wußten, ob es aufklaren würde oder nicht. Es gibt nichts Quälenderes für das Gemüt als einen Zustand der Erwartung, besonders wenn sie vom Wetter abhängt, das man so wenig im voraus berechnen kann. Wie Dr. Johnson von unserer Ermüdung am Montag in Aberdeen sagte: »Was man empfindet, empfindet man eben.« Nach dem Essen las ich einige der Abhandlungen von Dr. McPherson über die alten Kaledonier. Ich war angewidert von den unbefriedigenden Spekulationen über die alte Zeit vor der schriftlichen Überlieferung. Ich war froh, als endlich der Tee kam. Dies, nehme ich an, ist der Zustand derjenigen, die auf dem Lande leben. Die Mahlzeiten werden herbeigewünscht, sowohl aus Mangel an Beschäftigung für den Verstand als auch durch das Bedürfnis nach Essen. Es ärgerte mich, daß ich diese (wenn auch vorübergehende) Schwäche empfand und daß ich so weit davon entfernt war, jener gefestigte, weise Mensch zu sein, der sich selbst genügt in seinem Glück. Ich fühlte eine Art Apathie aus Trägheit. Ich gab mir keine Mühe, Dr. Johnson zum Reden zu bringen, damit ich mir nicht die Arbeit machen mußte, seine Gespräche aufzuzeichnen.

8. 9.

Ich war ergriffen bei dem Gedanken, daß unser langgehegter Plan, die Hebriden zu besuchen, nun endlich in Erfüllung gegangen war. Beim Übersetzen nach Raasay rief ich Johnson zu: »Wir kämpfen nun mit den Meeren!«, weil ich glaubte, er hätte diese Worte in einem Brief an mich benutzt. »Nicht der Rede wert«, sagte er, und obgleich Gischtspritzer auf uns niedergingen, behielt er die Fassung. Als wir nicht mehr im Schutz der Insel Scalpa waren und uns im Sund zwischen Scalpa und Raasay befanden, der sich drei Meilen weit erstreckt, wurden Wind und See immer rauher. Mir behagte das gar nicht. JOHNSON: »Das ist also jetzt der Atlantik. Wenn ich später an einem Teetisch in London erzähle, daß ich in einem offenen Boot über den Atlantik gerudert worden bin, wird man schaudern und mich für einen Narren halten, daß ich mich einer solchen Gefahr ausgesetzt habe.« Und dann zitierte er die Ode des Horaz: »Otium Divos rogat in patenti Prensus Aegaeo«.[26]

Im Wirrwarr dieser stürmischen Überfahrt wurden Dr. Johnsons Sporen, die in Josephs Obhut waren, über Bord gespült. Dies war das erste Mißgeschick, das uns passierte. Dr. Johnson war zuerst etwas verärgert und meinte, es sei »verrückt, ein Paar Sporen in die See spülen zu lassen«, fügte dann aber hinzu, dies sei, wie der Naturforscher John Jeans gesagt habe, als er sein Notizbuch verloren hatte, eher eine Unannehmlichkeit als ein Verlust.

10. 9.

Auf dieser Insel gibt es viel schwarzes Rindvieh, Schafe und Ziegen; die Pferde werden zum Pflügen und zum Verteilen von Dung benutzt, kaum jemals zum Reiten.

Meine Besichtigung von Raasay ergab nicht viel, was die Leser interessieren könnte.

12. 9.

Wir sprachen vom Tod. Dr. Johnson bemerkte zu diesem Thema, die Prahlerei mancher Menschen von der Leichtigkeit des Sterbens sei leeres Geschwätz, das von einer einseitigen Sicht herrühre. Ich erwähnte Hawthorndens[27] »Zypressenhain«, wo es heißt, die Welt sei ein bloßes Schauspiel, und es sei unvernünftig, noch länger in der Schaubude zu bleiben, wenn man die Vorstellung gesehen habe. Man sollte lieber heiter hinausgehen und anderen Zuschauern Platz machen. JOHNSON: »Ja, Sir, wenn man sicher ist, daß es einem wohl ergeht, wenn man sie verlassen hat. Aber wenn man zum Beispiel blind wird, nachdem man die Schaubude verlassen hat, und nichts mehr sehen kann, oder wenn man nicht weiß, wohin man danach kommt, wird man ein solches Theater nicht heiter verlassen. Kein vernünftiger Mensch wird zufrieden sterben, wenn er damit rechnen muß, daß ihn eine Bestrafung erwartet. Nein, kein vernünftiger Mensch wird zufrieden sterben, wenn er daran denkt, daß er ausgelöscht wird. Denn wie unglücklich das Leben eines Menschen auch sein mag – er wird es lieber behalten wollen als ausgelöscht werden. Nein, es gibt keinen vernünftigen Grund dafür, daß der Mensch zufrieden sterben kann – außer dem Vertrauen in die Gnade Gottes durch seinen Sohn Jesus Christus.«

Diese kurze Predigt, in ernstem Ton gehalten, in einem Boot auf dem Meer, das in völliger Windstille dalag, an einem Tag, der für den Gottesdienst bestimmt ist, und mit Zuhörern, die mit Andacht und Zustimmung lauschten, hatte eine überaus besänftigende Wirkung auf mein Gemüt.

Wir erreichten den Hafen von Portree auf Skye – eine weitläufige Anlage.

In Kingsburgh empfing uns Mr. Allan Macdonald. Nach einiger Verzögerung gab es Abendessen, und dann erschien plötzlich seine Gattin, die berühmte Flora Macdonald.[28] Miss Flora erzählte mir, sie habe schon vor vierzehn Tagen gehört, daß Mr. Boswell auf die Insel Skye kommen werde und daß ein gewisser Mr. Johnson, ein junger englischer Bock, ihn begleite.

13. 9.

Spät am Nachmittag kamen wir in Dunvegan an. Die Größe des Schlosses, das zum Teil alt, zum Teil neu ist und auf einem Felsen dicht am Meer steht, inmitten einer rauhen, sumpfigen und hügeligen Landschaft, wirkt überwältigend. Wir wurden so vornehm bewirtet, daß sich mein Reisegefährte an England erinnert fühlte und in eine heitere Stimmung geriet. »Boswell«, sagte er lachend, »wir haben die Insel am falschen Ende betreten!« »Sir«, sagte ich, »es war wohl am besten, dies für den Schluß aufzuheben.«

14.9.

Der Laird von Macleod kam darauf zu sprechen, daß Frauen wegen Unzucht Buße tun müßten. JOHNSON: »Das ist richtig, Sir. Nach allgemeiner Ansicht haftet diesem Verbrechen die Schande an, sobald es ruchbar geworden ist. Ich möchte nicht derjenige sein, der es entdeckt, wenn ich allein es wüßte, denn eine Frau kann sich bessern. Ich würde auch den Pfarrer nicht loben, der den ersten Fehltritt einer Frau öffentlich bekanntgibt. Sobald dieser Fehltritt bekannt ist, sollte er als Schande gelten. Bedenken Sie, von welcher Tragweite die Keuschheit der Frauen für die Gesellschaft ist. Von der Keuschheit hängt aller Besitz in der Welt ab. Wir hängen einen Dieb, weil er ein Schaf gestohlen hat; aber die Unkeuschheit einer Frau nimmt dem rechtmäßigen Besitzer weit mehr: Schafe, Farm – den ganzen Besitz. Ich habe viel größere Achtung vor einer gewöhnlichen Prostituierten als vor einer Frau, die ihre Schuld geheimhält. Die Prostituierte ist öffentlich bekannt. Sie kann niemanden betrügen – man kann einem ehrenhaften Mann nicht eine Hure in den Arm legen, ohne daß er es weiß.« BOSWELL: »Es gibt aber einen großen Unterschied zwischen einer alleinstehenden und einer verheirateten Frau.« Johnson: »Ja, Sir, es besteht in der Tat ein großer Unterschied, ob man einen Schilling stiehlt oder tausend Pfund, ob man einem Mann einfach die Geldbörse abnimmt oder ob man ihn erst umbringt und dann die Brieftasche stiehlt. Wenn man einmal mit dem Laster angefangen hat, ist es leicht, damit fortzufahren. Wo alleinstehende Frauen ausschweifend sind, findet man selten treue Ehefrauen.« Boswell: »Und doch hören wir, daß bei manchen Volksstämmen in Indien der Unterschied streng beachtet wird.« Johnson: »Kommen Sie uns nicht mit Indien! Das erinnert mich an Montesquieu, der wirklich in vieler Hinsicht ein genialer Bursche ist. Wenn er eine ausgefallene Meinung rechtfertigen will, verweist er jedesmal auf die Gebräuche in Japan oder in einem anderen exotischen Land, von dem er keine Ahnung hat. Um die Polygamie zu rechtfertigen, erzählt er uns von der Insel Formosa, wo zehn Frauen auf einen Mann kommen. Er brauchte sich dann nur noch eine andere Insel auszudenken, wo zehn Männer auf eine Frau kommen, dann können sich alle gegenseitig heiraten.«

Beim Abendessen sagte Dr. Johnson: »Kein Mensch handelt so gut, wie er schreibt. Ich habe mein Leben lang bis mittags im Bett gelegen, und doch sage ich allen jungen Männern, und ich meine es ernst, daß niemand, der nicht früh aufsteht, es je zu etwas bringen wird. Stellen Sie sich vor, Sie lesen ein Buch und Sie lassen sich davon überzeugen, aber Sie kennen den Autor nicht. Nehmen Sie an, Sie lernen ihn später kennen und stellen fest, daß er nicht danach handelt, was er lehrt – müssen Sie dann Ihre frühere Überzeugung aufgeben? Auf diese Weise würden Sie jedesmal so lange im Ungewissen sein, wenn

Sie irgendein Buch lesen, bis Sie die Handlungsweise des Autors kennengelernt haben.«

Weiter sagte er: »Die Laune des Menschen verbessert sich, je älter er wird. Er gewinnt durch Erfahrung. Wenn er jung ist, hält er sich für sehr bedeutend und alles für wichtig. Wenn er an Jahren zunimmt, lernt er, sich für unbedeutend und kleine Dinge für wenig bedeutend zu halten – er wird geduldiger und zufriedener.«

16. 9.

Ich war in Hochstimmung bei dem Gedanken, daß es mir gelungen war, einen Mann wie Dr. Johnson in diesen entlegenen Teil der Welt zu locken. Ein komisches, aber zutreffendes Bild erschien vor meinem geistigen Auge, und ich beschrieb es der Gesellschaft. Ich verglich mich mit einem Hund, der sich ein großes Stück Fleisch geschnappt hat und damit in eine Ecke läuft, wo er es in Ruhe fressen kann, ohne Furcht, daß andere es ihm wegnehmen.

Nachdem die Damen vom Tisch aufgestanden waren, sprachen wir davon, daß die Highlander keine Bettücher benutzen, und das brachte uns auf den Vorteil, der darin besteht, Leinenstoffe zu tragen. JOHNSON: »Tierische Substanzen sind nicht so sauber wie die pflanzlichen. Die Wolle, aus der Flanell gemacht wird, ist eine tierische Substanz; Flanell ist daher nicht so sauber wie Leinen. Ich erinnere mich, daß ich früher Teer für schmutzig hielt. Aber als ich erfuhr, daß er nur ein Präparat aus dem Saft der Kiefer ist, änderte ich meine Meinung. Es ist nicht unangenehm, das Harz, das aus einem Pflaumenbaum sickert, an den Fingern zu haben, weil es pflanzlich ist; aber wenn man Kerzenfett oder Talg an den Fingern hat, fühlt man sich unbehaglich, bis man es abgerieben hat. Ich habe oft gedacht, wenn ich mir einen Harem hielte, müßten die Frauen alle Leinengewänder tragen, oder Baumwolle – ich meine, Stoff aus pflanzlichen Substanzen. Ich würde keine Seide wollen; man weiß nie, ob sie sauber ist – sie ist sicher schon ganz unappetitlich, bevor man es merkt. Schmutziges Leinen entlarvt sich selbst.«

Als ich so mitanhörte, wie der ehrwürdige Dr. Samuel Johnson, der »erhabene Lehrer moralischer und religiöser Weisheit«, während er gravitätisch in einem Sessel auf der Insel Skye saß, *ex cathedra*[29] davon sprach, sich einen Harem zu halten, und dabei noch zugab, daß ihm dieser Gedanke schon oft vorgeschwebt habe, wirkte der Kontrast auf mich so komisch, daß ich laut loslachte.

Wir sprachen auch davon, daß Luther dem Landgrafen von Hessen zwei Ehefrauen zugestanden habe, mit dem ausdrücklichen Einverständnis der ersten Gattin. Mr. Johnson sagte, ihr sei damit kein Unrecht geschehen, denn *volenti non fit injuria.*[30]

18. 9.

Wir fühlten uns in Dunvegan so wohl, daß ich Dr. Johnson nur mit Mühe zum Weiterreisen überreden konnte.

21. 9.

Weil der Morgen sehr schön war, beschlossen wir, von Dunvegan aufzubrechen. Gegen sechs Uhr kamen wir nach Ulinish.

23. 9.

Bei der Bootsfahrt nach Talisker ließ sich Dr. Johnson zu einem seiner Ausfälle gegen die Schotten hinreißen – sie hätten, so meinte er, vor der Vereinigung mit England kaum Handel, Geld oder Lebensart gehabt. »Wir haben euch alle diese Dinge beigebracht, und das werden wir im Lauf der Zeit mit allen barbarischen Völkern tun, mit den Cherokesen und am Ende sogar mit den Orang-Utans!«

28. 9.

Dr. Johnson will so viele Inseln besuchen wie nur irgend möglich; er denkt aber nicht an die Risiken dieser Jahreszeit, die uns womöglich wochenlang an einem Ort festhalten können. Er sagte zu mir: »Ich habe größere Abenteuerlust als Sie!« Mir war vor allem daran gelegen, bald nach Mull zu kommen, von wo aus wir fast jeden Tag das Festland erreichen konnten.

29. 9.

Ich fragte Dr. Johnson, ob er jemals eine Nachtmütze getragen habe. Er sagte: »Nein.« Ich fragte, ob es besser sei, keine zu tragen. JOHNSON: »Man wird wohl nie erfahren, ob es besser ist, mit oder ohne Nachtmütze zu schlafen.« Kurz darauf lachte er über eine Unebenheit des Terrains und sagte: »Man könnte hier auch ohne Schuhe und Strümpfe gehen.« Da stach mich der Hafer, und ich sagte: »Oder ohne Nachtmütze.« Ich hätte lieber den Mund halten sollen, denn er fuhr mich sofort an:

»Ich sehe da keinen Zusammenhang. Man muß schon ein ziemlicher Trottel sein, wenn man herausfinden will, ob es besser ist, eine Nachtmütze zu tragen oder nicht. Nur Nachtwächter erkundigen sich nach so etwas.« Er hatte die Lacher auf seiner Seite.

2. 10.

Ich hatte den ganzen Vormittag Briefe geschrieben. Es war ein trüber Tag; abends gab es ein mächtiges Gewitter. Ich war von der wilden Tanzerei noch ganz erschöpft. Im Grunde tanze ich nicht gern. Aber ich zwinge mich dazu, wenn es das soziale Klima verbessert, wie z. B. auf dem Lande, wo das Tanzen den gleichen Zweck erfüllt wie das Essen. Heute tanzten wir zu Dudelsackbegleitung, was ich noch nie getan hatte. Wir stampften mächtig auf dem Boden herum. Ich hielt es für besser, mich am Wohlergehen der Leute von Skye interessiert zu zeigen, indem ich kräftig bei ihren Vergnügungen mithielt, statt den weltfremden Gelehrten zu spielen. Ich betrachtete diese Reise auf die Hebriden als ein Gemeinschaftsunternehmen von Dr. Johnson und mir. Jeder muß das beitragen, was er am besten kann, um den Erfolg des Unternehmens zu sichern, und ich habe Grund, mir zu schmeicheln, daß uns meine Bemühungen bei den Lustbarkeiten nützlich waren. Dr. Johnsons unerschöpflicher Vorrat an Wissen und Geist war für die Hebridenbewohner eine einzigartige Quelle der Bewunderung und Freude. Aber sie stand ihnen immer nur für kurze Zeit zur Verfügung; die Leute wollten die Pausen dazwischen angenehm ausgefüllt haben und brauchten auch gelegentlich Erklärungen seiner gelehrten Ausspruche. Es fiel ihnen auf, daß ich es jeweils war, der sie ihm entlockte – die Quelle war so lange versiegelt, bis ich sie zum Sprudeln brachte. Es war auffällig, wie die Leute bei Streitigkeiten in seiner Abwesenheit sagten: »Warte nur, bis Dr. Johnson kommt – und dann sag *ihm* es!« Er war für sie, was Orpheus für die Barbaren war.[31]

3. 10.

Dr. Johnson sagte, er werde Skye nie vergessen, und bedankte sich für alle ihm erwiesenen Aufmerksamkeiten. Auf der Fahrt nach Mull wurde er seekrank und ging unter Deck; ich blieb oben an der frischen Luft, labte mich reichlich an Brot und Käse und trank dazu Whisky, Rum und Brandy. Zum Dinner ging ich in die Kajüte und aß gekochtes Hammelfleisch und Salzhering und trank dazu Bier und Punsch. Ich kam mir wie ein robuster Seemann vor und bedauerte den armen Johnson, dem es übel erging. Aber als ich mir gerade vorgestellt hatte, es würde mir überhaupt nichts ausmachen, so nach Amerika oder Ostindien zu segeln, packte mich plötzlich auch die Seekrankheit. Ich blieb an Deck, obwohl es stark regnete. Unser Schiff schwankte so gewaltig, daß ich bei dem Gedanken zitterte, es könne kentern; erst später erfuhr ich, daß das Deck in der Tat um ein Haar unter Wasser gewesen wäre. Ich erlebte, was ich noch nie zuvor erlebt hatte: das unheimliche Meer kann mit gewaltigen Wellen ein Schiff so in Bedrängnis bringen, daß kaum noch Rettung möglich scheint. Ich bin froh, daß ich diese Erfahrung einmal in meinem Leben gemacht habe. Dr. Johnson hatte sich auf eins der Betten gelegt und war offenbar erleichtert, weil er seine

Seekrankheit überwunden hatte; die Wahrheit ist, daß er keine Ahnung hatte, in welcher Gefahr wir schwebten.

4. 10.

Da es uns nun einmal auf die Insel Coll verschlagen hatte, waren wir entschlossen, sie gründlich zu besichtigen.

5. 10.

Dr. Johnson meinte: »Es würde große Entsagung erfordern, wenn man auf einer solchen Insel leben muß.«

11. 10.

Mrs. MacSweyn, unsere Gastgeberin, erzählte, daß sie noch nie auf dem Festland war. Als Dr. Johnson das hörte, sagte er in ihrer Gegenwart zu mir: »Hier lebt man ziemlich rückständig. Ich würde wenigstens manchmal nach Glenelg fahren.« Boswell: »Sir, Sie haben bis jetzt auch noch nichts anderes als Ihre Heimatinsel gesehen.« Johnson: »Ich kenne London und deshalb so viel vom Leben, wie die Welt nur bieten kann.« Boswell: »Sie kennen Peking nicht.« Johnson: »Was ist schon Peking! Zehntausend Londoner würden sämtliche Einwohner von Peking wie ein Rudel Rehe verjagen!«

12. 10.

Auf unserer Reise fiel mir auf, daß Dr. Johnson immer Abscheu empfand, wenn er ungehobelten Manieren begegnete. Er sagte zu mir: »Ich weiß nicht, wie es kommt, aber ich kann ordinäres Leben nicht ertragen. Ich beobachte aber, daß andere, die das gleiche Recht darauf hätten wie ich, empfindlich zu sein, diese Art von Leben besser ertragen, weil sie öfter mit unterschiedlichen Menschentypen zusammen gewesen sind.«

Er las an diesem Tag große Teile meines Tagebuchs. Ich hatte es in ein kleines Buch geschrieben, das er mir gegeben hatte. Er war offenbar zufrieden, denn er sagte: »Ich wünschte, Ihre Bücher wären doppelt so dick.« Er half mir dabei, Lücken zu füllen, die ich bei der ersten Niederschrift gelassen hatte, und er verbesserte Fehler, die ich gemacht hatte. »Man nennt mich einen Gelehrten«, sagte er, »und doch – wie wenig Literatur kommt in meinen Gesprächen vor!«

14. 10.

Dr. Johnson führt oft Selbstgespräche; das ist typisch für gelehrte Menschen, die an tiefes Nachdenken gewohnt sind. Zwischen sechs und sieben lichteten wir den Anker und setzten, bei günstiger Brise, unsere Segel; nach angenehmer Fahrt gelangten wir wohlbehalten und munter in den Hafen von Tobermory auf der Insel Mull.

Dr. Johnson und ich saßen allein im Gasthaus, wir unterhielten uns angeregt. Er sagte: »Durch die französische Sprache werden vielleicht mehr Kenntnisse vermittelt als durch irgendeine andere; in der englischen Sprache gibt es dagegen mehr schöpferisches Wissen.« »Aber die Franzosen«, sagte ich, »beherrschen die Kunst, Literatur zu verfassen.« »Was die schöpferische Literatur betrifft, haben die Franzosen in der Tat ein paar Tragödiendichter, die weltberühmt sind – Racine und Corneille zum Beispiel, und einen Komödiendichter, Molière.« BOSWELL: »Sie haben aber auch Fénélon.« JOHNSON: »Nun ja, Sir, der ›Télémaque‹ ist ganz gut.« BOSWELL: »Und Voltaire, Sir.« JOHNSON: »Er hat den letzten Test noch nicht bestanden. Er ist nur deshalb so bekannt, weil er viele Sammelbände verfaßt hat, zum Beispiel seine ›Weltgeschichte‹.« BOSWELL: »Was halten Sie vom Bischof von Meaux?«[32] JOHNSON: »Den liest keiner, Sir.« Daß Massillon[33] und Bourdaloue[34] weltbekannt seien, wollte er nicht zugeben – im allgemeinen spendete er den Franzosen jedoch hohes Lob für ihren Fleiß.

16. 10.

Wir machten auf den kleinen Pferden von Mull einen Ausritt. Mull entsprach genau der Vorstellung, die ich mir immer von dieser Insel gemacht hatte: eine bergige, abwechslungsreiche Landschaft, mit Heide, Gras und vielen Bächen. Dr. Johnson hatte schlechte Laune. Er sagte, dies sei eine öde Landschaft, noch schlimmer als Skye. Ich war ganz anderer Meinung. »Ach, Sir«, sagte er, »wahrlich eine traurige Landschaft!«

Abends im Bett sagte ich zu Dr. Johnson über unseren Gastgeber: *Aspectum generosum habet. Et generosum animum,*[35] fügte er hinzu. Um nicht von allen verstanden zu werden, unterhielten wir uns oft in solchem Küchenlatein, mit starkem englischem Akzent. Mr. Johnson hat in seinem Tagebuch berichtet, daß er beim Ausziehen mit den Füßen im Schlamm stand – dabei war nur durch die zerbrochenen Fensterscheiben Regen ins Zimmer gedrungen und hatte den Fußboden feucht gemacht.

17. 10.

Wir bedauerten, daß Dr. Johnson sich nicht überreden ließ, sich den geselligen Trinkgewohnheiten der Inselbewohner anzuschließen. Unter seinen Argumenten gegen das Trinken schien mir eines besonders schwach zu sein; er behauptete: »Wenn das Trinken einen Menschen anders macht, als er vorher war, dann ist es schlecht, weil es offensichtlich seinen Verstand beeinträchtigt«. Aber muß man darauf nicht erwidern, daß ein Mensch sich auch durchaus zum Guten verändern kann? Und daß die Stimmung heiter werden kann, ohne daß der Verstand sich trübt? Was das Trinken im allgemeinen betrifft, bin ich jedoch nicht grundsätzlich anderer Meinung als Dr. Johnson.

18. 10.

Beim Frühstück fragte ich: »Warum ärgern wir uns eigentlich, wenn ein Geschäftsmann reich ist?« JOHNSON: »Nun, Sir, der Grund, wenn es überhaupt einen gibt, liegt darin, daß wir in der Geschäftstüchtigkeit keine Gabe sehen, die einen Menschen zum Gefühl der Überlegenheit berechtigt. Wir ärgern uns nicht, wenn ein Soldat Reichtum erwirbt, denn wir erkennen an, daß er Fähigkeiten besitzt, die wir nicht haben. Wenn ein Mann aus der Schlacht zurückkehrt und hat die eine Hand verloren und die andere voller Gold, dann wissen wir, daß er das Gold verdient. Wir können uns aber nicht vorstellen, daß ein Kerl, der den ganzen Tag am Schreibtisch sitzt, ein Recht hat, uns zu übertreffen.« BOSWELL: »Aber, Sir, können wir nicht annehmen, daß ein Kaufmann ein Mensch mit einem weiten Horizont ist?« Johnson: »Ein Kaufmann mag vielleicht ein Mensch mit weitem Horizont sein, aber es gibt im Geschäftsleben nichts, das den Horizont erweitern kann.«

19. 10.

Wir fuhren an der Küste von Mull entlang und kamen an der Nonneninsel vorbei. Als wir im Mondschein an ihr entlangfuhren, bei rauher See und zwischen schwarzen und düsteren Felsen, sagte Dr. Johnson: »Wenn das keine Kreuzfahrt durch die Hebriden ist, dann weiß ich nicht, was eine Kreuzfahrt ist!« Die Wiederholung dieser Worte, die er zuvor so oft gebraucht hatte, wirkte beflügelnd auf meine Phantasie und brachte mich durch eine Reihe von Assoziationen auf die Frage, wie mir wohl unsere gegenwärtigen Abenteuer im Rückblick erscheinen würden.

Ich habe oft die Erfahrung gemacht, daß sich Szenen, die ein Mensch erlebt hat, in der Erinnerung verklären – sie verlieren an Schärfe. *Acti labores sunt iucundi.*[36] Das mag daran liegen, daß man sie mit der gegenwärtigen trägen Behaglichkeit vergleicht. Sogar rauhe Szenen gewinnen im Verlauf der Zeit weichere Konturen; manche sind wie laute Geräusche, die einem mißfallen, bis man sie aus einiger Entfernung hört. Man kann sie mit kräftigen, grob gemalten Bildern vergleichen, die eine Betrachtung aus der Nähe nicht vertragen. Selbst angenehme Szenen gewinnen aus zeitlichem Abstand und erscheinen in der Erinnerung schöner als in der Gegenwart – wenn sie nicht schon im Gedächtnis verblaßt sind.

Vielleicht ist ja in jedem menschlichen Vergnügen so viel Schlechtes enthalten (während es andauert), so viel beigemischte Unreinheit, daß es einer Verfeinerung durch die Zeit bedarf. Und doch verstehe ich nicht, warum die Zeit nicht das Gute und das Schlechte in gleichem Maße vergehen läßt – warum der Schatten verblaßt und das Licht bleibt.

Nach einer ermüdenden Fahrt entlang der Küste von Mull mit ihren vielen Buchten war es ein erhebender Augenblick, ein Licht in dem Dorf auf Icolmkill zu erkennen. Als wir an dem geheiligten Ort gelandet waren, an den ich, solange ich mich erinnern kann, immer mit Ehrfurcht gedacht habe, umarmten Dr. Johnson und ich uns ergriffen. Der heilige Schauplatz wurde noch eindrucksvoller für mich durch die Anwesenheit meines großen und frommen Freundes, der seine Eindrücke mit solcher gedanklichen Kraft und Lebendigkeit beschrieben hat, daß ich sie hier zitieren will: »Wir betraten nun jene berühmte Insel, die einst das Licht von Kaledonien war, der Ort, von dem aus wilde Clans und umherstreifende Barbaren die Wohltaten des Wissens und die Reichtümer der Religion empfingen. Es ist unmöglich, sich nicht von diesem Ort ergreifen zu lassen. Wessen Vaterlandsliebe würde nicht größer auf dem Felde von Marathon, und wessen Frömmigkeit würde nicht tiefer in den Ruinen von Iona!«

In unserem Quartier gab es dann Kerzenfisch und in Butter gebratene Austern, dazu Bratkartoffeln. Mr. Johnson aß nur wenig davon, er trank ein Glas Milch.

20. 10.

Ich muß gestehen, daß Iona meine Erwartungen enttäuschte. Es gab bloß ein paar platte Grabsteine, auf denen man keine Schrift mehr erkennen konnte. Welch ein Kontrast zu den Marmor-Monumenten in der Westminster-Abtei! Ähnliches hatte ich hier auch erwartet. Ich ging dann in die Kathedrale, die wirklich großartig ist, wenn man ihr Alter bedenkt und die Abgelegenheit des Ortes; ich kniete nieder, betete zu Gott, richtete ein paar Worte an den heiligen Columba und erwärmte meine Seele mit frommen Gefühlen.

22. 10.

Wir bestiegen die Fähre, deren Boden mit Zweigen von Bäumen und Büschen bedeckt war, auf denen wir saßen.

Abends landeten wir in Oban, wo wir ein leidliches Gasthaus vorfanden. Nach der langen Zeit auf den Inseln, mit den Unwägbarkeiten des Weiterkommens, war es wohltuend, wieder auf dem Festland zu sein. An das, was Mr. Johnson zu mir sagte, kann ich mich nicht mehr erinnern.

23. 10.

Völlig durchnäßt. Ich wechselte Teile meiner Kleidung und versuchte, mich so gut es ging zu trocknen. Aber Dr. Johnson behielt seine nassen Sachen an und ließ sie vor dem rauchigen Torf-Feuer dampfen. Ich hielt das für verkehrt, aber diese Festigkeit ist seine Form des Heroismus.

Abends nach Inverary, in ein sehr gutes Gasthaus. Nach dem Abendessen bestellte Dr. Johnson, der auf der ganzen Reise keinen Alkohol getrunken hatte, eine halbe Flasche Whisky. Er trank sie bis auf einen Tropfen aus und rief: »Auf das, was einen Schotten glücklich macht!« Ich bat ihn, den letzten Tropfen in mein Glas zu schütten, damit ich später sagen könnte, wir hätten zusammen Whisky getrunken.

24. 10.

Wir verbrachten den Vormittag ruhig und friedlich. In einem Magazin, ich glaube, in der Edinburgher Wochenzeitung, fand ich einen Ausspruch von Dr. Johnson in dem Sinne, daß der glücklichste Teil im Leben eines Menschen derjenige ist, den er morgens wach im Bett verbringt. Er sagte: »Vielleicht habe ich das tatsächlich gesagt – manchmal redet niemand nachlässiger als ich.« Ich wagte zu bemerken, daß das bei einer Persönlichkeit von seiner Autorität gefährlich sei.

27. 10.

Nach dem Frühstück fuhren wir in einem Boot über den Loch Lomond und landeten an einigen der vielen Inseln im See. Dr. Johnson war sehr angetan von der Landschaft, die aus vielen Reiseberichten so bekannt ist, daß ich sie hier nicht zu beschreiben brauche.

Abends hielt uns Dr. Johnson einen Vortrag über den Ursprung des Bösen; ich glaube nicht, daß er darin irgend etwas Neues sagte, aber er drückte sich wundervoll aus.

28. 10.

Bei unserer Ankunft im Saracen's-Head-Gasthof zu Glasgow war ich hoch erfreut über gute Nachrichten von zu Hause; Dr. Johnson, der seit unserer Abreise aus Aberdeen keinen einzigen Brief bekommen hatte, fand nun gleich mehrere vor, deren Lektüre ihn sehr ermunterte. Er legte die Beine auf beide Seiten des Kamins und sprach mit gekünstelter Feierlichkeit zu sich selbst: »Hier sitze ich nun, ein Engländer, an einem Kohlenfeuer!«

1. 11.

Obwohl Dr. Johnson faul war und keine Lust hatte zu einem Ausflug, bestand ich darauf, daß wir die Gräfin Eglinton[37] besuchen sollten. Lady Eglinton, obwohl schon fünfundachtzig, ist immer noch eine stattliche Frau. Sie stammt aus der vornehmen Kennedy-Familie, ihre Figur ist majestätisch, ihre Umgangsformen erlesen, ihre Bildung umfassend, ihre Konversation elegant. Dr. Johnson war entzückt von ihr.

2. 11.

Vor dem Mittagessen fuhren wir nach Auchinleck.

Mein Vater ist nur wenig mehr als eineinhalb Jahre älter als Dr. Johnson. Er war ein so eifriger Whig und Presbyterianer, wie Dr. Johnson ein Tory und Anhänger der Hochkirche war; und da er nicht allzuviel Zeit gehabt hatte, sich über Dr. Johnsons große Verdienste durch die Lektüre seiner Werke zu informieren, hatte er eine voreingenommene und ungünstige Meinung von ihm, die auf seinen mutmaßlichen politischen Grundsätzen beruhte. Diese waren seinen eigenen so entgegengesetzt, daß er, anstatt mit der Achtung von ihm zu sprechen, die ihm zukam, ihn immer einen »jakobitischen Kerl« nannte. Da ich das wußte, hätte ich nicht gewagt, die beiden zusammenzubringen, wenn nicht mein Vater in seiner Großmut mich aufgefordert hätte, Dr. Johnson in sein Haus einzuladen. Ich hatte ziemliche Bedenken, ob auch alles gut gehen würde, und bat meinen Freund, unbedingt drei Themen zu vermeiden, über die meines Vaters und seine Ansichten weit auseinandergingen: die Whigs, die Presbyterianer und Sir John Pringle[38].

Er sagte höflich: »Ich werde gewiß nicht über Themen sprechen, von denen mir gesagt wird, daß sie dem Herrn unangenehm sind, unter dessen Dach ich wohne; besonders werde ich das nicht bei *Ihrem* Vater tun.«

Der erste Tag verlief ohne Zwischenfälle. Es regnete, und wir konnten nicht hinausgehen; mein Vater zeigte Dr. Johnson seine Bibliothek, die mit ihren kostbaren Ausgaben griechischer und römischer Klassiker so leicht von keiner privaten Sammlung in Großbritannien übertroffen wird. Mein Vater hat in Leyden studiert und war dort eng befreundet mit Gronovius[39] und anderen Gelehrten gewesen. Er ist selbst ein tüchtiger Wissenschaftler und hat Handschriften rekonstruiert sowie verschiedene Ausgaben von Anakreon und anderen griechischen Lyrikern besorgt, so daß mein Freund und er viel Gesprächsstoff hatten und nicht in Verlegenheit kamen, heikle Themen zu berühren.

6. 11.

Ich bin nicht sicher, ob es an diesem Tag oder schon vorher war, daß Dr. Johnson und mein Vater aneinandergerieten. Wenn ich mich recht erinnere, begann der Streit, während mein Vater ihm seine Münzsammlung zeigte. Oliver Cromwells Münze brachte das Gespräch unglücklicherweise auf Charles I. und die Tories. Die beiden wurden außerordentlich heftig und erregten sich, und es betrübte mich zutiefst, daß ich bei einer solchen Auseinandersetzung zwischen zwei Männern zugegen sein mußte, die ich beide verehre, aber ich wagte einfach nicht, mich einzumischen. Es wäre sehr ungehörig von mir, meinen verehrten Vater und meinen hochgeschätzten Freund zur Unterhaltung der Öffentlichkeit als intellektuelle Gladiatoren darzustellen, und darum erzähle ich hier nicht, was sicher eine interessante Szene in dieser dramatischen Skizze ergeben würde, in diesem meinem Bericht von Dr. Johnsons Reise durch die kaledonische Hemisphäre.

8. 11.

Ungeachtet der Auseinandersetzung war mein Vater, der die würdevolle Verbindlichkeit eines alten Barons besaß, sehr höflich zu Dr. Johnson und begleitete ihn formvollendet zur Postkutsche, die uns nach Edinburgh bringen sollte. So trennten sich die beiden. – Sie befinden sich jetzt in einem anderen und höheren Reich, und da sie beide gute Christen waren, glaube ich, daß sie sich in himmlischer Glückseligkeit getroffen haben. Aber aus Gerechtigkeit gegenüber den politischen Grundsätzen meines Freundes und meinen eigenen muß ich hinzufügen, daß sie sich an einem Ort getroffen haben, an dem kein Platz für Whigs ist.

Abends machten wir halt in einem guten Gasthaus in Hamilton. An mehr erinnere ich mich nicht.[40]

VII
Choleriker und Chronist

1774[1]

25.6.

Mr. Samuel Johnson hat mir schon oft empfohlen, ein Tagebuch zu führen; er hält diese Angewohnheit für sehr nützlich, hat sie auch selbst übernommen, aber keine große Ausdauer dabei bewiesen. Ich habe bereits mehrmals über eine gewisse Zeit Tagebuch geführt und hoffe diesmal, daß ich es länger als je zuvor fortsetzen werde. Ich will nur in Stichworten festhalten, was ich jeden Tag gedacht, gesehen oder gehört habe, damit ich mir nicht zuviel Arbeit mache.

9.7.

Mein jeweiliger Geisteszustand läßt sich am besten an den kleinen Begebenheiten ablesen, die über dieses Tagebuch verstreut sind. Das alltägliche Leben eines jeden Menschen ist im Grunde einförmig, bestenfalls eine Serie regelmäßig wiederholter Abweichungen von der Routine. Es verläuft wie das Wetter: Regen – Sonne – Sonne – Regen usw. Nur selten ereignet sich ein großer Sturm oder eine überreichliche Ernte im Leben der Menschen oder im Lauf der Jahre.

Heute hatten wir ein vorzügliches Dinner bei Fortunes[2], Pfarrer Webster[3] hatte sich uns angeschlossen, und wir nahmen reichlich Alkohol zu uns. Nachdem er gegen acht gegangen war, artete der Abend zusehends aus: wir wurden immer lauter und betrunkener – im ganzen brachten wir es auf elf Flaschen Rotwein, zwei Flaschen Weißwein, zwei Flaschen Port, dazu reichlich Brandy und Gin; die Rechnung belief sich fast auf sieben Guineen. Ich blieb noch in dem Lokal, nachdem die anderen gegangen waren, aß eine große Schüssel Suppe, die mir sehr guttat, denn mir war noch nicht schlecht; als ich allerdings zu Hause im Bett lag, machte sich meine liebe Frau große Sorgen um mein Leben – ich muß wie ein Todkranker geröchelt haben.

10. 7.

Obwohl ich mich nicht übergeben und auch keine Kopfschmerzen hatte, fühlte ich mich doch halbtot nach der Sauferei von gestern abend, und ich schämte mich, meiner lieben Frau so viel Unannehmlichkeiten gemacht zu haben. Sie hatte einen Brief von Mr. Samuel Johnson für mich, den sie mir aber nicht geben wollte, weil ich ihn, wie sie sagte, nicht verdiente – er wäre nie geschrieben worden, wenn der Absender von meinem Zustand gewußt hätte. Sie wollte ihn zurückschicken, gab ihn mir dann aber doch – es war ein ganz besonders guter Brief, der mich gleich in eine bessere Stimmung versetzte: ich beschloß, in Zukunft allen Versuchungen energisch zu widerstehen.

17. 7.

Überlegte, ob ich nicht den ganzen Vormittag im Bett bleiben und mich der ruhigen, nachdenklichen Stimmung hingeben sollte. Ich befand mich in einem Konflikt: sollte ich das tun, von dem ich überzeugt war, daß es am besten für mich sei, oder sollte ich den äußeren Anschein wahren und in die Kirche gehen. Ich stand auf und frühstückte. Für die Kirche war es jetzt zu spät, deshalb las ich in meiner Bibel und fing mit dem »Leben von Bishop Sanderson« von Walton[4] an, das mir Mr. Samuel Johnson empfohlen hat.

8. 8.

Abendessen in lustiger Gesellschaft. Wir sprachen uns entschieden gegen das Trinken aus, leerten dabei aber fünf Flaschen Rotwein.

10. 8.

Vormittags hatte ich John Reid besucht, er war sehr gefaßt.[5] Beharrlich besteht er darauf, daß er die Schafe von Gardner bekommen hat. Ich glaube ihm wirklich, besonders nachdem ich ihm erklärt hatte, er müsse mir, genau wie seinem Herrgott, die Wahrheit sagen. Ich gab ihm zu verstehen, daß ich eine Eingabe an den König für zwecklos halte. Weil seine Frau mich darum gebeten habe, wolle ich ein Schriftstück für ihn aufsetzen, das er dann unterschreiben müsse – die Todesstrafe sei ihm aber so gut wie sicher. In großer Ruhe versicherte er mir, daß er darauf vorbereitet sei. Während ich so mit einem zum Tode Verurteilten sprach, dachte ich bei mir, ob ich wohl selber so standfest wäre, so ganz ohne Gefühlsregung, würdig und menschlich zugleich. Ich bat John, einen ausführlichen Bericht über sein Leben niederzuschreiben, was er mir auch versprach. Er dürfe darin aber nicht diejenigen Dinge erwähnen, die man ihm offiziell zur Last legt. Sein Vaterland habe ihn bereits einmal freigesprochen,[6] das möge ihm genügen. Ein Schuldbekenntnis könne dazu führen, daß Geschworenengerichte in Zukunft Urteile auf der Grundlage von unzulänglichem Beweismaterial fällen. Sein Lebenslauf wird bestimmt sehr merkwürdig ausfallen.

14. 8.

Blieb so lange im Bett, bis es zu spät für die Kirche war. Las »Eine Reise nach England« von Paul Hentzner, einem Deutschen, veröffentlicht von Horace Walpole – ein merkwürdiges Buch.[7]

18. 8.

Ging mit meiner Frau und Veronica in Heriot's Garden spazieren. Veronica ist ein reizendes Kind. Am letzten Freitag hat sie ihre ersten Schritte gemacht. Sie kann jetzt schon ganz deutlich »Papa« sagen.

29. 8.

Eine sonderbare Idee hat sich in meinem Kopf festgesetzt: ich möchte gerne ein Porträt von John Reid malen lassen; er war schließlich mein erster Klient in einem Strafprozeß, und überdies ist er eine bemerkenswerte Persönlichkeit in den Annalen des schottischen Gerichtswesens. Ich bestellte Keith Ralph[8], einen jungen Maler, zu mir, und er erklärte sich bereit, John zu malen.

Er wollte ihn gleich sehen, sich einen Eindruck von seinem Gesicht verschaffen und die Lichtverhältnisse in seiner Zelle prüfen.

1. 9.

Um zehn sprach ich bei Dr. Cullen[9] vor, um mich darüber zu informieren, wie man John Reid wieder zum Leben erwecken könne.

Wir beschlossen, vom Professor der Anatomie nähere Auskünfte darüber einzuholen, wie man eine erhängte Person wieder ins Leben zurückholen kann – sie könnten sich im Falle Reid als nützlich erweisen.[10] Dr. Monro[11] erklärte uns, daß es schwieriger sei, einen Erhängten wiederzubeleben als einen Ertrunkenen, denn das Erhängen treibt das Blut mit großer Gewalt ins Gehirn; er meinte aber, es könne manchmal gelingen, wenn man den Körper erhitzt, stark reibt und Luft in die Lungen bläst – am besten sei es, ein Loch in die Kehle zu schneiden und ein Rohr einzuführen. Ich notierte mir alles für den Fall, daß es notwendig sein könnte.

2. 9.

Wir besuchten John und fanden ihn in schrecklichem Zustand vor. Er hatte völlig die Fassung verloren, er zitterte so, daß seine Knie gegeneinander schlugen, und weinte bitterlich. Ich erklärte ihm, daß das Urteil nur für vierzehn Tage aufgeschoben sei.[12]

7. 9.

Ich ging zu John und redete sehr heftig mit ihm.[13] »John«, sagte ich, »hörst du die Uhr schlagen? Sie schlägt dein letztes Stündlein. Dies ist dein letzter Tag – von jetzt ab kannst du dich als tot betrachten. Ich fürchte, deine Frau bestärkt dich in deiner Halsstarrigkeit; wenn du von einer Schuld weißt, solltest du sie jetzt bekennen!« Daß die Uhr gerade zwei geschlagen hatte, war ein Zufall. John war heute dumpf und teilnahmslos. Er beharrte auf seiner Version der Geschichte. Die Situation wurde makaber, als er erklärte: »Ja, nach dem Gesetz bin ich schon tot.«

Ich nahm Nasmith[14] mit nach Hause, und nachdem wir eine Flasche Port getrunken hatten, verfiel ich auf die Idee, ein Pamphlet zu verfassen, in dem John Reid seinen eigenen Fall darstellt – am Tage seiner Hinrichtung. Ich brachte seine eigenen Gedanken sehr gut zu Papier, wie mir schien; Nasmith nahm den Text mit und brachte ihn zu einem Drucker, damit er noch heute abend in der Stadt verteilt werden konnte.[15]

17. 9.

Vormittags kam Richard Lock[16] zu mir und sagte: »Es ist alles aus mit John Reid. Er stirbt am Mittwoch. Heute ist ein Brief gekommen, daß ein weiterer Aufschub nicht gewährt werden kann.«

21.9.

John leugnet beharrlich den Diebstahl, dessentwegen er heute sterben muß. Er zog sich das weiße Hemd an, und wir verließen ihn. Seine Frau bat uns aber, zu ihm zurückzugehen, damit er nicht allein sei. Jetzt war er ganz in Weiß und trug eine Art Nachtmütze, er erschien mir viel größer, und ich fing unwillkürlich an zu zittern. Er betete, unterbrach sich aber, als wir hereinkamen. Ich bat ihn noch einmal inständig, die Wahrheit zu sagen, und wie er so dastand, in seinem Totenhemd, an der Schwelle der Hinrichtung, mit schlotternden Knien, weil er in dem dünnen Totenhemd fror und von Sterbensangst gepackt war, erklärte er noch einmal, daß alles, was er gesagt habe, die reine Wahrheit sei.

Wir kamen etwa zur gleichen Zeit wie die Prozession zum Richtplatz. Wir wollten nicht aufs Schafott gehen und auch nicht von John gesehen werden. Es war ein schöner Tag. Die Sonne schien hell. Es waren weniger Menschen als sonst anwesend. Er verhielt sich gefaßt und fromm. Als er gerade auf die Leiter steigen wollte, verlangte er nach seiner Frau und den Kindern; man sagte ihm, sie seien gut versorgt. Kurz vor dem letzten Augenblick wollte er noch etwas sagen, aber jemand rief: »Zieht ihm die Mütze über den Kopf!« Der Henker befolgte die Anweisung, und dann geschah es: er faßte noch nach der Leiter, verlor aber den Halt. Mir ging diese Hinrichtung nicht sehr nahe. John starb offensichtlich, ohne Schmerzen zu erleiden. Man ließ ihn etwa eine dreiviertel Stunde hängen, so daß jeder Versuch, ihn wiederzubeleben, ohnehin vergeblich gewesen wäre. Wir warteten noch, bis man ihn abschnitt, und gingen dann zum Greyfriar's-Friedhof.

4. 11.

Ging zu Fortunes[17]; dort saß Captain James Gordon aus Ellon ganz allein. Wir tranken zusammen fünf Flaschen Rotwein und gerieten mächtig ins Politisieren. Er wollte noch eine sechste Flasche bestellen, aber mein Magen sträubte sich dagegen. Ich machte mich würdevoll, aber angeschlagen auf den Heimweg. Ich streifte durch die Gassen und fand mich plötzlich auf einer steilen Steintreppe, verlor den Halt und rollte die Stufen hinab, bis ich unten heftig aufprallte und mit einem Schlage nüchtern war. Es war ein Wunder, daß ich mir nicht das Genick gebrochen hatte, sondern nur den rechten Fuß verstauchte.

24. 12.

Ich war sehr betrunken und verbrachte eine Stunde mit zwei Huren in ihrer Wohnung in einer engen, schmutzigen Passage. Gegen Mitternacht machte ich mich auf den Heimweg, wobei ich stürzte und mir die Haut am Mittelfingerknöchel abschürfte.

1775

22. 3.[18]

Ich gebe zu: ich liebe Nonsense. Ich lasse mich bisweilen von ihm überschwemmen, so wie der Nil Ägypten überschwemmt, und ich glaube, das tut meiner geistigen

Ernte gut. Wenn man immer nur vernünftig daherredet, erschöpft das den Verstand, genau wie das ständige Säen und Pflügen den Acker auslaugt. Der Geist braucht Dünger, und Nonsense erfüllt diesen Zweck hervorragend.

13. 4.

Ging im Park hinter Buckingham House spazieren und dann in die Duke Street zu Mrs. Chancellor, der berühmten Spitzenverkäuferin. Mir hatten es besonders ihre Spitzen aus Mechlin[19] angetan. Da meine liebe Frau mir nie erlauben würde, ihr ein Spitzenkleid zu kaufen, beschloß ich, es jetzt hier zu tun. Ich war zunächst nur bereit, dreizehn Guineen auszugeben, steigerte mich dann aber auf dreißig.

Skizze meines Lebens während der Sitzungsperiode im Sommer 1775[20]

Ich glaube nicht, daß ich in meinem bisherigen Leben zwei flachere Monate als die beiden vergangenen erlebt habe. Ich war träge in Leib und Seele. Dr. Johnson hielt sich irgendwo in England auf, und ich bekam in der ganzen Zeit keinen einzigen Brief von ihm. Die Kälte meines Vaters mir gegenüber, der ungeklärte Zustand unserer Familienangelegenheiten[21] und die Tatsache, daß mir die Rechtsanwaltstätigkeit in Schottland überhaupt nicht zusagte, ließen meine Stimmung auf den Nullpunkt sinken; mehrere Wochen lang versank ich in tiefe Melancholie. Schlimme Zweifel an meiner Zukunft suchten mich heim, und ich fürchtete, den Verstand zu verlieren.

9. 10.

Nachts setzten die Wehen bei meiner Frau ein, um drei Uhr morgens stand ich auf, und zwischen vier und fünf kam Dr. Young.[22] Ich hatte diesmal nicht so große Angst um meine Frau wie früher, obwohl die Gefahr genau wie immer war. Zwischen sieben und acht ging ich in ihr Zimmer. Sie hatte gerade entbunden. Ich hörte noch, wie sie sagte: »Ich danke Gott für alles, was er mir gibt«, und dann hörte ich Mrs. Forrest, die Hebamme, sagen: »Es ist ein Junge!« Als ich den kleinen Mann gesehen hatte, sagte ich mir, daß ich von jetzt an keine ruhige Minute mehr haben würde. Danach schrieb ich mehrere Briefe, in denen ich die Geburt meines Sohnes ankündigte. Ich gab mich der Vorstellung hin, aus ihm könne eines Tages ein großer Mann werden.

14. 10.

Traf mich mit Mr. Spence, dem Schatzmeister der Bank von Schottland, er bot mir Malaga und Plätzchen an. Das Abendessen nahm ich bei Sir George Preston[23] ein; ich war so munter, daß ich eine Flasche Port trank und ziemlich angeheitert war. Dann ging ich zum Schloß und trank mit einigen Offizieren zwei Stunden lang Starkbier.

15. 10.

Ging heute zweimal in die Kirche und stellte dadurch ein Gleichgewicht zu den gestrigen Ausschweifungen her.

10. 11.

Ich trank zuerst reichlich Rotwein, dann Port. Als ich an die frische Luft kam, wurde mir speiübel, ich mußte mich mehrmals übergeben, und als ich nach Hause kam, war ich in einem so furchtbaren Zustand, daß ich die Wohnzimmerstühle packte, an die Wand schleuderte und zerschmetterte; ich griff auch nach meinem Spazierstock und zerbrach ihn in mehrere Stücke, die ich ins Feuer warf. Ich kann mich an diese Szene nur undeutlich erinnern, aber meine Frau hat mir alles genau geschildert. Sie befand sich in großer Gefahr, denn ich bin mit den Stühlen und dem Stock offenbar auch auf sie losgegangen. Was für ein Monster ich gewesen sein muß! Sie schaffte mich ins Bett, wo ich mich noch mehrmals erbrach.

1776

13. 1.

Habe jetzt zwei Wochen lang keinen Wein getrunken und keine Gäste zum Abendessen eingeladen. Ich war heute in glänzender Stimmung, setzte mich energisch für die Einführung einer Miliz ein, erinnerte mich lebhaft an Deutschland, trank etwas Madeira und blieb bis ein Uhr auf.

14. 1.

Die Abführmittel von gestern taten ihre erfreuliche Wirkung. Es schneite heute den ganzen Tag. Meine Frau ging am Vormittag und am Nachmittag in die Kirche; ich hatte die ganze Zeit die Kinder um mich.

Las in diesem Band meines Tagebuchs und war im großen und ganzen mit meinem Leben zufrieden. Mir fiel jedoch auf, daß, wenn ich ständig an meine Empfindungen und Vorstellungen zurückdenke, ein gewisses Einerlei entsteht – Abweichungen werden kaum noch möglich. Deshalb sollte ich nur in größeren Abständen im Tagebuch lesen.

27. 2.

Hatte beim Frühstück einen Anfall von Trübsinn und warf einen Geldschein im Wert von einer Guinee ins Feuer, weil meine Frau dagegen protestierte, daß ich drei Schillinge ausgebe für ein Pamphlet mit den Schriften einer Miss Edwards.[24] Ich konnte den Geldschein aber gerade noch mit der Kaminzange retten, bevor er ganz verbrannt war; die Royal Bank löste mir den halbverkohlten Schein anstandslos ein.

7. 3.

Ich will hier die Ursachen und den Verlauf einer Ausschweifung darstellen, derer ich mich wahrhaft schäme. Weil ich beim Whist gewonnen hatte, trank ich etwas Wein und geriet in Stimmung; wir spielten bis zum Abend weiter. Nach dem Essen trank ich größere Mengen Wein und bekam Lust auf mehr Whist. Wir tranken weiter Rotwein und spielten bis vier Uhr morgens. Ich hatte meiner Frau Bescheid sagen lassen, wo ich bin. Es war mir sehr unangenehm zu erleben, wie sie vor Sorge um mich krank war, als ich nach Hause kam. Eine Schande, die Zeit so zu vergeuden!

11.3.[25]

Stand kurz nach fünf Uhr auf. Meine liebe Frau machte mir Tee. Mr. Lawrie war schon dienstbereit, Joseph ebenfalls. Aber ich war in düsterer Stimmung und hatte Schmerzen. Ich verabschiedete mich von meiner teuren Gattin mit einer ernsten Umarmung und den Worten: »Gott gebe, daß wir uns in einer besseren Welt wiedersehen!« Ich mußte noch immer mit einem Duell rechnen.[26] Wir waren zu viert in der Kutsche. Ich brauche sie nicht im einzelnen zu beschreiben. Der eine war ein gewisser Captain Bidlington, ein Marinekapitän, so ähnlich wie Sir John Douglas[27], ein Mann von englischem Humor und angenehmen Umgangsformen. Seine Manieren waren durchaus nicht grob und gingen mir nicht auf die Nerven; und obwohl es zunächst nicht so schien, hatte dieser Mann eine gute Wirkung auf mich. Ich las ein wenig im dritten Band von Lord Monboddos Werk[28] über die Sprache, mußte aber dauernd an das mögliche Duell mit dem Lord Advocate denken. Ich fürchtete, meine Nerven könnten mich im Stich lassen, und doch fühlte ich mich sicher und entschlossen. Ich reiste wie ein Verbrecher oder vielmehr wie ein Verurteilter in einer Kutsche zum Ort der Hinrichtung. Ich sah andauernd mich und den Lord Advocate auf dem Duellplatz. Ich hoffte, daß Sir John Pringle und Dr. Johnson mich aufmuntern würden. Ich stellte mir vor, daß ich so lange an das Duell denken muß, bis ich keine Angst mehr davor habe, dadurch, daß ich meinen Geist abtöte. Ich weiß, daß Furchtsamkeit einer meiner Grundfehler ist, den ich durch das edle Prinzip der Tapferkeit ausgleichen muß. Ich wußte auch, daß ich dem Lord Advocate überlegen bin, weil ich mich durch Meditation besser auf das Duell vorbereitet habe. Ich dämmerte in der Kutsche lange Zeit vor mich hin, las auch in der Bibel, die ich von Lord Mountstuart habe und die mich immer begleitet. Vor zehn Uhr ging ich in Wooler zu Bett. Welche Qualen muß ein empfindsamer Mensch erleiden! Schlief sofort ein.

12.3.

(Ich schreibe dies am Montag, dem 18., bei Dilly's in der Poultry in London, ich bin arg im Rückstand.)

Heute »schien die Sonne auf mein Gemüt«, wie Dr. Johnson mir prophezeit hat. Ich las Lord Monboddos dritten Band zu Ende. Seine Gedanken zur intellektuellen Überlegenheit der alten Griechen und Römer gaben mir neuen Mut, und das Duell kam mir plötzlich wie ein Kinderspiel vor. Ich empfand warme Zuneigung für meine Frau und meine Kinder. Großmut erhob mich über diese Stimmung, als ich an meine Ehre dachte. Gegen Abend kamen wir nach Newcastle.

Mir scheint, es ist besser, gefühllos als unglücklich zu sein, und besser, unklare Gründe zu haben als das eigene Elend in hellem Licht zu sehen. Mir kam der Gedanke, daß ein großer Teil des menschlichen Leids von einem Lichtmangel herrührt. Wo ein *lueur*[29] herrscht, eine unzureichende Beleuchtung, bilden wir uns ein, furchterregende Figuren zu sehen. Helles Licht beweist uns, daß es nichts zu fürchten gibt – und Furcht ist immer die

Hauptursache unseres Elends. Wie wenig wirklich Böses gibt es doch im Augenblick für mich! Es sind immer Einbildungen, die uns zu schaffen machen. Dieses Duell erschreckt und quält mich immer dann, wenn ich im Dunkeln bin. Aber wenn ich es im Licht und aus der Distanz betrachte, sage ich mir folgendes: Werde ich getötet, ist der Schock nur vorübergehend – der Tod kommt zur einen Zeit wie zur anderen. Meine Frau und die Kinder werden sich bald darüber hinwegtrösten. Auf jeden Fall werde ich von ihrem Kummer nichts spüren; ich werde ihr Leid einzuschätzen wissen und darauf bauen, daß sie bald zu mir in den Himmel kommen. Sollte ich verwundet werden, so werde ich mich an meinem Ehrgefühl wieder aufrichten und an jener galanten Empfindung der Eitelkeit, die ein aus Überzeugung ausgetragenes Duell mit sich bringt. Meine größte Sorge ist die Furcht vor der Angst – ein Gefühl, daß meine Nerven (oder was auch immer) dem Druck der Gefahr nachgeben, selbst wenn meine Seele tapfere Empfindungen hegt. Mir scheint das eine bedeutsame Konstellation; ich muß mit Dr. Johnson darüber sprechen.

Ich werde hier in meinem Tagebuch Platz frei lassen für nachträgliche Bemerkungen, entweder von mir oder von anderen.

Ich nahm eine Postkutsche und besuchte meinen armen Bruder John. Er sah besser aus als im Mai, als ich ihn zum letztenmal besuchte, schien aber nur dumpf vor sich hin zu brüten. Ich saß etwa zehn Minuten bei ihm, bevor er ein Wort sprach, obwohl ich ihm alles mögliche erzählte und ihm herzlich die Hand schüttelte. Ich dachte ständig an mein Duell und daß es wahrscheinlich richtig war, für eine gute Sache gekämpft zu haben, bevor ich in einen solchen Zustand versank, in dem ich jetzt meinen Bruder vor mir sah und in den ich selbst eines Tages zu versinken befürchten muß. Als ich aufbrechen wollte, streckte er die Hand aus, ergriff die meine und sagte: »Nimm mich mit!« Darauf blieb ich noch eine Weile bei ihm. Ich fragte: »Kennst du mich?« Er sagte: »Natürlich!« Ich hatte ihm einige süße Apfelsinen mitgebracht. Er sagte: »Gib mir Geld!« Ich gab ihm zwei Schillinge. Er sagte: »Gib mir mehr!« Ich gab ihm noch einen. Dr. Hall[30] hatte mir gesagt, daß es nichts schaden könne, ihm etwas Geld zu geben, damit er sich Pfefferkuchen, eine Art Ingwerbrot, kaufen kann, oder etwas Ähnliches, das ihm schmeckt. Er sagte: »Wie geht es deiner Frau?« und »Ich werde hier wie ein Gefangener gehalten«. Ich bedeckte mein Gesicht und weinte. Die Szene hatte für mich etwas sehr Bewegendes. Sie brachte mich ganz aus dem Gleichgewicht. Aber es war beruhigend zu sehen, daß er keine körperlichen oder seelischen Qualen zu leiden hat. Als ich nach Newcastle zurückkam, lud ich Leighton, den Arzt, zum Kaffee ein. Seine ruhige, vernünftige und praktische Art zu reden tat mir gut. Aber ich dachte immer noch (wenn man das von der Zukunft sagen kann) an mein Duell und sah mich als jemanden, dessen Leben sich dem Tiefpunkt nähert. Es ist seltsam, welche Wirkung die unmittelbare Aussicht zu sterben auf den Menschen hat. Ich saß noch lange auf, schrieb an meine Frau und in diesem Tagebuch, bis Mitternacht. Die Kutsche sollte um zwei gehen. Ich konnte nicht schlafen.

14. 3.

Mir ging es nicht sehr gut, ich beherrschte mich aber leidlich. Mir ging es wie dem nachdenklichen Menschen im »Rambler«, der verschiedene Lebensformen ausprobiert und einen Feldzug mit philosophischem Mut übersteht.[31] Wir fuhren die ganze Nacht durch.

15. 3.

Die Kutsche ist gestern morgen in der Nähe von London von Straßenräubern überfallen worden; gestern abend gegen sechs Uhr war einer anderen Kutsche das gleiche passiert. Es war kurz nach sechs, als wir in Highgate ankamen. Ich hatte mich, bis wir das Straßenpflaster der Stadt erreichten, unwohl und ängstlich gefühlt. Der Kutscher hatte uns empfohlen, gut Ausschau zu halten. Einige Reisende wollten, daß er anhält, damit sie aussteigen konnten, aber er fuhr rasch weiter, und wir beobachteten die Straße scharf nach beiden Seiten. Als wir die St. John's Street in Smithfield erreicht hatten, tat es mir fast leid, mich von meinen Reisegefährten trennen zu müssen; ich habe ein so warmes und weiches Gemüt, daß ich mich eng an alle anschließe, mit denen ich in Berührung komme – es sei denn, sie haben Eigenschaften, die mich abstoßen.

Ich war begierig, Dr. Johnson zu sehen und ihm von meinem Duellproblem mit dem Lord Advocate zu berichten, aber ich war von der Reise so müde, daß ich es nicht wagte, zu so später Stunde in seinem Haus zu erscheinen – ich wußte, daß es sehr spät werden würde, bevor er mich wieder gehen ließ. London machte auf mich weniger denn je Eindruck. Ich komme mir hier wie zu Hause vor, so sehr habe ich mich an die Stadt gewöhnt. Ich schlief bei Dilly[32], wo ich einen Brief von meiner lieben Frau vorfand.

16. 3.

Ich erwähnte Mr. Johnson gegenüber Adam Smiths Buch[33], das gerade erschienen ist, und Sir John Pringles Ansicht, daß jemand, der mit dem Handel nichts zu tun hat, nichts Gescheites über dieses Thema sagen kann – ebensowenig könnte ich etwas Gescheites über die Physik schreiben. Dr. Johnson meinte, daß ein Mann, der niemals selber Handel getrieben habe, durchaus vernünftig über dieses Thema schreiben könne.

17. 3.

Ich schreibe dies zwischen eins und zwei, um eine halbe Stunde vor dem Essen auszunutzen. Ich bin mit meinem Tagebuch sträflich im Rückstand. Ich dürfte eigentlich nicht mehr erleben, als ich hier festhalten kann, genau wie man nicht mehr Korn säen sollte, als man in seiner Scheune unterbringen kann. Es bedeutet eine Verschwendung des Guten, wenn man es nicht aufbewahren kann. Und doch reicht es manchmal, denke ich, wenn das Gute nur den Zweck einer spontanen Beglückung erfüllt. Die Welt könnte sonst nicht die Bilder aller schönen Frauen behalten, die sie bewohnt und die Menschheit erfreut haben, ebenso wie es unmöglich ist, all jene angenehmen Unterhaltungen aufzuzeichnen, die es zwischen den Menschen gegeben hat. Ich habe mir vorgenommen, nur das aufzubewahren, was wirklich herausragend ist – es wäre ein Grund zur Freude, wenn es davon im Überfluß gäbe.

19. 3.

Entweder gestern oder heute abend sprach Dr. Johnson mit mir über die Melancholie, die mich immer wieder befällt, und meinte, daß ich ein sehr reizbares Gemüt habe; ich müsse quälende Gedanken abzuwenden versuchen und mich nicht mit ihnen herumschlagen. »Denken Sie immer daran«, sagte er. Ich sagte, daß ich manchmal versuche, sie aus meinem Kopf zu verbannen – er meinte, das sei falsch. Er empfahl mir dringend, im Schlafzimmer ein Licht brennen zu lassen, vor dem Einschlafen zu lesen und so allmählich zur Ruhe zu kommen. Das ist offenbar seine eigene Methode. Ich erklärte ihm aber, daß ich im Grunde selten nachts wach liege. Wenn mir das zu Hause passiert, tröstet mich meine prächtige Ehefrau mit angenehmer, leichter Plauderei. Er sagte, die Beherrschung der eigenen Psyche sei eine große Kunst, die man erst nach langer Erfahrung und nur durch viel Übung erlernen könne. Dieser weise Rat erschien mir unschätzbar. Er empfahl mir Burtons »Anatomy of Melancholy«[34] und erklärte, in den Aussagen dieses Autors, die aus eigenen Erfahrungen stammen, läge eine große Kraft. Ich war heute abend überzeugt davon, daß mich mein verehrter Freund in der Tat gut für alle zukünftige Trübsal vorbereitet hat. Wir hatten ein Doppelzimmer und fühlten uns so freundschaftlich verbunden wie auf unserer Hebridenreise.

20. 3.

Wir sprachen über Gibbons »Decline and Fall of the Roman Empire«, das gerade erschienen ist.[35] Ich sagte, der Stil sei zwar elegant und flüssig, aber er enthalte einiges Gift; es sei bedenklich, in einem Geschichtswerk Unwahrheiten zu entdecken.

Wir hatten in Oxford jeden Abend hervorragenden Aal zum Abendessen.

22. 3.

Nach gesundem Schlaf standen wir erfrischt auf. Dr. Johnson kam noch einmal auf das Thema meiner Melancholie zurück und zeigte sich verärgert über meinen Ausdruck »die Krankheit verdrängen«. Er sagte: »Ich habe lange nichts so Schockierendes gehört.« »Sir«, sagte ich, »das war nur so ein Einfall und ein Vorsatz.« »Ja«, sagte er, »Einfall und Vorsatz eines Verrückten!« Ich sagte, ich hätte mich wohl geirrt, denn ich glaubte, er billige diese Methode. Während wir in der Kutsche nach Birmingham saßen, wo wir frühstücken wollten, sagte er: »Wenn Sie ein Landhaus besitzen, bauen Sie sich dort ein Laboratorium, für zwanzig Pfund im Jahr. Das wird Ihnen Spaß machen.« Ich sagte, ich hätte mich im letzten Sommer mit Chemie beschäftigt. »Sir«, sagte er, »beschäftigen Sie sich mit Chemie oder mit Seiltanzen oder irgend etwas anderem, wozu Sie gerade Lust haben. Versuchen Sie immer, sich so viel Ablenkung wie nur möglich zu verschaffen, so viele Dinge wie möglich zu entdecken, zu denen Ihr Geist Zuflucht nehmen kann.« Dieser Rat enthielt eine liberale Philosophie, die mir sehr zusagte.

Ich hatte eher an gewisse Aktivitäten im Konkubinat gedacht, traute mich aber nicht, das zu sagen.

Wir stiegen im »Swan« in Birmingham ab, frühstückten und zogen uns um. Dann gingen wir uns die Stadt anschauen. Als erstes sprachen wir bei Mr. Hector vor, dem Arzt, einem alten Schulkameraden von Dr. Johnson. Er sagte mir, ich solle bei Mr. Hector einen Blick auf seine Schwester, Mrs. Carles, werfen, die Witwe eines Geistlichen – »das ist die erste Frau, die ich wirklich geliebt habe«. Aber er fügte hinzu, diese Liebe habe sich gleichsam unmerklich verflüchtigt. Er stimmte mir zu, daß es nicht wahr ist, wenn man sagt, daß ein Mensch nur einmal im Leben lieben kann, und ich glaube, er war auch einer Meinung mit mir, als ich sagte, ein Mann könne mehrere Frauen gleichzeitig lieben. »Wenn ich Mrs. Carles geheiratet hätte, wäre ich durchaus glücklich geworden.« »Ich vermute«, sagte ich, »es gibt etwa fünfzig Frauen, mit denen ein Mann ebenso glücklich sein kann wie mit einer einzigen.« »Was sagen Sie«, meinte er, »fünfzigtausend!« Ich bezweifelte das. Ich habe das deutliche Gefühl, daß ich mit keiner anderen so glücklich verheiratet wäre wie mit meiner lieben Frau. Ich kann nicht sagen, warum das so ist, und könnte es auch nicht anderen gegenüber vernünftig begründen. Ich weiß nur (oder bilde mir ein), daß es Eigenschaften und Verbindungen von Eigenschaften gibt – um ein musikalisches Bild zu benutzen –, die sich im Verlaufe unseres Zusammenlebens herausgestellt haben und die mir mehr zusagen als alles, was ich bei anderen Frauen je kennengelernt habe – diese Eigenschaften machen für mich ihre Persönlichkeit aus.

Als wir heute bei Peter Garrick[36] waren (und selbst noch auf der Fahrt nach Oxford), griff Dr. Johnson die französische Nation heftig an. Er sagte, daß die großen Herren dort prächtig leben, der Rest jedoch äußerst kümmerlich. Daß es dort keine zufriedene Mittelschicht gäbe wie in England. Daß die Geschäfte in Paris dürftig seien, das Fleisch auf den Märkten so erbärmlich, daß man Vergleichbares in England höchstens als Nahrung für Gefängnisinsassen verwenden würde; Mrs. Thrale hätte zu Recht bemerkt, daß die französische Küche einer Notlage zu verdanken sei: das französische Fleisch sei erst dann genießbar, wenn man ihm durch allerlei Zutaten ein bißchen Geschmack gegeben habe. Er sagte, die Franzosen seien ein unhygienisches Volk, sie spuckten überall in die Gegend, und bei Madame de Boccage greife der Diener mit dem Finger in die Zuckerdose und streue ihn sich dann in den Kaffee.[37] Madame de Boccage bereite den Tee à l'anglaise. Da die Tülle der Teekanne verstopft gewesen sei, habe sie den Diener aufgefordert, mit dem Mund hineinzublasen. Johnson meinte, Frankreich sei, abgesehen vom Klima, noch schlimmer als Schottland. Die Natur begünstige die Franzosen zwar, aber sie hätten noch weniger für sich getan als die Schotten.

24. 3.

Ging in die Kathedrale von Lichfield. Der Gottesdienst gefiel mir über die Maßen, ich hatte noch nie so feierliche und so passende Musik gehört. Ich hatte fromme Empfindungen, in die sich aber auch sinnliche Gedanken an Frauen mischten, besonders an die Dame, mit der ich in London vor kurzem zweimal zusammen war. Ich dachte: Dies sind eben asiatische Genüsse, die sich mit frommen Gefühlen und der aufrichtigen Neigung zu meiner lieben Frau durchaus vereinbaren lassen. Der Geistliche predigte über den Text »Darum, meine lieben Brüder, seid fest, unbeweglich, und nehmet immer zu in dem Werk des Herrn«[38] und beschrieb eindrucksvoll die schlimmen Folgen des Rückfalls in die Sünde.

29. 3.

Er sprach wieder von der Melancholie, die mich immer wieder ergreift, und meinte, daß nicht viele Melancholiker, darunter auch sehr nachdenkliche, derart quälende Heimsuchungen erleben; die meisten Menschen würden von den Gedanken bedrängt, derer sie auch fähig sind. Er sagte, wenn ich mich auf dem Lande niedergeschlagen fühlte, sollte ich mich zwingen, ein Buch zu lesen – so würde ich allmählich eine gewisse Besserung spüren. Er sagte: »Ich an Ihrer Stelle würde den Sommer in Auchinleck verbringen.« Er riet mir, mich auf alle mögliche Weise von der Melancholie abzulenken – nur nicht durch Trinken. Ich hatte eher an Frauen gedacht, aber er meinte wohl meine Neigung zur Hurerei und nicht, daß ich jemandem die Frau abspenstig machen könnte. Wir brachen von Dilly's auf. Er nahm eine Kutsche und eilte zu den Thrales.[39] Ich fand zwei Briefe von meiner lieben Frau vor, einen von dem wackeren Grange, einen von Temple und einen von Dempster, der unterwegs nach Schottland ist. Das war ein wahres Fest für mich. Dann kam Bruce Boswell[40], und ich beschloß, ihm dabei zu helfen, ein Schiff zu finden. Charles Dilly[41] war aufs Land gefahren. Ich dinierte mit Edward; Charles Smith, der Miniaturmaler aus Schottland, der nach Indien reist, war auch dabei. Ich trank so viel, daß ich ziemlich benebelt war; ich stürmte zu der Dame, mit der ich früher eine Liebschaft hatte und die ich inzwischen schon zweimal aufgesucht habe. Ich war so wild, daß ich nicht den leisesten Zweifel an der moralischen Korrektheit dieser flüchtigen Beziehung hatte oder an irgendeiner anderen Art der Befriedigung. Sie war nicht zu Hause, was meine Lust nur noch steigerte. – Ich war jetzt von fiebriger Geilheit befallen, ging in den Park und trieb es mit einer Dirne. Ich aß bei Mrs. Stuart[42] zu Abend. Ihr Mann war nicht zu Hause. Wie von Sinnen trank ich allein eine Flasche Rotwein, weil keiner mithalten wollte, und zusammen mit dem, was ich beim Mittagessen zu mir genommen hatte, führte das zu einer wahrhaft brutalen Fleischeslust. Es trieb mich wieder in den Park, und wieder erleichterte ich mich mit einer Dirne. Aber es kam noch schlimmer: auf dem Weg zu General Paoli sprach mich am Ende der St. James' Street eine Hure an; sie nahm mich mit in die Passage zwischen Hay Hill und Lord Shelburnes Haus, und im Suff trieb ich es auch noch mit ihr. Oh, welche Reue ergriff mich danach! Zwischen drei und vier kam ich nach Hause, vielleicht auch etwas früher.

30. 3.

Wachte mit Brechgefühl und Kopfschmerzen auf. Wollte meine Übelkeit verbergen, vor allem ihre Ursache. Stand um zehn auf. Aber der General[43] merkte, was mit mir los war, und machte mir leise Vorwürfe: das Trinken sei ein Laster, das sich ungünstig auf den Charakter auswirke. Er saß, während er dies sprach, Poggi, einem italienischen Maler, Modell. Wir tranken Tee zum Frühstück.

Jenny Taylor, das Mädchen, mit dem ich gestern nacht zusammen war, hatte mir erzählt, daß sie in der Peter Street in Westminster wohne. Ich hatte große Angst, daß ich mir bei ihr den Tripper geholt haben könnte, und versuchte deshalb heute vormittag, sie zu finden und auf Symptome zu untersuchen. Aber keine Spur von ihr. Wahrscheinlich waren Name und Adresse erlogen. Als ich etwa um drei durch den Park zurückging, sah ich ein hübsches, frisches Ding; sie schien mit einem anderen Mädchen zusammenzustehen. Sie sagte, sie heiße Nanny Smith und sei Magd bei Mr. Williams in New Bond Street – sie sei gerade mit Besorgungen unterwegs. Sie willigte ein, mit mir in die »One Tun« in Chelsea zu gehen, ein zwielichtiges Gartenlokal, zu dem uns das andere Mädchen den Weg zeigte – dort vergnügte ich mich dann mit ihr. Ich dinierte anschließend bei General Paoli und trank Kaffee mit ihm.

31. 3.

Aß bei James Stuart zu Mittag. Außer ihm war nur noch seine Schwester Lady Augusta da, sowie Kapitän Corbet von den Horse Guards, ihr Gatte. Ich habe in meinem ganzen Leben noch keinen Nachmittag mit derart überflüssiger Konversation verbracht (wenn man das Wort »überflüssig« überhaupt in diesem Sinne verwenden kann). Aber wir sprachen dem Alkohol kräftig zu, und etwa um zehn Uhr abends brach ich auf, ziemlich angeheitert. Ich ging zu Douglas[44], bedankte mich für seine Hilfe bzw. (so kommt es mir jetzt vor) ich tat so, als ob ich ein Recht darauf hätte. Ich benahm mich verhältnismäßig anständig. Aber als ich wieder auf die Straße kam, packte mich der Hurendrang mit neuer Gewalt. Ich war beides zugleich: müde und erregt. Ging mit einer gesund aussehenden, üppigen Dirne in das Charing Cross Bagnio, zog mich ganz aus und schlief mit ihr. Aber nachdem ich meine Begierde mehrfach an ihr befriedigt hatte, war ich immer noch nicht zur Ruhe gekommen und verließ sie, nachdem sie mir meine Uhr, den Ring und das Taschentuch wiedergegeben hatte (deren Verlust ich in meinem betrunkenen Kopf nicht gemerkt hätte). Nahm eine Mietkutsche, ließ mich am Berkeley Square absetzen und ging nach Hause – fröstelnd, verwirrt, müde und abgespannt; Reue erhob sich wie eine schwarze Wolke ohne klare Umrisse, denn wirklich – meine moralischen Grundsätze in bezug auf die Keuschheit sind völlig durcheinandergeraten. Ich befand mich in dem erbärmlichen Zustand desjenigen, den der Apostel beschreibt als jemanden, der seine Unsauberkeit mit Gier zu übertünchen versucht. Ich dachte mit Wärme und der Empfindung höchsten Respekts an meine teure Gattin und hatte dabei das undeutliche Gefühl, daß meine körperliche Verbindung mit Huren meiner Liebe zu ihr nicht im Wege steht. Und doch hatte ich die Befürchtung, mir eine Krankheit geholt zu haben, was wiederum eine Kränkung meiner Ehefrau bedeuten würde. Dies ist eine genaue Schilderung meines derzeitigen Geisteszustandes. Es erschreckt mich, wenn ich genauer darüber nachdenke.

3. 4.

Ich besuchte Dr. Johnson und erwähnte jene Theorie, die im Augenblick so häufig und so ahnungslos erwähnt wird, daß nämlich die englischen Universitäten zu reich sind und daß die Forschung nicht so floriert, wie sie es täte, wenn die Professoren niedrigere Gehälter bezögen und sich ihre Einkünfte allein nach ihrem Diensteifer richteten.

Dr. Johnson meinte, genau das Gegenteil sei an den englischen Universitäten der Fall. »Sie sind nämlich«, so sprach er, »nicht reich genug. Unsere Stipendien reichen nur für die Zeit des Studiums, um einen Studenten für das Berufsleben vorzubereiten; sie sind in der Regel so bemessen, daß sie ausreichen, bis sich eine Gelegenheit ergibt, die Universität zu verlassen. Vielleicht gibt es hin und wieder einen Studenten, der in seinem College alt wird, aber das geschieht in der Regel gegen seinen Willen, falls er nicht ein besonders fauler Bursche ist. Hundert Pfund im Jahr gelten als ordentliches Stipendium, und mehr braucht man auch nicht, um ein passables Leben als Wissenschaftler zu führen. Unsere Fellows dürfen nicht heiraten, weil wir die Ehe als eine reine Bruteinrichtung ansehen. Wer auf mehr als den nackten Lebensunterhalt aus ist, muß sich als Tutor verdingen und Schüler haben. Gewiß, jemand, der auch ohne zu unterrichten sein Auskommen hat, wird auf das Unterrichten verzichten – wir würden alle lieber nichts tun, wenn wir es uns leisten könnten. Entsprechend wird jemand, der durch das Unterrichten nichts verdient, es lieber sein lassen. Jeder wird mir zustimmen, wenn ich sage, daß es grundsätzlich im Interesse der Lehrenden sein sollte,

Schüler zu haben – genau dies ist in unseren Universitäten auch der Fall. Daß sie zu reich sind, stimmt ganz gewiß nicht, denn sie sind nicht in der Lage, beispielsweise einem großen Gelehrten eine Lebensstelle anzubieten. An den Universitäten des Auslandes ist eine Professur etwas sehr Angesehenes. Sie ist das höchste Ziel, das ein Wissenschaftler erreichen kann, und deshalb findet man im Ausland auch alle großen Gelehrten an den Universitäten. Bei uns ist das anders. Unsere Universitäten haben keinen hohen wissenschaftlichen Ruf, weil sie ihren Angehörigen materiell zu wenig bieten.«

Diese Gedanken breitete er mir während unseres letzten Beisammenseins aus und fügte hinzu, er wünschte, es gäbe wenigstens ein halbes Dutzend Stipendien von tausend Pfund im Jahr, damit der Universität nicht ihre hervorragenden Wissenschaftler davonlaufen. Die Literatur könnte dann auch mit Glanz und Würde in Oxford vertreten sein, und es gäbe großartige Möglichkeiten, am lebendigen Beispiel zu lernen. Ich hätte noch erwähnen sollen, daß, als der Doktor sagte: »Man ist immer zornig über einen Menschen, der einer Meinung widerspricht, von der man selber überzeugt ist und die man für wichtig hält«, der Rechtsanwalt ergänzte: »Oder man hat Mitleid mit ihm.« »Nein, Sir«, meinte Johnson. »Gewiß, wenn Sie wollen, daß jemand Ihren eigenen Glauben, den Sie für richtig halten, teilt, dann sind Sie ihm wohlgesonnen. Ihr wichtigstes Anliegen ist aber immer Ihr eigener Seelenfrieden. Wenn in diesem Augenblick ein Wahnsinniger diesen Raum beträte, mit einem Knüppel in der Hand, würden wir sicherlich Mitleid mit seinem Geisteszustand haben, aber unsere erste Überlegung gälte doch unserer eigenen Sicherheit. Wir würden ihn zuerst niederschlagen und dann Mitleid mit ihm empfinden.« Weiterhin sagte er: »Man wird immer mit viel Geduld über ein Thema diskutieren, das einen nicht besonders interessiert. Ich kann mit der größten Gelassenheit über die Wahrscheinlichkeit spekulieren, ob irgendein Fremder demnächst gehängt wird oder nicht. Aber wenn mich jemand dazu zwingt, abzuwägen, ob mein eigener Sohn demnächst gehängt wird oder nicht, würde ich diesem Menschen gegenüber rasch die Geduld verlieren.« Ich fügte noch das folgende Beispiel hinzu: »Wenn jemand mich davon überzeugen will, daß meine Gattin, die ich sehr liebe und der ich ganz und gar vertraue, in Wirklichkeit ein liederliches Frauenzimmer ist und mich betrügt, würde ich sehr böse werden, denn dieser Mensch weckte in mir die Furcht, daß ich bald sehr unglücklich sein werde.«

5. 4.

Ich erwähnte gegenüber Dr. Johnson die lizenzierten Freudenhäuser in Rom. Er mißbilligte diese Einrichtung auf das schärfste. »Sir, Sie würden also außerehelichen Geschlechtsverkehr unter keinen Umständen billigen?« »Gewiß nicht, Sir«, sagte er. »Ich würde ihn noch strenger bestrafen, als dies derzeit geschieht, und ihn drastisch reduzieren. In allen Ländern hat es Unzucht gegeben, ebenso wie es überall Diebe gibt; aber mit Gesetzen kann man weder die Unzucht noch den Diebstahl bekämpfen. Die Neigung zu beidem ist den Menschen angeboren.« Ich brachte das bekannte Argument vor, daß Huren notwendig sind als Puffer gegen die bösen Folgen der Geilheit und zum Schutz unserer Frauen und

Mütter gegen Vergewaltigung. Aber er vertrat die Ansicht, daß strenge Gesetze, auf deren Einhaltung Verlaß ist, ausreichen und die Institution der Ehe stärken würden. (Weil ich diese Eintragungen so spät nach unserem Gespräch niederschreibe, kann ich mich für die Genauigkeit der Wiedergabe nicht verbürgen.)

Ich habe vergessen zu erwähnen, daß ich Dr. Johnson heute folgenden Fall vortrug: »Gesetzt ich habe eine Tochter, die von einem Mann geschändet wird, aber niemand hat davon erfahren – soll ich sie danach noch in meinem Hause behalten?« Er sagte, ich solle sie bei mir behalten. BOSWELL: »Aber mache ich mich nicht dadurch zum Mitwisser einer Schandtat? Vielleicht kommt sogar ein würdiger Mann daher und möchte die Dirne heiraten – müßte ich ihm nicht reinen Wein einschenken?« JOHNSON: »Sie sind keineswegs Mitwisser einer Schandtat. Ihre Tochter wohnt in Ihrem Haus, und wenn ein fremder Mann ihr den Hof macht, ist das sein eigenes Risiko. Wenn jedoch ein Freund sie heiraten möchte oder irgendein anderer Sie um Rat bittet, ob er sie heiraten soll, dann müßten Sie ihm abraten, ohne den konkreten Grund zu nennen, weil sonst Ihre wahre Meinung zutage träte. Wenn Sie noch andere Töchter hätten, die über dieses Mißgeschick im Bilde wären, sollten Sie die Betreffende nicht im Hause behalten. Man muß sich immer an der Lebenswirklichkeit orientieren. Wir sollten den Charakter anderer Menschen nach bestem Wissen und Gewissen beurteilen, und niemand ist durch seinen Ehrbegriff daran gehindert, uns über die eigenen oder die Mängel seiner Tochter zu informieren. Jemand, der die Tochter seines Freundes geschändet hat, muß das nicht überall herumerzählen. ›Nehmen Sie sich in acht vor mir! Lassen Sie mich nicht in Ihr Haus – ich habe die Tochter meines besten Freundes geschändet und könnte das auch mit der Ihren tun!‹«

Nachdem ich meiner Frau einen Brief geschrieben hatte, brach ich auf und machte einer Dame[45] einen Besuch, die die Behauptung aufstellte, daß die Ehe nichts anderes als eine politische Einrichtung sei, was daraus hervorgehe, daß sie sich in so unterschiedlichen Formen in so unterschiedlichen Ländern erhalten habe. »Deshalb«, sprach sie, »ist die Ehe nur ein gegenseitiges Abkommen; wenn der eine Partner dagegen verstößt, ist der andere frei. Ich weiß, daß mein Gatte«, sagte sie, »mich tausendmal betrogen hat. Ich hätte deshalb keinerlei Gewissensbisse, das erkläre ich hiermit feierlich, ein Verhältnis mit einem anderen Mann anzufangen. Was mich davon abhält, ist allein mein Stolz, denn ich würde nichts tun, was in diesem Land als unehrenhaft gilt, und ich würde mich nicht abhängig von einem Liebhaber machen wollen.« Ich hielt dagegen, daß die Keuschheit für Frauen ungleich folgenreicher ist als die für Männer, weil nämlich die Rechts- und Besitzverhältnisse ganzer Familien davon abhingen. »Gewiß«, sagte sie, »das sagt sich leicht dahin, aber der Einwand entfällt, wenn eine Frau nicht eine bestimmte Taktik verfolgt, sondern wirklich schwanger ist.« Darauf wußte ich nichts zu erwidern, hatte aber das Gefühl, daß sie nicht recht hatte, und fühlte mich unbehaglich, teils aus dem Bewußtsein der eigenen Schwäche im Disputieren, teils aus dem schmerzlichen Empfinden, das sich immer einstellt, wenn man spürt, daß jemand an alten Traditionen rüttelt.

7. 4.

Heute ist Ostersonntag, ich hielt mich an meine alten Gewohnheiten, frühstückte im Chapter-Kaffeehaus und ging dann in die St. Paul's-Kathedrale, wo ich eine ausgezeichnete Predigt von Mr. Winstanley hörte und von feierlicher Frömmigkeit erfüllt war. Mr. Thrale saß neben mir. Ich empfing das Sakrament des Abendmahls, als gläubiger Christ, der die Hoffnung nicht aufgibt, daß auch sein Lebenswandel allmählich besser wird. Mrs. und Miss Thrale waren auch in der Kirche. Ich hatte Mrs. Thrale einen kurzen Beileidsbrief zum Tode ihres Sohnes geschrieben, als ich mit Dr. Johnson in London angekommen war. Sie schien heute von stillem Kummer erfüllt und sagte zu mir: »Was wir heute hier gehört haben, ist echter Trost für mich.« Ich ging danach zu Dr. Johnson. Mr. Mcbean, der Verfasser der »Ancient Geography« und langjähriger Bibliothekar des Herzogs von Argyll, war ebenfalls anwesend.[46] Er sagte, er sei jetzt vierzig Jahre nicht mehr in Schottland gewesen. »Ah«, sagte Johnson lächelnd, »was würden Sie darum geben, Boswell, wenn Sie vierzig Jahre lang nicht in Schottland zu sein brauchten?« Ich erklärte, mir wäre der Gedanke unangenehm, eine so lange Zeit vom Land meiner Vorfahren entfernt leben zu müssen. Ich wiederholte Johnson gegenüber das Argument einer Dame aus meiner Bekanntschaft, die darauf besteht, daß die häufige eheliche Untreue ihres Ehemannes sie von allen moralischen Verpflichtungen als Ehegattin entbinde, weil diese Verpflichtungen schließlich auf Gegenseitigkeit beruhten. Johnson: »Das ist ein trübes Kapitel, Sir. Zum Ehekontrakt zwischen Mann und Frau gehört immer auch eine dritte Partei, die Gesellschaft, und, wenn es sich um ein Ehegelübde handelt, eine vierte: Gott. Deshalb können die beiden Partner ihren Bund nicht von sich aus auflösen. Gesetze werden nicht für spezielle Fälle gemacht, sondern für die Menschheit im allgemeinen. Eine Frau mag mit ihrem Mann unglücklich zusammenleben, sie kann sich von ihm aber nicht befreien ohne die Zustimmung der staatlichen und himmlischen Organe. Ein Mann mag unglücklich darüber sein, daß er nicht so reich ist wie ein anderer, aber er darf sich das Eigentum des anderen nicht ohne weiteres aneignen.«

11.4.

Wir sprachen vom Übersetzen. Ich sagte, ich könne keine Definition dieser Beschäftigung geben und auch kein passendes Bild zur Illustration des Übersetzens finden und äußerte die Ansicht, daß Lyrik-Übersetzungen immer nur Imitationen sein könnten. Dr. Johnson sagte: »Wissenschaftliche Bücher kann man genau übersetzen, ebenso Geschichtswerke, aber Lyrik läßt sich nicht übertragen, und deshalb sind es die Dichter, die die Sprachen erhalten, denn wir würden uns kaum die Mühe machen, eine Sprache zu lernen, wenn wir alles, was in dieser Sprache geschrieben worden ist, auch in Übersetzungen lesen könnten. Aber da wir die Schönheiten von Gedichten nur im Original genießen können, erlernen wir die Original-Sprachen.«

Als ich gestern abend bei den Beauclerks[47] dinierte, sagte Langton[48] zu mir: »Sollen wir darüber abstimmen, ob der kleine Gentleman zu uns kommen darf?« (Ich schreibe dies am Samstag, dem 27., in Bath.) Er meinte damit Beauclerks Sohn, einen zweijährigen Knaben. Ich hielt das für eine Albernheit von Langton, wollte ihn zurechtweisen und ihm widersprechen (besonders, weil ich erlebt hatte, wie sich Beauclerk über Langtons Affektiertheit lustig machte und daß er anderen Leuten mit seinen Kindern auf die Nerven ging) und sagte deshalb: »Ich werde dagegen stimmen. Ich kann die Kinder anderer Leute nicht ausstehen. Ich finde es schwer genug, die eigenen zu ertragen.« Das kam gröber heraus, als es gemeint war, obwohl es grundsätzlich wahr ist, daß ich etwas gegen die Anwesenheit von Kindern in Erwachsenengesellschaft habe, weil ich Kinder eben nicht leiden kann und weil es mir gegen den Strich geht, gezwungen zu sein, ihren Eltern alberne Komplimente zu machen.

Dr. Johnson sagte gestern abend bei den Thrales, daß ich im Grunde recht habe. Er meinte allerdings auch, daß es viele Leute gebe, die sich zu wenig um ihre Kinder kümmern, weil ihr Beruf oder ihr Lebensstil es mit sich bringe, daß sie ihre Kinder nur selten sehen. »Ich«, sagte er, »hätte für ein eigenes Kind keine besonderen Empfindungen aufbringen können.« »Das stimmt«, sagte Mrs. Thrale. »Wenigstens habe ich nie den Wunsch nach einem Kind gehabt.«

Er sagte auch, daß es in Frankreich nicht jene Art von Kneipenleben gibt, das in England so angenehm ist, weil sich die Menschen in diesen Lokalen ungezwungen und ohne Rücksicht auf ihren gesellschaftlichen Rang treffen. Wo es einen Gastgeber und Gäste gibt, wird es auch immer zu unsichtbaren Spannungen kommen. Der Gastgeber will es seinen Gästen unbedingt recht machen, und die Gäste fühlen sich verpflichtet, ihn zu loben. Auch bei geselligen Einladungen kann eine Rivalität entstehen, die zu besonderen Anstrengungen führt. Ich kann mich nicht mehr genau an seine Worte erinnern, nur noch an den Sinn.

13. 4.

Sir William Forbes[49] und Langton kamen, Dr. Johnson als letzter. Es entspann sich ein munterer Disput darüber, ob das Trinken die Unterhaltung fördert und zu allgemeinem Wohlwollen führt. Sir Joshua Reynolds meinte, genau das sei der Fall. »Nein, Sir«, sagte Dr. Johnson. »Vor dem Essen treffen sich oft Menschen mit großen Meinungsverschiedenheiten, und wer sich dabei seiner Minderwertigkeit bewußt ist, wird aus Bescheidenheit tunlichst den Mund halten. Nach dem Genuß von Wein fühlt sich jeder Mensch glücklich, verliert alle Bescheidenheit und wird hemmungslos und laut. Das ist nichts Positives – das ist bloß Stumpfheit im Angesicht der eigenen Schwächen.« Sir Joshua meinte, der Doktor meine wohl vor allem den exzessiven Weingenuß; maßvolles Trinken hingegen belebe den Geist durch eine Beschleunigung des Blutkreislaufs. »Morgens«, sagte er, »beim Aufstehen bin ich bester Stimmung. Um die Mittagszeit bin ich bereits erschöpft. Der Wein versetzt mich dann in jene Stimmung zurück, die ich morgens hatte; ich bin überzeugt, daß maßvoller Alkoholkonsum die Ausdrucksweise der Menschen günstig beeinflußt.« »Nein, Sir«, sagte Johnson. »Wein führt nicht zu Licht und fröhlicher Heiterkeit, sondern zu lauter, lärmender Ausgelassenheit; ich habe noch keine solche inspirierten Höhenflüge erlebt, wie Sie sie erwähnen – ›betrunken‹ ist ein zu hartes Wort: ›weinselig‹ wäre besser.« Darauf sagte Sir Joshua: »Weil Sie stocknüchtern daneben gesessen haben und neidisch waren auf die glücklichen Trinker.« »Vielleicht«, sagte Johnson, »war es eher Verachtung. Außerdem muß man nicht selbst betrunken sein, um die geistreiche Unterhaltung von Trinkenden schätzen zu können. Beurteilen wir nicht den weinseligen Geist eines Jago oder eines Cassio[50] – das Beste, was es in dieser Richtung gibt –, wenn wir selber durchaus nüchtern sind? Geist ist Geist, wie auch immer er hervorgebracht wird; wenn er gut ist, wird er zu allen Zeiten gut sein.« Er gab zu, daß die Stimmung durch gemeinsames Trinken gehoben werden kann – d. h. durch die Teilnahme an einem gemeinsamen Vergnügen; aber ebenso erhöhen Hahnenkämpfe oder das Vorführen von Tanzbären die Stimmung der Teilnehmer, obwohl sie nicht gerade das Gespräch veredeln müssen. Er räumte auch ein, daß es träge Menschen gibt, die nach einem Glas Wein lebhafter wirken, genau wie es Früchte gibt, die ihre ganze Üppigkeit erst entfalten, wenn sie zu faulen beginnen. »Es gibt solche Menschen«, sagte er, »aber es sind im Grunde Mispeln.« Freimütig gab er zu, daß eine kleine Zahl von Menschen durch das Trinken veredelt wird, beharrte aber darauf, daß seine grundsätzliche Skepsis gegenüber dem Trinken gerechtfertigt sei; er fügte hinzu, daß es nichts gebe, was nicht irgendwie auf irgendeinen Menschen zuträfe. Sir William Forbes sagte: »Könnte man den Menschen vielleicht mit einer Flasche Bier vergleichen, die an Geschmack gewinnt, wenn man sie am Kamin wärmt?« »Nein«, sagte Johnson verächtlich. »Dazu kann ich nichts mehr sagen – das ist zuviel für mich.« Ich sagte: »Ich weiß, daß der Wein mir schadet, er entflammt mich und erhebt meinen Geist nicht, sondern verwirrt und irritiert ihn. Die Erfahrung lehrt uns jedoch, daß maßvolles Trinken gut ist.«

Johnson sagte darauf: »Ich behaupte nicht, daß es falsch ist, durch Trinken eine gewisse Selbstzufriedenheit zu erzeugen. Ich bestreite lediglich, daß man durch Trinken seinen Geist verbessern kann. Ich habe immer ungern Wein getrunken, wenn ich Gäste hatte. So manche Flasche habe ich für mich allein getrunken – hauptsächlich, um meine Stimmung zu heben, dann aber auch, weil ich wußte, daß niemand Zeuge der Wirkung des Weines auf mich sein würde.«

23. 4. (Boswell an seine Frau; nicht abgeschickter Brief)[51]

Meine Teuerste,

bevor ich zu Bett gehe und während die Eindrücke der außerordentlichen Szene, von der ich Dir berichten will, noch frisch und lebendig sind, setze ich mich hin und schreibe Dir diesen Brief. Du hast oft miterlebt, wie ich Dir von der berühmten Mrs. Rudd vorgeschwärmt habe – Margaret Caroline Rudd – und daß ich sie in London unbedingt besuchen wollte. Meine Neugier ließ mir keine Ruhe, und ich war fest entschlossen, sie zu sehen. Ich brachte in Erfahrung, wo sie wohnt, und heute vormittag machte ich mich auf und klopfte an ihre Tür. Ich wurde in ein Eßzimmer geführt, das ganz ordentlich aussah, aber verglichen mit ihrem früheren Wohlstand doch ziemlich ärmlich war. Ein paar Talgkerzen erleuchteten den Raum. Meine Phantasie gaukelte mir in diesem einsamen Raum furchterregende Bilder vor – mir war, als würden jeden Augenblick die Geister der Perreaus erscheinen. Ich hatte auch das Gefühl, daß sich in dem

Haus Mörder und Halunken aufhalten, aber dagegen sprach die Tatsache, daß die Straße sehr belebt war.

Dann hörte ich, wie sie die Treppe heraufkam. Ich war sehr aufgeregt und neugierig, als schließlich eine ziemlich kleine Frau ins Zimmer trat, zierlich gewachsen, nicht unbedingt eine Schönheit, aber doch von sehr angenehmem Äußeren und viel jünger, als ich gedacht hatte. Kurz, der erste Eindruck überraschte mich etwas, da er keineswegs dazu angetan war, etwas von Würde oder gehobener Eleganz auszustrahlen. Sie war ganz in Schwarz gekleidet, trug dazu einen weißen Mantel und Hut. Ich entschuldigte mich für meine Aufdringlichkeit mit dem Hinweis, daß ich ein Freund von Mr. Macqueen[52] sei, und obwohl ich keine ausdrücklichen diesbezüglichen Instruktionen habe, sei ich doch überzeugt, daß die Familie Macqueen auf Nachrichten von ihr sehr erpicht sei. Sie sagte, sie sei mir für meine Artigkeiten sehr verbunden. Wir setzten uns in einiger Entfernung einander gegenüber, und ich erkundigte mich nach ihrem Befinden. Sie meinte, es sei, wie man es den Umständen nach erwarten könne, und begann dann unmittelbar mit einem langen Bericht ihrer unglücklichen Geschichte, die sie (ich ging zu Bett, als ich diese Seite vollgeschrieben hatte, und setze jetzt meine Erzählung fort, am 24. April, zwischen neun und zehn Uhr morgens) mit wunderbarer Gewandtheit und großem Feingefühl und dazu mit einer Unschuld erzählte, die um so erstaunlicher war, wenn man bedenkt, was inzwischen alles geschehen ist. Sie beabsichtige nicht, wieder zu heiraten, nachdem sie zweimal soviel Pech gehabt habe. Höchstens ein Mann von hohem gesellschaftlichem Rang und einigem Wohlstand, der bereit sei, ihr nachzusehen, was in der

Vergangenheit geschehen sei, käme für eine neue Ehe in Betracht. Die Gefängnishaft, meinte sie, habe ihr sehr zugesetzt; zwei Jahre lang habe sie an der Schwindsucht gelitten. Als sie wieder das Tageslicht sehen durfte, sei sie fast erblindet; mir fiel auf, daß ihre Augen immer noch sehr schwach waren. Wenn man sie von nahem betrachtete, schien sie Hitzeflecken auf den Wangen zu haben, sie rümpfte die Nase beim Sprechen, und sie sprach meistens durch die Zähne. Und doch hatte sie etwas so Angenehmes und Liebenswürdiges, daß ich mir gut vorstellen konnte, zu welchen Dingen (von denen wir alle gehört haben) sie fähig war. Ich sagte, man hielte sie allgemein für eine Zauberin, die Menschen verführen könne. Sie lächelte und widersprach mir nicht, was ihre Vergangenheit anging, meinte jedoch, sie könne niemanden verführen. Ich bat um Verzeihung und sagte auf die schmeichelhafteste Weise: »Meine liebe Mrs. Rudd, sagen Sie das nicht! Alles, was Sie bis jetzt zu mir gesprochen haben, war offensichtlich wahr und aufrichtig.« Ich sagte ihr, ich sei überzeugt davon, daß sie Menschen verzaubern könne, bat sie aber gleichzeitig, diese Gabe nicht an mir auszuprobieren. Sie sagte, sie habe sich früher Illusionen über das Glück hingegeben; jetzt jedoch habe sie sich eine gewisse Gefühllosigkeit zu eigen gemacht, die sie aber nicht ins Extrem treiben wolle. »Sie dürfen nicht gefühllos sein«, sprach ich, stand auf und ergriff ihre seidenweiche Hand, die ich, nachdem wir eine Weile weitergeredet hatten, küßte. Dies war ein Experiment – sie zeigte sich weder prüde noch beleidigt, sondern spielte das Spiel mit, ganz wie eine erfahrene Frau.

Ich ließ das Gespräch manchmal absichtlich ins Stokken geraten, um zu sehen, wie sie es wieder in Gang bringen würde. Sie ließ eine solche Pause nie allzu lang werden, sondern sagte, wenn sie merkte, daß ich nicht weiterredete und möglicherweise verlegen war, mit vollendeter Höflichkeit etwas Leichtes dahin, um nicht den Eindruck der Abruptheit entstehen zu lassen oder mir das Gefühl zu geben, daß ich steckengeblieben sei – ihr schien die Fortsetzung unseres Gesprächs wichtig, und so tat sie, als sei das, was sie gerade gesagt hatte, die natürliche Fortsetzung dessen, worüber wir vorher gesprochen hatten. Als ich sah, wie empfindlich ihre Augen waren, rückte ich die Kerzen auf dem Tisch von ihr weg; aber danach saß sie so sehr im Dunkeln, daß ich ihr hübsches Profil kaum erkennen konnte, während wir uns unterhielten. Deshalb stellte ich eine Kerze wieder in ihre Nähe und sagte dabei, ich wolle mich nicht des Vergnügens berauben, sie betrachten zu dürfen. Ich sagte auch, daß sie ebensogut eine Nonne sein könne, woraufhin sie meinte, hätte sie nicht die Kinder, würde sie sich am liebsten in ein Kloster zurückziehen. Sie habe eine Vorliebe für Frankreich, wolle aber keine Nonne sein und sich für den Rest ihres Lebens vor der Welt verschließen. Ich sagte: »Sie sind sehr viel jünger als ich gedacht habe.« »Eine junge Frau«, sagte sie, »bin ich nun auch nicht gerade. Ich bin neunundzwanzig, und das halte ich nicht mehr für besonders jung.«

Als sie noch einmal ihren Prozeß und die Gefängnishaft erwähnte, streckte sie ihren hübschen kleinen Fuß vor. Überrascht und bewegt stand ich auf und rief: »Ich kann nicht glauben, daß Sie all das durchgemacht haben. Sind Sie wirklich Mrs. Rudd?« Sie lächelte und sagte: »Ich bin Mrs. Rudd.« Ich sagte ihr, sie müsse unbedingt all das Schlimme vergessen, das ihr widerfahren sei, und nur noch an die Zukunft denken – die Liebe sei das beste Heilmittel für sie. Sie meinte sanft, daß sie daran nicht glaube. Daraufhin äußerte ich einige Allgemeinplätze über das Liebesglück und knüpfte daran die Bemerkung, daß sie künftig sehr vorsichtig in der Wahl ihrer Partner sein müsse.

Während dieses Gesprächs war ich ganz ruhig und hatte mich völlig in der Gewalt, stutzte die Kerzen und schürte das Kaminfeuer wie jemand, der sich wie zu Hause fühlt; ich saß entspannt auf meinem Stuhl und fühlte keinerlei Irritation, wenn sich ihre und meine Blicke trafen. Ihre Augen strahlten nicht Abwehr aus, sondern wirkten durch ihre Sanftheit überaus anziehend, und genau darin lag der Grund für den Unterschied zwischen ihren Blicken und denen von aufdringlicheren und weniger erfahrenen Verführerinnen. Sie war keine Räuberin, sondern eine Diebin. Ich wünschte ihr eine gute Nacht und gab ihr einen Kuß, den sie ohne sich im geringsten zu zieren entgegennahm – das allerdings verwirrte mich ein wenig.

15.5.

An diesem Mittwoch ging ich etwa eine Stunde vor der Essenszeit zu Dr. Johnson, was ich meistens tue, wenn wir zusammen essen gehen, damit er sich fertigmachen und ich ihn begleiten kann. Er rief: »Frank, ein sauberes Hemd!«, und in kürzester Zeit war er fertig angezogen.

Als wir Mr. Dillys Wohnzimmer betraten, fand er sich mitten in einer Gesellschaft, die ihm zum größten Teil unbekannt war. Er fragte: »Wer ist der Herr dort in dem Spitzenanzug?« »Mr. Wilkes, Sir.«[53] Diese Information stürzte ihn in beträchtliche Verwirrung. Er rang eine Weile um Fassung, griff dann nach einem Buch, setzte sich an ein Fenster und las, oder tat jedenfalls so, um sich zu beruhigen. Seine Lage war in der Tat nicht beneidenswert. Aber er mußte sich wohl oder übel daran erinnern, daß er mir erklärt hatte, er komme mit jeder Art von Gesellschaft zurecht, und deshalb spielte er jetzt den unerschütterlichen Mann von Welt, der allen Zufälligkeiten des gesellschaftlichen Lebens gewachsen ist. Der fröhliche Lärm des Essens, das nun serviert wurde, riß ihn aus seinen Träumen, und wir setzten uns in bester Stimmung zu Tisch. Mr. Wilkes gab sich auffällige Mühe, ihm das beste Stück Rindfleisch vorzulegen – »Erlauben Sie, Sir – dies hier ist noch besser – noch etwas Füllung? Ein bißchen Soße? Erlauben Sie mir, Ihnen die Butter zu reichen – ich darf Ihnen hierzu einen Schuß Orangensaft empfehlen, aber vielleicht ist Zitrone sogar noch würziger!« – »Sir«, rief Johnson, »ich bin Ihnen sehr verbunden!«, und er sah Wilkes an mit einem Blick, der zuerst noch etwas knurrig war, dann aber zusehends wohlgefälliger wurde.

21. 12.

Vormittags stark verkatert, ging aber ins Gericht und plädierte leidlich.

Wenn ich mich mit mir selbst vergleiche, wie ich noch vor einigen Jahren war, kann ich durchaus zufrieden sein. Mein Fehler ist, daß ich im Moment keinen rechten Horizont, keinen größeren Ehrgeiz habe. Ich fürchte, es ist zu spät für mich, mir einen größeren Wirkungskreis in England zu verschaffen.

1777[54]

24. 1.

Ich spüre eine gewisse Schwäche des Geistes, eine völlige Gleichgültigkeit allen Dingen gegenüber, dazu Melancholie und Niedergeschlagenheit. Ernsthaftes Beten verschafft mir jedesmal Erleichterung. Ich liebe meine Frau leidenschaftlich, sehe aber schon die Zeit kommen, wo der Tod sie mir nimmt.[55] Ich liebe meine Kinder, aber auch ihren Tod kann ich schon voraussehen.

3. 3.

Bericht über mein letztes Interview mit DAVID HUME, Esq.
(Teilweise in meinem Journal notiert,
teilweise aus dem Gedächtnis ergänzt)

Am Sonntagvormittag (am 7. Juli 1776) besuchte ich Mr. David Hume, da es für die Kirche schon zu spät war. Er war aus London und Bath zurückgekommen und lag im Sterben. Ich fand ihn allein vor, in liegender Stellung, in seinem Wohnzimmer. Er war abgemagert, sah gespenstisch und gleichzeitig sehr irdisch aus. Er trug einen grauen Anzug mit weißen Metallknöpfen und eine halbseitige Perücke. Von der beleibten Figur, die so typisch für ihn war, ist nichts mehr übriggeblieben. Vor ihm lag Dr. Campbells »Philosophie der Rhetorik«.[56] Er schien ruhiger, ja heiterer Stimmung zu sein. Er sagte, sein Ende sei gekommen. Ich glaube, das waren seine Worte. Ich weiß nicht mehr, wie ich das Gespräch auf das Thema Unsterblichkeit brachte. Er sagte, er habe nie irgendeine Form von religiösem Glauben gehabt, seit er

Locke und Clarke[57] gelesen habe. Weiterhin erklärte er rundheraus, daß die Moral jeder Religion schlecht sei, und ich glaube, er meinte es durchaus ernst, als er sagte, jedesmal, wenn er höre, daß jemand fromm sei, denke er, das müsse ein Schuft sein, obwohl er auch Fälle kenne von sehr guten Menschen, die fromm gewesen seien.

Ich fragte ihn, ob ihn der Gedanke an die Auslöschung des Körpers nie beunruhigt habe. Er sagte, nicht im geringsten, genausowenig wie der Gedanke, daß er vor seiner Geburt nicht existiert habe. »Nun«, sagte ich, »ich hoffe, daß ich über Sie triumphiere, wenn ich Sie in einem zukünftigen Leben wiedersehe; und denken Sie daran: Sie können dann nicht mehr behaupten, Sie hätten all dieses gottlose Gerede nicht ernst gemeint.« »Nein, nein«, sagte er. »Ich werde schon so lange vor Ihnen im Himmel sein, daß mich Ihre Anwesenheit nicht mehr überraschen wird.« In dieser Stimmung heiterer Unbeschwertheit setzte ich das Gespräch fort. Vielleicht war das unangebracht bei einem so makabren Thema, aber da wir beide allein waren, glaubte ich, es könne nichts schaden. Dennoch spürte ich heimlich eine Art Schauder, und seltsame, plötzliche Erinnerungen befielen mich an die frommen Unterweisungen meiner prächtigen Mutter, an Dr. Johnsons erhabene Lektionen und an meine eigenen frommen Empfindungen und Anwandlungen in den unterschiedlichsten Lebenslagen. Ich kam mir wie ein Mensch vor, der sich plötzlich in einer gefährlichen Lage befindet und nach Waffen sucht, mit denen er sich verteidigen kann. Ich konnte mich nicht gegen flüchtige Zweifel wehren, in einer Situation, in der ich mit einem grundgelehrten und erfahrenen Mann zusammen war, der zu sterben im Begriff stand – in der

Überzeugung, daß er ausgelöscht werde. Aber ich bewahrte meinen Glauben. Ich erklärte ihm, daß ich an die christliche Religion ebenso wie an die Geschichte glaube.

Er hatte früher einmal zu mir gesagt, an einem Vormittag bei hellem Sonnenschein, daß er gar nicht unsterblich sein wolle. Das war eine erstaunliche Bemerkung. Der Grund, den er damals für diesen Wunsch anführte, war, daß er sich derzeit sehr wohl befinde und daß die Wahrscheinlichkeit eines vergleichbaren Wohlbefindens in einem anderen Leben sehr gering sei; deshalb wolle er lieber gar nicht als in einem schlechteren Zustand existieren. Ich antwortete ihm, es bestehe begründete Hoffnung, daß es ihm sogar besser ergehen werde. Ich versuchte in diesem Interview, ihn auf das Thema des Nachlebens zu bringen, und sagte, ein Leben nach dem Tode sei doch gewiß eine angenehme Vorstellung. Er meinte, das sei nicht richtig, es gebe immer ein düsteres Stadium, einen Phlegeton[58] oder eine Hölle.

Dann brachte ich irgendwie das Gespräch auf Dr. Johnson. Ich wußte, daß Hume von diesem großen Mann oft in wenig großzügiger Weise gesprochen hatte. Bei dieser Gelegenheit sagte er: »Johnson müßte mit meiner ›History‹[59] eigentlich zufrieden sein.« In unangenehmer Erinnerung der häufigen Angriffe von Hume auf meinen verehrten Freund bei früheren Gelegenheiten erzählte ich ihm jetzt, daß Dr. Johnson nicht allzuviel von ihm halte; er habe z. B. gesagt: »Sir, der Bursche ist rein zufällig ein Tory.« Es tut mir jetzt leid, daß ich das bei dieser Gelegenheit erwähnte; ich hatte mich einfach gehen lassen. Die Wahrheit ist, daß Hume von einer so heiteren Gelassenheit war, daß feierlicher Ernst nicht aufkommen konnte; selbst der Tod schien in diesem

Augenblick seinen Schrecken verloren zu haben. Ich war sehr überrascht, daß er danach von anderen Dingen mit der größten Seelenruhe und einer Klarheit sprach, zu der die meisten Menschen selbst bei bester Gesundheit nur selten fähig sind. An zwei Einzelheiten erinnere ich mich genau: an Smiths »Wealth of Nations«[60], ein Buch, das er sehr empfahl, und an Monboddos »Origin of Language«[61], über das er mit Verachtung sprach. Ich sagte: »Ich an Ihrer Stelle würde es bedauern, einfach ausgelöscht zu werden. Hätte ich ein so hervorragendes Geschichtswerk geschrieben wie Sie, würde es mir schwerfallen, mich davon trennen zu müssen.« Er sagte: »Ich werde dieses Geschichtswerk, von dem Sie so freundlich sprechen, in einem möglichst vollkommenen Zustand zu hinterlassen versuchen.« Er sagte weiterhin, daß alle großen Begabungen, mit denen einzelne Menschen ausgestattet seien, immer nur in einer Beziehung zu *dieser* Welt stünden.

Dann gesellte sich für eine Weile Mr. Lauder[62], sein Arzt, zu uns; später kam noch Mr. Mure[63], der Sohn des Barons, für einen Augenblick dazu. Soweit ich das beurteilen konnte, hatte er zu beiden ein sehr angenehmes Verhältnis. Er sagte, er habe keine Schmerzen, aber schwinde dahin. Ich verließ ihn mit Eindrücken, die mich noch eine ganze Zeit beunruhigten.

(Ergänzung aus dem Gedächtnis, 22. 1. 1778)

Es war erstaunlich, ihn in diesem Zustand bei so klarem Verstand vorzufinden. Ich muß noch einen anderen Umstand erwähnen, der von Bedeutung ist, denn er zeigt, daß er vielleicht doch ein gewisses Maß an Hoffnung auf ein Leben nach dem Tode hatte und daß sein Geist von dem Bewußtsein (oder der vagen Vorstellung) gestärkt wurde, daß er ein tugendhaftes Leben geführt habe. Er sagte: »Wenn es tatsächlich ein Leben nach dem Tode gibt, Mr. Boswell, dann könnte ich, glaube ich, einen ebenso guten Bericht über mein Leben geben wie die meisten anderen Menschen auch.«

8. 5.

Ich glaube wirklich, daß dieses uninteressante, langweilige Tagebuch nicht mehr der Mühe wert ist. Aber es ist ein Register meines Lebens, so wie ich es verbracht habe.

20. 9.

Ich fühle mich wirklich wohler in der Gesellschaft von Menschen, die ich verehre, als in irgendeiner anderen Umgebung, ausgenommen wenn ich in guter Stimmung bin und es mir Spaß macht, mit Unterlegenen zusammen zu sein oder mit einer Mätresse.

21. 9.

Während ich so in Ashbourne in einer englischen Kirche saß und Dr. Johnson neben mir, füllte sich meine Vorstellung mit Gedanken an die Gelehrsamkeit, das Genie, den Wert und die literarische Bedeutung, die mit diesem Namen verbunden sind, und wenn ich daran dachte, daß er ein sehr enger Freund von mir ist, erfüllte mich ein Glücksgefühl, wie es nur wenige Menschen haben können.

1778[64]

22. 3.

Frühstück Burke. Keine Waschgelegenheit. Dinner Sir John Dick, gut. Abendessen Lord Mountstuart.

22. 8.

Sir James Lowther Vorsitzender des Gerichts in Carlisle. Eindrucksvoll zu sehen, wie ein so reicher Mann hier auf dem Lande seine Pflicht tut; er ist Tag und Nacht von London hierher unterwegs gewesen. Manche sagen, er sei launisch, stolz und unzuverlässig; andere sagen, er sei sehr freundlich, wenn er jemanden mag.

18. 9.

Krank: Kolik und Durchfall. Kurierte mich mit großen Mengen Tee. Mißmutig bei dem Gedanken, daß ich weder zuverlässiges Wissen besitze noch anständiges Benehmen und daß meine beiden Töchter keinen Respekt vor mir haben. Las in der »Biographia Britannica«. Wie unbedeutend mein gegenwärtiges Leben ist!

11. 11.

Von diesem Tag an bis zum 1. 1. 1779 habe ich nur kurze Notizen gemacht, mit Ausnahme von zwei Tagen, die mir irgendwie verlorengegangen sind. Größere Unterbrechungen in meinem Tagebuch sind unvermeidlich. Der Winter verlief leidlich. Ich hatte nicht viel

Arbeit in der Anwaltskanzlei, aber die Honorare waren nicht schlecht. Zwei- oder dreimal trank ich über den Durst.

1779–1783

16. 3. 79[65]

Ging zu Dr. Johnson. Er frühstückte gerade mit einem gewissen Mr. Tasker, einem Geistlichen, der ein Poem mit dem Titel »Der kriegerische Geist Großbritanniens« verfaßt hat. Tasker schien mir eine dümmliche, wirre Kreatur zu sein; er hatte eine hagere, knochige Figur und kurzes, schwarzes Haar. Er grinste idiotisch, bleckte die Zähne, wenn er sprach, und sagte in quäkendem Ton, während der Doktor aus seinem Werk vorlas: »Nun, ist das Lyrik, Sir? Ist das nicht wie Pindar?« »Jawohl«, sagte der Doktor, »es gibt hier eine Menge von dem, was man gewöhnlich Dichtung nennt.« Tasker rief aus: »Meine Muse zittert unter den Händen des großen Kritikers!«

9. 11.–8. 12. 79

Schrieb doppelt so viele Gutachten wie voriges Jahr. Erledigte meine Amtsgeschäfte locker und gekonnt. Genoß das Leben, war oft zum Essen eingeladen und nur selten betrunken. Nur einmal bei einer kruden Hure, die aber kein Risiko bedeutete.

11. 3. 80

Ich registriere ein Abflauen in meiner Anwaltskanzlei, fürchte aber gleichzeitig, daß allzuviel juristischer Kleinkram in Schottland meinen Geist abstumpft und dazu führt, daß ich in Bedeutungslosigkeit versinke. Ich kann diesmal nicht nach London reisen und werde hier wohl untätig versauern.

17. 11. 80

Wie belanglos ist mein Leben! Wie wenig komme ich noch zum Lesen! Ich stelle in keiner Hinsicht irgend etwas dar und bin jetzt immerhin vierzig. Und trotzdem: ich bin bekannter als die meisten meiner Landsleute, bei Gericht bin ich angesehen, und ich führe ein regelmäßiges, nüchternes Leben.

22. 4. 81[66]

Ging in gehobener Stimmung zu einer Abendgesellschaft bei Miss Monckton[67]. Setzte mich neben Johnson, kam mir ihm ebenbürtig vor und redete laut und großspurig auf ihn ein – ich wollte der Gesellschaft beweisen, daß ich es mit Ajax[68] durchaus aufnehmen konnte. Mein Freund reagierte so ruhig wie möglich, aber man kann sich vorstellen, wie ihm zumute gewesen sein muß. Ein paar Tage später entschuldigte ich mich bei ihm.

13. 12. 81

In zuversichtlicher Stimmung den ganzen Tag: spürte, daß mein Unglück nur eine Wolke ist, die sich jeden

Moment auflösen kann. Der Mensch muß sich von allem trennen können, um eine neue Existenz zu beginnen. Ich muß mehr »ich selbst« sein und der Devise folgen: »Mihi res, non me rebus submittere.«[69]

4. 7. 82

Meine Frau[70] hat nichts von jener englischen Robustheit, die mir zu eigen ist und die einen Sinn für Humor zu schätzen weiß. Was mich aber noch mehr stört, ist, daß ihr jene Wärme der Einbildungskraft abgeht, die mit dem Hang zur Eitelkeit einhergeht. Familie und Herkommen bedeuten ihr nichts; manchmal glaube ich wirklich, ich habe mich mit einer Frau zusammengetan, die, anstatt mein Genie zu schätzen, es ständig kontrollieren will. Doch auf der anderen Seite bewundere ich ihre Vernünftigkeit, ihren praktischen Lebenssinn, ihre echte Zuneigung und ihr Verhalten mir gegenüber in schwieriger Zeit, auch ihre Uneigennützigkeit in der Ehe. Ich schäme mich, daß ich mich ihrer unwürdig benommen habe. Sie fürchtet sich sehr vor dem Tod.

26. 8. 82

Trank beim Abendessen noch mehr als beim Mittagessen, war ziemlich angeheitert und redete unsinniges, läppisches Zeug zusammen – ich hatte keine Ahnung, daß mein verehrter Vater zur gleichen Zeit im Sterben lag.

29. 8. 82

Erfuhr von Robert Boswell[71] von der schlimmen Wendung. Ging nach oben. MISS PEGGIE[72]: »Komm, sieh ihn dir an!« Er war sehr, sehr schwach. Merkwürdiger Gedanke: er lebt noch, ist noch hier! Können wir ihn nicht aufhalten? Dann wurde der Atem laut – und hörte allmählich auf. Der Arzt schloß ihm die Augen. Die ganze Nacht aufgeblieben. Beratungen wegen der Beerdigung. Zurück zur Frau. Hat Blut gespuckt.

1. 10. 82 (Brief an Dr. Johnson)

Ich kann in meiner neuen Situation[73] weder denken noch handeln, bevor ich nicht mit Ihnen gesprochen habe. Ich war immer entschlossen, die Würde eines Repräsentanten von Auchinleck zu übernehmen, und genau das werde ich jetzt tun.

3. 11. 82 (Brief an Dempster)

Das Landleben gefällt mir allmählich – das überrascht mich mehr als alles, was mir bisher im Leben zugestoßen ist. Mir geht es sehr gut; ich habe keinen starken Anker wie Du, aber ich segle tapfer vor dem Wind.

18. 1. 83

Wozu meine Zeit verschwenden und ein Tagebuch über ein derart schales Leben führen?

18. 2. 83

Unzufrieden mit der provinziellen Atmosphäre hier, ständige Sehnsucht nach einem Leben der Prominenz in London.

12. 4. 83 (Tacenda)[74]

Nach dem Essen, als der Doktor sich zu einem Schläfchen zurückgezogen hatte und Mrs. Williams auch gegangen war, blieben Mrs. Desmoulins[75], Lowe[76] und ich allein. Lowe sagte: »Madam, jetzt können wir frei sprechen. Wir sind alle verheiratete Leute. Sagen Sie uns bitte: Glauben Sie, daß Dr. Johnson sich jemals unkeusch verhalten hat? Ich für mein Teil glaube nicht, daß er es jemals getan hat. Ich glaube, er war sogar seiner Frau gegenüber keusch – die Ehe war rein platonisch« (dabei grinste er und blinzelte mir zu). Mrs. Desmoulins: »Sir, Sie irren gewaltig! Es gibt niemanden, der stärker von den Trieben heimgesucht ist als Dr. Johnson. Aber er hat sie immer beherrscht. Es wurde gemunkelt, er habe ein illegitimes Verhältnis mit Mrs. Williams, und ich erinnere mich, daß eine Dame behauptete, daß keine Frau sich ihm gegenüber so schamlos benähme, wüßte sie nicht, daß er diesen Heiligenschein habe.« Boswell: »Was für einen Heiligenschein? Was kümmerte es ihn?« Mrs. Desmoulins: »Sir, es hätte ihm keinen Spaß gemacht. Ich glaube diese Geschichten nicht.« Boswell: »Ich auch nicht. Ich habe Bemerkungen über ihn gehört, über ihn und seinen Harem, zu dem Sie auch gehört haben sollen, Madam. Aber niemand hat wirklich ernsthaft daran geglaubt.« Lowe: »Ich glaube immer noch nicht, daß sich der Doktor je für Frauen interessiert hat.« MRS. DESMOULINS: »Doch, das hat er. Ich glaube nicht, daß er seine Ehe wirklich vollzogen hat.« BOSWELL: »Glauben Sie, Madam, daß er eine sehr enge Beziehung zu seiner Frau gehabt hat? Sie wissen, was ich meine.« MRS. DESMOULINS: »Ja, ja, Sir. Garrick kann bezeugen, daß der Doktor die Ehe vollzogen hat, denn er hat ihn durchs Schlüsselloch beobachtet; er hat sich danach sehr schäbig benommen, weil er den Doktor mit der Geschichte lächerlich gemacht hat, wie er ums Bett gelaufen ist, als seine Frau sich hingelegt hatte, und gerufen hat: ›Ich komme, meine Tetsie, ich komme, Tetsie! ts! ts!‹« (ahmt ihn nach). »Sie war fast fünfzig, als der Doktor sie heiratete, und er erst zweiundzwanzig; ich glaube, sie hat ihn nie geliebt, sondern war nur auf sein Geld aus. Viele Jahre lang haben sie nicht miteinander geschlafen. Aber das lag an ihr. Sie trank sehr stark, behauptete dann, es gehe ihr nicht gut und sie könne keinen Bettgenossen vertragen. Ich erinnere mich, wie einmal eine junge Frau aus Hampstead zu Besuch kam. Ich schlief in dem gleichen Raum wie Mrs. Johnson, und zwar mit dem Besuch in einem ziemlich kleinen Bett. Sie sagte zu mir: ›Das Bett ist zu klein für zwei. Wenn Sie versprechen, Mr. Johnson nichts davon zu sagen, können Sie bei mir schlafen. Wenn er aber davon erfährt, wird er sagen: ‘Wenn Du eine Bettgenossin verträgst, warum nicht auch mich?’‹« LOWE (hämisch): »Er war eben ein so schlechter Bettgenosse, daß sie es nicht mit ihm aushalten konnte, und so wurde sie zur Alkoholikerin. Er weiß nicht, was Leidenschaft ist.« MRS. DESMOULINS: »Nein, Sir, ich sage Ihnen: Niemand ist leidenschaftlicher als er, und niemand weiß das besser als ich.« LOWE: »Gewiß,

Madam; wenn ich genauso leidenschaftlich wäre, könnte ich mir Sie auch als einen verlockenden Gegenstand dieser Leidenschaft vorstellen.« BOSWELL: »Verzeihen Sie, gnädige Frau, aber dürfen wir aus dem, was Sie gerade gesagt haben, schließen, daß der Doktor Ihnen Avancen gemacht hat?« MRS. DESMOULINS (Lowe und ich rückten dicht an sie heran, um kein Wort zu verpassen): »Nein, Sir. Ich sagte schon, daß er seine Leidenschaft beherrschen kann. Aber als ich eine junge Frau war und bei Mrs. Johnson in Hampstead wohnte, kam er zwei- oder dreimal in der Woche zu uns, und als Dr. Bathurst auch dort wohnte, blieb er mit ihm oft bis zwei oder drei Uhr morgens auf. Die Magd ging schon früher zu Bett, und dann blieb ich auf für ihn; ich wärmte sein Bett mit einem Topf warmer Kohlen und saß mit ihm in seinem Zimmer viele Stunden in der Nacht auf, und oft lag ich mit dem Kopf auf seinem Kissen.« BOSWELL: »Wie – wenn er schon im Bett lag, Madam?« MRS. DESMOULINS: »Ja, Sir. Er bat mich dann, aus dem Zimmer zu gehen, bis er sich ausgekleidet hatte und ins Bett gegangen war; dann sollte ich wiederkommen und mich mit ihm unterhalten – ich habe das oft getan, auf seinem Bett gesessen und auch den Kopf auf sein Kissen gelegt.« BOSWELL: »Und zeigte er dann starke Anzeichen seiner Leidenschaft?« MRS. DESMOULINS: »Ja, Sir. Ich habe ihn immer als eine Vaterfigur respektiert.« BOSWELL: »Sagen Sie schon: Was hat er mit Ihnen gemacht?« (Lowe platzte fast vor Spannung.) »Hat er Sie angefaßt? Sie geküßt?« MRS. DESMOULINS: »Ja, Sir.« BOSWELL: »Und war das mehr als ein väterlicher Kuß?« MRS. DESMOULINS: »Ja, das war es.« LOWE (näherte sich mit der Hand ihrem Busen): »Hat er – eh?« MRS. DESMOULINS: »Sir, er hat nie etwas getan, was die Grenzen des Anstands überschritten hätte.« LOWE: »Madam, können Sie unter Eid erklären, daß er dazu, wenn er wollte, in der Lage gewesen wäre?« MRS. DESMOULINS: »J-ja, Sir.« BOSWELL: »Er hatte seine wilde Veranlagung stets unter Kontrolle?« MRS. DESMOULINS: »Ja, Sir. Er stieß mich dann von sich und rief: ›Geh!‹ Daraus kann man es ersehen.« BOSWELL: »So haben Sie also beides, den Kampf und den Sieg, miterlebt?« MRS. DESMOULINS: »Ja, das habe ich.«

Was für eine merkwürdige Geschichte! Daß er sich tatsächlich an den Rand dessen brachte, was er für ein Verbrechen hielt! Mr. Burke, dem ich diese Geschichte später erzählte, meinte, es sei nichts Besonderes daran – so sei eben die menschliche Natur. Trotzdem finde ich es sehr bemerkenswert bei einem so bedeutenden Mann. Sie sagte auch noch, sie habe sich oft überlegt, wie sie sich verhalten solle, wenn er zum Äußersten schritte – sie habe einer Dame erklärt, die ihr diese Frage gestellt habe, sie schulde es ihrem großen Respekt vor ihm und der Ehrfurcht, die sie vor ihm empfinde, daß sie solchen Wünschen letztlich keinen Widerstand entgegensetzte. BOSWELL: »Aber Sie haben ihm gegenüber nichts von dem empfunden, was normalerweise eine Frau für einen Mann empfindet?« MRS. DESMOULINS: »O nein, Sir.« BOSWELL: »Ich kann mir das auch von keiner Frau vorstellen. Sein Äußeres hat etwas überaus Abstoßendes.« MRS. DESMOULINS: »Und doch kann man nie genau wissen. Er hat einen so gewaltigen Verstand. Mrs. Thrale schätzt ihn über alle Maßen, und ich bin überzeugt, daß auch er große Stücke auf sie hält. Entweder hat sie ihm einen Antrag gemacht, den er für unsittlich gehalten und abgelehnt hat, oder er hat ihr, in der Überzeugung, daß sie ihn grenzenlos liebt, einen Antrag gemacht, den sie abgelehnt hat. Ich bin fest davon überzeugt, daß das eine oder das andere zutrifft.« Ich erwähnte den Disput zwischen Sir Joshua Reynolds und mir über die Frage, ob der Doktor wohl den amourösen Angeboten der Herzogin von Devonshire widerstehen könne. Mrs. Desmoulins meinte, er könne das durchaus, denn er würde spontan so viel Abneigung und Verachtung für sie empfinden, daß er sie mit Geringschätzung behandelt. »Ich glaube, Madam«, sagte ich, »wenn die Empfindungen von Abneigung und Verachtung sich unmittelbar bei ihm regten, würde er die Dame von sich weisen. Wenn er jedoch zögern sollte (jede Frau, die zögert, ist verloren), wäre es auch um ihn geschehen.« »Ja, Sir«, sagte sie, »wenn er auch nur einen Moment zögert, ist er verloren.« Sie erzählte uns, wie er viele Hundert Pfund ausgegeben habe zur Unterstützung von Betty, seiner schottischen Magd, und danach für Mrs. Williams, ein verlassenes, krankes Geschöpf; als man sie ins Arbeitshaus stecken wollte, sagte er: »Nein, sie hat die gleichen Gefühle wie Sie.«

VIII

Gescheiterte Karrieren. Der Biograph

1784[1]

30. 6.

Wir fuhren in Sir Joshua Reynolds Kutsche zu Dr. Johnsons Wohnung; als wir dort ankamen, fragte er mich, ob ich nicht mit ihm hineinkommen wolle. Ich lehnte ab – aus Furcht, meine Gefühle könnten mich überwältigen. Wir verabschiedeten uns deshalb in der Kutsche. Als er auf den Bürgersteig trat, rief er laut: »Leben Sie wohl!«, und ohne sich noch einmal umzuwenden, sprang er davon, mit einer übertriebenen Entschlossenheit (wenn ich so sagen darf), die seine innere Bewegung verbergen sollte und auf mich wie das Vorzeichen einer langen, langen Trennung wirkte. Ich blieb noch einen Tag länger in London als geplant.

20. 7. (Brief an Temple)

Drei Tage lang habe ich mich bei meiner Familie in Auchinleck sehr wohl gefühlt; dann begleitete mich meine Frau nach Edinburgh, und plötzlich ging es mir entsetzlich elend. Es gibt wohl niemanden, der einen so beschränkten Horizont hat wie ich. Es ist ein Jammer, daß mir meine Heimatstadt und meine Landsleute so auf die Nerven gehen. Meine Freunde und Verwandten sind alle dagegen, daß ich als Anwalt nach London umziehe.

Meine Frau würde mit ihren schwachen Lungen in der rauchigen Luft von London kaum leben können; gestern abend hat sie wieder Blut gespuckt.

Was ist aus meinem Ehrgeiz geworden? Vielleicht schaffe ich es ja doch, für ein paar Sitzungsperioden als Abgeordneter ins Parlament zu kommen!

12. 4.

Mr. Henry Dundas[2] hat mich heute zu sich zum Frühstück bestellt, für ein vertrauliches Gespräch. Ich bin zu der Überzeugung gelangt, daß ich jetzt Schritte unternehmen muß, um mich im öffentlichen Leben zu etablieren; das ist eine unabdingbare Notwendigkeit für mich, und es wäre eine Wohltat für meine Familie. Nachdem wir mit seiner Schwester und seinen Töchtern gefrühstückt hatten, zogen wir uns in sein Arbeitszimmer zurück, wo wir uns länger als eine Stunde unterhielten. Das Wichtigste, was er mir erklärte, war folgendes: Als er meinen Plan billigte, mich in London als Rechtsanwalt niederzulassen, nahm er an, daß ich pro Jahr etwa 1000 bis 1200 Pfund zur Verfügung habe – damit könnte ich auch meine Familie in London unterhalten. Aber da ich ihm jetzt mitgeteilt hatte, daß mir nicht mehr als 500 Pfund im Jahr zur Verfügung stehen, habe er seine Meinung geändert. Er wolle mir keine übereilten Ratschläge geben, sondern ernsthaft nachdenken und mit Mr. Pitt sprechen, mit dem Staatsanwalt sowie dem Kanzler; vielleicht gäbe es einen Posten für mich, wo ich ein paar hundert Pfund im Jahr verdienen kann, oder vielleicht könne er mir sofort eine englische Anwaltspraxis verschaffen – eins von beiden sei unbedingt notwendig, wenn mein Umzug nach London einen Sinn haben solle. Er sagte, niemand habe sein Los je dadurch verbessert, daß er sich auf seine Armut berufe; ich solle vielmehr die Parole ausgeben, ich sei zwar ein Mann von einigem Vermögen, dieses Vermögen erlaube mir jedoch keine großen Ausgaben. Er sagte, er könne meinen Wunsch gut verstehen, größere Wirkungsmöglichkeiten als die in Schottland gegebenen zu suchen, und meinte, das schottische Gerichtswesen sei nicht mehr das, was es einmal gewesen war. Er gab mir die Hand und versprach, mir immer zu helfen, wenn es nötig sei; er habe sich übrigens auch bemüht, etwas für meinen Bruder David zu tun – das habe er meinem Vater versprochen: »Es war ein Versprechen am Totenbett – ich werde es einlösen.« Ich verließ ihn beschwingt und hoffnungsvoll – alle Schwierigkeiten schienen aus dem Wege geräumt. Meine Frau glaubt allerdings, alles sei nur ein Trick, um mich daran zu hindern, mit anderen, denen er auch einen Anwaltsposten versprochen hat, Kontakt aufzunehmen. Ich halte ihn jedoch für ehrlich. Wir werden sehen. Er versprach mir, ausführlich aus London zu berichten. Ich werde ihn zu gegebener Zeit daran erinnern. Ich war so aufgekratzt, daß ich nicht zur Ruhe kommen konnte. Trank entschieden zu viel. Kein sehr sinnvoll verbrachter Sonntag.

17. 12.

Diesen Tag werde ich immer als besonders trübe in Erinnerung behalten, denn er brachte mir die Nachricht vom Ableben meines großen und guten Freundes Dr. Samuel Johnson. Sein Arzt, Dr. Brocklesby[3], ehrte mich mit einem ausführlichen Brief, der auf Montag, den 13., die Nacht seines Todes, datiert war. Ich war wie vom Blitz getroffen und verfiel in eine Art Trance. Ich hatte einige Leute zum Abendessen eingeladen, und da es mir als Affektiertheit hätte ausgelegt werden können, wenn ich sie wieder ausgeladen hätte, empfing ich sie, gab mich gelassen und sagte niemandem etwas von der schrecklichen Nachricht – außer Sir William Forbes, als er gehen wollte. Ich vergoß keine Tränen. Ich empfand keine Gefühlsregungen. Ich fühlte nur eine gewaltige, dumpfe Betäubung. Ich wußte, daß danach schmerzhaftere Empfindungen kommen würden.

18. 12.

Ich erwähnte Mr. George Wallace[4], Mr. Nairne[5], Mr. Maclaurin[6] und Lord Hailes[7] gegenüber den Tod von Johnson. Lord Hailes sagte: »Ich wünschte, jeder von uns wäre so gut vorbereitet auf den großen Wechsel, wie er es war.« Ich saß eine Weile mit Sir William Forbes zusammen; wir sprachen über das traurige Ereignis. Mein Kopf war seit einigen Tagen unerwartet klar, ich kam mir jetzt aufnahmefähiger vor als in der dumpfen Stimmung. Mein Entschluß stand fest: ich wollte sein Gedächtnis dadurch ehren, daß ich alles in meinen Kräften Stehende tat, um seinem Vorbild in religiöser und moralischer Hinsicht nachzueifern. Ich bete zu Gott, daß ich jetzt, wo mein teurer Freund dahingegangen ist, zu einem Nachfolger heranreifen möge, der im Glauben und mit Geduld sein Erbe antritt. Aber es beunruhigt mich, daß meine religiösen Empfindungen abgestorben zu sein scheinen, daß ich überhaupt eine kalte Gleichgültigkeit gegenüber dem unangenehmen Thema Religion empfinde, die sich auf die oberflächliche Reaktion beschränkt, daß ich es vielleicht darauf ankommen lassen sollte, ob mir die göttliche Gnade zuteil wird oder nicht. Ich glaube, den meisten Menschen geht es ähnlich – sogar denjenigen, die eine normale religiöse Erziehung genossen haben. Ich will mich aber bessern.

Abends las ich zwei Berichte über Dr. Johnsons Tod, im »Public Advertiser« und in der »London Chronicle«. Und ich hatte auch einen Brief von Mr. Dilly, in dem er den Todesfall erwähnte und im typischen Geist seines Gewerbes anfragte, ob ich einen vierhundertseitigen Oktavband mit den Tischgesprächen Johnsons bis Februar fertigstellen könne. Schon neulich hatte er mir einen Brief geschrieben, in dem er vorschlug, daß ich Johnsons literarischer Nachlaßverwalter werden und auch seine Biographie verfassen sollte. Ich antwortete ihm, daß ich umfangreiches Material für eine solche Biographie besäße, sie aber erst nach reiflicher Überlegung schreiben wolle. Mir ist der Gedanke unangenehm, daß es jetzt gewisse Erwartungen an mich geben könnte, was die Memoiren meines berühmten Freundes angeht; meine übliche Trägheit und die depressiven Zustände werden wahrscheinlich eine zufriedenstellende Lösung dieser Aufgabe ohnehin verhindern. Ich wünschte, ich könnte jetzt genauso schreiben wie damals, als ich meinen »Bericht über Korsika« verfaßte. Hoffentlich kann ich überhaupt etwas Vernünftiges zustande bringen!

19. 12. (geschrieben am 28.)

Dr. Johnsons Tod betäubt mich vollkommen.

21. 12. (geschrieben am 28.)

Erinnere mich an nichts.

22. 12. (geschrieben am 28.)

Kann mich an nichts erinnern.

23. 12. (geschrieben am 28.)

Mein wackerer Freund Lord Rockville[8] lud mich zu seinem Familien-Essen ein. Ich war in trister Stimmung und sagte ab; ich konnte nichts essen und ging auf den Greyfriar's-Friedhof. Das Wetter war rauh.

24. 12. (geschrieben am 28.)

Das Gericht vertagte sich für die Weihnachtsferien. Ich bin noch immer wie vor den Kopf geschlagen.

25. 12. (geschrieben am 28.)

Auch das heilige Weihnachtsfest konnte die dunklen Wolken nicht vertreiben, die über meinem Gemüt hängen. Es irritierte mich sehr, daß mein alter und vertrauter Freund John Johnston[9] aus Grange, der bisher, solange ich mein Haus besitze, jede Weihnachten zum Essen zu uns gekommen ist, diesmal nicht erschien. Er war krank und das Wetter ungemütlich. Aber es machte mich geradezu wütend, daß er jetzt nicht bei mir war. Dies war in der Tat ein ungewöhnliches Jahr: Dr. Johnson ist tot, John Johnston nicht da. Mein einziger Trost ist ein Gefühl störrischer Sturheit, wie sie uns manchmal in verzweifelten Situationen überkommt.

28. 12. (geschrieben am 29.)

Las das Testament von Dr. Johnson in einer englischen Zeitung. Sein Tod hat immer noch die Wirkung einer Lähmung auf mein Gemüt. Ich kann es noch nicht fassen.

1785

5. 2.[10]

Ich war im Traum mit meinem geschätzten Freund Dr. Johnson zusammen. Ich sah ihn ganz deutlich, wie er in seiner vertrauten Kleidung mir auf einem Stuhl gegenübersaß. Er sagte irgend etwas, an das ich mich nicht genau erinnere, ich glaube, daß seine Bibliothek nicht im besten Zustand sei, weil der Tod ihn überrascht habe. Und dann sprach er in feierlichem Tonfall: »Es ist schrecklich, sterben zu müssen.« Ich war ganz sicher, daß er schon eine Weile tot war, als er das sagte, fürchtete mich aber nicht und sagte zu ihm: »Sir, das ist der Unterschied zwischen uns – Sie haben schon alles glücklich hinter sich.« Dann kamen mir die Tränen, und ich flehte ihn an: »Sir, beten Sie für mich!«

20. 5.

Sprach mit dem König über Dr. Johnson und mein Buch über unsere Reise auf die Hebriden. Er sagte zu mir: »Es wird in nächster Zeit eine Menge alberner Bücher über Johnson geben. Ihres sollte das beste sein!«

1. 12.

Kopfschmerzen vom Punsch-Trinken und langen Aufbleiben. Kalt. Stand auf, um mir die Rezensionen meiner »Tour auf die Hebriden« zu besorgen; brachte sie zu Malone und las sie nach dem Frühstück.[11] Die Besprechungen in der »Critical Review« und in der »English Review« waren schlecht, die im »Gentleman's Magazine« sehr wohlwollend.[12] Ich weiß immer noch nicht, ob ich mich in London niederlassen soll – der Gedanke, meine Kinder von Schottland zu entfremden, ist mir unangenehm, und der Husten meiner Frau macht mir die größten Sorgen.

1786

20. 1.

Ich empfand voller Abscheu, wie vulgär und grobschlächtig die Manieren einiger meiner schottischen Landsleute sind, und verglich sie mit dem Benehmen meiner Londoner Freunde. Es ärgert mich, daß meine literarische Überlegenheit hier nicht zur Kenntnis genommen wird.

13. 2.

War heute ganz der Laird von Auchinleck im Inner Temple. Ich hatte sechzehn Gäste in den großen Saal (dessen Kronleuchter zum ersten Mal seit dreißig Jahren angezündet wurde) zum Festessen eingeladen. Es gab als Vorspeise einen Fischgang, danach Schinken, Geflügel und verschiedene Gemüse; als Hauptgang Roastbeef mit Apple Pie, dann Käse und Obst; dazu Madeira, Port und den edelsten Bordeaux.[13] Ich hatte die Speisenfolge selber zusammengestellt und alles persönlich in Auftrag gegeben. Ich saß am Kopfende der Tafel, und ich glaube, es war für alle ein großartiges, beschwingtes Festmahl. Gegen elf gingen wir nach Hause, in heiterer Stimmung, nicht betrunken.

9. 3.

M. C. war gerade beim Ankleiden, als ich mich verabschieden wollte.[14] Sie sagte, sie habe mir eine Nachricht geschickt, sie wolle mich unbedingt sehen. Ich werde diese Szene nie vergessen – so gut und großzügig war sie zu mir, so stattlich sah sie aus! Elegant gekleidet: ein seidenes Gewand, *couleur de rose*, ihr Haar makellos frisiert, diesmal nicht zum Zerzausen ...

5. 6.

Den ganzen Vormittag zu Hause geblieben und Material für das »Leben von Dr. Johnson« sortiert.[15]

4. 7.

Als ich durch die Straßen ging, packte mich so heftig die Verzweiflung, daß mir die Tränen über die Wangen liefen. Ich dachte mit Inbrunst an meine liebe Frau und die Kinder und schalt mich, daß ich so lange von ihnen wegbleibe; ich machte mir Vorwürfe, daß ich Auchinleck vernachlässige. Ich ging zu Dilly, dem ich vorjammerte, ich wolle wieder zurück nach Schottland. Kehrte in mein einsames Haus wie in ein Gefängnis zurück. Was für ein elender, erbärmlicher Tag!

16. 7.

Picknick im Freien in Norwood ... Courtenay[16] brachte zwei Flaschen Madeira, Malone ein Paar Brathähnchen mit. Ich steuerte kaltes Roastbeef, einige Scheiben Schinken, ein Brot, zwei Flaschen Port, eine Flasche Cider, Salz, ein Tischtuch, Teller, Gläser, Messer und Gabeln bei. Mein Diener fuhr hinten auf der Kutsche mit. Es war ein herrlicher Tag. Wir aßen unter einem Baum. Mir wäre ein Raum mit Tischen und Stühlen zwar lieber gewesen, und die Ameisen zwickten uns auch mächtig, aber trotzdem war alles sehr schön.

20. 9. (geschrieben am 2. 11.)

Verließ Auchinleck am Mittwoch, dem 20. September 1786, mit meiner Frau und fünf Kindern und Mrs. Bruce, der Haushälterin, in zwei Kutschen. Die Reise verlief glatt; am Montag, dem 25., gegen zwei Uhr, kamen wir in meinem Haus in der Great Queen Street in

Lincoln's Inn Fields an. Ich war enttäuscht, daß die Familie von London nicht so begeistert ist wie ich, und meine Stimmung sank. Ich machte mir Sorgen wegen meiner Söhne, wußte nicht, auf welche Schule ich sie schicken sollte, und ärgerte mich, daß sie nur faulenzten.

3. 11.

Meine nervösen Kopfschmerzen waren so schlimm, daß ich bis vier im Bett blieb.

30. 11.

Bis fünf Uhr nachmittags Arbeit im Rathaus von Carlisle. Genoß die merkwürdige Vorstellung, daß der Laird von Auchinleck in Carlisle die englische Rechtsprechung beaufsichtigt. Erhebendes Gefühl, ein enger Vertrauter des großen Lowther von Westmoreland zu sein.[17]

2. 12.

Lonsdale un esempio di un aggregato di grandezza – antichità di famiglia – territorie immense – nobilità di creazione – forza d'intelletto – violenza – interesso di Parliamenta.[18]

1787

27. 9.

Ich bin jetzt Anwalt im Inner Temple, besitze ein Haus in London und gelte als einer der führenden Literaten der Gegenwart. Dazu habe ich ein großes Landgut in Schottland und eine Reihe von abhängigen Pächtern – kurz, das Potential eines echten Fürsten.

20. 12.

Hörte, daß Lord Lonsdale sich noch in London aufhält. Ich ging zu seiner Residenz und wollte meine Karte hinterlassen, als mir ein Diener sagte, Seine Lordschaft wünschten mich zu sprechen. Ich blieb also und wurde nach einer Weile vorgelassen. Er erklärte mir, daß er meine Bewerbung für den Posten des Amtsrichters von Carlisle erhalten habe. Lange habe er im Bett darüber nachgedacht – es gebe viele Bewerbungen, darunter auch eine von Lord Darlington[19]. Er wolle keinen der Kandidaten enttäuschen. Aber da es mein Wunsch sei, auf diese Weise in den Nordbezirk zurückzukehren,[20] habe er beschlossen, mir die Stelle vorübergehend anzuvertrauen, so daß ich nach einer Weile zurücktreten könne – er redete so, als ob er mich für diesen Morgen zu sich bestellt habe. Als ich eine gewisse Verunsicherung zu erkennen gab, fragte er: »Haben Sie denn meinen Brief nicht bekommen?« Ich verneinte. Darauf er: »Ich habe Ihnen eine Nachricht geschickt, daß ich Sie heute vormittag zu sehen wünsche. Ich gebe zu, daß meine Mitteilungen an andere Menschen mitunter merkwürdige

Wege gehen – nun sind Sie also hier bei mir genau um die Zeit, zu der ich Sie sprechen wollte! Ich reise morgen nach Lowther[21], wo ich mich nur einen Tag aufhalten werde; dann geht es weiter nach Whitehaven Castle, wo mich eine Reihe von Leuten erwartet. Wenn Sie mich begleiten, kann ich Sie mit allen bekannt machen, was für Sie von Vorteil wäre, wenn Sie in den Nordbezirk zurückkehren wollen. Sie sollten nach Carlisle reisen, damit man Sie dort wählen kann.«

Ich fand es zugleich aufregend und peinlich, daß Lonsdale jetzt offenbar öffentlich mir gegenüber Wohlwollen bekundet. Ich erklärte Seiner Lordschaft, wie sehr ich seine Mühewaltungen zu schätzen wisse und daß es mir eine Ehre sein werde, Seine Lordschaft auf der geplanten Reise zu begleiten. Ich sagte ihm auch, daß ich verschiedene Verpflichtungen habe und überdies die Biographie von Johnson zu Ende schreiben müsse. Ich wolle seinen Vorschlag annehmen, bat ihn aber, mir bis zum Abend Bedenkzeit zu geben, womit er einverstanden war. Ich lief nach Hause und sprach mit meiner Frau, die meinte, ich solle den Posten annehmen. Abends ging ich wieder zu Lord Lonsdale und erklärte ihm, daß ich mich seinem Gefolge anschließen wolle. Mr. Garforth[22] und ich blieben ziemlich lange bei ihm; wir gingen dann gemeinsam in guter Stimmung über den Berkeley Square zurück. Er meinte, dieser Posten sei eine neue Feder an meinem Hut.

21. 12.

Beeilte mich sehr, um Punkt neun bei Lord Lonsdale zu sein. Machte meine Familie und mich selbst nervös und kam dann doch erst zwanzig Minuten nach neun bei ihm an. Gartforth lächelte und meinte, ich hätte mir ruhig zwei Stunden Zeit nehmen können. Ließ mich im Flur rasieren. Satterthwaite[23] kam. Lonsdale erschien ungefähr um elf und tat so, als wüßte er genau, wie sich alles entwickeln werde. Ich ging in Partlett's Kaffeehaus in Shepherd's Market, trank eine Kanne Kaffee und aß ein Stück Kuchen. Zwischen zwölf und eins erschien Colonel Lowther[24] und meldete, die Kutsche warte vor der Tür. Wir unterhielten uns über den Großen Mann.[25] Er sagte, wenn man etwas von ihm wolle, dürfe man nicht direkt danach fragen, sondern müsse so tun, als ob es dagegen gewichtige Einwände gebe, z. B. müsse man sagen: »Was? Boswell wollen Sie ins Parlament bringen?« Ich sagte, daß ich nicht daran dächte, Parlamentsabgeordneter zu werden, nur weil Lord Lonsdale sich das in einer Laune so vorstelle. Er sagte: »Lonsdale war immer sehr anständig zu seinen Abgeordneten, er hat es nicht nötig, jemanden zu drängen.« Aber hinterher erzählte mir Satterthwaite im Vertrauen von dem ungeschriebenen Gesetz, daß alle Abgeordneten, die ihr Mandat der persönlichen Protektion durch Lonsdale verdanken, in ihrem Abstimmungsverhalten nicht mehr frei sind.

Als ich zu Lord Lonsdale zurückkam, deutete nichts darauf hin, daß Seine Lordschaft sich noch einmal zeigen würde. Diese Ungewißheit des Wartens war äußerst unangenehm. Gouverneur Penn[26] erschien und fragte, ob die Pferde draußen vor der Tür frisch seien – er hätte beobachtet, daß sie ausgewechselt worden seien; die ausgewechselten hätten sehr lange warten müssen. Penn sagte, er kenne Lord L. sehr gut; wenn er mit ihm zusammen sei, würde er essen, trinken und schlafen, als ob er sich um nichts ernsthaft kümmere. »Das ist eine Lebensform, die man nur mit Gewalt durchbrechen kann.« Ich lachte und sagte: »Schlimmer als bei Pythagoras!«[27] Die Kutsche wurde jetzt mit vielen Gepäckstücken beladen. Dann kam der Befehl, alles wieder auszuladen und anders zu verstauen. Endlich bequemte sich Lord L. zu uns. Er zog sich zunächst mit Penn in einen anderen Raum zurück, und dann mit Garforth, der seit halb acht gewartet hatte.

Schließlich wurde Satterthwaite in die Kutsche beordert, in der er an der Ecke zur Davies Street warten sollte, die man durch die Charles Street erreicht. Bald danach ging der Herzog (Lonsdale), begleitet von Mr. John Lowther, Penn und mir, die Davies Street hinunter, bog in die Hill Street ein und gelangte so zur wartenden Kutsche. Was dieses Versteckspiel bedeuten sollte, blieb mir ein Rätsel. Man erklärte mir, er besteige seine Kutsche nie vor der eigenen Haustür, sondern lasse sie an einer anderen, nicht einsehbaren Stelle warten. Als die Kutsche anfuhr, saßen er und ich in Fahrtrichtung, Satterthwaite und Mr. John Lowther uns gegenüber. Er hatte offenbar Hunger, ließ aber erst in Stevenage[28] anhalten. Dort aßen wir in einer Küche Beefsteaks, Hähnchen mit Pilzen, tranken Bier und vier Flaschen Portwein. Danach sangen er und ich mehrere Lieder aus der »Bettleroper«. Zum Übernachten hielten wir in Buckden[29] und tranken dort noch Tee und Weißweinschorle.

22. 12.

Satterthwaite und ich waren sehr erkältet, er noch schlimmer als ich. Wir frühstückten in Stilton. Victor, Lonsdales französischer Diener (er kommt aus der Normandie), ritt immer voraus und bestellte an jedem Halteplatz neue Pferde. Er trieb die Kutscher erbarmungslos an. In Grantham aßen wir zu Abend. Wir tranken Bier und zwei Flaschen Portwein. Übernachteten in Doncaster. Heute haben wir nicht so viel gesungen, denn Lord Lonsdale hat sich den Magen verdorben. Er nahm nur Tee und Eier zu sich. Das Abendessen war leidlich; ich aß einige Rinderkoteletts, eineinhalb gebratene Kiebitze und ein Stück Torte, dazu trank ich Bier, Gin und Wasser. Wir sangen heute wieder Lieder aus der »Bettleroper«, Lord Lonsdale machte dazu zahlreiche obszöne Bemerkungen.

23. 12.

Sehr kalt. In den letzten beiden Tagen ist viel Schnee gefallen. Lord L. ist in der Nacht sehr schlecht geworden, er mußte 44 Tropfen Laudanum nehmen.

L. fluchte und schimpfte über das schlechte Rindfleisch usw. und ärgerte sich darüber, daß ein Bolzen an der Kutsche gebrochen war und repariert werden mußte, was eine Weile dauerte.

Heute nur eine Flasche Portwein, dazu Bier, dunkles und helles. Trübe Unterhaltung auf der letzten Wegstrecke nach Lowther Hall. Lonsdale hatte mich gefragt: »Was wünschen Sie nach der Ankunft?« Ich antwortete: »Warme Milch.« George Saul[30], den wir hier trafen, war aus Lancaster gekommen – er hatte den ganzen Tag nichts gegessen. Solange L. im Zimmer war, traute er sich nicht zu sagen, daß er Hunger habe; sobald er gegangen war, fragte er, ob man ihm wenigstens ein Stück Brot und Käse geben könne.

24. 12.

Ich begriff, wie leichtgläubig ich gewesen war, als ich mir einbildete, Lord L. könne mir durch sein Interesse an meiner Person zu größerem Ansehen verhelfen.

Das Dinner zog sich eine Ewigkeit hin, selbst als es schon auf dem Tisch stand. Das Essen erwies sich als ordentlich, dazu Port, Rotwein, Muskateller, entschieden zu viel. Nach dem Essen rezitierte Lord L. Literarisches – ich glaube, es waren drei Akte aus John Homes[31] »Alonzo«.

25. 12.

Stand mit leichtem Brechgefühl auf. Es schneite stark. Da ich seit dreißig Jahren keinen Weihnachtsgottesdienst versäumt habe, machte ich mich auf zur Kirche von Lowther. Sehr, sehr kalt; versuchte, mich mit Gewalt in eine fromme Stimmung zu bringen. Empfing das Heilige Abendmahl.

Wir hätten heute nach Whitehaven aufbrechen sollen – ich wäre auch gerne von hier weggekommen. Aber Lord L., in der Annahme, daß morgen die Straßen befahrbarer sein würden, schickte Satterthwaite und den Koch in einer Kutsche voraus, damit Satterthwaite morgen in Whitehaven bei der Wahl eines Untersuchungsrichters dabei sein kann.

26. 12.

Ein trüber Tag. Lord L. verschob die Abreise abermals und schickte einen Mann mit Anweisungen los, die Straßen schneefrei zu machen; er beschloß, am nächsten Tag endgültig aufzubrechen. Vormittags sprach er mit Saul und mir, ich glaube, drei Stunden ohne Unterbrechung. Um sechs Uhr aßen wir Dinner. Sein Koch hatte Ochsensuppe, Innereien und etwas Wildbret vorbereitet. Das Trinken hielt sich in Grenzen; obwohl ich meine Abneigung gegen diesen Wein deutlich machte, schenkte Lord L. nur Hermitage aus. Zum Frühstück ißt er jeden Morgen Honigwaben; den anderen gibt er nichts davon ab. Ich fühlte mich dumpf, lustlos und trübe; wir saßen alle da, geduckt und verängstigt.

Ich grübelte über meine Lage nach und fragte mich, was ich überhaupt mit einem Menschen wie Lonsdale zu schaffen habe. Ich habe mich die ganze Zeit unwohl und besorgt gefühlt, weil ich meine liebe Frau und die Kinder zurückgelassen habe; der Gedanke, noch länger von ihnen getrennt zu sein, bedrückte mich. Mir war sehr deutlich, daß es für den Laird von Auchinleck eine unwürdige Situation ist, sich von einem derart ungehobelten Mann abhängig zu machen. Ich glaubte, meinen ehrwürdigen Vater zu hören, wie er zu mir sagt: »James, ich habe dafür gesorgt, daß du ein unabhängiger Mensch bist!« Ich wollte von Lord L. weglaufen, konnte es kaum erwarten und überlegte angestrengt, wie ich diesen Amtsrichterposten ablehnen könnte. Fühlte mich immer am elendesten, wenn ich zu Bett ging. Lord L. pflegte nach dem Essen einzuschlafen; er nahm keinerlei Rücksicht auf die Gesellschaft, und Wein bekamen wir nur, wenn er ihn selber einschenkte.

27. 12.

Tom Jarker, sein Wildhüter, den er mit der Anweisung vorausgeschickt hatte, die Straßen vom Schnee zu räumen, kam zurück und berichtete, daß die Wege nicht vor Sonntag passierbar sein würden. Das gab mir den Rest. Ich beschloß, die Amtsrichterstelle endgültig in den Wind zu schlagen, wußte nur nicht, wie ich es ihm sagen sollte. Der Tag war unerträglich kalt. Die trockenen Holzscheite, so sagte man uns, seien alle aufgebraucht; es gab nur noch ein paar elende grüne, von denen Lord L. behauptete, er würde sie schon zum Brennen bringen, während Saul und ich zitternd daneben standen. Schließlich verließ er den Raum, und Saul holte einen Haufen Kohlen, vermischte sie mit den grünen Scheiten und machte uns so ein munteres Feuer, über das Lord L. hocherfreut war, als er wieder zurückkam.

George Saul ist ein Kaufmann aus Lancaster. Er war neun Jahre in Amerika; ein großer, kräftiger Mann mit einem roten, gutmütigen Gesicht und einer schwarzen Perücke. Aus seiner Zeit in Amerika weiß er, wie man mit Holzfeuern umgeht. Als er das kalte, grüne Holz sah, von dem Lord L. behauptete, es würde brennen, sagte er: »Wenn das der Job ist, der fünfzigtausend im Jahr bringt – stets zu Diensten!« Der Herzog ließ überall nach Holz suchen, und bald fand man auch gute, trockene Scheite in den Quartieren der Diener. Wir nahmen sie uns, das Feuer brannte, und allmählich wurde uns etwas wärmer.

Während Lonsdale nach dem Essen ziemlich benebelt dasaß, verharrten wir anderen in stumpfsinnigem Schweigen – ich stöhnte innerlich laut. Ich konnte meine

Verbitterung über diese Art von Behandlung nicht länger verbergen. Eine Weile rutschte ich unruhig auf meinem Stuhl hin und her und ging dann auf mein Zimmer, wo ich mich dumpfen Überlegungen hingab, was jetzt zu tun sei. Eine Möglichkeit war, zu Fuß nach Clifton aufzubrechen, einem zwei Meilen entfernten Dorf, in dem die Postkutsche hält, und von dort noch heute abend nach London zurückzufahren; die andere Möglichkeit: einfach ins Bett gehen. Die Unruhe und die Unentschlossenheit waren quälend, und die trübe Leere dieses kalten Hauses steigerte meinen Mißmut; dazu kam noch, daß der einzige Gesprächspartner, den ich hatte, Saul war – im Grunde ein Speichellecker und Schwachkopf.

28. 12.

Die Nacht war übel; ich schlief kaum und warf mich von einer Seite auf die andere. Es ärgerte mich, daß ich so kläglich auf die Vorstellung hereingefallen war, die Verbindung mit Lonsdale würde mir Ehren und Vorteile einbringen. Mit Abscheu stellte ich fest, wie töricht es ist, im Alter von sechsundvierzig Jahren ein neues Leben als englischer Rechtsanwalt beginnen zu wollen. Ich begriff, daß dies nicht ein Leben mit neuem Auftrieb sein würde, wie ich angenommen hatte, sondern ein Leben voller mühseliger Anstrengungen, für das ich noch nie geeignet gewesen bin, dazu ein Leben der kleinlichen Rivalitäten, die ich ohnehin nicht ausstehen kann. Wenn ich jetzt nach einem ehrlichen, zwei Jahre dauernden Versuch meine Bemühungen abbrach, konnte ich nach Schottland zurückgehen und wieder meinen Platz als

Anwalt im Oberlandesgericht einnehmen, mit der Aussicht, irgendwann einmal Richter zu werden; selbst wenn ich das nicht schaffe, kann ich mir das Leben leichter machen durch sorgfältige und planvolle Arbeit – dadurch kann ich meiner Familie auf jeden Fall ein besseres Leben ermöglichen, als ich es ihr in London bieten kann. Morgens Kopfschmerzen; da das Bett der einzige warme Platz im ganzen Hause war und ich keine Lust hatte, ewig auf das Frühstück zu warten, beschloß ich, krank zu spielen und den Vormittag im Bett zu verbringen. Ich sah mich in der Rolle des Gentleman mit großem Grundbesitz, gehobener gesellschaftlicher Stellung und einer stattlichen Familie, der sich unnötig in Schwierigkeiten und in eine erniedrigende Abhängigkeit gebracht hat. Die Abwesenheit meiner lieben Frau und der Kinder ging mir sehr nahe; ich schalt mich für diese Situation, in die ich mich aus freien Stücken gebracht habe. Der Gedanke, daß ich wahrscheinlich die Gesundheit meiner Frau und meiner Kinder aufs Spiel setze, wenn ich sie nach London hole, und die gräßliche Vorstellung, daß meine Frau sterben könnte, versetzten mich in eine trübselige Stimmung.

Zwischen zehn und elf wurde ich unruhig und stand auf. Der Drang, von hier zu verschwinden, wuchs. Die Diener, ein Pack schlampiger Trottel, die sich nur rührten, wenn der Löwe röhrte, trösteten sich in ihren Quartieren und anderswo – kein Schwanz war zu sehen, und niemand würde merken, ob jemand kam oder ging. Ich hatte meine Reisetasche schon gepackt; jetzt nahm ich sie in die Hand und marschierte entschlossen los.

Als ich ans Wärterhäuschen kam, schaute mich der bäurische, höfliche alte Mann mit dem breiten Cumberland-Dialekt freundlich an, und als ich fragte, wie weit es nach Clifton und Penrith sei, fragte er seinerseits, als er meine Reisetasche sah, ob ich mir Wäsche waschen lassen wolle. Der hohe Schnee ließ mich zögern; ich stellte deshalb meine Tasche in seinem Häuschen ab und erklärte ihm, daß ich die Kutsche nach London nehmen wolle, aber befürchte, daß Mylord mich nicht ziehen lassen werde. Ich bat ihn deshalb, nichts von meiner Abreise zu sagen; die Tasche würde ich mir am Abend holen.

Ich schlenderte dann wieder zum Haus zurück. Als ich zwei Männer mit Handkarren zum Tor hinausgehen sah, sprach ich sie an und erfuhr, daß sie nach Clifton wollten. Ich legte meine Tasche in einen Karren und ging allein los, bis man mich vom Haus aus nicht mehr sehen konnte; dann stieg ich in den anderen Karren, setzte mich auf einen Sack und ließ mich ziehen.

Ohne Frühstück, frierend und mißmutig saß ich da in finsterer Stimmung, alles ringsum erschien mir widerwärtig. Der einzige angenehme Gedanke war, daß ich bald wieder bei meiner Frau sein würde; mir war jetzt klar, daß eine Trennung von ihr, und sei es auch nur für eine oder zwei Wochen, durch nichts in der Welt aufgewogen werden kann. In Penrith ging ich ins »George«, trank eine Kanne Kaffee und aß dazu Muffins und Toast – die erste anständige Mahlzeit seit mehreren Tagen, und allmählich spürte ich, wie meine Kräfte wiederkehrten. Ich mußte unwillkürlich meinen jetzigen kläglichen Zustand in diesem Gasthaus mit jenem Aufenthalt vergleichen, als ich zuletzt mit meiner Frau hier war. Damals war es auch kalt und trübe, und zwei Tage lang quälte mich ein halb abgebrochener Schneidezahn, dessen Wurzel noch im Oberkiefer steckte; das war ein schleichendes Memento meiner Sterblichkeit.

Ich kehrte dann aber doch wieder zurück nach Lowther Hall und trug die ganze Strecke meine Reisetasche. Müde und verschwitzt ging ich auf mein Zimmer, zog mich von Kopf bis Fuß um und fühlte mich danach schon besser. Ich war froh, daß ich Lord L. keinen Brief geschrieben hatte, denn das wäre wahrscheinlich ein merkwürdiges Schriftstück geworden. Ich ging hinunter in den Speisesaal und ließ Seiner Lordschaft ausrichten, daß ich ihn kurz zu sprechen wünsche. Er kam sofort. Ich erklärte ihm in einiger Aufregung, aber auch durchaus gefaßt, daß ich mir die Freiheit nähme, ihm mündlich zu sagen, was ich ihm sonst geschrieben hätte, daß ich nämlich die ganze Nacht wachgelegen und an die Amtsrichter-Stelle gedacht hätte, die seine Lordschaft so gütig gewesen sei, mir zu versprechen; nach reiflichem Abwägen sei ich zu dem Entschluß gekommen, daß ich die Stelle nicht annehmen könne.

Ich sagte, ich wolle ihm gegenüber ehrlich sein. Mein Ruf in schottischen Justizkreisen sei sehr gut, und man habe mir prophezeit, daß ich auch in England in einem größeren Wirkungskreis Erfolg haben werde. Es sei allein mein Ehrgeiz gewesen, der mich zu diesem Experiment angestachelt habe. Jetzt sei mir klar geworden, daß dies ein Fehler gewesen sei.

Ich sprach ihm meinen aufrichtigen Dank aus, erklärte, daß ich mich meiner Schwachheit schäme und äußerte die Gewißheit, daß ich mich jetzt auf dem Wege der Besserung befinde.

»Sir«, sagte er, »Sie haben sich bei mir mehrmals um diesen Posten beworben, und Sie haben dabei als Grund den Wunsch geäußert, daß Sie in den Nordbezirk zurückkehren möchten. Ich habe darüber gründlich nachgedacht und niemand anderen in dieser Sache konsultiert; Sie haben sich überdies mehrfach beworben. Ich habe Ihnen nicht geantwortet. Ich habe überlegt. Ich habe nicht nur an mich und an die Behörde gedacht, sondern auch an Sie. Man sagt, es ist leichter, in eine Angelegenheit hineinzugeraten als wieder aus ihr herauszukommen. Wenn jemand mit Schaden aus einer Sache herauskommt, dann wirft das ein schlechtes Licht auf denjenigen, der ihn in diese Lage gebracht hat.«

»Euer Lordschaft sind überaus liebenswürdig«, sprach ich, »und Sie stellen die Angelegenheit wirklich in überaus vorteilhafter Beleuchtung dar. Sie haben meinen Ehrgeiz neu angestachelt – ich glaube, ich möchte die Stelle doch haben! Mylord, ich bin Ihnen zu größtem Dank verpflichtet. Sie besitzen nicht nur die Macht, mir diese Stelle zu beschaffen – Sie haben mir auch die Kraft gegeben, sie anzunehmen. Ich bin fürwahr ein schwankender Charakter!« »Sie können sich die Sache noch vier oder fünf Tage oder auch eine Woche lang überlegen – ich richte mich ganz nach Ihren Wünschen. Wenn Sie in Ihrem Leben so viel zu tun gehabt hätten wie ich, wären Sie kein schwankender Charakter mehr!«

Dieses Gespräch veränderte meine Stimmung von Grund auf. Zum Dinner gab es Kalbshaxen-Suppe (vorzüglich, fand ich), danach Kalbshaxe, garniert mit weißer Soße, und etwas Ungewöhnliches: eine Magnumflasche mit spanischem Rotwein und eine Flasche Port, dazu einen halben Liter Wein-und-Ananas-Schorle, die mir sehr guttat.

29. 12.

Stand erholt auf und erwartete den allgemeinen Aufbruch um neun Uhr. Aber Lord L. vertrödelte die Zeit bis nach elf. Dann stiegen er und ich und Saul in das »alte Schiff«, wie er die Kutsche nannte, die uns von London hierhergebracht hatte, und los ging's mit vier Postpferden. Nach einer Weile kamen zwei weitere Pferde dazu, so daß ich nun – ich glaube, zum erstenmal in meinem Leben – sechsspännig dahinrollte. Wir fuhren bis nach Keswick, wo wir die sechs müden gegen sechs frische Pferde austauschten. Wie auf der Fahrt von London hierher bestand Lord L. darauf, daß beide Fenster geschlossen blieben, so daß sich eine dicke, warme, unangenehme Luft entwickelte, von der ich Kopfschmerzen bekam. Es muß immer alles nach seinem Kopf gehen.

Wir fuhren über die große Steigung bei Whinlatter und kamen dann vierspännig nach Whitehaven. Wieder in einer Stadt zu sein, mit Straßenlampen und Geschäften, war nach dem kalten Gefängnis von Lowther Hall wohltuend. Das Schloß, ein großes Gebäude, ursprünglich von dem alten Sir James of Whitehaven gebaut, dann im gotischen Stil erneuert und von Lord L. auf das Dreifache vergrößert, befindet sich im oberen Teil der Stadt. Lord L. führte mich mit Stolz und Behagen durch das ganze Schloß. Ich war beeindruckt von den Ausmaßen, den vielen stattlichen Räumen und dem kostbaren Mobiliar. Die Küche war üppig, der Herd riesig. Man spürte gleich, daß hier alles viel wärmer war; die großen, mit Kohlen geheizten Kaminfeuer erzeugten eine behagliche Atmosphäre.

Ich hatte erwartet, daß Lord L., Saul und ich sowie die beiden Herren, die wir hier vorgefunden hatten, eine anständige Mahlzeit und reichlich Wein bekommen würden. Statt dessen gab es nur einen kümmerlichen Kabeljau, ein Beefsteak und Kartoffeln, dazu eine Flasche Port und eine Flasche Madeira, die nicht weit reichten. Lord L. nörgelte den ganzen Abend herum und ließ mich erst um eins ins Bett gehen; es amüsierte ihn, daß ich mein Zimmer nicht fand, schließlich begleitete er mich persönlich dorthin. Es war ein in jeder Hinsicht prachtvoller Raum, in dem ich mich sehr wohl fühlte.

30. 12.

Beim Frühstück versorgte sich Lonsdale mit einem Topf Johannisbeermarmelade, die er sich dick auf seinen gebutterten Toast strich; er ließ niemand davon kosten. Gegen drei gab es ein leidliches Dinner, und dann schlossen sich uns die sieben Offiziere der Miliz von Cumberland an. Kein Alkohol, kaum nennenswerte Stimmung. Lord L. verteilte den Wein, jeder bekam genau vier Gläser zugemessen – ungefähr einen halben Liter. Um vier brachen wir auf und sahen uns die Milizparade hinter dem Schloß an – prächtige Kerle. Lord L., in Scharlachrot, sah sehr nobel aus; er zeigte sich mir gegenüber sehr aufmerksam, während er mir die Truppe vorführte. Danach tranken wir Tee und verbrachten einen ruhigen Sonntagabend. Später gab es noch ein kleines Abendessen: Eier, Bratkartoffeln und kalte Rindfleischscheiben, dazu etwas Port (eine Flasche für uns alle). Ich verdünnte meinen Teil mit Wasser. Kurz nach elf ins Bett.

31. 12.

Regenwetter. Nach dem Frühstück führte Lord L. mich in ein Zimmer, das er seinen »Dokumentationsraum« nennt; dort arbeitet er und bewahrt all seine Papiere auf. Er redete lange auf mich ein – ich weiß nicht mehr, worum es ging. Er zeigte mir eine Landkarte von Cumberland. Ich fragte ihn, ob er wisse, wo meine Wahl stattfinden würde. Er sagte: »Ich weiß es nicht. Ich habe Jackson damit beauftragt und selbst noch nicht darüber nachgedacht.« Damit wollte er mich ärgern – er weiß genau, wie ungeduldig ich bin, nach London zurückzukommen und wieder bei meiner Familie zu sein. Ich war unruhig wegen meiner langen Abwesenheit, gerade jetzt wo die Wartons[32] in London sind und viele wichtige literarische Treffen stattfinden, und es ärgerte mich auch, daß ich keine Zeit hatte, am »Life of Johnson« weiterzuschreiben, obwohl ich die Notizen für das Jahr 1778 bei mir hatte. Wir vertrödelten die Zeit bis nach eins; dann zeigte er mir und Saul den Hafen – er bestand darauf, uns persönlich zu führen und ließ es auch nicht zu, daß ich mir die Stadt auf eigene Faust ansah. Die regelmäßig angelegten Straßen und zahlreiche stattliche Häuser gefielen mir, aber daß es auch Familien gibt, die in Kellerlöchern hausen, fand ich sehr bedenklich. Lord L. ist der gleichen Ansicht und will noch mehr Häuser bauen lassen, damit dieser Zustand ein Ende findet. Er bewegte sich mit mir so langsam an den Kaimauern entlang, daß ich es kaum aushalten konnte. Ich war überrascht von dem lebhaften Fischereibetrieb, obwohl wir nur einen Teil davon besichtigt hatten. Wir aßen mäßig zu Mittag; später dann Tee und Abendessen.

1788

4. 1.

Jede Nacht habe ich jetzt während dieser Exkursion (oder wie man den Aufenthalt hier nennen soll) viel geträumt, was sonst nicht meine Art ist. Wahrscheinlich bin ich doch viel unruhiger, als es mir vorkommt. Heute erhielt ich einen Brief von meiner lieben Frau; er war so abgefaßt, daß ich begreifen sollte, daß die Informationen über ihre Krankheit, die in einem Brief von Veronica stehen, den ich gestern bekam, einen ernsteren Hintergrund haben, als dieser Brief vermuten läßt. Aber was konnte ich tun? Jetzt hier alles abzubrechen, wo ich einigermaßen sicher sein konnte, daß meine Wahl unmittelbar bevorsteht, würde bedeuten, daß ich Zeit, Kosten und Mühen umsonst geopfert habe. Ich erinnerte Seine Lordschaft wiederum daran, wie unangenehm es für mich sei, hier herumzuhängen, und daß ich in der nächsten Woche unbedingt nach London zurückkehren müsse. Er sagte: »Ich werde die Sache erwägen.«

6. 1.

Sehr kalter Tag. Erhielt einen Brief von meinem Bruder David, der mir auf Veranlassung von Mr. Devaynes[33] schrieb, ohne Wissen meiner Frau. Er teilte mir mit, daß es ihr gar nicht gutgehe und daß ich, obwohl keine akute Lebensgefahr bestehe, so schnell wie möglich nach London zurückkehren solle. Der Brief war sehr vorsichtig formuliert, aber er beunruhigte mich dennoch sehr. Ich erwähnte seinen Inhalt gegenüber Lord L., dessen

Gleichgültigkeit angesichts meiner seelischen Verfassung empörend ist. Ich befand mich in einem Zustand kläglichster Unentschiedenheit. Ich war so unruhig, daß ich zu zittern anfing – so dringend wollte ich zurück zu meiner Frau. Und doch hätte es mich sehr geärgert, wenn ich die ganze Zeit und Mühe und all den Ärger umsonst auf mich genommen hätte, nur weil ich nicht ein oder zwei Tage länger geblieben bin. Ich sagte Lord L., ich würde warten.

7. 1.

Ich stellte mir vor, wie viele Veränderungen wir ständig erleben und daß früher oder später (wenn ich nicht doch schon vor ihr sterbe) meine liebe Frau von mir gerissen und in ein anderes Leben übergehen wird; ich versuchte mir auszumalen, ob ich diesen Gedanken ertragen kann; manchmal stellte ich mir vor, ich würde mich in ein Kloster zurückziehen oder als Privatmann in Auchinleck leben oder mich in London verstecken oder mich nur noch in der Gesellschaft vieler Leute aufhalten. Aber wenn ich an meine Pflichten gegenüber meinen Kindern dachte, besonders meinen drei Töchtern, die auf väterlichen Schutz noch sehr angewiesen sind, dann glaubte ich, ich muß wenigstens so lange aushalten, bis die Kinder auf eigenen Füßen stehen können. Manchmal regt sich in mir sogar der Ehrgeiz, meiner Familie mit einer zweiten Heirat größeren Wohlstand und gesellschaftliches Ansehen zu verschaffen; ein solcher Schritt könnte jedoch niemals von jenen zarten Gefühlen begleitet sein, wie ich sie jetzt für meine Frau empfinde. Diese Gedanken lenkten mich eine Weile von der trüben Verzögerung jenes Vorhabens ab, dessentwegen ich schließlich von London hierhergekommen war.

11. 1.

In Carlisle erfrischt aufgestanden und feingemacht. Im Rathaus erklärte mir der Bürgermeister die Bereitschaft der Stadtverordneten, mich zum Amtsrichter zu wählen, wenn ich mit der Wahl einverstanden wäre. Ich sagte, diese Wahl wäre für mich sehr ehrenvoll. Mit großer Mehrheit wurde ich dann ordnungsgemäß gewählt. Ich hielt dann eine Dankesrede und schüttelte allen meinen Wählern die Hand.

14. 1.

Ich machte mich zwischen eins und zwei in der schweren Kutsche auf den Weg nach Penrith. Die Reise nach London verlief angenehm; wir kamen etwa um acht Uhr morgens in der Poststation an. Als ich an meine Haustür kam, war ich erleichtert zu sehen, daß der Türklopfer festgebunden war; das zeigte mir, daß meine liebe Frau noch nicht tot war, wie ich mir in meiner großen Angst schon ein paarmal ausgemalt hatte. Mrs. Bruce berichtete mir, daß es ihr bessergehe, aber bald konnte ich mich mit eigenen Augen davon überzeugen, daß sie an der Schwelle des Todes gestanden hatte. Jetzt hatte sie sich immerhin soweit erholt, daß ich Sir George Baker[34], der sie am Vormittag besuchte, fortschicken konnte.

Später ging ich noch zu Mr. Malone und verbrachte einen geselligen Abend mit ihm.

9. 3.

Meiner Frau geht es nicht gut. Sie hatte einen schlimmen Anfall: sie hustete, spuckte Blut und bekam hohes Fieber.

17. 3.

Nachmittags etwas am »Life of Johnson« gearbeitet. Meine Frau hat wieder hohes Fieber. Der Arzt verordnete einen Aderlaß; heute nachmittag sagte sie traurig zu mir: »Oh, Mr. Boswell, ich fürchte, ich muß sterben.« Sir George Baker sagte mir abends, daß sie unheilbar krank sei.

10. 5.

Nach Hause. Wurde barsch gefragt, ob ich getrunken habe. War froh, daß ich eine Ausrede hatte, wieder wegzugehen. Ins Piazza. Beefsteak und Brandy. Sehr englisch!

15. 5.

Wie üblich hatte ich am Tag des Aufbruchs[35] noch alles mögliche zu erledigen, so daß wir erst um fünf wegkamen. Am 16. übernachteten wir in Stamford, wo es meiner Frau so schlechtging, daß sie im Delirium sagte, sie wolle hierbleiben.

15. 12. (Boswell an seine Frau)

Wie kannst Du sagen, es gehe mir besser ohne Dich? Mich schmerzt unsere Trennung mehr, als Du Dir je vorstellen kannst. Und doch geht es mir im großen und ganzen sehr gut, was, glaube ich, damit zu tun hat, daß ich meine Gefühle auslebe und ein sehr vielfältiges Leben führe.

1789

10. 3. (Boswell an Temple)

Beim Empfang in den Gemächern der Königin war ich ganz »der große Mann« (wie wir zu sagen pflegten) – in einem kaiserblauen Anzug, der üppige goldene Knöpfe hatte und mit roter Seide besetzt war.

3. 7. (Boswell an Temple)

Mein lieber Temple,

Dein Brief aus Anlaß meines jüngsten tragischen Verlusts[36] beweist mir, daß Du der gleiche treue und warmherzige Freund geblieben bist, der Du immer warst, o mein Freund! Dies ist wahrhaft eine Heimsuchung für mich. Ich bin mit meinen beiden Söhnen in der Postkutsche von London nach Auchinleck gefahren – ohne Unterbrechung, vierundsechzig Stunden und eine Viertelstunde, aber dem Himmel sei's geklagt, all unsere Eile war umsonst. Der tödliche Schlaganfall war schon eingetreten, bevor wir uns auf die Reise machten. Es war sehr seltsam, daß wir auf der ganzen Strecke keinerlei Nachricht erhielten, nicht einmal in unserem eigenen Dorf. Wir erfuhren es erst, als meine zweite Tochter uns aus dem Haus entgegenlief und uns das tragische Ereignis in einem Tränenausbruch mitteilte. Oh! Mein Temple! Was für ein Schmerz, welche qualvollen Regungen der Reue, welche unerfüllbaren Wünsche, nur eine Woche, nur einen Tag wieder zu haben, wo ich ihre wunderbare Stimme hören und sie meiner glühenden Anhänglichkeit versichern kann, ungeachtet meiner vielen Unregelmäßigkeiten! Es war mir ein Trost zu erfahren, daß sie nach meiner Abreise davon sprach (ich glaube, ich schrieb es Dir schon), mich dazu gedrängt zu haben, daß ich mir das Wohlwollen von Lord Lonsdale erwerbe. Aber als ich zurückkam, bevor meine Angelegenheiten entschieden waren, spürte ich, daß ich durch meine Abreise zu jenem unglücklichen Zeitpunkt verhindert hatte, daß ich sie in ihren letzten Augenblicken trösten konnte – ich weinte bitterlich und machte mir Vorwürfe, daß ich sie verlassen hatte – *sie* hätte mich nie verlassen! Dieser Gedanke, mein Freund, wird mich, so fürchte ich, bis ins Grab verfolgen. Die Krankheit hat ihr einige Wochen vor ihrem Tod viel Leid zugefügt, aber der Tod selber war friedlich. Noch unmittelbar davor war sie bei Bewußtsein, dann schlief sie ruhig ein und verschied ohne jeden Todeskampf. Als ich sie vier Tage danach sah, war ihr Gesicht überhaupt nicht entstellt. Aber, welch ein Jammer!, meine prächtige Frau, die Mutter meiner Kinder, diese lebhafte, gescheite Frau, so kalt und blaß und reglos dort liegen zu sehen brach mir das Herz. Eine Weile war ich überzeugt, daß es sich um eine Sinnestäuschung handeln müsse – ich konnte mich kaum dazu bringen, anzuordnen, daß die Leiche eingesargt werden sollte, denn es war tröstlich für mich, an ihrer Seite zu knien und mit meiner lieben, lieben Peggie zu sprechen.

Alle, die sie kannten, empfanden Hochachtung für sie, und sehr viele Menschen kamen zu ihrer Beerdigung. Neunzehn Kutschen folgten dem Leichenwagen, dazu viele Reiter und alle Pächter meiner Besitzungen. In Schottland ist es nicht üblich, daß der Ehemann der Beerdigung seiner Ehefrau beiwohnt. Aber ich hatte mir überlegt, daß ich ihr unbedingt selber die letzte Ehre erweisen wollte, und es gab auch keinerlei Schwierigkeiten. Im Familienkreis las ich an ihrem Sarg die Trauergebete, in Gegenwart meiner Söhne, und empfand dabei eine gewisse Erleichterung. Am Sonntag danach verlas Mr. Dun in der Kirche fast wörtlich jene Sätze, die ich ihm über den Charakter meiner Frau hatte zukommen lassen. Ich glaubte zunächst, daß ich es hier nach diesem traurigen Ereignis nicht mehr aushalten würde, aber ich stelle fest, daß ich an diesem Ort mit einer melancholischen Zähigkeit hänge.

Der wackere David[37] bedrängt mich, mit meiner Familie in Schottland zu bleiben. Aber wie soll ich, lieber Freund, mich jetzt mit dieser provinziellen Enge zufriedengeben, wo ich früher so sehr darunter gelitten habe und es jetzt natürlich um so mehr tue? Ich habe mich damit einverstanden erklärt, daß meine zweite Tochter den Winter in Edinburgh verbringt, wie es ihr Wunsch ist, damit sie ihre Ausbildung dort abschließen kann. Aber wenn meine Töchter wirklich in ihren Manieren typische Edinburgherinnen werden sollten, würde ich mich in ihrer Gesellschaft nicht mehr wohl fühlen. Veronica möchte diesen Winter als Gesellschafterin einer Dame in London verbringen. Die kleine Betsy, die erst neun Jahre alt ist, schicke ich morgen in ein kleines Internat in Ayr, unsere Kreisstadt, bis ich entschieden habe, wohin ich sie für ein oder zwei Jahre gebe. Ich denke an ein Nonnenkloster in Frankreich, das heißt in Flandern, wo sie eine Weile für wenig Geld eine sehr gute Erziehung genießen könnte; den Abschluß müßte sie dann an einer der großen englischen Internatsschulen machen. Sollte ich aber schon jetzt ein gutes und billiges englisches Internat finden, brauchte ich sie nicht ins Ausland zu schicken. Kannst Du oder Deine Frau mich in diesen Dingen beraten? Ich bin entschlossen, meinen ältesten Sohn in diesem Winter nach Eton zu schicken. Ich habe mein Büro im Gerichtsgebäude im Inner Temple nur noch bis nach Weihnachten. Vielleicht besuche ich Dich im Herbst, wenn Malone nach Irland reist – ich könnte dann mit der Überarbeitung von Johnsons »Leben« erst im Winter beginnen. Ich danke Dir sehr dafür, daß Du mich in Deine Gebete einschließt. Ich mache jetzt die Erfahrung, daß Frömmigkeit der einzig wahre Trost im Leben ist. Liebe Grüße an Dich und die Deinen. Ich zwinge mich in diesen Tagen zur Geschäftigkeit und werde wahrscheinlich eine Stelle im Nordbezirk übernehmen.

Mit den herzlichsten Grüßen

Dein J. B.

Bitte schreibe oft, aber nur kurz.

13. 11.

Ging eine Weile spazieren und dann zurück zu C.[38]; sie war nun nicht mehr so entgegenkommend, und ich war »von Wein und Liebe bedrückt«.[39] Versagte aus Schwäche. Nur einmal; alles Wünschen half nichts. Fiebrig, schlaflos. Was allem die Krone aufsetzte: morgens sollte »der Freund« kommen, deshalb in aller Frühe aufgebrochen.[40]

28. 11. (Boswell an Temple)[41]

Frankreich erlebt jetzt ein intellektuelles Erdbeben, einen Wirbelsturm, einen irrwitzigen Aufstand, für den es keinen unmittelbaren Grund gibt – wir können daraus sehen, zu welch schrecklicher Anarchie derartiges führt! Ich will damit nicht sagen, daß die Franzosen kein Habeas-Corpus-Gesetz[42] brauchen – im Augenblick brauchen sie tatsächlich nichts dringender!

30. 11. (Boswell an Temple)[43]

Du kannst Dir nicht vorstellen, welche Mühsal, welche Verwirrung und wieviel Ärger ich mir aufgeladen habe mit dem Ordnen einer überwältigenden Materialfülle, mit dem Auffüllen von Lücken, mit der Suche nach verschwundenen Schriftstücken, und das alles neben dem ständigen Feilen und Neuordnen! Wie oft wollte ich schon das Ganze hinwerfen! Trotzdem: obwohl ich mir der vielen Mängel schmerzlich bewußt bin, wird dies sicherlich eines Tages eine besondere und wertvolle Biographie sein, ein Buch voller literarischer und bezeichnender Anekdoten, mit Autorität und Lebendigkeit dargeboten. Wäre das Werk nur schon in den Buchläden! Ich finde, wenn ich dieses *magnum opus* fertiggestellt habe, darf das Publikum nichts mehr von mir erwarten, denn mehr habe ich ihm nie versprochen, und ich kann dann entweder in Frieden dahingehen oder mich in dumpfe Obskurität zurückziehen – *reddarque tenebris.*[44]

Aber wie sieht es wirklich in mir aus? Ich wandle auf dieser Welt mit tiefer innerer Unzufriedenheit, obwohl ich nach außen heiter und gelassen wirke.

1790

3. 1.

Ging mit Jamie[45] in mehrere Kirchen – nirgends ein Sitzplatz mehr. Dieses Umherirren gefiel mir nicht.

4. 1.

Trank Moselwein in großen Mengen, weil er wie Blasentee schmeckte.

5. 1.

Brummschädel vom Moselwein.

9. 1.

Habe selten einen so unangenehmen Zeitgenossen wie Horne Tooke[46] erlebt. Er scheint an Zuhörer gewöhnt zu sein, die zu ihm wie einem Genie aufblicken. Er mäkelte an allem herum, mit aalglatter Arroganz und provozierender Ironie, und erging sich in vulgären Bemerkungen über die Geistlichkeit, was darauf schließen läßt, daß er sich selten in gebildeter Gesellschaft bewegt.

19. 1.

Ich kann meinen gegenwärtigen Geisteszustand nur undeutlich beschreiben. Es gab da eine Stimmung trüber Gleichgültigkeit, die aus dem Bewußtsein des Verlustes meiner prächtigen Frau herrührt und Überlegungen zu meiner allgemeinen Lebenslage gar nicht erst aufkommen ließ. Mir war, als ob ich mit dem Leben fertig sei, und doch entwickelte sich zur gleichen Zeit ein starkes Bedürfnis nach sinnlichem und intellektuellem Vergnügen.

13. 6.

Es macht mir Kummer, daß mein Sohn James so unglücklich in der Westminster School ist. Der arme Kerl! An jenem Sonntag, als ich ihn zur ersten Vorstellung in die Schule brachte, sagte er zu mir: »Ist es nicht schlimm, daß gerade die Zeit, die eigentlich zu den angenehmsten des Lebens gehören sollte, durch die Schule zur unglücklichsten gemacht wird, unter anderem auch dadurch, daß man nur tote Sprachen lernt?« Ich hatte keine Argumente gegen diese Behauptung, betonte aber, daß diese Art von Erziehung immerhin die größten Männer unserer Nation geprägt habe. Er war die ganze Zeit sehr bedrückt, aber als wir in die Prince's Street kamen, meinte er: »Jetzt fühle ich mich schon besser.«

Letzten Sonntag, als er endgültig das Internat bezog, machte ich mir große Sorgen um ihn. Am Vormittag bat ich ihn, mit mir niederzuknien, und ich betete laut, daß Gott ihn in dieser Situation, die für ihn einen neuen Lebensabschnitt bedeutet, segnen und vor den Versuchungen bewahren möge, denen er jetzt ausgesetzt sei. Heute gingen Veronica, er und ich um vier Uhr zum Abendgottesdienst mit Predigt und Gebet in unserer Kirchengemeinde von Marylebone. Ich war in sehr trüber Stimmung. Aß zusammen mit Malone und überarbeitete dann noch sechsundvierzig Seiten meines »Life of Johnson«.

14. 6.

Das Parlament ist aufgelöst; die damit verbundene Hektik geht mir auf meine ohnehin geschwächten Nerven.[47] Ich frühstückte mit dem wackeren Baldwin[48], meinem Drucker, und verabredete mit ihm, daß mein Setzer Plymsell, ein intelligenter und sorgfältiger Mann, für den Fall, daß ich für einige Wochen verreisen muß, so beschäftigt werden sollte, daß er bei meiner Rückkehr sofort mit meinem Buch weitermachen kann. Ich ging zu Dilly und fühlte mich dort so elend, daß ich kaum ein Wort herausbrachte. Sein sanfter Zuspruch tröstete mich einigermaßen. Ich beschloß, daß ich (da ich nicht die geringsten Chancen in Ayrshire habe) mich nicht zur Wahl stellen, sondern meinen Freunden schreiben werde, daß ich meine Kandidatur zurückgezogen habe. Lonsdale hat schon zweimal nach mir geschickt und Anweisungen gegeben, daß man mich suchen solle. Ich wußte von Colonel Lowther, daß Lonsdale, als er erfuhr, daß ich als Parlamentskandidat für Carlisle vorgesehen sei, gesagt hatte: »Boswell würde sich doch nur betrinken und alberne Reden halten!« Wenn das stimmt, ist es ein sicherer Beweis dafür, daß Seine Lordschaft kein Vertrauen in mich hat. Der Gedanke, von ihm bloß für seine politischen Zwecke eingesetzt zu werden, ist mir unerträglich.

Als ich nach Hause kam, waren Temple und seine

Tochter schon da.[49] Ich weigerte mich, zu Lord Lonsdale zu gehen; ich hatte mir jetzt ein endgültiges Bild von ihm gemacht und erklärte, daß ich einen durch ihn vermittelten Sitz im Parlament nicht annehmen würde. Temple drängte mich aber, doch zu ihm zu gehen, was ich dann auch tat. L. saß gerade beim Dinner, obwohl es erst drei Uhr nachmittags war. Er war mit dem Essen fertig und hatte offenbar ziemlich viel Wein dazu getrunken. Er sagte, er hätte mich lange nicht gesehen. Ich erklärte, ich hätte geglaubt, er sei sehr beschäftigt, und deshalb wollte ich ihn nicht belästigen. Er meinte, es sei unbedingt nötig, daß ich sofort nach Carlisle aufbreche; hämisch fügte er hinzu, für mein Gehalt von 20 Pfund könne man das wohl erwarten. Diese unerwartete Wendung brachte mich in arge Verlegenheit. Ich erwähnte, daß mein alter Freund Temple eigens aus Cornwall angereist sei, um mich zu besuchen, und ich versuchte, ihn von seinem Entschluß abzubringen. Aber er blieb hart und zwang mich, ihm zu versprechen, daß ich ihn am nächsten Tag um zwölf nach Lancaster begleite.

Ich eilte nach Hause und beklagte mich bei Temple über mein Mißgeschick. Er war freundlich und tröstete mich. Ich hatte bei Lord Lonsdale ein wenig gegessen und getrunken. Ich war heiß; im Laufe dieses Tages bin ich dreimal zu einer Dirne gegangen. Ich hatte auch Fieber. Dann ging ich noch zu Malone, der mir klarmachte, daß ich schließlich selber dieses Amt angestrebt habe und deshalb auch nach Carlisle fahren müsse, meine Pflichten dort energisch wahrnehmen und dann entscheiden solle, ob ich auf diesem Wege ins Unterhaus komme oder nicht; wenn nicht, solle ich nach einer gewissen Zeit das Amt niederlegen und mich aus dieser unerquicklichen Verbindung zurückziehen. Ich ging wieder nach Hause und fühlte mich in jeder Hinsicht erbärmlich.

17. 6.

Stand schlechtgelaunt auf. Unterhielt mich noch ein wenig mit meinem Freund Temple und verabschiedete mich herzlich von ihm. Um neun bei L. Niemand rührte sich. Wartete fast zwei Stunden. Ging wieder nach Hause. Alle waren ausgegangen. Kehrte wieder um. Lonsdale beim Frühstück. Verärgert, daß ich nicht gewartet hatte. Als ich ihm erklärte, wie schwer es mir falle, jetzt nach Carlisle zu reisen, sagte er wütend: »Sie haben irgendwelche finsteren Motive!« »Wie können Euer Lordschaft etwas Derartiges vermuten?« »Weil ich weiß, mit wem ich es zu tun habe. Wahrscheinlich rechnen Sie mit einem größeren Geldbetrag!« »Habe ich Ihnen mit meinem Verhalten je Anlaß gegeben, eine solche Schlußfolgerung zu ziehen?« »Sie haben mich gebeten, Ihnen die Stelle des Amtsrichters zu verschaffen. Ich war dagegen, daß Sie diese Stelle bekommen. Aber Sie drangen so in mich, daß ich schließlich meine Zustimmung gab. Jetzt, wo Sie in die Pflicht genommen werden, wollen Sie die Stelle aufgeben. Was haben Sie überhaupt für Ihr Gehalt je getan? Ich werde der Behörde empfehlen, Ihren Rücktritt erst dann anzunehmen, wenn Sie sowohl an der sommerlichen Sitzungsperiode als an den Wahlen teilgenommen haben. Ich nehme an, Sie glauben, daß wir auf Ihre Gesellschaft Wert legen – genau das Gegenteil ist der Fall: wir können gut auf Sie verzichten. Die Probleme, von denen Sie reden, gehen nur Sie allein an. Ich nehme auch an, Sie glauben, daß ich Ihnen einen Sitz im Parlament verschaffen werde. Ich habe nie eine solche Absicht gehabt.«

Das war in der Tat starker Tobak. Ich bat ihn, mich für eine Stunde zu entschuldigen, ging zu Malone und beriet mich mit ihm. Er empfahl mir, zurückzugehen, so zu tun, als sei nichts geschehen und mich bei der nächsten Gelegenheit abzusetzen. Es ärgerte mich maßlos, daß ich auf diese Weise von der Drucklegung meines »Life of Johnson« weggerissen wurde.

Wieder bei L. Er griff das Thema vom Parlamentssitz wieder auf und ließ durchblicken, wie schlecht er von mir denkt. Er sagte noch einmal, ich würde mich im Unterhaus ja doch nur betrinken und alberne Reden halten. Ich sprach daraufhin sehr offen von meinen liberalen und unabhängigen Ansichten und davon, wie sehr diese Ansichten mit einer Protektion durch ihn im Widerspruch stünden – es sei denn, wir könnten uns auf irgendeine Weise einigen. Er fühlte sich provoziert. In der Kutsche kam das gleiche Thema unglücklicherweise noch einmal zur Sprache; meine Formulierungen – ich weiß die Einzelheiten nicht mehr – müssen ihn so in Wut gebracht haben, daß er fast den Verstand verlor, mir unflätige Worte an den Kopf warf und dazu sagte: »Nehmen Sie es, wie Sie wollen – ich bin bereit, Satisfaktion zu geben.« »Mylord«, sagte ich, »Sie haben genug gesagt.« Ich war wie vor den Kopf geschlagen, trotzdem ruhig und entschlossen. Aber er hörte nicht auf, mich zu beleidigen. »Sie haben sich Ihr ganzes Leben nur in den primitivsten Kreisen bewegt; wer sind Sie überhaupt, Sir?« »Ein Gentleman, Mylord, und ein Ehrenmann – was ich Ihnen beweisen werde!« Brutal erwiderte er darauf: »Wenn Sie eine Kugel im Bauch haben, gibt es für Sie nichts mehr zu beweisen!« Jackson[50] saß schweigend dabei.

Als wir ins Gasthaus gingen, sagte ich zu L., daß er mich schäbig und unfair behandelt habe. Darauf er: »Ich werde Ihnen auf der Stelle Satisfaktion geben – ich habe Pistolen dabei.« »Wie Sie wünschen, Mylord, ich bin Ihnen sehr verbunden für die Pistolen.« »Was, Sir, ich soll meine Pistolen gegen mich selbst richten? Auf keinen Fall!« Ich verließ das Lokal, um mich zu erkundigen, ob in der Nähe irgendwo Soldaten stationiert seien; ich hoffte, mir von einem Offizier Pistolen leihen zu können und ihn als Sekundanten zu gewinnen. Aber es gab keine Soldaten in der Nähe. Ich ging wieder zu L. und erklärte ihm, ich würde zurück nach London fahren, dort einen Freund auftreiben und ihm dann Bescheid geben, wann und wo wir uns duellieren können. Das Abendessen verlief überaus kühl; er meinte, ich würde mich noch wundern, wenn mein Freund, den ich mitbringen wollte, erklärte, daß seine (Lord L.s) Aussagen über mich zutreffend seien. Ich hätte ihn angegriffen und sollte mich bei ihm entschuldigen – er sei in seiner Ehre verletzt. Ich hielt ihn mittlerweile für einen Wahnsinnigen und erinnerte mich an meinen Grundsatz, Duelle zu vermeiden, solange es irgend mit der eigenen Ehre vereinbar ist. Ich beteuerte, daß ich keine der mir unterstellten Absichten hege, und versuchte, ihm einen Weg zu zeigen, wie er die Angelegenheit wieder bereinigen könne, indem ich ihn um Verzeihung bat für Ausdrücke, die er möglicherweise als ehrverletzend habe empfinden können, die ich aber nie in diesem Sinne gemeint habe. Daraufhin sagte er, er seinerseits hätte niemals solche Ausdrücke benutzt, wenn er nicht überzeugt gewesen wäre, daß meine Worte so gemeint waren, wie ich sie verwendete. Dann tranken wir zusammen ein Glas Wein.

Als ich mich gerade auf den Heimweg gemacht hatte, ließ Lord L. mich zurückholen, streckte mir, als ich wieder ins Gastzimmer trat, die Hand entgegen und sagte: »Boswell, vergessen Sie alles – die Sache ist für mich erledigt!« Jackson erklärte mir, die Angelegenheit sei in der Tat beigelegt, und kein Sterbenswörtchen werde je darüber verlauten. Er sagte, L. sei selber daran interessiert, daß diese Geschichte nicht weiter erwähnt werde. Danach reisten wir gesellig weiter, aber ich grämte mich innerlich gewaltig, daß ich mich in meinen Hoffnungen in bezug auf den großen Lonsdale so getäuscht hatte und daß ich jetzt gezwungen war, mich in eine sehr unangenehme Konstellation zu fügen, ohne jede Aussicht auf Belohnung, bloß um aus der Klemme herauszukommen, in die ich mich selber gebracht hatte.

22. 6.

Lag bis zwölf im Bett, nur um die Zeit herumzukriegen. Obwohl ich bis mittags geschlafen hatte, ging ich schon um acht wieder ins Bett. Der Gedanke, daß ich hier drei Wochen lang die Zeit totschlagen muß, bedrückt mich. Ich dachte liebevoll und zärtlich an mein teures Weib und spürte, wie hilflos ich ohne sie bin. Ich versuche, die Hoffnung aufrechtzuerhalten, daß ich sie in einer besseren Welt wiedersehe. Ich komme mir seltsam vor als Vater von fünf Kindern: ein Sohn in Eton, einer in Westminster[51] usw.

24. 6.

Schlecht geschlafen, viel geträumt, z. B. daß Veronica plötzlich zu mir kam und sagte: »Nun habe ich auch die

Krankheit meiner Mutter – die Schwindsucht«; sie sah sehr elend aus, und als ich ihre Hand nahm, war sie schweißnaß. Ich wachte erschrocken auf. Was habe ich hier in Carlisle verloren? In welchem Zustand ist meine Familie in Auchinleck? Machte mir Sorgen über eine gewisse Entzündung, ich fürchte, sie kann mein Ende bedeuten. Aß im »Bush« ein Brathähnchen und trank dazu einen halben Liter Portwein, fühlte mich gleich besser und spürte einen Hoffnungsschimmer, daß es im Leben vielleicht doch noch ein wenig Freude für mich geben könnte. Las ein wenig im Terenz,[52] mit Befriedigung.

25. 6.

Gut geschlafen, nicht geträumt. Als ich aufstehen wollte, erschrak ich über die Schmerzen an der bewußten Stelle; ich hoffe immer noch, mich selbst kurieren zu können. Regnerischer Tag. Beschloß, mich nie wieder zu Ausschweifungen hinreißen zu lassen. Gleichzeitig war mir aber bei dem Gedanken unwohl, daß ich tatsächlich keine Freude mehr im Leben haben sollte. Trotz der Versöhnung und des Händeschüttelns mit L. hatte ich das ungute Gefühl, daß ich nicht resolut genug mit ihm umgegangen bin; ich empfand ein gewisses Bedauern darüber, daß ich es nicht zum Eklat mit dem großen Lord hatte kommen lassen. Aber der Gedanke, daß ich möglicherweise mit Gewalt von meiner Familie getrennt worden wäre und daß mein *magnum opus*, das »Leben Johnsons«, unvollendet bleiben könnte, gab schließlich den Ausschlag.

26. 6.

Bin mir bewußt, daß ich den Teil meines Unglücks, der mit den Beschwerden an der bewußten Stelle zusammenhängt, durchaus verdiene, denn was gibt es für einen Mann meines Alters und für ein Familienoberhaupt Schändlicheres, als sich so ungezügelt und leichtsinnig zu benehmen wie ein lüsterner Jüngling? Empfand ein armseliges, selbstsüchtiges Behagen an meinem guten Bett. Halte mich für einen verachtenswerten Menschen.

26. 6. (Boswell an Penn)

Sir, ich kann Ihnen nicht beschreiben, wie jämmerlich mir zumute ist. Zunächst einmal befielen mich, noch bevor ich London verließ, jene depressiven Zustände, die mich regelmäßig heimsuchen und die sich jetzt in traurigem Maße wiederholen; sie wurden erheblich verschlimmert durch jene bedrückenden Eröffnungen, die mir Lord Lonsdale gemacht hat; nicht, daß Seine Lordschaft mir keinen Sitz im Parlament verschaffen will (Sie können ebenso wie jeder andere, der mit mir über dieses Thema gesprochen hat, bezeugen, daß ich damit nie gerechnet habe) – er hat eine Meinung von meinem Charakter, die ich nicht zu verdienen glaube, und die ehrgeizige Hoffnung, die ich auf die Verbindung und Patronage eines der größten Männer des Landes gesetzt hatte, ist zerschellt.

Ich habe mich seit zwei Tagen nicht aus dem Haus bewegt. Um die Wahrheit zu sagen: ich bin krank, ich habe starke Schmerzen, die ich auch verdiene – ich wage es nicht, mich hier irgendeinem Arzt anzuvertrauen. Ich befolge deshalb die Methode von Mr. Earle[53], möchte aber, wie Sie sich vorstellen können, in seiner Nähe sein. Wenn

Sie sich die Komplikationen und Mißhelligkeiten vor Augen führen, denen ich jetzt ausgesetzt bin, ohne mit einer Seele darüber sprechen zu können, *muß* ich Ihnen mitleidenswert erscheinen! Lord Lonsdale mag von mir denken, wie er will – es gibt mit Sicherheit niemanden, der sich mit größerem Eifer für ihn einsetzen oder der sich für seine Wohltaten dankbarer erzeigen würde als ich. Aber all das ist jetzt gegenstandslos geworden. Gewiß wird Seine Lordschaft niemand bestrafen wollen, der ihn niemals vorsätzlich beleidigt hat. Sir, ich bitte Sie in Gottes Namen: wenn Sie es irgend einrichten können, ohne daß ich mir seinen erneuten Unwillen zuziehe, stellen Sie ihm bitte meine gegenwärtige unglückliche Lage ganz nach Ihrem eigenen Gutdünken dar, erbitten Sie von ihm Vergebung für meine Schwäche und flehen Sie ihn an, mich aus Carlisle abreisen zu lassen.

Ich habe mich in meinem ganzen Elend an Sie gewandt in der festen Überzeugung, daß ich Ihnen, sollten Sie je in einer ähnlichen Lage sein, auch nach besten Kräften zu helfen versuchen würde. Ich bitte Sie dringend, kein Wort von dem, was ich Ihnen geschrieben habe, irgendeinem anderen außer Lord L. zu sagen (und nur, wenn Sie es für angezeigt halten); verbrennen Sie bitte dieses traurige Gekritzel, wenn Sie es gelesen haben. Ich baue darauf, daß Sie mir mit der Montagspost Trost zukommen lassen. Ich verbleibe, Sir,

Ihr aufrichtig ergebener

J. B.

P. S. Sie können sich nicht vorstellen, welche Qualen es mir bereitet, einen solchen Brief schreiben zu müssen. Ich erleide Schlimmes. Bitte verzeihen Sie mir.

30. 6.

Konnte nur mit Mühe um neun aufstehen. Hatte in der Nacht große Schmerzen an der bewußten Stelle; mir war klar geworden, daß die Entzündung viel schlimmer geworden ist. Ich erlebte etwas sehr Merkwürdiges: die Erinnerung an einen Traum im Verlauf des nächsten. Zuerst hatte ich geträumt, daß ich mit meiner lieben M.M. durch einen Wald ging. Dann hatte ich einen anderen Traum, an den ich mich nicht mehr erinnere, aber mitten in diesem Traum kam der Punkt, wo ich ausrief: »Halt, ich vergesse einen früheren Traum!«; ich spürte deutlich, daß ich träumte, und nach und nach erinnerte ich mich wieder.

30. 6. (Boswell an Malone)

Mein lieber Malone,

Worte können unmöglich ausdrücken, wie schlimm es mir ergangen ist, seit ich Dich verließ! Auch Du hast Kummer gehabt, aber die geistige Aktivität ist Dir erhalten geblieben. Ich höre noch, wie Du sagtest, Du habest noch nie müßig am Kamin gesessen. In den vergangenen schlimmen Tagen habe ich viele Stunden in eben dieser Stellung verbracht. Alles, was mich je gequält hat, ist wieder da. Ich komme mir vor wie ein armseliges, verlorenes Geschöpf ohne jede Kraft und ohne einen Freund, der mir dabei helfen könnte, wieder Lebensmut zu finden. Meine Zukunft sieht bedrückend aus: Kinder, die ich nur mit Mühe unterstützen kann und von denen ich nicht weiß, wie ich sie vorteilhaft und standesgemäß verheiraten soll – das ist die allgemeine Situation. Was meine augenblickliche Gefühlslage angeht – zum *ennui* und zu den Selbstvorwürfen kommt das Unglück einer selbstverschuldeten Entzündung (ich glaube, ich habe sie mir Montag vor vierzehn Tagen geholt), die mir mehr Schmerzen und Beunruhigung verursacht als eine ganze Reihe anderer, die ich mir kürzlich zugezogen habe.

Es ist schlimm, daß ich von meinem Freund Temple weggerissen wurde, der eigens aus Cornwall gekommen war, um mich zu besuchen und der so wenig von mir gehabt hat – schlimm auch, daß ich gezwungen war, mein »Life of Dr. Johnson« zu unterbrechen, die wichtigste Arbeit, vielleicht die einzig folgenreiche Beschäftigung, die ich noch in dieser Welt habe. Was mich besonders verbittert und irritiert, ist der Gedanke, daß ich jetzt all die Stunden verliere, in denen Du mein Manuskript hättest überarbeiten können – wahrscheinlich hast Du London bereits verlassen, bevor ich dorthin zurückkomme. Selbst die Furcht, nicht in London zu sein, wenn endlich Dein »Shakespeare« erscheint,[54] quält mich. Lieber Freund, laß mir in Gottes Namen auf irgendeine Weise Trost zukommen! Ich weiß, daß es gegen die Melancholie, die mich gepackt hat, kein Mittel gibt. Aber ich flehe Dich an: Lindere wenigstens diejenigen meiner Leiden, die noch auf Balsam reagieren!

7. 7.

Was mich so bedrückt, ist das Gefühl, daß es mir jetzt genauso geht wie vor dreißig Jahren: mein Charakter hat sich nicht im geringsten geändert durch die Freundschaft mit Dr. Johnson und vielen anderen berühmten Männern, oder auch als Folge meiner Reisen durch Europa und nach Korsika, oder dadurch, daß ich zwei sehr erfolgreiche Bücher geschrieben habe. Ich bin wie eine Holztafel, auf die sehr schöne Figuren gemalt wurden, die dann aber von einer zersetzenden Substanz weggeätzt worden sind.

10. 8.

Das heiße Wetter und der viele verdünnte Wein hatten mich so in Wallung gebracht, daß ich mir auf dem Heimweg ein sehr verlockendes Objekt der Begierde nicht versagen konnte.

10. 9.

Im Grunde stehen wir beide als Betrogene da, Lonsdale und ich: er hatte geglaubt, daß jemand, der ihn so lobt, wenn alle Welt ihn verachtet, es sich als Ehre anrechnen wird, zu seinem Gefolge zu gehören; ich hatte mir eingebildet, daß dieser mächtige Mann seinen Einfluß ausgerechnet für mich einsetzen würde.

25. 11.

Ich schmeichle mir, aus dem Stegreif dichten und mir damit jenen öffentlichen Beifall verschaffen zu können, der mir einen ganz besonderen Genuß bereitet.[55]

1791

25. 2.

Es ist kein angenehmer Gedanke, daß Sir Joshua Reynolds die ganze Zeit gewußt hat, wie schlecht es mir geht, und sich nicht einmal nach mir erkundigt oder mich besucht hat. Aber wir müssen unsere Freunde so nehmen, wie sie sind. Spielte abends noch Whist und verlor fünfzehn Schilling.

26. 2.

Finde mein neues Haus scheußlich; ich habe mich von Anfang an darin unwohl gefühlt.[56] Meine beiden Töchter, die bei mir wohnen, kommen mir sehr unerzogen vor, und es scheint wenig Aussicht zu bestehen, daß dieser Zustand sich bessern wird; beide, besonders die zweite, erweisen mir so wenig Respekt (wie sollten sie auch vor einem kleinmütigen Wrack wie mir Respekt haben!), daß mich ihr Verhalten irritiert und den Wunsch aufkommen läßt, sie einigermaßen anständig, aber in gehöriger Entfernung von mir unterzubringen. Blieb den ganzen Tag zu Hause.

27. 2.

Es ist viel Schnee gefallen, das Wetter windig und kalt. Hatte eine Einladung zum Dinner bei Mr. Dilly. War mir nicht sicher, ob ich hingehen sollte. Entschied dann aber, daß Unterhaltung mir guttun würde, und marschierte tapfer los. Dillys Speisesalon war gut geheizt, das Essen und die Weine vorzüglich, und ich fühlte mich ungewöhnlich entspannt. Man erzählte von Cowper, dem Dichter[57]; obwohl er an der Oberfläche liebenswürdig, ja sogar galant wirkt, quält ihn eine tiefe religiöse Melancholie, die ihn an der Homer-Übersetzung[58] hindert, an der er seit längerem sitzt und die zu einer schweren Geistesstörung geführt hat – manchmal ist es so schlimm mit ihm, daß man ihm die Schuh-Schnallen wegnehmen muß, damit er sich nicht damit verletzt. Er wähnt sich offenbar im Zustand des religiösen Verworfenseins – er steht ganz unter dem verheerenden Einfluß gewisser kalvinistischer Theorien. Ich war sehr erschrocken, von dieser Form der Geisteskrankheit zu hören. Dagegen ist mein Zustand harmlos. Sharpe machte mir Hoffnungen, daß mein »Life of Johnson« ein Erfolg wird. Er meinte, es gebe viele Leute in Oxford und Cambridge, die überzeugt sind, daß sie in dem Buch erwähnt werden (oder doch wenigstens ihre Bekannten), und es deshalb kaufen werden.

Ich erlaube mir jetzt mitunter die Vorstellung, daß es mir vielleicht gelingen könnte, eine zweite glückliche Ehe einzugehen.

27. 2.

Dr. Warren[59] spürte, wie kalt meine Hand war, und sagte: »Heute haben Sie noch keine Flasche Wein getrunken!« Er nahm mich in seiner Kutsche mit bis zum ersten Mietdroschkenstand – es regnete. Wir unterhielten uns ausführlich. Er erzählte mir, daß manche Menschen die Gabe besitzen, ihre gute Stimmung spontan auf andere zu übertragen, und daß ich, in guter Verfassung, zu diesen Leuten gehöre; seit einiger Zeit vermisse er die gute Wirkung, die ich auf ihn zu haben pflegte. Ich müsse mehr Wein trinken, denn da ich daran gewohnt sei, brauche mein Körper den Alkohol, besonders wenn ich ermattet sei. Wenn es mir besser erginge, brauchte ich auch weniger zu trinken. Ich sagte, es sei erniedrigend, daß der Mensch von solchen

Aufputschmitteln abhängig ist. »Sir«, meinte er, »der Mensch ist von Natur aus ein furchtsames Wesen. Die Wilden begeben sich instinktiv in Gefahr, bringen sich durch Lärm in Erregung oder durch pflanzliche Drogen, und der Schöpfer hat dafür gesorgt, daß diese Mittel überall reichlich vorhanden sind. In dieser Stadt leben viele wohlhabende und angesehene Menschen, die von Unsicherheit gequält sind und deshalb ihre Zuflucht zum Wein nehmen, oft sogar in großen Mengen.«

15. 3.

Heute ist Veronicas Geburtstag, und deshalb gaben meine Töchter heute abend zum erstenmal eine kleine Party. Ich beeilte mich, nicht zu spät zu kommen, hätte aber eigentlich schon die Gäste empfangen sollen und hatte deshalb ein schlechtes Gewissen, als ich den Raum betrat. Es waren etwa dreißig Damen und Herren anwesend – Sir Joshua Reynolds, Chevalier Freyre, der portugiesische Gesandte, und Mr. Allo, der spanische Botschafter, der die Guitarre zupfte; auch Veronica spielte und sang.

16. 3.

Ich hätte einen merkwürdigen Traum erwähnen sollen, den ich kürzlich hatte. Ich war mit John Wesley[60] zusammen, der zu mir sagte: »Du wirst nicht erleben, daß ich am Tage des Jüngsten Gerichts mit euch zusammen stehe.« »Warum nicht, Sir?« fragte ich. »Weil ich«, sagte er, »unmittelbar zu Gott vorgelassen werde.« »Ist Ihnen das geweissagt worden, Sir?« fragte ich. Er antwortete: »Ja.«

6. 4. (Boswell an Temple)

Mein »Life of Johnson« nähert sich dem Ende. Ich bin dabei, den letzten Druckbogen zu korrigieren, und muß jetzt nur noch eine Anzeige schreiben sowie eine Liste mit Errata zusammenstellen und eine zweite Inhalts-Seite korrigieren – eine ist schon fertig. Ich hoffe sehr, daß das Buch am 25. dieses Monats[61] erscheint. Ich werde Dir als meinem ältesten und besten Freund ein Exemplar schicken lassen. Ich bin im Augenblick so deprimiert, daß ich wegen dieses Buches das Schlimmste befürchte: daß ich nichts daran verdiene, daß es ein Verlustgeschäft wird, daß die Leser enttäuscht sein werden und glauben, ich habe meine Sache nicht gut gemacht, daß ich mir viele Feinde schaffe und in Streitigkeiten hineingezogen werde. Aber vielleicht kommt ja auch alles ganz anders.

Wenn mein Buch erschienen ist, werde ich, sollte ich noch am Leben sein und in leidlicher körperlicher und seelischer Verfassung, neue Möbel in mein Zimmer im Gerichtsgebäude stellen und mich zwingen, jeden Tag dort einige Stunden zu verbringen und in Westminster Hall regelmäßige Anwesenheit zu zeigen. Das Büro kostet mich im Jahr 20 Pfund, und ich rechne, daß die neuen Möbel und ein Bürogehilfe noch einmal 20 Pfund kosten werden. Glaube nicht, daß ich diese Summe aus meinen Einnahmen werde bezahlen können.

30. 4.

Ich bin überzeugt, daß dieses Buch die unterhaltsamste Sammlung von Geschichten ist, die in unserem Zeitalter je erschienen ist.[62]

2. 8. (Boswell an Lord Salisbury)

Mylord,

es ist mir überaus unangenehm, von verschiedenen Seiten hören zu müssen, daß mein Verhalten an einem bestimmten (für mich denkwürdigen) Tag mein Ansehen befleckt zu haben scheint. Ich kann zu meiner Entschuldigung nur anführen, daß die Großartigkeit Ihrer Gastfreundschaft und die Herzlichkeit der Atmosphäre mir offenbar die Sinne umnebelt haben; ich hoffe, daß alles, was sich danach zugetragen hat, bald der Vergessenheit anheimfallen wird ...[63]

5. 8.[64]

Ich würde gerne wissen, wer diese Leute sind, die sich einbilden, ich könnte mir die Mühe machen, ihre Konversation schriftlich festzuhalten – ich, der ich die Weisheit und den Witz eines Samuel Johnson aufgezeichnet habe!

9. 9.

Ich sagte zu Temple, daß er wenigstens eine angesehene Stellung in der Gesellschaft einnehme, was ich von mir nicht sagen könne. Wir waren uns darin einig, daß ich als Biograph offenbar besser bin denn als Rechtsanwalt.

12. 11.

Legte auf unsittliche Weise Hand an mich, aber nicht die ganze Nacht; trotzdem eine kurzfristige, fiebrige Erleichterung.

29. 11.

Gab heute ein Festessen mit zwei Hauptgängen und Nachtisch für den großen Erfolg der ersten Auflage meines »Life of Johnson«. War in jovialer Stimmung, aber im Grunde müde. Wir tranken auf »Kirche und König«, »Gesundheit und langes Leben für mein ›Life‹«, »das Andenken von Samuel Johnson«. Danach Tee und Kaffee, und dann Whist.

29. 12.

Es tat mir gut, vormittags lange im Bett zu liegen, in dämmriger Dumpfheit. Ich frühstückte dann ohne jeden Appetit, mit einem bitteren Geschmack im Mund, der sich auf alles zu übertragen schien. Die trügerische Hoffnung auf Arbeit im Gericht hat sich inzwischen verflüchtigt; die Vorbereitung der zweiten Auflage von »Dr. Johnsons Leben« ist alles, was mir noch zu tun übrigbleibt, und ich bin fast fertig damit.[65] Ich haste durch die Straßen, weil es mir unangenehm ist, angesprochen zu werden und den Eindruck zu machen, ich sei ein nervöser Versager …

1793

5. 9.

Als ich so durch die Straßen ging, erwärmt vom Wein, und nicht wußte, wen ich besuchen könnte, wurde mir klar, daß es am besten ist, wenn ich ins Bett gehe, was ich auch um viertel vor sieben tat. Was für ein seltsames Leben![66]

1794

7. 2. (Boswell an seinen Sohn Alexander)

Du mußt sehr vorsichtig sein, wenn andere Leute merken, daß Du ein genauer Beobachter bist und ein *censor morum*[67]; sie können Dich leicht mißverstehen und ein falsches Bild von Dir gewinnen. Ich spreche aus Erfahrung. Ich bin überzeugt, daß es in der Welt niemanden gibt, der ein größeres Wohlwollen den Menschen gegenüber empfindet als ich; aber weil ich mich mit Hingabe der präzisen Beschreibung einer Reihe von Menschen gewidmet habe, gelte ich bei vielen als böswillig, und nach den Kostproben, die ich der Welt von meiner ungewöhnlich genauen Erinnerung an Einzelheiten aus Gesprächen gegeben habe, sind mir zahlreiche törichte Menschen aus dem Wege gegangen, aus Angst, ich könnte meine Unterhaltung mit ihnen schriftlich festhalten.

10. 2.

Den Tag verbracht – *nihil agendo.*[68] Keine Spur wird davon zurückbleiben.

4. 4.

Dinierte bei Mr. Cator[69], mit Mr. Jeffreys, dem Stadtkämmerer von Bath; das ist ein schlitzohriger, geschwätziger alter Bursche, dessen Herzlichkeit unecht ist, der sich aber in juristischen Spezialfällen und in der Rechtsgeschichte so gut auskennt, daß ich mich meiner Unwissenheit schämte.

8. 10. (James Boswell an seinen Vater)

Es betrübt mich, daß Du von Deiner »dumpfen und bedrückten Stimmung« schreibst. Laß Dich von Deiner Melancholie nicht unterkriegen. Denke nicht, daß Dir in London der berufliche Aufstieg nicht gelungen ist oder an ähnliche Dinge – die Unvernünftigkeit solcher Gedanken müßte Dir selber einleuchten, wenn Du bedenkst, daß Dein Leben nie das eines Geschäftsmannes gewesen ist und daß Du in jeder Hinsicht anders gewesen bist als diejenigen, die in einem äußeren Sinne erfolgreicher waren. Menschen mit bedeutenden Posten und Pensionen werden sich nie rühmen können, der Biograph von Samuel Johnson zu sein oder das Gefühl genossen zu haben, ein Genie zu sein. Solche Leute haben nicht – wie Du – glückliche und gastliche Stunden ausgekostet. Sie waren nicht mit Johnson, Voltaire, Rousseau, Garrick usw. befreundet, haben nicht die patriotischen Korsen aufgesucht ... kurz: möchtest Du diese Höhepunkte Deines Lebens etwa eintauschen gegen das langweilige Leben eines wohlhabenden, strebsamen Rechtsanwalts? Beides kannst Du nicht zu gleicher Zeit sein. Jede Konstellation hat ihre Vor- und Nachteile. Bitte schreibe mir in Deinem nächsten Brief, daß Du bei besserer Stimmung bist.

27. 10. (Boswell an seinen Sohn James)

Mein lieber James!

Respekt: Du argumentierst geschickt. Ich bin in der Tat stets davon überzeugt gewesen, daß die Umstände meines Lebens, die Du erwähnst, mir mehr bedeuten als alle Stellungen und Würden, die ich ohne die anderen Dinge hätte erlangen können. Aber unglücklicherweise habe ich mich mein Leben lang der Hoffnung hingegeben, ich könne mich und meine Familie durch eine ehrenvolle und einträgliche Position gesellschaftlich verbessern. In der allgemeinen Einschätzung hätte eine Position als schottischer Lord of Session[70] diesen Zweck erfüllt. In meiner eigenen Einschätzung, die stark durch meinen langen Englandaufenthalt geprägt ist, war jeder Posten in der Provinz unter meiner Würde. Der Edinburgher Lebensstil ist mir zuwider – kurz und gut, London ist in diesen gut dreißig Jahren sowohl mein Traum als auch der Schauplatz all meiner Anstrengungen gewesen. Dort habe ich das Leben genossen, dort haben sich aber auch all meine Hoffnungen zerschlagen. Meine angeborene Melancholie lauert überall auf mich – vielleicht ist das der wahre Grund, warum ich so unglücklich bin. Das Leben auf dem Lande liegt mir überhaupt nicht; ich habe keinen Sinn für seine Reize und Besonderheiten. Meine Stimmung hier ist düster und reizbar, ich ärgere mich unentwegt, wenn ich von Übergriffen auf meine Wälder und Ländereien höre oder daß die Pächter mit dem Mietzins nicht nachkommen. Hinzu kommt, daß meine finanziellen Umstände derzeit so angespannt sind, daß ich nicht weiß, wie ich meine Familie unterhalten und gleichzeitig die jährlichen Zinsen für meine Schulden zahlen soll. Die Lebenskosten hier sind für mich erheblich höher als in London. Wein, Getreide und Heu kosten mich jede Woche fast die Hälfte dessen, was ich in London brauchte – im Endeffekt erheblich mehr als das Stadtleben. Hier muß ich jeden Abend ein Dinner vorbereiten, denn es könnten ja Gäste kommen; man ist nie sicher, ob man allein ißt. Ich habe hier keine zwei zusammenhängende glückliche Tage gehabt (wenn ich alle Stunden zusammenrechne), seit ich am 1. Juli hierherkam. Gäste zu unterhalten ist für mich ein mühseliges Geschäft, und wenn ich Leute besuche, dann nur nach heftigen inneren Kämpfen – und doch graut mir vor dem Gedanken, mit Deinen Schwestern nach London zurückzugehen; sie haben mir dort sehr viel Kummer gemacht.

1795

9. 3.

Kaffee, Ei und Marmelade. Schrieb eine Eloge für die Versteigerung von Sir Joshua Reynolds Bildern.[71] Verpaßte die Kutsche nach Gravesend, nahm dafür die nach Woolwich. Eine muntere, hübsche junge Dame neben mir aß Plätzchen, ich sprach sie an, und sie gab mir davon ab. Die Männer in der Kutsche schimpften alle auf Pitt.

18. 3. (Boswell an seinen Sohn Alexander)

Was Wein angeht, so habe ich in letzter Zeit wohl des Guten ein wenig zu viel getan, aber seit einigen Tagen halte ich mich zurück und fühle mich gleich viel besser. Ich bin im Augenblick ohne Einschränkung glücklich. Was für ein buntes, vielfältiges Leben führe ich hier! Ich werde überall eingeladen und gebe auch selbst größere Essen in meinem Haus – wenn Du kommst, gebe ich auch eins für Dich!

8. 5. (Boswell an Temple)

Mein lieber Temple – ich würde Dir gerne selber schreiben, aber leider geht es nicht mehr. Mein Freund, welch ein trauriger Zustand! Mein Sohn James wird diesen Brief zu Ende schreiben, ich werde ihm diktieren. Die Schmerzen, unter denen ich mehrere Wochen gelitten habe, waren sehr stark;[72] als sie nachließen, fühlte ich mich besser, merkte aber bald, daß keineswegs alles in Ordnung war, was man u. a. daraus entnehmen kann, daß ich zu schwach bin, Dir diesen kümmerlichen Brief zu schreiben. Alles, was über meine Krankheit zu sagen ist, ist, daß ich viel Geduld brauche. Schreibe mir bitte oft, oder lasse jemanden an mich schreiben. Ich fühle mich heute sehr viel besser, trotz des Gekritzels.

Gott segne Dich, mein lieber Temple! Ich bleibe immer Dein alter und anhänglicher Freund, hier und, so hoffe ich, in Ewigkeit.

James Boswell

(Postskriptum: James Boswell junior an Temple)

Verehrter Herr,

Sie werden dem voraufgehenden Text entnehmen – mein Vater hat ihn mir, so wie er ist, diktiert –, daß er sich der ernsten Situation, in der er sich befand (und noch immer befindet) nicht bewußt war. Gestern und heute ging es ihm etwas besser; wir hoffen, daß die Nahrung, die er jetzt wieder zu sich nehmen kann, und seine gute Konstitution ihn durchbringen werden.

Hochachtungsvoll

James Boswell

16. 5. (James Boswell an Temple)

Mein Vater erhielt Ihren Brief gestern; ich las ihn ihm vor, weil er nicht mehr selber lesen kann. Sein Zustand ist unverändert, seit ich Ihnen zuletzt schrieb; er ist sehr schwach, aber es ist zu hoffen, daß er durch genügend Nahrungszufuhr allmählich Kraft und Gesundheit wiedergewinnt.

18. 5. (James Boswell an Temple)

Es tut mir leid, Ihnen mitteilen zu müssen, daß es meinem Vater seit meinem letzten Brief sehr viel schlechter geht. Er ist schwächer und kann fast keine Nahrung bei sich behalten. Er hatte den dringenden Wunsch geäußert, aus dem Bett gehoben zu werden, und Mr. Earle, der Arzt, glaubte auch, das sei zu verantworten. Aber seine Kräfte reichten nicht aus, er sank in eine Ohnmacht. Seitdem befindet er sich in einem sehr ernsten

Zustand, und ich fürchte, es besteht wenig Hoffnung, daß er sich je wieder erholt.

19. 5. (Thomas David Boswell an Temple)

Ich habe die traurige Pflicht, Ihnen mitzuteilen, daß mein lieber Bruder heute früh um zwei Uhr verschieden ist; wir beide haben einen liebenswerten, treuen Freund verloren – es wird seinesgleichen nicht wieder geben.[73]

Anmerkungen

I

1 Anspielung auf Jakobus 1,24.
2 Andrew Erskine, schottischer Offizier und Amateurschriftsteller, litt, wie Boswell, unter Depressionen und beging 1793 Selbstmord.
3 John Johnston, Schotte aus Grange, Schulkamerad und lebenslanger Freund von Boswell, zuverlässig und loyal bis zu seinem Tod im Jahre 1786.
4 Dr. John Cairnie, Arzt in Edinburgh mit reicher Auslandserfahrung.
5 Boswells Vater Alexander Boswell (1707–82), Lord Auchinleck, hoher Richter in Edinburgh, Gutsbesitzer in Ayrshire, hatte in Leiden Jura studiert (das schottische Recht basiert, anders als das englische, auf dem römischen, für das die Holländer als Experten galten). Er war ein tüchtiger Altphilologe und strenges Familienoberhaupt, kühl und kritisch gegenüber seinen Kindern. Seine Frau, Euphemia Erskine, Tochter des Gouverneurs der Burg von Stirling, war sanft, fromm und ihm bedingungslos ergeben.
6 Boswell hatte zwei jüngere Brüder: John ist 1762 neunzehn, David vierzehn Jahre alt.
7 Das Mercat Cross, unterhalb von St. Giles, ein Ort, an dem Erklärungen des Königshauses abgegeben wurden und öffentliche Hinrichtungen stattfanden.
8 Mr. Stewart, ein Seemann, der schon vier Reisen nach Indien hinter sich hatte.
9 Aus Joseph Addisons klassizistischer Tragödie »Cato« (1713), wo es heißt:

»It must be so – Plato, thou reasonest well!
Else why this pleasing hope, this fond desire,
This longing after immortality?«

10 John Dudley West Digges (1720–86), bekannter Schauspieler in Edinburgh; Boswell bewunderte seine Eleganz.
11 Wahrscheinlich ein Verwandter; Boswell hatte ihn 1760 kennengelernt.
12 Komödie von Ben Jonson, 1598 (mit Shakespeare als einem der Schauspieler) uraufgeführt.
13 Vermutlich die Königliche Menagerie im Tower.
14 Scott, Mathematiker und Zollinspektor, war ein Freund von Boswells Vater.
15 Bekannter schottischer Altertumsforscher und Genealoge.
16 Künstlername von James Dance, dem ehemaligen Theaterdirektor von Edinburgh, der jetzt in der Truppe des Londoner Drury-Lane-Theaters spielte. Er war einer der ältesten Freunde Boswells; sein Sohn Billy machte sich einen Namen als Musiker.
17 David Garrick (1717–79), Schüler und Freund von Dr. Samuel Johnson, war der berühmteste Theaterdirektor und Schauspieler seiner Zeit, besonders in Shakespeare-Rollen.
18 Scrub und Boniface sind Figuren aus George Farquhars Komödie »The Beaux' Stratagem« (1707).
19 Lord Kames, mit bürgerlichem Namen Henry Homes, war ein Kollege von Boswells Vater und hatte größeres Verständnis für junge Leute als dieser.
20 Der Herzog von Eglington, der in London lebte, war ein Nachbar von Boswells Vater; er sollte im Auftrag von Lord Auchinleck den jungen Boswell im Auge behalten.
21 Der schottische Architekt Robert Mylne baute damals die Blackfriar's Bridge in London.
22 Längere Versepistel, die Boswell über seine Bekanntschaft mit dem Herzog von York verfaßt und auf eigene Kosten bei den Buchhändlern Robert und James Dodsley veröffentlicht hatte.
23 Dr. John Pringle (1707–82), ein Freund von Lord Auchinleck und Berater des jungen Boswell, war Leibarzt der Königin, hoher Militärmediziner in London und später, als Sir John, Präsident der Royal Society.
24 Vgl. Anm. 3.
25 Der Anlaß war die feierliche Parlamentseröffnung.
26 Name einer Straße in London (zwischen Trafalgar Square und Fleet Street), ursprünglich der »Strand« der Themse zwischen Westminster und der City of London.

27 In der Downing Street hat heute der britische Premierminister seine Residenz; das Haus, in dem Boswell eine Wohnung mietete, steht nicht mehr.

28 Gemeint ist die Horse Guards Parade.

29 Der Engländer William Johnson Temple (1739–96), Sohn des Bürgermeisters von Berwick-on-Tweed, Jurist und später Landpfarrer in Devon und Cornwall, war ein Schulkamerad von Boswell aus seiner Edinburgher Zeit; er blieb zeitlebens sein engster und bester Freund.

30 Psalm 119,9.

31 Boswell hatte sich schon in Edinburgh mit Thomas Sheridan (1719–81), einem irischen Schauspieler und Sprecherzieher (dem Vater des Dramatikers Richard Brinsley Sheridan), angefreundet. – Samuel Johnson (1709–84) war 1762 vierundfünfzig Jahre alt, seit elf Jahren Witwer, berühmt als Lexikograph (»A Dictionary of the English Language«, 1755), Schriftsteller (»The Rambler«, 1750–52) und Original, Gegenstand von Boswells großer Biographie »The Life of Samuel Johnson« (1791).

32 Schottinnen von vergleichbarem sozialem Rang, die ihm sein Vater empfohlen, mit denen er aber nur getändelt hatte.

33 Joseph Addison (1672–1719), Schriftsteller und Herausgeber des »Spectator«, von Dr. Samuel Johnson als »the model of the middle style« gepriesen.

34 Richard Steele (1672–1729), Dramatiker und Theaterdirektor, gründete 1709 die moralische Wochenschrift »The Tatler«.

35 Aus Boswells Notizen geht hervor, daß es sich bei Louisa um eine Mrs. Lewis handelt, eine Schauspielerin, die im Covent Garden Theatre die Königin im »Hamlet« spielte sowie Mrs. Ford in den »Lustigen Weibern von Windsor«.

36 Der Winter 1762/63, darüber berichten viele zeitgenössische Quellen, muß ungewöhnlich streng gewesen sein.

37 Das Londoner Amtsblatt.

38 Boswell hat in der autobiographischen Skizze, die er später für Rousseau schrieb, darüber berichtet, wie sehr er unter der Furcht vor Gespenstern litt: noch als Achtzehnjähriger habe er deshalb nicht allein schlafen können.

39 Der Unterhausabgeordnete (und Herausgeber des »North Briton«) John Wilkes (1727–97) war wegen Verleumdung des Königs und der Regierung Bute verhaftet und in den Tower geworfen worden; nach seiner Freilassung setzte er sich erfolgreich

für die bürgerlichen Freiheiten ein. Boswell hat in seinem »Leben Johnsons« ein mittägliches Gespräch zwischen Wilkes und seinem politischen Gegner Samuel Johnson am 15. Mai 1776 ausführlich beschrieben.

40 Der Makler Rice hatte notarielle Urkunden gefälscht und war nach Frankreich geflohen, wurde aber an England ausgeliefert. Der vierundzwanzigjährige Matrose Lewis hatte sich als Straßenräuber betätigt, und Hannah Diego hatte einer gewissen Eleanor Hussey ihre gesamte Habe gestohlen.

41 Macheath, der Held von John Gays »Bettleroper« (1728), ist ein ritterlicher Straßenräuber, der am Ende des Stückes im Gefängnis von Newgate in Ketten gelegt wird. Boswell hat die Figur des Macheath bewundert.

42 Tyburn Tree, Hinrichtungsstätte, in der Nähe der heutigen Speakers' Corner am Rande des Hyde Park.

43 Robert Temple, Bruder von William Temple, Boswells bestem Freund (vgl. Anm. 28), war Leutnant bei den Royal Volunteers.

44 Offenbar als (wie andere Augenzeugen berichtet haben) die Diebin Hannah Diego ihre Handfesseln abschüttelte und auf den Henker einschlug.

45 D. h. in die Gärten von Ranelagh in Chelsea.

46 Der Schauspieler Thomas Davies betrieb in der Russell Street eine Buchhandlung, in der Boswell die im folgenden beschriebene, denkwürdige Begegnung mit Samuel Johnson hatte; in seinem »Life of Johnson« hat er diese Szene noch ausführlicher und eindrucksvoller dargestellt.

47 (lat.) Lebensüberdruß.

48 Vgl. Anm. 23.

49 D. h. einen dunklen, aber weniger feierlichen Anzug.

50 Sie wird im Tagebuch unter dem 31. Mai beschrieben als »ein überaus hübsches Mädchen, das von einem Mann, der viertausend Pfund im Jahr verdient, ausgehalten wird. Sie ist liebestoll, freundlich und uneigennützig zu all ihren Liebhabern.«

51 Boswell hat im Londoner Tagebuch das sehr gespannte Verhältnis zu seinem Vater (der seinen Lebenswandel, seine Berufspläne und selbst das Tagebuchschreiben schroff mißbilligte) nur in Andeutungen beschrieben.

52 Cliftons Metzgerei mit Gaststätte, in der Butcher Row.

53 Nach 1. Mose 5,32 Noahs Sohn; auf ihn werden in der Völkerta-

fel (1. Mose 10,6–20) nordafrikanische und südarabische Völker zurückgeführt.

54 Die »Mitre Tavern« gehörte zu den besseren Gasthäusern, die auf gepflegte Kleidung Wert legten.

55 Colley Cibber (1671–1757), erfolgreicher Verfasser sentimentaler Komödien; wurde von Alexander Pope in der »Dunciad« erbarmungslos verspottet.

56 Zweimal in der Woche erscheinende literarische Zeitschrift, die Dr. Johnson von 1750 bis 1752 herausgab.

57 Der Ire Oliver Goldsmith (1730–74) stand damals erst am Beginn seiner literarischen Karriere und war meistens mittellos und verschuldet; Dr. Johnson verkaufte 1762 das Manuskript von Goldsmiths Roman »The Vicar of Wakefield« an den Verleger Newbery und rettete den Autor so vor dem Schuldgefängnis.

58 John Ogilvie, ein dichtender schottischer Landgeistlicher.

59 George Dempster (1732–1818), schottischer Rechtsanwalt, der als Unterhausabgeordneter in London lebte; ein guter Freund von Boswell.

60 Gemeint ist Friedrich der Große.

61 Vgl. Anm. 26.

II

1 Boswells Tagebuch über seinen Aufenthalt in Holland ist verlorengegangen. Aber ähnlich wie in London hat er auch für sein Alltagsleben in Holland jeden Morgen vor dem Aufstehen »Memoranden« verfaßt – an sich selbst gerichtete Ermahnungen, Denkzettel und Gedächtnishilfen, die ihm als Grundlage für spätere Tagebucheintragungen dienten und die Frederick A. Pottle, der Herausgeber des zweiten Bandes des Boswellschen »Journals« (»Boswell in Holland, 1763–1764«), in zeitlicher Reihenfolge angeordnet hat.
Boswell hat in Holland jeden Tag zu Übungszwecken einige Seiten in französischer Sprache verfaßt; auch holländische Übungsstücke sind überliefert. Damit sein poetisches Talent in der Muttersprache nicht einrostete, schrieb er täglich zehn Zeilen im heroischen Versmaß. Außerdem führte er eine Liste über empfangene und abgeschickte Briefe.

2 Philip Dormer Stanhope Chesterfield (1694–1773), Diplomat (englischer Botschafter in Den Haag 1728–32) und Schriftsteller (»Letters«; moralpädagogische Briefe an seinen Sohn, 1774 veröffentlicht), gab Dr. Johnson Anlaß zu einem berühmten Brief, in dem er sich das herablassende Lob des Aristokraten verbittet, der die ihm angetragene Widmung ignoriert hatte. Boswell gibt seine eigene Version der Zusammenhänge in seinem »Life of Johnson« wieder.
3 Boswells Vater hatte, ebenso wie einige seiner Vorfahren, in Leiden Jura studiert.
4 Boswell war nach seiner Ankunft in Holland zunächst nach Rotterdam gefahren, wo er sich einige Tage bei Archibald Stewart, einem schottischen Kaufmann, aufhielt. Dann begab er sich nach Leiden, verbrachte dort eine trübe Woche und reiste in neunstündiger Fahrt auf einem von Pferden gezogenen Kanalschlepper nach Utrecht weiter, wo er in düsterster Stimmung eintraf.
5 Boswells Sohn – im September 1763 etwa zehn Monate alt. Seine Mutter, Peggy Doig, ein Dienstmädchen aus Edinburgh, hatte ihn zur Welt gebracht, nachdem Boswell in Richtung London aufgebrochen war. Er hatte mit einem Edinburgher Arzt (Dr. Cairnie) vereinbart, daß das Kind einer Ziehmutter anvertraut werden sollte.
6 Boswell belegte an der Universität Utrecht eine Vorlesung zum bürgerlichen Recht bei dem deutschen Professor Christian Heinrich Trotz; daneben besuchte er griechische, lateinische, französische und englische Lektürekurse. Sein Vater hatte ihn für ein Wintersemester nach Utrecht geschickt, weil er glaubte, daß der junge Mann dort weniger vom Studium abgelenkt würde als in Leiden.
7 William Johnson Temple, Jurist und einer von Boswells besten Freunden (er war im Sommer 1763 in Temples Wohnung im Inner Temple in London gezogen), hatte nach der Juristerei in Cambridge noch Theologie studiert.
8 François Mazerac, ein ältlicher Schweizer.
9 (schott.) Gutsherr.
10 In John Lockes 1693 veröffentlichtem Buch »Some Thoughts Concerning Education« heißt es in Abschnitt 24: »Ich vermutete also, daß man, wenn man gleich nach der ersten Mahlzeit am Morgen die Natur reizen könnte und sich zu zwingen versuchte,

einen Stuhl zu erzielen, es mit der Zeit durch ständige Aufmerksamkeit soweit bringen könnte, ihn gewohnheitsmäßig zu machen« (J. Locke, »Gedanken über die Erziehung«, Stuttgart 1970, S. 30).

11 Graf Nassau, d. i. Jan Nicolaas Floris Nassau Le Lecq, war der Stadtdirektor (Hofdschout) von Utrecht. Sir David Dalrymple hatte Boswell ein Empfehlungsschreiben für den Grafen mitgegeben.

12 Boswells »Unantastbarer Plan« (»Inviolable Plan«) ist erhalten und im Anhang von F. A. Pottles »Boswell in Holland« abgedruckt. Er ermahnt sich darin, der Frivolität zu entsagen, im Glauben fest zu bleiben und sich auf das Leben als Gutsherr von Auchinleck vorzubereiten. Der Plan besteht darin, nach einigen Reisen nach Schottland zurückzukehren, dort als Anwalt zu wirken und eventuell Unterhausabgeordneter in London zu werden.

Boswells fromme Vorsätze sind nicht nur Heuchelei: er hatte den ernsthaften Wunsch nach einer ruhigen, angesehenen Stellung, geriet jedoch immer wieder mit seiner unruhigen Eigenliebe und dem Drang nach Selbstdarstellung in Konflikt.

13 J. F. Salvemini de Castillon, Professor der Mathematik in Utrecht, Herausgeber der Werke von Newton, ging 1764 nach Berlin.

14 Boswell hatte sich in seiner Londoner Zeit häufig im Haus des irischen Sprecherziehers Thomas Sheridan aufgehalten.

15 G. F. Händel (1685–1759) war 1727 englischer Staatsbürger geworden; der »Messias« wurde 1742 in Dublin uraufgeführt.

16 David Rizzio (1533?–66), Musiker aus Piemont, wurde 1564 Maria Stuarts Sekretär für französische Angelegenheiten. Lord Darnley, Marias Gatte, vermutete, daß Rizzio auch ihr Liebhaber sei, und ließ ihn 1566 ermorden.

17 Einer gewissen Marguerite Kinloch.

18 Der zu den sieben Weltwundern zählende Koloß von Rhodos wurde zur Bezeichnung von überlebensgroßen Körperteilen (und Körpern) verwendet; Boswell spielt auf seine offenbar überdimensionale Männlichkeit an.

19 Simonides von Keos, griechischer Lyriker, berühmt für Epigramme, Dithyramben und moralphilosophische Sentenzen.

20 Das aus dem Irischen stammende Wort »Tory« bezeichnete im 17. Jh. von den Engländern enteignete Iren, wurde dann allge-

mein auf Räuber und Banditen übertragen und 1679/80 für alle diejenigen benutzt, die sich dem Ausschluß des katholischen Herzogs von York aus der Thronfolge widersetzten; seit 1689 Name einer der beiden großen politischen Parteien in England.

21 Boswell hatte ursprünglich »Wolfen« geschrieben.
»Guelfen« ist die italianisierte Schreibung von »Welfen« (von [mhd.] *welf* ›Tier-Junges‹). Die Welfen waren ein Fürstengeschlecht: seit 1070 Herzöge von Bayern, seit 1137 von Sachsen.

22 Kein Autor, sondern der Titel von Laurence Sternes (1713 bis 1768) bekanntestem Roman, 1760/61 zuerst veröffentlicht. (Boswell hatte Sterne in London kennengelernt und imitierte in seiner eigenen Prosa gelegentlich den Shandy-Stil.)

23 Epiktet (50–130), stoischer Philosoph, freigelassener Sklave, lehrte in Rom. Sein »Handbüchlein der Moral« (»Encheiridion«) war 1610 ins Englische übersetzt worden.

24 Georg August, Prinz von Mecklenburg-Strelitz, war ein Bruder der Königin von England.

25 Isabella Agneta Elisabeth van Tuyll, Belle de Zuylen (»Zélide«) (1740–1805), entstammte altem holländischem Adel. Ihr Vater war einer der Gouverneure der Provinz Utrecht. Als Dreiundzwanzigjährige veröffentlichte sie anonym »Le Noble«, eine Gesellschaftssatire im Stile von Voltaire. Unorthodox, intelligent und temperamentvoll, erwies sie sich bald dem selbstgefälligen Boswell überlegen, der ihre Originalität bewunderte und sie gerne wegen ihres aristokratischen Hintergrunds geheiratet hätte. Nach längerem Hin und Her (vgl. den Briefwechsel zwischen Boswell und der Familie de Zuylen auf S. 84 f.) fand er sich damit ab, daß sie den Schweizer M. de Charrière heiratete. Die unglückliche Ehe Zélides wurde aufgehellt durch die intensive intellektuelle Freundschaft mit Adalbert von Chamisso und Benjamin Constant, in dessen Gunst sie jedoch bald von Mme. de Staël verdrängt wurde. Mme. de Charrière schrieb eine Reihe von autobiographischen Romanen: »Lettres neuchâteloises« (1784), »Mistress Henley« (1784), »Trois femmes« (1797).

26 Boswells multikultureller Hintergrund (Jugend und Studium in Schottland, Aufenthalt in London, Grand Tour) hatte sein Gefühl für die soziale Funktion der Sprache geschärft; er hing zäh an seinen schottischen Wurzeln, sträubte sich aber zugleich gegen ihre lähmende Wirkung auf sein gesellschaftliches Fortkommen und wollte mit dem geplanten Wörterbuch nicht nur An-

sehen, sondern auch Klarheit über seine kulturelle Herkunft gewinnen.
Das Wörterbuch ist über das Stadium der Vorarbeiten nicht hinausgediehen.

27 Robert Brown (1728–77), Schotte, Pfarrer der britischen presbyterianischen Gemeinde in Utrecht, gibt Boswell holländischen und französischen Sprachunterricht, wird zu seinem Freund und Vertrauten.

28 Vgl. Anm. 26.

29 Allan Ramsay (1686–1758), schottischer Buchhändler und Lyriker, edierte Sammlungen schottischer und englischer Volkslieder.

30 Zum Thema »Boswell und das Schottische« vgl. Pat Rogers: Boswell and the Scotticism. In: Greg Clingham (Hrsg.): New Light on Boswell. Cambridge 1991. S. 56–71.

31 In seinem »Life of Johnson« berichtet Boswell unter dem 12. Februar 1766 von dieser Debatte mit dem Pfarrer Robert Brown in Utrecht, in der es um die Relativität von Adjektiven wie »glücklich« oder »voll« ging.

32 Am 29. April 1764 ermahnt Boswell sich: »Hure nur mit guten Dirnen – oder in Amsterdam, wo dich niemand kennt.«

33 Pierre-Louis Moreau de Maupertuis (1698–1759), französischer Mathematiker und Astronom, der sich für Newton einsetzte; von Friedrich dem Großen 1740 zum Direktor der Berliner Akademie der Wissenschaften ernannt, trug zur Entfremdung zwischen Voltaire und dem Preußenkönig bei.

34 In einer längeren Passage berichtet Boswell in seinem »Life of Johnson« (19. 9. 1777), daß Dr. Johnson ähnliche Probleme mit dem Aufstehen hatte und sehr beeindruckt von Mrs. Elizabeth Carters selbstkonstruierter Weck-Vorrichtung war.

35 Vgl. Anm. 5.

36 Charles Pierre Chais, ein Schweizer, war Pfarrer der französischen Gemeinde in Den Haag.

37 Jerome David Gaubius, Arzt und Professor der Medizin in Leiden. Boswell hatte ihm einen lateinischen Brief geschrieben, in dem er seinen Besuch ankündigt und um Rat wegen seiner Depressionen bittet.

38 Die »Profession de foi du vicaire savoyard« im vierten Buch von Rousseaus »Émile« formuliert eine Art von Deismus, der auf religiösen Empfindungen beruht und vom göttlichen Instinkt des Gewissens geleitet wird.

39 Johannes David Hahn, deutscher Professor der Philosophie und Naturwissenschaft in Utrecht und Leiden, zugleich praktischer Arzt. Belle de Zuylen war seine Patientin, Boswell konsultierte ihn wegen seiner »Melancholie«.

40 Dr. med. Louis Tissot, Arzt in Utrecht. Boswell hatte ihn schon am 26. 9. 1763 als Original erwähnt.

41 George Keith, neunter Herzog von Marischal (1693?–1778), schottischer Aristokrat und überzeugter Jakobiner. Friedrich der Große setzte ihn 1754 als Gouverneur des Territoriums von Môtiers im Val Travers bei Neuchâtel ein, das damals von Preußen verwaltet wurde. Als Rousseau 1762 aus Frankreich floh, gewährte ihm Lord Marischal drei Jahre lang in Môtiers Zuflucht.

42 Der Briefwechsel zwischen Boswell und Isabella van Tuyll (Belle de Zuylen), der bemerkenswertesten Person, die er in Holland kennenlernte, begann kurz vor seiner Abreise aus den Niederlanden und erstreckte sich, mit Unterbrechungen, über die nächsten vier Jahre. Frederick A. Pottle, der diese Korrespondenz in seinem Band »Boswell in Holland« vollständig abdruckt, nennt sie »one of the oddest series of love letters ever written«.

43 François-Eugène Robert, Comte de Bellegarde, ein vierzigjähriger, hochgebildeter Aristokrat.

III

1 Das Herzogtum Kleve gehörte damals zu Preußen.

2 Boswell hatte den Freiherrn von Spaen, der 1730 in den Fluchtversuch des Kronprinzen Friedrich verwickelt gewesen war, in Den Haag kennengelernt.

3 Lord Marischal hatte während der Reise nach Berlin, auf der ihn Boswell begleitete, eine Türkin namens Emetulla bei sich, die sich offenbar durch extreme Schweigsamkeit auszeichnete, aber in ihrer Hypochondrie auch durchaus lebhaft sein konnte.

4 Offenbar in der Nähe von Hameln.

5 Boswell spielt auf eine Stelle in Alexander Popes »Moral Essays« (III,299–305) an, wo der große Villiers sich »in the worst inn's worst room« wiederfindet.

6 Die Bewohner der griechischen Kolonie Sybaris am Golf von Tarent galten als verweichlichte, extrem geräuschempfindliche Schlemmer.
7 Colonel Denis-Daniel de Froment.
8 Wahrscheinlich Unter den Linden.
9 Thomas Reid (1710–96) veröffentlichte sein Hauptwerk »Enquiry into the Human Mind on the Principles of Common Sense« 1764 in Glasgow; es etablierte ihn als das Haupt der schottischen »Common-sense-Schule«, die sich gegen den Humeschen Skeptizismus richtete.
10 Diese Stelle gilt als ein wichtiger Einschnitt in Boswells Entwicklung, denn bisher hatte er sich immer an bestimmten Vorbildern orientiert – West Digges, Sir David Dalrymple, Samuel Johnson. Von nun ab beschließt er, er selber zu sein, und untermauert diesen Beschluß noch in einem Memorandum für den 21. 7., in dem er sich zuruft: »Sei du selbst. Sei einzigartig. Sei glücklich!«
11 Der Schweizer Jakob Hänni, Nachfolger von François Mazerac, der in Utrecht bleiben wollte.
12 Boswells Memorandum für den gleichen Tag schließt mit der Selbstaufforderung: »Sei fest, indem du Johnson nachahmst!« Er hatte sich schon mehrmals ermahnt, an Johnson zu schreiben.
13 Oper des württembergischen Hofkapellmeisters Niccolò Jommelli, 1755 in Stuttgart uraufgeführt.
14 James Thomson (1700–48), Verfasser der »Jahreszeiten« (»The Seasons«), zusammen mit Alexander Pope der berühmteste Lyriker jener Zeit.
15 Anton Ulrich von Braunschweig-Wolfenbüttel (1633–1714), Begründer der Wolfenbütteler Bibliothek (an der Lessing von 1770 bis zu seinem Tode 1781 Bibliothekar war), Verfasser von geistlichen Liedern und Oden, höfischen Singspielen und zwei heroisch-galanten Staatsromanen.
16 Boswells Bruder John litt schon früh unter psychischen Störungen; seine Krankheit verschlimmerte sich allmählich so, daß er in einer geschlossenen Anstalt untergebracht werden mußte.
17 Über diesen »Mr. Stoltz« (oder auch Stoltzen) haben die Boswell-Herausgeber nichts ermitteln können; vermutlich war er Diplomat am Hof Friedrichs des Großen.
18 Karl Friedrich Hübner, Sekretär am Kanzleigericht Berlin.

19 Die französische Mystikerin Jeanne-Marie Bouvier de la Motte-Guyon (1648–1717) war eine Vertreterin des sog. Quietismus, der die völlige Auslöschung des Willens anstrebte.

20 Andreas Sigismund Marggraf, ein Phlogistiker (d. h. ein Vertreter der Lehre vom Phlogiston, einem hypothetischen Fluidum, das für die Brennbarkeit der Stoffe verantwortlich sein soll; diese Theorie hat die europäische Chemie des 18. Jh.s beherrscht), untersuchte Phosphorverbindungen und gewann als erster Zucker aus Runkelrüben.

21 General Friedrich von Wylich, ein Vetter des Baron von Spaen; vgl. Anm. 2.

22 Daß es Boswell trotz aller Versuche nicht gelang, mit Friedrich dem Großen Bekanntschaft zu schließen, war der große Fehlschlag seiner Europareise – vielleicht der größte gesellschaftliche Mißerfolg seines Lebens überhaupt.

23 Fürst Friedrich August von Anhalt-Zerbst, der Bruder von Katharina der Großen, war der letzte seines Geschlechts.

24 Die Wittenberger Schloßkirche wurde 1760 bei der Beschießung (der von den Preußen verteidigten Stadt) durch die Reichsarmee stark beschädigt.

25 Friedrich Wilhelm von Guericke, Oberhofmeister am Hof von Anhalt-Dessau.

26 Boswells Erwähnung deutscher Autoren scheint dürftig: Man sollte jedoch bedenken, daß im Herbst 1764 Goethe erst fünfzehn und Schiller erst fünf Jahre alt waren. Herder war zwanzig, hatte aber noch nichts Bemerkenswertes veröffentlicht. Der bedeutendste deutsche Schriftsteller jener Zeit, Lessing, hielt sich gerade in Breslau auf, und so waren Gottsched (1700–66) und Gellert (1715–69) in der Tat die prominentesten unter den ihm erreichbaren Autoren.

27 Gellert war seit 1751 Professor für Poesie, Rhetorik und Moral an der Universität Leipzig; er litt unter einer besonderen Form der Hypochondrie.

28 Johann Bartholomäus Rogler, Verfasser eines »Englisch-deutsch-französischen Wörterbuchs«.

29 Philip Stanhope, der natürliche Sohn von Lord Chesterfield, an den dieser seine berühmten »Briefe« gerichtet hatte (vgl. II, Anm. 2).

30 Die Belagerung von Dresden im Juli 1760 galt bei den Zeitgenossen als Greueltat der preußischen Armee; man glaubte,

Friedrich der Große konnte nicht damit rechnen, die Stadt in der kurzen Zeit einzunehmen, die ihm zur Verfügung stand.

31 Kurfürst August III. war damals erst vierzehn; bis zu seiner Volljährigkeit war sein Onkel, Prinz Franz August Xaver von Sachsen, als Administrator eingesetzt.

32 In seinem Memorandum für diesen Tag spricht Boswell von einer Dirne, die »saluberrima lumbis«, d. h. höchst gesund für die Lenden, gewesen sei. Er wandelt hier einen lateinischen Spruch ab, nach dem es gesundheitsfördernd ist, mit dem Wasser auch den Wind abzulassen: »Mingere cum bumbis saluberrimum est lumbis.«

33 Boswell beginnt, sich auf die Begegnung mit Rousseau vorzubereiten; er notiert sich, daß er Rousseau über Gemütskrankheiten befragen sollte.

34 Im Memorandum nennt Boswell ihn einen »häßlichen, aber manierlichen Hund«.

35 Dieses Verfahren hatte sich erst nach und nach entwickelt. Das Londoner Tagebuch (1762/63) hatte Boswell noch ohne Notizen ganz aus dem Gedächtnis niedergeschrieben (die erhaltenen Merkzettel sind überwiegend Programmnotizen für den folgenden Tag, die er vor dem Ankleiden hinwarf). In Holland registrierte Boswell jeweils abends die Ereignisse des abgelaufenen Tages und erteilte sich dabei Zensuren für sein Verhalten, bevor er den neuen Tag plante.
Die Memoranden der Deutschlandreise scheinen offenbar spätabends bzw. nachts abgefaßt worden zu sein.

36 (frz.) Gedankenlosigkeit.

37 Markgraf Karl Friedrich von Baden-Durlach hatte literarische Interessen und war mit Voltaire befreundet. Boswell hielt ihn für den idealen Kandidaten jener ersehnten Art von Freundschaft, die ihm geistige Anregungen und gesellschaftliches Ansehen bringen würde.

38 Lied aus dem Singspiel »La Clé du caveau« von Adolph Blaise, Text von Jean Joseph Vadé.

39 Rousseau lebte schon seit zwanzig Jahren mit Thérèse Le Vasseur, einer Dienstmagd ohne Schulbildung, zusammen. Er hatte von ihr (zwischen 1746 und 1755) fünf Kinder, die er alle gleich nach der Geburt ins Pariser Waisenhaus gab – nur das erste erhielt eine Erkennungsmarke. Rousseau rechtfertigte sich seinerzeit damit, daß er arm und Thérèses Anhang ein so schlimmes

Pack gewesen sei, daß die Kinder im Waisenhaus besser aufgehoben waren als unter seiner Obhut.

40 D. h. François Mazerac, Boswells Diener.

41 Kleinstadt in Schottland.

42 Am Ende des vierten Buches von »Émile« beschreibt Rousseau die Art von Haus, in dem er am liebsten wohnen würde.

43 »Lord Marischal bittet Mr. Boswell, wenn er Monsieur Rousseau besucht, ihm die verbindlichsten Grüße zu übermitteln und ihm alsbald über den Gesundheitszustand von Monsieur Rousseau zu berichten, über den er sich große Sorgen macht, da er auf den Brief, den er ihm kurz nach seiner Ankunft in Sanssouci schrieb, noch keine Antwort erhalten hat.« (Aus einem Brief von Lord Marischal an Boswell vom 23. 9. 1764.)

44 Der Colonel Jean Frédéric Chaillet war Boswell von Lord Marischal als Kontaktperson empfohlen worden. – Jean Frédéric Martinet war der Gerichtsvorsitzende von Môtiers.

45 Diese Stelle ist charakteristisch für eine Eigenart des Boswellschen Journals. Er beschreibt hier, offensichtlich einige Tage später, eine Situation nicht aus der Perspektive des registrierenden Chronisten, sondern aus der Empfindung des betreffenden Augenblicks, unter bewußter Ausklammerung seines Wissens um spätere Entwicklungen.

46 In Boswells Nachlaß hat man mehrere Entwürfe zu diesem berühmten Brief gefunden, an denen sich ablesen läßt, wieviel Mühe Boswell darauf verwendete, genau jenen Ton naiver Begeisterung zu treffen, mit dem er den Verfasser der »Nouvelle Héloise« von sich überzeugen wollte.

47 Andrew Fletcher of Saltoun (1655–1715) war ein schottischer Patriot, der gegen die Vereinigung der beiden Königreiche gekämpft hatte. Er gehörte zu den großen Helden von Lord Marischal, der Rousseau vorgeschlagen hatte, eine Biographie des Schotten zu verfassen.

48 Hauptfigur der »Nouvelle Héloise«, Lehrer und Liebhaber der Julie.

49 Mademoiselle Le Vasseur war damals dreiundvierzig.

50 Boswell hat sich in seinen Memoranden stichwortartige Notizen über seine Gespräche mit Rousseau in französischer Sprache gemacht. Die Tagebucheintragungen wirken unbearbeitet – es ist nicht immer klar, wer spricht. Im folgenden hat der Herausge-

ber dem Gesagten jeweils den Namen des Sprechenden vorangestellt.

51 Rousseau hatte vor der Veröffentlichung des »Émile« (1762) einige Jahre in Paris gelebt, mußte dann aber aus der Stadt fliehen, nachdem das Buch wegen seiner Angriffe gegen Kirche und Staat verboten und ein Haftbefehl gegen den Autor erlassen worden war. Man ließ ihn nach Yverdon entkommen, damals eine Vogtei des Kantons Bern; von dort floh er am 10. Juli 1762 weiter nach Môtiers, einem Dorf in der Nähe von Neuchâtel, das ein dem König von Preußen unterstehendes Fürstentum war.

52 In dem gleichen Aufzug ließ er sich im Mai 1765 in Rom von dem englischen Maler George Willison porträtieren.

53 Rousseau schrieb in seinen »Bekenntnissen« über Lord Marischal: »Wie viele Tränen der Rührung habe ich oft auf meinem Wege vergossen, wenn ich der väterlichen Güte, der liebenswürdigen Tugenden und der milden Lebensweisheit dieses ehrwürdigen Greises gedachte! Ich redete ihn als meinen Vater an, er mich als sein Kind. Diese Namen geben nur eine schwache Vorstellung von unserer gegenseitigen Zuneigung und lassen nicht ahnen, wie sehr uns der Umgang miteinander zum Bedürfnis und unaufhörlichen Verlangen geworden war.«

54 Lord Marischal wußte, trotz seiner Bewunderung für Rousseau, sehr wohl, wie bedenklich es war, ihn als Biographen zu haben, und zögerte deshalb, ihm den Nachruf auf seinen Bruder, den Feldmarschall Keith, anzuvertrauen.

55 Gemeint sind offenbar die katholischen Theologen; die nächsten beiden Sätze könnte man dann als die Entgegnung der Reformisten verstehen.

56 Der Genfer Pastor und Professor Jacob Vernet hatte Rousseau Unaufrichtigkeit vorgeworfen, weil er zum Abendmahl gegangen war. Wahrscheinlich hat Boswell sich hier aber verhört: Rousseau meinte vermutlich Jacob Vernes, der die offizielle Kritik des Genfer Klerus an Rousseaus theologischen Auffassungen formuliert hatte.

57 George Dempster, einer von Boswells Freunden aus der Londoner Zeit (vgl. I, Anm. 59); schottischer Rechtsanwalt, seit 1761 Unterhausabgeordneter.

58 Korsika hatte sich nach dem Aufstand gegen die Republik Genua unter Führung des Generals Pasquale de Paoli selbständig

gemacht. Rousseau hatte sich mehrfach für Korsika ausgesprochen und war daraufhin auf die Insel eingeladen worden, um dem Land eine Verfassung zu geben – von General Paoli aber vor allem deshalb, weil er mit dem Franzosen einen prominenten Historiker und Propagandisten zu gewinnen hoffte.

59 Von einer französischen »Invasion« kann nicht die Rede sein – Frankreich hatte lediglich die Verteidigung einiger Küstenorte auf Korsika übernommen, die von den Aufständischen aus Mangel an Schiffen und Geschützen nicht eingenommen werden konnten.

60 Charles-Irénée Castel, Abbé de Saint-Pierre (1658–1743), französischer Sozialphilosoph, Vertreter einer naturreligiösen Toleranzvorstellung, Verfasser ökonomischer und politischer Abhandlungen; Rousseau hatte von seinem »Projet de paix perpétuelle« (1713) eine Art Zusammenfassung verfaßt und ihn im »Émile« mehrfach erwähnt.

61 Vgl. Anm. 60.

62 Wortspiel mit (lat.) *albus, a, um* ›weiß‹.

63 Boswell, der mit Frauen aus der sozialen Schicht von Mademoiselle Le Vasseur gut umgehen konnte, hatte sie bereits für sich eingenommen, was u. a. aus einer Notiz auf einem seiner Merkzettel hervorgeht, wo es heißt: »Sie ist deine Freundin.«

64 Über Boswells Konversion ist nichts Genaues bekannt; selbst in dem für Rousseau bestimmten Lebensabriß (vgl. S. 131) drückt er sich nicht deutlicher aus als hier.
Über Rousseaus religiöse Entwicklung sind wir besser informiert. Kalvinistisch erzogen, geriet der Sechzehnjährige unter den Einfluß einer Konvertitin und ließ sich in Turin katholisch taufen. In Paris wurde er unter dem Einfluß der Enzyklopädisten zum gefühlsbetonten Deisten. 1754 nahm er, in Bekundung seines staatsbürgerlichen, nicht so sehr seines religiösen Glaubens, in Genf das Abendmahl in seiner alten Landeskirche; Katholiken und Kalvinisten provozierte er mit dem »Glaubensbekenntnis eines savoyischen Vikars« im vierten Buch des »Émile«.

65 Rousseau wollte wahrscheinlich sagen: »Ich habe nichts dagegen, die christliche Formel der Dreifaltigkeit nachzubeten, obwohl ich derartige Dogmen als ungesichert betrachte.«

66 Es handelt sich offenbar um La Pidouse, einen Flurnamen auf der Strecke von Yverdon nördlich ins Val de Travers.

67 Vermutlich der Ortsgeistliche, Monsieur Montmollin. Er wandte sich später in seinen Predigten gegen Rousseau, was dazu führte, daß Rousseaus Haus mit Steinen beworfen und der Schriftsteller schließlich aus Môtiers fliehen mußte.

68 Vgl. I, Anm. 33.

69 Boswell zeigt sich hier von seiner kruden Seite, Rousseau als sehr gewitzt: Johnsons Bemerkung war tatsächlich auf Rousseau und Hume gemünzt.

70 Boswell hatte eine Abneigung gegen Katzen; er fühlte sich unwohl, wenn eine Katze im Zimmer war. (Im »Life of Johnson« tut er sich schwer mit der Beschreibung von Dr. Johnsons Verhältnis zu seiner Katze Hodge.)

71 Als Rousseau 1766 nach England kam, nahm er Sultan mit. David Hume berichtet in einem Brief vom 16. 2. 1766 (an die Marquise de Barbentane): »Kurz nach unserer Ankunft bewog ich Rousseau, ins Theater zu gehen, um sich Garrick anzusehen. Mrs. Garrick hatte ihm ihre Loge gegenüber der königlichen Loge überlassen; der König und die Königin wußten, daß Rousseau an diesem Abend im Theater sein würde. Als es allmählich Zeit wurde, aufzubrechen, sagte er, er wolle lieber zu Hause bleiben, denn: ›Was soll ich bloß mit Sultan machen?‹ Sultan ist sein Hund. ›Den lassen Sie zu Hause‹, sagte ich. ›Aber wenn jemand die Tür aufmacht, läuft Sultan auf die Straße und sucht mich – er findet bestimmt den Weg nicht wieder zurück.‹ ›Dann sperren Sie ihn eben ein‹, sagte ich, ›und nehmen den Schlüssel mit.‹ So geschah es. Doch kaum waren wir auf der Treppe, da fing der Hund an zu heulen; sein Herr kehrte um und erklärte, er bringe es nicht über sich, den heulenden Hund allein zu lassen. Ich redete auf ihn ein und machte ihm klar, daß Mrs. Garrick seinetwegen allerlei Unannehmlichkeiten auf sich genommen habe und daß der König und die Königin gespannt seien, ihn zu sehen; wenn er keinen triftigeren Grund habe als Sultans Unwohlsein, wäre es ein Affront, die hohen Herrschaften zu enttäuschen. Als Zureden nicht mehr half, brachte ich ihn mit Gewalt dazu, mit ins Theater zu kommen. Der König und die Königin beobachteten ihn angespannter als die Schauspieler.«

72 Auf Boswells Merkzettel steht: »Er gehört bestraft dafür«. Rousseau hatte am 4. 11. 1764 in einem Brief geschrieben, das Buch wirke auf ihn wie eine Verunglimpfung der Gesellschaft und sei vielleicht sogar im rechtlichen Sinne strafbar – mögli-

cherweise hat er diesen Ausdruck Boswell gegenüber gebraucht. (Voltaires »Dictionnaire philosophique« war gerade erst, d. h. im Sommer 1764, erschienen.)

73 »Ce qu'ils ne vous prennent pas, ils disent qu'ils vous le donnent.« Verfasser unbekannt.

74 Die Musik beschäftigte Rousseau sein Leben lang. Er hat nie Musikunterricht gehabt, konnte aber leicht einfache Melodien erfinden und war ein gescheiter Musikkritiker und -theoretiker. Vor seiner literarischen Karriere hatte er sich seinen Lebensunterhalt vorwiegend als Notenkopist verdient und davon geträumt, Opernkomponist zu werden (mit dem Singspiel »Le devin du village«, »Der Dorfwahrsager«, errang er sogar einen beträchtlichen Erfolg). Den Auftrag, die musikalischen Artikel für die »Enzyklopädie« zu schreiben, erfüllte er mehr schlecht als recht, aber aus dieser Tätigkeit entstand sein großes und einflußreiches »Dictionnaire de musique«, in dessen Schlußphase er sich befand, als Boswell ihn besuchte.

75 Vgl. Anm. 48.

76 Boswell zitiert hier aus dem 24. Abschnitt des zweiten Buches von Rousseaus »Émile«. Rousseau tut so, als erkenne er die Anspielung nicht, und gibt dem Satz eine ironische Wendung. Die Stelle, an die Boswell offenbar denkt, endet mit dem Satz: »Leide, stirb oder genese – vor allem aber lebe bis zu deiner letzten Stunde!«

77 Boswell hat sie ihr tatsächlich besorgt. In seinem Ausgabenbuch findet sich dazu unter dem 10. Dezember 1764 ein Posten von vier Talern »für eine gewisse Angelegenheit« – eine Art Trinkgeld für Thérèse?

78 Voltaire war 1764 siebzig Jahre alt. Er galt damals vor allem als epischer und dramatischer Dichter, erst in zweiter Linie als Historiker, Philosoph und Kritiker. 1726 war er nach England gegangen; in den drei Jahren seines englischen Aufenthalts hatte er die Landessprache erlernt und die englische Redefreiheit schätzen gelernt. 1751–53 hatte er sich bei Friedrich dem Großen in Potsdam aufgehalten, seit 1758 wohnte er in Ferney bei Genf, auf französischem Boden. Mit seinen Schriften (und allerlei geschäftlichen Spekulationen) hatte er sich ein beträchtliches Vermögen erworben; als Boswell ihn besuchte, residierte er wie ein Fürst in seinem Schloß und hielt in großem Stil Hof.
Rousseau hatte den älteren Kollegen zunächst bewundert, fühlte

sich von seinem zynischen Spott aber zunehmend abgestoßen und legte sich schließlich auf so unerquickliche und zermürbende Weise mit ihm an – Voltaire hatte zu dem Zerwürfnis das Seine beigetragen –, daß er sich seine Gesundheit in dem ungleichen Streit vollends ruinierte. (Er erfuhr von Voltaires Enthüllungen über sein Privatleben erst Ende 1764, d. h. erst nach Boswells Abreise.) Vgl. dazu auch J. Boswell, »Besuch bei Rousseau und Voltaire«, Frankfurt a. M. 1990, S. 9–28.

79 Im Manuskript steht MDCC–.

80 Der Schweizer Constant d'Hermenches, offenbar ein Lebemann von beträchtlichen Graden, war ein Vertrauter von Belle de Zuylen; Boswell hatte ihn eifersüchtig beargwöhnt.

81 Die Glasgower Ausgaben sind Klassiker-Editionen, die in Glasgow von Robert und Andrew Foulis herausgegeben wurden. Auch die im folgenden erwähnte Kunstakademie gehörte zu den Initiativen von Robert Foulis (sie wurde 1770 wieder aufgehoben).

82 Henry Home, Lord Kames, schottischer Jurist und Schriftsteller, war ein Kollege von Boswells Vater. Er hatte 1762 ein Buch mit dem Titel »Elements of Criticism« veröffentlicht, mit sarkastischen Kommentaren zu den Stücken von Voltaire.

83 »Un chargé d'affaires est guère chargé« – Wortspiel mit den Bedeutungen von (frz.) *chargé* ›beauftragt‹ und ›überlastet‹.

84 Die Jesuiten waren in Frankreich gerade verboten worden; Mitglieder des Ordens durften jedoch als Laienpriester im Lande bleiben.

85 Marie Dupuits de la Chaux war die Enkelin eines Vetters von Pierre Corneille.

86 Boswell hat diesen Plan nie ausgeführt. Von den acht Seiten sind nur zwei erhalten, mit den im folgenden wiedergegebenen stichwortartigen Notizen.

87 Voltaire war zu diesem Zeitpunkt in Wirklichkeit siebzig Jahre alt.

88 Voltaire hatte zunächst eine hohe Meinung von Shakespeare, wandte sich aber gegen Ende seines Lebens immer mehr von ihm ab; er versuchte, die wachsende Beliebtheit des englischen Dramatikers in Frankreich mit einem »Aufruf an alle Völker Europas« (1761) zu bekämpfen.

89 Voltaire zitiert aus dem Gedächtnis einen obszönen englischen Knittelvers, den er wahrscheinlich im »Spectator« (Nr. 614 vom 1. 11. 1714) gelesen hatte.

90 »Und die Briten, ganz vom Rest der Welt abgeschnitten« (Virgil, »Eklogen« I,66).
91 Boswell hat in »The Hypochondriac« (Nr. 67 vom April 1783) über diese Stelle seines Gesprächs mit Voltaire berichtet.
92 1763 veröffentlichtes episches Gedicht, angeblich von Ossian, aus dem Gälischen übersetzt von James Macpherson – eine der berühmtesten literarischen Fälschungen.
93 Samuel Clarke (1675–1729), Theologe und Philosoph, Kritiker (und später Anhänger) des Deismus.
94 Im »Life of Johnson« gibt Boswell unter dem 19. 7. 1763 Voltaires Antwort anders wieder, nämlich: »Ein braver Mann!«.
95 Diese Äußerung gehört vielleicht auch noch zu Voltaires Ansichten. Es stehen aber deutlich Anführungszeichen davor.
96 Dies ist der Teil des Merkzettels vom 30. Dezember, der das Gespräch vom 29. 12. betrifft.
97 Dies ist die erste Zeile des berühmten Monologs aus der ersten Szene des fünften Akts von Joseph Addisons Tragödie »Cato«.
98 »Eher eine Sache des Glaubens als des zu Zeigenden.«

IV

1 Boswell hatte von einem Freund seines Vaters genaue Anweisungen für die praktischen Aspekte seines Italienaufenthaltes erhalten, in denen es u. a. hieß: »Nach der Ankunft in Turin in der ›Bonne Femme‹ absteigen und dort als erstes feste Abmachungen über den Preis von Kost und Logis treffen; ähnlich in ganz Italien verfahren.
2 Caterina Maria Theresa di San Gillio, die eine besondere Vorliebe für junge Engländer gehabt zu haben scheint, spielte die tonangebende Rolle in der Turiner Gesellschaft; sie war mit dem Sohn des verstorbenen Königs von Sardinien, Viktor Amadeus II., verheiratet. Casanova behauptete von ihr, sie sei die größte Intrigantin der Stadt.
3 Oberst Billon, »ein forscher, hilfsbereiter Franzose«, den Boswell in Turin kennengelernt hatte.
4 Vittoria Enrichetta, Gattin von Pietro Giuseppe Bistorti, Graf Borgaretto.
5 »In Mailand ist alles bemerkenswert, von überquellendem Reichtum« – erste Zeile der Strophe über Mailand aus »Ordo

nobilium urbium« des Ausonius (310–395), Professor der Rhetorik in Bordeaux, Verfasser von poetischen Reiseberichten, u.a. einem Gedicht über die Mosel.

6 Gemeint ist Piacenza.

7 Alexandre Deleyre, Bibliothekar des Herzogs von Parma, gehörte zu den französischen »philosophes« und war ein glühender Anhänger Rousseaus. Boswell fühlte sich in der Atmosphäre intellektueller Mediokrität, die Deleyre verbreitete, offensichtlich wohler als unter der von Rousseau erzeugten geistigen Hochspannung.

8 Boswell hatte festgestellt, daß der Brief nicht versiegelt war, und ihn gelesen in der Annahme, Rousseau wolle ihn in sein Vertrauen ziehen; er mußte sich von Deleyre erklären lassen, daß Rousseau das Mißgeschick des unversiegelten Briefes bedaure.

9 Boswell hat seinen Zehnzeiler auf den 29. Januar 1765 später auch an Rousseau geschickt.

10 Etienne, Abbé de Condillac (1715–80), französischer Philosoph, der den Lockeschen Empirismus ins Extrem führte und einen Gegenpol zur cartesianischen Metaphysik darstellte. Unter den bedeutenden Männern, die der Herzog von Parma als Erzieher seines vierzehnjährigen Sohnes Ferdinand an seinem Hof versammelt hatte, war Condillac der berühmteste; seinen dreizehnbändigen »Cour d'études« verfaßte er für den jungen Prinzen.

11 Boswell bezieht sich auf Condillacs »Essai sur l'origine des connaissances humaines« (1746, 1771) und den »Traité des sensations« (1754, 1778).

12 Hier bricht Boswells italienisches Tagebuch ab. Bis zur Einschiffung nach Korsika hat er lediglich Merkzettel verfaßt, von denen im folgenden charakteristische Auszüge wiedergegeben werden.

13 Boswells »politischer« Freund aus der Londoner Zeit. John Wilkes (1727–97) war 1757 ins Unterhaus gewählt worden; in seiner Zeitschrift »The North Briton« hatte der geistreiche Feuerkopf (und politische Widersacher von Samuel Johnson) den König scharf angegriffen und sich damit eine Gefängnisstrafe im Tower eingehandelt. Nach neuerlichen Attacken gegen Georg III. hob das Parlament seine Immunität auf; Wilkes floh ins Ausland, zunächst nach Paris, dann folgte er seiner Mätresse Gertrude Maria Corradini nach Italien, wo er zur gleichen Zeit wie Boswell in Turin eintraf. Vgl. I, Anm. 39.

14 Nathaniel Dance (Sir Nathaniel Dance-Holland), einer der bekanntesten zeitgenössischen Porträtmaler.

15 Die berühmte schweizerische Malerin Angelica Kauffmann (1740–1807), die ein Jahr jünger als Boswell war, hielt sich 1765 zu kunsthistorischen Studien in Italien auf. 1766 ging sie nach London, wo besonders Sir Joshua Reynolds sie bewunderte und dafür sorgte, daß sie 1769 zu den Gründungsmitgliedern der Royal Academy gehörte. Bei späteren Rom-Aufenthalten verschrieb sie sich ganz dem Neoklassizismus, malte ein Porträt von Winckelmann und zählte Goethe und Klopstock zu ihren Freunden.

16 Die folgenden Passagen entstammen einem besonderen Rom-Tagebuch, das Boswell in französischer Sprache abfaßte.

17 Colin Morrison aus Aberdeenshire lebte als politischer Flüchtling in Rom.

18 Santa Maria sopra Minerva. Papst war damals Clemens XIII.

19 John Stuart, Lord Mountstuart, Marquess of Bute (1744–1814), neben John Wilkes Boswells anderer »politischer« Freund in Italien, war der älteste Sohn von Wilkes' ärgstem Gegner, Lord Bute. Der zwanzigjährige Lord Mountstuart befand sich, wie Boswell, auf der »Grand Tour«, als sich die beiden in Rom trafen, nur daß Mountstuart aus einer erheblich vornehmeren und reicheren Familie stammte und entsprechend auftrat, was auf Boswell starken Eindruck machte.

20 Boswell hat diesen Brief, im französischen Original und in seiner englischen Übersetzung, an den Beginn seines »Journal of a Tour to Corsica« gesetzt.

21 Rousseau war nach Boswells Abreise in eine schwere Krise geraten. Ein anonymes (in Wirklichkeit von Voltaire stammendes) Pamphlet hatte ihn der moralischen Heuchelei bezichtigt – der berühmte Autor des Erziehungsromans »Émile«, so hieß es, praktiziere etwas anderes, als er predige: er habe seine fünf unehelichen Kinder in ein Waisenhaus abgeschoben. Der Versuch der Widerlegung dieser Vorwürfe brachte Rousseau an den Rand des Wahnsinns; er floh schließlich nach Saint-Pierre im Kanton Bern.

22 Matteo Buttafoco, korsischer Offizier in französischen Diensten.

23 Pasquale de Paoli hatte 1755 als Dreißigjähriger den Posten eines Generals und Volkstribunen in Korsika übernommen. Groß und stattlich, war er sich seiner Bedeutung wohl bewußt, die weniger in einzelnen Siegen gegen die Genuesen bestand als in

der wirtschaftlichen Erschließung der Insel und in der Errichtung eines funktionsfähigen Gemeinwesens. Der Vergleich mit Washington ist nicht unangemessen; Pitt nannte ihn »einen Helden aus dem Plutarch«.

24 Vgl. II, Anm. 41, und III, Anm. 53.

25 Boswell hatte Mlle. Le Vasseur eine Granat-Halskette geschickt (vgl. S. 147); Rousseaus Vorwürfe können sich auf das allzu teure Geschenk, aber auch auf Boswells ausschweifendes Leben in Italien beziehen.

26 Karl Graf von Zinzendorf?

27 Kaiser Franz I. war am 20. August 1765 in Wien gestorben.

28 Der Abbé Pietro Crocchi, offenbar ein weltläufiger Gelehrter, gab Boswell in Siena italienischen Sprachunterricht.

29 Graf Antonio Rivarola, sardinischer Konsul in Livorno, aber gebürtiger Korse (Sohn eines berühmten korsischen Generals).

30 Die Baronin von Spaen war eine von Boswells holländischen Freundinnen.

31 Jakob Hänni, Boswells Diener.

32 Boswell veröffentlichte »An Account of Corsica: The Journal of a Tour to that Island, and Memoirs of Pascal Paoli« im Jahre 1768. Das Buch bestand aus zwei Teilen: einem Überblick über die Geschichte, Geographie, Bodenschätze und klimatischen Verhältnisse des Landes, sowie aus einem persönlichen Reisetagebuch (aus dem die folgenden Auszüge stammen). Samuel Johnson charakterisierte die beiden Teile so: »Ihre ›History‹ ist aus anderen Büchern abgeschrieben; Ihr ›Journal‹ entsprang Ihrer eigenen Beobachtung.«

33 Antonio Antonetti war der Vetter von Giacomo Giacomini, für den Boswell ein Empfehlungsschreiben des sardinischen Konsuls besaß.

34 Corte war die Hauptstadt von Korsika unter der provisorischen Regierung von Pasquale Paoli, d. h. von 1755 bis 1769, sowie während der englischen Besetzung von 1794 bis 1796.

35 Pietro Boccheciampe, hoher Richter in Corte.

36 Der Abbé Carlo Rostini war offenbar einer der wichtigsten Informanten für den historischen Teil von Boswells »Account of Corsica«.

37 Boswell beschreibt Pier Andrea Colonna d'Istria an anderer Stelle als einen »würdigen, vernünftigen Mann, der sich mit Eifer der großen Sache seines Volkes widmet«.

38 Boswell schickte ihm, wie er in einer Fußnote zu dieser Stelle bemerkt, in der Tat die Werke von Harrington, Sidney, Addison, Trenchard, Gordon und anderen »writers in favour of liberty« sowie die Werke von Samuel Johnson. Der Universität in Corte ließ er Ausgaben griechischer und römischer Klassiker zukommen.

39 »Man könnte sagen, sie seien alle gute Rechtsanwälte«. Der Priester Petrus Cyrenaeus verfaßte zu Beginn des 16. Jh.s eine Geschichte Korsikas.

40 »Die Gemüter der Korsen sind wandelbar«. – Thuanus, d. i. Jacques Auguste de Thou, ist der Verfasser eines Geschichtswerkes aus dem frühen 18. Jh.

41 Der Text zu diesem Lied stammt von David Garrick, die Melodie ist von William Boyce.

42 »Es ist an der Zeit, Nüsse zu verstreuen«. Paoli spielt offenbar auf den römischen Brauch an, bei einer Hochzeit Walnüsse zu streuen.

43 Boswell schrieb das folgende Resümee seiner Italienreise in der Form eines (in französischer Sprache abgefaßten) Briefes an Rousseau, den er jedoch nie abschickte.

44 Alexandre Deleyre, Bibliothekar des Herzogs von Parma; vgl. Anm. 7.

45 Vgl. Anm. 13.

46 Im neunten der hier erwähnten »Lettres écrites de la montagne« (1764) hatte Rousseau Wilkes' Freispruch als Beispiel für die Gerechtigkeitsvorstellungen der englischen Justiz zitiert.

47 Domenico Kardinal Orsini hatte gerade Prospero Kardinal Colonna als Kardinal-Protektor von Frankreich abgelöst.

48 Lieutenant-Colonel Edmondstone, offenbar ein ungehobelter, aber gutherziger Mensch, der mehrfach zwischen Lord Mountstuart, dem Tutor Mallet und Boswell vermitteln mußte.

49 Paul Henri Mallet, Professor an der Universität Genf, Schriftsteller, Tutor von Lord Mountstuart; komplexer Charakter, von Boswell wegen seiner Gelehrsamkeit und seines Einflusses auf Lord Mountstuart geschätzt und gefürchtet.

50 »Und ich kämpfte, nicht ohne Ruhm« (Horaz, »Oden« III, 26,2).

51 General William Graeme kommandierte die venezianischen Landstreitkräfte.

52 Lorenzo Colonna war Großkonstabler des Königreiches Neapel.

53 Vgl. Anm. 28.
54 Rousseau hatte sich mit der Oper »Le Devin du village« als Komponist einen Namen gemacht; er hatte Boswell gebeten, ihm aus Italien ein paar Opernmelodien mitzubringen.
55 »Wenn man zu lieben und zu gefallen weiß«, aus der fünften Szene von »Le Devin du village«.
56 »Wir wohnen in einem Haus, in dem es gute Dinge im Überfluß gibt ...«. Der vollständige Text des Liedes ist in den »Annales de la société J.-J. Rousseau« (1909) S.241f., abgedruckt.
57 Gemeint ist Porzia Sansedoni, ehemalige Mätresse von Lord Mountstuart, fünfunddreißigjährige Frau eines hohen Beamten in Siena, Mutter von drei Kindern.
58 Der sog. Moma (Girolama Piccolomini). Zwei Jahre älter als Porzia, hatte mit sechzehn einen dreizehn Jahre älteren Mann geheiratet und inzwischen vier Kinder. Der Gatte, Orazio Piccolomini, war derzeit Bürgermeister von Siena.
59 »Nun gut – ich vertraue mich Ihnen als einem Ehrenmann an.«
60 (ital., pl.) diensthabenden Liebhaber.
61 Heldin von Rousseaus »Nouvelle Héloise«.
62 Boswell setzt hier Rousseau mit dem Helden der »Nouvelle Héloise« gleich.
63 »Ah, ich werde diese Augenblicke beklagen!«
64 Das Manuskript ist an dieser Stelle durch Kritzeleien unleserlich gemacht.

V

1 Boswells letzte Tage auf Korsika waren von Unpäßlichkeiten getrübt; ins Fleisch wachsende Fußnägel plagten ihn, und die Abreise hatte sich wegen ungünstiger Witterung mehrfach verzögert. Am 20. November war sein Schiff nur bis zur Insel Capraja gekommen, wo er eine Woche in einem Franziskanerkloster verbrachte.
2 Boswell hatte in Korsika als Abschiedsgeschenk von General Paoli eine Bulldogge bekommen, Jachone genannt, die ihm von Anfang an unsympathisch war und die er mit wachsender Grausamkeit behandelte, bis sie ihm schließlich auf der Reise nach Paris davonlief.

3 Vgl. IV, Anm. 13.
4 Die Todesanzeige in »The St. James's Chronicle« vom 18. 1. 1766 lautete: »In Edinburgh verstarb Lady Auchinleck, Gattin des Alexander Boswell von Auchinleck, Esq., einem der Senatoren des Obersten Gerichts.«
5 John Gordon, Rektor des Scots College in Paris.
6 Ein deutliches Zeichen von Ernüchterung und Enttäuschung in Boswells Verhältnis zu Rousseau.
Seine Affäre mit Rousseaus Geliebter Thérèse Le Vasseur – sie war fast zwanzig Jahre älter als er – begann auf der gemeinsamen Reise von Paris nach London; sie gehört zu den bizarrsten Episoden seines Lebens. Die entsprechenden Seiten in Boswells Journal sind von einem seiner literarischen Nachlaßverwalter wegen ihrer Anstößigkeit vernichtet worden. Offenbar hat die erfahrene Französin den stürmischen Schotten zu seinem nicht geringen Ärger auf seine Plumpheit in Liebesdingen aufmerksam gemacht und ihm eine Reihe von Lehrstunden erteilt, bei denen er sich, aus Angst zu versagen, nicht besonders wohl fühlte.
7 (lat.) So viele Küsse!
8 Mrs. Anna Williams, Dr. Johnsons Haushälterin.
9 Hume hatte öffentlich bestritten, ein Deist zu sein.
10 John Wilkie war Verleger und Herausgeber von »The London Chronicle«. Boswell hatte ihm schon aus Italien und Frankreich Nachrichten und kurze Artikel zugeschickt, in der Absicht, die englische Öffentlichkeit auf die korsische Frage aufmerksam zu machen und Sympathien für General Paoli zu wecken. Wie diese Intention sich mit charakteristischer Selbstreklame vermengt, mögen zwei Beispiele zeigen:

»The London Chronicle« vom 13. Februar 1766 (Ein Brief aus Turin)

In den Gazetten war in letzter Zeit viel zu lesen über einen gewissen Mr. Boswell, einen Gentleman aus Schottland, der sich in Korsika aufgehalten hat. Zuerst ging das Gerücht, er sei nur ein verwegener Abenteurer, dessen wirklicher Name McDonald sei und der gerade am Krieg in Amerika teilgenommen habe. Seitdem hat sich aber herausgestellt, daß es sich um einen wohlhabenden Herrn handelt, der sich auf Reisen befindet, zudem um einen Freund des berühmten John James Rousseau, der ein begeisterter Anhänger der

Korsen ist (die ihm ihrerseits den Ehrentitel »Gesetzgeber der Korsen« verliehen).

Unzutreffend sind alle Berichte, nach denen Boswell Anweisungen des Hofes hatte, mit General Paoli Verhandlungen zu führen, aber es steht dennoch zu hoffen, daß er auf der Grundlage dessen, was er in Korsika gesehen hat, seine Landsleute von ihren irrigen Vorstellungen über dieses Land abbringen kann.

»The London Chronicle« vom 15. Februar 1766

Gestern traf James Boswell, Esq., in der Stadt ein; er ist von einer längeren Auslandsreise zurückgekehrt.

11 William Pitt, First Earl of Chatham (1708–78), »the Great Commoner«, Staatsmann und Redner, der berühmteste Engländer seiner Zeit. Boswells Interview mit Pitt, über das nur unvollständige Aufzeichnungen vorliegen, war der Höhepunkt seines Londoner Aufenthalts nach der Rückkehr aus Europa.

12 Vgl. I, Anm. 57.

13 Boswell war Anfang März 1766 nach Edinburgh aufgebrochen; er hatte unterwegs seinen Bruder John in Newcastle besucht, dessen Geisteskrankheit sich verschlimmert hatte und der jetzt in einem Pfarrhaushalt gepflegt wurde.

Auf Drängen seines verwitweten Vaters hatte James beschlossen, sich zunächst der (für die Zulassung als Rechtsanwalt vorgeschriebenen) Prüfung im schottischen Recht zu unterziehen.

14 William Johnson Temple, Boswells engster Freund, studierte zu diesem Zeitpunkt Theologie in Cambridge.

15 Euphemia; der Nachname war Bruce.

16 Vgl. I, Anm. 20.

17 Schottischer Kurort mit Heilquellen, in einer der reizvollsten Gegenden der Borders gelegen.

18 Boswell hatte kurz nach seiner Ankunft in Holland seinem Freund Temple am 16. 8. 1763 einen deprimierten Brief geschrieben.

19 Die unkonventionelle holländische Adlige Belle de Zuylen, um deren Hand er im Januar in einem vorsichtigen Brief an ihren Vater angehalten hatte (vgl. dazu S. 86).

20 Der Schweizer Marquis de Bellegarde, Offizier in holländischen Diensten.

21 Boswell hatte die Arbeit Lord Mountstuart gewidmet, seinem Reisegefährten in Italien.

22 Boswell war, nachdem er eine lateinische Arbeit über das Thema »Über den Hausrat in Erbsachen« verfaßt und eine mündliche Prüfung abgelegt hatte, am 29. Juli 1766 in Edinburgh als Rechtsanwalt zugelassen worden. Er baute sich in kurzer Zeit eine angesehene Kanzlei auf und erwarb den Ruf, sich besonders engagiert für arme Verbrecher einzusetzen. Eine wichtige Rolle hat er im Douglas-Prozeß gespielt, dem berühmtesten schottischen Gerichtsverfahren des 18. Jh.s, in dem es um die Ansprüche eines verwaisten Aristokraten auf den Besitz seines Onkels ging – Boswell schlug sich mit einer Reihe von Publikationen emphatisch auf die Seite des »underdog«.

23 Undatierte Aufzeichnungen aus einem Notizbuch mit der Aufschrift »Memorabilia«.

24 Stammsitz der Familie Blair.

25 D. h. Catherine Blair, eine entfernte Verwandte.

26 Jane Maxwell, Herzogin von Gordon, Gattin des vierten Herzogs von Gordon.

27 Rechts- und Finanzabteilung am Hof des Königs.

28 Edward Dilly, Buchhändler und Verleger in London.

29 Adam Neill, Drucker in Edinburgh, Geschäftspartner von Dilly.

30 Am 16. März, gleich nach Beginn der Gerichtsferien, brach Boswell nach London auf, um den Erfolg seines Korsika-Buches auszukosten und sich erneut für die Sache der Korsen einzusetzen.

31 Rechtsanwaltskollegen aus Edinburgh und Reisegefährten.

32 Im »London Chronicle« erschien am 24. 3. 1768 die Notiz: »Yesterday James Boswell, Esquire, arrived from Scotland at his apartments in Half Moon Street, Piccadilly«. Boswell selber hatte die Meldung rechtzeitig an die Zeitung gegeben.

33 Sir John Dick, britischer Konsul in Livorno.

34 Abbé Jean-Baptiste Du Bos (1670–1742) hatte in den »Réflexions critiques sur la poésie et la peinture« (1719) auf den Vorrang der Empfindungen gegenüber den Regeln bei der Kunstbewertung hingewiesen.

35 Vgl. I, Anm. 23.

36 D. h. dem Pfarrer Robert Brown in Utrecht, vgl. S. 75.

37 Dr. Johnson hatte Boswell bei seiner Reise nach Holland bis an den Hafen von Harwich begleitet.

38 Boswell war am 9. Juni 1768 nach Edinburgh zum Beginn der Sitzungsperiode des Gerichts zurückgekehrt.

39 Ein Zitat aus Macheath' Lied im ersten Akt von John Gays »Beggar's Opera«; Boswell hatte diese Stelle auch für die Beschreibung von Miss Blair benutzt.

40 »Schlecht verteidigt« (Horaz, »Oden« I,9,24).

41 D. h. Mary Ann.

42 (frz.) Wahrer Glaube – Wahlspruch der Familie Boswell.

43 Kleineres Anwesen als Auchinleck; liegt etwa dreißig Kilometer nordwestlich vom Stammsitz der Boswells.

44 Lord Auchinleck, der sich, trotz des heftigen Widerstandes seines Sohnes, seinerseits mit dem Plan trug, eine (neue) Ehe einzugehen, gab Boswell schließlich zu verstehen, daß er seinen Widerstand gegen Margaret Montgomerie aufgeben werde, der Ehe des Sohnes aber keine lange Dauer prophezeie.

45 Die Hochzeit fand am 25. 11. 1769 in Lainshaw House, dem Wohnsitz der Brauteltern, statt. (Am gleichen Tage heiratete Boswells Vater, Lord Auchinleck, zum zweitenmal: er verehelichte sich mit seiner eigenen Cousine Elizabeth Boswell.)

46 »Ich, der Unterzeichnete, war anwesend und sah, wie James Boswell, Esq., dieses Dokument unterschrieb.«

VI

1 Über die ersten Jahre von Boswells Ehe gibt es keine Aufzeichnungen von ihm, was die Herausgeber der großen Boswell-Edition als ein Zeichen für häusliches und berufliches Glück ansehen. (1773 wurde die Tochter Veronica geboren, 1774 Euphemia; 1771 besuchte General Paoli Schottland.)
Die Tagebücher setzen erst wieder im Frühjahr 1772 ein, als Boswell eine Reise nach London unternimmt und Samuel Johnson wiedersieht; bei einem weiteren London-Aufenthalt im Frühjahr 1773 wird er in den »Club« aufgenommen, die berühmte Runde der prominentesten zeitgenössischen Politiker und Literaten (zu den Mitgliedern gehören u. a. Edmund Burke, Sir Joshua Reynolds, Dr. Charles Burney, David Garrick und Oliver Goldsmith).

2 Die folgenden Auszüge beruhen überwiegend auf Boswells 1785 veröffentlichtem Buch »The Journal of a Tour to the Hebrides

with Samuel Johnson, LL. D.«; sie werden gelegentlich ergänzt durch Passagen aus dem Tagebuch, das Boswell während der Reise schrieb (und das Johnson beifällig las), für die Veröffentlichung aber kürzte und bearbeitete – es bildet die Grundlage von Bd. 9 der großen Yale-Boswell-Ausgabe. Der Autor hat die Veröffentlichung dieses Reisetagebuches offensichtlich verzögert, um dem Bericht seines berühmten Freundes, den dieser 1775 unter dem Titel »Journey to the Western Islands of Scotland« publiziert hatte, keine Konkurrenz zu machen.

3 Boyd's Inn, d. h. »The White Horse«, an der Ecke Canongate / St. Mary's Street.

4 Rhetorisch-poetischer Sprachgebrauch; so nannten die Römer Schottland.

5 Wahrscheinlich bei Mme. du Boccage, von der es heißt, daß Johnson »sie haßte, bevor er sie sah«.

6 Das Haus, in dem Boswell damals (und bis 1786) wohnte, hatte er von David Hume übernommen.

7 Francis Barber (1745–1801) war ein Neger, den Oberst Bathurst, der Vater von Johnsons Freund Dr. Richard Bathurst, aus Jamaica mitgebracht hatte.

8 »im öffentlichen Interesse«.

9 »Eine Gestalt nur zeigt rings das betrügerische Meer« (Ovid, »Amores« II,11).

10 Glass's Inn, d. h. »The Black Bull«, Ecke South Street / South Castle Street.

11 Dr. Samuel Ogden, Verfasser der »Sermons on Prayer«. Boswell hat Ogdens Buch während der ganzen Tour bei sich getragen.

12 Johnsons Geburtsort.

13 Eine Angewohnheit des Doktors, wie Boswell an anderer Stelle erwähnt.

14 James Burnett, Lord Monboddo (1714–99), Jurist, Anthropologe und Linguist; in seinem sechsbändigen Hauptwerk »Of the Origin and Progress of Language« (1774/92) nahm er Aspekte der Evolutionstheorie vorweg.

15 »Fingal, an Ancient Epic Poem in Six Books, composed by Ossian, the Son of Fingal. Translated from the Gaelic Language«. 1763 hatte J. Macpherson diese epischen Dichtungen als Übersetzungen aus dem Gälischen veröffentlicht; sie wurden bald als Fälschungen erkannt; vgl. III, Anm. 92.

16 Die Kathedrale von Elgin war noch vor der Reformation vom

Lord of Badenoch wegen eines Streites mit dem Bischof von Moray zerstört worden.

17 Boswell und Johnson scheinen sich in der Lokalisierung von Macbeths Heide geirrt zu haben – als Schauplatz wird üblicherweise Hardmuir, zwischen Forres und Nairn, angesehen.

18 »Macbeth« I,5.

19 Gemeint ist der doppelte Steinkreis an der Abzweigung nach Ballindarroch.

20 »London«, 1738 veröffentlicht; »The Rambler«, 1750 begonnen.

21 Feldmarschall George Wade ließ als Inspekteur der schottischen Straßen an dieser Stelle ein kleines Haus bauen, das später als Gasthaus diente.

22 Offenbar eine Kirche, die gerade abgerissen wurde, weil unweit von Dores eine neue gebaut werden sollte.

23 Am 10. 6. 1719 siegten die englischen Truppen über die Anhänger der Stuarts aus dem Hochland bei Glen Shiel.

24 John Hay, einer der Bergführer.

25 Lauchlan Vass, ein anderer Führer.

26 »In der wilden Ägäis gefangen, erfleht er von den Göttern Stille« (Horaz, »Oden«, II,16,1).

27 William Drummond of Hawthornden (1585–1649); sein bekanntestes Prosawerk ist »A Cypresse Grove« (1623), eine Meditation über den Tod.

28 Flora Macdonald (1722–90), schottische Freiheitsheldin, verhalf »Bonnie Prince Charlie« nach seiner Niederlage bei Cullodden (1746) zur Flucht: sie schmuggelte den Prinzen, der sich als Frau verkleidet hatte, auf die Insel Skye. Dafür wurde sie in den Tower geworfen. 1774 emigrierte sie mit ihrem Mann nach North Carolina.

29 D. h. mit der Autorität (eines katholischen Kirchenfürsten).

30 »Demjenigen, der einverstanden ist, kann kein Unrecht geschehen.«

31 Nämlich jemand, der mit seiner Kunst alle Lebewesen (und sogar Pflanzen) besänftigen kann.

32 Jacques-Bénigne Bossuet (1627–1704), Humanist und Theologe, Bischof von Condom und (seit 1681) von Meaux; einer der größten französischen Kanzelredner und Rhetoriker.

33 Jean-Baptiste Massillon (1663–1742), Bischof von Clermont-Ferrand, berühmter Prediger.

34 Louis Bourdaloue (1632–1704), Jesuitenpater und berühmter Prediger.
35 »Er ist ein Mann von weitem Horizont«; »Und von großzügiger Veranlagung«.
36 »Vollbrachte Arbeiten sind angenehm« (Cicero, »De Finibus«, II,32).
37 Susanna Kennedy, Countess of Eglinton.
38 Sir John Pringle, Leibarzt des Königs und Präsident der Royal Society; Freund von Lord Auchinleck. Dr. Johnsons Abneigung gegen Pringle beruhte wahrscheinlich auf dessen liberalen religiösen Grundsätzen und seiner Freundschaft mit Benjamin Franklin.
39 Abraham Gronovius, holländischer Altphilologe.
40 Am 20. und 21. 11. 1773 begleitete Boswell seinen Freund Johnson bis nach Blackshields, zwanzig Kilometer auf der Strecke nach London, wo er ihn in die Postkutsche setzte.

VII

1 Nach der Hebriden-Reise mit Dr. Johnson hat Boswell erst wieder am 14. 6. 1774 sein Tagebuch fortgesetzt.
Der Tod von Oliver Goldsmith, von dem er am 9. 4. erfuhr, hat ihn ebenso erschüttert wie ihn die Geburt seiner zweiten Tochter am 20. Mai offensichtlich erfreut hat.
2 Gasthaus in Edinburgh.
3 Der Theologe Dr. Alexander Webster, Boswells Onkel; in Edinburgh berüchtigt als großer Trinker vor dem Herrn (»Dr. Bonum Magnum«).
4 Izaak Walton (1593–1683), Verfasser des »Compleat Angler« (1653), war auch als Biograph erfolgreich: seine Biographie des Bischofs Sanderson erschien 1678.
5 Am 1. 8. hatte der zweite Prozeß gegen John Reid wegen Schafdiebstahl begonnen; beim ersten (1766), bei dem es um 120 Schafe ging, war er aus Mangel an Beweisen freigesprochen worden.
Diesmal wurde er beschuldigt, neunzehn Schafe gestohlen zu haben. Er verteidigte sich mit der Behauptung, er habe die Schafe von einem gewissen William Gardner bekommen und nicht gewußt, daß sie gestohlen seien. Am 2. 8. 1774 wurde er

vom Obersten Gericht (unter Vorsitz von Boswells Vater, Lord Auchinleck) zum Tode durch den Strang verurteilt.

6 Nämlich in dem Prozeß von 1766.

7 Horace Walpole veröffentlichte 1757 in seiner eigenen Druckerei in Strawberry Hill Paul Hentzners »A Journey into England« aus dem Jahre 1598.

8 George Keith Ralph (geb. um 1754), später ein bekannter Porträtmaler in London.

9 Dr. William Cullen, Arzt; Vater von Boswells Rechtsanwaltskollegen Robert Cullen.

10 Das Thema der Wiedererweckung von Toten war in jenen Tagen aktuell; in Schottland kursierten Berichte aus französischen Medizinerkreisen, in London wurde eine »Gesellschaft zur Wiederbelebung Ertrunkener« gegründet.

11 Dr. Alexander Monro von der medizinischen Fakultät der Universität Edinburgh.

12 Boswell hatte mit einer Reihe von Eingaben einen Aufschub erreicht.

13 Boswell hoffte immer noch auf ein Schuldbekenntnis.

14 Michael Nasmith, einen Anwaltskollegen.

15 »The Mournful Case of Poor Misfortunate and Unhappy John Reid, now Lying under Sentence of Death in the Tolbooth of Edinburgh«, datiert Mittwoch, 7. 9. 1774, ist in Bd. 7 der Yale-Boswell-Edition (S. 321 f.) abgedruckt.

16 Gefängnisaufseher im Tolbooth von Edinburgh.

17 Vgl. Anm. 2.

18 Boswell war am 15. 3. 1775 wieder nach London gereist, hatte Johnson und Paoli aufgesucht und an Sitzungen des »Club« teilgenommen.

19 Die belgische Stadt Mecheln war berühmt für ihre Spitzenwaren.

20 Boswell hatte von London aus seinen Freund Temple in der Nähe von Exeter besucht (und in dessen Garten einen feierlichen Schwur abgelegt, daß er in Zukunft nie mehr als sechs Gläser Wein trinken werde). Am 22. Mai war er nach Edinburgh zurückgekehrt.
Die hier in Auszügen wiedergegebene »Skizze« bezieht sich auf die Zeit vom 12. Juni bis zum 12. August.

21 Boswell konnte sich mit seinem Vater in Erbschaftsfragen nicht einigen.

22 Dr. Thomas Young, Arzt und Professor der Geburtshilfe an der Universität Edinburgh.
23 Sir George Preston, hoher Jurist in Edinburgh, war Boswells väterlicher Freund.
24 »Miscellanies in Prose and Verse«, Edinburgh 1776, offenbar ein wertloses poetisches Machwerk.
25 Tag des Aufbruchs nach London.
26 Boswell hatte dem Lord Advocate (Henry Dundas) einen Brief geschrieben, in dem er sich gegen eine Äußerung von Dundas über seinen Vater, Lord Auchinleck, verwahrte; er befürchtete, der Lord Advocate könnte diesen Brief als eine Duell-Forderung mißverstehen.
27 Boswells Vetter.
28 Dieser Band von Monboddos »Origin and Progress of Language« war im Februar 1776 erschienen; vgl. auch VI, Anm. 14.
29 (frz.) Schein, Schimmer.
30 Dr. John Hall, Arzt in Newcastle, in dessen Obhut sich Boswells Bruder befand.
31 Boswell bezieht sich auf die Überlegungen von Polyphilus in Nr. 19 von Johnsons »Rambler«.
32 D. h. bei Edward Dilly, dem Buchhändler.
33 Adam Smiths »The Wealth of Nations«; Boswell hatte bei Adam Smith an der Universität Glasgow Vorlesungen gehört.
34 Burtons berühmte Anthologie erschien zuerst 1621.
35 Der erste Band von Edward Gibbons »The History of the Decline and Fall of the Roman Empire« erschien 1776.
36 Dem Bruder des Schauspielers David Garrick.
37 Vgl. S. 264.
38 1. Korinther 15,58.
39 Johnson war mit dem Ehepaar Thrale eng befreundet. Hester Lynch hatte Henry Thrale, den Sohn eines reichen Brauereibesitzers, 1763 gegen ihren Willen geheiratet; nach Thrales Tod 1781 heiratete sie den italienischen Musiker Gabriel Piozzi.
40 Sohn von Dr. John Boswell, dem Bruder von Boswells Vater, Lord Auchinleck.
41 Bruder des Buchhändlers Edward Dilly.
42 Frau von James Archibald Stuart, dem jüngeren Bruder von Boswells Freund Lord Mountstuart.
43 Paoli, bei dem Boswell inzwischen wohnte.
44 D. h. dem Arzt Dr. Andrew Douglas.

45 Boswell lüftet hier, offensichtlich mit Bedacht, nicht den Schleier der Anonymität.
46 Alexander Macbean war einer der Helfer, die Johnson bei der Arbeit an seinem »Dictionary« beschäftigt hatte.
47 Topham Beauclerk und Boswell kannten sich seit 1768; Beauclerk war ein glühender Verehrer von Dr. Johnson und hatte sich offenbar mehrfach positiv über Boswell geäußert (»I do love Boswell monstrously«); er wird auch von Johnson als kultiviert und gebildet geschildert.
48 Bennet Langton (1737–1801) kam aus einer alten Lincolnshire-Familie; Gräzist, Ingenieur, enger Freund von Dr. Johnson und einer der Gründungsmitglieder des »Club«. Boswell kannte ihn seit 1768.
49 Der Bankier Sir William Forbes war Boswells Vertrauter und sein Finanzberater.
50 Figuren aus Shakespeares »Othello«.
51 Der folgende Brief enthält Boswells Darstellung eines Interviews, das er mit der berüchtigtsten Frau im England jener Tage geführt hat: mit Margaret Caroline Rudd.
Mrs. Rudd, die Tochter eines irischen Arztes, hatte ihren Mann früh verlassen und ein Luxusleben als die Mätresse einer ganzen Serie von reichen Männern geführt, die sie nach allen Regeln der Kunst zu erpressen pflegte. Als sie an die wohlhabenden Brüder Perreau geriet, beteiligte sie sich tatkräftig an deren Urkundenfälschungen, bis der Schwindel aufflog und die Brüder verurteilt und gehängt wurden. Mrs. Rudd verteidigte sich selbst vor Gericht mit so viel Geschick und Aplomb, daß sie freigesprochen wurde.
Der Prozeß erregte großes Aufsehen, und Mrs. Rudd wurde zu einer Berühmtheit ersten Ranges.
52 Robert Macqueen, späterer Lord Braxfield, den Mrs. Rudd 1772 in Schottland kennengelernt hatte.
53 Johnson betrachtete John Wilkes (vgl. I, Anm. 39), mit dem er eine öffentliche Auseinandersetzung über politische Grundsatzfragen geführt hatte, als seinen persönlichen Feind und mußte sich von Boswell, der dieses Zusammentreffen listig herbeigeführt hatte, hereingelegt fühlen.
54 Boswell war im Mai 1776 nach Edinburgh zurückgekehrt und hatte die ungeliebte Arbeit als Rechtsanwalt wieder aufgenommen. Am 15. 11. 1776 war der Sohn David geboren worden, der nur bis zum 29. 3. 1777 lebte. Boswell führte nur unregelmäßig

Tagebuch; die Notizen berichten von Phasen des Trinkens und der Nüchternheit, von Arbeitseifer und Trägheit, Hurerei und Gattenliebe, und immer öfter von Anfällen der Apathie.

55 Boswells Frau zeigte in dieser Zeit die ersten Symptome der Schwindsucht.

56 Dr. George Campbells »Philosophy of Rhetoric«, 1775 erschienen.

57 Dr. Samuel Clarke (1675–1729), englischer Philosoph und Theologe; setzte sich für Newton ein und korrespondierte mit Leibniz.

58 In der antiken Mythologie ein Fluß aus Feuer, der den Hades von der Welt der Lebenden trennt.

59 1754 war der erste Band von »Hume's History of Great Britain« erschienen; vier weitere Bände folgten 1759 und 1761.

60 Vgl. Anm. 33.

61 Vgl. VI, Anm. 14.

62 Dr. Colin Lauder, Chirurg, Humes Leibarzt.

63 William Mure, Baron of the Exchequer.

64 Boswell hatte im Oktober 1777 damit begonnen, für »The London Magazine« Essays zu schreiben, unter dem Pseudonym »The Hypochondriack«; der erste Beitrag erschien in der Oktober-Ausgabe des Jahres 1777, der letzte im August 1783. Vom 17. 3. bis zum 28. 5. 1778 hielt er sich in London auf; er wohnte bei General Paoli.

65 1779 hielt Boswell sich vom 15. 3. bis zum 3. 5. in London auf.

66 Boswell hielt sich vom 19. 3. bis zum 5. 6. 1781 in London auf, u. a. um neue Versuche zu unternehmen, im englischen Justizsystem Fuß zu fassen oder als Parlamentsabgeordneter nach London zu gehen (ein erster Anlauf im Herbst 1780 bei den Wahlen in Ayrshire war mißlungen).

67 Der nachmaligen Gräfin von Cork und Orrery, die im Ruf eines energischen Blaustrumpfes stand.

68 In der griechischen Sage der stärkste und tapferste der griechischen Helden vor Troja.

69 »Mir die Welt unterwerfen anstatt mich ihr zu unterwerfen« (Horaz, »Episteln« I,1,19).

70 Boswells Frau war inzwischen so krank, daß er ein eigenes Tagebuch über den Verlauf ihrer Krankheit führte.

71 Boswells Vetter, Dr. John Boswells ältester Sohn.

72 Margaret Boswell, die Schwester von Lady Auchinleck.

73 Nach dem Tode seines Vaters war Boswell Laird of Auchinleck geworden.

74 Boswell war am 20. 3. 83 wieder in London eingetroffen – er blieb bis zum 20. 5. Hoffnungen, daß seine neue Würde als Laird of Auchinleck ihm z. B. zu einem Sitz im Unterhaus verhelfen könnte, zerschlugen sich rasch.
Am Ostersonntag 1783 kam es im Hause von Dr. Johnson, in Abwesenheit des Gastgebers, zu dem folgenden Gespräch, dessen Protokoll Boswell als »Extraordinary Johnsoniana – Tacenda«, d. h. als wegen seiner Anstößigkeit nicht publizierbares Material ablegte.

75 Eine der Haushälterinnen von Dr. Johnson.

76 Der (unbegabte) Maler Mauritius Lowe.

VIII

1 Boswell war im März 1784 erneut nach London aufgebrochen, kehrte aber in York um, als er von der Auflösung des Parlaments erfuhr. (1783 hatte er »A Letter to the People of Scotland« veröffentlicht, in dem er den König und Pitt in ihrer Opposition gegen die East India Bill von Fox und Burke unterstützte.)
Am 30. Juni 1784 traf er sich zum letztenmal mit Dr. Johnson.

2 Der Schottland-Beauftragte der Regierung in London.

3 Dr. Richard Brocklesby hatte Dr. Johnsons Asthma und seine Epilepsie behandelt.

4 Ein Edinburgher Rechtsanwaltskollege.

5 William Nairne, Lord Dunsinnan, Jurist.

6 John Maclaurin, Lord Dreghorn, Richter in Edinburgh.

7 Sir David Dalrymple, Lord Hailes, Richter.

8 Alexander (»Sandy«) Gordon, Lord Rockville, schottischer Richter.

9 Vgl. I, Anm. 3.

10 Das Hauptereignis der ersten Jahreshälfte 1785 war für Boswell die Herausforderung, die er mit seinem »Letter to the People of Scotland« an den Schottlandbeauftragten Henry Dundas richtete, der sich politisch jedoch als ein Fehlschlag erwies.

11 Boswells »Journal of a Tour to the Hebrides« war am 1. 10. 85 erschienen; am 17. 10. war die gesamte Auflage von 1500 Exemplaren verkauft.

Der Ire Edmond Malone (1741–1812), Jurist, Literaturkritiker und Mitglied des »Club«, den Boswell 1781 bei Sir Joshua Reynolds kennengelernt hatte, war ihm bei der Vorbereitung des Manuskripts für die Drucklegung zur Hand gegangen und hatte entscheidend zur »Neutralisierung« des Textes beigetragen.

12 Die Besprechung im »Critical« war im Tenor positiv, aber herablassend – an einer Stelle war die Rede von der »gutmütigen Blasiertheit des Autors, die etwas durchaus Gefälliges« habe.

13 Boswell war am 9. 2. 86 als Anwalt am Inner Temple in London zugelassen worden; er feierte dieses Ereignis mit einem Festessen, zu dem er zehn Freunde und Kollegen eingeladen hatte und das ihn achtzehn Pfund kostete.
Seine Frau und die Kinder folgten ihm im September 1786 nach London.

14 Boswell hatte in London ein Verhältnis mit Mrs. Rudd (vgl. VII, Anm. 51) begonnen; M. C. steht für Margaret Caroline Rudd. Der Abschied bezieht sich auf eine Reise nach Nordengland, die Boswell aus beruflichen Gründen unternehmen mußte: Londoner Anwälte bereisten in bestimmten Abständen als externe Gutachter die Provinzen. Er hatte sich für die nordenglischen Bezirke entschieden, wegen der Nähe zum heimatlichen Auchinleck.

15 Dies ist der erste Hinweis auf die systematische Beschäftigung mit jenem Projekt, das Boswells größte literarische Leistung werden sollte.

16 Der aus Irland stammende Unterhausabgeordnete John Courtenay (1738–1816), gefürchteter Debattierer und Verseschmied, war neu zu Boswells Londoner Freundeskreis gestoßen.

17 Boswells Anwaltstätigkeit in London und in den Nordprovinzen entwickelte sich nicht nach seinen Vorstellungen, und seine Unzufriedenheit wuchs. Da mußte es wie eine glückliche Fügung erscheinen, daß der berüchtigte politische Drahtzieher Lord Lonsdale ihm die Möglichkeit andeutete, er könne ihm die Stelle des Amtsrichters in Carlisle zuschanzen. (James Lowther [1736–1802], First Earl of Lonsdale, Sohn des Gouverneurs von Barbados, war einer der reichsten und mächtigsten Männer im England des 18. Jh.s; 1784 kontrollierte er neun nordenglische Unterhaussitze. Unberechenbar und zynisch, sollte er sich über Jahre hinweg als ein Fluch für Boswell erweisen.)

18 Boswell reagiert im Tagebuch (dessen Entdeckung er befürchtet) seine gemischten Gefühle über Lonsdale in einem durchsichtigen Küchen-Italienisch ab.
19 Lonsdales Schwager.
20 Boswell hatte vorübergehend die Dienstreisen in die Nordbezirke gegen solche in näher liegende Provinzen ausgetauscht.
21 Lowther Hall, südlich von Penrith.
22 John Baynes Garforth, Unterhausabgeordneter.
23 Captain James Clarke Satterthwaite, Unterhausabgeordneter.
24 Colonel James Lowther, Unterhausabgeordneter.
25 D. h. über Lonsdale.
26 Richard Penn, Enkel von William Penn, stellvertretender Gouverneur von Pennsylvanien von 1771 bis 1773; einer der neun von Lonsdale abhängigen Unterhausabgeordneten.
27 In der Schule des Pythagoras durften die neu aufgenommenen Schüler angeblich während einer Probezeit von fünf Jahren nicht sprechen.
28 Etwa 35 km nördlich von London.
29 Etwa 70 km nördlich von London.
30 Ein Kaufmann.
31 Der Pfarrer John Home (1722–1808) war der Verfasser des Schauspiels »Alonzo«.
32 Die Literarhistoriker Joseph und Thomas Warton, deretwegen der »Club« Sondersitzungen abhielt.
33 John Devaynes, Arzt und Apotheker in London.
34 Boswells Hausarzt.
35 Boswell hat sich endlich dazu durchgerungen, seine todkranke Frau und die Kinder (mit Ausnahme von Veronica) zurück nach Auchinleck zu bringen.
36 Margaret Boswell war am 4. Juni 1789 in Auchinleck gestorben.
37 Boswells Bruder.
38 Boswell hatte sich inzwischen mit einer Frau eingelassen, über die außer der Abkürzung C. nichts bekannt ist.
39 »With love and wine at once oppressed« (John Dryden, »Alexander's Feast« I,114).
40 Das Verhältnis mit »C.« wurde offenbar zusehends komplizierter durch die Existenz eines »Freundes«.
41 Neben der Anklage gegen Warren Hastings war die Französische Revolution das große Tagesthema. Boswell versuchte, in beiden Fällen möglichst neutrale Positionen zu beziehen.

42 Die »Habeas Corpus Act« von 1679 begründete in England den Schutz des Individuums vor willkürlicher Verhaftung; sie bestimmte, daß ein Verhafteter innerhalb eines bestimmten Zeitraums vor ein Gericht gebracht werden muß.
43 Boswell stürzte sich nach dem Tode seiner Frau in die Arbeit an seiner Johnson-Biographie.
44 »Und ich werde zu den Schatten zurückkehren« (Vergil, »Aeneis« VI,545).
45 D. h. dem Sohn James.
46 John Horne Tooke, Pfarrer und klassischer Philologe, jetzt radikaler Politiker.
47 Das Parlament war am 11. 6. 1790 aufgelöst worden, um Neuwahlen zu ermöglichen; drei Tage später erhielt Boswell eine Aufforderung von Lonsdale, nach Carlisle zu kommen.
48 Der Drucker Henry Baldwin hatte schon das Hebriden-Buch für Boswell betreut.
49 Der Besuch von Temple und seiner achtzehnjährigen (gelähmten) Tochter Nancy brachte einige Komplikationen mit sich; Temple fühlte sich oft gelangweilt, und Nancy fand wenig Gefallen an Boswells Veronica (sie beschrieb sie ihrer Mutter als »ziemlich vulgär, aber gutmütig, mit einem breiten schottischen Akzent«).
50 Richard Jackson, einer von Lonsdales Günstlingen, Stadtverordneter von Carlisle.
51 Beides (noch heute) teure, angesehene Privatschulen.
52 Boswell war besonders von der Komödie »Eunuchus« (»Der Verschnittene«) des römischen Lustspiel-Autors angetan.
53 Sir James Earle, Arzt für Geschlechtskrankheiten in London.
54 Edmond Malones große elfbändige Shakespeare-Ausgabe erschien im Sommer 1790 in London.
55 Boswell bezieht sich hier auf eine selbstverfaßte Ballade mit dem Titel »William Pitt, the Grocer of London«, die er am Lord Mayor's Day (d. h. am 9. 11. 1790) in Anwesenheit von Pitt vorgetragen hatte; es ging darin um Pitts Anteil am erfolgreichen Abschluß eines Handelsabkommens mit Spanien.
56 Boswell wohnte seit Januar 1791 in einem gemieteten Haus in der Great Portland Street Nr. 122.
57 William Cowper (1731–1800).
58 Cowpers Homer-Übersetzung erschien 1791; er hatte seit 1785 daran gearbeitet.
59 Dr. Richard Warren, Boswells Hausarzt.

60 Der Methodistenführer John Wesley (1703–91) veröffentlichte dreiundzwanzig Sammlungen von Kirchenliedern, aber auch ein scharfsichtiges »Journal«.
61 D. h. am Ostermontag 1791.
62 Boswells »Life of Johnson« erschien am 16.5.1791, dem achtundzwanzigsten Jahrestag der ersten Begegnung zwischen Dr. Samuel Johnson und James Boswell in einem Hinterzimmer beim Buchhändler Thomas Davies. (Schon am 13.5. hatten einundvierzig Londoner Buchhändler über vierhundert Exemplare der zweibändigen Ausgabe – sie kostete zwei Guineen – bestellt.)
63 Dieser Brief bezieht sich auf eine der zahlreichen Situationen nach dem Erscheinen der Johnson-Biographie, in denen Boswell die Kontrolle über seine Trinkfestigkeit verloren zu haben scheint.
64 Boswell antwortet auf einen Brief von Sir William Scott, First Baron Stowell, der ihn zum Dinner eingeladen, dann aber darauf hingewiesen hatte, daß andere eingeladene Gäste gegen Boswells Anwesenheit protestiert hätten.
65 Die zweite Auflage von Boswells »Life of Johnson« erschien am 17. 7. 1793; schon in der ersten Woche wurden vierhundert Exemplare des zweibändigen Werks verkauft.
66 Boswell war am 5. Juni 1793, als er betrunken auf dem Heimweg war, auf der Straße niedergeschlagen, erheblich verletzt und ausgeraubt worden.
67 (lat.) Verhaltensrichter.
68 D. h. mit Nichtstun.
69 John Cator, wohlhabender Londoner Bankier, Finanzberater u. a. der Familie Thrale.
70 Eine Stellung als Oberster Richter, wie sie Boswells Vater in Edinburgh hatte.
71 Am 13.3.1795 wurde Sir Joshua Reynolds Sammlung alter Meister bei Christies in London versteigert; im Katalog dieser Versteigerung findet sich ein Huldigungsgedicht auf Reynolds, das vermutlich von Boswell stammt.
72 Boswell war am 14. 4. 1795 während einer Sitzung des »Club« zusammengebrochen und mußte nach Hause getragen werden.
73 Boswell wurde am 8. 6. 1795 im Familiengrab zu Auchinleck beigesetzt.

Verzeichnis häufig vorkommender Namen

AUCHINLECK, Alexander Boswell, Lord (1708–82), schottischer Richter, Boswells Vater

BARBER, Francis (1745?–1801), Johnsons Diener, ein Schwarzer aus Jamaika

BEAUCLERK, Topham (1739–80), Gutsbesitzer, Freund von Johnson, Urenkel Karls II.

BOSWELL, Alexander (1775–1822), Boswells ältester Sohn; kam bei einem Duell ums Leben

Boswell, David (1776–77), Boswells zweiter Sohn

BOSWELL, David, Boswells Bruder

BOSWELL, Elizabeth (»Betsy«) (geb.1780), Boswells jüngste Tochter

BOSWELL, Euphemia, Lady Auchinleck, geb. Euphemia Erskine, Boswells Mutter

BOSWELL, Euphemia, Boswells Schwester

BOSWELL, James (geb. 15. 9. 1778), Boswells zweiter Sohn

BOSWELL, John, Boswells (geisteskranker) Bruder

BOSWELL, Dr. John (1707–80), Boswells Onkel, Arzt

BOSWELL, Margaret, geb. Montgomerie (gest. 1789), Boswells Frau

BOSWELL, Thomas David (gest. 1826), Boswells jüngerer Bruder

BOSWELL, Veronica (1773–95), Boswells älteste Tochter

BURKE, Edmund (1729–97), Schriftsteller und Politiker

CHURCHILL, Charles, Satiriker und Journalist, Mitarbeiter von John Wilkes

Dalrymple, Sir David, später Lord Hailes, schottischer Jurist mit literarischen Neigungen

Davies, Thomas, Schauspieler und Buchhändler in London

Dempster, George (1732–1818), schottischer Grundbesitzer, Unterhausabgeordneter in London, Boswells Freund

Eglington (Alexander Montgomerie), zehnter Herzog von Eglington, enger Freund des Herzogs von York

Erskine, Andrew (gest. 1793), Dichter und Kritiker, Boswells Freund

Forbes, Sir William (1739–1806), Bankier und Schriftsteller

Garrick, David (1717–79), Schauspieler und Theaterdirektor

Goldsmith, Oliver (1730–74), Schriftsteller

Gordon, Sir Alexander (1739–82), Professor der Medizin in Aberdeen

Hume, David (1711–76), Philosoph und Historiker

Johnson, Samuel (1709–84), Schriftsteller

Johnston, John, of Grange (gest. 1786), Rechtsanwalt in Edinburgh, einer von Boswells engsten Freunden

Kames, Henry Home, Lord (1696–1782), schottischer Richter und Schriftsteller

Keith, George, neunter Herzog von Marischal (1693–1778), schottischer Aristokrat; Gouverneur von Môtiers

Langton, Bennet (1737–1801), Freund von Samuel Johnson

Lowther, James, erster Herzog von Lonsdale (1736–1802), Großgrundbesitzer und politischer Drahtzieher

Macdonald, Sir Alexander (1745–95), Baronet of Sleat, dem Sitz des Macdonald-Clans auf der Insel Skye, Bruder von James Macdonald, 1792 Boswells Freund in London

Macdonald, Flora (1722–90), schottische Freiheitsheldin; verhalf Bonnie Prince Charles nach dem mißglückten Jakobiten-Aufstand zur Flucht

Macpherson, James (1736–96), literarischer Fälscher und Verfasser von Heldengedichten, die er als Übersetzungen eines gälischen Dichters namens Ossian ausgab

MALONE, Edmund (1741–1812), Kritiker und Shakespeare-Forscher

MONBODDO, James Burnet, Lord (1714–99), schottischer Richter und Anthropologe

NAIRNE, Sir William, Lord Dunsinan (gest. 1811), schottischer Richter

PAOLI, Pasquale (1725–1807), korsischer General und Freiheitskämpfer

PITT, William (»der Jüngere«) (1759–1806), Politiker; englischer Premierminister 1783–1801 und 1804–06

PRINGLE, Sir John (1707–82), Freund von Lord Auchinleck, Leibarzt von Georg III.

REID, Thomas (1710–96), schottischer Philosoph

REYNOLDS, Sir Joshua (1723–92), Maler und Kunsttheoretiker; erster Präsident der Royal Academy

RITTER, Joseph, Boswells Leibdiener, ein Böhme

ROBERTSON, Dr. William (1721–93), schottischer Historiker

ROUSSEAU, Jean-Jacques (1712–78), französischer Philosoph schweizerischer Herkunft

RUDD, Mrs. Margaret Caroline (gest. 1799), Londoner Lebedame und Betrügerin

SHERIDAN, Thomas (1719–88), Schauspieler und Sprecherzieher, Vater des Dramatikers Richard Brinsley Sheridan

SMITH, Adam (1723–90), Philosoph und Ökonom

TEMPLE, William Johnson (1739–96), Pfarrer und Essayist, Boswells bester Freund

THRALE, Hester Lynch (Mrs. Piozzi) (1741–1821), verheiratet mit dem Brauer Henry Thrale, danach mit Gabriel Piozzi, als Freundin Johnsons eine Nebenbuhlerin Boswells

VOLTAIRE, François-Marie Arouet (1694–1778), französischer Philosoph

WILKES, John (1727–97), radikaler Politiker; Widersacher Johnsons und Boswells Freund

ZUYLEN, Isabella de (Mme. de Charrière) (1740–1805), Boswells »Zélide«

Literaturhinweise

Ausgaben

The Yale Edition of the Private Papers of James Boswell

1. Trade Edition

Boswell's London Journal, 1762–1763. Ed. by F. A. Pottle. New York 1950.
Boswell in Holland, 1763–1764. Ed. by F. A. Pottle. New York 1952.
Boswell on the Grand Tour, Germany and Switzerland 1764. Ed. by F. A. Pottle. New York 1953.
Boswell on the Grand Tour, Italy, Corsica, and France 1765–1766. Ed. by F. Brady and F. A. Pottle. New York 1955.
Boswell in Search of a Wife, 1766–1769. Ed. by F. Brady and F. A. Pottle. New York 1956.
Boswell for the Defence, 1769–1774. Ed. by W. K. Wimsatt jr. and F. A. Pottle. New York 1959.
Boswell: The Ominous Years, 1774–1776. Ed. by Ch. Ryskamp and F. A. Pottle. New York 1963.
Boswell's Journal of a Tour to the Hebrides with Samuel Johnson. Ed. by C. H. Bennett and F. A. Pottle. New York 1963.
Boswell in Extremes, 1776–1778. Ed. by C. M. Weiss and F. A. Pottle. New York 1970.
Boswell: Laird of Auchinleck, 1778–1782. Ed. by J.W. Reed and F. A. Pottle. New York 1977.
Boswell: The Applause of the Jury, 1782–1785. Ed. by Irma S. Lustig. New York 1981.
Boswell: The English Experiment, 1785–1789. Ed. by Irma S. Lustig and F. A. Pottle. New York 1986.
Boswell: The Great Biographer, 1789–1795. Ed. by Marlies K. Danziger and F. Brady. New York 1989.

2. Research Edition

The Correspondence of James Boswell and John Johnston of Grange. Ed. by R. S. Walker. New York 1966.

The Correspondence and Other Papers of James Boswell Relating to the Making of the »Life of Johnson«. Ed. by Marshall Waingrow. New York 1969.

The Correspondence of James Boswell with certain Members of the Club, including Oliver Goldsmith, Bishops Percy and Barnard, Sir Joshua Reynolds, Topham Beauclerk, and Bennet Langton. Ed. by Charles N. Fifer. New York 1976.

The Correspondence of James Boswell with David Garrick, Edmund Burke, and Edmund Malone. Ed. by T.W. Copeland et al. New York 1986.

Catalogue of the Papers of James Boswell at Yale University. 3 Bde. New Haven 1993. (Bd. 1: Journals, Manuscripts, Letters by James Boswell; Bd. 2: Letters to James Boswell, Manuscripts not by James Boswell; Bd. 3: Letters to James Boswell, Manuscripts not by James Boswell, and Printed Matter, Accounts, Legal Papers.)

3. Deutsche Übersetzungen

James Boswell: Londoner Tagebuch. Übers. von Fritz Güttinger. Zürich/Stuttgart 1953.

James Boswells Große Reise. Übers. von Fritz Güttinger. Zürich/Stuttgart 1955.

James Boswell: Dr. Samuel Johnson. Leben und Meinungen, mit dem Tagebuch einer Reise nach den Hebriden. Übers. von Fritz Güttinger. Neuausg. Zürich 1990.

James Boswell: Das Leben Samuel Johnsons und das Tagebuch einer Reise nach den Hebriden. Übers. von Jutta Schlösser. Leipzig 1984.

James Boswell: Besuch bei Rousseau und Voltaire. Übers. von Fritz Güttinger. Frankfurt a. M. 1990.

Sekundärliteratur

Robert Warnock: Boswell on the Grand Tour. In: Studies in Philology 39 (1942) S. 650–661.
W. H. Auden: Young Boswell. In: The New Yorker. 25. 11. 1950. S. 134–136.
V. S. Pritchett: Boswell's London. In: V. S. P.: Books in General. New York 1953. S. 75–80.
Arundell Esdaile: Boswell on the Grand Tour. In: Quarterly Review 294 (1956) S. 464–474.
P. A. W. Collins: James Boswell. London 1956. (Writers and their Work.)
S. C. Roberts: Pepys and Boswell. In: S. C. R.: Dr. Johnson and Others. Cambridge 1958. S. 24–39.
H. A. Morgan: Boswell on the Grand Tour. In: New Rambler: Journal of the Johnson Society of London (Juni 1961) S. 14–19.
Paul Fussell: The Force of Literary Memory in Boswell's London Journal. In: Studies in English Literature 2 (1962) S. 351–357.
Anthony J. Tillinghast: Boswell laying a Part. In: Renaissance & Modern Studies 9 (1965) S. 86–97.
Richard J. Jaarsma: Boswell the Novelist: Structural Rhythms in the London Journal. In: North Dakota Quarterly 34 (1966) S. 51–60.
William K. Wimsatt jr.: The Fact Imagined: James Boswell. In: W. K. W.: Hateful Contraries: Studies in Literature and Criticism. Lexington 1966. S. 165–183.
F. A. Pottle: James Boswell: The Earlier Years, 1740–1769. New York 1966.
Patrick Anderson: Cry like a Parrot, Chatter like an Ape: James Boswell in Europe. In: P. A.: Over the Alps: Reflections on Travel and Travel Writing, with Special Reference to the Grand Tours of Boswell, Beckford, and Byron. London 1969. S. 45–72.
James L. Clifford: Twentieth Century Interpretations of Boswell's Life of Johnson. Englewood Cliffs (N. J.) 1970.
A. Russell Brooks: James Boswell. New York: Twayne, 1971.
Arnold William Cushner: The Imaginative Composition of James Boswell's Grand Tour Journal. Diss. Case Western Reserve University 1972.
William R. Siebenschuh: Form and Purpose in Boswell's Biographical Works. Berkeley 1972.

Ronald Primeau: Boswell's Romantic Imagination in the London Journal. In: Papers on Language and Literature 9 (1973) S. 15–27.
Earl Leroy Grout: The Literary Nature of Boswell's Journals. Diss. University of Washington 1974.
David Daiches: James Boswell and His World. London 1976.
Richard B. Schwartz: Boswell's Johnson. Madison 1978.
William C. Dowling: The Boswellian Hero. Athens (Georgia) 1979.
Joseph Foladare: Boswell's Paoli. Hamden (Conn.) 1979.
Jim Steinke: Boswell on the Grand Tour (Germany and Switzerland) 1764: Belle Epoque for the Man in Search of a Character. In: New Rambler: Journal of the Johnson Society of London 22 (1980) S. 29–40.
Joy Frieman: Artful Memory: The Journals of James Boswell. Diss. Rutgers University 1980.
Allan Ingram: Boswell's Creative Gloom: A Study of Imagery and Melancholy in the Writing of James Boswell. London 1982.
Frank Brady: James Boswell: The Later Years, 1769–1795. New York 1984.
John A. Vance (Hrsg.): Boswell's Life of Johnson: New Questions, New Answers. Athens (Georgia) 1985.
Harold Bloom (Hrsg.): Dr. Samuel Johnson and James Boswell. New York 1986.
Greg Clingham (Hrsg.): New Light on Boswell: Critical and Historical Essays on the Occasion of the Bicentenary of »The Life of Johnson«. Cambridge 1991.
Donald J. Newman: Untoward Genius: A Psychoanalytic Study of the Life and Early Writings of James Boswell. Diss. University of Southern California 1993.
Pat Rogers: Johnson and Boswell: The Transit of Caledonia. Oxford 1995.
Roger Hutchinson: All the Sweets of Being: A Life of James Boswell. Edinburgh 1995.
Richard Goodyear: Boswell. San Francisco 1995.
Irma S. Lustig (Hrsg.): Boswell: Citizen of the World, Man of Letters. Kentucky 1995.

Bibliographien

Anthony E. Brown: Boswellian Studies: A Bibliography. Edinburgh 1991.
Hamilton E. Cochrane: Boswell's Literary Art: An Annotated Bibliography of Critical Studies, 1900–1985. New York 1992.

Zeittafel

1740	29. 10.	James Boswell in Edinburgh geboren.
1746–49		Privatschule in Edinburgh, Unterricht bei Hauslehrern.
1752		Krankheit mit anschließendem Kuraufenthalt in Moffat.
1753–59		Jura-Studium an der Universität Edinburgh.
1757		Zweiter Kuraufenthalt in Moffat.
1759–60		Jura-Studium an der Universität Glasgow.
1759		Erste Veröffentlichung: »A View of the Edinburgh Theatre«.
1760	März – Juni	Boswell reißt nach London aus und konvertiert zum Katholizismus.
1760–62		Fortsetzung des Studiums in Edinburgh. Affäre mit Peggy Doig; Geburt des unehelichen Sohnes Charles.
1762		»A Collection of Original Poems by Scotch Gentlemen« (enthält 31 Gedichte von Boswell).
1762	30. 7.	Erstes juristisches Examen.
1762–63		Aufenthalt in London.
1763	16. 5.	Erste Begegnung mit Samuel Johnson.
1763		»Letters between The Honourable Andrew Erskine, and James Boswell, Esq.«

1763 1764	August – Juni	Aufenthalt in Holland (Jurastudium in Utrecht). Freundschaft mit Belle de Zuylen. Sohn Charles stirbt.
1764	Juni – Nov.	Tour durch Deutschland und die Schweiz. Besuche bei Rousseau und Voltaire.
1765	Jan. – Okt.	Italienaufenthalt.
	Okt./Nov.	Korsikaaufenthalt.
1766	Januar	Tod der Mutter.
	März	Rückkehr nach Schottland.
	29. 7.	Anwaltsexamen in Edinburgh.
1767		»The Essence of the Douglas Case«.
1768	18. 2.	»An Account of Corsica, the Journal of a Tour to that Island; and the Memoirs of Pascal Paoli«. Affäre mit Mrs. Dodds, Geburt der unehelichen Tochter Sally.
1769	25. 11.	Heirat mit der Cousine Margaret Montgomerie.
1770		Veröffentlichung dreier Essays im »London Magazine«.
1771		General Paoli besucht Schottland.
1772	19. 3. – 8. 5.	Boswell in London.
1773		Geburt der Tochter Veronica.
	Aug. – Okt.	Hebriden-Tour mit Samuel Johnson.
1774		Geburt der Tochter Euphemia.
	August	Prozeß gegen den Schafdieb John Reid.
1775		Sohn Alexander geboren.
	21. 3. – 22. 5.	Aufenthalt in London.
1776		Sohn David geboren.
	15. 3. – 16. 5.	Aufenthalt in London.
1777	Oktober	Beginn der Essay-Serie »The Hypochondriack« im »London Magazine«.

1778		Sohn James geboren.
	17. 3. – 28. 5.	Boswell in London.
1779	15. 3. – 5. 6.	Boswell in London.
	Oktober	Erneuter Aufenthalt in London.
1780		Geburt der Tochter Elizabeth.
1781	19. 3. – 5. 6.	Boswell in London.
1782	30. 8.	Tod des Vaters.
1783	20. 3. – 30. 5.	Boswell in London. »A Letter to the People of Scotland on the Present State of the Nation«.
1784	5. 5. – 30. 6.	Boswell in London.
	13. 12.	Samuel Johnson stirbt.
1785		»A Letter to the People of Scotland, on the Alarming Attempt to Infringe the Articles of the Union, and Introduce a Most Pernicious Innovation, by Diminishing the Number of Lords of Session«. »Journal of a Tour to the Hebrides«.
1786	Februar	Zulassung als Anwalt in England. Umzug nach London. Beginn der Kontakte zu Lord Lonsdale.
1788	11. 1.	Ernennung zum Amtsrichter von Carlisle.
1789	4. 6.	Tod der Ehefrau Margaret.
1790	Juni	Rücktritt vom Amtsrichterposten. Bruch mit Lord Lonsdale.
1791	16. 5.	»The Life of Samuel Johnson, LL. D.«.
1793		Zweite Auflage des »Life of Samuel Johnson«.
1795	19. 5.	Boswell stirbt in London.

Nachwort

I

James Boswell wurde am 29. Oktober 1740 im vierten Stock eines alten Edinburgher Mietshauses geboren. Er war der älteste Sohn des dreiunddreißigjährigen Alexander Boswell, eines ehrgeizigen Rechtsanwalts, dessen Leben nur um zwei Pole zu kreisen schien: seine Arbeit am Gericht im Parliament House und den Landsitz der Familie in Auchinleck, hundert Kilometer südwestlich von Edinburgh. 1749 erbte Alexander Boswell das väterliche Gut (auf dem sechshundert Pächter lebten), 1755 wurde er zu einem der sechs Richter am Obersten Schottischen Zivilgericht befördert und durfte sich fortan Lord Auchinleck nennen. James Boswells Vater war ein gescheiter, korrekter und humorloser Jurist; die Mutter Euphemia, zehn Jahre jünger als ihr Mann, galt als sanft, ängstlich und fromm.

Die Boswells waren eine alte schottische Familie mit Seitenlinien bis ins Königshaus, gehörten aber nicht zum reichen Landadel. Ihre Edinburgher Stadtwohnung lag im lauten, schmutzigen Zentrum, in Blair's Land, einem hohen Gebäude mit mehreren Mietwohnungen. (Die »New Town« mit ihren eleganten quadratischen Häuservierteln im georgianischen Stil war gerade im Entstehen. Die alte Hauptstadt hatte seit der Vereinigung Schottlands mit England 1707 ihre politische Bedeutung verloren, war aber mit 80 000 Einwohnern nach wie vor die größte Stadt des Landes und, weil das schottische Rechtssystem, ebenso wie die schottische Kirche, unabhängig geblieben waren, sein administrativer, intellektueller und künstlerischer Mittelpunkt.)

Boswell hat sich vorwiegend im Bannkreis der »Old Town« bewegt, im Gerichtsviertel und in den Kaffeehäusern, Tavernen und Absteigen entlang der Royal Mile vom Schloß bis zum Holyrood-Palast. Den Beinamen »Athen des Nordens« hatten Edinburgh im 18. Jahrhundert Gelehrte wie der Philosoph David Hume, der in Glasgow lehrende Nationalökonom Adam Smith, der Historiker William Robertson, der Chemiker William Black und die berühmte medizinische Fakultät der Universität eingetragen.

Der kleine Boswell wurde von Hauslehrern und in einer Privatschule unterrichtet. Mit dreizehn Jahren bezog er, ein verwöhnter, kränkelnder Junge, die Universität Edinburgh. Aus dem schottischen Kurort Moffat, wo der fünfzehnjährige Lateinstudent sich von einem Nervenleiden erholen sollte, kommt er verwandelt zurück: großspurig, laut und lustig, dazu von einnehmender, aber labiler Keckheit. Schon bald interessiert er sich mehr für das Theater als für Gerichtsakten, wird Freimaurer und veröffentlicht einen »Überblick über das Edinburgher Theater in der Sommersaison 1759«, eine fünfzigseitige Sammlung eigener Zeitungskritiken; der Juristerei, die er auf Wunsch des Vaters jetzt im puritanischeren Glasgow betreibt, kann er nur wenig abgewinnen und verlegt sich darauf, gezielt die Bekanntschaft von Berühmtheiten zu machen. Er freundet sich mit den prominentesten Richtern und Anwälten der Region an, drängt in die Nähe von David Hume (»für einen jungen Mann wie mich eine sehr geeignete Bekanntschaft«, erklärt der Siebzehnjährige), und in London, wohin er im März 1760 im Rausch einer kurzlebigen Konversion zum Katholizismus ausreißt, lernt er Laurence Sterne, den gefeierten Verfasser des »Tristram Shandy«, den Starschauspieler David Garrick und den jungen Herzog von York kennen.

Nach drei Monaten holt ihn der Vater zurück. Im Frühjahr 1762 macht er der Dienstmagd Peggy Doig ein Kind, und kurz darauf kommt es zu einer Krise im Hause Boswell; gegen das Versprechen, eine Karriere als englischer Gardeoffizier anzustreben, sowie den Verzicht auf das Erbrecht erlaubt Lord Auchinleck seinem Sohn die Rückkehr nach London und erklärt sich bereit, seine Schulden und eine jährliche Summe von 200 Pfund zu bezahlen. (Boswell hat zu seinem Vater zeitlebens ein gespaltenes Verhältnis gehabt – als er dem Vater Vorwürfe macht, weil dieser den schwachsinnigen Bruder John mit Verachtung behandle, erwidert der Vater kalt: »Was kann ich dafür, daß meine Söhne Idioten sind?«; einen Monat später steht der Sohn am Totenbett des Alten, weint und ruft: »Ach, warum hat es keine Liebe zwischen uns gegeben!«)

In London setzt der junge Geck alles daran, seine ungehobelten schottischen Manieren abzustreifen und ein kosmopolitischer Lebemann zu werden. Eifrig besucht er die Gottesdienste, nicht minder eifrig sucht er die Minnedienste von allerlei Schauspielerinnen und Damen der Gesellschaft; wenn er sich immer öfter auch mit Straßenhuren einläßt, bedrückt ihn eher das Vulgäre als die Unmoral solcher Verfehlungen. Der zweiundzwanzigjährige Stutzer zecht im Beefsteak-Club mit dem radikalen Politiker John Wilkes, macht die Bekanntschaft Londoner Berühmtheiten wie Oliver Goldsmith und Charles Churchill, veröffentlicht seine indiskrete Korrespondenz mit dem gleichgesinnten Freund Andrew Erskine und beschreibt sein ausschweifendes Leben schwungvoll im »Londoner Tagebuch«.

Am 16. Mai 1763 kommt es im Hinterzimmer des Londoner Buchhändlers Thomas Davies zur denkwürdigen und folgenreichen Begegnung mit Dr. Samuel Johnson, dem Dichter, Kritiker und Lexikographen, dessen Werke Boswell seit langem bewundert. Obwohl das Treffen keinen nachhaltigen Eindruck bei ihm hinterläßt, bringt ihn die

Bekanntschaft mit dem Gelehrten in Gewissenskonflikte. Der junge Mann schämt sich seiner sexuellen Exzesse, beichtet sie dem väterlichen Freund, läßt sich von ihm einen umfassenden korrektiven Bildungsplan ausarbeiten und im christlichen Glauben stärken. Als er einsieht, daß aus der Gardelaufbahn nichts werden wird – der Vater hatte es prophezeit –, fügt er sich dessen Vorschlag, wenigstens für ein Semester zum Jurastudium nach Holland zu gehen.

In Utrecht lebt er enthaltsam und gedämpft, blüht aber auf, als er mit Lord Marischal zu einer Reise an die deutschen Höfe aufbricht. Vollends in seinem Element fühlt er sich bei den anschließenden Abstechern in die Schweiz zu Rousseau und Voltaire. Ohne Wissen und Billigung des Vaters hängt er noch eine Rundreise durch Italien an, knüpft begierig neue Kontakte, krude ebenso wie kultivierte, und gewinnt bei einem Besuch von Korsika die Freundschaft des Freiheitshelden Paoli.

Auf der Heimreise liest er in einer Pariser Zeitung vom Tod der Mutter; er eilt nach Schottland zurück, nicht ohne während der Überfahrt nach England heftig mit Rousseaus Geliebter, Thérèse Le Vasseur, anzubändeln. Ein kurzer Aufenthalt in London reicht, um Thérèse bei ihrem in England weilenden Herrn abzuliefern, die Freundschaft mit Johnson zu erneuern und William Pitt den Jüngeren über die Lage in Korsika zu unterrichten.

In Schottland hat die Berufsplanung für eine Weile Vorrang. Jacobus Boswell verfaßt für sein juristisches Examen eine lateinische Abhandlung über die Rolle des Hausrats in Erbsachen, läßt sich als Rechtsanwalt nieder und baut sich eine bescheidene Praxis auf. Er verstrickt sich in den berüchtigten Douglas-Prozeß und verficht mit journalistischem Aplomb die Sache der Korsen: 1768 erscheint sein erstes Buch, »An Account of Corsica, The Journal of a Tour to that Island, and Memoirs of Pascal Paoli« – ein Bestseller, der in mehrere europäische Sprachen übersetzt wird und dem Siebenundzwanzigjährigen als Korsika-Experten einen Namen macht. Johnson urteilt, treffsicher wie immer: »Ihr Geschichtswerk ist wie andere Geschichtswerke, aber Ihr Tagebuch ist voller Reize und Köstlichkeiten.« Boswells Gabe, durch die geschickte Auswahl typischer Details Menschen zu charakterisieren und die eigene Persönlichkeit effektvoll als Folie zu benutzen, trägt hier erste Früchte.

Erfolgverwöhnt verstärkt er die Suche nach einer Ehefrau. Die Reihe der Kandidatinnen reicht von der (lange umworbenen, intellektuell überlegenen) holländischen Aristokratin Belle de Zuylen über die Gärtnerstochter, den gescheiten Blaustrumpf, die schottische Prinzessin bis hin zur eigenen Cousine Margaret Montgomerie, die er nach einigem Hin und Her schließlich heiratet – am gleichen Tage übrigens, an dem sein verwitweter Vater ebenfalls die eigene Cousine ehelicht. Drei Jahre lang führt er das Leben eines schottischen Landedelmannes und Familienvaters; seine Frau hat zahlreiche Fehlgeburten, aber fünf Kinder bleiben am Leben: Veronica, Euphemia, Alexander, James und Elizabeth. 1782 stirbt der Vater, und im Alter von einundvierzig Jahren tritt Boswell als »Laird von Auchinleck« die Nachfolge an. Er nimmt seine gesellschaftliche Stellung und die Verantwortung des Gutsbesitzers ernst, trägt sich mit politischen Ambitionen, gerät aber durch den Hinzukauf von Ländereien in finanzielle Schwierigkeiten. Die heimliche Abneigung gegen das Landleben in Schottland tritt nun offen zutage, und sie wird nicht gelindert durch die nagende Verlockung durch alles, was mit London zusammenhängt; immer öfter wendet er sich an Johnson, die neue Vaterfigur, und fragt, ob er sich nicht lieber in der englischen Hauptstadt als Anwalt niederlassen solle. Nach begreiflichem Zögern stimmt der Freund zu, und im Herbst 1786 siedelt Boswell mit der Familie nach London über. Der Umzug erweist sich für die lungenkranke Ehefrau als verheerend; die rauchige Luft der Großstadt verschlimmert ihre Schwindsucht, und nach zwei Jahren muß sie in den Norden zurückkehren.

Boswells Anwaltsgeschäfte gehen schlecht, er lebt vom Geld seiner Pächter und macht Schulden. Getrieben von diffusem Geltungsstreben, umwirbt er den Herzog von Lonsdale, einen schwerreichen, abgefeimten, einflußreichen Aristokraten und Politiker; er bildet sich ein, durch dessen Vermittlung einen der käuflichen Unterhaussitze ergattern zu können. Nach einer Reihe demütigender Erfahrungen wird er mit dem belanglosen Posten eines Amtsrichters in Carlisle abgespeist. Der politisch naive Boswell begreift endlich, daß seine unterwürfigen Versuche, die Gunst des vermeintlichen Gönners zu erringen, von Anfang an aussichtslos waren (und ihm fast ein Duell eingetragen hätten).

Noch während seiner Sklavendienste im Dunstkreis von Lonsdale stirbt Margaret Boswell – er eilt nach Hause, kommt aber zu spät. Der Tod der Frau verändert ihn. Ernüchtert stellt er fest, daß die Übersiedlung nach England nur Nachteile mit sich gebracht hat; das einzig Positive ist, daß seine Kinder in England ihren schottischen Akzent verloren haben.

Als Hoffnung bleibt die Schriftstellerei. Samuel Johnson war am 13. Dezember 1784 gestorben, und noch am gleichen Tag hatte ihm der Verleger Dilly angeboten, die Biographie des Verstorbenen zu schreiben, obwohl bereits Sir John Hawkins zum offiziellen Biographen bestellt worden war. Boswell hatte schon lange Material für diesen Zweck gesammelt, aber vor der systematischen Aufbereitung scheute er zurück. (Sehr viel leichter war ihm die Überarbeitung der Tagebuchnotizen gefallen, die er während der Hebridenreise mit Johnson im Jahre 1773 gemacht hatte, aber erst zehn Jahre nach Johnsons »Journey to the Western Islands of Scotland« 1775 unter dem Titel »Journal of a Tour to the Hebrides« veröffentlichte.) Zwischen 1789 und 1791 hat er dann, mit vielen Unterbrechungen, das »Life of Johnson« zusammengestellt; er konnte nicht ahnen, daß dieses Werk unvergleichlich mehr zu seinem Ruhm beitragen sollte, als das höchste Richteramt oder die glanzvollste politische Position es je hätten tun können. Nach Monaten der Zerknirschtheit über die eigene Mitschuld an Leid und Tod der Ehefrau gewinnt die Lust am geselligen Leben Londons wieder die Oberhand. Boswell genießt die Abendgesellschaften bei Sir Joshua Reynolds, Edmund Malone, dem Shakespeare-Forscher, dem Verleger Dilly. Die Jagd nach Informationen über Samuel Johnson führt ihn quer durch die Londoner Bevölkerung: er interviewt nicht nur Warren Hastings, den ehemaligen Generalgouverneur von Indien, der jetzt wegen Amtsmißbrauch vor Gericht steht, sondern auch Mrs. Siddons, die Tragödin, Miss Cave, die Nichte von Johnsons Drucker, und George Strahan, den Priester, der Johnsons letzter Beistand war.

Das Arrangieren und Ausfeilen des Textes ist mühevoll (»laborierte am *Leben*«, heißt es immer wieder im Tagebuch), aber mit der Hilfe des erfahrenen Malone geht es langsam voran. Boswell hat Geldsorgen, leidet unter Stimmungsschwankungen und zweifelt am kommerziellen Erfolg seines Buches; als das zweibändige Werk am 16. Mai 1791 erscheint, überrascht ihn der durchschlagende Erfolg. Die Zeitungen bringen ausführliche Rezensionen, der Autor bittet den König, er möge sein Lob des Buches zu Papier bringen und wird in ganz London zum begehrten Dinner-Gast. Aber nach einer Weile klingt der Wirbel ab, und Boswell, dessen Anwaltsgeschäfte fast völlig zum Erliegen gekommen sind, sieht sich nach neuen Möglichkeiten um. Soll er mit dem Freund Richard Penn nach Amerika gehen? Lord Macartney nach Peking begleiten? Reynolds verschafft ihm das Ehrenamt eines »Sekretärs für auswärtige Korrespondenz« bei der Royal Academy, aber allmählich wird sein Benehmen in Gesellschaft auffällig. Er betrinkt sich häufiger denn je, stürmt wirren Kopfes zu Prostituierten und infiziert sich wie in alten Zeiten; wenn er nach solchen Exzessen Pausen einlegt, verfällt er in Dumpfheit. Auf der Straße bittet er Freunde und Bekannte um Einladungen. Die eigenen Töchter, mit denen er zusammenlebt, irritieren ihn – sein Augapfel ist der Sohn Jamie, der die Westminster School besucht. Halbherzige Versuche, eine zweite Ehefrau zu finden, scheitern. Boswell ist nach wie vor ein eifriger Kirchgänger, zweifelt aber zunehmend am Trost des Glaubens. In Auchinleck, wohin er in größeren Abständen reist, um nach dem Rechten zu sehen, fühlt er sich schon nach wenigen Tagen unwohl; in London ärgert er sich über seine schottischen Landsleute. Die Nachrichten von der Revolution in Frankreich nimmt er mit Skepsis zur Kenntnis – er bringt mit seinen Freunden einen Toast aus auf »Old England against New France«.

Die Gewohnheit des Tagebuchschreibens behält er fast bis ans Ende bei. Die letzten Aufzeichnungen sind durchweg knapp und blaß, gelegentlich blitzen präzise Landschafts- und Personenskizzen auf, die Fähigkeit zum spontanen Gesprächsprotokoll scheint ungebrochen. Aber ein Ton des Lamentierens und resignierten Bilanzierens macht sich breit: Boswell sieht sich in der Rolle des beruflichen Versagers, und auch als alternder Witwer macht er sich keine Illusionen mehr. Das Ende kommt rasch und unrühmlich: Boswell stirbt am 19. Mai 1795 in London, vierundfünfzigjährig, an den Folgen eines verschleppten Trippers.

II

Es gibt nur wenige Autoren, die ihren Biographen eine solche Fülle an dankbarem, geradezu idealem Quellenmaterial hinterlassen haben wie James Boswell – sein Leben war begleitet und gestützt von einem riesigen Buchführungs- und

Registraturprojekt. Zwar sind einige Dokumente schon zu seinen Lebzeiten verlorengegangen, andere nach seinem Tod vernichtet worden, aber immer noch ist die schiere Menge des Erhaltenen überwältigend. Den Löwenanteil der Boswell-Papiere macht das »Journal« aus, aus dem hier Auszüge zusammengestellt sind, ein durchlaufendes, unterschiedlich ausführliches, mit Briefen, Memoranden und sonstigen Aufzeichnungen durchsetztes Tagebuch. Ergänzt wird dieses Konvolut durch eine umfangreiche Korrespondenz sowie eine Fülle von Akten, Entwürfen, Listen, Briefverzeichnissen, Abrechnungen usw.

Schon der Achtzehnjährige berichtet, daß er während einer Reise mit dem Vater »ein präzises Journal verfaßte«. Im Grunde ist sein Leben vom Herbst 1762 bis ein Jahr vor seinem Tode 1795 in einem kontinuierlichen Diarium dokumentiert, zu dem jeweils verschiedene Vorstufen vorhanden sind. Es gibt Unterbrechungen, leicht und weniger leicht erklärbare, und es gibt Zeiten, in denen er zu beschäftigt oder zu träge zum Tagebuchführen war, zu glücklich oder zu traurig; dennoch: für einen so stimmungsabhängigen Mann wie Boswell sind die »Journals« ein erstaunliches Monument der Zähigkeit und Willensstärke. Nur selten schrumpfen die täglichen Eintragungen über einen so langen Zeitraum zum mechanischen Registrieren von Erlebnissen zusammen; meist sind es genau beobachtete Miniaturskizzen von unangestrengter Unmittelbarkeit, durchsetzt mit Reflexionen über besondere Befindlichkeiten und die Probleme ihrer schriftlichen Fixierung. Manchmal gratuliert sich der Schreiber selbst (»Wie locker und klug schreibe ich heute wieder!«), und klagt dann rhetorisch über die Unzulänglichkeit der Wörter oder die vermeintliche Dürftigkeit des eigenen Stils (»Äußere Umstände lassen sich festhalten, aber die Schwankungen im Inneren, das Wirken von Verstand und Gefühl sind zu flüchtig, als daß ich sie beschreiben könnte«).

Hat Boswell bei soviel Skrupeln womöglich doch mit einer Veröffentlichung geliebäugelt? Wir wissen, daß er die frühen Reisetagebücher Freunden zu lesen gab, und auch später hat zum Beispiel der Schulkamerad William Temple so manchen Einblick in Boswells private Aufzeichnungen gehabt. Aber das meiste von dem, was er nach seiner Rückkehr in die Heimat im Jahre 1766 für sich notierte, war sicher nicht für die Öffentlichkeit bestimmt. Die Gier nach Zurschaustellung, die sonst so typisch für Boswell ist, diktiert hier keinen Ausdruck, beeinflußt kein Motiv, verzerrt nicht einen einzigen Bericht – der Autor schreibt nicht um der Wirkung willen, sondern allein für sich selbst. Beim Registrieren der eigenen Unzulänglichkeiten entdeckt er sich selbst, stellt aber gleichzeitig fest, daß er den moralischen Ansprüchen der Selbstbeobachtung nicht gewachsen ist. Boswell füllt Seiten über Seiten mit Erfahrungen und Gefühlen; seiner unersättlichen Ichbezogenheit kommt es vor allem darauf an, die gesammelten Schätze übersichtlich, verläßlich und benutzbar zu verwahren. Über das Schicksal der Tagebücher nach seinem Tode hat er sich nie Gedanken gemacht. Andererseits scheint er gespürt zu haben, daß Teile sich durchaus für Publikationen bearbeiten ließen; der frühe Entschluß, eine Johnson-Biographie zu verfassen, war wohl nur möglich, weil er für dieses Vorhaben das Material der Tagebücher als Steinbruch besaß. Auch das Korsika-Buch beruht auf dem Journal, und mehrfach hat Boswell von Plänen gesprochen, seine Begegnungen mit Rousseau, Voltaire und Hume in Buchform auszuschlachten. (»Mein Tagebuch ist bereit; es liegt küchenfertig in der Speisekammer und braucht nur noch gespickt und garniert zu werden.«) Unbewußt hat er wohl doch gehofft, daß sich seine Nachfahren, vielleicht sogar ein breiteres Lesepublikum, für sein Archiv interessieren. Johnsons Rat, dafür zu sorgen, daß die Tagebücher nicht verbrennen, hat er jedenfalls nicht befolgt, und selbst wenn er damit rechnete, daß irgendwann auch andere sie lesen, hat er sich beim Schreiben von dieser Möglichkeit doch nie beeinflussen lassen.

Boswell besaß ein überdurchschnittlich gutes Gedächtnis. Mit Hilfe des richtigen Stichworts konnte er ohne Mühe und mit verblüffender Detailgenauigkeit Vergangenes rekonstruieren – seine besondere Stärke war die nachträgliche Wiedergabe der Einzelheiten von Gesprächen. Die besten Schreibanstöße waren für ihn die eigenen Notizen, die er nach einem interessanten Erlebnis auf Papierfetzen zu kritzeln pflegte, ungeordnete, wahllose, eilig hingeworfene Stichworte; Tage, Monate, manchmal sogar Jahre später arbeitete er dann diese Notizen (das »Gerippe«) zu Tagebuchpassagen aus und warf die Skizzen, die Krücken des Gedächtnisses, weg. (Wenn er nicht dazu kam, die Notizen auszuarbeiten, zitierte er sie als autoritative Quellen, stellte sie aber nie gleichrangig neben das Tagebuch.) Der eitle Boswell war sich seiner schauspielerischen Talente durchaus bewußt (und machte, wenn er ein Publikum hatte oder Briefe schrieb, gern und reichlich Gebrauch davon), aber im Tagebuch gibt er sich unverstellt. In den privaten Aufzeichnungen will er nicht seine guten Seiten hervorkehren, sondern sich, so gut es geht und mit kritischer Distanz, puritanischer Selbstkontrolle unterziehen, ein ungeschminktes Selbstporträt geben; der Verlust an literarischem Glanz wird zu einem Gewinn an Authentizität. Das Journal dient ihm aber auch als therapeutisches Mittel. Schon früh hat er den Wert regelmäßiger Rechenschaftslegung für sein psychisches Gleichgewicht erkannt und erklärt: »Für einen Hypochonder wie mich ist das tägliche Tagebuchschreiben die beste Medizin gegen Indolenz.« Später knüpft sich daran sogar die Hoffnung, mit Hilfe des Schreibaktes unangenehme Erinnerungen zu verdrängen (»Lord Monboddo erzählte am Samstag abend, man könne durch das Schreiben der Erinnerung Schaden zufügen. Vielleicht gelingt es mir ja, meine Hypochondrie aus dem Kopf in das Geschriebene zu verlagern – dann hätte das Tagebuchschreiben wirklich Wert!«) Was er zu Beginn des »London Journal« schreibt, wiederholt er zwanzig Jahre später in einem Essay über Tagebücher: »Den Rat der Alten ›Erkenne dich selbst‹ kann man nur mit Hilfe eines Lebensregisters befolgen.« Und zu Johnson sagt er schwungvoll: »So wie eine Dame ihr Kleid vor dem Spiegel zurechtrückt, so rückt ein Mann seinen Charakter zurecht, wenn er in seinem Tagebuch liest.« Boswells Versuche, sich selbst zu erkennen, wurden leider allzuoft von der Illusion der Immanenz und der Komplexität des eigenen Charakters vereitelt, denn was ihm aus dem Spiegel seiner Aufzeichnungen entgegenblickte, war in der Tat oft verwirrend: »Manchmal halte ich mich für den prächtigsten Kerl der Welt, und dann wieder für den letzten Taugenichts. Gott im Himmel! Wer ist dieser Boswell?« Die Gewohnheit (besonders auffällig in den Notizen aus Holland), sich selbst Befehle zu erteilen und anschließend ihre Befolgung kritisch zu resümieren, verweist auf eine Vermengung der Rollen des Darstellers und des Chronisten. Oft wird Boswells berühmte Feststellung vom 17. März 1776 zitiert: »Ich dürfte eigentlich nicht mehr erleben, als ich schriftlich festhalten kann, wie man ja auch nicht mehr Korn säen sollte, als man in der Scheune unterbringen kann; das Gute, das nicht bewahrt wird, ist vergeudet.«

Das Tagebuchschreiben war für ihn moralische Pflicht und wesentlicher Lebensinhalt zugleich. Wenn er mit seinen Aufgaben in Rückstand geriet, bedrückte ihn nicht die Vernachlässigung der Anwaltspraxis, der literarischen Neigungen, der Korrespondenz oder der Familienverpflichtungen, sondern vor allem die Säumigkeit in bezug auf »my journal«: »Trage das Fehlende nach, und alles wird wieder in Ordnung sein!«, ermahnt er sich in einem der vielen Memoranden. Das »journal« ist Anker und ruhender Pol zugleich; ihm seine schwankenden Ziele und Aktionen anzuvertrauen war für ihn das Höchstmaß an erreichbarer Stabilität. Das

Tagebuch dient dazu, Ordnung in die Erinnerung zu bringen, den erlebten Augenblick festzuhalten und den eigenen schwankenden Charakter mit der Festigkeit des geschriebenen Wortes zu stützen. Der Glaube an die Dauerhaftigkeit alles Geschriebenen war auch der Grund für seine hohe Einschätzung des literarischen Ruhmes. (»Schreiben bedeutet die Schöpfung eines anderen Selbst, das an vielen Orten gegenwärtig sein kann und nicht unter den Schwankungen des Gefühls zu leiden hat wie das eigentliche Ich.«) Hauptmotiv des Schreibens ist für Boswell das Bedürfnis, sich selbst zu verstehen und an moralischen Normen zu messen. Der Erfolg dieser Bemühungen war, aus seiner Sicht, eher bescheiden; so manches Mal muß sich der Diarist mit der Hoffnung auf das Jenseits begnügen: »Der große Gott, der uns geschaffen hat, wird uns wohl erst in einem anderen Leben alle jene Geheimnisse unserer Existenz erklären, die uns auf Erden so verwirren und bedrücken.« So bleibt ihm nur das gewissenhafte Festhalten der Tatsachen übrig, ob er sie versteht oder nicht – und auch darin liegt für uns spätere Leser die Faszination der Journale. Gerade weil er sich so selten selbst verstand, notiert Boswell eben nicht nur das, was ihm aus einem gesicherten Selbstverständnis bedeutsam erschienen wäre. Im Dauerzustand der Verblüffung hat er mit kalkulierter Ehrlichkeit beides, das Wichtige wie das Unverständliche und Irrelevante, registriert. Hinzu kommt ein ununterdrückbares, das Exhibitionistische streifendes Verlangen nach Selbstentblößung vor den Großen der Zeit. (»Ich habe den seltsamen Wunsch«, erklärt er Rousseau, »nichts, was mich selbst betrifft, geheimzuhalten.«) Auch wenn er behauptet, er wolle seine Eindrücke von Samuel Johnson zum Nutzen der Menschheit festhalten, darf man unterstellen, daß die Selbsterbauung ein ebenso zentrales Motiv ist. Immer wieder läßt er sich von der Freude am Beobachten hinreißen (»ich überlegte nicht lange, sondern übersprang einfach die Gräben des Lebens«) und konstatiert selbstgefällig: »Bennet Langton machte mir das Kompliment, es mache Spaß, eine solche Szene zusammen mit mir zu erleben, denn ich verfiele nicht wie die meisten Menschen in einen Zustand dumpfer Verdatterung oder übellaunigen Schweigens, sondern könne beschreiben, was mir gefalle.«

Einen Schlüssel zu Boswells Charakter und eine Erklärung für die Lebendigkeit seiner Journale enthält der Vorwurf seiner Frau, er »brauche ständig Stimulanzien, gleich welcher Art«. Wenn je ein Tagebuchschreiber ein Sinnenmensch war, dann dieser Schotte: er wollte Gefühle bei anderen auslösen, und er brauchte selber starke und ungewöhnliche Empfindungen, um glücklich zu sein. In den periodischen Phasen der Depression lechzte er geradezu nach Anregung und Nervenkitzel; seine Abneigung gegen das Landleben und die zunehmende Verdrossenheit in Edinburgh war die Reaktion auf das, was er mit einer geregelten Existenz verband: »Einen solchen Tag könnte ich einfach mit *ditto* abhaken – nichts hat mich bewegt, ich bin bloß mit dem Strom der Zeit geschwommen.« Der lebenslange Groll gegen alles Fade und Abgestandene stellt sicher auch eine Form der Weigerung, erwachsen zu werden, dar; er ist zugleich eine Erklärung für Boswells leichte Verführbarkeit durch den Alkohol.

Letztlich gehört wohl auch seine morbide Vorliebe für öffentliche Hinrichtungen in diesen Zusammenhang. Ein Gefühl des Ungenügens drückt sich in dem Bedürfnis aus, auf irgendeine Weise aufzufallen (»man sollte lieber durch Fehler auf sich aufmerksam machen als gar nicht«) – ein Leben der Bedeutungslosigkeit war für ihn verächtlich. Die wenigen langweiligen Passagen der Tagebücher sind denn auch unweigerlich jene, in denen dem Schreiber nichts widerfährt. Nach einer Meuterei in der Edinburgher Garnison schreibt er: »Meine Stimmung ist heute so prächtig, als ob ich in London wäre.« Den ersten von vielen moralischen

Tiefpunkten nach der Hochzeit (mit zwanghaften Bordellbesuchen) erlebt er, als das Hochgefühl der Hebridenreise mit Dr. Johnson abklingt.

Boswell war sich der Grenzen seiner Begabung durchaus bewußt. »Ich habe keinen Pinsel für sichtbare Gegenstände«, hat er bekannt, »ich bin ein miserabler Topograph.« Er konnte Naturschönheiten wenig abgewinnen; der Lake District ließ ihn kalt, und für die Alpen hatte er lediglich die beiden Wörter »schrecklich groß« parat. Seine Spezialität waren Menschen, aber hier fällt eine bemerkenswerte Schwäche auf: er konnte keine Frauen beschreiben. Sie interessierten ihn als Individuen sehr viel weniger als Männer (alles, was ihm zu Lady Hume einfällt, ist: »gescheite Person, aber schnippisch«), und deshalb sind auch seine Liebesbriefe in der Regel von grotesker Schiefheit. (Die Frauen haben ihm diese Geringschätzung heimgezahlt: in seinen letzten Lebensjahren waren fast alle seine Gegner weiblichen Geschlechts, und in der Boswell-Forschung hat bislang noch keine einzige weibliche Stimme Interesse an diesem Erzpatriarchen bekundet.) Mit Männern erging es ihm anders. Als er Rousseau von seiner mimischen Begabung erzählt, fügt er hinzu: »Immer wenn ich einen ungewöhnlichen Typ kennenlerne, sage ich zu mir: Den mußt du deiner Sammlung einverleiben!« Dankbare Objekte der Beschreibung sind für ihn Kriminelle und Menschen aus der Unterschicht, aber die eigentlichen narrativen Glanzstücke der Tagebücher sind die Interviews mit Rousseau und Voltaire. »Er geht als Fragesteller hin, bleibt aber selbst das, wonach gefragt wird«, so hat der große Boswell-Forscher Pottle die Technik dieses Meister-Interviewers gekennzeichnet. In die gleiche Reihe gehört wohl auch das auffallend unsensible Gespräch im Sterbezimmer des Philosophen David Hume – man hat es den »sensationellsten journalistischen Coup des 18. Jahrhunderts« genannt – und die Skizze der Audienz bei Georg III. (»er neigte sich mir zu mit einem gütigen Lächeln, das Correggios Engeln zur Ehre gereicht hätte, und sprach: ›Ich denke und fühle genau wie Sie, Boswell!‹«).

In Holland gehörten zu Boswells Selbstverbesserungsprogramm tägliche Aufsätze in französischer Sprache, in der Regel waren es wörtliche Übertragungen englischer Entwürfe. In einem dieser Aufsätze wendet er sich wie folgt an einen imaginären Gesprächspartner: »Ich habe nicht die Absicht, Sie glauben zu machen, daß ich streng nach Regeln schreibe, daß meine Sätze so regelmäßig wie ein Kreis sind, den man ohne Mühe vervollständigen kann. Im Gegenteil – meine Sätze haben keine regelmäßige Form. Meine Argumente mögen mitunter zirkulär sein, aber meine Sätze sind immer ungewöhnlich. Sie sind wie kostbares Porzellan: der Dame des Hauses bereitet es Schwierigkeiten, ein passendes Stück zu finden, wenn durch ein Mißgeschick eine Tasse zu Bruch gegangen ist. Bei herausragenden Gegenständen ist es immer schwer, Ersatz zu finden, und so sind auch meine Sätze – sie sind nicht kostbar, aber seltsam, und Seltsamkeit ist oft ein Merkmal des Außergewöhnlichen.«

Boswell war an Sprache interessiert, er war befreundet mit den Grammatikern Lowth und Johnson, den Rhetorikern Blair und Kames, dem Sprecherzieher Sheridan, und stand spürbar unter dem stilistischen Einfluß von Laurence Sterne – der Hang zur theatralisch schillernden Präsentation der eigenen Identität ist dem »Tristram Shandy« wesensverwandt. Er ist im Grunde mehr Romancier als Historiker. Der Reiz seines Stils liegt im Nebeneinander von Förmlichkeit und Frische, Spontaneität und Steifheit, in einer sprunghaften Erzählperspektive, die zu ironischen Brechungen, aber auch zu irritierender Egozentrik verlockt. Boswell, eine Art englischer Eckermann, konnte in der Formlosigkeit mäandernder Gespräche schwelgen, hatte aber auch die Werkzeuge des expositorischen Stils zur Hand mit seinem Gewicht auf zwei-, drei- oder viergliedrigen

Feststellungen. Schon seine Zeitgenossen haben, manchmal mit Neid, festgestellt, daß Boswell mit der Gabe gesegnet war, alles, was er ausdrücken wollte, *interessant* ausdrücken zu können. Das zeigt sich besonders an der Unmittelbarkeit seiner Schilderungen des großen Vorbildes Samuel Johnson. »Mit welch winzigen Farbtupfern kann ein Maler einem Auge Leben verleihen!«, hat Boswell einmal ausgerufen – und dabei schmerzlich die Mängel der literarischen Techniken für die Vergegenwärtigung erfahrener Wirklichkeit empfunden. Er wußte genau, daß gerade das scheinbar unbedeutende Detail die Kraft besitzen kann, die Vergangenheit heraufzubeschwören und sie für andere gegenwärtig zu machen; deshalb hat er es immer wieder darauf angelegt, den authentischen Ausspruch, die skurrile Geste des Sprechers auszuwählen, um ihn so zu porträtieren, »wie er in meinem Gedächtnis lebt«.

III

Die Journale haben Boswell das Material für seine drei großen Bücher geliefert: »An Account of Corsica« (1768), »The Journal of a Tour to the Hebrides« (1768) und »The Life of Johnson« (1791). Das Korsika-Buch hat bei den Zeitgenossen seine literarische Identität etabliert – »Corsica Boswell« war für die lesenden Engländer des ausgehenden 18. Jahrhunderts ebenso ein Begriff wie »Dictionary Johnson«. Gewiß waren sie vor allem an der Figur des Generals Paoli interessiert, aber ihre Sympathie übertrug sich rasch auf den jungen Mann, der das erste Buch über den Anführer einer Bauernrevolution geschrieben hatte. Boswells Idealisierung der Korsen und sein enthusiastisches Porträt des Pascal Paoli brachte den Europäern einen Freiheitshelden nahe, der ihnen bislang so gut wie unbekannt war, nach diesem Buch aber wie ein Heros von antikem Zuschnitt erscheinen mußte. Rousseau hatte in einer berühmten Passage im »Contrat Social« (1762) prophezeit, die kleine Insel Korsika werde eines Tages »ganz Europa erstaunen«, woraufhin er von den Korsen eingeladen wurde, ihnen eine Verfassung zu schreiben; Boswell hatte bei seinem Besuch in Môtiers von Rousseau den Tip zur Korsika-Expedition bekommen.

Der Aufenthalt auf der Insel war kürzer als der auf den Hebriden und seine Freundschaft mit Paoli weniger intim als die mit Johnson – Paoli war eine dankbare, aber keine besonders ergiebige Figur. Deshalb wohl auch hat Boswell sie simplifiziert und ins Heldische stilisiert (was er mit dem Literaturpapst Johnson, für den er eine »fast abergläubische Ehrerbietung« empfand, nie getan hätte). Paolis Bild war für Boswell einfacher zu entwerfen als das von Johnson: am korsischen General übte er sich für die größere Aufgabe. Bemerkenswert das Geschick der Fragen, die unaufdringliche Gewandtheit der Prosa mit ihrem Pochen auf Unverfälschtheit und das mitgelieferte Selbstporträt. »Ich habe eine besondere Gabe für die Beschreibung des Besonderen, für die Biographie«, notiert er 1772; man möchte hinzufügen: und für die Autobiographie – sein Genie lag unübersehbar auf diesen beiden Gebieten. Die Essays, die er zwischen 1777 und 1783 unter dem Titel »The Hypochondriack« im »London Magazine« veröffentlichte, sind stellenweise amüsant, im ganzen aber doch zweitrangig. Die beiden Bücher über Johnson, das Hebriden-Tagebuch und die große Biographie, erweisen sich, obwohl sie auf den Tagebüchern beruhen, nicht bloß als Transskriptionen dieser Aufzeichnungen. Boswell hat darin alles, was ihm nebensächlich schien, ausgemerzt – im Fall des Hebriden-Journals ein Viertel des Textes, unter anderem auch solche Stellen, an denen Johnsons Sympathien für ihn deutlich werden (z. B. das Wiedersehen, als Johnson ihn mit offenen Armen empfing »und dich an sich drückte wie einen Sack«). Bei den Bearbeitungen ging es ihm vor allem um größere Lebendigkeit und Klarheit.

Zu dramatischen Szenen werden viele Begebenheiten durch die direkte Rede, mit Satzanfängen wie »Nun, Sir«, und durch Erläuterungen, die wie Regieanweisungen klingen. Boswell fügt verbindende Sätze und Kommentare hinzu, hebt die Umgangssprache stilistisch an (was den Dialogen nicht immer gut bekommt) und beharrt trotzdem auf der Verbürgtheit des Geäußerten. Das trug ihm, wie zu erwarten war, Anfeindungen ein, die oft durchaus berechtigt schienen, denn Boswell gibt freimütig zu, daß er bearbeitet und verändert hat: »Meine Notizen über dieses Gespräch sind viel zu kurz. Brevis esse laboro, obscurus fio (ich bemühe mich um Kürze, werde dabei aber unklar). Da ich aber beschlossen habe, daß ich dem Publikum genau jenes Journal präsentieren will, das Dr. Johnson gelesen hat, werde ich den Text nicht erweitern, wenn ich auch hier und da ein verdeutlichendes Wort hinzufügen werde.« Sein Standardverfahren hat er im Tagebuch vom 24. Oktober 1764 beschrieben: »Meine Methode besteht darin, jeden Abend ein Memorandum darüber zu verfassen, was ich während des Tages erlebt habe. Auf diese Weise stelle ich mein Material jeweils sicher. Manchmal bin ich mit dem Tagebuchschreiben drei, vier oder fünf Tage im Rückstand. Wenn ich Zeit und Lust habe, bringe ich dieses Journal auf den letzten Stand, so gut das in der Hast eben geht, mit der ich es schreibe.« (Wir wissen, daß er in einigen Fällen Jahre brauchte, um bestimmte Ereignisse auszuarbeiten; aber schließlich hatte er ja, so behauptete er, »das beste Gedächtnis der Welt für Kleinigkeiten«.)

Boswell hat sich von Johnson, wie vorher von Rousseau, erhofft, daß er ihn in seiner Identität bestätige. Vom Klassizisten Johnson glaubte er Charakterstärke beziehen zu können, vom romantischen Rousseau Empfindsamkeit. Der Mann, den er in Môtiers besucht hatte, war ein Hypochonder, nicht der »wilde Philosoph« seiner Vorstellungen. Boswell erbat sich von ihm eine Kräftigung seines erregbaren, unsicheren Ego; er brüstete sich damit, genau wie der Franzose an Depressionen zu leiden. Aber zwischen romantischen Egoisten ist die Verständigung schwer. Rousseau ist ganz mit sich selbst, d. h. mit seiner Blase beschäftigt und weist den kecken Schotten als moralischen Lehrling ab, verbittet sich sogar weitere Besuche. Das löst bei Boswell eine Trotzreaktion aus: wenn Rousseau ihn nicht genauer betrachten will, muß er sein eigenes Spiegelbild studieren, und so unterbricht er das Protokoll des Interviews mit einer Beschreibung des eigenen Kostüms. Wenn Rousseau ihm nicht sagen will, wer er sein soll, dann muß er seine fingierte Identität als die gültige ausgeben: »Es bereitete mir eine große Genugtuung«, schreibt er, »zu entdecken, daß ich die Rolle, die ich mir selber gegeben hatte, gut spielen kann.« Persönlichkeit erweist sich als erlernbare Technik.

Als Boswell später über Johnson zu schreiben beginnt, entwirft er im Grunde die eigene Autobiographie, die Selbstdarstellung eines Ich, das sich, nicht nur in depressiven Momenten, der Nichtigkeit verdächtigt: das Tagebuch wird zum Bekenntnis eines Mannes ohne Eigenschaften.

Mitverantwortlich für diesen Zustand ist die Ambivalenz der politisch-kulturellen Konstellation. Boswells gespaltenes Verhältnis zu seiner schottischen Herkunft war eine unmittelbare Folge der komplexen Beziehungen zwischen Schottland und England um die Mitte des 18. Jahrhunderts. Stolz auf die schottischen Ahnen verband sich bei ihm und den meisten seiner Landsleute mit Verbitterung über den Verlust der nationalen Unabhängigkeit Schottlands. Gleichzeitig empfand Boswell einen unwiderstehlichen Drang nach Süden, nach den Attraktionen der englischen Hauptstadt, litt dort aber alsbald an kultureller Entwurzelung, obwohl er zeitlebens ein leidenschaftlicher Londoner blieb. Ein Gefühl der Verunsicherung mischt sich in das Verhältnis des nationalbewußten Schotten zum erzenglischen Johnson. Boswell spürt, daß Johnson sein Alter ego ist, seine

Komplementärfigur, und ihn als Person eigentlich erst erfunden hat. Als der Lehrmeister ihm vorschlägt, die Geschichte der Familie Boswell zu schreiben, faßt der Schüler das als Beglaubigung seiner literarischen Ahnenreihe auf. Und wenn ihn Johnson später zeitweilig vernachlässigt, empfindet sich Boswell sofort enterbt, zu einem Nichts reduziert. Im Grunde ist er der romantische Charakter, der vor allem deshalb unentwegt schreibt, weil er erfahren will, ob er wirklich der Held seines eigenen Lebens ist, oder ob ein anderer diese Rolle spielt. Boswell muß die Erfahrung machen, daß nicht er, sondern Johnson der Held seines Lebens ist. Aus der Perspektive literarischer Familienähnlichkeiten betrachtet ist Boswell, ähnlich wie der schwankende Tristram Shandy, verwandt mit dem überempfindlichen, selbstvernarrten Hamlet; Johnson wäre in diesem Modell sein Vater. Als sich die beiden 1763 zum erstenmal treffen, »kündigt Mr. Davies (der Buchhändler) sein schreckliches Nahen an wie ein Schauspieler in der Rolle des Horatio, der Hamlet die Erscheinung des Geistes seines Vaters ankündigt: ›Seht, mein Herr, er kommt!‹« Hamlet-Assoziationen überlagern bis zum Ende die Freundschaft. Boswell, der sich heimlich mit der Figur des Macheath aus Gays »Bettleroper« identifizierte, ist die Verkörperung romantischer Inauthentizität schlechthin. Je gründlicher er sich selbst kennenlernt, desto unsicherer fühlt er sich: er hat die Ehrlichkeit des Bekenners ohne die Sicherheit der Selbsterkenntnis.

Die Hebridenreise war für beide, Boswell und Johnson, die Erfahrung intensiv erlebter Augenblicke; besonders Boswells Journal läßt sich als Protokoll von Beschwörungen der Gegenwart lesen. Er war glücklich, daß es ihm gelungen war, den Freund in diese abgelegene Gegend zu locken, und er ließ sich keine pittoreske Szene entgehen: Johnson, wie er in Bonnie Prinz Charlies Bett liegt, Johnson auf einem Heide-Pony sitzend, Johnson, das Ohr am Schallrohr eines

Dudelsacks, Johnson, seinen Freund auf dem heiligen Boden von Iona umarmend.

Boswell hatte Johnsons Freundschaft durch Hartnäckigkeit erworben; er erhielt sie sich durch unverbrüchliche Treue. Das Porträt des Freundes, das er in den beiden Büchern über ihn entwirft, zeigt, daß er ein Meister des Details und der kleinen Form ist: seine Spezialität ist die Anhäufung von Szenen, der gelegentliche deskriptive Einschub, das genüßliche Hantieren mit Mosaiksteinen. Die große Architektur, Fragen der Struktur und der Proportionen sind Boswells Sache nicht; das Material, das er gesammelt und die Erfahrungen, die er mit dem Gegenstand der Darstellung gemacht hatte, erforderten jenes kompilatorische Geschick, das er für seine Aufgabe mitbrachte. Er war durchaus nicht der schottische Tölpel, der, ohne es zu merken, unter der Hand ein geniales Werk zusammenstoppelte, wie Macaulay behauptet hatte, sondern er war ein erfahrener und instinktsicherer Literat, der genau wußte, was er tat. Dennoch ist nicht zu übersehen, daß die große Johnson-Biographie überwiegend auf den Aufzeichnungen beruhte, die Boswell während einer relativ kurzen Lebensspanne seines Helden gemacht hatte. Johnson ist 1709 geboren und 1784 gestorben; Boswell begegnete ihm zum ersten Mal 1763, als dieser fast vierundfünfzig war – sein Johnson-Bild ist das eines alten Mannes. Die Tatsache, daß die »Journals« die wichtigste Materialgrundlage der Biographie waren, hat ein Ungleichgewicht zur Folge. Es gibt Stimmen, die das Wort Biographie auf Boswells Meisterwerk nur ungern anwenden wollen und das »Life« lieber ein »bearbeitetes Tagebuch« nennen; statt der angekündigten »Ansicht des Johnsonschen Geistes« liefert Boswell Innenansichten der eigenen geistigen Verfassung. Als Beispiel für seine Art des Verzerrens wird gerne die Darstellung von Johnsons Ehe mit der skurrilen »Tetty« angeführt, die, als sie 1752 dreiundsechzigjährig starb, eine drogenabhängige Alkoholikerin war, ihr Mann noch ein robuster Mittvierziger. Der ganz und gar unkritische Boswell erweckt den Eindruck, als sei Johnson seiner Frau auch nach ihrem Tod fromm und treu ergeben gewesen; es gibt aber Aufzeichnungen, aus denen hervorgeht, daß Johnson schon ein Jahr nach ihrem Ableben den Vorsatz faßte: »Am Montag beginne ich mit der Suche nach einer neuen Frau.« Boswell hat über diese Seite seines Helden den Mantel des Schweigens gebreitet (und die heiklen Informationen, die er auch besaß, unter der Rubrik »Tacenda« in seinen Papieren abgelegt). Es ist nicht zu leugnen, daß er ein geschöntes, retuschiertes Johnson-Bild entwirft, wie es die Leser haben wollten, das Bild eines liebenswerten, gutmütigen, kauzigen Gelehrten. Einem zweitrangigen Kopf ist es unmöglich, so scheint es, die Dimensionen eines erstklassigen Intellekts vom Range eines Samuel Johnson zu erfassen. Aber ist dies wirklich nur das Porträt eines großen Mannes, gemalt von einem kleinen? Boswells Leistung besteht darin, daß er, wie ein moderner Romanautor, Figuren durch eine Fülle scheinbar wahllos zusammengestellter Details charakterisiert – sein biographisches Registrieren ist ein fragmentierter Prozeß, keine architektonische Struktur.

Heute betrachten die »Johnsonians« Boswells Bild von Johnson überwiegend aus gattungsfixierter Perspektive und stellen dabei fest, daß der Schotte als Biograph (und allgemein als Informationsquelle) Wünsche offenläßt. Die »Boswellians« dagegen interessieren sich erst in zweiter Linie für den historischen Johnson; sie loben Boswells erzählerisches Geschick und die »literarischen« Aspekte seines Werkes. Es gibt noch immer unbeantwortete Fragen. Ist Boswell nur daran interessiert, Augenblicksempfindungen zu konservieren, oder ist er hinter der Maske des Naiven letztlich doch darauf aus, Meinungen in Wissen, Zweifel in Gewißheit zu verwandeln? (Das Korsika-Buch ist typisch für den subversiven Umgang mit literarischen Konventionen: aus dem traditionellen Reisebericht wird unter der Hand ein politisches

Pamphlet.) Ist er mehr als der oberflächliche Egozentriker und obsessive Kompilator, der unfreiwillig die erste »moderne« Biographie produziert hat? (Seine Einfühlungsgabe war der Ruin seiner juristischen Laufbahn: der Anwalt Boswell war meistens außerstande, die Rolle des Rechtsberaters von der des engagierten Retters zu trennen, wie sein Verhalten im Prozeß gegen den Schafdieb John Reid zeigt.) Der Reiz der Tagebücher besteht für heutige Leser gerade darin, was für die Zeitgenossen ein Manko war: eine schockierende Unverblümtheit, das Kleben am Konkreten, kleinteilige Vorstellungen von der menschlichen Psyche. Es sind gerade seine Schwächen, die ihn sympathisch machen, die Widersprüche und Ungereimtheiten seines Charakters, seine unverwüstliche Bereitschaft, Fragen zu stellen, deren Beantwortung uns wichtig erscheint, die wir aber nicht selber stellen würden.

Modern ist Boswell in seiner Auffassung von Journalismus als »oral history«, in der Ahnung von der unentwirrbaren Komplexität menschlicher Motive und der Attraktivität der eigenen Unvollkommenheit. Macaulay hielt Boswell für einen Narren, was sicher in vielem zutrifft. Aber er hat sich wohl doch für einen größeren Trottel ausgegeben als er in Wirklichkeit war – Samuel Johnson wußte das sehr wohl. Manchmal war der Brite mit seiner Geduld am Ende: »Für Sie gibt es nur zwei Themen, Sir, Sie und ich. Mir hängen beide zum Hals heraus!«

IV

Nach Boswells Tod wurden seine Londoner Papiere zurück nach Auchinleck gebracht; etwa ein Drittel dieser Materialien geriet jedoch unter ungeklärten Umständen in die Akten von Sir William Forbes, einem seiner drei Nachlaßverwalter, und blieb im Besitz der Familie Forbes, ohne daß sich die Nachfahren dieser Tatsache bewußt waren. Einige andere Boswell-Papiere wurden 1825 versteigert und später auch veröffentlicht (»Boswelliana«, »Notebook 1776/77«, »Boswell's Proof-Sheets«). 1840 waren Boswells Briefe an seinen Freund Temple als Einwickelpapier in einem kleinen Lebensmittelgeschäft in Boulogne gefunden worden. Boswells Nachkommen verweigerten, nicht zuletzt unter dem Eindruck des verheerenden Boswell-Essays von Macaulay, der den Schotten als Scharlatan lächerlich gemacht hatte, die Öffnung des Archivs von Auchinleck; sie dementierten auch nicht das Gerücht, Boswells Nachlaß sei vernichtet worden. 1905 ging Auchinleck in den Besitz von J. B. Talbot über, dem nachmaligen Lord Talbot de Malahide; er hatte eine Urenkelin von Boswell geheiratet und brachte das Archiv in sein Schloß Malahide in der Nähe von Dublin.

1928 gelang es dem amerikanischen Bibliophilen und Obersten Ralph Heyward Isham, nachdem er Lord Talbot vom finanziellen Wert der Manuskripte überzeugt hatte, ihm die gesamte Boswell-Sammlung abzukaufen; als 1930, 1939 und 1949 weitere wichtige Manuskriptbündel in Schloß Malahide entdeckt wurden, erwarb Isham diese ebenfalls. 1930 war durch einen Zufall die Forbes-Sammlung im schottischen Fettercairn House in einer Krocket-Kiste entdeckt worden, und nach einem langwierigen Prozeß konnte sich Isham auch dieses Material sichern. Zwischen 1928 und 1934 hatte Isham in begrenzter Auflage als Privatdruck in achtzehn Bänden die wichtigsten Manuskripte aus seiner Sammlung von Geoffrey Scott und Frederick A. Pottle edieren lassen; 1936 erschien im Buchhandel die Urfassung des Hebriden-Tagebuchs, die man in Malahide gefunden hatte, als die erste Textauswahl bereits erschienen war. 1949 vermachte Isham seine gesamte Sammlung der Yale University. Die Geschichte der abenteuerlichen Irrfahrten des Boswell-Nachlasses bis zur endgültigen

Aufbewahrung in der Beinecke Library der Yale University in New Haven ist in zwei Büchern festgehalten, David Buchanans »The Treasure of Auchinleck« (1975) und F. A. Pottles »Pride and Negligence« (1981).

1950 erschien das »Londoner Tagebuch«, der erste Band der »Yale Edition of the Private Papers of James Boswell«, einer Leseausgabe für das allgemeine Publikum, 1989 der dreizehnte und letzte, mit dem Titel »Boswell: The Great Biographer«; die »research edition«, eine historisch-kritische Gesamtausgabe, steckt noch in den Anfängen.

Das Hebriden-Tagebuch ist 1787 von Albrecht Wittenberg ins Deutsche übersetzt worden, 1797 erschienen in Königsberg, eingedeutscht von Margarete Liebeskind, »Denkwürdigkeiten aus Samuel Johnsons Leben«. Von den »Journals« liegen bisher das Londoner Tagebuch (deutsch von Fritz Güttinger, 1953) sowie »Boswell on the Grand Tour: Germany and Switzerland« (ebenfalls übersetzt von Fritz Güttinger, 1955) auf Deutsch vor. »The Journal of a Tour to the Hebrides« gibt es in Übertragungen von Fritz Güttinger (1951) und Jutta Schlösser (1984).

Inhalt